HEYNE

Das Buch
Tapfer bewachen die Zwerge des fünften Stammes den Steinernen Torweg, um das Geborgene Land, in dem Menschen, Zauberer und Elben in Frieden leben, vor den üblen Geschöpfen des Gottes Tion zu schützen. Doch eines Tages reicht die Kraft der Äxte nicht mehr aus: Orks und Oger stürmen in riesigen Horden das Tor. Das Tote Land drängt voran und bringt Siechtum und Tod über die tapferen Zwerge; wer auf seinem Boden stirbt, kehrt als untoter Sklave des Bösen zurück. Und zu allem gesellen sich die Albae, grausame Wesen voller Macht und Heimtücke. Der Steinerne Torweg fällt und mit ihm der letzte Zwerg aus dem Stamm der Fünften.
Tausend Sonnenzyklen später wehren sich die Menschen verzweifelt gegen die mörderischen Orks. Zwar haben die sechs großen Zauberer das Tote Land mithilfe von Magischen Schranken aufhalten können, aber unter den Herrschern des Geborgenen Landes befindet sich ein Verräter, und schon erobern Albae die Haine der Elben. In diesen unsicheren Zeiten macht sich der Zwerg Tungdil auf Geheiß des mächtigen Magiers Lot-Ionan, seines Ziehvaters, auf einen Botengang – der unversehens zu einem schicksalhaften Abenteuer auf Leben und Tod gerät ...

Der Autor
Markus Heitz, 1971 geboren, lebt als freier Autor und Journalist im Saarland. Sein Debütroman »Schatten über Ulldart« wurde von der Kritik als die Neuentdeckung in der deutschen Fantasy gefeiert. Darüber hinaus ist er Autor erfolgreicher *Shadowrun*-Titel.

Eine Liste der im WILHELM HEYNE VERLAG erschienenen Titel von Markus Heitz finden Sie am Schluss des Bandes.

MARKUS HEITZ

DIE ZWERGE

Roman

Originalausgabe

WILHELM HEYNE VERLAG
MÜNCHEN

HEYNE SCIENCE FICTION & FANTASY
Band 06/9372

Umwelthinweis:
Dieses Buch wurde auf chlor- und
säurefreiem Papier gedruckt.

Originalausgabe 11/2003
Redaktion: Angela Kuepper
Copyright © 2003 by Markus Heitz
Copyright © 2003 dieser Ausgabe by
Ullstein Heyne List GmbH & Co. KG, München
Der Wilhelm Heyne Verlag ist ein Verlag
der Ullstein Heyne List GmbH & Co. KG.
http://www.heyne.de
Printed in Germany 2003
Umschlagbild: Didier Graffet/Bragelonne
Karten: Markus Heitz
Umschlaggestaltung: Nele Schütz Design, München
Satz: Schaber Satz- und Datentechnik, Wels
Druck und Bindung: Bercker, Kevelaer

ISBN 3-453-87531-1

»Äußerlichkeiten sind dazu da, um darüber hinwegzusehen, denn im kleinsten und seltsamsten Wesen kann das größte Herz schlagen. Wer die Augen aus Überheblichkeit verschließt, wird dieses höchste Gut nicht entdecken. Weder in sich noch in anderen.«

> entnommen aus »Das Buch der Weisheiten eines unbekannten Toten«, in: »Philosophische Sammlungen und Briefe«, gelagert im Hundert-Säulen-Tempel Palandiells zu Zamina, Königreich Rân Ribastur

»Zwerge und Gebirge haben eine Gemeinsamkeit: Man kann sie nur mit einem schweren Hammer und unendlicher Ausdauer bezwingen.«

> Volksweisheit aus der Nebel-Mark im nordöstlichen Teil des Königreichs Idoslân, mündlich tradiert

»Um eynem wuetenden Zwerg zu entkommen, bedarf es flinker Beine. Und bedenke: Immer muessest du schneller seyn, als seyne geworfene Axt fliegt. Bist du ihm entkommen, veraendere deyn Aussehen. Ihr Gedaechtnis ist toedlich gut. So kann es geschehen, dass nach zwanzig Sonnenzyklen ploetzlich ein Humpen an deynem Kopf zerschellt und grimmiges Zwergengelaechter in deynen Ohren erschallt.«

> entnommen aus den »Aufzeychnungen ueber die Voelker des Geborgenen Landes, deren Eygenheyten und Sonderbarkeyten«, Großarchiv zu Viransiénsis im Königreich Tabaîn, verfasst von Magister Folkloricum M. A. Het im Jahr des 4299sten Sonnenzyklus

Das Geborgene Land

N

DIE VIERTEN

DIE FÜNFTEN

DIE DRITTEN

DIE ZWEITEN

DIE ERSTEN

Kgr. Urgon

Kgr. Idoslân
Lot-Ionans Stollen

TOBORIBOR

Drachenbrodem

Dsar Balour
Elbenreich Alandur

Elben
Grünhain
Kgr. Gauragar
Porista

Die Zauberreiche

Schwarzjoch

Kgr. Sangreîn
Kg. Gundrabur

Kgr. Tabaîn
Grüschacker

Kgr. Weyurm
Kgn. Xamtys II.
Mifurdania

Kgr. Rân Ribastur

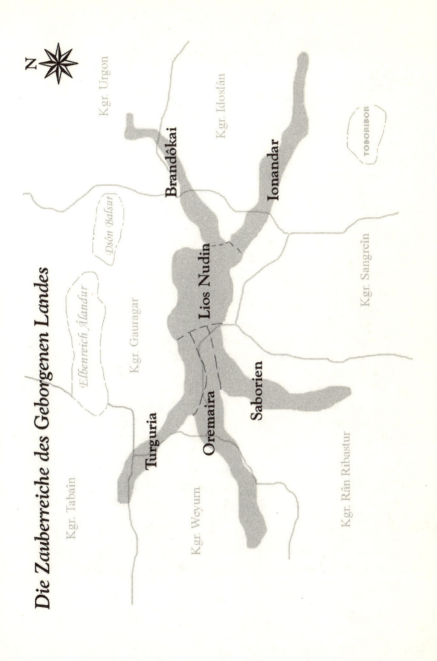

DANKSAGUNG

Nach Ulldart rief ein Projekt, an das ich mit Spannung und einem merkwürdigen Gefühl in der Magengegend heranging: die Zwerge. Wenn man sich als Autor einer Sache annimmt, die bei vielen Fantasy-Leserinnen und -Lesern mit festen Vorstellungen verknüpft ist, läuft man schnell Gefahr, eben diese Vorstellungen zu enttäuschen oder aber in Beliebigkeit zu verfallen.

Ich habe »meine« Zwerge erschaffen, sie Stämmen und Clans zugeordnet, ihnen unterschiedliche Fähigkeiten gegeben, ohne den klassischen Zwerg aus den Augen zu verlieren, ihm dabei aber neue Facetten und neue Aspekte verliehen. Dazu kam die Geschichte, welche die Zwerge in den Mittelpunkt stellt und sie nicht zum Stichwortgeber für Elben und Menschen verkommen lässt. Sie spielen die wichtigste Rolle, sie sind die Beschützer des Geborgenen Landes und erfüllen diese Aufgabe, koste es ihr Leben.

Es hat mir Spaß bereitet, Tungdil und seine Gefährten vielfältige Abenteuer erleben zu lassen. Selbstlosigkeit, Liebe, Trotz, Humor, Kampf und Tod sind die Zutaten der Geschichte auf den kommenden Seiten, Unterhaltung ist das erklärte Ziel. Nicht mehr, nicht weniger.

Dieses Mal möchte ich vor allem denen danken, die mich darin unterstützten, das Buch noch interessanter und besser zu gestalten: meinen Lektorinnen Martina Vogl und Angela Kuepper sowie Bernd Kronsbein.

Unter den Erstlesern besonders zu erwähnen sind Nicole Schuhmacher, Sonja Rüther, Meike Sewering und Dr. Patrick Müller, die mich mit ihren exakten Anmerkungen und genauen Hinweisen von Anfang an sowie einmal mehr unterstützten.

Mein Dank geht auch an den Heyne Verlag, der mir die Zwerge anvertraute.

Markus Heitz, im Juli 2003

DRAMATIS PERSONAE

Die Zwergenstämme

Die Ersten

Xamtys II. Trotzstirn aus dem Clan der Trotzstirne vom Stamm des Ersten, *Borengar*, auch nur »die Ersten« genannt, Königin
Balindys Eisenfinger aus dem Clan der Eisenfinger, Schmiedin

Die Zweiten

Gundrabur Weißhaupt vom Clan der Hartsteins aus dem Stamm des Zweiten, *Beroïn*, auch nur »die Zweiten« genannt, Zwergengroßkönig
Balendilín Einarm vom Clan der Starkfinger, Berater des Zwergengroßkönigs
Bavragor Hammerfaust aus dem Clan der Hammerfäuste, Steinmetz
Boïndil Zweiklinge, auch **Ingrimmsch** gerufen, und **Boëndal Pinnhand** aus dem Clan der Axtschwinger, Krieger und Zwillinge

Die Dritten

—

Die Vierten

Gandogar Silberbart aus dem Clan der Silberbärte vom Stamm des Vierten, *Goïmdil*, auch nur »die Vierten« genannt, König der Vierten
Bislipur Sicherschlag vom Clan der Breitfäuste, Berater Gandogars
Tungdil Bolofar, später Goldhand, Lot-Ionans Ziehsohn
Goïmgar Schimmerbart aus dem Clan der Schimmerbärte, Edelsteinschleifer

Die Fünften

Giselbart Eisenauge, Begründer des Stammes des Fünften und des Clans der Eisenaugen
Glandallin Hammerschlag aus dem Clan der Hammerschlags vom Stamm des Fünften, *Giselbart,* auch »die Fünften« genannt.

Die Menschen

Lot-Ionan der Geduldige, Magus und Herrscher des Zauberreichs Ionandar
Maira die Hüterin, Maga und Herrscherin des Zauberreichs Oremaira
Andôkai die Stürmische, Maga und Herrscherin des Zauberreichs Brandôkai
Djer_n, Andôkais Leibwächter
Turgur der Schöne, Magus und Herrscher des Zauberreichs Turguria
Sabora die Schweigsame, Maga und Herrscherin des Zauberreichs Saborien
Nudin der Wissbegierige, Magus und Herrscher des Zauberreichs Lios Nudin

Gorén, Lot-Ionans ehemaliger Famulus
Frala, Magd in der Behausung Lot-Ionans, und ihre Töchter **Sunja** und **Ikana**
Jolosin, Magusschüler Lot-Ionans
Eiden, Pferdeknecht Lot-Ionans
Rantja, Maga-Schülerin Nudins

Der Unglaubliche **Rodario,** Mime
Furgas, Magister technicus
Narmora, Gefährtin von Furgas und Mimin

Hîl und **Kerolus,** Trödelhändler
Vrabor und **Friedegard,** Boten des Rates der Magi

Prinz **Mallen von Ido** aus dem Geschlecht der Ido, Thronfolger Idoslâns im Exil

König **Lothaire,** Herrscher über das Königreich Urgon
König **Tilogorn,** Herrscher über Idoslân
König **Nate,** Herrscher über das Königreich Tabaîn
König **Bruron,** Herrscher über das Königreich Gauragar
Königin **Umilante,** Herrscherin über das Königreich Sangreîn
Königin **Wey IV.,** Herrscherin über das Königreich Weyurn
Königin **Isika,** Herrscherin über das Königreich Rân Ribastur

Die anderen

Sinthoras und **Caphalor,** Albae aus Dsôn Balsur, dem Albae-Reich
Liútasil, Fürst des Elbenreichs Âlandur
Bashkugg, Kragnarr und **Ushnotz,** Orkfürsten des Orkreiches Toboribor
Swerd, Gnom-Handlanger Bislipurs

Erster Teil

PROLOG

**Der Steinerne Torweg des Nordpasses
im Reich des Fünften, Giselbart,
im Jahr des 5199sten Sonnenzyklus,
Spätsommer**

Weißer Nebel füllte die Schluchten und Täler des Grauen Gebirges. Die Gipfel der Großen Klinge, der Drachenzunge und der anderen Berge erhoben sich trotzig aus dem Dunst und reckten sich der Abendsonne entgegen.

Zögernd, als fürchtete es sich vor den schroffen Felsen, stieg das Gestirn herab und erhellte den Nordpass mit seinem dunkelroten, schwächer werdenden Licht.

Glandallin aus dem Clan der Hammerschlags lehnte sich schnaufend an die grob behauene Wand des Wachturmes und legte die Rechte über die buschigen schwarzen Brauen, um seine Augen vor der ungewohnten Helligkeit zu schützen. Der Zwerg war durch den Aufstieg außer Atem geraten, und das Gewicht des dicht geflochtenen Kettenhemdes, der beiden Äxte und des Schildes drückte schwer auf seine betagten Beine.

Doch Jüngere als ihn gab es nicht mehr.

Die Schlacht, welche die neun Clans des Fünften Stamms vor wenigen Tagen gemeinsam in den Stollen geschlagen hatten, hatte zahlreiche Leben gekostet. Der Tod hatte sich vor allem die Jungen, Unerfahrenen gegriffen. Doch ihr Opfer war nicht vergebens: Der unbekannte Feind war vernichtet.

Dennoch starben seine Freunde weiter, weil eine tückische Krankheit umging, von der keiner wusste, woher sie kam. Sie schwächte die Zwerge, ließ sie fiebern und raubte ihnen die Kraft, den klaren Blick und die sichere Hand. Und so hatte er als einer der Älteren die Pflicht übernommen, in dieser Nacht über den Steinernen Torweg zu wachen.

Von dem hoch gelegenen Aussichtspunkt aus führte der Pfad durch das Graue Gebirge und weiter in das Geborgene Land, wo Menschen, Elben und Zauberer in ihren Reichen lebten. Sein Stamm war es, der dem Land im Norden den Frieden sicherte.

Zwei gigantische Portale aus härtestem Granit verweigerten jedem Scheusal ein Durchkommen. Vraccas, der Gott der Zwerge und ihr Schöpfer, hatte einst die gewaltigen Steinflügel geformt und sie mit fünf Riegeln gesichert, die allein mithilfe geheimer Worte bewegt werden konnten. Nur die Hüter des Pfades kannten die Losung, und ohne die rechte Formel blieb die Pforte fest versperrt.

Vor den mächtigen Türen lagen die ausgeblichenen Knochen und zertrümmerten Rüstungen derer, die sich von dem Hindernis nicht hatten abschrecken lassen. Orks, Oger und andere Scheusale hatten Niederlage um Niederlage erlitten und auf blutige Weise erlebt, dass die Äxte der Zwerge auch nach tausenden von Sonnenzyklen noch scharf waren.

Der einsame Wächter nahm den Lederschlauch vom Gürtel und trank von dem kühlen Wasser, um die trockene Kehle zu befeuchten. Einige Tropfen rannen aus seinen Mundwinkeln und sickerten in den schwarzen Bart. Es hatte Stunden gekostet, das Gesichtshaar zu solch kunstvollen Zöpfen zu flechten, die nun wie dünne Seile auf der Brust baumelten.

Glandallin setzte den Trinkschlauch ab und zog die Waffen aus dem Gürtel, um sie auf die Brüstung des aus dem Berg gemeißelten Turmes zu legen. Die beiden eisernen Axtköpfe klirrten melodisch, als sie den Fels berührten.

Ein orangeroter Sonnenstrahl strich über die polierten Verzierungen und beleuchtete die Runen und Symbole, die dem Träger Schutz, Treffsicherheit und Ausdauer verleihen sollten.

Der Zwergenmeisterschmied und Begründer des Stammes der Ersten, Borengar Weißesse, hatte die Klingen selbst geschmiedet und sie ihm, der aus unzähligen Schlachten am Steinernen Torweg als Sieger hervorgegangen war, zum Geschenk gemacht. Kein Orkschwert, keine Trollkeule, kein Ogerspieß vermochten es, seinen 327 Sonnenzyklen langen Lebensfaden zu durchtrennen – auch wenn es schon genügend finstere Kreaturen versucht hatten, wie die Narben an seinem gedrungenen Körper bezeugten. Aber auch die Macht der Inschriften und seine Rüstung hatten ihm stets treu beigestanden.

So weit der Zwerg blickte, stemmte sich das Bergmassiv als bleifarbener Brocken aus dem hügeligen Land Gauragar empor, das von Menschen besiedelt wurde. Gleich einem Rückgrat wuchs es in die Höhe und schreckte den Wanderer mit Steilhängen, unsicheren Wegen und wechselhaftem Wetter, und so geschah es trotz der Reichtümer des Grauen Gebirges selten, dass sich ein Bewohner Gauragars in diese Gegend begab.

Allein sein Volk lebte in den Schatten dieser zerklüfteten Gipfel. Die Zwerge vom Stamm des Fünften, Giselbart Eisenauge, errichteten ihr unterirdisches Reich im harten Fleisch des nördlichen Hochlandes. Sie gruben Schächte, erbauten kunstvolle Hallen, schufen die heißesten Feuer und trieben Säle aus dem Fels, um fernab von Sonne und Witterung ihr Leben dem Schürfen von Schätzen und dem Schmieden zu widmen.

Glandallin betrachtete die unüberwindbaren Gipfel, die in weiter Entfernung zu einem breiten, dunklen Band schrumpften. Das war seine geliebte Heimat – ein Ort voller unterirdischer Schönheit, den er gegen keinen anderen eintauschen würde.

Vraccas, der göttliche Schmied, hatte das gesamte Geborgene Land mit dem schützenden Gürtel aus Bergen umgeben, um seine Bewohner vor den Ungeheuern des Gottes Tion zu bewahren. So oblag es allein den Elben, Zwergen, Menschen und anderen Kreaturen, in Frieden miteinander zu leben.

Als er den Blick nach Norden wandte, folgten seine braunen Augen dem dreißig Schritt breiten Pass, den sie den Steinernen Torweg nannten und der in das Jenseitige Land, in unerforschtes Gebiet führte. Früher hatten die Menschenkönige Expeditionen in alle Windrichtungen entsandt, aber nur die wenigsten waren zurückgekehrt und hatten zudem ungewollt dafür gesorgt, dass die Orks den Weg zum Tor fanden. Mit den Orks kamen die übrigen Scheusale, die der Gott Tion aus Bosheit schuf, um ihnen das Leben schwer zu machen.

Forschend suchte er den Weg ab. Die Aufmerksamkeit eines Wächters durfte zu keiner Zeit nachlassen. Die Kreaturen lernten nichts aus ihren Niederlagen. Ihr finsterer, bösartiger Verstand, den Tion ihnen gab, brachte sie dazu, immer wieder gegen die Portale anzurennen, um in das Geborgene Land zu gelangen. Sie wollten alles und jeden vernichten, denn sie waren zu nichts anderem von ihrem Schöpfer geschaffen.

Mal vergingen Sonnenzyklen, mal nur Umläufe, bevor sie einen weiteren Vorstoß unternahmen. Bislang kamen die Horden nicht auf den Gedanken, die Angriffe in geordnete Bahnen zu lenken und mit List vorzugehen; daher blieb es beim blindwütigen Anstürmen, das für die Angreifer stets im Blutbad endete. Die tobenden und brüllenden Bestien gelangten nie weiter als bis an die Zinnen der Wehrgänge, wo die Äxte der Zwerge zur tödlichen Begrüßung ihrer harrten und von Sonnenaufgang bis Sonnenuntergang Fleisch, Knochen und Rüstungen der Ungeheuer durchtrennten. An solchen Tagen stand deren schwarzer, dunkelgrüner und gelbbrauner Lebenssaft knöchelhoch vor den unverwüstlichen Granittoren, an denen Rammböcke und Katapultgeschosse krachend zersplitterten.

Auch die Kinder des Vraccas erlitten Verluste, wurden verstümmelt und verletzt, doch keiner von ihnen haderte mit dem Schicksal. Schließlich sie waren die Zwerge, das härteste Volk der bekannten Welt und die Beschützer des Geborgenen Landes.

Und dennoch haben sie uns überrumpelt. Glandallin dachte an die rätselhaften Kreaturen in den Schächten, denen so viele Angehörige seines Stammes zum Opfer gefallen waren. Plötzlich waren sie da gewesen. Äußerlich glichen sie den Elben: hoch gewachsen, schlank und grazil in ihren Bewegungen, aber sie waren grausamer und heimtückischer im Kampf.

»Elben oder unbekannte Bestien?«, rätselte er halblaut und entschied sich für Bestien. *Tion der Niederträchtige wird sie vor langer Zeit in der Erde vergraben und vergessen haben. Unsere eigenen Mineure müssen sie aus ihrem Schlaf gerissen und aus dem Fels befreit haben,* suchte er nach einer Erklärung.

Glandallin war sich so gut wie sicher, dass es keine Elben aus dem Geborgenen Land sein konnten. Zwerge und Spitzohren hassten einander; Vraccas und Sitalia, die Schöpferin der Elben, hatten es so beschlossen, als sie die Völker ins Leben gerufen und ihnen gegenseitige Abneigung mitgegeben hatten. Daraus entsprang so mancher unversöhnliche Streit und so manches Scharmützel, das Tote forderte, niemals jedoch ein Krieg.

Und wenn sie es doch waren? Ist der Hass derart gewachsen, dass wir in einen Krieg mit ihnen geraten?, dachte er im Stillen. *Oder wollen sie einen Krieg wegen unserer Schatzhorte? Sind sie neidisch auf unser Gold?* Glandallin wusste keine Antwort darauf und zwang sich, die notwendige Aufmerksamkeit walten zu lassen. Die Gedanken an das Gemetzel in den finsteren Stollen gegen die unheimlichen Krieger, Elben oder nicht, lenkten die Augen ab, machten sie stumpf. Sie glitten über die Landschaft, ohne die Berge und den Steinernen Torweg wirklich zu sehen.

Seine Augenbrauen zogen sich im Zorn zusammen, denn der scharfe Nordwind, der ihm so weit oben eisig um die Bartsträhnen pfiff, trug ihm einen Geruch zu, den er aus seinem tiefsten Inneren hasste. Orks.

Sie stanken nach geronnenem Blut, nach Exkrementen und Schmutz; dazu mengte sich das ranzige Aroma ihrer eingefetteten Rüstungen. Sie glaubten, die Schneiden der Zwergenäxte würden an dem Talg abrutschen und so weniger Schaden am Metall anrichten.

Das Fett wird euch wieder nichts gegen uns nützen. Glandallin wartete nicht, bis er die zerlumpten Banner und verrosteten Speerspitzen über die letzte Anhöhe des Steinernen Torweges kommen sah oder das Scheppern der Panzerhemden vernahm. Er machte einen Schritt zur Seite und stellte sich auf die Zehenspitzen; die schwieligen Hände legte er um die hölzernen, rauen Griffe der beiden Blasebälge. Die künstlichen Lungen füllten sich mit Luft, ehe der Zwerg ihren Atem mit einer kräftigen Bewegung auspresste.

Die Luft strömte durch das breite Rohr, schoss in die Tiefe und erweckte das Signalhorn unter der Erde zum Leben. Dumpfes Dröhnen rollte die Stollen und Gänge der Fünften entlang.

Der Zwerg betätigte die Blasebälge im Wechsel, damit der Luftstrom nicht abriss. Das Dröhnen schwoll zu einem gleichmäßigen, durchdringenden Ton an, der selbst den Verschlafensten seines Stammes aus den Kissen jagte. Einmal mehr rief sie die ehrenvolle Pflicht, das Geborgene Land zu verteidigen.

Schwitzend blickte Glandallin über die rechte Schulter, um den Vormarsch der Angreifer abzuschätzen.

Sie kamen. Zu Hunderten.

Die Kreaturen des Gottes Tion schoben sich in breiter Front den Steinernen Torweg entlang, und das zahlreicher als je zuvor. Beim Anblick der Ungeheuer hätte das Herz eines Menschen vor Furcht ausgesetzt, und die Elben wären in den Schutz ihrer Wälder geflüchtet. Nicht so ein Zwerg!

Die Attacke gegen den Durchgang überraschte Glandallin zwar nicht, doch der Zeitpunkt beunruhigte ihn. Seine Freunde und Verwandten brauchten Ruhe, um sich vollständig von den Strapazen der letzten Kämpfe und der schleichenden Krankheit zu erholen. Die nahende Schlacht würde gewiss mehr Kraft kosten als gewöhnlich. *Mehr Kraft und mehr Leben.*

Die Verteidiger besetzten die Wehrgänge rund um die Pforte eher zögerlich; einige von ihnen taumelten mehr, als sie gingen, und ihre Finger schlossen sich kraftlos um die Schäfte der Äxte. Die Schar, die sich schleppend zur Abwehr formierte, kam gerade einmal auf einhundert tapfere Seelen. Tausend hätten sie benötigt.

Glandallin beendete seine Wache, weil er an anderer Stelle dringender gebraucht wurde.

»Vraccas stehe uns bei! Wir sind zu wenige«, flüsterte er und konnte die Augen nicht von der Straße wenden, auf der sich der breite, stinkende Strom von Orks ergoss. Grunzend und brüllend walzten sie voran und hielten genau auf das Portal zu. Die nackten Berghänge warfen ihre animalischen Laute zurück, und das Echo verstärkte das siegessichere Grölen.

Die verzerrten Klänge drangen tief in sein Gemüt, und ihm kam es plötzlich so vor, als hätten sich die Bestien verändert. Die tobende und lärmende Masse strömte eine solche Siegesgewissheit aus, dass er sie förmlich greifen konnte.

Unwillkürlich machte der Zwerg einen Schritt zurück. Zum ersten Mal empfand er Furcht vor den Wesen.

Und sein Schrecken wuchs.

Als seine Augen abschätzend über das Heer der Angreifer wanderten, streiften sie auch die kleine Gruppe von standhaften Höhentannen, die den kargen Verhältnissen stets getrotzt hatten. Er kannte sie von klein auf, hatte sie wachsen und gedeihen sehen.

Nun aber senkten sich ihre Zweige nach unten, die Nadeln regneten auf den steinigen Untergrund herab und verschwanden zwischen den Felsen. Sie waren todkrank, starben.

Es geht den Tannen wie uns. Glandallin dachte an seine leidenden Freunde. *Welche Kräfte sind hier am Werk, Vraccas? Beschütze dein Volk!*, betete er und nahm seine Äxte vom Sims.

Angsterfüllt küsste er die Runen. »Bitte, verlasst mich nicht«, rief er sie leise an, wandte sich um und hastete die Stufen hinab, um der Hand voll Verteidiger beizustehen.

Er gelangte bei ihnen an, als die erste Angriffswelle gegen die Mauern schwappte. Pfeilschauer sirrten auf die Zwerge herab. Die Orks legten Dutzende Sturmleitern an und kletterten ohne zu zögern die wackligen Sprossen hinauf. Andere setzten tragbare Katapulte zusammen, um den Sturm auf die Zinnen mit Brandgeschossen zu unterstützen. Die prall gefüllten, brennenden Lederbeutel zischten durch die Luft und barsten, sobald sie auf Widerstand trafen. Alles in ihrem näheren Umkreis wurde mit Petroleum überschüttet und entzündet.

Die ersten Salven flogen zu tief; dass die vordersten Orkabteilungen im eigenen Feuersturm vergingen, störte die schwarze Brut nicht. Weder der Steinhagel noch die heiße Schlacke, die von oben auf sie niedergingen, vermochten ihren Eifer und ihre Gier zu bremsen. Für einen Gefallenen drängten fünf neue Bestien auf die Tritte. Dieses Mal wollten sie durch die Pforte hindurch gelangen, dieses Mal sollte der Steinerne Torweg fallen.

»Gib Acht!« Glandallin stand einem Verteidiger bei, den ein Pfeil in die rechte Schulter getroffen hatte. Eines der Geschöpfe Tions, ein weniger kräftiges Exemplar mit breiten Hauern und platter Nase, nutzte den Moment der Unachtsamkeit. Es schwang sich auf die Mauer und sprang zwischen den Zinnen hindurch auf den Wehrgang.

Zwerg und Ork starrten einander an, die Zeit schien still zu stehen. Das Geschrei, das Zischen der Pfeile und das Klirren der Äxte wurden mit einem Mal leiser, undeutlicher.

Dafür hörte Glandallin das schwere Atmen des Gegners. Verunsichert rollten die rot geäderten Augäpfel, die tief im Schädel saßen, nach rechts und nach links. Der Zwerg erkannte deutlich, was die Bestie bewegte. Sie war die Erste ihrer Art, die es bis auf den vordersten Verteidigungswall geschafft hatte, und dieses Glück musste sie erst einmal fassen.

Er roch den Talg, der als gräulicher Belag fingerdick auf der Plattenrüstung lag, und der Gestank des ranzigen Fetts brachte all seine Sinne in die Schlacht zurück.

Mit einem Schrei warf sich Glandallin gegen den Ork. Die Kante seines Schildes zuckte nach unten und zerschmetterte dem Wesen den Fuß; gleichzeitig schlug er über die Deckung hinweg zu. Die Schneide seiner Axt grub sich knirschend in die ungeschützte Stelle unter der Achsel. Sauber abgetrennt fiel der Arm auf den Stein. Dunkelgrünes Blut schoss in hohem Bogen aus der offenen Wunde.

Der Ork quiekte gellend auf und erhielt im nächsten Augenblick einen wuchtigen, senkrecht geführten Hieb gegen die Kehle.

»Bring deinen Verwandten meinen Gruß und sage ihnen, dass ich auf sie warte!« Glandallin drängte den Sterbenden zurück und schob ihn zusammen mit dem nächsten Angreifer über die Brustwehr. Sie fielen über die Kante und verschwanden in der Tiefe. Der Zwerg hoffte, dass der Aufschlag ein halbes Dutzend ihresgleichen mit in den Tod riss.

Von nun an bekam er keine Atempause mehr. Er rannte auf der Balustrade umher, spaltete Helme samt Schädel und duckte sich unter Pfeilen und Brandgeschossen hinweg, um sich sogleich auf den nächsten Ork zu stürzen.

Die Dunkelheit, die sich mehr und mehr über den Steinernen Torweg senkte, bereitete ihm keine Schwierigkeiten; sein Volk vermochte in finsterster Nacht zu sehen. Aber seine Arme, die Schulter, die Beine wogen von Schlag zu Schlag und von Schritt zu Schritt mehr.

»Vraccas, gewähre uns eine Rast, damit wir zu Kräften kommen können«, keuchte er, während er sich das Orkblut mit den Zöpfen seines Barts aus den Augen wischte.

Und der Gott der Schmiede hatte ein Einsehen.

Hörner und Trombonen signalisierten den Geschöpfen Tions, von den Zinnen abzulassen. Gehorsam begannen die Orks mit dem Rückzug.

Glandallin schickte einen letzten Feind ins Jenseits, ehe er auf den Steinboden sank und nach seinem Trinkschlauch langte. Er zog den Helm ab und goss sich das Wasser über die schweißnassen Haare. Kühlend rann die Flüssigkeit über sein Gesicht und erweckte sein Lebensfeuer.

Wie viele sind uns geblieben? Er stemmte sich in die Höhe, um nach den Verteidigern des Wehrgangs zu sehen. Aus den einhundert waren siebzig geworden; unter ihnen erkannte er die weithin sichtbare Gestalt von Giselbart Eisenauge, ihrem Urvater.

Der Erste aller Fünften stand dort, wo die meisten abgeschlachteten Orks lagen. Seine polierte Rüstung aus dem härtesten Stahl, der in einer Zwergenschmiede jemals geschaffen worden war, schimmerte hell, und die Diamanten, die seinen Waffengurt zierten, funkelten im Schein der brennenden Petroleumlachen. Er erklomm einen Vorsprung, damit ihn jeder sah.

»Bleibt auf euren Posten«, schallte seine feste Stimme über die Zinnen. »Seid standhaft wie der Granit, aus dem wir gemacht sind. Nichts vermag uns zu brechen, kein Ork, kein Oger, keine der Bestien, die Tion zu uns schickt. Wir zerschmettern sie, wie wir es schon seit Tausenden von Zyklen tun! Vraccas ist mit uns!«

Leiser Jubel und zustimmende Rufe ertönten. Ihre Zuversicht, die bedrohlich ins Schwanken geraten war, kehrte wieder; an ihrem Stolz und Trotz würden die Angreifer scheitern.

Die erschöpften Krieger versorgten sich mit Essen und Schwarzbier. Mit jedem Bissen und jedem Schluck fühlten sie sich lebendiger, frischer. Die tieferen Wunden erhielten eine notdürftige Behandlung, klaffende Wundränder wurden kurzerhand mit feinen Bindfäden zusammengenäht.

Glandallin setzte sich neben seinen Freund Glamdolin Starkarm. Während sie aßen, betrachteten sie die gewaltige Orkhorde, die sich etwa hundert Schritt von der Pforte zurückgezogen hatte. Ihm kam es so vor, als wollten sie sich zu einem lebendigen Rammbock formieren und Anlauf nehmen, um die Portale mit der Gewalt ihrer Leiber aufzusprengen.

»So hartnäckig, so erschreckend furchtlos wie in dieser Nacht habe ich unseren ärgsten Gegner noch nie erlebt«, sagte er leise. »Etwas ist anders als sonst.« Schaudernd erinnerte er sich an die sterbenden Bäume.

Eine Axt fiel klirrend auf die Steinplatten zu seiner Linken. Der Zwerg drehte sich zu seinem Kampfgefährten um und sah ihn gerade noch in sich zusammensacken. »Glamdolin!« Rasch packte er ihn, um ihn zu untersuchen, und erschrak. Seine glühende Stirn war voller kleiner, feiner Wasserperlen, die ihm über das Gesicht und in den Bart rollten, und die geröteten Augen blickten fiebrig ins Leere.

Glandallin wusste sogleich, dass die rätselhafte Krankheit sich ein weiteres Opfer gesucht und seinen Freund in die Knie gezwungen hatte. Was die Unholde nicht erreichten, das schaffte das tückische Leiden.

»Ruh dich aus. Es wird bestimmt bald besser.« Er zog den röchelnden Glamdolin zurück bis an die Mauer und bettete ihn sorgfältig. Doch er hegte kaum Hoffnung, dass sich der Zustand seines Freundes bessern würde.

Das Warten zermürbte die Zwerge wie auch die Orks; Müdigkeit, der Feind aller Krieger, breitete sich aus. Glandallin döste selbst im Stehen immer wieder ein, doch als sein Helm mit einem dumpfen Laut gegen die Brüstung schlug, schreckte er hoch und blickte sich um. In der Zwischenzeit waren noch mehr Zwerge Opfer der Krankheit geworden und mussten die Reihen der Verteidiger verlassen. Es sah nicht gut aus für die Kinder des göttlichen Schmieds.

Ein durchdringender Alarmruf brachte sein Herz zum Pochen, die Angreifer erhielten neue Verbündete.

Im kalten Schein des Mondes erblickte der Zwerg die eindrucksvollen Silhouetten gewaltiger Monstrositäten, die viermal so groß wie die Orks waren. Er zählte vierzig von ihnen. Die hässlichen Körper steckten in schlecht geschmiedeten Rüstungen, die prankengleichen Hände schwangen junge, grob zugehauene Tannen als Keulen.

Oger.

Wenn sie über die Zinnen gelangten, müssten sie die Verteidigungslinie aufgeben. Die Kessel mit der siedenden Schlacke waren leer, die Steinreserven vorerst aufgebraucht. Doch Glandallins Zaudern währte nur kurz; ein Blick auf die leuchtende Gestalt von Giselbart genügte ihm, um den Glauben an einen weiteren Triumph über die dunklen Geschöpfe zurückzubringen.

Die Masse der Orks geriet in Bewegung, die heranmarschierenden Oger wurden mit Freudengebrüll begrüßt.

Die gigantischen Wesen, welche die Orks an Hässlichkeit und Ungeschlachtheit noch übertrafen, stapften zur Spitze des Heeres. Dort angekommen, machten sie große eiserne Wurfanker bereit, deren vier Widerhaken jeweils die Länge eines ausgewachsenen Menschen besaßen. Als Nächstes zogen sie lange Ketten durch die Ösen am oberen Ende der Anker.

Als Klettergerät sind die Konstruktionen ungeeignet, überlegte Glandallin. *Vermutlich wollen die Oger damit die Mauern des Wehrgangs einreißen. Und so, wie diese Wesen aussehen, könnte es ihnen gelingen.*

Die Wurfanker wirbelten durch die Luft und verhakten sich an drei Dutzend Stellen des massiven Vorbaus. Auf einen gebrüllten Befehl hin zogen die wartenden Orks zusammen mit den Ogern an den Ketten. Die Metallglieder spannten sich klirrend, Peitschenknall drang herauf.

Der Zwerg hörte ein leises Knirschen. Das Bollwerk, erbaut von den Händen seines Volkes und seit vielen Sonnenzyklen über standhaft, rang verzweifelt mit der rohen Kraft der Ungetüme.

»Schnell, bringt die Verletzten von hier weg!«, rief er. Heraneilende Helfer, die zuvor noch die Schlackekessel bedient hatten, trugen Glamdolin und all die anderen Kampfunfähigen davon.

Eine Zinne riss ab, die Eisenkralle und die Steinstücke sausten hinab und töteten zwei der Oger und zehn Orks. Aber die Bestien gaben nicht auf. Nur wenig später surrte der Anker erneut heran und verkeilte sich an einer anderen Stelle.

Dieses Mal zogen sich die Zwerge zurück. Sie verließen den Wehrgang gerade noch rechtzeitig und positionierten sich oben auf den Flügeln des steinernen Portals. Die Schmiede hatten vor Jahren stählerne Verschanzungen angebracht, hinter die sich die Verteidiger nun kauerten.

Glandallin vernahm das Poltern, als die Balustrade abbrach und auf den Torweg stürzte. Die Erde erzitterte unter dem Gewicht, und das Freudengeschrei der Gegner war unbeschreiblich.

Meinetwegen sollen sich die Bestien die Schädel einrennen. Der Zwerg zwang sich zur Ruhe. Diese Pforte würde niemals fallen, weil es mehr als ein paar Wurfkrallen bedurfte, um die Barrikade zu zerstören.

Er schaute vorsichtig über den Rand der schützenden Verkleidung. Weitere Feinde der Zwerge nahten. Auf stattlichen nachtschwarzen Pferden ritten sie zur Spitze des Heeres aus Orks und Ogern. Der Zwerg erkannte die hoch gewachsenen, schlanken Gestalten mit den spitzen Ohren sofort wieder. Sie waren diejenigen gewesen, welche die Zwerge in den Tunneln angegriffen hatten und unter großen Verlusten zurückgeschlagen worden waren.

Die Augen ihrer Pferde glommen dunkelrot, und die Hufe schlugen mit jedem Schritt weißliche Funken. Zwei Reiter preschten bis vor das Portal und erteilten den Orks und Ogern Anweisungen, die ohne Widerworte ausgeführt wurden. Die Scheusale räumten die Trümmer vor der Pforte weg und bereiteten den Weg für einen neuerlichen Sturm.

Die Elben wendeten ihre Pferde und zogen sich zurück, um die Ungeheuer aus sicherer Entfernung zu beobachten. Einer der beiden Reiter nahm einen gewaltigen Bogen von der Schulter und legte einen Pfeil auf die Sehne. Die mit Handschuhen geschützten Finger lagen locker an der geflochtenen Schnur; der Schütze wartete, bis sein Einsatz benötigt wurde.

Eilig schleppten die Zwerge Steinbrocken herbei und schleuderten sie auf die Bestien. Einige versuchten, den Wurfgeschossen zu entkommen. Doch kaum wandten sich drei Orks zu Flucht, ruckte der Bogen des Elben in die Höhe. Schneller als Glandallin schauen konnte, sandte er das erste, ungewöhnlich lange Geschoss auf die Reise. Schon brach das Ungeheuer getroffen zusammen.

Während der Ork fiel, hatte der Elb bereits den nächsten Pfeil auf die Sehne gelegt und geschossen; das zweite Ungeheuer starb quiekend, das dritte nur einen Herzschlag darauf. Die anderen Scheusale verstanden die drastische Warnung und kehrten an ihre Arbeit zurück. Keiner wagte es, gegen den Mord an ihren Mitstreitern aufzubegehren; sogar die Unteranführer schwiegen vor Furcht, selbst tödlich gemaßregelt zu werden.

Es dauerte bis zum Morgengrauen, dann lagen keine Trümmer mehr vor dem Tor.

Die Zwerge vom Stamm des Fünften bestaunten ein bizarres Schauspiel. Während sich der Himmel im Osten allmählich hell einfärbte und das Nahen der Sonne verkündete, erhob sich im Norden eine breite Nebelbank. In ihrem Innersten schimmerte es schwarz, silbern und rot; die Farben mengten sich, und ihre Intensität wechselte unentwegt.

Sie bewegte sich über die Köpfe der Ungeheuer hinweg und schwebte entgegen der Windrichtung auf das Tor zu. Die sonst so lärmenden Orks schwiegen, duckten sich ängstlich zusammen und hüteten sich, mit dem lebendigen Dampf in Berührung zu kommen. Auch die Oger wichen zurück. Demütig senkten die Elben die Häupter und entboten dem Brodem einen Gruß, wie er einem Herrscher gebührte. Der schimmernde Nebel senkte sich vor den Reitern zu Boden und verharrte.

Dann geschah das Unfassbare: Ein Ruck lief durch das Portal, der Stein bebte, und der erste der fünf Riegel schob sich zurück. Jemand musste das Unfassbare getan und die magische Losung genannt haben, um das Geborgene Land den Horden preiszugeben!

»Das kann nicht sein!«, rief Glandallin entsetzt und schaute zur anderen Seite des Portals hinab, um den Schuldigen zu entdecken. »Wie ...«

Es war Glamdolin Starkarm. Er stand einsam vor der Pforte, die Hände beschwörend gegen das Tor gereckt und die nächste Losung rufend.

»Schweig, du Narr!«, schrie er entsetzt zu seinem Freund hinab. »Was tust du da?!«

Aber der Zwerg wollte ihn nicht hören. Schon glommen die Runen der zweiten Sperre auf. Ächzend schob sich der Riegel zurück.

»Es kann nur verfluchte Magie sein, die gegen uns wirkt«, mutmaßte Glandallin laut. »Der Nebel! Er muss ihn verhext haben!«

Der dritte Riegel löste sich und gab die Eisenbänder am Portal frei.

Jetzt kam Bewegung in die Reihen der Verteidiger. Die ersten sprangen auf und rannten zu den Treppen, um nach unten zu eilen und Glamdolin zum Schweigen zu bringen. Aber schon glitt die vierte Sperre aus ihrer Halterung. Nur noch ein Riegel war übrig und von den Zwergen, welche den Verräter, den Verhexten aufhalten sollten, nichts zu sehen.

»Wir schaffen es nicht mehr rechtzeitig«, erkannte Glandallin grimmig. »Vraccas vergib mir meine Tat, aber es geht nicht anders.« Er nahm seine Axt und schleuderte sie mit aller Kraft und Wut nach dem Freund, mit dem er vorhin noch Seite an Seite gekämpft hatte.

Die Klinge wirbelte durch die Luft, drehte sich um die eigene Achse und zischte in die Tiefe. Der Zwerg hatte gut Maß genommen, seine Waffe fand ihr Ziel.

Glamdolin ächzte auf, als sich die Schneide in die linke Schulter grub. Ein Schwall Blut schoss aus der klaffenden Wunde, und er stürzte zu Boden. Glandallin dankte seinem Gott voller Erleichterung, dass er die Axt geleitet hatte.

Doch es war bereits zu spät, der Verräter hatte sein schreckliches Ziel erreicht. Die letzte Barriere fiel.

Die gigantischen Torflügel bewegten sich langsam. Rüttelnd, widerstrebend schwangen sie zurück, als spürte der Granit, dass er sich für die Falschen öffnete.

Fels rieb auf Fels; aus dem schmalen Spalt wurde eine klaffende Lücke, die sich zu einem wachsenden Durchlass verbreitete. Nach schier unendlich langer Zeit stand die Pforte offen. Ein letztes Knarren ertönte, dann lag der Weg in das Geborgene Land zum ersten Mal seit der Erschaffung der Welt frei.

Nein! Das darf nicht sein. Glandallin schüttelte seine Lähmung ab. Er folgte Giselbart und den letzten Kriegern die Stufen hinab, um nach unten zu gelangen und das Tor zu verteidigen.

Er traf als Vorletzter an der breiten Öffnung ein. Seine Gefährten hatten sich bereits aufgestellt, die Schilde hielten sie als Schutz vor den Körper, die andere Hand führte die Axt, die gefürchtete Waffe der Zwerge.

Sie standen dicht nebeneinander und bildeten einen kleinen, lebendigen Wall gegen die übermächtige Flut aus Orks, Ogern, Trollen und Elben. Vierzig gegen vierzigtausend.

Ihre Gegner wagten sich nicht vorwärts. Sie fürchteten einen Hinterhalt, denn niemals zuvor hatte sich der Durchgang für sie geöffnet.

Glandallins Augen schweiften über die erste Reihe der widerwärtigen Feinde, hinter der eine zweite, eine dritte, noch eine, wieder eine und viele weitere lauerten. Seine buschigen Brauen zogen sich zusammen, eine tiefe Furche entstand über seinem Nasenbein. Trotz, Hass gegen das greifbar Böse und der unerschütterliche Glaube an die Pflicht festigten ihn.

Giselbart hatte die Formel gesprochen, um das Portal wieder zu schließen. Die Türen schwangen gehorsam, aber langsam, viel zu langsam aufeinander zu. Er schritt die Reihe hinter ihnen ab und legte jedem noch einmal die Hand auf die Schulter. Die Berührung wirkte beruhigend und ermutigend zugleich; sie stärkte die letzten Verteidiger des Geborgenen Landes.

Die Elben gaben Befehle, Trombonen quäkten los. Die Orks und Oger brüllten sich selbst Mut zu, rissen die Waffen in die Höhe und verfielen in donnernden Trab. Der Sturm begann.

»Sie können nur in einer Linie kommen. Gebt ihnen unseren guten Stahl zu fressen!«, rief Glandallin nach rechts und nach links, um seinen Gefährten Mut zuzusprechen. »Vraccas ist mit uns! Wir sind die Kinder des Schmieds!«

»Wir sind die Kinder des Schmieds!«, schrien seine Stammesbrüder zurück, die Füße fest gegen den Fels gestemmt.

Vier der Zwerge stellte Giselbart als letzte Verteidigung ab. Dann warf er seinen Schild weg, zog beide Äxte und gab das Zeichen zum Gegenangriff. Die Letzten aus dem Stamm des Fünften rannten los, um ihren Gegnern den Tod zu bringen.

Zehn Schritte vor dem Torbogen erfolgte der Zusammenprall der ungleichen Streitmächte. Die Hüter des Torwegs gruben sich wie die Maulwürfe durch die Reihen der Orks, die vorweg gestürmt waren.

Glandallin schwang seine Axt und durchtrennte einen Unterschenkel nach dem anderen. Er hielt sich nicht damit auf, die Bestien zu töten; es reichte ihm, sie zu Fall zu bringen und zum Hindernis für die Nachfolgenden zu machen.

»Ihr werdet niemals an mir vorbeigelangen!«, schrie er ihnen entgegen. Bald haftete stinkendes Blut an seinem ganzen Körper, es troff von der Rüstung und dem Helm und brannte in den Augen. Als ihn die Kraft zu verlassen drohte, warf er eine Axt weg und führte die andere mit beiden Händen. »Niemals!« Knochen brachen, warme Flüssigkeiten ergossen sich über ihn; ein Schwert und ein Speer verletzten ihn leicht, doch er drosch weiter zu.

Es ging nicht um sein Leben. Glandallin wollte erreichen, dass die Pforte sich rechtzeitig schloss und das Geborgene Land sicher blieb. Wenn die Kranken sich vom Fieber erholt hätten, würden sie die Verteidigung übernehmen. *Noch ist nichts verloren!*, sagte er sich.

Die Runen des Meisterschmieds Borengar aber, die bis zu dieser Stunde wahrlich Wunderbares geleistet hatten, mussten ihren Vorrat an Schutz endgültig verbraucht haben. Glandallin nahm aus dem Augenwinkel wahr, wie der Kampfgefährte zu seiner Rechten fiel; das Zweihänderschwert eines Orks spaltete dem Zwerg den Schädel.

Getrieben von glühendem Hass und dem Willen, den Mörder niederzustrecken, machte er zwei Ausfallschritte, trieb dem schwarzhäutigen Scheusal die Axt in den Wanst und schlitzte ihn der Länge nach auf.

Der Schatten, der über ihn fiel, warnte ihn zu spät. Vergebens versuchte er, sich unter der herabstoßenden Ogerkeule wegzuducken, aber das schwere Ende traf seine Beine und zerquetschte sie. Schreiend fiel er gegen den nächsten Ork und trennte ihm noch im Sturz den Oberschenkel halb ab. Dann landete er kopfüber im Gewirr der Beine und hieb knurrend um sich, bis kein Gegner mehr in seine Reichweite gelangte.

»Kommt her!«, verlangte er wütend nach neuen Feinden.

Sie straften ihn mit Missachtung. Ihre Gier war zu groß, sie rannten an ihm vorbei, um in das Geborgene Land zu gelangen. Was sollten sie mit zähem Zwergenfleisch, wo doch Besseres auf sie wartete? Einfältigen Tieren gleich drückten und schoben sie, um durch das Portal zu gelangen. Sie scherten sich nicht mehr um den Zwerg, er war besiegt.

Unter Qualen stemmte er seinen Oberkörper in die Höhe, um nach den beiden Granitflügeln zu sehen. Er hoffte, dass die letzte Zwergenreihe standhielt und den Vorstoß abwehrte.

Seine Hoffnung blieb unerfüllt. Er war der letzte Überlebende, die anderen Zwerge lagen tot und aufs Grausamste verstümmelt am Boden, umgeben von den unzähligen Kadavern ihrer erschlagenen Feinde. Die Diamanten an Giselbarts Gürtel glitzerten und wiesen zu der Stelle, an der ihr Stammesherr gegen drei Oger gefallen war. Der Anblick erfüllte Glandallin mit unerträglichem Seelenschmerz und trotzigem Stolz zugleich.

Das Portal hatte sich indes fast geschlossen. Acht Oger stemmten sich verzweifelt gegen die Türen, um sie davon abzuhalten, sich erneut zu verriegeln. Doch die verhornten Fußsohlen rutschten über den Felsweg, denn selbst ihre titanische Kraft vermochte nichts gegen die Magie des Gottes Vraccas auszurichten. Die wenigen Scheusale, die bisher ins Geborgene Land gelangt waren, bedeuteten gewiss keine übermächtige Gefahr für die Menschen, Elben, Zauberer und die vielen anderen Wesen.

Die Morgensonne schob sich über den Gebirgskamm über dem Steinernen Torweg und blendete Glandallin. Er schirmte die empfindlichen Augen mit der Hand, damit er sehen konnte und die Gewissheit erhielt, dass die Pforte nicht mehr die kleinste Lücke aufwies.

Es ist uns gelungen, Vraccas, dachte er erleichtert, als ein glühender Schmerz durch seinen Rücken fuhr. Eine schmale Klingenspitze ragte für den Zeitraum mehrerer Lidschläge aus seiner Brust, ehe sie wieder herausgezogen wurde. Ihm stockte der Atem. »Wer ...?«

Der heimtückische Angreifer umrundete ihn und ließ sich vor ihm in die Hocke nieder. Der Zwerg blickte in ein feines Elbengesicht, Sonnenstrahlen schienen durch die blonden Haare und verwandelten sie in goldene Fäden. Die Schönheit litt unter einem Furcht einflößenden Makel: Anstelle der Augen sah der Zwerg zwei mandelförmige, unergründlich schwarze Löcher.

Das Spitzohr trug eine schimmernde Plattenrüstung aus geschwärztem Stahl, die bis über die Knie reichte. Die Beine wurden durch Lederhosen geschützt, die dunkelbraunen Stiefel reichten bis unter die Knie. Dunkelrote Handschuhe bewahrten die Finger vor Schmutz, und die Rechte hielt einen Speer mit einer dünnen, blutfeuchten Eisenspitze, die das enge Ringgeflecht des Kettenhemdes durchstoßen hatte.

Der seltsame Elb sprach zu dem Zwerg.

Glandallin verstand ihn wieder nicht, doch der düstere Klang der Worte sandte eisige Schauer über seinen Rücken.

»Mein Freund sagte: Sieh mich an. Dein Tod heißt Sinthoras«, übersetzte jemand hinter ihm. »Ich nehme dir das Leben, und das Land nimmt dir die Seele.«

Glandallin hustete dunkles Blut, es rann aus dem Mundwinkel und sickerte in seinen Bart.

»Geh mir aus der Sicht, niederträchtiges Spitzohr! Ich möchte beobachten, wie sich das Tor schließt«, verlangte er mit schroffer Stimme. Er versuchte, den Gegner mit einem Hieb der Axt zu verscheuchen. Beinahe wäre sie ihm entglitten, denn seine Kraft schwand. »Geh weg, oder ich spalte dich wie einen Strohhalm, verräterischer Elb«, polterte er ungerührt weiter.

Sinthoras lächelte kalt. Er hob den Spieß und fädelte die Spitze in einen schmalen Spalt zwischen den Kettenhemdringen.

»Du irrst. Wir sind die Albae. Wir sind gekommen, um die Elben zu vernichten«, sagte die Stimme in seinem Rücken sanft. »Das Tor mag sich schließen, aber wenn du dich durch die Macht des Landes wieder von den Toten erhebst, wirst du einer von uns sein und es öffnen. Du kennst die Losung.«

»Niemals!«, widersprach der Zwerg. »Meine Seele zieht zu Vraccas ...«

»Nein, denn deine Seele gehört nun dem Land, und damit gehörst du ihm auf ewig«, unterbrach ihn die samtene Stimme. »Nun stirb, kehre zurück und gib uns das Geborgene Land.«

Das geschliffene Ende fuhr in das Fleisch des hilflosen, geschwächten Zwerges. Der Schmerz brachte ihn zum Verstummen.

Mit sanftem Druck schob Sinthoras die Klinge ein zweites Mal durch den geschundenen Körper. Er tat es beinahe andächtig, zärtlich, voller Glückseligkeit, dann wartete er auf das Sterben. Eingehend betrachtete er Glandallins vom Todeskampf verzerrte Züge und sog die Eindrücke neugierig in sich auf.

Erst als er sich sicher war, dass alles Leben aus dem letzten Hüter des Steinernen Torwegs gewichen war, stand er auf.

I

**Das Geborgene Land, das Zauberreich Ionandar
im Jahr des 6234sten Sonnenzyklus, Frühling**

Mit lautem Klingen tanzte der Schmiedehammer auf dem glühenden Stück Eisen herum. Mit jedem Schlag wurde es runder und formte sich, bog sich der Gewalt aus Kraft und Geschick.

Urplötzlich setzte das Konzert aus. Ein unzufriedenes Grummeln ertönte, während die Stahlkiefer einer Zange zuschnappten, das Stück packten und zurück in die Esse warfen. Der Schmied war mit dem Ergebnis seiner Arbeit nicht zufrieden.

»Was machst du, Tungdil?«, fragte Eiden, der Pferdeknecht des Magus Lot-Ionan, voller Ungeduld und strich dem wartenden Vierbeiner über die Nüstern. »Soll unser Ackergaul ewig warten? Ich muss das Feld bestellen.«

Der Zwerg mit dem kurz geschorenen braunen Bart tauchte die Hände in den Wassereimer und nutzte die kleine Unterbrechung, um sich vom Schmutz zu befreien. Sein gedrungener, nackter Oberkörper wurde von einer Lederschürze bedeckt, die Beine steckten in Lederhosen. Mit seinen kräftigen Fingern fuhr er sich durch die langen braunen Haare, um den Schweiß abzuwischen und sich bei der Gelegenheit etwas abzukühlen.

»Das Eisen hätte dem Schimmel nicht gepasst«, lautete die kurze Erklärung. Tungdil betätigte den Blasebalg, dessen Fauchen in seinen Ohren wie das Atmen eines uralten Giganten klang. Die frische Luft verlieh den glühenden Kohlen feuriges Leben. »Gleich.«

Der Schmied wiederholte die Prozedur und passte den eisernen Schuh an den Huf an. Als das Horn verbrannte, verschwand Tungdil in einer stinkenden, gelbweißen Wolke. Rasch kühlte er das Eisen in einem Eimer mit Wasser ab, trieb die Nägel in die vorgesehenen Löcher und setzte den Hinterlauf vorsichtig zu Boden. Er beeilte sich, von dem breiten, starken Pferd weg zu kommen, dessen Größe ihn mit Misstrauen erfüllte.

Eiden lachte und streichelte das Tier. »Na, das hat der Kurze wieder gut hinbekommen, was?!«, sagte er zu dem Schimmel. »Komm, aber pass auf, dass du nicht über ihn stolperst.« Die beiden verschwanden aus der Schmiede, um so schnell wie möglich auf den Acker zu kommen.

Der Zwerg streckte sich und schüttelte die muskulösen Arme aus, während er zur Esse ging. Die Gehässigkeiten des Knechts prallten an ihm ab. Er war sowohl verletzenden als auch nett gemeinten Spott gewohnt; der gehörte zu seinem Los, als einziger Zwerg unter den Menschen zu leben, wohl dazu.

Angehörige seines Volkes sah man im Geborgenen Land so selten wie ein Goldstück am Wegesrand, und der Ruf der wenigen fahrenden Zwerge, die sich unterwegs als Schmiede und Werkzeugmacher verdingten, war nicht der beste. Sie galten als Sonderlinge und äußerst verschlossen, und wie er gehört hatte, war ihnen nur an Münzen und guten Preisen gelegen.

Dennoch würde ich gern einem begegnen, dachte er. Sein Blick wanderte durch die aufgeräumte Werkstatt und über die zahlreichen Zangen und Hämmer, die geordnet in ihren Halterungen ruhten. *Er könnte mir gewiss vieles über die fünf Zwergenstämme erzählen.* Tungdil liebte das Halbdunkel der Schmiede, weil es die Schönheit der glimmenden Kohlen hervorhob.

Wieder betätigte er den Blasebalg; der Luftstoß fachte die Flammen an und jagte Funken in den Schornstein. Ein breites Grinsen huschte über sein Gesicht. Der Zwerg stellte sich vor, dass rot leuchtende Punkte zum Schlot hinaus tanzten und bis zu den Sternen stiegen, um selbst Teil der Gestirne zu werden. Genauso viel Freude bereitete es ihm, den Hammer auf dem roten Eisen auf und ab springen zu lassen. *Ob sie anders schmieden, als ich es tue?*

»Warum ist es in deiner Schmiede immer so dunkel?« Wie aus dem Nichts war Sunja aufgetaucht, die achtjährige Tochter der Magd Frala, ein aufgewecktes Kind, dem das Äußere Tungdils herzlich gleichgültig war.

Der Zwerg grinste, sodass sich sein freundliches Gesicht in Falten legte. Er wunderte sich, wie schnell die Menschenkinder wuchsen. Es würde nicht mehr lange dauern, und sie wäre so groß wie er. »Katzen und kleine Kinder, man hört sie nie kommen.« Er warf ein Stück Eisen in die Esse. »Komm, wir lassen es glühen, und ich erkläre es dir.«

Voller Begeisterung half das blonde Mädchen, den Blasebalg zu drücken, und Tungdil ließ sie wie immer glauben, dass sie es ganz allein schaffe, die Luft aus den prallen Lederbacken zu pressen. Bald glomm das Metall.

»Siehst du?« Er fasste es mit der Zange und legte es auf den Amboss. »Es hat natürlich einen Grund, weshalb bei mir Zwielicht herrscht. Nur so kann ein Schmied erkennen, ob der Stahl die richtige Temperatur erreicht hat. Warte ich zu lange, verbrennt mir das Eisen, und nehme ich es zu früh aus seinem Bett aus feurigen Kohlen, lässt es sich nicht schmieden oder bricht.« Tungdil freute sich, als er das ernsthafte Nicken der Kleinen sah, die ihrer Mutter wie aus dem Gesicht geschnitten war.

»Du bist ein Meisterschmied, sagt Mutter.«

Der Zwerg lachte. »Nein, das nicht. Aber ich kann mein Handwerk ganz gut.« Er zwinkerte ihr zu, und sie lachte fröhlich zurück.

Dabei hatte ihm niemand die Handgriffe gezeigt. Er hatte dem alten Schmied Lot-Ionans bei seiner Arbeit zugeschaut, mehr war für den Zwerg nicht notwendig gewesen. Immer, wenn der Mann nicht am Amboss gestanden hatte, hatte Tungdil die Gelegenheit genutzt und geübt. Es hatte nicht lange gedauert, und er hatte die einfachen Dinge beherrscht. Jetzt, nach dem Ablauf von mehr als dreißig Zyklen, traute er sich jede Schmiedearbeit zu.

Tungdil und Sunja betrachteten in sich versunken das wechselvolle Farbenspiel. Orange, gelb, rot, weiß, blau ... Die Kohlenbrocken glühten, knackten und knisterten.

Er wollte sie gerade fragen, was es zum Mittag gäbe, als die Umrisse eines Menschen im hellen Eingang zu sehen waren.

»Tungdil, komm in die Küche. Wir brauchen dich«, rief ihn Jolosin, ein Famuli der vierten Stufe, befehlend.

»Geht das ein bisschen freundlicher?«, antwortete er und sagte zu Sunja: »Du fasst nichts an, versprich es.« Schnell steckte er einen kleinen Gegenstand ein, den er geschmiedet hatte, ehe er dem angehenden Zauberer durch die Gänge des unterirdischen Gewölbes folgte, in welchem die Schule des Geduldigen beherbergt war.

Etwa zweihundert junge und ältere ausgewählte Menschen lernten unter der Aufsicht von Lot-Ionan, worauf es bei der Kunst des Zauberns ankam. Mit der flüchtigen, launischen Magie hatte Tungdil nichts am Hut; sein Reich war die Schmiede, in der er sich nach Herzenslust austobte. Er bevorzugte die Handarbeit sowie ab und zu ein gutes Buch. Der Magus hatte ihn fürs Lesen begeistert.

Jolosins aufwändig gearbeitete dunkelblaue Robe schwang hin und her, und die gepflegten Haare wippten leicht, was Tungdil zum Grinsen brachte. *So was von eitel.* Sie bogen in den großen Raum ein, in dem es nach leckerem Essen roch. Über zwei großen Kochstellen hingen Kessel, in denen es brodelte und blubberte.

Tungdil wusste sofort, weshalb ihn der junge Mann herbeibefahl. Eine Kette, mit der die Behälter über einen Flaschenzug bewegt wurden, hatte sich aus ihrer Halterung gelöst, und der dazugehörige Kessel saß auf der Feuerstelle auf.

Für eine Frau war die Last zu schwer, und jetzt traute sich keiner von den Magusschülern, die sich sogar beim Küchendienst für etwas Besseres als andere hielten, etwas zu unternehmen. Man könnte sich ja die Finger verbrennen oder gar schmutzig machen – was man den Händen eines Schmieds aber durchaus zumutete.

Die Köchin, eine stattliche Menschenfrau mit zu vielen Pfunden auf den Hüften, eilte aufgeregt durch den Raum. »Schnell, sonst verbrennt mir mein Gulasch!«, drängte sie und nestelte an dem Haarnetz herum, das in Gefahr war abzurutschen.

»Das wäre schade. Ich habe nämlich Hunger.« Ohne zu zögern stapfte der Zwerg an den Kamin, prüfte die Kette kurz, ob sie nicht zu heiß geworden war, und umfasste die rußigen Glieder. Seine Muskeln waren mit den Jahren am Amboss gewachsen, selbst der schwerste Hammer hatte mit der Zeit für ihn sein Gewicht verloren. Einen Kessel über einen Flaschenzug anzuheben bedeutete da nur eine geringe Schwierigkeit.

»Halt das«, verlangte er von Jolosin und reichte ihm die dreckige Kette, »ich muss die Halterung reparieren.«

Der junge Mann zögerte. »Ist es nicht zu schwer?«, meinte er vorsichtig.

»Nein. Und falls doch, dann zaubere es dir einfach leichter, wenn du so gut bist, wie du immer tust«, empfahl ihm Tungdil feixend, drückte ihm die Kette in die Hand und ließ los.

Der Famulus fluchte und stemmte sich mit aller Macht gegen das Gewicht des Kessels. »Sie ist heiß«, jammerte er.

»Wage es, mein Gulasch zu ruinieren, Bursche«, drohte ihm die Köchin düster und gab es auf, gegen die dunkelbraunen Haare zu kämpfen, die ihr nun mitten ins dickliche Gesicht hingen. »Halt fest, oder nicht einmal der Magus wird dich vor meinem Nudelholz retten können!« Ihre stattlichen Unterarme zuckten.

Tungdil fand die Ursache, warum sich die Arretierung gelöst hatte, zögerte die Reparatur aber ein wenig hinaus, um dem Famulus wegen seiner Überheblichkeit, niedere Arbeiten nicht verrichten zu wollen, eins auszuwischen.

35

»Oh, das sieht gar nicht gut aus«, sagte er laut und gab sich Mühe, besorgt zu klingen. Frala, die schwarzhaarige Magd mit den hübschen grünen Augen, durchschaute sein Spiel und kicherte, während sie die Kartoffeln schälte.

Nach einigen geschickten Handgriffen nahm der Zwerg die Kette und klemmte sie wieder am Haken fest. Der Behälter hielt, das Gulasch war gerettet. »Du kannst loslassen.«

Jolosin tat, wie ihm geheißen, und besah seine schmutzigen Hände; auch die kostbare dunkelblaue Robe hatte etwas abbekommen. Er blickte verunsichert zu Frala, die nun lauthals lachte, und wurde rot.

»Du hast das absichtlich getan, du elende Missgeburt!«, fauchte er Tungdil an. Er machte einen drohenden Schritt auf ihn zu und wollte die Hand gegen ihn erheben, überlegte es sich angesichts der körperlichen Überlegenheit des Schmiedes aber anders und lief stattdessen erbost hinaus.

Der Zwerg griente hinter ihm her und wischte sich die Hände an seinem Schurz ab. »Ich hätte mich auch mit ihm geprügelt. Schade, dass er gekniffen hat.«

Frala warf ihm einen Apfel zu, den sie aus dem Korb neben sich geangelt hatte. »Der arme Jolosin«, lachte sie. »Jetzt hat er seine schöne Robe ganz schmutzig gemacht.«

»Habe ich ihm gesagt, dass er sich einsauen soll?«, zuckte Tungdil mit den Schultern und trat zu der Magd, die wie er kleinere Besorgungen und Handreichungen in der Zauberschule Lot-Ionans erledigte. »Aber ich gönne es ihm schon«, fügte er hinzu, und die Heiterkeitsfältchen um seine warmen Augen wurden tiefer.

»Ihr beide habt euch gesucht und gefunden«, seufzte Frala. »Eines Tages wird sich jemand bei euren Streitereien noch richtig verletzen.« Eine geschälte Kartoffel landete in einem mit Wasser gefüllten Bottich.

»Wie man ins Bergwerk hineinruft, so schallt es heraus.« Tungdil strich sich über die kurzen Stoppeln am Kinn. »Seit er mir den Bart mit irgendeinem Zauberkram gefärbt hat, ist er mein Erzfeind. Ich habe ihn abrasieren müssen!«

»Ich dachte immer, die Orks seien die Erzfeinde der Zwerge?«, bemerkte sie blinzelnd.

»Bei ihm mache ich eine Ausnahme. Der Bart eines Zwerges ist sein Heiligtum, und ein echter Zwerg hätte ihn wahrscheinlich erschlagen. Ich bin einfach zu gutmütig.« Er biss herzhaft in den

Apfel. Seine Linke glitt in die kleine Tasche an seinem Gürtel, dann drückte er sein Mitbringsel in Fralas Hand. »Hier. Für dich.«

Sie öffnete die Finger und erblickte drei Hufnägel, die der Zwerg mit enormer Akribie zu einem Schutzsymbol zusammengeschmiedet hatte. Die Frau streichelte ihm gerührt über die Wange. »Das ist lieb von dir. Danke.« Sie stand auf, nahm ein Stück dickes Garn und fädelte den Anhänger ein. Rasch band sie einen Knoten, sodass Tungdils Geschenk nun auf ihrem Dekollete hing. »Steht es mir?«, fragte sie kokett.

»Als wäre es nur für dich gemacht worden«, antwortete er glücklich, weil sich die Magd über den einfachen Schmuck freute, als wäre er das edelste Geschmeide des Geborgenen Landes.

Die beiden verband etwas ganz Besonderes. Tungdil kannte Frala seit ihrem ersten Lebensjahr, er hatte sie aufwachsen und zu einer jungen Frau reifen sehen, deren Anblick den Zauberschülern den Kopf verdrehte. Inzwischen hatte sie selbst zwei Kinder, Sunja und eine einjährige Tochter namens Ikana.

Frala bildete sich nichts auf ihr Äußeres ein und blieb im Umgang mit den Bewohnern des Stollens herzlich, was den Zwerg stets mit einschloss. Für sie war sein Anblick vertraut und so normal wie der eines Menschen, und diese Einstellung hatte sie an ihr ältestes Kind weitergegeben.

Der Zwerg bemerkte den Unterschied sehr genau. Die Frauen und Männer, die ins Reich Ionandar zu Lot-Ionan kamen, um bei ihm die Hohe Kunst der Magie zu erlernen, betrachteten gewöhnlich ihn als Sonderling, als Kuriosum, das man sonst nur mit viel Glück in einer fahrenden Schmiede sah. Die Magd sprach dagegen mit ihm wie mit den Knechten oder der Köchin und gab ihm das Gefühl, angenommen und gemocht zu werden.

Tungdil hatte ihr früher kleine Figürchen aus Zinn gegossen, mit denen sie voller Hingabe gespielt hatte, und ihr seine Werkstatt gezeigt, wo sie den Blasebalg hatte betätigen dürfen. »Drachenatem« hatte sie das genannt und entzückt gelacht, wenn die Funken aufgestiegen waren. Frala vergaß es ihm nicht, wie er sich um sie und nun um ihre Tochter kümmerte.

Sie schüttete die restlichen Kartoffeln in eine Wanne und füllte Wasser nach, dann wandte sie sich ihm zu. Ihre grünen Augen musterten ihn. »Es ist schon seltsam«, sagte sie lächelnd. »Ich dachte eben, dass du dich für mich in den vielen Jahren nicht verändert hast.«

Kauend setzte sich der Zwerg auf den Schemel, der Apfel war schon zur Hälfte in seinem Bauch verschwunden. »Und ich dachte eben, wie glänzend wir uns verstehen«, erwiderte er ehrlich.

»Frala! Komm her und rühre mein Gulasch!«, befahl die Köchin. »Ich muss noch ein paar Kräuter holen.« Der langstielige Kochlöffel, der fast so groß wie Tungdil war, wechselte die Besitzerin. »Lass es ja nicht anbrennen«, mahnte sie mit warnendem Unterton und ging hinaus.

Die Magd stellte sich an den Kessel und rührte die wohlriechende Mahlzeit kräftig durch.

»Ich habe die Menschen altern sehen, sogar den ehrenwerten Magus«, setzte sie ihre Rede fort, »aber du bist in den dreiundzwanzig Zyklen stets der Gleiche geblieben. Ob du in weiteren dreiundzwanzig Zyklen immer noch so ausschaust?«

Die junge Frau schnitt eine Frage an, mit der er sich ungern beschäftigte. Wenn es stimmte, was er über die Lebensdauer eines Zwerges gelesen hatte, würde er noch dreihundert Sonnenzyklen und mehr leben. Die Gewissheit, dass er eines Tages ihren Tod erleben und die liebenswerte Frala verlieren würde, machte sein Herz jetzt schon schwer.

Nachdenklich schob er sich das Kerngehäuse in den Mund und kaute es. »Warte es ab, Frala«, meinte er und versuchte, die bedrückenden Gedanken zu verdrängen.

Aber die Magd schien an diesem Tag in sein Innerstes schauen zu können. »Versprichst du mir etwas, Tungdil?« Er nickte. »Wirst du dich später einmal um meine Töchter kümmern, wenn ich nicht mehr da bin?«

Er schluckte die bitteren Kerne hinunter; sie kratzten in seinem Hals. »Das hat noch viel Zeit. Du wirst mindestens«, Tungdil schaute an ihr hinab, »na, mindestens einhundert Zyklen alt. Ich bitte den alten Zauberkauz, dass er dir ewiges Leben schenkt. Und Ikana und Sunja gleich mit«, brummte er.

Die junge Frau lachte. »Keine Sorge, ich habe nicht vor, so schnell vor Palandiell zu treten.« Sie rührte sorgfältig im Kessel; der Schweiß rann über ihre Stirn und lief ihr übers Gesicht. »Es ... ist nur ein gutes Gefühl zu wissen, dass jemand auf die Kinder aufpasst.« Ein wenig hilflos hob sie die Schultern. »Ich bitte dich, sei ihr Gevatter.«

»Bis du zu deiner Göttin gerufen wirst, sind die Kinder alt genug, dass es keinen Aufpasser mehr benötigt«, meinte er, aber als er merkte, dass es Frala mit ihrer Bitte durchaus ernst meinte, gelobte er, auf Ikana und Sunja Acht zu geben. »Es ist mir eine Ehre, ihr Pate zu sein.« Der Zwerg rutschte von seinem Sitz. »Falls der Haken abreißen sollte, schicke Jolosin«, verabschiedete er sich und bekam von ihr noch eine kleine Schüssel Gulasch als Wegzehrung mit.

In der Schmiede warteten Sunja und neue Arbeit auf ihn, die der Pferdeknecht brachte. Die Bänder zweier Vorratsfässer waren gerissen, also machte er sich daran, sie auszubessern. Dann brach ein Stück des Pfluges, der eilig repariert werden musste.

Tungdil freute sich über die Aufträge. Die Anstrengung und die Hitze des Feuers brachten ihn zum Schwitzen, die Tropfen perlten von seinen Armen und fielen mit einem Zischen in die Esse. Fralas älteste Tochter beobachtete ihn wie gebannt, reichte ihm die leichteren Werkzeuge und gab sich alle Mühe, den Blasebalg zu betätigen.

Das glühende Eisen ergab sich unter seinen Schlägen und wurde zu dem, was er haben wollte. In solchen Augenblicken fühlte er sich wie ein echter Zwerg und nicht wie ein Findelkind, das von zaubernden Menschen aufgezogen wurde.

Seine Gedanken schweiften ab. In seinem dreiundsechzig Zyklen zählenden Leben hatte er keinen einzigen Zwerg gesehen, und deshalb freute er sich, wenn Lot-Ionan ihn auf Botengänge schickte, was viel zu selten geschah. Er hoffte inständig, eines Tages einem Angehörigen seines Volkes zu begegnen und mehr über es zu erfahren; doch die fahrenden Zwerge machten sich rar.

Ionandar war ausschließlich Menschenland. Gnome und Kobolde gab es so gut wie keine mehr; die wenigen verbliebenen lebten an vergessenen Orten unter der Erde und tauchten nur auf, wenn sie etwas von den Menschen, Zwergen oder Elben stehlen konnten – hatte Frala einmal gesagt. Die letzten Elben lebten in Âlandur, in den Hainen des Ewigen Waldes, während die Zwerge sich in den fünf Gebirgen rund um das Geborgene Land beheimatet waren; die Hoffnung, eines Tages in eines der Zwergenreiche zu gelangen und mehr über seine eigene Herkunft zu herauszufinden, hatte Tungdil fast aufgegeben.

Das Wissen über seinesgleichen stammte aus den Büchern des Magus, doch es war ein sehr trockenes Wissen, es las sich nicht lebendig. Manche Schreiber machten sich über die »Unterirdischen« lustig, andere gaben ihnen sogar die Schuld daran, dass der namenlose Schrecken in das Geborgene Land Einzug gehalten hatte. Das konnte Tungdil sich beim besten Willen nicht vorstellen.

Bücher dieser Art erklärten ihm, warum es so wenige Zwerge außerhalb ihrer Reiche gab. Die »Unterirdischen« waren sicher beleidigt und kehrten den Menschen lieber den Rücken.

Tungdil hatte den ersten Reifen für das Fass gerade ausgebessert, als Jolosin schon wieder auftauchte. Er trug eine neue Robe, wie der Zwerg schadenfroh bemerkte.

»Komm schnell!«, keuchte er aufgeregt und rang nach Atem.

»Schon wieder der Gulaschkessel? Lauf und halte ihn fest. Ich bin gleich da«, feixte er.

»Im Laboratorium ...« Jolosins Stimme versagte, er verlegte sich aufs Deuten. »Der Kamin«, schnaufte er und hastete zurück.

Das klingt wirklich ernst. Beunruhigt legte der Zwerg den Hammer zur Seite und wischte sich die Hände an seinem Schurz ab. Nachdem er Sunja wieder zu ihrer Mutter in die Küche geschickt hatte, folgte er dem Famulus durch die in Stein gemeißelten Korridore.

Das Geborgene Land, am Rand des Zwergenreichs des Zweiten, Beroïn, im Winter des 6233sten Sonnenzyklus

Winzige Sandkörner prasselten zu hunderten gegen die Helme, Schilde, Rüstungen und jeden Zoll unbedeckten Fleisches. Ein kräftiger, heißer Westwind jagte die lose Erde vor sich her, die er von den Dünen abgetragen hatte.

Inmitten des Sturmes kämpfte sich die mutige Schar Zwerge auf Ponys voran. Die Tücher vor den Gesichtern sollten vor der Naturgewalt schützen, aber der helle Wüstenstaub fand dennoch einen Weg durch den Stoff. Es gab keinen Mund, in dem er nicht knirschte, und keinen Bart, aus dem er nicht rieselte.

»Verdammter Wind!«, fluchte König Gandogar Silberbart aus dem Clan der Silberbärte, Herrscher über den Stamm der Vierten und seine zwölf Clans, und richtete sein Tuch, um die Nase vor dem Sand zu schützen.

Der Zwerg galt mit zweihundertachtundneunzig Jahren als erfahrener Herrscher und guter Kämpfer. Er maß etwas mehr als fünf Fuß, hatte starke Arme und legte seine aufwändig gearbeitete, schwere Rüstung selbst unter diesen Umständen nicht ab. Unter dem mit Diamanten verzierten Helm quoll dunkelbraunes Haar hervor, sein Bart war von der gleichen Farbe. Unbeirrt lenkte er seine Gefolgschaft durch die Dünen und Geröllberge.

»Ich finde den Sand schlimmer. In einem Berg kann so etwas nicht geschehen«, meinte Bislipur, sein Freund und Mentor, der an seiner Seite ritt. Er überragte den Zwergenherrscher an Höhe und Körpermasse und trug beinahe ebenso viele kostbare Ringe und Spangen aus Gold wie sein Herr. Alles an seiner Haltung verriet den Kämpfer, und sein Kettenhemd zeigte Spuren zahlreicher vergangener Schlachten. Die letzte hatten sie gerade einmal vor fünf Umläufen gegen Orks geschlagen.

»Ein einzelnes Sandkorn tut nicht weh. Darüber beschwere ich mich gewöhnlich auch nicht«, grummelte Bislipur. Doch die Menge und die Wucht, mit der er und die Gesandtschaft belästigt wurden, brachten selbst den härtesten Zwerg zum Aufstöhnen. »Wir sind kein Wüstenvolk. Vraccas wusste, warum er uns aus Stein und nicht aus Sand erschuf«, fasste er die Gedanken des Trupps zusammen.

Ihre Ponys, mit denen sie sich auf die Reise ins Zweite Zwergenreich gemacht hatten, wieherten und schnaubten ärgerlich, um die pulvrige Substanz aus den Nüstern zu blasen. Doch dabei sogen sie nur noch mehr von dem gnadenlosen Sand ein.

»Es gibt keine andere Strecke«, bedauerte Gandogar. »Aber zu euer aller Trost: Bald ist es geschafft.«

Der Trupp aus dreißig Zwergen befand sich in Sangreîn, dem öden Land der Menschenkönigin Umilante. Hier gab es nichts als karge Steppen, die sich mit noch kargeren Einöden abwechselten und ein derart trostloses Bild boten, dass die Reisenden die Augen lieber auf die Spitzen ihrer Stiefel oder die zottelige Mähne der Pferde richteten.

Auf ihrem Weg aus dem Braunen Gebirge in den Süden hatten sie zunächst die sanften Täler und steilen Schluchten des bergigen Urgon von König Lothaire durchquert. Danach waren sie durch das weitaus sanftere Idoslân von König Tilogorn geritten, in dem die Hügel Berge geheißen wurden und schattiger Wald sich mit saftigen Wiesen abwechselte.

Nun führte Gandogar seine Gefolgschaft durch das schwierigste Stück von Sangreîn, den vierzig Meilen breiten Gürtel aus feinstem Sand. Gerade so, als wollte er jeglichen Besuch abwehren, lag er wie eine Barriere um das dahinter liegende Bergmassiv – das Ziel ihrer Reise.

Gelegentlich, wenn das Brausen des Windes nachließ und der

Sandvorhang aufriss, sahen sie die gewaltige Erhebung wie ein magisches Blendwerk emporragen. Die schneebedeckten Gipfel des Blauen Gebirges lockten mit Kühle, frischem Wasser und der Gemeinschaft ihres Volkes.

Bislipur rückte das Tuch vor Mund und Nase zurecht und strich sich brummend über den graubraunen Bart. »Ich bin gewiss kein Freund von Magie, doch nun könnten wir einen Zauberer gut gebrauchen.«

»Wieso?«

»Sie zwängen den verfluchten Wind mit ihrem Können zur Ruhe.«

Eine letzte Böe strich um die Gesandten, ehe das Tosen überraschend verebbte. Der Höhenzug breitete sich nur mehr fünf Meilen vor ihnen nach Westen und Osten aus.

»Mir scheint, du bist ein Zauberer geworden«, sagte Gandogar aufatmend. Er hatte die Welt außerhalb seines Zwergenreiches noch nie sonderlich leiden können. Dieses Erlebnis trug dazu bei, dass er sich schwor, das erste und letzte Mal zu einer weiten Reise angetreten zu sein. »Sieh nur, wir sind bald da!«

Die Berghänge warfen lange Schatten und verdunkelten die beeindruckende Festung Ogertod. Sie schmiegte sich an die Ausläufer des Gebirges, weshalb ihre Erbauer sie teils im Stein belassen, teils die Wehre vorlagert hatten, woraus sich vier untereinander liegende Verteidigungsterrassen ergaben, die unmöglich einzunehmen waren.

In der Felswand auf dem obersten Plateau befand sich der acht Schritt breite und zehn Schritt hohe Einlass in das unterirdische Reich. *Es sieht aus, als hätte der Berg einen riesigen Mund und würde herzhaft gähnen*, dachte der König.

Als die Gesandtschaft sich der Festung näherte, öffneten sich die beiden Torflügel einladend. Über den Türmen flatterten erhaben die siebzehn Banner der Clans des Gastgebers.

»Da reiten wir vom einen Ende des Geborgenen Landes ans andere und sind nun endlich am Ziel angelangt«, lachte Gandogar erleichtert. Die übrigen Zwerge stimmten in die Heiterkeit mit ein. Sie bildeten den waffenstarrenden Tross, der ihren Herrscher sicher nach Beroïn geleitet hatte. Es waren die Oberhäupter, besten Krieger und Handwerker aller zwölf Clans des Vierten Stammes, die Beil, Axt und Werkzeug vortrefflich zu führen vermochten. Die aus Legenden hinreichend bekannte Schlagkraft der Zwerge stellte wohl auch den Grund dafür dar, weshalb sie unterwegs nicht einen einzigen Räuber zu Gesicht bekommen hatten; dabei wäre das viele Gold, das sie mit sich führten, durchaus einen Überfall wert gewesen.

Bislipur winkte herrisch, die Geste wurde verstanden.

Ein drei Fuß kleines Wesen rutschte umständlich vom Rücken seines Ponys und eilte durch den weißen Sand. Seine weiten Hosen wurden von einem breiten Gürtel gehalten. Auch wenn es sehr sehnig wirkte, so wölbte sich doch ein stattlicher Bauch unter dem Hemd. Über dem gelblichen Jutehemd trug es eine rote Jacke, und eine blaue Mütze hatte es tief ins Gesicht gezogen; spitze Ohren ragten darunter hervor. Die Schnallenschuhe schaufelten den Untergrund bei jedem Schritt in die Höhe, und um den Hals lag ein silbernes Kropfband.

Geflissentlich verneigte es sich vor Bislipur. »Swerd steht Euch zu Diensten«, grummelte es missgelaunt. »Wie immer nicht aus freien Stücken.«

»Schweig, Gnom«, donnerte Bislipur und hob die breite Faust. Swerd duckte sich. »Reite vor und melde uns an. Dann warte, bis wir eintreffen, und rühre nichts an.«

»Ich habe es vernommen und gehorche, ohne Gefallen daran zu finden.« Der Gnom verbeugte sich tief und hetzte zu seinem kleinen Pferd. Kurz darauf preschte er an den Zwergen vorbei und jagte auf die Festung zu.

Man sah selbst von weitem, dass Swerd nicht reiten konnte. Er hopste entgegen den Bewegungen des Ponys auf dem Sattel auf und nieder, drückte mit seinen klauenartigen Fingern die Mütze fest auf den Schopf und überließ es dem Tier, den Weg zum vordersten Wall zu finden.

»Wenn er noch schneller galoppiert, entmannt er sich selbst«, schätzte Gandogar. »Wann wirst du ihn frei lassen?«, wollte er von seinem Mentor wissen.

»Wenn er genug für seine Tat gebüßt hat«, erwiderte Bislipur knapp. »Lasst uns weiterziehen.« Er drückte die Fersen in die weichen Flanken seines Ponys; gehorsam trabte es los.

Sie näherten sich der Festung Ogertod, die sie beide nur aus Erzählungen und von Zeichnungen her kannten.

Es mochten Jahrhunderte verstrichen sein, seitdem der Letzte aus dem Stamm Goïmdils bis ans andere Ende des Geborgenen Landes gereist war. Früher hatte sich ihr Volk in regelmäßigen Zyklen getroffen, um ihrem Gott Vraccas zu Ehren gemeinsam ein Fest zu feiern und dem Schmied zu danken, dass er sie erschaffen hatte, aber seit der Steinerne Torweg gegen die Orks, Oger und Albae gefallen war und die Clans des Fünften Stammes vernichtet worden waren, war der Zusammenhalt zerbrochen.

»Es wird höchste Zeit.« Gandogar hob seinen Hintern ein wenig an. Das Sitzfleisch schmerzte vom ewigen Geschaukel.

Keiner von ihnen konnte besonders gut reiten. Schweren Herzens hatten sich die Abgesandten auf die Ponys gesetzt; großen Pferden hätten sie als wahre Zwerge schon gar nicht getraut, und zudem sah es unwürdig aus, wenn man eine Trittleiter zum Aufsteigen benötigte.

Die Ablehnung saß tief. Zwei ihrer Begleiter verweigerten sich dem Reiten gänzlich und hatten sich kleine, wendige Streitwagen gebaut, die am Ende des Zuges rollten.

»Wir freuen uns alle auf das Ende der Reise«, sagte Bislipur knapp und spuckte Sand aus.

Der Anblick des eindrucksvollen Bollwerks aber entschädigte sie ein wenig für die Strapazen. Gandogars Augen schweiften über die kunstvollen Steinmetzarbeiten, welche die Mauern und Türme zierten; schon die Figuren, Verzierungen, Sockel und Säulen des ersten Walls versetzten ihn in Staunen. *Wir mögen die besten Edelsteinschleifer sein, aber sie sind wahrlich die besten Steinmetzen.*

Das Eingangstor schwang auf und erlaubte dem Tross, in den Hof der ersten Terrasse einzureiten. Swerd stand neben seinem Pony und wartete gehorsam, bis Bislipur ihn mit einer Geste an den Schluss der Gruppe schickte.

Ein Zwerg kam auf sie zu. Ihm sah man sein Alter tatsächlich an, er musste über dreihundert Zyklen alt sein. »Ich begrüße König Gandogar Silberbart vom Stamm des Vierten und sein Gefolge. Ich bin Balendilín Einarm vom Clan der Starkfinger, Berater unseres Großkönigs Gundrabur Weißhaupt vom Stamm des Zweiten. Seid willkommen.«

Seine gedrungene Gestalt steckte in einem Kettenhemd; der Gürtel, der seine Streitaxt hielt, wurde von einer aufwändig gearbeiteten steinernen Schnalle geschlossen. Mehrere Zierspangen aus dem gleichen Material hatte er in die Strähnen seines schwarzgrauen Bartes geflochten; ein langer Zopf baumelte auf seinem Rücken.

Er hob den Kopf. »Folgt mir, geschätzte Brüder. Ich zeige euch den Weg.«

Er wandte sich um und schritt die Steigung hinauf, die auf den

Bergeingang zu führte. Dabei konnte jeder sehen, dass dem Berater der linke Arm fehlte.

Der König vermutete, dass er ihn im Kampf gegen die Ungeheuer eingebüßt hatte. Balendilín hatte einen sehr kräftigen Körperbau, was sicherlich durch die Arbeit mit den schweren Steinen kam. Die verbliebene schwielige Hand sah fast wie eine Bärentatze aus; Kraft strotzte aus jedem der fünf Finger und machte seinem Clan alle Ehre.

Als sie mehrere Tore passiert hatten und auf dem vierten Stufenbau angelangt waren, hielt Balendilín an. Nun sahen die Gäste, wie durchdacht die Befestigung errichtet worden war. Der Zwerg deutete auf den Eingang in das Bergmassiv. »Steigt nun ab und überlasst die Ponys unserer Obhut. Sie werden gut behandelt. Wir gehen gleich in die Ratshalle, denn ihr werdet ungeduldig erwartet.«

Balendilín setzte sich an die Spitze des Zuges und führte sie in den Stollen, in den ein großer Drache mit Leichtigkeit hineingepasst hätte. Die Arbeit der Steinmetzen aber raubte den Besuchern der Marmorhallen schier den Atem. Neuneckige graue Säulen von zehn Schritt Umfang und mehr wuchsen wie versteinerte Bäume in die Höhe. Der Raum war so hoch, dass man die Decke nicht sehen konnte; die Säulen ragten anscheinend ins Nirgendwo. *Oder sie führen nach oben, um die Gipfel des Berges zu stützen*, dachte Gandogar ehrfürchtig.

Zwischen den Pfeilern spannten sich ornamentreiche Steinbögen, in die Sinnsprüche und Verse aus der Schöpfungsgeschichte des Zwergenvolkes eingraviert waren.

Unmittelbar vor ihnen hatten die Bildhauer ein riesiges steinernes Abbild des Zweiten erschaffen. Ein granitfarbener Beroïn saß auf einem Thron aus weißem Marmor, die Rechte zum Gruß erhoben; die Linke lag auf dem Griff der Axt. Sein Schuh war so hoch wie ein Zwerg und so lang wie fünf Ponys.

Damit nicht genug.

Die Wände, einst nackter, unbehauener Fels, waren glatt abgeschliffen. In die matt glänzende Oberfläche hatten Beroïns Erben weitere Sprüche und Muster gemeißelt. Sie waren so schön und exakt gearbeitet, dass Gandogar unwillkürlich langsamer ging, um sie genauer in Augenschein zu nehmen.

Natürlich schlug auch der Stamm des Vierten Hallen und Säle ins Felsgestein, aber ihre Handwerkskunst hinkte dieser in der Ausführung Meilen hinterher.

Der König streckte die Hand aus und fuhr mit den Fingern ehrfürchtig über den grauschwarzen Marmor. Eine solche Pracht hätte er niemals für möglich gehalten.

»Bei Vraccas!«, entfuhr es ihm voller Anerkennung und Stolz. »Meisterlicher geht es nicht mehr. Ihr seid die besten Steinmetzen unseres Volkes.«

Der Berater des Großkönigs verneigte sich. »Ich danke dir für dein Lob. Gern richte ich es unseren Künstlern aus.«

Ihr Weg verlief zwischen den Füßen des regungslosen Giganten hindurch und führte sie in einen etwas kleineren Gang. Die Luft kühlte nun merklich ab. Es dauerte nicht lange, und sie standen vor der Tür der Ratshalle.

Balendilín lächelte Gandogar zu. »Bist du bereit, deinen Anspruch zu verteidigen?«

»Natürlich ist er das«, antwortet Bislipur scharf, ehe der König das Wort ergreifen konnte.

Balendilín runzelte die Stirn, sagte aber nichts. Stattdessen öffnete er den Einlass und ging voran, um die lange erwarteten Neuankömmlinge vorzustellen.

Die Halle übertraf alles Gesehene: Runde Säulen ragten in schwindelnde Höhe empor, die Wände zierten in Stein gehauene Kampfszenen aus der Geschichte des Zwergenvolkes, die an glorreiche Siege und Taten der vergangenen Zyklen erinnerten. Kohlebecken und Leuchter spendeten warmes Licht, und eine angenehme Frische entschädigte die Reisenden für die Hitze, die sie in Umilantes Land erduldet hatten.

Während Balendilín sie der Reihe nach vorstellte, warf Gandogar seinem Mentor einen strafenden Blick zu. »Das war unhöflich. Swerd hättest du dafür geprügelt«, maßregelte er ihn leise.

Bislipurs Kiefer mahlten. »Ich werde den Berater um Verzeihung bitten.«

Sie wandten sich der Versammlung zu. Die Plätze für die fünf Stammeskönige waren halbkreisförmig um einen Tisch angeordnet; für die Clananführer standen kunstvoll gemeißelte Steintribünen dahinter zur Verfügung, damit sie die Sitzungen mit verfolgen und ihre Ansichten darlegen konnten.

Ein Stuhl und die Ränge dahinter blieben unbesetzt und erinnerten schmerzlich an die Vernichtung der Fünften. Der Herrscher sowie die Clangesandten des Ersten Stammes fehlten noch, dafür saßen die Zwerge aus den siebzehn Clans des Zweiten auf ihren Plätzen.

Auf dem Tisch lagen verschiedene Karten des Geborgenen Landes ausgebreitet. Vor der Ankunft der Vierten hatten die Zwerge sich über die Vorgänge im Norden ausgetauscht, jetzt wandten sie ihre Aufmerksamkeit Gandogar zu.

Die Aufregung des Königs wuchs. Zum ersten Mal seit mehr als vierhundert Sonnenzyklen versammelten sich die Mächtigsten und Besten aller Stämme; zum ersten Mal sah er so viele entfernte Verwandte und Herrscher von Angesicht zu Angesicht. Namen, die er immer wieder gehört und gelesen hatte, verbanden sich nun mit einem Gesicht, und sein Herz pochte vor Freude.

Die anderen Zwerge erhoben sich, um ihn und seine Gefolgschaft mit einem kräftigen Handschlag zu begrüßen. Gandogar spürte, wie unterschiedlich die Handinnenflächen waren: mal schwielig, mal vernarbt, mal muskulös, dann beinahe schon feingliedrig. Der freudige Empfang rührte ihn, wenngleich er in manchen Augenpaaren Misstrauen und Argwohn ihm gegenüber erkannte.

Dann aber trat er vor Gundrabur Weißhaupt, König der Zweiten und Großkönig, Herrscher über alle Stämme und Clans.

Er riss sich zusammen, um seinen Schrecken zu verbergen.

Der Großkönig musste einst ein stattliches Kind des Schmieds gewesen sein, doch nach mehr als fünfhundert Sonnenzyklen brannte sein Lebenslicht so schwach, dass es schien, als könnte der leiseste Windhauch es zum Erlöschen bringen. Die trüben, gelblich braunen Augen flackerten und waren nicht imstande, ein Ziel zu finden; Gundrabur schaute durch ihn hindurch.

Wegen seines Alters verzichtete er auf eine schwere Rüstung. Der aufgezehrte Leib war in ein reich besticktes dunkelbraunes Stoffgewand gehüllt; sein Silberbart und das Haupthaar hingen bis auf den Boden herab. In seinem Schoß lag die Krone, das Insignium seiner Großkönigwürde; selbst sie war seinem Körper eine Last geworden.

Neben dem Thron stand der zeremonielle Schmiedehammer, in dessen Kopf Runen graviert waren; Edelsteine und Intarsien aus den verschiedensten Edelmetallen spiegelten das Licht der Kohlebecken und Leuchter. Der gebrechliche Zwergenführer würde nicht einmal den Stiel des schweren Werkzeugs hochheben können.

Gandogar räusperte sich und schluckte die Beklemmung hinunter. »Hier stehe ich vor dir, weil du mich gerufen hast, um dir auf den Thron nachzufolgen, mein König«, sprach er die alten Worte.

Gundrabur neigte das Haupt und wollte etwas erwidern, aber seine Stimme versagte.

»Er freut sich, dass du seinem Ruf gefolgt bist und den weiten Weg auf dich genommen hast«, antwortete Balendilín an seiner statt. »Bald, wenn der Rat der Stämme sich dafür ausspricht, wirst du die Krone tragen.« Er deutete auf einen freien Platz an der Tafel, und der König der Vierten nahm Platz. Bislipur trat hinter ihn. »Ich bin Gundraburs Stellvertreter und nehme den Königssitz für die Zweiten ein.«

Gandogar inspizierte die Karten und bemerkte, dass ihn einige der Abgesandten musterten, weil sie anscheinend erwarteten, dass er seinen Anspruch auf das Amt des Großkönigs mit Worten untermauerte. Bislipur aber hatte ihn davor gewarnt, zu früh seine Stimme zu erheben. Erst galt es, die Lage im Norden des Geborgenen Landes zu besprechen, und er war sehr gespannt, ob seine Stammesbrüder seinem Plan folgen würden.

»Wo sind die neun Clans von Borengar?«, fragte er mit Blick auf die leeren Stühle der Ersten in die Runde. »Sind sie noch nicht eingetroffen?«

Balendilín schüttelte den Kopf. »Wir haben keine Nachricht von ihnen erhalten. Seit mehr als zweihundert Zyklen nicht mehr.« Er langte nach seiner Axt und deutete mit der Spitze auf die Karte. Im äußersten Westen bewachten die Zwerge Borengars, des Ersten, den Silberpass des Roten Gebirges und verteidigten ihn gegen Eindringlinge. Ihr Reich wurde von dem der Menschenkönigin Wey IV. umschlossen. »Aber es gibt sie noch. Kaufleute aus dem Land Weyurn haben berichtet, die Pforte des Silberpasses sei fest verschlossen.« Er legte die Axt vor sich auf den Tisch. »Sie werden damit leben müssen, dass wir ohne sie abstimmen. Es ist ihre Sache, wenn sie sich nicht einfinden.«

Die Versammlung murmelte ihre Zustimmung.

»Bevor du zum Nachfolger des Großkönigs gewählt wirst, höre, welche Herausforderungen auf dich warten. Das Tote Land kriecht immer weiter vorwärts. Jeder Schritt Land, den die Unholde Tions eroberten, wurde von der unheimlichen, unsichtbaren Macht ergriffen; die Natur wird bösartig, die größeren Pflanzen versuchen, alles Lebendige anzugreifen und zu töten. Wer darauf sein Leben verliert, so erzählen sich die Menschen, kehrt seelenlos auf die Erde zurück und hat keinen eigenen Willen mehr. Man wird zum Sklaven der finsteren Macht und stellt sich in die Reihen der Orks, um fortan gegen das eigene Volk zu kämpfen.«

»Es kriecht vorwärts?« Gandogar sog scharf die Luft ein. Allem

Anschein nach versagten die Kräfte der Zauberer, das Tote Land aufzuhalten. »Ich ahnte es! Die spektakuläre Magie der Langen taugt nichts«, brach es aus ihm heraus. »Nudin, Lot-Ionan, Andôkai und wie die überschlauen Gelehrten heißen, haben sich mit ihren Famuli in den Laboratorien, Burgen und Festungen verkrochen, um das Zaubern zu vervollkommnen. Sie jagen der Unsterblichkeit der Elben hinterher, um unbegrenzt forschen und ihre Formeln niederkritzeln zu können. Das haben wir nun davon! Das Tote Land lässt sich nicht länger bändigen und legt sich wie Rost über Eisen, das nicht gepflegt wurde.«

Die Zwerge bekundeten lauthals ihre Zustimmung zu seinen offenen Worten.

»Doch es hat auch Vorteile gebracht. Sie haben die Elben beinahe vernichtet.« Gandogars Herz frohlockte, weil der endgültige Niedergang der hochnäsigen Rasse wohl nicht mehr lange auf sich warten ließe. Er selbst würde mit seinen Scharen zur Stelle sein, um ihnen den Gnadenstoß zu geben. Sein Vater und sein Bruder waren durch die Hand der Elben getötet worden, doch jetzt nahte die Stunde seiner Rache. *Die Scharmützel, die ständigen Anfeindungen haben bald für immer ein Ende.* Es drängte ihn, die anderen in seine Pläne einzuweihen.

»Beinahe? Es klingt, als hättest du etwas zu sagen«, meinte Balendilín stirnrunzelnd.

»Hört mich an, ihr Stammesbesten und Clanoberhäupter«, hob Gandogar an. Seine Wangen glühten, und die braunen Augen sprühten vor Begeisterung. »Vraccas gab uns die Gelegenheit, die Schöpfung Sitalias zu vernichten!« Sein Zeigefinger legte sich auf das kleine Fleckchen auf der Landkarte, das vom Elbenreich übrig geblieben war. »Dort sind die Letzten versammelt. Ich sage euch: Bringen wir ein starkes Heer auf, marschieren in Âlandur ein und strafen die Elben ein für allemal für ihre ungesühnten Taten in den letzten Zyklen!«

Die versammelten Zwerge starrten ihn an; die Überrumpelung war gelungen.

»Gandogar, wir haben uns eingefunden, um dich zum neuen Großkönig zu wählen«, mahnte Balendilín mit ruhiger Stimme und bemühte sich, die Aufregung zu dämpfen, »und nicht, um Kriegspläne zu schmieden. Das ist nicht unsere Aufgabe.« An dem Gemurmel rundum aber merkte er, dass die Bemerkungen des Vierten auf fruchtbaren Boden gefallen waren. »Wir verteidigen die Völker des

Geborgenen Landes und bekämpfen sie nicht! Erinnert euch an die Aufgabe, die uns Vraccas gab!«, beschwor er sie.

Gandogar schaute sich um. Seine Brüder rangen mit dem Für und Wider. »Es geht um mehr! Ich bin im Besitz alter Aufzeichnungen unseres Volkes, die Bislipur fand und mir übergab. Hört selbst und entscheidet, was wir tun sollen.« Er holte tief Luft, nahm eine Abschrift auf Pergament hervor und zitierte feierlich:

»*Und die Elben wurden neidisch auf die Schätze der Zwerge.*
Sie überfielen den Stamm des Fünften, Giselbarts.
Der Kampf in den Stollen und am Steinernen Torweg entbrannte.
Giselbart schloss einige der verräterischen Elben in ein finsteres Labyrinth, aus dem sie nicht mehr entkamen.
Aber die Elben setzten ihre Magie ein, um die Kinder des Schmiedes krank zu machen und zu schwächen.
Danach metzelten sie die Fünften bis auf einige wenige des Stammes nieder.«

Stille senkte sich auf die Halle herab. Die getragene Stimme des Königs hallte Ehrfurcht gebietend und erweckte die Worte zum Leben.

»*Als Trolle und Orks das Blut der Verwundeten und Getöteten rochen, machten sie sich auf und erschienen an der Pforte zum Geborgenen Land.*
Die Elben flüchteten feige und überließen den Torweg seinem Schicksal.
Durch ihre List aber öffnete sich das Portal. Giselbart und seine letzten Getreuen fochten, wie es nur Zwerge vermögen.
Aber die geschwächten Fünften konnten die Horden nicht aufhalten. Seither zieht das Böse durch das Land.«

Er hielt inne, um die betroffenen Gesichter zu betrachten. Es bedurfte nur noch weniger Bemühungen, um sie auf seine Seite zu ziehen; lediglich der Einarmige schüttelte sachte den Kopf.

»Ich zweifele an diesen Zeilen, König. Warum hat unser Volk sie so lange nicht entdeckt? Ist es nicht seltsam, dass Worte über die Schuld der Elben ausgerechnet jetzt auftauchen? So passend zu deinem Vorhaben?«

»Sie wurden absichtlich verborgen, vielleicht von zaudernden Zwergen wie dir, um einen Krieg zu verhindern«, entgegnete Gandogar spöttisch, hob seine Axt und bohrte die Spitze in das auf der Karte eingezeichnete Âlandur. »Ihr habt meine Worte vernommen: Da sitzen die Schuldigen! Und sie sollen für ihre Taten und unsere Toten endlich bezahlen!«

»Und dann?«, fragte Balendilín hart. »Was dann, König Gandogar? Wem tust du damit einen Gefallen? Doch nur dem Toten Land, aber uns und den Menschen nicht. Wenn man dich hört, könnte man meinen, wir sollten uns mit den Albae zusammentun, um die Elben zu schlagen«, führte ihn der Berater auf gefährliches Eis. »Entsinne dich, wer unsere Feinde sind, König Gandogar! Vraccas hat niemals gesagt, dass wir die Völker des Geborgenen Landes angreifen sollen. Keiner von uns kann die Elben ausstehen, die Götter haben es nicht so gewollt. Es gab Streit und Tote, gewiss.« Er legte die Rechte auf seinen Armstumpf. »Ich gab einen Teil meines Körpers, um vier Orks zu töten, doch in einem Krieg würde ich meine Klinge niemals gegen einen Elben erheben, eher schlüge ich meinen anderen Arm auch ab. Sie sind unsere Schutzbefohlenen, trotz unserer Zwiste, und daran haben wir uns stets gehalten. Es ist Vraccas' Gesetz!«

Gandogar funkelte den Einarmigen wütend an. Die Worte gingen ihm aus, Balendilín machte seine Vision einer Rache zunichte. Er hörte, wie Bislipurs Zähne knirschten.

»Ich verstehe mich nicht als Handlanger der Albae«, versuchte er es erneut. »Es geht darum, einen günstigen Augenblick zu nutzen. Danach will ich als Großkönig unser Volk in die Schlacht gegen die Horden des Toten Landes führen, um jenem Spuk ein Ende zu bereiten, der die Reiche schon viel zu lange heimsucht. Wo die Menschen versagt haben, wird unser Volk Stärke zeigen!«

»Ich erkenne dich nicht wieder, König Gandogar«, wunderte sich Balendilín offen, und sein von Erfahrungen und Alter gezeichnetes Gesicht drückte Unverständnis aus. »Hat dein Hass auf die Elben deinen Verstand getrübt, dass du dich über die Worte unseres Gottes hinwegsetzen willst?« Er warf Bislipur einen argwöhnischen Blick zu. »Oder berät dich jemand schlecht?«

Nun kam Bewegung in die Reihen der Clanabgeordneten; ein Zwerg aus dem Breithand-Clan des Stammes der Zweiten stand auf.

»Ich finde seinen Vorschlag überdenkenswert«, sagte er mit fester Stimme. »Gandogars Worte könnten wahr sein. Wer einmal einen Verrat beging, der tut es wieder. Was ist, wenn die Elben aus dem sterbenden Âlandur abziehen und ein Menschenreich angreifen, um sich ein neues Reich zu schaffen? Wäre das rechtens?«

»Oder wenn sie dem Feind ein weiteres Zwergenreich ausliefern?«, hakte ein Zweiter aus dem gleichen Clan mit Feuereifer nach und sprang auf die Beine. »Ich traue den Spitzohren alles zu! Ganz gleich, ob sie die Fünften verraten haben oder nicht, sie sollen büßen.« Er verließ seinen Platz und stellte sich an Gandogars Seite, um seine Überzeugung zur Schau zu stellen. »Auch wenn wir nicht aus dem gleichen Stamm sind, ich bin dafür.«

Etliche der versammelten Clanmitglieder riefen begeistert ihre Zustimmung. Ihre lauten, dunklen Stimmen füllten den Raum und mischten sich zu einem unverständlichen Wirrwarr, aus dem das Wort »Krieg« deutlich herausklang. Balendilíns Aufforderung zu schweigen ging in dem Lärm unter.

Gandogar setzte sich auf seinen Stuhl und wechselte einen schnellen, zufriedenen Blick mit seinem Mentor. *Die Spitzohren werden bald ganz aus dem Geborgenen Land verschwunden sein*, dachte er.

Ein donnernder Schlag brachte die Halle zum Beben. »Seid ruhig!«, verlangte jemand gebieterisch. Eine strenge Stimme durchschnitt das Getöse.

Die Anwesenden wandten sich verdutzt um.

Der Großkönig stand aufrecht vor seinem Thron, die Krone saß auf seinen weißen Haaren. Mit einer Hand hielt Gundrabur den Stiel des Schmiedehammers, den er im Zorn gegen seinen Sitz geschmettert hatte; der Marmor wies breite Risse auf.

Seine Augen schauten mit einem Mal sehr lebendig auf die Vertreter der Zwergenstämme und Clanoberhäupter herab; in ihnen stand ein einziger Vorwurf. Keiner in dem großen Saal wirkte erhabener, majestätischer als er. Schwäche und Alter schienen verflogen; der Zorn musste sie aus dem Körper getrieben haben.

Der weiße Bart wallte sanft, als er den Kopf hob. »Ihr Kurzsichtigen! Es geht um das Geborgene Land, nicht um die Gelegenheit, unsere alten Feinde zu vernichten. Alles, was dem Toten Land und seinen Kreaturen Widerstand bietet, ist willkommen! Je länger die Elben gegen das Finstere bestehen, umso besser.« Seine Augen richteten sich auf Gandogar. »Du bist jung und ungestüm, König der Vierten. Du hast zwei Blutsverwandte durch die Elben verloren, daher sehe ich dir diesen unsinnigen Kriegsvorschlag nach. Aber die anderen, die so bereitwillig in den Ruf einstimmen, sind Narren. Von euch müsste das Umgekehrte zu hören sein.« Gundrabur schaute sie der Reihe nach an. »Wir müssen die alte Feindschaft vergessen. Ein Bündnis, das ist es, was wir brauchen und was ich will! Alle zusammen, die letzten Elben Âlandurs, die sieben Menschenreiche, die sechs Magier und wir Zwerge müssen uns gegen das Tote Land stemmen. Bedenkt ...«

Der Stiel des Hammers löste sich aus seinem Griff und prallte auf die Bodenplatte; dort, wo er aufschlug, platzte der Stein weg. Gundrabur wankte, sank ächzend auf seinen Sitz und atmete schwer.

Balendilín wies die Zwerge an, sich in die Unterkünfte zu begeben und auf weitere Kunde zu warten. »Sobald sich der Großkönig erholt hat, beraten wir weiter«, verkündete er.

Die Abordnungen der vielen Clans verließen schweigend die Halle. Die Worte ihres Herrschers hatten sie zum Nachdenken gebracht.

Bislipur warf einen abschätzenden Blick auf den keuchenden Gundrabur. »Er wird nicht mehr lange leben«, sagte er im Hinausgehen leise zu seinem Schützling. »Wenn seine Stimme für immer versiegt, wird es dir ein Leichtes sein, die anderen Clans auf deine Seite zu ziehen. Sie wären dir jetzt schon gefolgt.«

Der designierte Thronfolger antwortete ihm nicht.

Das Geborgene Land, das Zauberreich Ionandar im Jahr des 6234sten Sonnenzyklus, Frühling

Jolosin rannte durch die Stollen, und Tungdil folgte ihm, so gut es die kurzen Beine ihm erlaubten. Sie kamen an zahlreichen Eichentüren vorüber, hinter denen die Famuli hockten und ihre Lektionen von den fortgeschritteneren Schülern erhielten. Lot-Ionan unterrichtete nur vier der Famuli persönlich; einer von ihnen würde eines Tages seine Schule, seine Stollen und sein Zauberreich übernehmen.

Der Famulus blieb vor dem Laboratorium stehen und riss die Tür auf. Kleine weiße Qualmwolken waberten ihnen nebelgleich entgegen. »Beeil dich gefälligst«, schnauzte er den Zwerg an, der sich dem Eingang näherte.

Tungdil trat laut schnaufend in den Raum, in dem der Rauch dicht wie Nebel hing. »Bleib höflich, Jolosin, sonst kannst du es selbst erledigen«, keuchte er.

»Steig in den Kamin hinauf«, befahl der Famulus und schob den

Zwerg unsanft durch das Zimmer. »Etwas hat den Abzug verstopft.« Wie aus dem Nichts tauchte das Loch der Feuerstelle auf; daneben stand ein kleinerer Kübel, aus dem der Dunst aufstieg.

»Und wie wäre es mit einem Zauber, großer Famulus? Du bist doch einer der Besten, oder etwa nicht?«

»In diesem Fall brauche ich dich«, lehnte er kategorisch ab. »Du hast keine Ahnung vom Zaubern, Zwerg. Los, meine Schüler warten, dass sie wieder etwas erkennen.« Tungdil hörte gelegentliches Husten und Räuspern.

»Wie heißt das Zauberwort?«

»Was?«

»Versuche es noch einmal, großer Famulus. Du kennst alle Formeln.«

Jolosin verzog das Gesicht. »Bitte.«

»Und schon wirkt es.« Grinsend nahm der Zwerg den Schürhaken, klemmte ihn in seinen Gürtel und begab sich in den Durchlass, in dem eine schwache Glut leuchtete. Er schaute nach oben, wo der Qualm nach wenigen Schritten dicht wie eine Wand wurde.

Behände machte er sich an den Aufstieg. Seine kräftigen Finger fanden an den hervorstehenden Backsteinstücken spielend Halt, selbst der ölige Ruß bereitete ihm keinerlei Schwierigkeiten. Tungdil kam langsam, aber beständig vorwärts, bis er sich drei Schritte über dem Boden befand, von dem er wegen der dichten Rauchschwaden jedoch nichts sah.

Seine tastenden Finger stießen auf Widerstand. »Es fühlt sich an wie ein Nest, das in den Schacht gefallen ist«, rief er nach unten.

»Dann hole es raus!«

»Was denn sonst? Denkst du, ich will noch eins bauen?« Er stemmte sich gegen die Kaminmauer und rüttelte mit einer Hand an der Vogelbrutstatt, die so gar nicht in den Schlot gehörte.

Das Nest gab nach.

Nun erlebte Tungdil eine böse Überraschung. Eine stinkende Flüssigkeit ergoss sich über ihn; sogleich fingen seine Haut zu jucken und die Augen zu tränen an. Dann rieselten feine Federn auf ihn herab, die ihn an der Nase und im ganzen Gesicht kitzelten. Er musste niesen, rutschte von dem Backstein ab, an dem er sich fest hielt, und stürzte in die Tiefe.

Tungdil schaffte es zwar, sich an den hervorstehenden Mauerenden nicht das Fleisch von den Knochen zu schälen, erhielt aber vom Schornstein ein paar böse Rempler in die Rippen. Sein freier

Fall endete mit dem Hinterteil voran in den glühenden Resten des Nests. Aschewolken stoben auf und bedeckten ihn mit einer grauen Schicht. Hastig sprang er auf, um sich vor Brandblasen zu schützen, aber die Glut hatte ihm bereits ein Loch in die Hose gebrannt.

Das vielstimmige Gelächter, das ihm entgegenschallte, zeigte ihm, dass er einem schlechten Scherz aufgesessen war.

Die Nebelwolken hatten sich wie von Zauberhand aus dem Laboratorium verzogen und gaben den zwanzig versammelten Famuli den Blick auf den gedemütigten, völlig verdreckten Zwerg frei. In der ersten Reihe stand natürlich Jolosin, der sich vor lauter Heiterkeit bog und sich schadenfroh auf die Schenkel klopfte.

»Seht nur!«, rief er gespielt ängstlich. »Das schreckliche Rauchmännchen steigt aus dem Ofen!«

»Und es hat sogar das Stinktierelixier gefunden, das in dem Vogelnest lag«, grölte ein zweiter Zauberschüler.

»Das merkt man bei seinem Geruch sowieso nicht«, lachte Jolosin und wandte sich dem Zwerg zu. »So, Kurzer. Jetzt bin ich derjenige, der auf seine Kosten kam. Du kannst gehen.«

Tungdil wischte sich mit dem Ärmel über das Gesicht. Sein mit Federn und Asche geziertes Haupt senkte sich langsam, die braunen Augen blitzten wütend.

»Ach, ein Spaß? Nun, der Spaß ist noch nicht vorbei«, brummte er trotzig und langte nach dem Kübel, der neben dem Kamin stand. Er war kalt, also würde der Inhalt den Magusschüler nicht verbrühen. Kurz entschlossen holte er aus, um den Inhalt über Jolosin zu gießen, der sich soeben zu seinen Freunden umgedreht hatte.

Jemand rief ihm eine Warnung zu. Der Famulus wandte den Kopf und sah das Unheil nahen. Geistesgegenwärtig reckte er die Hände und sandte einen Abwehrzauber gegen das heranfliegende Wasser. Sofort verwandelte es sich in kleine Eisbröckchen, die gegen ihn prasselten, ohne ihn zu durchnässen; die frische Robe blieb unbeschadet.

So gut der Einfall gewesen war, der Zauber hatte durchaus einen Haken, wie die Schüler am Klirren hinter sich hörten. Einige der Stücke flogen in hohem Bogen an ihnen vorbei und trafen die fein säuberlich aufgereihten Flakons mit den Elixieren, Balsamen, Extrakten und Essenzen, welche für die unterschiedlichsten Experimente aufbewahrt wurden.

Die ersten Substanzen rannen aus den zerbrochenen Fläschchen und mischten sich. Es knallte und zischte gefährlich.

»Du Narr«, beschimpfte der schreckensbleiche Jolosin Tungdil, der sich indes keiner Schuld bewusst war.

»Ich? Du bist der Narr, du hast das Wasser doch zu Eis verwandelt«, gab er aufsässig zurück.

Ein Regal fiel in sich zusammen, flirrende Funken stiegen an die Decke und verpufften dort in einem rötlichen Blitz. Im Laboratorium braute sich im wahrsten Sinne des Wortes etwas zusammen. Die ersten Schüler rannten hinaus, weil ihnen doch zu mulmig wurde, und Jolosin folgte ihnen.

»Das hast du zu verantworten! Lot-Ionan wird dich bestrafen, Zwerg. Ich sorge dafür, dass du von hier verschwindest, Ziehsohn hin oder her«, rief der Famulus erbost und knallte die Tür von außen zu.

»Lass mich raus! Ich schwöre, ich lege dich auf meinen Amboss und schmiede dich mit einem glühenden Hammer durch!« Tungdil rüttelte an der Tür, ohne etwas auszurichten. Vermutlich belegte der Zaubereranwärter sie mit Magie, um seine Flucht zu verhindern und ihn als Schuldigen präsentieren zu können.

Das wird er mir büßen, dachte er und zog den Kopf zwischen die Schultern, als es laut krachte. Hastig schaute er sich um, und suchte nach einem Platz, an dem er vor den Explosionen sicher war und warten konnte, bis man ihn befreite.

Das Geborgene Land, am Rand des Zwergenreichs des Zweiten, Beroïn, im Winter des 6233sten Sonnenzyklus

Balendilín betrachtete die Zwerge, die soeben die Halle verließen, voller Sorge. So hatte er sich den Verlauf der Versammlung nicht vorgestellt! Sogar das Vorhaben des Großkönigs, ein Bündnis zwischen allen Völkern des Geborgenen Landes in die Wege zu leiten, stand nun auf tönernen Füßen.

Verflixter Gandogar, ärgerte er sich. *Vraccas, ich bitte dich, gib ihm Einsicht.*

Als sie allein waren, tastete sich Gundraburs Hand die Lehne entlang, bis sie auf seinem Arm lag.

»Unser Plan wird scheitern«, sagte der Großkönig matt. »Dem jungen Zwerg vom Stamme Goïmdil fehlt die Erfahrung.« Er lächelte zaghaft und tätschelte die Finger Balendilíns. »Oder der besonnene Berater, mein treuer Freund.«

Mühsam stemmte er sich empor und zog die schimmernde Krone vom Kopf. Die Rechte, die kurz zuvor noch den Schmiedehammer geführt hatte, erzitterte unter dem geringen Gewicht.

»Einen Krieg ...«, murmelte er verzweifelt. »Einen Krieg gegen die Elben! Was denkt sich Gandogar nur dabei?«

»Nichts«, meinte sein Berater bitter. »Das ist es ja eben. Und sein Mentor Bislipur scheint ebenso vernagelt zu sein. Wir werden diese seltsamen Zeilen überprüfen, denn ich glaube nicht an ihre Echtheit. Sie sind ein Vorwand, um mehr Stimmen für den Krieg zu gewinnen. Eine Fälschung ...«

»Aber sie wurden gehört«, hielt Gundrabur dagegen. »Es ist zu spät. Du hast selbst mitbekommen, dass einige unserer Clans mit Vorliebe gegen die Elben ziehen würden, ganz gleich aus welchem Anlass. Du weißt, dass die Clananführer Sturköpfe sind.«

»Ich habe aber auch gesehen, dass andere Clans aus dem Stamm der Vierten stumm blieben. Die Sache ist für Gandogar noch nicht gewonnen, denn die Abstimmungen erfolgen frei; jeder Clan kann entscheiden, wie er möchte. Wir müssen sie von unseren Ansichten überzeugen.«

Die beiden Zwerge schwiegen. Sie mussten eine Lösung auf Dauer finden, denn sobald der König der Vierten auf dem Herrschersitz säße, würde er sein Vorhaben erneut angehen und auf offene Ohren stoßen.

Weder Gundrabur noch Balendilín fürchteten sich vor den Elben, doch ihre Getreuen befanden sich in der Unterzahl. Die verlustreichen Scharmützel und Gefechte gegen die Albae hatten sie dezimiert, während ihre Gegner aus den Bergen des Nordpasses Nachschub erhalten hatten. Aber ein Krieg führte immer zu Verlusten, auch unter den Kindern des göttlichen Schmiedes, und damit schwächte man die Bewachung an den Pforten zum Geborgenen Land.

Der Großkönig ließ den Blick durch die leere Versammlungshalle schweifen. »Dieser Raum hat schon bessere Zeiten erlebt. Zeiten der Eintracht und Einmütigkeit.« Er senkte den Kopf. »Vorbei. Vorbei mit den guten Zeiten und aus für das große Bündnis, das wir schmieden wollten, treuer Freund.«

Das große Bündnis, dachte Balendilín und blickte zu den fünf Stelen, die sich zu den Füßen seines Thrones erhoben und auf denen die heiligen Worte seines Volkes eingemeißelt waren. Sie nannten den Namen derer, mit denen sich die anderen Stämme niemals abgaben: die Zwerge des Dritten, Lorimbur, die im Osten lebten.

»Ich wäre über meinen Schatten gesprungen und hätte den Dritten eine Nachricht geschickt, um Unterredungen zwischen ihnen und uns aufzunehmen«, seufzte der Großkönig. »In den Zeiten der schlimmsten Not darf nur die gemeinsame Herkunft, das Zwergische, gelten.«

»Nach dem Aufruf von Gandogar zweifle ich daran, dass den anderen an einer Aussöhnung gelegen ist«, meinte sein Berater leise. Dabei brauchte das Land jede Axt, die einen Orkschädel spalten konnte.

»Sei es, wie es ist. Auch wenn meine Vision von einem vereinten und unaufhaltbaren Zwergenheer an Klarheit verliert, so soll es wenigstens keinen Krieg gegen die Elben geben. Wir brauchen Zeit, Balendilín«, sprach der Großkönig entkräftet. »Ich muss die Clans der Stämme davon abbringen, Âlandur angreifen zu wollen.«

»Das liegt ganz an dir«, meinte sein Freund sanft. »Deine Gesundheit bestimmt, wann es den Wechsel geben wird.«

»Nein. Es muss mehr geben als den Lebensfunken eines alten Zwerges.« Gundrabur strich sich über den Bart und ordnete ihn. »Die Gesetze unseres Volkes, damit müssen wir sie fangen und die Kriegstreiber zum Verstummen bringen.«

Er stemmte sich in die Höhe, und ging in kleinen, wohl überlegten Schritten zu den Tafeln. Die Stufen bedeuteten Hindernisse, die mit viel Umsicht überwunden werden mussten, aber er erreichte sein Ziel. Balendilín eilte an seine Seite und stützte ihn.

Goldenes Sonnenlicht fiel von oben durch die in den Fels gehauenen Öffnungen und beleuchtete jede einzelne kunstvolle Rune. Gundraburs alte Augen huschten über die Symbole.

»Wenn ich mich recht entsinne, bleibt uns ein Ausweg, die sichere Wahl Gandogars zum Großkönig zu verzögern. Diese Zeit werden wir für Aussprachen mit den Clans nutzen, an deren Ende der Friede und das Bündnis mit den Elben stehen soll«, erklärte er abwesend.

Er musste so dicht an den Fels herangehen, dass er ihn fast mit seiner Nase berührte, weil seine Sehkraft in den vergangenen Zyklen immer schlechter geworden war. Nach dem Stamm Beroïn folgte Goïmdil, daran gab es nichts zu rütteln. Nach alter Sitte verlangte der König des jeweils folgenden Stammes das Amt für sich, und die Clans der Stämme wählten das Oberhaupt, wenn keine triftigen Gründe gegen den Bewerber sprachen.

»Wo ist es nur?«, murmelte er halblaut, während seine Fingerspitzen über die Tafeln glitten.

Die Suche lohnte sich. Mit einem Laut der Erleichterung senkte Gundrabur den Kopf, schloss die Lider und presste die Stirn gegen die kühle Steinplatte, die älter war als er.

»Der Tag endet nicht so schlecht, wie er begann«, sagte er befreit. »Da steht es.« Er richtete sich auf, und der krumme Zeigefinger der Rechten unterstrich die bedeutungsvollen Worte. »Wenn es mehrere Bewerber aus einem Stamm gibt, müssen sich die Clans des Stammes zuerst untereinander einigen, um dem Rat der Zwerge den geeigneten Bewerber vorzustellen«, las er zufrieden vor.

Sein Berater überflog die anschließenden Zeilen; aufgeregt spielte er mit einer der Zierspangen in seinem schwarzgrauen Bart. Nirgends stand geschrieben, dass man König sein musste, um an die Spitze der Stämme zu gelangen. *»Ein einfacher Zwerg kann von heute auf morgen die Krone tragen, denn alles, was er benötigt, ist die Unterstützung seines Clans und seiner Freunde.«*

Balendilín verstand, was der Großkönig im Sinne hatte. »Wir haben aber keine weiteren Mitstreiter, die Gandogar fordern«, warf er ein. »Die Clans der Vierten sind sich weitgehend einig; es gibt nur wenige, die an ihrem König zweifeln, und ...« Das Leuchten auf dem runzligen Gesicht seines Herrn verunsicherte ihn. »Wir haben doch einen Bewerber?«, fragte er vorsichtig.

»Noch nicht«, entgegnete Gundrabur mit einem verschlagenen Lächeln. Er hatte sich rechzeitig an den Brief erinnert, der ihn vor einigen Umläufen erreicht hatte. »Noch nicht. Aber bald. Mir ist soeben einer eingefallen.«

**Das Geborgene Land, das Zauberreich Ionandar
im Jahr des 6234sten Sonnenzyklus, Frühling**

Die Flammen der beinahe vollständig herabgebrannten Kerzen auf dem eichenen Arbeitstisch Lot-Ionans flackerten. Die Wachsstummel waren ein sicheres Anzeichen dafür, dass der Magus lange Stunden in seinem Studierzimmer verbracht hatte, wenngleich sie ihm wie wenige Augenblicke erschienen.

Ächzend beugte er sich vor, um das Pergament mit den vielen Runen zu betrachten. Tage, Nächte, Zyklen hatte er an der Zauberformel gearbeitet. Nur noch ein letztes Zeichen fehlte, um sie zu vervollständigen.

Er lächelte. Der gewöhnliche Sterbliche, der selten mit Kräften dieser Art zu tun hatte, hegte Scheu vor allem, was mit Zauberei zu tun hatte. Für die schlichten Gemüter war es nicht einfach, die Verflechtungen der Elemente zu verstehen. Ein Bauer sprach ängstlich von »Wunder« und »Hexerei«, für Lot-Ionan war es das Ergebnis einer Abfolge von komplizierten Gesten und Worten.

Und genau um diesen Ablauf ging es. Mit ihm stand und fiel alles. Eine falsche Silbe, eine undeutliche Betonung, eine abweichende Geste mit der Hand oder eine zu schnelle Bewegung mit dem Zauberstab, ja, selbst nicht korrekt gezeichnete Zauberkreise bedeuteten das Ende eines Spruches und lösten im ungünstigsten Fall gar eine Katastrophe aus.

Er kannte Beispiele, bei denen unvorsichtige Schüler schwerste Verletzungen erlitten oder albtraumhafte Kreaturen beschworen hatten, ohne es zu beabsichtigen. Dann riefen sie stets kleinlaut nach ihm, auf dass er den Schaden begrenze.

Lot-Ionan war geduldig mit ihnen, schließlich hatte er vor zweihundertsiebenundachtzig Zyklen genau wie sie begonnen. Jetzt trug er den Titel Magus, was die Menschen als Meistermagier übersetzten.

Zweihundertsiebenundachtzig Zyklen. Seine Hand mit den vielen Altersflecken verharrte mitten in der Bewegung; die wachen hellblauen Augen suchten in dem Gewirr aus Schränken, Regalen und Bücherborden nach einem Spiegel und fanden die reflektierende Oberfläche einer Vase.

Er musterte seine faltigen Züge, die grauweißen Haare, den grauen Bart, in dem unzählige Tintenflecke zu sehen waren. *Ich bin alt geworden. Wurde ich auch weiser?,* fragte er sich.

Das hellbeige Gewand wies unzählige Flicken auf, aber er mochte sich von dem bequemen Stück nicht trennen. Im Gegensatz zu manchen seiner Zunftbrüder und -schwestern achtete er nicht sonderlich auf sein Äußeres. Der einzige Anspruch, den er an seine Garderobe stellte, war die Gemütlichkeit.

In einem stimmte der alte Gelehrte mit dem gemeinen Volk überein: Magie war überaus gefährlich. Das war der Grund, warum er sich in Stollen zurückzog: Wenn ihm wirklich ein Versuch misslang, so schadete er keinem seiner Untertanen.

Doch der Magus tauchte nicht nur aus uneigennützigen Gründen ab. Unter der Erde hatte er vor den Menschen und deren alltäglichen Sorgen seine Ruhe; er überließ es ausgesuchten Stellvertretern, den so genannten Magistern, die Angelegenheiten und Streitigkeiten im Herrschaftsgebiet zu regeln.

Sein Reich Ionandar nahm Teile von Gauragar und Idoslân in Beschlag, dort, wo das südöstliche der insgesamt sechs Magiefelder lag. Die allerersten Zauberer hatten die Kraft in der Erde bemerkt, die sich in gewissem Maß auf sie hatte übertragen lassen. War das Gespeicherte aufgebraucht gewesen, hatten sie sich durch die Felder mit neuer Energie aufgeladen. Sie hatten das wertvolle Land beschlagnahmt, es in sechs Gebiete aufgeteilt und gegen die weltlichen Herrscher verteidigt, die gegen die Kraft der Zauberer nichts aufzubieten gehabt hatten. Eine Generation von Königen nach der anderen hatte es in Kauf genommen, dass Teile ihrer Reiche Fremden gehörten.

Diese Magiefelder gaben den Magi ihre Macht. Das Verständnis und das Können der Zauberer waren im Lauf der Zeit gewachsen, bis sie imstande waren, durch Formeln, Runen und Sprüche die schönsten, schrecklichsten und heilsamsten Effekte heraufzubeschwören.

Konzentriere dich auf die Formel, rief er sich zur Ordnung. Gewissenhaft streifte er die Spitze des Gänsekiels am Tintenfass ab und malte vorsichtig das Symbol des Elements Feuer auf das Blatt. Es kam auf jeden Strich an, die kleinste Unachtsamkeit würde all die Arbeit zunichte machen.

Es gelang. Zufrieden erhob er sich.

»Das wäre geschafft, alter Junge«, murmelte er erleichtert. Die Formel stand. Funktionierte sie so, wie er es sich anhand der Anordnung der Runen erhoffte, würde er in der Lage sein, Magie wahrzunehmen, egal ob sie in Gegenständen, in Personen oder in Tieren steckte. Doch ehe er von der Theorie zur Anwendung wechselte, verlangte es ihn nach einer Belohnung.

Lot-Ionan schlurfte zum ältesten seiner Geräteschränke, nahm das Fläschchen mit dem Totenkopf aus dem dritten Regal und gönnte sich einen großen Schluck.

Das abschreckende Emblem hatte nichts zu sagen. Auf diese Weise bewahrte er den guten, starken Branntwein vor begierigen Schlünden. Die Vorsichtsmaßnahme hatte der Zauberer nicht ohne Grund getroffen, denn gerade seine älteren Schüler gönnten sich nur allzu gern ein feines Tröpfchen. Er teilte bereitwillig sein Wissen, nicht aber seinen kostbaren Alkohol. Die Ursprungsfässer dieses Jahrgangs waren schon lange leer, was das Fläschchen umso beschützenswerter machte.

Plötzlich erschütterte eine gewaltige Explosion die Grundfeste der unterirdischen Behausung. Gesteinsbröckchen rieselten von der Decke und beschmutzten den Tisch, und die zahllosen Behälter hüpften in den Gestellen, dass ihre Deckel klirrten. Alles in dem völlig überfrachteten Zimmer geriet in Aufruhr.

Der Großmagier stand starr vor Schreck. Das offene Tintenfass tanzte auf der Stelle, neigte sich leicht – und kippte. Ein Zauberspruch, um dem Verhängnis Einhalt zu gebieten, kam zu spät, und so ergoss sich der gesamte Inhalt über das kostbare Pergament. Die sorgfältig gemalten Schriftzeichen verschwanden in einer Flut schwarzer Tinte.

Fassungslos verharrte Lot-Ionan auf der Stelle. »Bei Palandiell der Schöpferin!«, entfuhr es ihm, und seine freundliche Miene verfinsterte sich, denn er ahnte, woher das Erdbeben stammte. Lot-Ionan stürzte den restlichen Brandwein hinunter, drehte sich auf dem Absatz herum und stürmte zur Tür hinaus.

Er flog förmlich durch die dunklen Stollen, vorbei an Zimmern und Gängen seiner Behausung. Mit jedem Schritt, den er tat, erhöhte sich eine Wut darüber, dass all die Anstrengungen nun dahin waren.

Voller Zorn erreichte er die Tür zum Experimentierzimmer, hinter der man seltsame Geräusche vernahm. Ein halbes Dutzend seiner Famuli hatten sich davor eingefunden und tuschelten. Niemand wagte es, in den Raum zu schauen.

»Ehrenwerter Magus«, begrüßte ihn Jolosin voller Ehrfurcht. »Wir kamen zu spät! Ich habe gesehen, wie der Zwerg in das Laboratorium ging und ...«

»Aus dem Weg!«, befahl Lot-Ionan erbost und entriegelte die Tür.

Das teure Laboratorium glich einem Schlachtfeld, auf dem sich wahnsinnige Alchimisten ausgetobt hatten. Kleine Gegenstände schwebten frei in der Luft, hier und da schwelten Brände. Kostbare Elixiere liefen aus den zerstörten Flakons; sie rannen die Regale hinab, um sich am Boden zu einer stinkenden Brühe zu vermischen.

Der Schuldige kauerte in der Ecke des Raumes, einen umgedrehten Kessel als Schutz gegen die Detonationen vor sich geschoben. Die Finger steckten in den Ohren, die Augen hatte er fest geschlossen. Trotz der verbrannten Haare und des rauchenden Stoppelbarts war es unzweifelhaft Tungdil Bolofar.

Es knallte wieder. Blaue Funken schossen durch den Raum und verfehlten den Magus nur knapp.

»Was geht hier vor?!«, schrie der Magus wutentbrannt, doch der Zwerg reagierte nicht, weil er ihn ganz offensichtlich nicht hören konnte. »Tungdil Bolofar, ich rede mit dir!«, rief der Magus, so laut er konnte.

Verwundert sah sich der Zwerg um und erblickte die schmächtige Gestalt des Zauberers, der eine drohende Haltung eingenommen hatte. Umständlich erhob er sich aus seiner Deckung.

»Ehrenwerter Magus, ich war es nicht«, beteuerte er, und seine Augen richteten sich funkelnd auf Jolosin, der zusammen mit den anderen Schülern am Eingang stand und Überraschung heuchelte.

Lot-Ionan wandte sich zu dem Zauberschüler um.

»Ich?«, entgegnete der Famulus übertrieben erstaunt. »Wie sollte das vonstatten gehen? Die Tür war verriegelt. Ihr habt es selbst gesehen.«

»Schweigt! Beide!«, rief Lot-Ionan. Angesichts des kostspieligen Durcheinanders drohte der letzte Rest seiner Fassung zu schwinden, und das war seit zehn Zyklen nicht mehr vorgekommen. »Ich habe genug von eurem Kleinkrieg in meinem Stollen!«, sagte er aufgebracht, und sein Bart mit den vielen Tintenflecken geriet in Wallung.

Der Zwerg dachte gar nicht daran, klein beizugeben, und stemmte sich mit beiden Beinen fest gegen den Boden. »Ich habe nichts getan«, wiederholte er starrköpfig.

Der Zauberer zwang sich, seine Ruhe wieder zu finden, für die er so berühmt war, und setzte sich auf eine eisenbeschlagene Truhe, die Arme vor der Brust verschränkt.

»Hört gut zu, ihr zwei. Es ist mir gleichgültig, wer der Auslöser der Katastrophe war. Ich hasse Unterbrechungen in meiner Arbeit, und eine Wiederholung dieser Explosion, die mir das Werk von Sonnenumläufen, wenn nicht sogar eines ganzen Zyklus verdorben hat, kann ich schon gar nicht gebrauchen. Also werde ich dafür sorgen, dass es in den Gängen ruhiger wird.«

»Ehrenwerter Magus, Ihr wollt den Kurzen doch nicht etwa von hier verbannen?«, täuschte Jolosin Mitgefühl vor.

»Schweig, Famulus! Über deinen Anteil in diesem Drunter und Drüber sprechen wir noch, doch zuerst möchte ich Ruhe in meinem Zuhause haben. Je eher, desto besser.« Er schaute den Zwerg an. »Ich schulde einem alten Freund die Rückgabe von ein paar Dingen.« Tungdil schwante bei diesen Worten Übles. »Du, mein dienstbarer Geist, wirst diesen kleinen Botengang für mich übernehmen.

Du hast eine Stunde Zeit, deine Ausrüstung zusammenzupacken und dich marschbereit zu machen. Komm anschließend zu mir, dann gebe ich dir die Sachen. Sei auf eine lange Wanderung vorbereitet, Tungdil.«

Der Zwerg verbeugte sich höflich und eilte aus dem Raum. Mit dieser Wendung der Ereignisse hatte er nicht gerechnet. Ein kleiner Fußmarsch bedeutete keine wirkliche Strafe, seine kräftigen Beine würden ihn mit Leichtigkeit über die Wege und Pfade tragen. *Vielleicht treffe ich Zwerge. So eine Strafe lasse ich mir gefallen,* dachte er im Stillen.

Der Magier schaute seinem gedrungenen Gehilfen nach und wartete, bis er verschwunden war, dann wandte er sich Jolosin zu. »Du wolltest Tungdil eins auswischen, Famulus. Ich kenne dich zu gut«, sagte er ihm ins Gesicht. »Solange ihr beide an einem Ort seid, habe ich keine Ruhe. Aber ich möchte, dass sich das ändert. Bis Tungdil wieder zurück ist, wirst du beim Kartoffelschälen über deine Bosheit nachdenken, und bete zu Palandiell, dass er sich beeilt.«

Der Mund des jungen Mannes öffnete sich zum Protest.

»Sollte ich jetzt auch nur eine Klage von dir oder in den kommenden Tagen von Frala und der Köchin über dich hören, kannst du deine Sachen packen und verschwinden, Jolosin.« Die Kiefer des Famulus schlossen sich rasch. »Ach, und bevor du deinen Dienst in der Küche antrittst«, der Magus deutete auf das Wirrwarr, das einst das Laboratorium gewesen war, »räumst du hier auf.«

Mit einer energischen Handbewegung scheuchte er die anderen Zauberschüler hinaus, während er sich erhob, einen Besen aus der Ecke nahm und ihn dem Zauberschüler in die Hand drückte.

»Natürlich wirst du es allein tun und erst frei kommen, wenn hier sauber ist«, verabschiedete er sich und schritt zum Ausgang. »Blitzsauber.«

Die Tür fiel zu, und der Riegel fuhr geräuschvoll ins Schloss.

II

**Das Geborgene Land, das Zwergenreich des Zweiten,
Beroïn, im Winter des 6233sten Sonnenzyklus**

Gundrabur wollte aus seinem Vorhaben nicht länger ein Geheimnis machen und reichte seinem Berater besagten Brief. »Hier. Absender ist Lot-Ionan der Geduldige, wie ihn die Bewohner in seinem Zauberreich Ionandar nennen.«

Mit dem Namen konnte Balendilín etwas anfangen. Der Magus lebte im mittleren Osten des Geborgenen Landes und galt als ein Menschenmagier, der die Einsamkeit liebte. Die meiste Zeit verbrachte er in einem seiner unterirdischen Stollen, um neue Formeln und Sprüche fernab von jeglicher Störung zu entwickeln.

»In seiner Gesellschaft befindet sich etwas sehr Ungewöhnliches: ein Zwerg. Ein einzelner Zwerg«, erklärte der Großkönig. »In der Botschaft war die Rede davon, dass Lot-Ionan ihm vor vielen Zyklen unter seltsamen Umständen begegnet sei und ihn aufgezogen habe. Nun will er wissen, ob ein Stamm den Zwerg vermisst. Er will seine Familie ausfindig machen.«

Balendilín überflog die Zeilen. »Wissen wir etwas über den Zwerg?«

»Die Angelegenheit ist rätselhaft und spannend zugleich«, meinte Gundrabur. »In den letzten zweihundert Zyklen habe ich nie davon gehört, dass unserem Clans ein Kind abhanden gekommen wäre.«

»Und nun möchtest du das Mündel des Zauberers als verschollenen Anwärter auf den Thron darbieten?«, mutmaßte Balendilín zweiflerisch und legte den Brief auf den Ratstisch. »Wie soll das gelingen? Wenn er bei den Langen aufwuchs, hat er nicht den blassesten Schimmer, was es bedeutet, ein Kind des Schmiedes zu sein. Aus den Clans des Stamms der Vierten wird ihn sicherlich niemand unterstützen, und es liegen keine Beweise vor, dass er wirklich zu ihnen gehört.«

Der Großkönig ging langsam zum Beratungstisch und nahm auf dem Königsstuhl seines Stammes Platz, bevor die Beine ihm den Dienst versagten.

»Mag sein«, erwiderte er angestrengt. »Mag sein, Freund, aber bis er hier ist und die Sache nicht geklärt wurde, können sie den Thron nicht besetzen. Selbst wenn ich sterbe, sind sie zum Warten gezwungen.« Er schaute seinen Berater ernst an. »Wenn Vraccas' Hammer mich niederschmettert, ehe der Zwerg eingetroffen ist, liegt es an dir, einen Krieg zu verhindern und unser Volk vor Schaden zu bewahren.«

Balendilín presste den Mund zusammen. »Du wirst nicht so rasch von der Erde gehen, deine Lebensesse glüht hell und feurig, da bin ich mir sicher.«

»Du bist ein schlechter Lügner, wie alle Zwerge«, lachte Gundrabur und legte ihm die Hand auf die Schulter. »Dennoch müssen wir beide von nun an mit falschen Zungen reden, um unser Volk vor diesem unsinnigen Krieg zu bewahren, der unser Untergang sein könnte. Wir werden lügen wie die Kobolde, Balendilín. Ausnahmsweise benötigen wir die Uneinigkeit der Clans«, schwor er seinen Vertrauten ein. »Und nun komm. Ich brauche deinen wachen Verstand. Es geht darum, ein festes Netz aus Unwahrheiten zu flechten, in dem sich Gandogar und Bislipur auf dem Weg zu meinem Thron verfangen, bis wir ihnen den Krieg ausgetrieben haben.«

Balendilín half dem König auf. Er konnte sich zwar nicht im Geringsten ausmalen, dass dieser Plan gelänge, doch er hielt den Mund verschlossen.

Als Gandogar am nächsten Morgen erwachte und wie alle Mitglieder der Gesandtschaften zur Fortsetzung der Beratungen in die Halle gerufen wurde, eilte er gut gelaunt los. Er rechnete damit, dass ihn Gundrabur dem Rat als Nachfolger empfehlen würde. Anschließend würde das Gremium abstimmen, und damit säße er schon bald auf dem Thron.

Die Frieden stiftende Rede des Großkönigs hatte ihn verärgert, doch inzwischen war der Groll verflogen. Der Alte, der in all den Jahren nichts getan hatte, um in den geschichtlichen Aufzeichnungen der Zwerge besonders in Erscheinung zu treten, würde in naher Zukunft in Bedeutungslosigkeit verschwinden. Einem sterbenden Greis konnte er nicht böse sein.

Gandogar betrat die Halle und nahm seinen Platz ein; Bislipur stellte sich hinter ihn. Die Ränge füllten sich schnell mit den übrigen Mitgliedern der Clanabordnungen.

Einige der Zwerge warfen ihm aufmunternde Blicke zu und klopften dabei auf die Axtköpfe. Es war nicht als Drohung gemeint, sondern sollte ihm sagen, dass sie seine Kriegspläne offen unterstützten.

Ein Clanangehöriger aus dem Stamm der Zweiten trug eine Kette um den Hals, an der ein zweifelhaftes Schmuckstück baumelte. Der König betrachtete das verschrumpelte Ding genauer. Es handelte sich um ein abgeschnittenes Elbenohr, mit dessen Besitz der Abgeordnete sich brüsten wollte, aber als die Ankunft des Großkönigs verkündet wurde, versteckte er die Trophäe hastig unter seiner Rüstung. Noch war es zu früh, den Hass gegen die Schutzbefohlenen so deutlich zur Schau zu stellen.

Gundrabur erschien und strafte die Gerüchte um sein bevorstehendes Ableben Lügen. Gandogar empfand in seinem Innersten Enttäuschung, den Großkönig in einer solch guten Verfassung zu sehen. Während er so dachte, befiel ihn das schlechte Gewissen. Gleichzeitig wünschte er dem Greis wahrlich nicht den Tod, doch die Widerworte gegen seine Vergeltungspläne ließen ihn ungewohnte Dinge denken.

Als die anwesenden Zwerge sich auf das rechte Knie herabließen, erklang das Klirren und metallische Reiben der Rüstungen. Dann reckte die Versammlung dem Großkönig die Äxte entgegen. Diese Geste war ein Symbol für die unerschütterliche Treue, die sie ihm hielten, und besagte, dass er über ihre Kraft und ihr Leben verfügten solle.

Gundrabur antwortete, indem er den Schmiedehammer anhob und ihn vernehmbar auf den Boden prallen ließ. Sie durften sich erheben, und wieder rasselte es laut.

Balendilín trat vor und richtete seine braunen Augen voller Ernst auf Gandogar. »Bist du bereit, deinen Anspruch auf den Thron des Großkönigs zu verteidigen, König der Vierten vom Stamme Goïmdil aus dem Clan der Silberbärte?«, wiederholte er die zeremoniellen Worte, mit denen er den Zwerg bereits willkommen geheißen hatte.

Gandogar erhob sich. Er zog seine Waffe aus dem Gurt und legte sie auf den Steintisch. »Hart wie der Fels, aus dem Vraccas uns schuf, und vernichtend wie meine Axt werde ich gegen die Feinde unseres Volkes vorgehen«, antwortete er feierlich. Er war so ergriffen, dass ihm zunächst nicht auffiel, dass der Berater zu ihm gesprochen hatte und nicht der Großkönig. Erst als Balendilín ihn am Weiterreden hinderte, bemerkte er es.

»Du hast deine Bereitschaft erklärt, König Gandogar, und wir haben sie alle vernommen. Aber du wirst warten, bis der zweite Bewerber aus deinem Stamm erscheint. Ihr beiden werdet eine Einigung erzielen müssen«, erklärte der Einarmige. »Bis dahin ist die Nachfolgerschaft nicht entschieden.«

»Was?!«, entfuhr es dem König, und das Blut schoss ihm in den Kopf. Er wandte sich um und ließ den Blick über die Reihen seiner Gefolgschaft wandern, die nicht minder überrascht war wie er. »Wer von euch wagt es, mich zu verraten?«, grollte er. »Aus welchem Clan du sein magst, tritt vor!« Seine Hand wanderte an den Griff der Streitaxt.

»Du tust deinen Begleitern Unrecht«, hielt ihn Balendilín zurück. »Es ist keiner von ihnen.« Er entfaltete einen Brief und hielt ihn deutlich sichtbar in die Luft. »Ein junger Zwerg, der vor vielen Zyklen durch einen seltsamen Zufall von seinem Stamm getrennt wurde, hat sich an seine Ursprünge erinnert und sein Kommen angekündigt. Er lebt in Ionandar und bereitet sich derzeit auf die Reise vor.«

»Ionandar?«, wiederholte Gandogar ungläubig. »Im Zauberreich? Was, bei Vraccas, ist denn das für eine Missgeburt?« Er richtete sich auf. »Das kann nicht dein Ernst sein! Ein hergelaufener Zwerg schickt eine Botschaft, der du allein Glauben schenkst, und hält die Zeremonie auf? Wie ist der Name des Bewerbers?«

»Sein Name spielt keine Rolle. Er trägt einen Menschennamen, weil er von ihnen als Findelkind aufgezogen wurde«, erwiderte der Berater hart. »Aber die Gegenstände, die man damals bei ihm fand, weisen ihn als Angehörigen deines Stammes aus.«

»Das glaube ich nicht!«, rief Gandogar erbost. »Es ist eine List!«

»Dann sind die Zeilen über den Verrat der Elben an den Fünften ebenso eine List«, erwiderte Balendilín unnachgiebig, die Hand locker an die Gürtelschnalle gelegt.

»Genug!« Gundrabur stemmte sich aus seinem Herrschaftssitz empor. »Du wagst es, meinen Freund einen Lügner zu nennen, König Gandogar?« Die Worte dröhnten durch die hohe Halle, und der Zorn des Alters verlieh dem Ausbruch Kraft und Würde. Das Aufbegehren des Vierten wirkte dagegen wie das Gezänk eines Waschweibs. »Du wirst die Entscheidung so hinnehmen, wie sie von mir getroffen wurde. Sobald der Zwerg in der Festung eingetroffen ist, werden die Clans deines Stammes darüber entscheiden, wer von euch beiden der bessere Nachfolger sein wird.«

Gandogars ausgestreckter Arm deutete auf sein Gefolge. »Wozu warten? Fragt die Clans jetzt! Ihre Meinung wird sich niemals ändern! Wieso sollten sie einen Unbekannten ...«

Der Großkönig hob die vom Alter gekrümmte Hand. »Nein.« Seine Finger wiesen auf die Stelen mit den Runen. »Wir befolgen die Gesetze unserer Vorfahren. So steht es geschrieben, so wird es erfüllt.«

Das darauf folgende Schweigen in dem gigantischen Raum besaß unterschiedliche Qualitäten. In der überwiegenden Mehrzahl bestand es aus der Überraschung, der Rest war ohnmächtige Wut, weil ihnen nichts anderes übrig blieb, als auf den dreisten Bewerber zu warten.

Gandogar sackte auf seinen Stuhl und zog die Axt zu sich heran; die Schneide hinterließ einen tiefen weißen Kratzer in dem polierten Steintisch und zerstörte die Makellosigkeit, an der die Steinmetzen so lange gearbeitet hatten.

»Ich beuge mich«, stieß er kühl hervor; mehr wagte er nicht zu sagen, aus Sorge, die Verzweiflung würde aus ihm sprechen und ihn zu Torheiten hinreißen. Entmutigt schaute er hinter sich. Bislipur bewahrte die äußerliche Fassung ausgezeichnet, aber diesen Gesichtsausdruck kannte er zu gut. Sein Verstand befasste sich bereits mit den neuen Umständen und suchte nach einer raschen Lösung. Er wusste, dass er auf seinen einfallsreichen Freund vertrauen konnte.

»Von Ionandar bis hierher sind es viele Reisewochen. Was sollen wir so lange tun?«, verlangte Gandogar zu wissen, während er die funkelnden Diamantsplitter an seiner Rüstung betrachtete. »Und woher wissen wir, dass er uns findet, der Möchtegern Großkönig?«

»Oder ob er lebend ankommt«, fügte Bislipur hinzu.

»Wir werden uns beraten«, antwortete Balendilín. »Es sind einige Dinge zu besprechen, die für die Stämme und Clans bald von wichtiger Bedeutung sein werden.« Dann lächelte er. »Es ist schön zu hören, dass ihr euch Sorgen um ihn macht, aber wir haben ihm eine Eskorte geschickt, die ihn heil zu uns bringen wird.«

»So? Dann schicken wir ihm auch eine«, beharrte Bislipur mit aufgesetzter Freundlichkeit. »Schließlich gehört er zu unserem Stamm. Sag uns, wohin unsere Krieger gehen müssen.«

»Das Angebot ehrt dich, doch es ist nicht nötig. Er wird der Gast des Großkönigs sein, also sendet Gundrabur unsere Leute«, lehnte Balendilín diplomatisch ab. »Nach diesem turbulenten Auftakt schlage ich vor, dass wir uns bei dunklem Starkbier eine Erholung gönnen. Es wird die erhitzten Gemüter kühlen.« Er nahm seine Axt und schlug mit der flachen Seite zweimal gegen den Tisch. Der klingende Ton flog durch die Halle und drang bis durch die Türen.

Schon wurden Fässer mit gebrautem Gerstensaft hereingetragen. Kurz darauf füllten sich die Humpen und Trinkhörner der Gesandten, und man trank auf das Wohl des regierenden und des kommenden Großkönigs. Nur wenige zweifelten daran, dass dessen Name Gandogar sein würde.

Bislipur klopfte seinem Schützling auf die Schulter. »Du musst nur ein wenig warten. Wir ehren die Vorfahren und erfüllen alle Bedingungen deiner Wahl, denn nur so lässt sich vermeiden, dass es jemals Zweifel an der Rechtmäßigkeit deines Amtes geben wird.« Er stieß mit dem König an und nahm einen langen Zug. Das Bier schmeckte malzig, schwer und ein wenig süßlich. »So können nur Zwerge brauen«, lachte er und wischte sich den Schaum aus dem Bart.

Als die Gesandten nach und nach übermütiger und ausgelassener wurden, setzte sich Bislipur ab und verschwand aus der Halle. Er drückte sich in einen kaum benutzten Nebengang und rief Swerd zu sich, um ihm mit einer ganz besonderen Aufgabe zu betrauen.

Das Geborgene Land, das Zauberreich Ionandar im Jahr des 6234sten Sonnenzyklus, Frühling

Pfeifend kniete Tungdil vor seinem Schrank und verstaute die Dinge, die er mitnehmen wollte, in seinem geräumigen Ledertornister: ein Zunderkästchen und ein Feuerstein, falls er unterwegs im Freien übernachten musste, sowie eine Decke, Angelhaken und Essgeschirr. Dann schnallte er den zusammengerollten Umhang mit einem Lederriemen am Rucksack fest, warf sich das Kettenhemd über und rückte es mit eingespielten Bewegungen zurecht.

So fühlte er sich wohl. Das Geflecht aus Eisenringen gab ihm ein sicheres Gefühl und bedeutete zugleich etwas Vertrautes. Es war ein Empfinden, das aus seinem tiefsten Inneren kam und für ihn selbst unerklärlich war.

Das Gleiche spürte er, wenn er an der Esse stand und kleinere Schmiedearbeiten verrichtete. Hufeisen formen, Nägel machen, Eisenbeschläge für Türen anpassen, Messer schleifen und Werkzeuge dengeln, das gelang ihm mit Leichtigkeit. Er vermutete, dass das Zwergische in seinem Blut der Auslöser dafür war.

Und so nahm er seinen prallen Rucksack auf, hakte die Kampfaxt, die er von dem Magus geschenkt bekommen hatte, in den Gürtel und begab sich zu dessen Arbeitszimmer. Den Weg dorthin kannte er blind, Licht brauchte er fast keins, und sein zwergischer Orientierungssinn ließ ihn unter der Erdoberfläche niemals im Stich. Jeden Tunnel, durch den er einmal gegangen war, erkannte er wieder, denn seine Augen nahmen die feinen Unterschiede in den Wänden wahr; doch sobald er sich im Freien zurechtfinden sollte, versagte er jämmerlich und war ohne Karte verloren.

Nach kurzem Klopfen öffnete er die Tür. Lot-Ionan trug seine geliebte beige Robe und saß an seinem Schreibtisch. Anklagend hielt er ein tintengetränktes Blatt Papier in die Höhe, als der Zwerg eintrat.

»Siehst du das, Tungdil? Das ist dein Wirken.« Er warf es zurück auf den Stapel. »Nutzlos. Meine Arbeit von vielen Umläufen wurde innerhalb weniger Lidschläge zunichte gemacht.«

»Ich habe es nicht gewollt«, erwiderte der Zwerg ehrlich zerknirscht und doch nach wie vor starrköpfig. Der ausgeprägte Eigensinn war ein weiteres Erbe seiner Herkunft.

»Das weiß ich doch.« Das Gesicht des Magus nahm einen gütigen Ausdruck an. »Was ist denn wirklich geschehen?«

Tungdil senkte den Kopf. »Famulus Jolosin hatte mir wieder mal einen Streich gespielt. Ich wollte mich rächen und schüttete ihm einen Eimer Wasser über«, druckste er herum. »Er verwandelte es zu Eis, doch die Klumpen zerschlugen die Phiolen. Dann hat er mich eingesperrt, damit Ihr mich für den Schuldigen haltet.« Seine braunen Augen richteten sich auf seinen Ziehvater.

Der Magus seufzte. »Ich dachte mir schon, dass ihr beide euren Anteil tragt. Es tut mir Leid, dass ich laut wurde.« Er deutete auf das Pergament. »Für mich bedeutet es, dass ich die nächsten Umläufe wieder mit dem Zeichnen von Runen verbringen werde. Du wusstest doch, dass du nichts im Laboratorium zu suchen hast. Ihr Zwerge seid nicht dafür geschaffen, die flüchtigen Zauberkräfte zu beherrschen oder mit den Elixieren zu hantieren.«

»Es war ein ...«

»Du hättest mir von Jolosins Streich berichten können, und ich hätte mir eine Strafe für ihn ausgedacht. Nun siehst du, wohin die ganze Angelegenheit geführt hat, und als Sühne wirst du auf Reisen gehen, und dieses Mal ist es keine kleine Reise, Tungdil. Aber ich werde mich sehr freuen, wenn du zu mir zurückkehrst. Glaube mir, Jolosin hat es mit dem Kartoffelschälen schlimmer erwischt.« Er grinste. »Er wird so lange schälen, bis du zurückkehrst, und wenn es dir unterwegs einfallen sollte, einen Umweg zu machen ...« Lot-Ionan beließ es bei seiner spitzbübischen Andeutung. »Bist du bereit?!«

»Ja, ehrenwerter Magus«, antwortete der Zwerg erleichtert, dass sein Ziehvater nicht mehr auf seiner Alleinschuld bestand. »Was soll ich für Euch erledigen?«

Die Atmosphäre in dem mit Apparaturen, Büchern und Regalen zugestellten Raum war ganz im Gegensatz zu der Stimmung vorhin im Laboratorium entspannt und ruhig. Das Feuer knisterte leise im Kamin, und die zahme Eule des Zauberers hatte die großen Augen fest geschlossen.

»Langsam, junger Zwerg.« Lot-Ionan erhob sich, nahm seinen dampfenden Becher und ließ sich in den Ohrensessel vor der Feuerstelle sinken. Er reckte seine Filzschuhe gegen die Flammen und wärmte sie. »Wir lassen es gemütlich angehen. Jolosin soll ordentlich was zu tun haben ... Ich möchte dir noch eine Sache mit auf den Weg geben, über die du nachdenken wirst, während du einen Fuß vor den anderen setzt.« Seine Hand zeigte auf den Stuhl neben sich.

Tungdil stellte den Rucksack auf den Boden und setzte sich. Es klang nach einer besonderen Sache.

»Ich habe nachgedacht.« Der Magus räusperte sich. »Du bist von deinen dreiundsechzig Zyklen seit zweiundsechzig in meiner Obhut.«

Der Zwerg wusste, was nun kam. In rührseligen Augenblicken, so wie diesem, wenn es dem Magus richtig gut ging, er ein wenig Grog getrunken hatte und der Kamin seine Füße wärmte, neigte er dazu, in die Vergangenheit zu reisen und sich an Ereignisse zu erinnern, die länger als ein Menschenleben zurücklagen. Tungdil mochte diese Unterredungen.

»Es war an einem stürmischen Abend im Winter, als ein Rudel Kobolde bei mir auftauchte und ein Bündel anschleppte.« Er schaute seinem Mündel in die Augen. »Das Bündel warst du«, lachte er leise. »Da hattest du noch keinen Bart, mein Lieber. Man hätte dich für ein Menschenkind halten können. Sie boten mir an, dich zu kaufen, oder sie würden dich in den nächsten Fluss werfen. Ich konnte nicht anders, als den Langnasen ihren Lohn zu geben und dich bei mir aufzunehmen.«

»Dafür bin ich Euch mein restliches Leben lang dankbar, Lot-Ionan«, warf Tungdil leise ein.

»Das restliche Leben«, wiederholte er leise. Der Magus schwieg eine Weile. »Ich habe mir überlegt, dass du vielleicht schon bald aus deiner Schuld entlassen sein wirst«, sagte er nach einer Weile und strich mit der Rechten durch die dichten Haare des Zwergs. »Ich habe schon zu lange gelebt, und du hast mir bereits sehr viele Dienste erwiesen, die deine Schuld, falls es sie jemals gab, abgegolten haben. Wenn meine Versuche, das Altern aufzuhalten, nicht bald von dauerhaftem Erfolg gekrönt sein werden, wird meine Seele ohnehin in Kürze zu Palandiell gehen.«

Es schmerzte den Zwerg, an die rasche Vergänglichkeit der Menschen erinnert zu werden, der sogar Zauberer nicht zu trotzen vermochten. »Ihr werdet Euer Ziel erreichen«, raunte er heiser. »Aber ... Ihr wolltet mir doch etwas erzählen.«

Der Zauberer lächelte traurig, er durchschaute Tungdils Absicht, ihn abzulenken. »Anfangs sagte ich dir, dass deine Familie dich bei mir abgegeben hätte, um aus dir einen großen Zwergenmagus zu machen, aber du hast schnell herausgefunden, dass das nicht die Wahrheit sein konnte. Spätestens nachdem du lesen gelernt und mehr über dein Volk in Erfahrung gebracht hast.«

»Sie mögen Magie nicht besonders. Und die Magie mag sie nicht, ich weiß«, antwortete er und musste grinsen. In seine Hände gehörte der Schmiedehammer, ab und zu ein Buch aus der riesigen Bibliothek, aber mehr nicht. »Vraccas gab uns so viel handwerkliches Können, dass in unseren Körpern kein Platz mehr für das Zaubern ist.«

»Genau«, lachte der Magus, als er sich an all die kleineren Unglücke erinnerte, die sich immer dann zugetragen hatten, wenn sein Ziehsohn und die unsichtbare Kraft zufällig zusammengetroffen waren. »Aber sei nicht zu bescheiden, du hast dir einiges an Wissen angeeignet und bist beinahe ein Gelehrter. Mancher Famulus weiß weniger über das Geborgene Land und seine Bewohner als du.«

»Ihr habt mir viel beigebracht, Lot-Ionan, selbst das Disputieren.«

»O ja, das war eine Herausforderung, an der ich fast zerbrach. Der zwergische Trotz ist deiner Zunge zuweilen im Weg.« Er wurde wieder ernster. »Ich hatte die Kobolde damals nicht gefragt, wie sie in deinen Besitz gekommen waren, was ich heute sehr bereue.

Dann könnte ich dir wenigstens sagen, wo dein Familienclan, wo dein Stamm zu finden ist.« Er langte neben den Sessel und suchte eine Karte des Geborgenen Landes aus einem Stapel Schriftstücke. Vorsichtig rollte er sie auf, und sein Zeigefinger tippte auf das Zweite Zwergenreich. »Ich habe einen Boten zum Stamme Beroïns geschickt und anfragen lassen, ob etwas vom Schicksal eines vermissten Zwergen bekannt ist. Ich möchte deine Verwandten finden, Tungdil. Bei dem Alter, das ihr Zwerge erreicht, sollten sie noch leben. Was sagst du dazu?«

Sein Mündel war gerührt. Sein größter Wunsch rückte damit näher. »Das ... ist großartig von Euch!«, rief er aufgeregt. »Habt Ihr schon Nachricht erhalten?«

Lot-Ionan freute sich über Tungdils Reaktion. »Nein, noch nicht. Aber ich bin zuversichtlich, dass die Zwerge des Zweiten neugierig genug sind, um sich um einen verlorenen Sohn ihres Volkes kümmern zu wollen. Es ist nur ein Anfang, erwarte nicht zu viel.«

»Ich danke Euch nochmals«, sagte der Zwerg feierlich. Mehr Worte wollten ihm nicht einfallen, um seine Gefühle auszudrücken.

»Wo ich die Landkarte schon mal auf dem Schoß habe, zeige ich dir gleich, wohin du gehen musst«, fuhr der Magus fort und deutete zuerst auf den Stollen, in dem sie sich befanden, dann auf eine Erhebung, die Schwarzjoch hieß. Sie lag außerhalb von Ionandar in Gauragar und hart auf der Grenze zu Lios Nudin, dem Einflussbereich des Magus Nudin, den man den Wissbegierigen nannte. »Es sind dreihundert Meilen, die du nordwestlich laufen musst. Die Wege sind leicht zu finden, und die Karte wird dir helfen, dich zu orientieren. Du kommst unterwegs an genügend Dörfern vorüber, in denen du nach dem Weg fragen kannst.« Er rollte das Pergament zusammen. »Nun zu den Kleinigkeiten, die du meinem Freund Gorén bringen sollst. Geh rüber an den Ebenholzschrank, und nimm den kleinen Ledersack mit dem grünen Lederband heraus. Darin sind Dinge, die ich vor langer Zeit für ein Experiment geborgt hatte und nun nicht mehr benötige. Auf dem Tisch liegen ein paar Münzen, die du unterwegs ausgeben darfst.«

Während Tungdil sich in Bewegung setzte, nahm der Magus ein Buch auf und gab vor zu lesen. Der Zwerg öffnete den Schrank und zerrte den Sack heraus.

»Ich bin so weit«, sagte er schließlich.

»Nun geh, Tungdil, und denke darüber nach, was ich dir gesagt habe. Wenn wir deine Familie finden, überlasse ich es dir, ob du bei mir bleiben möchtest oder nicht«, verabschiedete er den Zwerg, ohne von seinem Buch aufzuschauen. Tungdil wandte sich zum Ausgang.

»Und noch etwas: Sei auf der Hut! Pass auf den Sack auf und verliere ihn nicht, dafür ist der Inhalt zu wertvoll«, schärfte er ihm ein. Dann hob er den Blick und lächelte. »Am besten ist es, du lässt das Band zu, wenn du keine Katastrophen erleben möchtest. Palandiell sei mit dir. Und dein Vraccas natürlich auch.«

»Ihr könnt Euch auf mich verlassen, Lot-Ionan.«

»Daran zweifle ich nicht, Tungdil. Kehre gesund zurück und lass es dir unterwegs gut gehen.«

Der Zwerg verließ das Zimmer, um in die Küche zu Frala zu gehen. Von ihr wollte er sich Proviant geben lassen und mit ihr die Neuigkeit über seine Abstammung teilen.

Er fand sie am großen Trog stehend beim Teigkneten. Der Schweiß lief ihr über das Gesicht, denn die Arbeit war sehr anstrengend und die zähe Masse aus Mehl, Wasser und Hefe alles andere als leicht durchzukneten.

»Ich brauche Proviant«, verkündete er strahlend.

»Aha. Hast du einen Botengang vom Magus erhalten?«, lächelte sie ihn an und versetzte dem Teig einen letzten Hieb. »Dann wollen wir doch mal schauen, was wir für den Kurier des Zaubermeisters alles in der Speisekammer haben.« Frala klopfte sich das Mehl von den Händen und betrat mit Tungdil jene Kammer, in der eine Maus wohl gern zur Welt käme.

Die Magd packte Trockenfleisch, Käse und Dauerwurst sowie einen Laib Schwarzbrot in den Rucksack. »Das müsste reichen.«

»Für dreihundert Meilen?«

»Dreihundert?«, staunte sie. »Tungdil, das ist kein Botengang mehr, das ist eine richtige Reise. Nein, da müssen wir selbstverständlich noch etwas draufpacken.« Sie legte zwei Würste und etwas Schinken nach. »Aber lass es die Köchin nicht sehen«, sagte sie, während sie die Klappe des Rucksacks eilig schloss.

Sie kehrten in die Küche zurück. »Und? Wohin wird dich deine lange Wanderung führen?«, wollte Frala neugierig wissen.

»Ich gehe zum Schwarzjoch«, verriet er ihr. »Ich soll einem ehemaligen Schüler des Magus ein paar Dinge zurückbringen.«

»Von diesem Berg habe ich noch nie gehört«, grübelte Frala. »Das muss eine sehr weite Reise sein, dreihundert Meilen ... Durch welche anderen Königreiche läufst du?«

Tungdil lachte. »Ich würde dich mitnehmen, aber Lot-Ionan hätte sicher etwas dagegen. Dein Mann und deine Töchter auch.« Er zeigte ihr die Landkarte und ließ den Finger über das Blatt wandern.

»Idoslân und Gauragar! Und Lios Nudin liegt fast daneben, ist das nicht aufregend?«

»Ach, bei Nudin ist es ruhig. Alles, was er macht, ist Wissen zu sammeln«, winkte der Zwerg ab. »Bei Turgur dem Schönen, da gäbe es sicherlich was zu sehen.«

»Warum?«

»Der Magus ist auf der Suche nach unvergänglicher Anmut für jedermann. Der krummbeinigste Bauer und die schiefmäuligste Dirne sollen ihren Makel gegen elbengleiche Schönheit tauschen können«, erzählte er der Magd. »Seine Bemühungen schreiten jedoch nicht so recht voran, wie ich von Lot-Ionan gehört habe. Angeblich leben viele Menschen in Turgurs Land, denen er solche Missbildungen bei seinen Versuchen beschert hat, dass sie sich aus Scham verbergen. Vielleicht ist es ganz gut, dass ich Turgur fern bleibe, ehe er versucht, mich größer zu zaubern.«

»Wie grausam«, sagte Frala bedauernd, ging in die Hocke und drückte den Zwerg an sich. »Ich wünsche dir den Segen Palandiells und deines Gottes Vraccas, damit du unterwegs vor allen Gefahren geschützt bist.« Sie nahm ihr Halstuch ab und band es dem Zwerg um den Gürtel. »Hier, dein Talisman. Wann immer du ihn anschaust, denkst du an mich.« Schelmisch zwinkerte sie ihm zu. »Und daran, dass du mir etwas Schönes mitbringst.«

Tungdil sah in ihre lebendigen grünen Augen und seufzte. Er hatte die Magd so sehr in sein Herz geschlossen, dass es ihm schwer fiel, sich vorzustellen, fortan ohne sie bei den Zwergen und seiner Familie zu leben, zumal er doch der Pate von Sunja und Ikana geworden war. Er begehrte Frala nicht, solche Gedanken waren ihm fremd, aber weil er sie von klein auf kannte, fühlte er sich wie ein Bruder.

»Lot-Ionan hat eine Nachricht an die Zwerge Beroïns gesandt, um Nachforschungen über meine Herkunft anzustellen«, erzählte er ihr von der Unterredung mit seinem Ziehvater. »Wenn meine Familie dort lebt, würde ich gern ins Gebirge gehen und mich mit ihnen treffen, vielleicht bei ihnen leben. Der Magus hat es mir freigestellt zu wählen.«

Die Magd umarmte ihn ein weiteres Mal und teilte seine Freude über die schönen Nachrichten. »Es scheint, als ginge noch ein Traum bald in Erfüllung.« Sie grinste frech. »Jolosin wird Luftsprünge machen, falls du uns verlässt.«

»Das wäre ein Grund, nicht zu gehen«, erwiderte Tungdil schmunzelnd, bemerkte aber, dass sich ein Schatten über ihr eben noch fröhliches Gesicht legte.

»Wirst du uns ab und zu mal besuchen und uns von den Zwergen berichten, die im Süden leben?«, wollte sie wissen. Ein Hauch von Schwermut lag in ihren Worten, auch wenn sie sich für ihren besten Freund aus tiefstem Herzen freute.

»Warte es ab, Frala. Am Ende vermissen sie gar keinen wie mich, und ich bin einfach so aus den Felsen geboren worden«, wiegelte Tungdil ab. »Ich bringe Gorén sein Eigentum wieder, danach sehen wir weiter.«

Ein kleines Kind schrie in der Ecke der Küche. Frala eilte, um ihre Tochter Ikana aus der Wiege zu holen, die sie neben den warmen Herd gestellt hatte.

»Schau, das ist dein Pate, kleiner Wurm«, sagte sie zu dem Mädchen. »Er wird später auf dich aufpassen, so wie er lange Jahre auf mich Acht gab.«

Der Zwerg streckte seinen Zeigefinger aus, den das Menschenkind sogleich ergriff und zu sich zog. Tungdil meinte sogar, ein leises Lachen gehört zu haben.

»Sie lacht mich aus.«

»Unsinn. Sie lacht mit dir. Siehst du? Sie mag dich«, erwiderte Frala.

»Dir und deiner Schwester bringe ich auch etwas mit«, versprach er Ikana und zog seinen schwieligen Finger vorsichtig aus der kleinen zartrosa Hand. Doch nachdem er seine Scheu vor dem zerbrechlich aussehenden Kind überwunden hatte, wollte er gar nicht mehr von ihm lassen. Ikana fasste nach und schnappte sich eine braune Haarsträhne. Mit großer Vorsicht entwand er sie ihr wieder. »Du willst wohl, dass ich bleibe?«

Gemeinsam gingen sie durch den halbdunklen Stollen bis zum Nordtor. Helles Tageslicht schimmerte durch den Spalt. Die Magd küsste ihn auf die Stirn. »Pass auf dich auf«, verabschiedete sie ihn. »Und komm heil zurück.«

Ein Famulus betätigte die Seilwinden des Öffnungsmechanismus, und die eisenbeschlagenen Eichenportale schwangen knarrend zurück.

Die Sonne schien auf die runden, sattgrünen Hügel, die blühenden Blumen und Laubwälder. Der Wind trug den Geruch von warmer Erde in den Tunnel, Vögel sangen ihr Frühlingslied.

»Hörst du das, Tungdil? Das Geborgene Land meint es gut mit dir«, sagte Frala und atmete die Luft tief ein. »Herrliches Wetter! Du wirst eine schöne Reise haben.«

Der Zwerg stand im schützenden Schatten des Ganges und zögerte. Er war es gewohnt, eine schützende Decke über dem Kopf und Wände um sich zu haben, die ihm Sicherheit gaben. Da draußen wartete ein wenig zu viel Freiheit auf ihn, an die er sich bei jedem seiner Botengänge für den Magus von neuem gewöhnen musste.

Doch er wollte vor Frala nicht wie ein feiger Gnom dastehen, also holte er tief Luft, trat an die sonnenbeschienene Oberfläche von Ionandar und marschierte los.

»Bis bald, Tungdil!«, rief die Magd ihm hinterher. Er drehte sich um und winkte ihr, bis sich der Zugang zu Lot-Ionans unterirdischer Behausung schloss; dann setzte er seinen Marsch fort. Allerdings kam er nicht sonderlich weit. Völlig geblendet kniff er schon nach wenigen Schritten die Lider zusammen. Die Zeit unter der Erde, abseits von den Strahlen des mächtigen Gestirnes, hatte ihn derart empfindlich werden lassen, dass er im Schatten einer mächtigen Eiche Schutz vor der Helligkeit suchte. Die Säcke mit dem Proviant und den Artefakten landeten neben ihm im Gras.

Das kann eine nette Reise werden, dachte er. Er hockte sich auf den Boden und blinzelte, um einen ungefähren Eindruck von der Umgebung zu bekommen. Das Blätterdach schützte ihn kaum vor dem unbarmherzigen Licht.

Tungdil erinnerte sich, dass es ihm jedes Mal so erging, wenn er einen Fuß nach draußen setzte. Aber wenigstens eigneten sich die liebliche Landschaft und der grob angelegte Weg gut zum zügigen Laufen.

Er nahm die Karte zur Hand, um sie genauer zu studieren, und hielt sie so über sich, dass sie ihm Schatten spendete. Wenn der Kartenzeichner sich nicht irrte, würde sich die Landschaft in der Nähe des Schwarzjochs verändern. Die Erhebung war von einem dichten Tannenwald umgeben, durch den offenbar kein Pfad führte.

Auch nicht schlimm. Tungdils Daumen fuhr prüfend über die Schneide der Axt. *Die Bäume werden zu spüren bekommen, was es heißt, sich mir in den Weg zu stellen.*

Die Sonne wanderte weiter.

Der Zwerg gewöhnte sich allmählich an das Licht, das bereits schwächer wurde und sich in zartes Orange wandelte. Die Dämmerung, die seinen Augen schmeichelte, würde bald hereinbrechen, und bis dahin wollte er noch einige Meilen gelaufen sein. Vielleicht würde er an einem Gehöft vorbeikommen, wo man ihm über Nacht Unterschlupf gewährte.

Entschlossen stemmte er sich in die Höhe, hing sich den Rucksack und den Lederbeutel des Magiers über den Rücken, klemmte die Axt in den Gürtel und stapfte los. Eine Weile schimpfte er noch über die Sonne, was ihn zwar nicht schneller machte, aber ungemein erleichterte.

*

Als Tungdil am fünften Tag seiner bislang ereignislosen Wanderung aus dem Wald trat und die Palisaden eines umzäunten Großdorfes betrachtete, verschwand die Sonne soeben hinter einem Hügel.

Über dem Tor erhob sich ein hölzerner Wachturm, auf dem zwei Männer auf und ab gingen. Zuerst entdeckten sie seine gedrungene Gestalt nicht, dann aber wurde einer der Wächter auf ihn aufmerksam. Ihrem Verhalten nach stuften sie den Zwerg jedoch nicht als Bedrohung für den Ort ein.

Tungdil freute sich. Nach vier kühlen Nächten zwischen Eichhörnchen, Füchsen und zu viel Grün warteten auf der anderen Seite der Befestigung bestimmt eine Schenke, gutes Bier, ein warmes Essen und ein weiches Bett auf ihn. Sein Magen grummelte.

Als er vor dem Tor ankam, blieb der Durchgang verschlossen. Die Wachen lehnten sich über die Brüstung und beobachteten, was der Zwerg tat.

»Meinen Gruß! Lasst mich ein, ich möchte die Nacht nicht unter freiem Himmel verbringen«, rief er laut und musterte die beiden Männer. Ihre Plattenrüstungen sahen gepflegt und gut gearbeitet aus; der Schmied, der sie anfertigte, wusste, auf was es ankam, soweit Tungdil das auf die Entfernung beurteilen konnte. Es bedeutete auch, dass die Männer auf den Schutz angewiesen waren und ihn nicht nur wegen der äußeren Wirkung trugen. Dörfler waren das nicht.

Dann machte er eine weitere Entdeckung. Was er im Schein der Fackeln auf den Palisaden für Zierköpfe gehalten hatte, entpuppte sich bei genauerem Hinsehen als echte Schädel. Die Dorfbewohner spickten ihre Palisaden mit den abgetrennten Häuptern von drei Dutzend Orks!

Tungdil hatte seine Zweifel daran, dass es ein guter Gedanke war, die Scheusale auf diese Weise zu verhöhnen. Orks ließen sich durch die aufgespießten Köpfe ihrer getöteten Artgenossen ebenso wenig von Überfällen abhalten wie Krähen vom Plündern eines Feldes. Sie verstanden diese Art von Ausstellung eher als Anreiz, die Menschen für ihre Taten zu vernichten.

Daraus erfuhr der Zwerg zwei Dinge. Erstens befand er sich in Idoslân, zweitens waren die Männer, die sich die Dorfbevölkerung zur Bekämpfung der Orks anheuerte, ausgezeichnet, doch leider ohne Verstand. Er konnte sich das herausfordernde Verhalten nur so erklären, dass die Söldner Prämien für die Zahl der abgeschlagenen Schädel erhielten. Die Soldaten legten ihre grausigen Köder aus, um das nächste Rudel Orks anzulocken.

»Was ist nun?«, forderte er ungehalten. »Warum darf ich nicht hinein?«

»Du stehst vor Gutenauen im schönen Idoslân. Hast du unterwegs Orks gesehen, Unterirdischer?«, erhielt er zur Antwort.

»Nein, keine«, entgegnete er und gab sich Mühe, höflich zu bleiben; die Bezeichnung »Unterirdischer« empfand er als abwertend. »Und ich bin ein Zwerg, wenn's recht ist, so wie ihr Menschen und keine Oberirdischen seid.«

Die Männer lachten. Einer von ihnen gab ein Handzeichen, der rechte Flügel öffnete sich knarrend und gewährte Tungdil Einlass. Zwei weitere schwer bewaffnete Söldner standen zur Begrüßung bereit und musterten ihn argwöhnisch.

»Tatsächlich, ein Zwerg«, raunte der eine gebannt. »Sie sind gar nicht so klein, wie man sich immer erzählt.«

Tungdils Laune sank, denn das Angaffen behagte ihm nicht. Er hatte vergessen, wie selten die Menschen Zwerge sahen. »Habt ihr nun genug geschaut? Könnt ihr mir sagen, wo ich eine Unterkunft für die Nacht bekomme?«

Die Wächter erklärten ihm, wo das nächste Wirtshaus zu finden war. Tungdil schlenderte die staubige Straße entlang und erreichte schon bald das Gasthaus. Ein an den Türbalken genagelter, von der Witterung gezeichneter Holznapf und ein nicht weniger ramponierter Krug versprachen dem Besucher zwar keine Köstlichkeiten, aber immerhin ein solides Mahl und einen Schluck Bier dazu.

Tungdil gab sich Mühe, unauffällig einzutreten. Als er den Holzriegel nach oben schob und gegen das Holz drückte, schrien die verrosteten Türangeln auf. Es war die einfachste und zugleich wirkungsvollste Vorrichtung, sich gegen Schleicher zu schützen; diesen Laut des geschundenen Metalls überhörte gewiss niemand. Der Zwerg zögerte und betrat dann den Schankraum.

Zehn Dorfbewohner saßen bei Met und Bier an den grob gezimmerten Tischen; Tabak, Essensdüfte und Körpergerüche verbanden sich zu einem gewöhnungsbedürftigen Bouquet. Die Kleider der Leute waren einfach: Mit Jutehemden oder ungefärbten Wollstoffen schützten sie sich gegen die Kühle des Frühlingsabends. Ihre Füße steckten in dicken Socken und geschnürten Schuhen.

Zwei Dorfbewohner nickten ihm zögernd zu, die anderen beschränkten sich darauf, ihn anzustarren.

Das dachte ich mir. Der Zwerg erwiderte den Gruß und ging zu einem freien Tisch. Die Möbel waren zwar wie immer zu groß für ihn, aber das störte ihn nicht. Er bestellte sich eine warme Mahlzeit und einen großen Humpen Bier. Kurz darauf standen eine Schüssel mit dampfendem Getreidebrei und zerkleinertem Fleisch sowie ein Krug Gerstensaft vor ihm.

Heißhungrig machte er sich über das Essen her. Es schmeckte bodenständig, leicht angebrannt und etwas fad, aber es war warm. Das wässrige, hellgelbe Bier wurde seinem zwergischen Anspruch nicht gerecht, doch er trank es. Er wollte keinen Streit vom Zaun brechen und zudem noch ein Bett für die Nacht bekommen.

Einer der Männer betrachtete ihn so eindringlich, dass er es förmlich spürte. Tungdil warf ihm einen auffordernden Blick zu.

»Ich frage mich, was ein Unterirdischer ausgerechnet jetzt bei uns will«, sagte der Dörfler so laut, dass selbst der Schwerhörigste es vernahm, und stieß den Rauch seiner Pfeife gegen die rußgeschwärzte Decke.

»Ein Bett.« Der Zwerg kaute langsamer, senkte den Löffel in die klebrige Masse und wischte sich die Reste aus dem kurzen Bart. Ein Mensch, der Ärger suchte – das fehlte ihm noch zu seinem Glück. Der Ton des Mannes war eindeutig. *Aber nicht mit mir.* »Ich möchte keine Scherereien mit Euch«, stellte er fest. »Ich habe die letzten Nächte in der Wildnis verbracht und bin Vraccas dankbar, dass ich ein Nachlager gefunden habe, das nicht aus Laub und Zweigen besteht«, sagte er trotzig.

Die anderen Gäste feixten und lachten. Manche verbeugten sich übertrieben vor dem Pfeifenraucher und redeten ihn mit »Ihro Gnaden« und »Ihre Erhabenheit« an; jemand setzte dem Mann einen leeren Humpen als Krone auf. Sie fanden es lustig, dass der

Zwerg die höflichste aller Anreden für einen einfachen Dörfler gebrauchte.

»Oho, der Zwerg hat studiert. Ist wohl ein feiner Pinkel?« Wütend schlug der Mann sich den Krug vom Schopf und wandte sich seinen Leuten zu. »Ja, lacht nur, ihr Deppen! Ich weiß, warum ich misstrauisch bin. Wenn ihn die Orks geschickt haben, um uns auszuspionieren, und er denen heute Nacht das Tor öffnet, bleibt euch das Grölen schon noch im Hals stecken!«

Die Heiterkeit verflog.

Tungdil erkannte, dass es für ihn gefährlich werden konnte, wenn er nicht aufpasste. Vor allem musste er aufhören, wie ein Gelehrter zu sprechen. Ein Zwerg an sich war schon ungewöhnlich genug.

»Das Volk der Zwerge und die Orks sind unversöhnliche Feinde«, erwiderte er ernst. »Ein Zwerg würde mit ihnen niemals gemeinsame Sache machen.« Er reckte dem Mann die Hand entgegen. »Da, mein Wort, mein Ehrenwort, dass ich keinen Verrat im Schild führe. Das schwöre ich bei Vraccas, der die Zwerge erschuf.«

Der Pfeifenraucher betrachtete die kräftigen Finger und überlegte, was er tun sollte. Schließlich schlug er ein und drehte Tungdil den Rücken zu.

Der Schankwirt brachte dem erleichterten Zwerg ein frisches Bier. »Du musst ihm verzeihen. Wir sind alle angespannt«, beeilte er sich zu erklären. »Die Orks ziehen bereits seit vielen Umläufen durch den oberen Westen Idoslâns und plündern Siedlungen.«

»Deshalb die Söldner?«

»Ja. Wir haben die Krieger angeheuert, um unser Dorf zu beschützen, bis König Tilogorns Soldaten eintreffen und die Horden vernichten.« Er wandte sich zum Gehen.

»Warte!« Tungdils Hand legte sich auf seinen fleckigen Ärmel. Eine vage Hoffnung keimte in ihm auf. »Sind Zwerge in seiner Streitmacht? Ich habe gehört, dass einige in seinem Sold stehen.«

Der Wirt zuckte mit den Achseln. »Ich weiß es nicht, kleiner Mann. Denkbar wäre es.«

»Wann kommen sie an?«, wollte er aufgeregt wissen. Sein Botengang zum Schwarzjoch würde einen Aufschub vertragen, wenn er dafür endlich Angehörige seines Volkes zu sehen bekäme. *Soll Jolosin nur ordentlich schälen.*

»Sie wollten vor drei Umläufen hier sein«, antwortete der Wirt und deutete entschuldigend zum Tresen, wo Durstige nach ihrem

Bier verlangten. Tungdil ließ ihn ziehen und aß weiter, während er über das Land nachdachte, in das es ihn verschlagen hatte.

Idoslân hatte seinen Namen daher erhalten, weil hier etliche Schlachten geschlagen worden waren. Dabei war es immer nur um den Thron gegangen. Die Ido waren einst ein großes Herrschergeschlecht gewesen, das selbst in der eigenen Familie um die Macht gerungen und sich gegenseitig bekriegt hatte – worunter vor allem die Untertanen zu leiden gehabt hatten. Das Reich war zersplittert, jedes Stückchen von einem anderen Familienmitglied regiert worden. Irgendwann war es den einfachen Bewohnern zu viel geworden, und sie hatten die Angehörigen des Geschlechts der Reihe nach abgeschlachtet: Idoslân.

Ein angetrunkener Dörfler stand auf und hob seinen Becher. »Es lebe Mallen! Auf dass er den Betrüger Tilogorn vom Thron stoße!« Als niemand in seinen Trinkspruch einfiel, setzte er sich grummelnd.

Wenn Tungdil sich recht entsann, war damit Prinz Mallen von Ido gemeint, der letzte Spross des Geschlechts. Er lebte im nördlich gelegenen Urgon und betrieb von dort aus ein Ränkespiel, um eines Tages als rechtmäßiger König in das Land zurückzukehren.

An der Wand der Gaststube hing eine alte, vergilbte und verräucherte Karte von Idoslân. Das Reich selbst wies harmlose Berge, Wälder und Ebenen auf, die sich in abwechslungsreicher Folge aneinander reihten. Es hätte ein Paradies sein können, wenn die Orks nicht gewesen wären.

»Schön, nicht wahr?«, sagte einer der Gäste, der die Blicke des Zwergs bemerkt hatte.

»Bis auf Toboribor«, meinte Tungdil und deutete auf den eingezeichneten schwarzen Fleck, der mitten in Idoslân lag, ausgerechnet dort, wo sich die fruchtbarsten Äcker befanden. Er nahm seinen Humpen und wanderte zum Nachbartisch. »Was hat die Orks aufgeschreckt?«

»Sie brauchen nicht aufgeschreckt zu werden. Sie ziehen aus Langeweile los, um Angst und Schrecken zu verbreiten. Ein paar Meilen von hier waren sie schon. Haben Äcker und Obsthaine angezündet. Scheußliche Kreaturen! Mord, Raub und Kampf, etwas anderes kennen sie nicht«, berichtete der Mann.

»Aber sie sind stark«, ergänzte ein anderer und rollte mit den Augen.

»Jetzt kommt wieder die alte Geschichte«, stöhnte der Wirt auf und schenkte Bier nach.

»Ja, die alte Geschichte«, meinte der Erzähler halb beleidigt, aber es reichte nicht aus, um ihn zum Schweigen zu veranlassen. »Ich stand einst einer ganzen Rotte von besonders großen Viechern gegenüber, als ich noch in Tilogorns Heer diente ...«

»... und er keine Zeit dazu hatte, kleine Kinder zum Grausen zu bringen ...«

»Sei jetzt still, Krüger! Ich habe mit ihnen gekämpft, nicht du! Stell dir vor, Zwerg, sie überragen einen gewöhnlichen Mann um einen ganzen Kopf. Ihre Fratzen mit den platten Nasen und den hervorstehenden Zähnen sind einfach widerlich. Die grässlichen Augen und ihr Gebrüll jagen unerfahrenen Kämpfern gehörig Angst ein.«

»Das schreiben die Bücher auch«, rutschte es Tungdil heraus, doch glücklicherweise hörte niemand seine Anmerkung. Er kratzte sich am Kopf; seine Haut musste sich erst noch an den ständigen Sonnenschein gewöhnen, und wäre es Sommer gewesen, hätte er schon längst einen Sonnenbrand gehabt.

»Einen halben Umlauf brauchten wir damals, bis wir sie niederwarfen, so zäh waren sie. Ach, als ich noch bei den Soldaten war, hätten wir die Orks, die um unser Dorf lungern, selbst besiegt. Dann brauchten wir keine Söldner zu unserem Schutz anzuheuern. Das Heer ist nicht mehr das, was es einmal war«, sagte er wehleidig und sehnte sich seine Jugend zurück. Sein Blick fiel auf die Axt des Zwerges. Er betrachtete die Klinge, die unter dem Einsatz im Wald gelitten hatte; getrocknete Harzspuren und kleine Späne hafteten daran. »Eine so gute Waffe, und du hackst damit Holz?«, wunderte er sich.

»Ich musste mir einen Weg durch das Dickicht bahnen.« Tungdil wurde rot und flehte im Stillen, dass ihn niemand bat, die viel gerühmte zwergische Kriegskunst zu demonstrieren. Er hätte es nicht gekonnt.

Lot-Ionan besaß als Magus keinerlei Bezug zu Waffen, Schwertkampf und dem Handwerk eines Kriegers. Folglich hatte Tungdil niemals einen Lehrer gefunden, der ihm gezeigt hätte, wie man die Axt gegen einen Gegner führte. Die Mägde und Knechte brauchten Beile und Äxte zum Holzhacken oder um eine Ratte tot zu schlagen. Damit endeten auch seine Versuche, die Handhabung der berüchtigten Zwergenwaffe zu erlernen, wie es für einen Angehörigen seines Volkes angemessen wäre. Sollte er eines Tages einem Gegner gegenüberstehen, was angesichts der Orks nicht einmal abwegig erschien, würde er drauf losschlagen und hoffen, dass er den Feind verjagte ...

»Ich habe schon viel von den Zwergen und ihrer Kampfkraft gehört. Habt ihr es im Blut, oder muss man es euch beibringen?«, fragte der Erzähler ihn prompt. »Einer von euch genügt, um zehn Orks zu töten, sagt man. Stimmt das?«

Tungdil wurde es inmitten der vielen Menschen klarer denn je zuvor: Er war weit davon entfernt, ein echter Zwerg zu sein. Sein Volk würde ihn gewiss auslachen, und plötzlich wünschte er sich nicht mehr, einem von ihnen zu begegnen. Selbst der Gedanke an die Liebe mit einer Zwergin verfehlte seinen Reiz.

»Es stimmt«, antwortete er schwach und hoffte, dass es sich wirklich so verhielt. Dann gähnte er laut und streckte sich. Es wurde Zeit, dass er in ein Bett fiel, die Gedanken und die neugierigen Zuhörer abschüttelte. »Entschuldigt, aber ich möchte mich nun ausruhen.«

Sie entließen ihn ungern aus ihrer Runde, nachdem sie ihre erste Zurückhaltung überwunden hatten. Der Wirt wies ihm ein Lager im zweiten Stock des Fachwerkhauses zu, ein geräumiger Schlafsaal, in dem niemand anderer nächtigte.

Die Waschschüssel nutzte er, um seine heißen Füße zu kühlen, die den Stiefeln seit dem Beginn der Reise nun zum ersten Mal entstiegen. Während er sich noch schnell ein drittes Bier gönnte, schaute er zum Fenster der engen Kammer hinaus und ließ den Blick über die Ziegeldächer Gutenauens schweifen.

Die Siedlung war recht groß und musste annähernd tausend Häuser umfassen. Die Bewohner lebten vermutlich von den Ernten der umliegenden Getreide- und Gemüsefelder sowie den Erträgen der Obstbäume. Dieses bisschen Reichtum wurde nun durch die marodierenden Orks bedroht. Tilogorns angefordertes Heer würde sich beeilen müssen, wenn es etwas retten wollte.

Tungdil trocknete die geschundenen Füße ab, legte seine Kleidung auf den Stuhl und verschwand unter der dicken Federdecke.

Silbriges Licht fiel auf den Sack, den er Gorén bringen sollte, und stellte seine Beherrschung auf eine harte Probe.

Lass ihn zu, sagte er zu sich selbst. *Der Inhalt muss dich nicht kümmern.*

Kurz vor dem Einschlafen dachte er an den Magus und an seine große Schwester Frala, deren Talisman er am Gürtel trug. Er vermisste ihr Lachen. Morgen früh wollte er den Krüger nach dem Weg zum Schwarzjoch fragen, und er würde sich durch nichts aufhalten lassen.

*

Gedämpfte Geräusche weckten ihn aus seinem Schlummer.

Zwei Männer gaben sich große Mühe, so leise wie möglich im Schlafsaal Quartier zu beziehen. Von draußen gesellte sich das Heulen und Toben eines Sturmes hinzu, der um Gutenauen fegte.

Deutlich meinte der Zwerg, den Namen seines Ziehvaters gehört zu haben. Vorsichtig schaute er nach den Neuankömmlingen. Es handelte sich um einen schmächtigen, gut gekleideten Herrn und einen größeren, breit gebauten Mann, der eine mit Eisenplättchen verstärkte dunkelbraune Lederrüstung trug.

Ein Kaufmann und sein Leibwächter?, überlebte Tungdil. Ihre Sachen waren sicherlich viele Münzen wert. Da erspähte er ein schlichtes und dennoch besonderes Schmuckstück, das am ledernen Aufschlag des Größeren der beiden befestigt war und das Siegel des Rates der Magi trug.

Gesandte! »Ihr wollt zu Lot-Ionan?«, fragte Tungdil laut und gab es auf, den Schläfer zu mimen. Die Neugier hatte über die Vorsicht gesiegt.

Der Größere runzelte die Stirn. »Wie kommst du darauf?«

»Die Spange an Eurem Gewand«, erklärte er den erstaunten Männern. »Ihr seid Boten des Rates der Magi.«

Die beiden wechselten einen raschen Blick. »Wer bist du?«, wollte der Besitzer der Spange wissen. Der Zwerg stellte sich vor. »Nun, dann kannst du uns gewiss sagen, wie es um die Gesundheit deines Herrn bestellt ist. Ist er wohlauf?«

»Sicher. Wenn Ihr Euch vorstellen würdet ...«, erwiderte Tungdil höflich. Sie nannten ihre Namen: Friedegard, Magusschüler des ersten Grades von der Schule Turgurs des Schönen, und Vrabor, ein Söldner in den Diensten des Rates. »Lot-Ionan geht es gut«, beantwortete er ihre Frage. »Ihr werdet es selbst sehen.« Doch seine Neugier ließ sich nicht zügeln. »Welchen Grund hat es ...« Er stockte und verfiel in eine einfachere Sprache. »Was wollt Ihr von ihm?«

»Ich denke nicht, dass ich dergleichen mit dem Handlanger des Magus bereden sollte«, sagte Vrabor abweisend und griff nach den Schnallen seiner Rüstung, um sie zu öffnen. »Ansonsten trüge ich wohl den Titel Ausrufer.«

Das Wüten des Sturmes klang plötzlich doppelt bedrohlich; eine Böe pfiff durch die Ritzen, ein merkwürdiger Laut entstand. Es war ein grelles, unmenschliches Stöhnen, gefolgt von einem schrillen, mehrstimmigen Pfeifen.

Die Boten zuckten zusammen, und ihre Hände fuhren an die Griffe der Schwerter.

Keine gute Nacht, dachte Tungdil und blickte nach draußen, wo mondbeschienene Wolkenfetzen über den nächtlichen Himmel jagten.

Unvermittelt tauchte ein schmales, anmutiges Gesicht vor dem Fenster auf; graugrüne Augen blickten Tungdil an und fesselten seinen Verstand. Die Faszination war größer als der Schrecken, den das unverhoffte Bild mit sich brachte. Lange schwarze Haare peitschten über das Antlitz; einige Strähnen klebten auf der nassen, fast weißen Haut fest und wirkten wie Risse auf den Zügen eines kunstvoll gearbeiteten Elbenabbildes aus edelstem Marmor.

Der Zwerg konnte sich nicht abwenden, die Augen bannten ihn; doch so hübsch das Gesicht auch anzuschauen war, erwuchs eine immense körperliche Abneigung in ihm. Es war zu hübsch, und eine unbestimmbare Grausamkeit ging von ihm aus.

»Da ...«, drang es aus seiner Kehle. Es reichte aus, um die Männer aufmerksam werden zu lassen. Sie blickten auf und gingen auf der Stelle in Deckung.

Das dicke Glas barst. Ein langer, schwarz gefiederter Pfeil schwirrte hindurch und bohrte sich in die Wand.

»Verjage sie!«, rief Vrabor seinem Begleiter zu, griff sich den massiven Tisch, hob ihn hoch und verkeilte ihn vor der Fensteröffnung. Schnell befestigte er die behelfsmäßige Abdeckung und arretierte sie mit einem Balken. Für einen Pfeil gab es nun kein Durchkommen mehr.

Friedegard hatte die Augen geschlossen und den Kopf leicht gesenkt; seine Lippen bewegten sich lautlos, während seine Finger einen münzgroßen, mit Gold eingefassten Kristall in seltsamen Bahnen durch die Luft führten.

»Was ist los?« Tungdil sprang aus dem Bett und packte seine Axt; sie gab ihm ein gewisses Gefühl der Sicherheit.

Die Männer antworteten nicht, sondern lauschten. Die Böen flauten ab, das Rauschen des Regens verstärkte sich. Vom Angreifer hörten sie nichts mehr, auch wenn sie ihre Ohren noch so sehr anstrengten; er schien mit dem Sturm gegangen zu sein.

»Ist der Elb weg?«, fragte der Zwerg.

»Ich weiß es nicht«, gestand der Söldner. »Vielleicht.« Er verstaute sein Schwert und setzte sich auf sein Bett; die Hände stützte er auf die Parierstange. »Oder sie warten auf eine bessere Gelegenheit.«

»Sie?«

»Die Albae, keine Elben. Es sind zwei, sie folgen uns seit unserer Abreise aus Porista.«

»Albae!« Sie waren die Todfeinde der Elben, grausamer als jedes Scheusal des Geborgenen Landes, und sie hassten ihre Verwandten wegen deren Reinheit, die ihnen verwehrt blieb. Nur aus diesem Grund, so stand es geschrieben, kamen sie über den Steinernen Torweg. »Ist Lot-Ionan in Gefahr?«

»Ihm kann nichts geschehen«, beruhigte ihn Vrabor müde. »Die Albae wissen, dass sie gegen einen Magus nicht bestehen können. Sie wollen nur Friedegard und mich, um herauszufinden, was wir mit uns tragen. Seit wir aus der Hauptstadt Lios Nudins aufgebrochen sind, belauern sie uns, aber erst jetzt, nachdem ihnen das Ziel unserer Reise deutlich wurde, greifen sie an.« Er sah die unausgesprochene Frage in Tungdils Augen. »Nein, Unterirdischer, du magst sein Handlanger sein und hast uns mit deiner Achtsamkeit bewahrt, aber dennoch kann ich dir nicht sagen, was der Rat der Magi von deinem Meister möchte. Frage ihn selbst, wenn du zu ihm zurückkehrst.«

»Ich bin ein Zwerg, kein Unterirdischer.« Er spielte mit dem Gedanken, zusammen mit den beiden Boten am folgenden Morgen zu Lot-Ionan zu gehen, um ihm von den Erlebnissen zu berichten, kam aber zu dem Entschluss, dass dies unsinnig sei. Zuerst musste er seinen Auftrag erfüllen. So setzte er sich nieder und legte die Axt quer über die Oberschenkel.

Sie wachten die Nacht über schweigend, ohne dass einer von ihnen eingeschlafen wäre. Die Furcht hielt sie munter, auch wenn die rätselhaften Angreifer nicht mehr auftauchten; Friedegards Schutzzauber hatte sie offenbar vertrieben. Die Anspannung wich mit dem ersten sanften Morgengrauen, danach döste der Zwerg auf seinem Lager ein.

III

**Das Geborgene Land, das Zauberreich Ionandar
im Jahr des 6234sten Sonnenzyklus, Frühsommer**

Lot-Ionan saß im alten Ohrensessel in der Ecke des Studierzimmers, hatte die Füße hochgelegt und blätterte zufrieden in einer seiner zahlreichen Formelsammlungen. Er trug seine gemütliche beigefarbene Robe und die noch gemütlicheren Pantoffeln; auf dem Beistelltischchen neben ihm lagen eine Pfeife und der Tabak stopfbereit parat. Das Glas mit Kräutertee stand daneben und dampfte. Der Magus genoss die Stille.

»Hörst du das, Nula?!«, fragte er die Schleiereule, die es sich über ihm auf der Kante des Sessels bequem gemacht hatte und scheinbar mitlas. Er senkte das Buch und seufzte wohlig. »Ruhe. Kein Lärm, keine Explosionen. Auch wenn es mir Leid tat, Tungdil auf die Reise zu schicken, war es eine gute Entscheidung.«

Die Eule klapperte zur Bestätigung mit den Augendeckeln und gab ein sanftes »Schuhu« von sich. Nicht, dass Nula ihn verstand, aber er redete trotzdem gern zu ihr. Das half ihm, seine Gedanken zu ordnen.

»Zugegeben, es war ein wenig gemein von mir. Gorén wohnt seit vielen Zyklen nicht mehr im Tafelberg«, erklärte er schuldbewusst. »Mein einstiger Famulus verfiel den geistigen und fleischlichen Reizen einer Elbin und ließ das Schwarzjoch hinter sich.« Die Eule blinzelte. »Woher ich das weiß? Gorén hat mir voller Begeisterung über sein neues Zuhause in Grünhain geschrieben und die unendlichen Vorzüge von Elbinnen ausführlich geschildert.«

Lot-Ionan merkte wiederum, wie alt er war. An sinnlich-fleischliche Genüsse dachte er schon lange nicht mehr, es gab für ihn weit Wichtigeres.

»Ich schätze, dass Tungdil herausfinden wird, wo Gorén abgeblieben ist. Und da ich meinen Gehilfen kenne, weiß ich, dass er nicht eher zurückkommt, bevor er den Sack abgeliefert hat.«

Der Zauberer nippte an seinem Tee. Die Kühle im Stollen konnte er auf diese Weise am besten ertragen, aber er wollte es auch gar nicht wärmer haben. Die frische Temperatur hielt den Verstand klar und unterstützte ihn beim Grübeln.

Nula klapperte mit den Augendeckeln, es wirkte vorwurfsvoll.

»Was willst du? Dass ich Tungdil sehr mag, steht wohl außer Frage«, verteidigte er sich. »Aber ein Desaster wie vor wenigen Umläufen, als er und Jolosin mir meine Formel unwiderruflich verdarben, will ich bei einem zweiten Versuch nicht noch einmal erleben. Daher die lange Wanderschaft.«

Der Vogel blieb unzufrieden.

»Es wird ihm gut tun. Auf diese Weise lernt er das Geborgene Land kennen, anstelle nur in Büchern darüber zu lesen. Tungdil wird bald von seinem Abenteuer zurückkehren und glücklich sein, dass er seine Aufgabe gemeistert hat. Jolosin wird sich in der Küche die Finger wund schälen, Kartoffeln bis an sein Lebensende hassen und keine Gemeinheiten mehr gegen ihn aushecken. So gewinnen alle durch diese Lösung.« Sein Blick fiel auf das Sonnenzyklenkalendarium. »Oh, was sehe ich denn da?! Wir bekommen hohen Besuch, Nula.«

Die Rechenscheiben kündigten ihm für den heutigen Tag Nudin den Wissbegierigen an. Natürlich würde sein Magusbruder nicht persönlich erscheinen. Sie lebten rund fünfhundert Meilen voneinander entfernt, und über diese Strecke kommunizierten die Zauberer mithilfe von Magie und einem aufwändigen Ritual, das nur zu bestimmten Mondphasen möglich war.

Die Entfernung war ihm nur recht, denn Nudin entwickelte sich langsam zu dem unsympathischsten Menschen, den Lot-Ionan kannte. Gleichzeitig reifte er jedoch zu einem begnadeten Magus heran, und seine Fertigkeiten wuchsen im Einklang mit seiner Unausstehlichkeit.

Jeder fand irgendwann seinen eigenen Pfad, die Geheimnisse der Zauberei, der »ars magica«, zu ergründen. Nudin versuchte es offenbar, indem er mürrischer, unfreundlicher, abweisender und fetter wurde.

»Ich sage dir, Nula, der Mann beherrscht Formeln und Beschwörungen, die andere sich nicht einmal getrauen anzusehen.« Er griff unter das Beistelltischchen und fischte nach einem Glas sowie der Karaffe mit klarem Wasser. Kurz polierte er das Glas am Rockaufschlag und hielt es prüfend gegen das Kerzenlicht.

Dabei dachte er über die Behauptung nach, Nudin habe seine wachsende Macht nicht durch Lernen und Forschen erhalten. Geschwätzigen Zungen zufolge hatte er einen Zauber auf seinen eigenen Körper gesprochen, damit Magie auf Dauer in ihm wohnte. Lot-Ionan hielt das für absurd, dennoch bestritt er nicht, dass sich Nudin verändert hatte. Auch äußerlich.

Urplötzlich wurde es kühl im Zimmer, ein heftiger Windstoß fegte durch den Raum und brachte die Kerzen zum Flackern. In der Mitte des Raumes entstand ein leichtes, bläuliches Flimmern, aus dem sich allmählich die Konturen eines Mannes formten. Nach wenigen Lidschlägen stand die beeindruckende Gestalt Nudins vor Lot-Ionan.

Dieser musterte den dunkel gekleideten Gast. Er musste ein wenig gewachsen sein, sowohl vom Umfang her als auch von der Länge. Sein Leib wirkte massiger als früher, und vielleicht trug er deshalb das weite malachitfarbene Gewand, um seine Fülligkeit zu verbergen.

Die halblangen dunkelblonden Haare hingen kraftlos bis zu den Ohrläppchen herab, und über dem Grün seiner sonst munter blitzenden Augen lag ein Schatten. Es war das lebensechte Abbild des tatsächlichen Magus, der sich in Wirklichkeit in seiner Residenz in einem Ritualkreis befand und den Zauber wirkte.

Die Illusion war vollkommen. So vollkommen, wie Lot-Ionan sie in seinen zweihundertsiebenundachtzig Jahren noch nie zu Gesicht bekommen hatte. Üblicherweise schimmerten die magisch erzeugten Nachbildungen durchsichtig oder wiesen andere kleinere Fehler auf. Diese nicht.

Nudin hielt mit der Linken seinen kunstvoll geschnitzten Gehstab aus Ahorn, auf dessen Spitze ein großer Onyx eingefasst war, und wischte sich mit einer lässig anmutenden Handbewegung die letzten blauen Fünkchen ab, die auf seiner stilvollen Robe tanzten. Lot-Ionan kam sich in seiner abgewetzten Robe lächerlich vor.

»Wie schön, dich wiederzusehen, Lot-Ionan. Es ist bestimmt schon eine kleine Ewigkeit her, seit wir uns das letzte Mal von Angesicht zu Angesicht gegenüberstanden«, lächelte er. Seine Stimme klang kratzig, heiser.

»Nimm doch Platz.« Lot-Ionan deutete auf einen Sessel, in dem sich sein Gast anmutig niederließ. Es war eine Abmachung, dass die Illusionen so behandelt wurden, als handelte es sich um die echten Menschen – eine Geste der Höflichkeit und Wertschätzung. »Darf es ein Schlückchen Tee sein, Nudin? Oder lieber etwas anderes?«

Das war kein Gehabe. Ein Magus konnte den Geschmack eines

Getränkes, das sein Trugbild kostete, selbst über fünfhundert Meilen Entfernung nachempfinden.

Nudin winkte ab. »Nein, vielen Dank, mein Freund. Die Angelegenheiten sind wichtig und dulden keine weiteren Verzögerungen. Du musst sofort nach Lios Nudin kommen. Das Tote Land regt sich.« Lot-Ionans Lippen wurden zu dünnen Strichen; die Eröffnung erfolgte für ihn überraschend. »Wann hat es angefangen?«

»Vor ungefähr sechzig Umläufen. Ich entdeckte es bei einem Besuch an der Grenze«, berichtete der Magus besorgt. »Unsere Bannschranken sind aufgeweicht und durchlässig geworden. Ich kann den Schaden daran allein nicht mehr ausgleichen, ich brauche die Macht der Sechs. Die anderen vier sind schon da. Wir warten auf dich.« Er hielt inne.

»Was noch?«, forderte ihn Lot-Ionan freundlich auf, auch auf die Gefahr hin, noch mehr schlechte Nachrichten zu hören.

»Die Albae ...«, begann Nudin. »Sie sind weitab von Dsôn Balsur im südlichen Gauragar gesehen worden. Und König Tilogorn ist auf der Suche nach einer großen Rotte Orks, die plündernd und vernichtend durch Idoslân zieht.« Er warf seinem Gastgeber einen besorgten Blick zu. »Das bedeutet nichts Gutes, Lot-Ionan.«

»Denkst du, dass es etwas mit dem Erstarken des Toten Landes zu tun hat?«

»Ich kann nicht leugnen, dass ich es für möglich halte«, antwortete Nudin ausweichend. »Warum hast du dich nicht gemeldet, als der Rat der Magi um eine Besprechung bat?«

»Wie bitte?«, staunte Lot-Ionan. »Ich habe keine Botschaft erhalten.«

»Man sagte mir, die besten Boten seien aus diesem Grund zu dir gesandt worden. Friedegard und Vrabor, du kennst sie.«

»Ja, natürlich kenne ich sie. Aber sie kamen nicht an«, wunderte sich der Magus und machte sich ernsthaft Sorgen um die beiden. Unwillkürlich dachte er an die Albae. »Gut, dass du sicherheitshalber vorbeigeschaut hast«, befand er. »Ich werde mich umgehend auf die Reise machen. In wenigen Sonnenumläufen bin ich in Lios Nudin.« Lot-Ionan rechnete damit, dass sich das magische Abbild des Wissbegierigen auflöste, doch es blieb.

»Ich muss dich um noch eine Sache bitten«, eröffnete ihm der Magus. »Im Vergleich zu dem Voranrücken des Toten Landes ist es eine Lappalie. Meine Utensilien ... benötigst du sie noch? Ich hätte sie gern von dir zurück, und du könntest sie mir bei der Gelegenheit mitbringen.«

»Ach, ja. Ich erinnere mich.« Lot-Ionan hatte sich vor ewigen Zeiten mehrere Gegenstände von Nudin für Gorén ausgeliehen: einen kleinen Handspiegel, zwei armlange Stücke Sigurdazienholz und zwei versilberte Glaskaraffen mit seltsamen Gravuren. Gorén hatte in einem Kompendium etwas über die Gegenstände gelesen und sie untersuchen wollen. Der Magus entsann sich nicht mehr, zu welchem Ergebnis sein Famulus gekommen war, vermutlich war es ihm nicht wichtig erschienen. Auf Anhieb wusste er auch nicht, wo er die Sachen aufbewahrte. Er hoffte, dass sie nicht im Laboratorium gestanden hatten, als Tungdil dort gewütet hatte.

»Ich werde daran denken«, versicherte er dem Zauberer.

Nudin aber wollte sich nicht zufrieden geben. »Du hast sie doch noch, Lot-Ionan?« Der Magus nickte und hoffte, dass Nudin ihm sein Geflunkere nicht anmerkte. »Beeile dich, alter Freund. Die Macht der Sechs ist dringend notwendig, um das Geborgene Land vor weiteren Schrecken zu bewahren.«

Das Abbild des Mannes erhob sich, stellte sich in die Mitte des Raumes und stieß mit dem Stab fest auf den Boden. Die Illusion zerbarst funkelnd. Glitzernder Staub rieselte zu Boden, die puderige Substanz löste sich weiter auf, bis man nichts mehr von ihr sah. Die Unterredung endete so spektakulär, wie sie begonnen hatte.

Lot-Ionan verharrte in seinem Sessel. *Wenn die Orks Toboribors und die Albae Dsôn Balsurs gemeinsame Sache machen, steht die Sicherheit vieler Menschen infrage.*

Er würde die Reise dazu nutzen, um König Tilogorn zu besuchen und ihm seinen Beistand anzubieten. Gut die Hälfte Ionandars lag auf dem Gebiet von Idoslân, da war es nur rechtens, dass er seine Magie gegen die dunkle Brut des Gottes Tion einsetzte. Der Magus stand auf. *Eile tut Not, Nudin sprach wahre Worte.*

Er rief seine Famuli zusammen und gab Anweisungen, welche Gepäckstücke er benötigte und wer in seiner Abwesenheit das Sagen über die anderen Zauberschüler hatte. Dann tauschte er die gemütliche Robe schweren Herzens gegen die ungewohnten Reisegewänder, die aus schwerem beigefarbenem Stoff geschneidert waren. Darüber trug er ein Cape aus dunkelblauem Leder.

Seine Diener sattelten ihm den Fuchshengst Furo. Das wenige Gepäck fand Platz in den Satteltaschen, denn mehr als zehn Tage würde er für die fünfhundert Meilen bis zum Rat der Magi gewiss nicht benötigen.

Lot-Ionan schwang sich etwas steif in den Sattel. Furo schnaubte voller Vorfreude; der Zauberer beugte sich vor, streichelte ihm über die lange Mähne und raunte ihm eine magische Formel ins Ohr.

Der Hengst wieherte laut und tänzelte los, den Stollen entlang und durch das Tor hinaus. Sobald er die freie Natur und den Weg vor sich erkannte, beschleunigte er sein Tempo. Aus dem Trab wurde ein gestreckter Galopp. Der Körper des Fuchshengstes flog über die Steine hinweg, und mit jedem Hufschlag überwand er Längen von mehreren Schritten. Die Macht des Magus ermöglichte es ihm, schneller als jeder andere Vierbeiner zu laufen, und das genoss er sehr.

So jagte Furo mit seinem Herrn, der alle Mühe hatte, sich im Sattel zu halten, durch Ionandar und trug ihn sicher seinem Ziel entgegen.

Das Geborgene Land, das Königreich Gauragar im Jahr des 6234sten Sonnenzyklus, Frühsommer

»Ich kenne kein Schwarzjoch, das dort liegen soll.«
Schlechter als mit diesen Worten hätte der Tag wohl kaum beginnen können. Der Wirt stellte Tungdils Frühstück auf dem Tisch neben der Karte ab.

Das Tageslicht schien durch die dicken Scheiben in den Gastraum, Staub flirrte in den breiten, hellen Bahnen. Tungdil stellte voller Freude fest, dass er die Lider nicht mehr zusammenkneifen musste; seine Augen hatten sich der hellen Umgebung angepasst.

In Idoslân und dem Großdorf Gutenauen schien das Schwarzjoch nicht bekannt zu sein, und auch auf der alten Karte an der Wand war es nicht eingezeichnet.

»Weißt du jemanden, der mir behilflich sein könnte?«, versuchte er es aufs Neue. »Hat es hier einen Schreiber oder einen Beamten von Tilogorn?«

Der Wirt verneinte und bedauerte sehr, seinen Besucher enttäuschen zu müssen. Lustlos stocherte der Zwerg in dem Getreidebrei herum. Er schmeckte zwar gut, doch infolge der Nachricht war ihm der Appetit vergangen.

Insgeheim klammerte Tungdil sich an die Hoffnung, dass der einfache Dörfler nicht imstande sei, eine Landkarte zu lesen; vermutlich war der Wirt in seinem ganzen Leben nicht weiter als zehn oder zwanzig Meilen von Gutenauen weg gewesen.

Dummerweise fand er die Siedlung auch nicht auf seinem Plan eingezeichnet. Mit ein wenig Glück wusste einer der Söldner, wo sie zu finden war und wo der vermaledeite Berg lag.

Die Boten des Magi-Rates hätten ihm bestimmt behilflich sein können, aber sie waren schon lange verschwunden, als er erwacht war. Sie hatten dem Wirt einige Goldmünzen gegeben, um für den Schaden am Fenster aufzukommen, und sich eilig auf den Weg zu Lot-Ionan gemacht. Den Pfeil hatten sie mitgenommen.

Auch Tungdil wollte nicht länger warten. »Vraccas sei mit dir«, grüßte er den Wirt, warf sich sein Gepäck und den Sack mit den Artefakten über den Rücken und verließ die Herberge.

Die Torwachen hatten gewechselt; die stoppelbärtigen, rauen Gesichter waren ihm fremd, aber seine Vorahnung trog ihn nicht: Die käuflichen Krieger hatten von seinem Ziel schon gehört und wussten vor allem, wo sich das Dorf ungefähr befand. Kurz nach Mittag brach er auf und folgte der schmalen Straße in Richtung Norden, wie es die Söldner ihm empfahlen.

»Und wenn du Orks triffst, sag ihnen, wo sie die Schädel ihrer Freunde finden«, rief einer der Männer von den Palisaden herab und klopfte mit seinem Speer gegen das mückenumschwirrte, faulende Haupt eines Ungeheuers.

Das Lachen der Söldner begleitete ihn noch eine Weile, während sein Weg an den Feldern vorbeiführte, die er am vergangenen Abend in weiter Entfernung gesehen hatte.

Gutenauen machte seinem Namen alle Ehre. Tungdil konnte sich leicht vorstellen, wie sich die Ähren im Sommer im Wind wiegten, die reifen Äpfel im Herbst an den Bäumen hingen und die Menschen die Nüsse von den Sträuchern klaubten. Idoslân gefiel ihm, wenn man davon absah, dass es nicht unter der Erde lag, wo er sich wesentlich wohler gefühlt hätte.

Glücklicherweise habe ich einen Weg unter meinen Füßen. Mit Unwohlsein dachte er daran, dass er sicherlich auch querfeldein laufen müsste. *Wie schaffen es die Spitzohren, sich zwischen all dem Grün nicht zu verlaufen?* Angeblich, so sagten ihm die Bücher, weilten die Elben tief in den Forsten und Hainen Âlandurs, um im Einklang mit der Natur, der Kunst und der Schönheit zu leben. Ihr Streben nach geistiger Vollendung hatte die eingebildeten Wesen jedoch nicht vor dem Besuch ihrer grausamen Verwandten, der Albae, bewahrt.

Der Alb sah aus, wie ich mir einen Elben vorstelle, erinnerte Tungdil sich an die nächtliche Begegnung.

Lesinteïl, das Reich der Elben im Norden, war schon vor langer Zeit gefallen. Zwei Drittel des elbischen Âlandur gehörten dem Toten Land, und die Spitzohren der Goldenen Ebene waren bereits Geschichte. Deren Land hörte nun auf den Namen Dsôn Balsur, von wo aus die Albae ihre Späher immer wieder in das Umland von Gauragar sandten.

Der dortige Menschenkönig Bruron verfügte über nichts, was sie aufzuhalten vermochte. Gewöhnliche Soldaten standen den Albae in allen erdenklichen Fertigkeiten nach und starben im Falle eines Kampfes schneller, als sie begriffen, wen sie vor sich hatten.

Tungdil überschlug die Strecke zwischen dem Stollen Lot-Ionans und dem südöstlichsten Zipfel Dsôn Balsurs und kam auf vierhundert Meilen; diese Entfernung war selbst für die Albae mehr als wagemutig.

Es sei denn, das Tote Land ist in den letzten Monaten unbemerkt nach Süden vorgerückt und die Albae sind mit der unheimlichen Macht gewandert, dachte er. Das bedeutete eine Gefahr für das Zauberreich von Nudin dem Wissbegierigen und erklärte dem Zwerg, warum sich die Boten des Rates der Magi zu Lot-Ionan aufgemacht hatten.

Während seines Marsches spähte Tungdil ständig umher, damit er auftauchende Orks auch nicht übersah und am Ende noch mitten in ihre Horde hineinliefe. Vor unübersichtlichen Wegbiegungen war er besonders aufmerksam und lauschte, ob er das Klirren von Kettenhemden und Waffen oder das schrille Grunzen der Unholde vernahm. Doch sowohl Kampf als auch Flucht vor einer Übermacht blieben ihm erspart. Vier Stunden nach Einbruch der Nacht erreichte er die bunt bemalten Grenzpfosten, die den Übergang von Idoslân nach Gauragar anzeigten.

Weil ihm die Füße brannten, beschloss er, seine Wanderung für diesen Tag zu beenden. Tungdil ging bis zu einer großen Eiche und schwang sich an ihrem Stamm hinauf; anschließend zog er sein Gepäck mit dem Seil, das er in Gutenauen erstanden hatte, nach oben.

Sein Leben war ihm so viel wert, dass er lieber wie ein Vogel auf einem Baum schlief und sich somit den Blicken der Ungeheuer entzog. Wenn sie ihn dennoch entdeckten, würde er sich schon etwas einfallen lassen. Nachdem er sich das Tau zweimal um den Bauch und den Stamm geschlungen hatte, um nicht versehentlich abzustürzen oder von dem Baum abgeschüttelt zu werden, schloss er die Augen ...

... und träumte.

Tungdil sah den Nordpass. Er roch den frischen, eisigen Wind, der über die Spitzen der Großen Klinge und der Drachenzunge strich, und seine Phantasie flog mit ihm einem Adler gleich über das majestätische Graue Gebirge.

Die Harmonie wurde jäh gestört, als scheußliches Gebrüll von den ehrwürdigen, jahrtausendealten Felsen widerhallte.

Er blickte von oben auf die gigantische Pforte des Steinernen Torwegs hinab und sah die Schlacht, in der Giselbart am Ende mit den Clans der Fünften untergehen sollte. Äxte krachten durch Metallpanzer in Leiber und wurden hastig aus Knochen und Stahl gezogen, um wenig später in ein neues Ziel getrieben zu werden.

Aber die Flut der Feinde endete nicht.

Der Zwerg erschrak, als er den schier unendlichen Strom der Angreifer erblickte, der sich unaufhörlich gegen die Befestigung ergoss. Er roch das ekelhafte, grüne Blut der Orks, das den Steinboden des Wehrgangs rutschig machte, und schmeckte das ranzige Fett auf ihren Rüstungen auf seiner Zunge. Der bittere Geschmack verstärkte sich auf unerträgliche Weise, er brachte ihn zum Würgen und riss ihn aus seinem Traum.

Tungdil öffnete die Augen und wunderte sich über die Helligkeit. *Was ...?*

Sie stammte von einem Dutzend Feuerstellen, die um die Eiche herum brannten. Kehliges Gelächter tönte zu ihm herauf, mischte sich mit tiefem Grunzen, gereiztem Schnauben und dröhnendem Fluchen.

Sein Blut gefror. Die von den Söldnern begierig erwartete Orkhorde hatte ihr Nachtlager kreisförmig um den Baum errichtet und ihn gefangen gesetzt. *Deshalb* hatte er die Illusion von der Schlacht am Nordpass gehabt! Seine Ohren hatten die Wesen vernommen, seine Nase sie gerochen, und sein Verstand hatte daraus ein Trugbild geformt.

Der Zwerg saß steif wie eine Statue auf seinem Ast und wünschte sich, er könnte mit dem Baum verwachsen, damit ihn keines der Ungeheuer entdeckte.

Eines war sicher: Die Hand voll Söldner in Gutenauen würde niemals ausreichen, um diese Horde aufzuhalten.

Die roten Lohen der Feuer schossen mehrere Lanzenlängen zum Himmel hinauf; sie warnten den nächtlichen Wanderer davor, sich dem Lager zu nähern. Für Zwerge auf Bäumen kam der Wink jedoch zu spät.

Nach einer raschen Zählung der Kreaturen, die er von seinem Beobachtungspunkt ausmachen konnte, kam er auf einhundert Orks. Kräftige, starke, muskelbepackte Orks, die nicht aussahen, als schreckten sie vor einer Holzpalisade zurück, hinter der fette Beute wartete.

Tungdil schaute genauer hin und rang neuerlich mit dem Bedürfnis, sich zu übergeben. Was manche Bestien über den offenen Feuern garten und mit Hingabe verspeisten, hatte die Form von menschlichen Körperteilen. An zwei eigens errichteten Kochstellen drehten sich Menschentorsi wie Brathühner am Spieß.

Der Zwerg beherrschte sich. Es hätte die Bestien sicherlich gewundert, wenn die Eiche verdauten Brei aus ihren Zweigen ergossen hätte.

Die zerrissenen Stofffetzen, mit denen die wenigen verletzten Orks ihre Wunden verbunden hatten, trugen die Farben des Regiments von König Tilogorn. Die Gutenauener konnten lange auf Verstärkung warten. Allem Anschein nach hatten die Soldaten Idoslâns die Kampfkraft dieser Horde unterschätzt und den Fehler mit ihrem Leben bezahlt, um anschließend als Speise in hungrigen Orkmägen zu enden.

Was habe ich den Göttern nur getan, grübelte Tungdil, *dass sie mich von einem Unglück ins nächste schicken?*

Keiner in Gutenauen ahnte etwas von dem grün- und schwarzhäutigen Unheil, das über sie hereinbrechen würde. Es lag an ihm, das Großdorf zu warnen. Das würde ihm jedoch nicht gelingen, solange die Bestien rings um ihn herumhockten; also musste er ruhig abwarten, bis sich eine Gelegenheit ergäbe, unbemerkt von der Eiche zu verschwinden und sich durch ihre Linien zu schleichen.

Dann kam ihm ein anderer Gedanke. Wenn es ihm gelänge, näher an die Feuerstellen zu kriechen, konnte er vielleicht mit anhören, was die Orks beabsichtigten. Schließlich beherrschte er ihren Dialekt. Jedenfalls traute er sich zu, das in Büchern Erlernte auch anzuwenden. Es zahlte sich aus, bei einem Magus mit einer großen Bibliothek aufzuwachsen; Lesen und Lernen war neben dem Schmieden sein liebster Zeitvertreib.

Man sollte es nicht glauben, aber das Grölen, Knurren und Brüllen barg eine gewisse Methode in sich, die eine Unterredung ermöglichte. Die Gelehrten waren durch gefangene Orks hinter die Geheimnisse einer Sprache gekommen, die Unmengen von Drohungen und Schimpfworten beinhaltete.

Das Herz des Zwergs pochte laut bei dem Gedanken, sich durch die Reihen der stinkenden Monstrositäten zu stehlen. Ertappten sie ihn, wäre es um ihn geschehen; aber ein Zwerg durfte nichts unversucht lassen, die Menschen vor ihrer Vernichtung durch die Kreaturen Tions zu bewahren. Das war die Aufgabe, die sein Volk und damit auch er von Vraccas dem Schmied erhalten hatte.

Seine Entscheidung war gefallen. Tungdil betrachtete den Stamm der Eiche und kundschaftete einen lautlosen Weg auf den Boden aus. Er verzurrte sein Gepäck gerade in den Zweigen der Eiche, als eine Bewegung durch die Orks ging. Nach und nach erhoben sie sich an den Lagerfeuern, ihre Gespräche und Rufe wurden lauter. Es trafen Gäste ein.

Die Streitmacht rottete sich nahe der Eiche zusammen. Der Zwerg kroch den Ast entlang, bis er sich wegen des dünner werdenden Holzes nicht weiter nach vorn wagte. Wenn er sich sehr anstrengte, würde er die Reden der Ungeheuer verstehen. Ihre Anführer brüllten, damit sie jeder hörte, und das gereichte ihm zum Vorteil.

Behutsam bog er die grünen Zweige zur Seite. Die Orks bildeten einen großen Kreis, in dem drei einschüchternde Sippenoberhäupter standen, deren gewaltige Hauer angespitzt und bemalt waren. Dann wurde es ruhig, und das Gejohle erstarb von einem Augenblick auf den nächsten.

Tungdil hörte das Klappern von Hufen. Zwei Reiter trabten auf ihren Rappen durch die Reihen; die Augen der schwarzen Pferde leuchteten amarantfarben, und wenn die Hufe den Boden berührten, blitzen weißblaue Funken auf. Die geschmeidige Art, in der sich die Tiere bewegten, erinnerte an Raubkatzen und hatte nichts mit dem schaukelnden Gang eines gewöhnlichen Pferdes gemein.

Die schlanken, hoch gewachsenen Reiter lenkten die Rappen in den Kreis und stiegen ab. Der Zwerg glaubte zu wissen, was sie waren: Albae.

Sie trugen kunstvoll gearbeitete Lederrüstungen unter ihren Mänteln. Tungdil sah lange schwarze Lederhosen, dunkelbraune Stiefel, die bis unter die Knie reichten, und dunkelrote Handschuhe.

Der Alb mit den langen blonden Haaren hielt einen Speer mit einer schmalen Klinge, die nicht dicker als ein kleiner Eiszapfen war; an der linken Seite baumelte ein Schwert.

Sein Begleiter hatte schwarzes Haar, das, zum Zopf geflochten, unter dem Cape verschwand. Er trug einen geschwungenen Langbogen in der Hand und einen Köcher mit Pfeilen auf dem Rücken;

zwei Kurzschwerter waren mit Lederriemen an seinen Oberschenkeln befestigt.

Ihn kannte Tungdil. Er hatte versucht, ins Zimmer der Herberge einzudringen. *Bitte, Vraccas, lass Friedegard und Vrabor den Albae entkommen sein*, bat er stumm.

Der Blonde übernahm die Verhandlungen, die in der Gemeinsprache geführt wurden; offenbar weigerten sich die Albae, die primitiven Laute der Orks von sich zu geben.

»Ich bin Sinthoras von Dsôn Balsur. Mein Meister, Nôd'onn der Zweifache, der Gebieter über das Tote Land, schickt mich, um den drei Fürsten Toboribors die Hand zum Bund zu reichen«, sagte der Alb und gab sich dabei keine Mühe, in irgendeiner Weise freundlich zu klingen. Er überbrachte das Angebot und machte mit seiner Stimme deutlich, dass man es annehmen oder lassen sollte.

»Nôd'onn erwählte euch, Fürst Bashkugg, Fürst Kragnarr und Fürst Ushnotz, die Eroberungen zu machen, wie sie keiner vor euch tat. Ihr sollt an der Spitze der Orks stehen und der mächtige Arm des Südens sein, unter dessen Schwert die Schädel der Menschen zerspringen.«

»Wer von uns wird der Oberfürst?«, fragte Kragnarr, der ebenso groß wie die Albae, aber doppelt so breit gewachsen war; die anderen beiden Anführer standen ihm in ihrem Wuchs nicht nach.

Bashkugg versetzte ihm augenblicklich einen harten Stoß. »Willst du besser sein?!«, brüllte er streitbar.

Kragnarr ging auf die Herausforderung ein; er wandte sich schnaubend zu seinem Rivalen um und stellte sich dicht vor ihn, dass sich ihre breiten Stirnplatten berührten. Sie starrten einander an, die Klauen um die Griffe der riesigen Schwerter gelegt. Ushnotz erwies sich als schlauer; er machte einen Schritt zurück und wartete ab, wie sich der Zwist entwickelte.

»Mein Meister schlägt vor, dass ihr alle gleich mächtig sein sollt«, sagte Sinthoras laut, um das Schnauben zu übertönen.

»Nein«, kam es sofort aus dem Maul Kragnarrs, und Bashkugg knurrte seine Zustimmung.

Dem angewidert dreinblickenden Alb sah Tungdil selbst auf diese Entfernung an, dass er die Orks lieber ausgelöscht hätte, als sich mit ihnen zu besprechen, aber er hatte den Befehl jenes Nôd'onn zu befolgen. Der Zwerg hörte den Namen, der wohl hinter allem Übel steckte, zum ersten Mal.

»Dann schlägt mein Meister vor, dass derjenige Oberfürst sein wird, der das meiste Land erobert.« Seine Finger lagen ruhig um den Schaft des Speeres, aber seine Körperspannung zeigte, wie wenig er den grobschlächtigen Kreaturen traute. Sein dunkelhaariger Begleiter wirkte mindestens ebenso wachsam.

»Land?«, grunzte Ushnotz. »Wieso nicht, wer die meisten Fleischlinge erschlägt? Das wäre mehr nach meinem Geschmack«, grunzte er und rieb sich über den Magen. Die beiden anderen Orks waren sofort seiner Meinung.

»Nein«, blieb der Alb hart. »Es geht um Land, nicht um die meisten Getöteten.«

»Warum?«, protestierte Bashkugg polternd. »Die Krieger müssen essen.«

»Haltet euch an die Heere, die euch die Menschen in den Weg stellen«, empfahl er kühl. »Ihr kennt den Wunsch meines Meisters.«

»Du kannst ihm gehorchen, Spitzohr, aber er ist nicht unser Meister«, sagte Ushnotz listig. »Im Süden befiehlt er nicht, im Süden befehlen wir.«

Sinthoras lächelte mitleidig. »Wie lange noch? Mein Meister nähert sich mit den Orks unaufhaltsam aus dem Norden, und sie werden euch den Süden schneller streitig machen, als ihr Keulen aus den Bäumen schnitzen könnt.« Er blickte sie der Reihe nach an. »Entscheidet euch jetzt für den Gehorsam, und ihr werdet mit eigenen Fürstentümern für eure Sippen belohnt werden. Toboribor ist erst der Anfang, bald wird jede Sippe eigenes Land besitzen und die Menschen für sich arbeiten lassen. Oder aber ihr steht anderen eurer Art gegenüber.«

Die Drohung mit den schwarz- und grünhäutigen Verwandten aus dem Norden, die ihnen womöglich ihren Besitz streitig machen würden, verfehlte ihre Wirkung nicht. Die drei Orks schwiegen; ihre Gemüter waren so sehr aufs Nachdenken fixiert, dass sie ihren Streit wieder vergaßen.

Tungdil spähte durch die Blätter und wollte seinen Augen und Ohren nicht trauen. Dieser Nôd'onn, oder wer auch immer das Zepter über das Tote Land schwang, holte sich den nächsten Schrecken in seine Reihen, um die südlichen Reiche zu bedrohen. Den Menschen und Elben standen verheerende Zyklen ins Haus.

»Ich mache es so, wie dein Meister es vorschlägt«, verkündete Ushnotz, dem der Kompromiss sichtlich nicht behagte. »Und ich werde Großfürst werden.«

Kragnarr funkelte ihn böse an. »Dann mache ich es auch so«, verkündete er grölend. »Die Sippe der Kragnarr-Shorr wird mehr Land als eure Männer zusammen erobern«, verhöhnte er die beiden Fürsten. »Ich werde Großfürst! Über alle Sippen!«

»Niemals«, grunzte Bashkugg gereizt. »Wir überrennen die Städte der Rotbluter schneller als ihr!«

»Das werden wir bald sehen. Ihr teilt euch auf und dringt in drei verschiedene Himmelsrichtungen vor«, sagte Sinthoras und langte in seine Gürteltasche, aus der er drei schlichte, dunkelblaue Kristallamulette hervorzog, die er den Orks zuwarf. »Sie sind von meinem Meister für euch. Es sind Geschenke, die ihr immer tragen sollt und die euch vor den Zauberkräften der Feinde schützen.«

Ein mutiger Ork trat unterdessen näher an die Pferde heran und schnupperte prüfend in deren Richtung.

Der Schädel des Rappen ruckte herum, die Kiefer öffneten sich und schnappten zu. Scharfe Zähne schlossen sich um die Schulter des Scheusals und rissen einen ordentlichen Brocken Fleisch heraus.

Hellgrünes Blut quoll aus der tiefen Wunde. Schreiend sprang der Verletzte zurück. Ein Zweiter zückte grunzend sein Schwert und hob es, um das bissige Pferd zu schlagen.

Da zuckte die rechte Hinterhand nach hinten, der Huf traf das Ungeheuer gegen die breite Brust. Es blitzte grell auf, und der Ork wurde mehrere Schritte durch die Luft geschleudert, wo er hart zu Boden fiel.

Ehe er sich aufstemmen konnte, stand das zweite Tier über ihm und stampfte ihm die Vorderläufe in den Wanst. Die Rüstung wurde verbogen, und ein berstendes Geräusch erklang, als die Bauchdecke platzte. Der schwarze Kopf stieß nieder, die Zähne gruben sich in die verwundbare Kehle und fassten zu. Es knirschte laut, und das angst- und schmerzerfüllte Schreien des Orks riss ab.

Der Zwerg traute seinen Augen nicht, als das Tier das abgebissene Stück Hals verschlang, während der zweite Rappe laut und schadenfroh wieherte.

Der blonde Alb wandte sich um und rief etwas Unverständliches; die Wesen, die nur äußerlich Pferden glichen, beruhigten sich augenblicklich und trotteten gehorsam zu ihren Herren, die sich elegant in die Sättel schwangen.

»Ihr wisst, was von euch erwartet wird. Seid schnell und haltet euch an die Abmachung«, sprach Sinthoras düster und wendete sein Reittier. Die Albae rückten ab.

Die Umstehenden wichen hastig vor den Rappen zurück und bildeten eine breite Gasse, um den scharfen Zähnen nicht zu nahe zu kommen. Nach und nach fanden die Orks ihre Stimmen wieder.

Der Verwundete drängte sich nach vorn. »Schau, was sie gemacht haben, die Spitzohren!«, schrie er wütend auf Bashkugg ein und presste ihm seine blutverschmierte Klaue ins Gesicht. »Sie haben Rugnarr getötet, dafür müssen wir sie töten!«

Der stämmige Anführer wischte sich das Blut aus den Augen. »Halt's Maul, dämlicher Idiot«, brüllte er zurück und setzte eine Reihe von Schimpfworten hinterher. »Sie gehören zu uns.«

»Die? Zu uns? Wir werden sie genauso fressen wie die Rotbluter«, zeterte der Ork weiter und erhielt Unterstützung von drei weiteren seiner Sippe. Derart ermutigt, schickte er sich an, seinen Kurzbogen zu spannen und nach den Boten zu zielen. »Ich will wissen, wie sie und ihre Pferde schmecken!«

Der Zwerg wusste, dass es keine Pferde waren. Er erinnerte sich: Die Bücher Lot-Ionans nannten sie Nachtmahre, ehemalige Einhörner, denen das Böse die reine Seele, das weiße Fell und zu guter Letzt das Horn genommen hatte, um sie zu Wesen der ewigen Nacht zu machen. Sie fraßen Fleisch und trugen einen unstillbaren Hass auf alles und besonders auf das Gute in sich, was sie zu gefürchteten Jägern machte.

Bashkugg wurde die Schreierei zu dumm. Er griff sein grob geschmiedetes Schwert und hieb dem Aufsässigen von schräg oben in den Hals; die Klinge drang bis zur Mitte ein und wurde mit brachialer Gewalt herausgerissen. Dann packte der Fürst einen weiteren Ork am Hals und schlug ihm den Kopf ab. Er reckte den triefenden Schädel weithin sichtbar in die Luft, stieß einen langen Warnschrei aus und zeigte seine Hauer, ehe er ihn zu Boden warf und zerstampfte. Der Schädelknochen zerbrach in viele kleine Stückchen, die in der dunkelgrauen Hirnmasse versanken. Auch die letzten beiden Aufständischen starben durch das Schwert. So lösten die Orks ihre Streitigkeiten.

Die eingeschüchterte Horde beruhigte sich, die Krieger kehrten grunzend zu ihren Feuerstellen zurück und widmeten sich ihrer Siegesfeier. Der vom Nachtmahr niedergemetzelte Artgenosse und die vier vom Schwert Getöteten blieben ausblutend im Staub liegen; niemand kümmerte sich um sie.

»Und jetzt?«, wollte Ushnotz wissen.

»Ich gehe in den Süden, und du«, Kragnarr zeigte auf Bashkugg,

»gehst in den Westen. Für dich, Ushnotz, bleibt der Osten.« Die anderen nickten ihre Zustimmung. »Was ist mit der Stadt der Rotbluter?«

»Sie liegt schön nahe«, quiekte Ushnotz unbeherrscht. »Ich sage, wir greifen sie gemeinsam an und holen uns ihr Fleisch, bevor wir uns trennen.«

Bashkugg kratzte sich verlegen am Kinn. »Der Alb hat doch verboten ...«

»Wir sind im Süden, noch befehlen wir. Und unser Wettstreit hat noch nicht begonnen«, meinte Ushnotz listig. »Das Spitzohr hat Eroberung von neuem Land gemeint, aber das Land hier gehört uns doch schon.« Er lachte grunzend.

»Außerdem haben sie die Köpfe meiner Leute auf die Palisaden gespießt. Ich will Rache«, röhrte Kragnarr und schlug sich auf die breite Brust, dass die Panzerung klirrte. »Die lasse ich mir von einem Spitzohr nicht nehmen.«

»Bei Sonnenaufgang?«, fragte Bashkugg und erntete bejahendes Schnauben.

Tungdil ließ die Zweige langsam los und kroch leise rückwärts. Unheilvolles ging im Geborgenen Land vor, aber zuerst musste Gutenauen gewarnt werden, ehe er Lot-Ionan nach seiner Rückkehr vom Schwarzjoch von Nôd'onn berichtete, dem seltsamen Herrscher des Toten Landes. Der Zauberer würde wissen, was zu tun war, und bestimmt den Rat der Magi einberufen. Noch besser wäre es, wenn er alle Könige und Königinnen einlüde, um ihnen davon zu erzählen.

Der Zwerg fand es an der Zeit, dass sich Menschen und Magi gemeinsam ein für alle Mal gegen das Tote Land stemmten. Wenn die Menschen sein Volk um Hilfe baten und die Stämme Abordnungen schickten, stünden die Aussichten auf einen Sieg gewiss recht gut.

Tungdil wartete, bis die Mehrzahl der Orks eingeschlafen war. Dennoch war es nicht leicht zu entkommen, denn drei Dutzend Wachen sorgten dafür, dass sich keiner dem Lager unbemerkt annäherte.

Entschlossen wählte der Zwerg sich die Stelle aus, an der ein Wache haltender Ork einen besonders müden und gelangweilten Eindruck machte; er stützte sich auf den Schaft seines angerosteten Speeres, und die Augen fielen ihm immer wieder zu.

Tungdil rang sich dazu durch, sein Gepäck und den Sack mit den Artefakten doch mitzunehmen. Bei seinem Glück würden die Bestien die wertvollen Gegenstände sicherlich entdecken, und damit wären sie für immer verloren, was er Lot-Ionan und Gorén gegenüber keinesfalls zugeben wollte.

Der Zwerg verbrachte eine kleine Ewigkeit damit, möglichst keinen Lärm beim Abstieg zu verursachen. Das Knacken eines Astes konnte sein unrühmliches Ende bedeuten.

Seine Hände umfassten die raue Rinde. Auf der schattigsten Seite rutschte Tungdil Stück für Stück dem Boden entgegen. Gelegentlich blieb sein Kettenhemd an einem Zweig hängen, doch es gelang ihm jedes Mal, das Holzstückchen vorsichtig aus den Ringen zu befreien und nicht abzubrechen.

Endlich hatte er Boden unter den Füßen und presste sich ins duftende, taunasse Gras; so roch er den üblen Gestank der Orks wenigstens nicht mehr ganz so intensiv.

Er hatte das Schleichen niemals gelernt. Es blieb ihm nichts anderes übrig, als es einer Raupe gleich zu tun und mit dem Bauch über die Erde zu rutschen, stets darauf achtend, den Hintern nicht in die Höhe zu strecken, während er die Rucksäcke vor sich her schob.

Was Tungdil sich so leicht vorstellte, geriet zu einer Nerven aufreibenden Angelegenheit. Der Axtstiel verklemmte sich immer wieder zwischen seinen Beinen, das Kettenhemd klirrte bei jeder Bewegung, und die Stiefel glitten über die feuchten Halme, ohne Halt zu finden.

Ich bin nicht nur ein schlechter Kletterer, ich bin auch ein mieser Schleicher, dachte er und wischte sich den Schweiß aus den Augenbrauen. Zwerge waren nun mal Geschöpfe, die von Vraccas zum offenen Kampf geschaffen worden waren. Wenn sie irgendwo hinauf wollten, bauten sie eine Treppe, und wenn sie irgendwo hin wollten, liefen sie los. So einfach war das.

Tungdil passierte die dösende Wache in knapp zehn Fuß Entfernung. Im Mondlicht erkannte er jede Einzelheit des hässlichen Ungeheuers: Schmucknarben und bunte Striche prangten in wirren Mustern auf der Fratze. Milchiger Sabber sickerte aus dem Mundwinkel, rann die überstehenden Hauer hinab und tropfte auf die fettbeschmierte Rüstung. Grunzend sog die platte Nase Luft ein.

Es drängte den Zwerg, dem Ork die Axt in den ungeschlachten Schädel zu rammen, aber er hätte sicherlich keinen Erfolg und würde Gutenauen auch kaum vor dem Angriff bewahren.

Erleichtert, dass er die erste Schwierigkeit gemeistert hatte, robbte er weiter, bis er in den Entwässerungsgraben eines Feldes rutschen konnte und sich außerhalb der Sicht des Feindes befand.

Die Vertiefung bot ihm ausreichend Schutz, um in ein nahes Wäldchen zu gelangen, wo er sich endlich aufrichten durfte. *Das nenne ich ein Abenteuer.* Der Matsch an seiner Kleidung störte ihn nicht, Tungdil hatte andere Sorgen. Er erinnerte sich, dass die Baumgruppe nur sehr klein war und er in gerader Linie hindurchmarschieren konnte. Der Zwerg betete, dass er sich nicht verlief.

Weil er sich weit genug von den Orks entfernt glaubte, nahm er keine Rücksicht auf Geräusche, die er beim Laufen verursachte. Nur wenn er rechtzeitig im Dorf ankäme, bestünde die Hoffnung, dass sich die Menschen in Sicherheit brachten.

Tungdil verfiel in einen lockeren Trab und erreichte bald die andere Seite der Schonung. Erleichtert trat er aus dem Unterholz.

Bei Vraccas! Der unverhoffte Anblick ließ ihn erstarren.

Vierhundert Schritte vor ihm lagerte eine zweite Orkhorde, dreifach so stark wie die erste. Der ganze Acker lag voller schlafender Bestien; sie hatten keine Feuer entzündet, und deshalb war er nicht durch den Schein der Flammen gewarnt worden.

Tungdil machte einen schnellen Satz zurück, ehe ihn eine Wache bemerkte. So sehr er sich umschaute und einen Ausweg suchte, es blieb ihm keine andere Wahl, als mitten durch das Leibergewirr der schlafenden Feinde zu schleichen, um ins Dorf zu gelangen.

Nach anfänglichem Zweifel meldeten sich der zwergische Trotz und zugleich der Wunsch, die Menschen vor der anrückenden Übermacht zu warnen. Tungdil pirschte sich den Waldrand entlang, um im Schutz des Gebüschs nach einer Schneise zwischen den Körpern zu suchen.

Da trat seine Sohle auf etwas Hartes, und es klickte leise. Plötzlich stob Laub vom Boden auf, zwei Metallklammern klappten zu und umschlossen seinen linken Unterschenkel kurz unterhalb des Knies. Die Erde tat sich auf, und Tungdil verschwand in einem Loch. Nach kurzem Fall schlug er kopfüber in der Grube auf und verlor das Bewusstsein.

*

Die Schmerzen holten ihn aus der Ohnmacht.

Tungdil erwachte vom peinigenden Klopfen in seinem linken Bein. Stöhnend setzte er sich auf und schaute nach oben, wo sich die Ränder der Grube als schwarze Umrisse vom hellen Grün darüber abhoben. Der Tag war angebrochen.

Das, was sich mit Gewalt um seinen Unterschenkel klammerte und ihm das Blut abstellte, kannte er: Die Menschen stellten es auf, um Wölfe zu fangen. Zackenbewehrte Stahlkiefer hatten sich durch seine Lederhose gebohrt, dunkelrote Krusten saßen auf seinen Wunden. Der Unterschenkel pochte dumpf.

Tungdil hielt sich nicht damit auf, das Fangeisen auseinander zu drücken. Er biss die Zähne zusammen, nahm die Axt und schlug so lange auf die dünnen Bolzen ein, welche die Federn arretierten, bis sie brachen.

Jeder Stoß gegen die Falle übertrug sich auf sein Bein, und ein unterdrücktes Ächzen drang aus seinem Mund. Entschlossen entfernte er das gewundene Eisenstück, und der Druck der Klammern ließ nach.

Vorsichtig befreite er sich vom Fangeisen und schleuderte es wütend davon. Dann stemmte er sich an der Grubenwand in die Höhe, aber als er das verletzte Bein belastete, schoss ein glühendes Stechen durch den Schenkel. Rennen können würde er damit nicht; wahrscheinlich konnte er sich schon glücklich schätzen, wenn es ihm gelänge, seinem Gefängnis zu entkommen.

Die Sorge um die Menschen in Gutenauen aber verlieh ihm immense Kräfte. Zuerst warf er sein Gepäck hinaus, hing sich den Sack mit den Artefakten auf den Rücken und krallte sich in die Wurzeln, die aus dem Erdreich ragten. Keuchend zog er sich nach oben. Mit letzter Kraft schwang er sich über den Rand und fiel schwer atmend ins Laub.

In Zukunft werde ich besser auf den Untergrund achten, auf dem ich mich bewege, dachte er. Nach einer Weile kroch er zum Waldrand und wusste schon wegen der frischen Luft, die der Frühlingswind herbeitrug, dass die Horden fort waren. Das Ackerland war verlassen.

Eine große schwarze Rauchsäule, die am Horizont stand und die Form einer Gewitterwolke hatte, verriet sie. Tungdil rapppelte sich auf, nahm den Rucksack an sich und marschierte los, Dreck und trockenes Laub aus den Haaren schüttelnd.

Sein Hass und seine Wut verdrängten die Schmerzen in seinem Bein; sie beflügelten ihn, und auf einmal konnte er doch rennen. Wenn er die Gutenauener wegen seiner Unachtsamkeit nicht hatte warnen können, so wollte er ihnen wenigstens beistehen.

Die Warnungen, die ihm sein Verstand einflüsterte, prallten an seiner Sturheit ab. Tungdil konnte nichts davon abbringen, die

Siedlung zu erreichen; der nicht enden wollende Qualm peitschte ihn an.

Am Nachmittag traf er nass geschwitzt auf dem Hügel über dem Großdorf ein.

Gutenauen stand in Flammen. In den Holzpalisaden klafften Breschen von mehreren Schritt Breite, an zwei weiteren Stellen waren sie weggebrannt. Überall lagen die verstümmelten Körper und Gliedmaßen der Verteidiger umher.

Er entdeckte die Überreste der Söldner, ihre Köpfe steckten auf den eigenen Speeren. Mit gebrochenem Blick starrten sie von den Holztürmen auf das Brandinferno, das Gutenauen unaufhaltsam in einen Haufen schwarzer Ruinen verwandelte.

Tungdil hörte keine Hilfeschreie, keine Befehle, um das Löschen des Feuers zu koordinieren und die verbliebenen Häuser zu retten. Alles, was er wahrnahm, was das laute Knistern der Flammen, das Knacken des brennenden Holzes und das Rumpeln der einstürzenden Dächer und Häuser. Im Dorf lebte niemand mehr.

Er packte die Axt und marschierte in die vernichtete Siedlung. *Vielleicht sind Menschen in den Trümmern eingeklemmt, die ich retten kann.* Tungdil klammerte sich an den Stiel und humpelte weiter, durch das Tor hindurch, die Hauptstraße entlang.

Der heiße Feuerwind roch nach verbranntem Fleisch. Die Stichflammen loderten aus den Fenstern, die Scheiben waren durch die Hitze gesprungen, es brannte überall.

Getötete Dörfler lagen wie erschlagenes Ungeziefer dicht an dicht in den Gassen und auf den Wegen. Einige der Frauen ruhten mit entblößten Brüsten und Unterleibern im Dreck, ihre Rümpfe zeigten tiefe Kratzer und Bissspuren. Es war nicht schwer, sich vorzustellen, was die Bestien mit ihnen getan hatten.

Schaudernd stieg er über die Leichen hinweg und lauschte, ob er nicht wenigstens ein Stöhnen hörte, das ihm einen Hinweis auf Überlebende gegeben hätte. Nichts, nur Grabesstille.

Die Hitze nahm zu. Die intakten Wände wirkten wie ein Backofen und steigerten die Temperatur derart, dass der Zwerg das sterbende Dorf verlassen musste.

Er kehrte auf den Hügel zurück, setzte sich und zwang sich, dem Untergang der Siedlung zuzuschauen. *Meine Schuld.* Verzweifelt barg er das bärtige Gesicht in den Händen und weinte. Er vergoss Tränen der Wut und der Hilflosigkeit, und es dauerte lange, bis er sich wieder fing.

Die Orks hatten ihm vor Augen geführt, warum sein Volk an den Gebirgspässen Wache stand; die Menschen konnten sich nicht gegen die Ungeheuer verteidigen. Tungdil sah mit tränenverschleiertem Blick auf das Großdorf. So durfte es nirgends aussehen.

Er wischte sich die salzigen Tropfen von den Wangen und rieb die Hände am Umhang ab; sein Unterschenkel schmerzte so sehr, dass er seinen Aufbruch verschob. So rollte er sich auf der Spitze der Erhebung zusammen, deckte sich zu und verfolgte das Spiel der Flammen, während die Sonne versank.

Der Brand tobte die halbe Nacht, ehe das Feuer keine Nahrung mehr fand. Hier und da glomm es rot in den Ruinen; den Zwerg erinnerte es an die schrecklichen Augen der Nachtmahre. *Dass man in so wenigen Tagen so viel Furchtbares erleben kann*, dachte er traurig.

Morgen wurde es Zeit, dass er seine eigentliche Aufgabe anpackte und die Artefakte überbrachte. Danach musste er Lot-Ionan überzeugen, die Dinge im Geborgenen Land anzugehen, ehe die Albae und Orks zu mächtig wurden.

*

Als Tungdil am nächsten Morgen erwachte, sah er, dass sich seine vage Hoffnung, in einen bösen Traum geraten zu sein, nicht erfüllte.

Die Sonne versteckte sich hinter grauen Wolken, und es roch nach Regen. Gutenauen bestand aus rauchenden Trümmern, eingestürzten Wänden und ausgebrannten Gebäuden, deren Reste wie schwarze Gerippe mahnend in den düsteren Himmel ragten.

Weißer Nebel zog von den Feldern und aus den Obsthainen zu den Überbleibseln des Großdorfes hinüber und hüllte es beständig ein. Die Erde trauerte um die Menschen und legte einen Schleier über den Ort, an dem vor einem Tag noch Leben geherrscht hatte.

Der Zwerg ertrug den Anblick nicht länger, er nahm seine Sachen und brach auf. Während er vorwärts humpelte, aß er eine Kleinigkeit von seinem Proviant. Das Brot, das er vor seiner Abreise in Gutenauen gekauft hatte, blieb ihm fast im Hals stecken; für ihn schmeckte es nach Blut und Schuld, und er steckte es wieder ein.

Die Wunden in seinem Bein brannten. Wenn er nicht bald ein Mittel gegen die Entzündung fände, drohte ihm Fieber. Schlimmstenfalls würde sich eine Vergiftung im Unterschenkel ausbreiten, was ihn das Bein und sogar das Leben kosten konnte.

Sein Marsch verlief ereignislos; er überquerte die Grenze zu Gauragar und rastete am Abend unter seiner Eiche. Ihr Blätterdach schützte ihn vor dem Regen, der mitten in der Nacht einsetzte und erst am späten Morgen nachließ.

Am fünften Umlauf seiner Wanderung fühlten sich die Stellen um die verkrusteten Wunden heiß an, und wenn er gegen die Haut drückte, quoll gelbgrüner Eiter unter dem Schorf hervor. Tungdil biss die Zähne zusammen.

Es brachte nichts, am Wegesrand auf Hilfe zu warten. Er schleppte sich durch den feinen Nieselregen die Straße entlang, die sich zusehends in eine Schlammbahn verwandelte. Endlich erreichte er ein kleines Gehöft mit sechs Bauernhäusern; seine Stirn glühte längst.

Eine hellhaarige Frau in einfacher Bauerntracht kam mit zwei Milcheimern aus dem Stall und wurde auf die torkelnde Gestalt aufmerksam. Sie blieb stehen.

Tungdil konnte sie nicht mehr klar erkennen, für ihn war sie nur ein verschwommener Schatten. »Vraccas sei mit Euch«, bekam er noch über die Lippen, dann stürzte er vornüber in den Matsch und schaffte es nicht einmal mehr, die Arme zu heben, um den Sturz abzufangen.

»Opatja!«, rief die Frau durchdringend und stellte ihre Last ab. »Komm heraus, schnell!«

Schritte näherten sich ihm, er wurde auf den Rücken gerollt.

»Fieber«, sagte ein verformtes, undeutliches Gesicht, und die Stimme hallte laut in seinen Ohren. Jemand machte sich an seinem Bein zu schaffen. »Oha, Wundbrand. Bringt ihn vorsichtig in die Scheune.« Er wurde angehoben und schwebte. »Er braucht Kräuteraufgüsse.«

»Was ist das?«, fragte eine Kinderstimme. »So was habe ich noch nie gesehen.«

»Es ist ein Unterirdischer«, antwortete eine Frau.

»Aber er läuft doch auf der Erde. Wieso heißt er dann ...«

»Geh ins Haus, Jemta, und nimm deine Geschwister mit«, wies eine ungeduldige Männerstimme das Mädchen an.

Tungdil spürte Wärme, roch Heu und Stroh und hörte Kühe muhen. Der Regen hörte auf, es wurde dunkel um ihn herum. »Gutenauen«, sagte er schwach. »Die Orks haben Gutenauen vernichtet.«

»Was hat er gesagt?« Die Frau klang aufgeschreckt.

»Er fiebert, gib nichts drauf«, meinte der Mann. »Da, schau. Er ist in eine Wolfsfalle geraten, oder es hat ihn ein Breitmaulork gebissen.« Vielstimmiges Lachen erklang.

Der Zwerg fasste nach dem Arm des Mannes. »Ich mag Fieber haben, aber ich erinnere mich ganz genau. Sie kommen bald zu euch«, versuchte er, die Bewohner zu warnen. »Sie ziehen nach Westen, Süden und Osten, drei Sippen, dreihundert Orks ...«

Schnelle Schritte näherten sich. »Hier ist der Kräutersud«, meldete eine Mädchenstimme. »Oh, so sieht ein Unterirdischer aus!«

»Ava, geh zu deinen Geschwistern«, kam die bekannte Anweisung, und im nächsten Augenblick kam es dem Zwerg so vor, als tauchten sie sein Bein in siedendes Öl. Er schrie auf, und die Welt wurde schwarz.

*

»... aber gar keinen langen Bart, wie Großvater es immer erzählt«, hörte er wieder die Mädchenstimme, die dieses Mal enttäuscht klang. »Vaters Gestrüpp ist dichter. Aber das sieht aus wie ... kratzige Wolle.«

»Ob er Gold und Diamanten dabei hat?« Jemand kroch näher an ihn heran. »Großmutter erzählt in den Märchen immer, dass sie sehr reich sein sollen.«

»Komm zurück! Du kannst ihn nicht einfach durchsuchen, das gehört sich nicht!«, fauchte das Mädchen.

Tungdil schlug die Augen auf. Sofort hörte er Kinder kreischen, Stroh raschelte, sie rutschten hastig von ihm weg. Er richtete seinen Oberkörper auf und schaute sich um.

Neun Kinder saßen um ihn herum; ihr Alter reichte von vier bis vierzehn Zyklen, und sie schauten ihn neugierig und ein bisschen ängstlich zugleich an. Sie trugen einfache Kleider, nichts, das mehr als einen Münzling kostete.

Sein Bein war verbunden und pochte immer noch, aber die Schmerzen waren verschwunden, und seine Stirn glühte nicht mehr. Man hatte sich gut um ihn gesorgt.

»Vraccas sei mit euch«, grüßte er sie. »Wo bin ich, und wer hat mich gepflegt?«

»Er redet wie wir«, staunte ein Rotschopf mit abstehenden Ohren.

Das älteste Mädchen, das seine brünetten Haare zu zwei Zöpfen geflochten hatte, grinste breit. »Natürlich redet er wie wir, was hast du denn gedacht?« Sie nickte ihm zu. »Ich bin Ava. Meine Mutter hat dich vor fünf Umläufen gesehen, als du in den Dreck gefallen bist. Opatja und die anderen haben sich um dich gekümmert.« Sie schickte ein blondes Mädchen namens Jemta, die Erwachsenen zu holen. »Geht es dir gut? Hast du Hunger?«

»Fünf Umläufe?« Er hatte geglaubt, nur kurz eingeschlafen zu sein. Sein Bauch grummelte laut. »Ja, ich glaube, ich habe Hunger. Und Durst.« Er lächelte, weil ihn die Schar an sein eigenes Zuhause, an Frala, Sunja und die kleine Ikana erinnerte. »Ihr seht mir naseweis aus.« Damit löste er eine Flut von Fragen aus, die sich nicht mehr aufhalten ließ.

»Aus welchem Zwergenreich kommst du?«

»Bist du reich?«

»Hast du Gold und Diamanten dabei?«

»Wie viele Orks hast du schon getötet?«

»Seid ihr alle so klein, oder gibt es größere als dich?«

»Könnt ihr Felsen mit der bloßen Hand zerschmettern?«

»Warum ist dein Bart nur so kurz?«

»Habt ihr mehrere Namen und ...«

»Halt, halt!« Tungdil lachte. »Nicht so schnell auf einmal. Wir fangen der Reihe nach an, aber erst, wenn ich euren Eltern gesagt habe, was in Gutenauen geschah.« Er wollte den Kindern nichts von den Grausamkeiten berichten, sondern die Angelegenheit mit den Erwachsenen besprechen.

Die hellhaarige Frau, die er vor fünf Tagen gesehen hatte, ehe das Fieber ihn endgültig gepackt hatte, betrat die Scheune, einen Korb voller appetitlich riechender Dinge im Arm. »Ich bin Rémsa«, stellte sie sich vor.

»Ich heiße Tungdil. Ihr habt mich vor dem Tod bewahrt, und dafür werde ich Euch ein Leben lang dankbar sein, aber nun müsst Ihr die Kinder hinausschicken«, sagte er leise.

»Warum?«, quakte Jemta frech.

Er grinste sie an. »Weil du die schlimmen Dinge nicht hören sollst, von denen ich ihr berichte.«

»Meinst du den Überfall auf Gutenauen?«, fragte die Frau. »Du hast die ganze Zeit darüber phantasiert ...«

»Nein, es geschah wirklich! Die Orks haben sich mit den ... Ihr müsst weg von hier! Sie wollen nach Süden, Osten und Westen, drei Rotten zu jeweils mindestens einhundert Kriegern. Sie machen Euch und Euer Anwesen mitsamt dem Vieh nieder. Geht!«, beschwor er sie.

Rémsa fühlte seine Stirn. »Nein, an der Temperatur kann es nicht liegen, du hast kein Fieber mehr«, meinte sie nachdenklich. »Dann ist es wahr?« Sie packte Brot, Milch, Käse und Speck vor ihm auf die Decke, damit sie nicht ins Stroh rollten. »Ich sage Opatja Bescheid. Wir senden einen Boten nach Turmweihler. Die königliche Administration wird wissen, was zu tun ist.«

»Aber sie kommen hierher!«, beteuerte er kauend; vor Hunger hatte er sich nicht mehr zurückhalten können und sich in eine Wurst verbissen.

»Du lagst fünf Sonnenumläufe im Fieber, Tungdil. Die Orks wären schon längst bei uns angekommen, wenn sie es auf uns abgesehen hätten«, schätzte sie. »Aber wir stellen vorsichtshalber einen Späher ab.«

»Gibt es in Turmweihler Meldeboten?« Ihre Reiter und Brieftauben kannten die schnellsten Wege zu den großen Städten des Geborgenen Landes. Ein Dienst war zwar schmerzlich teuer, aber die Nachrichten wurden wenigstens zügig überbracht.

»Du willst eine Botschaft senden? Ich schicke dir jemand, dem du deine Nachricht sagst, damit er sie ...«

»Danke, aber ich kann schreiben«, lehnte er die Hilfe freundlich ab. Er nahm es der Frau nicht krumm, dass sie ihn für ungelehrt hielt, zumal die wenigsten einfachen Menschen die Kunst des Schreibens beherrschten. »Papier und Tinte reichen völlig. Der Bote könnte es in der kleinen Stadt abgeben. Es soll zu dem Magus Lot-Ionan in Ionandar.«

Sie nickte und überprüfte seinen Verband. »Dein Bein wäre beinahe verloren gewesen. Ein Tag später, und wir hätten dir eines aus Holz schnitzen können. Die Wolfsfalle muss alt und verrostet gewesen sein. Iss jetzt und ruh dich aus.«

Die Bäuerin scheuchte die Kinder hinaus, damit er in Ruhe essen konnte, doch nach einer Weile kehrten sie kichernd zurück, Papier und Feder bei sich tragend.

Die Mädchen und Buben wichen bald nicht mehr von seiner Seite. Da sie einen Zwerg nur aus Märchen und Legenden kannten, wollten sie sich diese Gelegenheit nicht entgehen lassen. Sie verfolgten jeden Handschwung, als er den Brief an den Magus aufsetzte.

Darin schilderte er in aller Ausführlichkeit, was sich bei Gutenauen zutrug, was die Albae und Orks vereinbart hatten, dass Nôd'onn der Herrscher des Toten Landes war und viele weitere Einzelheiten. *Ich hoffe, es kommt rechtzeitig an,* dachte er besorgt. Er fertigte sein Schreiben in zweifacher Ausfertigung an, falls eine Taube verloren gehen sollte, und lehnte sich dann müde zurück ins weiche Stroh.

Kaum bemerkten die Kinder, dass er seine Arbeit beendet hatte, begannen sie von neuem, ihn mit ihren Fragen zu löchern, aber der Zwerg antwortete mit einer Gegenfrage. »Wisst ihr denn, wo das Schwarzjoch ist?«

»Ich weiß es«, krähte Jemta stolz. »Von hier aus sind es etwas weniger als dreihundert Meilen. In der Nähe führt eine Straße vorbei, hat Vater gesagt. Er war früher Kaufmann und überall im Geborgenen Land unterwegs.« Sie überlegte. »Warte, ich hole ihn. Er kann das besser erklären als ich.« Sie sprang auf und rannte wie ein Wirbelwind hinaus, um etwas später mit Opatja zurückzukehren, einem gedrungenen grauhaarigen Mann. Zu Tungdils Freude hatte er einen Krug Bier für ihn dabei.

»Zum Schwarzjoch? Ein seltsamer Ort«, sagte er. »Ja, es geht eine Straße daran vorüber, aber du wirst dich auf den letzten Meilen durch den Wald schlagen müssen.« Er nahm die Karte des Zwergs und zeichnete den Weg ungefähr ein. »Du kannst den Berg nicht verfehlen, du siehst seinen flachen, schwarzen Gipfel durch die Wipfel der Bäume.«

»Ein flacher Gipfel?«, wunderte sich der Zwerg und nahm das Bier dankend an. Die Kinder rückten näher zusammen und lauschten.

Opatja nickte. »Er sieht aus wie ein eckiges Seifenstück, das Palandiell einfach in den Wald geworfen hat, vierhundert Schritt hoch, eine Meile und zweihundert Schritt lang und dreihundert Schritt breit.« Zur Erklärung nahm er den Käse und schnitzte ihn in eine rechteckige Form. Dann schnitt er lange Rillen von oben nach unten hinein, sodass ringsherum Furchen entstanden. »Die kommen vom Regen und dem Wind«, sagte er zu den Kindern.

»Ich erinnere mich. Man nennt eine solche Form Tafelberg, weil er oben flach wie ein Tisch, eine Tafel ist«, sagte Tungdil. »Ich kenne sie aus den Büchern meines Magus.« Er versuchte sich vorzustellen, wie der Felsbrocken in Wirklichkeit aussah. Als der Kaufmann den Berg beschrieb, glaubte er, eine Legende darüber gelesen zu haben; sie fiel ihm allerdings nicht ein. Dreihundert Meilen bedeuteten jedoch genug Zeit, sich zu entsinnen.

»Was möchtest du dort?«

»In der Nähe wohnt jemand, ein Einsiedler, ein ehemaliger Schüler meines Magus«, antwortete er. »Mein Herr möchte wissen, wie es ihm geht. Ich soll mich mit eigenen Augen von seinem Wohlbefinden überzeugen.«

Opatja betrachtete Tungdils verletzten Unterschenkel. »Warte noch ein paar Tage, ehe du deine Reise fortsetzt. Wir geben dir genügend Kräuter mit, damit du deine Wunde unterwegs behandeln kannst.« Er nahm die Briefe an Lot-Ionan und verließ die Scheune.

»Ich stehe tief in Eurer Schuld«, sagte Tungdil dankbar.

»Ach was«, winkte der einstige Kaufmann ab und lachte. »So viel Ruhe vor der Rasselbande hatten wir schon lange nicht mehr.«

Er überließ den Gast den fragewütigen Kleinen, die prompt das Verhör fortsetzten. Sie staunten, als sie hörten, dass er schon dreiundsechzig Zyklen alt war.

»Dein Bart müsste doch viel länger sein«, sagte Jemta argwöhnisch. »Großvater erzählt, dass Unterirdische ihre Bärte bis auf den Boden tragen.«

»Wir sind Zwerge, keine Unterirdischen. Ich habe ihn seit dreißig Zyklen, aber ich musste ihn abrasieren, weil ich als Schmied immer Löcher von den Funken bekam und weil ihn mir jemand blau färbte«, erklärte er geduldig, und schon streckte der Junge mit den Segelohren die Hand aus und langte hinein.

»Das Haar ist viel härter und widerspenstiger als Vaters«, befand er.

»Es lässt sich nur mit Mühe kämmen, um aus den Strähnen einen oder mehrere Zöpfe zu flechten. Es passt zu meinem Volk«, grinste der Zwerg und zeigte, wie er seinen Bart herrichtete. »Wir schmücken ihn gern und tragen Wettkämpfe darin aus, wer den längsten und prächtigsten Bart besitzt. Nur wenige Zwerge tragen Backen-, Schnur-, Knebel oder ausrasierte Bärte. Die meisten sehen so aus wie ich«, behauptete er. Sein Wissen stammte aus den Büchern Lot-Ionans.

Die Kinder machten sich lachend Bärte aus Stroh und Heu, die sie sich mit Harzklümpchen, die sie im Gebälk der Scheune fanden, ins Gesicht klebten.

»Haben alle Unterirdischen ... alle Zwerge einen Bart?«

»Ja. Und wenn ihr einen geschorenen Zwerg trefft, könnt ihr sicher sein, dass er für etwas bestraft wurde. Er muss so lange in die Verbannung, bis sein Gesichtshaar die Länge eines Axtstiels erreicht hat, und weil unsere Bärte langsam wachsen, dauert es bis zur Rückkehr Zyklen.« *Wissen aus Büchern, zusammengetragen von Menschen.* Er seufzte.

Sofort schnappte Jerista dem Segelohrjungen die Strohhalme aus dem Gesicht. »So, du bist verbannt! Verschwinde!«

Jetzt begann die Schlacht um die Kunstbärte; sie versuchten, sich gegenseitig zu verbannen, bis Rémsa erschien und dem Treiben ein Ende bereitete. Nach lautem Protest verließen sie ihren neuen Spielgefährten und verabschiedeten sich.

Die Frau schenkte ihm ein herzliches Lächeln. »Sie vertrauen dir«, sagte sie. »Das ist ein gutes Zeichen. Eine angenehme Nacht, Tungdil. Wir beten zu Palandiell, dass sie dich rasch gesund macht.«

Sie mögen mich, wer hätte das gedacht? Er freute sich. *Frala und ihren Töchtern hätte es auf dem Gehöft sicherlich sehr gefallen. Ich habe jetzt schon viel zu erzählen, wenn ich zurückkehre. Sie werden es mir nicht glauben.* Der Zwerg berührte das Halstuch der Magd, sank auf sein Lager und verschränkte die Arme hinter dem Kopf. Die Fragen über die Reichtümer und Besonderheiten der Zwergenreiche schmerzten ihn, weil er den Jungen und Mädchen nur Wissen aus Büchern vortrug. *Es wird Zeit, dass ich echte Kinder des Schmieds treffe.*

IV

**Das Geborgene Land, das Königreich Gauragar
im Jahr des 6234sten Sonnenzyklus, Frühsommer**

Tungdil fand bald eine Gelegenheit, sich für die Aufmerksamkeit und die Pflege bei den Bauern zu bedanken. Zwei Tage später, als sein Bein nicht mehr schmerzte, stand er an der Esse der kleinen Gehöftschmiede, denn der Schmied hatte sich einen Arm gebrochen und war nicht in der Lage, seine Aufträge für die Bauern der Umgebung zu erledigen. Die kostenlose Hilfe des Zwergs kam ihm gerade recht.

Die Kinder betätigten abwechselnd den Blasbalg und stritten sich bald um die verantwortungsvolle Aufgabe; Tungdil schob die Rohlinge in die Kohlen und wartete darauf, dass sie kirschrot glühten.

Die Kinder standen um ihn herum, während er den Hammer auf das Eisen niederfahren und die Funken fliegen ließ. Jeder Hieb, jedes Klingen wurde von beglücktem Lachen begleitet.

Der Schmied nickte Tungdil anerkennend zu. »Ich habe selten so schnelle und vor allem gute Arbeit gesehen hatte«, lobte er. »Die Unterirdischen haben das Schmieden anscheinend wirklich erfunden.«

»Es heißt Zwerge, nicht Unterirdische.«

»Verzeih«, lächelte der Mann entschuldigend. »Die Zwerge haben das Schmieden erfunden.«

Tungdil grinste. »Hier ist trotzdem noch viel zu tun, ich kann so schnell sein, wie ich will. Ich werde noch einen Umlauf anhängen, ehe ich zum Schwarzjoch reise.«

»Wie macht man denn Nägel?«, wollte Jemta wissen und unterbrach die Männer keck in ihrem Gespräch.

»Du wirst die nächste Schmiedin, was?« Tungdil fuhr ihr durch die blonden Haare und brachte ihr bei, wie man Nägel machte. Stolz zeigte sie ihren Eltern, was sie zu Stande gebracht hatte, während der Zwerg sich um eine neue Kurbel für den Brunnen kümmerte.

Nachmittags verließ er die Gluthitze der Schmiede, um sich mitsamt seiner mittlerweile recht stark riechenden Kleider in einen Bottich mit Wasser zu legen und sich zu erfrischen.

Ich werde gleich zischen wie das heiße Eisen, wenn man es in den Eimer taucht. Das Nass war eisig kalt; kurz verschlug es ihm den Atem, dann genoss er die Kühle und sank vollständig unter Wasser, um prustend und schnaubend an die Oberfläche zurückzukehren. Er rieb sich gerade die Augen frei, als ein Schatten über ihn fiel. Eisen klirrte, und es roch nach Öl.

Ein Gerüsteter, dachte Tungdil und blinzelte vorsichtig.

Ein imposanter Mann von etwa dreißig Zyklen lehnte an der Wand der Schmiede, die Arme über der gepanzerten Brust gekreuzt. Obwohl er etliche Waffen mit sich führte, trug er keinerlei Uniform oder Wappen, die ihn als einen regulären Kämpfer gekennzeichnet hätten.

»Sucht Ihr mich, Herr?«, fragte er und stieg aus der Wanne. Das Wasser plätscherte aus seinen Kleidern und tränkte den sandigen Boden.

»Bist du der Schmied?«, erhielt er zur Antwort.

»Nein. Ich gehe ihm zur Hand. Wenn Ihr etwas repariert haben wollt, könnt Ihr Euch an mich wenden.« Der Zwerg blieb höflich, obwohl er den Mann auf Anhieb nicht mochte. Dessen graue Augen musterten ihn so eindringlich, als wollte er durch die Kleidung in sein Innerstes blicken.

»Wir haben zwei Pferde, die beschlagen werden wollen. Kannst du das?«

Nun hatte er es sich endgültig mit Tungdil verscherzt. »Sicher. So wie Ihr vermutlich reiten könnt, sonst würdet Ihr Euch auch kein Pferd kaufen«, entgegnete er und umrundete die Hütte. Er bemühte sich, dabei so würdevoll wie möglich auszusehen, auch wenn er eine Wasserspur hinter sich herzog, seine Haare glatt herabhingen und seine Stiefel Geräusche machten, als hätte er einen Sumpf unter den Sohlen.

Auf der schmalen, holprigen Straße warteten sechs Pferde und vier Männer, die aussahen, als zögen sie geradenwegs in die Schlacht. Das Lasttier trug neben dem Kochgeschirr und mehreren Ledersäcken zwei zusammengerollte Netze auf dem Rücken.

Die Männer unterhielten sich leise und verstummten, als Tungdil erschien. Sie schauten ihn verblüfft an, sagten aber nichts.

Der Zwerg wies einen der Krieger an, den Blasebalg zu betätigen. Der Wind fuhr fauchend in die Kohlen und brachte sie zum Glühen; Flämmchen loderten auf, huschten und zuckten über das Brennmaterial. Hitze schlug Tungdil entgegen. Seine Haare und seine

Kleidung würden innerhalb kürzester Zeit trocknen. Er fühlte sich wohl.

»Seid Ihr Söldner, Herr?«, wollte er von seinem Helfer wissen und wählte in aller Ruhe zuerst den Hammer und dann den Rohling für das Hufeisen aus. Ein anderer führte das lahmende Pferd herein. Tungdil legte das Eisen kurz an, es würde passen.

»So etwas Ähnliches«, sagte der Mann. »Wir jagen Orks und Gesetzesbrecher, auf deren Ergreifung Gold ausgesetzt wurde.«

Tungdil bettete das Eisen auf die feurigen Kohlen und wartete.

»Habt Ihr viel zu tun, Herr?«, setzte er sein Verhör fort. »Und habt Ihr etwas über die Orks gehört, die Gutenauen zerstört haben?«

»Gauragar ist groß, und die Truppen König Brurons können nicht überall sein. Wir können nicht klagen«, antwortete der Anführer schroff.

Damit war die Unterredung beendet.

Schweigend schlug der Zwerg die Hufeisen in Form und passte sie den Pferden an. Gelblich weißer Qualm zog durch die Schmiede. Wenig später verlangte er für seine Arbeit das Doppelte des üblichen Preises. Die Söldner beglichen die Gebühr anstandslos und ritten davon. Der Zwerg vergaß sie rasch.

Endlich kam der Tag des Abschieds, was vor allem die Kinder sehr bedauerten. Sie hatten den kleinen Mann, der ihnen so schöne Schmuckstücke schmiedete, ins Herz geschlossen.

Tungdil bedankte sich ausgiebig bei seinen Rettern. »Ich bin mir sicher, dass ich ohne Eure Heilkünste an der schwärenden Wunde gestorben wäre«, beteuerte er und drückte ihnen die Münzen, die er den Söldnern zu viel abgeknöpft hatte, in die Hand.

»Das können wir nicht annehmen«, widersprach Opatja.

»Ich werde sie nicht wieder einstecken. Wenn sich ein Zwerg von Gold trennt, ist das eine Besonderheit, die nicht alle Umläufe vorkommt«, bestand er mit einer solchen Hartnäckigkeit darauf, dass die Münzen letztlich doch in die Beutel der Dörfler wanderten.

Rémsa reichte ihm ein Säckchen mit Kräutern. »Die legst du auf die nicht ganz verheilten Stellen, abends, wenn du rastest. Bald wird von deinen Verletzungen nichts mehr zu sehen sein.« Sie reichten ihm zum Abschied die Hände, dann setzte er seinen Weg fort; die Buben und Mädchen begleiteten ihn ein Stück, bis sich der Himmel verfinsterte und es zu regnen drohte.

»Kommst du uns auf dem Rückweg besuchen?«, fragte Jemta niedergeschlagen.

»Sicher, Kleines. Ich habe mich sehr gefreut, eure Bekanntschaft zu machen. Wenn du fleißig übst, wirst du eine gute Schmiedin.« Er wollte ihr die Hand reichen, aber sie wich aus und drückte ihn stattdessen an sich.

»Jetzt sind wir Freunde«, verabschiedete sie ihn, winkte und rannte den Weg zurück. »Vergiss nicht, uns zu besuchen«, mahnte sie, dann war sie verschwunden.

Er stand immer noch da, die Hand ausgestreckt und von der Herzlichkeit völlig überrumpelt. »Schau an, Vraccas«, murmelte er gerührt. »Wer hätte gedacht, dass ich ein Frauenherz erobere?« Gut gelaunt und gedanklich bei den freundlichen Menschen des Gehöftes, stapfte er voran.

Doch die angenehmen Frühlingstage schienen vorüber. Der Himmel klarte nicht mehr auf, und es regnete ununterbrochen. Tungdils Lederstiefel weichten allmählich durch, seine Füße quollen auf und waren ständig kalt.

Abgesehen von den widrigen Umständen seines Marsches, kam er recht gut voran. Er machte sich jedoch immer noch Gedanken über die Orks und das Vordringen des Toten Landes, wie es der Alb vorhergesagt hatte.

Lot-Ionan hatte ihm einst erklärt, wie weit der Schrecken aus dem Norden vorgedrungen war. An der breitesten Stelle, rund um das Fünfte Zwergenreich, nahm es sechshundertfünfzig Meilen in Beschlag und ragte vierhundert Meilen weit bis in den Süden, wo es sich an seiner Front auf die Hälfte verjüngte.

Während einer Rast unter einem schützenden Felsvorsprung nahm er die Karte zur Hand und stellte sich vor, wie sich die unheimliche Macht gleich einem Keil vorwärts schob. Die Spitze prallte gegen die Kräfte der Magi, wurde stumpf und flachte ab, das Vordringen hatte ein Ende.

Nun aber schien es, dass der rätselhafte Herrscher des Toten Landes, Nôd'onn, nicht aufgab; seine Erfolge ließen sich trotz der Barrieren aus Magie nicht bestreiten. An der östlichen Seite wucherte das Albaereich Dsôn Balsur gleich einem Geschwür zweihundert Meilen lang und siebzig Meilen breit in Gauragar hinein. Und solange der Steinerne Torweg nicht geschlossen wurde, walzte der Nachschub an widerlichsten Ungeheuern über den Nordpass herein.

Wenn sich die Orks aus Toboribor auch noch auf die Seite des Toten Landes stellen, geraten die Magi in Bedrängnis, dachte Tungdil besorgt. Sie vermochten mit ihrer Zauberkraft vieles, aber an mehreren Orten gleichzeitig zu sein, das war auch ihnen nicht möglich.

Wenigstens wissen sie nun, dass sich die Orks mit dem Toten Land verbündet haben! Seine Nachricht müsste inzwischen bei Lot-Ionan angekommen sein.

Der Weg durch die abwechslungsreiche gauragarische Landschaft tat sein Möglichstes, Tungdil für die Ereignisse am Anfang seiner Reise zu entschädigen. Der Frühling brachte die Natur dazu, sich trotz des Regens in satten, vollen Farben zu zeigen, aber der Zwerg achtete kaum auf die bunte Pracht der Hügel, Wälder und Ebenen. Bald kam er an einem verlassenen Palandiell-Heiligtum vorbei, einem kleinen, hellen Bau mit vielen Fenstern und eingemeißelten Ornamenten, die für Schutz und Fruchtbarkeit standen.

Es war ein Schrein jener Göttin, an welche die überwiegende Mehrheit der Menschen glaubte. Sie war Tungdil zu sanft, zu beliebig; er hielt es eher mit Vraccas, dessen Tempel man nur gelegentlich in größeren Städten sah, wie er aus Büchern wusste.

Einige Menschen verehrten die Wassergöttin Elria, manche den Gott Samusin, der für den Wind sorgte und auf den Ausgleich zwischen Gut und Böse bedacht war. Ihm waren die Bestien ebenso recht wie die Menschen, Elben und Zwerge. Tion aber, der Erschaffer der schlimmsten Ungeheuer, war mehr verhasst, als dass er verehrt wurde. *Ich kenne niemanden, der sich zu ihm bekennen würde*, dachte Tungdil. Die Bediensteten Lot-Ionans, darunter auch Frala, beteten Palandiell an.

Er selbst hatte sich einen kleinen Vraccas-Altar in seiner Schmiede eingerichtet und opferte dem Schöpfer der Zwerge, der die fünf Stammväter aus dem härtesten Granit geschlagen und ihnen Leben gegeben hatte, gelegentlich ein wenig Gold, das er in seiner Esse verbrannte. Er wusste nicht, ob die anderen Zwerge das ebenso hielten wie er, aber er fand es angemessen, Vraccas nur das Edelste darzubieten.

Seine braunen Zwergenaugen schweiften über den einsamen Schrein, an dem Ranken emporwuchsen. *Die Menschen werden bald wieder öfter zu ihr beten*, schätzte er.

Wenig später musste er den Weg verlassen, um einem gewaltigen Trupp schwer gepanzerter Reiterei König Brurons Platz zu machen. Scheppernd und rasselnd zogen die Kämpfer an ihm vorüber; der Schlamm spritzte hoch und beschmutzte seinen Umhang. Er zählte zweihundert Soldaten. Ob sie gegen eine Rotte Orks ausreichten?

Die Kunde über die große Zahl von Bestien in Idoslân hatte sich in Windeseile verbreitet; der Zwerg erkannte es daran, dass ihm immer häufiger Patrouillen begegneten. König Bruron von Gauragar wollte sich nicht darauf verlassen, dass König Tilogorn die Orks niederwarf, sondern traf eigene Vorkehrungen, um sie aufzuspüren und anzugreifen.

Tungdil freute sich, dass seine Botschaft von den Menschen ernst genommen wurde. Sicher, in den Geschichtsbüchern würde später wohl kaum erwähnt werden, dass er, Tungdil Bolofar, der Zwerg ohne Stamm und Clan, einer Bauernfamilie vom Untergang Gutenauens erzählt und diese es der königlichen Administration zu Turmweihler gemeldet hatte. Darauf kam es ihm auch nicht an, aber er wusste es, und es gefiel ihm.

Der Zwerg übernachtete meist im Freien, nahm gelegentlich eine Scheune in Anspruch und gönnte sich nur einmal einen weiteren Aufenthalt in einer Schenke. Lieber sparte er seine schwindende Barschaft.

Die Wunde war nach neun Sonnenumläufen vollständig verheilt. Die Strapazen der Reise hatten ihn etwas von seinem Gewicht gekostet, der Gürtel saß zwei Löcher enger als gewöhnlich. Er schnaufte nicht mehr so, wenn er Anhöhen hinaufstieg; das Laufen kam der Ausdauer zu Gute, und die Füße hatten sich ebenfalls an das tagtägliche Marschieren gewöhnt. Nachts befielen ihn gelegentlich Erinnerungen an das zerstörte Gutenauen. Diese Grausamkeit musste sein Verstand noch verarbeiten.

Nach einigen weiteren Sonnenumläufen entdeckte er endlich den Tafelberg. Der Felsbrocken sah wirklich so aus, wie ihn Opatja ehrfurchtslos mithilfe des Käses dargestellt hatte, nur dass er nicht gelb war, ganz im Gegenteil.

Das Licht beschien die breiten, schluchtartigen Risse in der glatten Wand, die senkrecht nach unten abfiel. Der düstere Felsbrocken lag wie ein Stück hingeworfener Stein in der Landschaft und wurde von dunkelgrünen Tannen umschlossen. Angesichts der Ausmaße des Schwarzjochs wirkten sie klein und zerbrechlich, obwohl ihre Höhe sicherlich fünfzig Schritt und mehr betrug.

Das Schwarzjoch war sicherlich einmal ein richtiger, Meilen hoher Berg. Vielleicht hat ein Gott ihm als Strafe die Spitze abgeschnitten und seinen harten Fuß wie die Wurzel eines gefällten Baumes in der Erde gelassen, dachte Tungdil.

Die Erhebung strahlte für ihn etwas unerklärlich Abstoßendes aus. Wenn er die Artefakte nicht dorthin bringen müsste, hätte er gewiss einen großen Bogen um das Schwarzjoch geschlagen. Gorén schien kein Freund von Gesellschaft zu sein, wenn er sich ein solches Refugium aussuchte.

Der Zwerg schüttelte seine Eindrücke ab, richtete den Beutel mit den Artefakten und schritt die steinige Straße entlang, die eine halbe Meile östlich des Waldrandes vorbeiführte. Während er den Tannenforst umrundete, suchte er nach einem Pfad oder einer Schneise, aber als die Sonne unterging, stand er wieder an seinem Ausgangspunkt, ohne fündig geworden zu sein.

Ein seltsamer Wald. Dann werde ich mir morgen eben einen Weg hindurchschlagen, wenn die Stämme keinen Platz machen. Weil er die Müdigkeit in den Knochen spürte, bereitete er nahe der Straße sein Nachtlager und entzündete ein Feuer. Dabei behielt er den Waldrand im Auge, falls sich ein Raubtier hervorschleichen sollte.

Wenig später bekam er Gäste, die sich sehr darüber freuten, nicht allein sein zu müssen. Zwei Trödelhändler hielten ihren Planwagen neben dem Feuer an und spannten die beiden Maulesel aus, die den Karren gezogen hatten. Die Pfannen, Töpfe und Deckel, die sie in ihrem Gefährt lagerten, klapperten und schepperten noch lauter als die Rüstungen der Soldaten.

»Ist da noch Platz am Feuer?«, fragte der Wagenlenker und übernahm die Vorstellung. Hîl und Kerolus waren für Tungdil typische Menschenmänner. Lange Haare, groß, unrasiert, einfache Kleidung und grundlos zu laut. Sie scherzten, lachten und ließen die Flasche mit Branntwein beständig kreisen, aber die Heiterkeit erschien aufgesetzt.

»Versteht meine Frage nicht falsch«, meinte Tungdil, »aber Ihr scheint mir ... besorgt zu sein.«

Hîl hörte auf der Stelle auf zu lachen. »Gut beobachtet, Unterirdischer ...«

»Zwerg. Ich bin ein Zwerg.«

»Ach? Gibt es Unterschiede zwischen Zwergen und Unterirdischen?«

»Nein. Es ist die bessere Bezeichnung, so wie ich Euch aus Respekt Menschen und nicht Oberirdische oder lange Elende nenne.«

Hîl grinste. »Ich habe verstanden.«

»Um ehrlich zu sein, wir fürchten uns vor dem Berg und den Kreaturen, die in dem Wald lebten. Wir rasten nur deshalb neben dem Schwarzjoch, weil unsere beiden Mulis nicht mehr weiter wollten«, gestand Kerolus, der vier Eier in die Pfanne schlug und sie briet. Bereitwillig teilte er sein Mahl mit dem Zwerg und seinem Partner.

»Was hat es mit dem Felsen auf sich?«, fragte Tungdil und schabte das Eigelb mit Brotrinde zusammen.

Der Trödler sah ihn erstaunt an. »Ein Unter ... Zwerg, der die Legende nicht kennt? Dann will ich dir gern von dem Berg, der keiner mehr ist, berichten.«

Hîl legte sich nah ans wärmende Feuer, und sein Partner hob an zu erzählen ...

Einst wurde das Schwarzjoch »Wolkenberg« genannt, weil sein Gipfel bis in den Himmel ragte. Er war mächtiger, stolzer als alle Berge rings um das Geborgene Land. Der Schnee auf seinem Gipfel taute niemals, und die obersten Hänge bestanden aus purem Gold.

Doch keiner der Menschen gelangte in diese Höhe, um sich von dem Reichtum zu holen. Die unteren Wände, auf denen das Gewicht lastete, waren zu glatt und zu hart. Und das Weiß des Schnees und das Gold schimmerten so stark, dass derjenige, welcher zu lange nach oben schaute, blind wurde.

Die Menschen verlangte es nach dem Gold, und sie riefen die Zwerge zu Hilfe.

Die Zwerge schickten eine Abordnung nach Gauragar, um den Wolkenberg mit eigenen Augen zu sehen. Mit ihren Spitzhacken, Meißeln und Schaufeln schlugen sie auf den Felsen ein.

Da ihre Werkzeuge besser geschmiedet waren als die der Menschen, gelang es ihnen, einen Gang in den Wolkenberg zu brechen und sich in seinem Inneren nach oben zu graben. Sie höhlten den Berg aus und trugen das Gold ab, ohne geblendet zu werden.

Die Menschen Gauragars sahen das nicht gern und verlangten von den Zwergen, ihnen von dem Schatz zu lassen. Als sich die Zwerge und Menschen stritten, erbebte der lebendig gewordene Wolkenberg vor Wut, um die Plünderer aus sich herauszuschütteln, aber die Löcher in seinem Inneren waren so zahlreich geworden, dass er einbrach und die Gierigen unter sich begrub.

So verlor der Berg seine Schönheit und seine Größe.

Seitdem verfolgt er Menschen und Zwerge mit seinem Hass. Der verstümmelte Fels wurde im Lauf der Zeit schwarz vor Boshaftigkeit.

Das Feuer knackte laut. Kerolus warf ein Scheit nach, damit die Flammen auflodertern und die Dunkelheit vertrieben.

Ich habe die Bösartigkeit des Schwarzjochs gleich gespürt, dachte Tungdil. Dass Gorén sich ausgerechnet dort wohl fühlte, verstand er nicht. Es sagte zumindest viel über sein Gemüt aus.

»Im Wald streifen Wesen umher, die jedem Wandersmann den Tod bringen, heißt es. Der Berg hat sie gerufen und ihnen fette Beute versprochen«, erklärte der Trödler schaudernd. »Wenn ihr Hunger zu groß wird, kommen sie zwischen den Tannen hervor, um die Dörfer heimzusuchen. Sie fressen alles, Mensch und Tier.«

»Es ist gut, Gesellschaft zu haben«, sagte Tungdil ehrlich und machte sich auf einen ungemütlichen Weg zwischen den Stämmen hindurch gefasst. Seine Axt würde ihm notfalls beistehen. »Aber ich kann auch eine Geschichte erzählen.«

Er schilderte seine Erlebnisse in Gutenauen, berichtete von dem Alb und der Vernichtung des Ortes. Seine Erzählung geriet ins Stocken, die Erinnerung an das Grauen lebte auf.

Er brach ab und versuchte, Schlaf zu finden, doch der Wald hielt ihn wach. Es bereitete den Bäumen anscheinend Vergnügen, immer dann laut zu ächzen und zu knarren, wenn er in tiefen Schlummer gleiten wollte.

Hîl und Kerolus störte das nicht besonders. Nun wusste der Zwerg, warum sie dem Branntwein so zusprachen: Er betäubte ihre Sinne derart, dass sie nichts hörten. Die Männer überließen ihm großzügigerweise die Aufgabe, über ihr Leben zu wachen.

Die Geräusche endeten erst, als der Morgen graute. Die Trödler erhoben sich, wünschten Tungdil noch eine angenehme Reise und fuhren ausgeruht von dannen, während der Zwerg sich wie gerädert fühlte.

Missmutig starrte er auf das Dunkel, das zwischen den Tannen auf ihn wartete. Es half nichts, er musste zum Schwarzjoch. Gorén lebte sicherlich in den Resten des Stollens, sollte die Geschichte, die ihm Kerolus vergangene Nacht erzählt hatte, einen Funken Wahrheit enthalten.

Ungeheuer oder nicht, ich muss hindurch. Er zog die Axt, hielt sie mit beiden Händen gepackt und stapfte in den Wald hinein. Sogleich schlug ihm Ablehnung entgegen. Der Berg gab ihm deutlich zu verstehen, dass er ihn nicht in seiner Nähe haben wollte.

Tungdil störte sich nicht weiter daran. Je eher er die Artefakte übergab, desto schneller konnte er in die Geborgenheit seines geliebten Stollens von Ionandar zurückkehren. *Vielleicht haben die Zwerge vom Stamm des Zweiten bereits an Lot-Ionan geschrieben und sein Gesuch beantwortet,* dachte er zuversichtlich.

Seine trotzige Zielstrebigkeit führte ihn bald durch den Wald und direkt an den Fuß des Tafelbergs, ohne dass er auf irgendwelche Ungeheuer traf. Bei Tag schienen sie keine Lust zu haben, Wanderer anzugreifen. Ihm sollte es recht sein.

Die senkrecht aufsteigenden Wände des Schwarzjochs aber schleuderten ihm stumme und derart unheilvolle Zurückweisung entgegen, dass er am liebsten kehrt gemacht hätte.

Plötzlich löste sich eine Geröllawine. Tungdil schaffte es gerade noch, eine Deckung zu finden; der letzte Steinbrocken schlug eine Handbreit neben ihm ein. Die Größe der Trümmerstücke hätte ausgereicht, um ihn zu erschlagen. Dennoch, es half nichts, er musste Gorén finden.

Der Zwerg lief um den Fuß des Tafelbergs, ohne eine Hütte oder den Anfang eines Pfades zu erkennen. Laut rief er den Namen Goréns und hoffte, dass er sich zu erkennen gab. Nichts.

Fluchend umrundete er die schwarzen, rissigen Wände ein weiteres Mal; dabei entdeckte er schmale Stufen, die von kundigen Steinmetzen in den Fels getrieben worden waren. Für ihn reichten die Abmessungen der Stiegen aus, aber die großfüßigen Menschen hätten Schwierigkeiten, sicheren Halt auf den Tritten zu finden.

Tungdil erklomm des Schwarzjoch; er gelangte einhundert Schritte hoch, zweihundert Schritte hoch, dreihundert Schritte hoch. Er krabbelte auf allen vieren und hielt sich an den kurzen Stufen fest. Das war die einzige Sicherung, die sich ihm bot.

Gelegentlich bewarf ihn der Berg mit Geröll und kleinen Lawinen, die ihm Schrammen an den Händen und im Gesicht zufügten. Ein Stein schlug ihm eine Platzwunde oberhalb der Stirn. Schwindel erfasste ihn, und Tungdil presste sich gegen den Fels, um nicht abzustürzen. Als die Umgebung sich nicht mehr drehte, wischte er sich das Blut aus dem rechten Auge und kletterte knurrend weiter.

»Vraccas schuf uns aus Fels, um über den Fels zu herrschen, also wirst du dich gefälligst vor mir beugen!«, rief er laut. »Du wirst mich nicht abschütteln.«

An dem Schatten, den er warf, sah er die Sonne über den Zenit steigen und schließlich versinken; der Wind pfiff ihm kalt um die Ohren und zerrte an seinen Rucksäcken. Die Gefahr wuchs mit jedem Schritt, den er tat, und ans Runterkommen wollte er gar nicht denken. Dennoch wagte er es, sich umzudrehen und einen Blick auf das 400 Schritt unter ihm liegende Gauragar zu werfen.

Wolken und Sonne schufen auf dem farbenreichen Flickenteppich aus Wiesen, Feldern und Wäldern ein Schattenspiel, das er in dieser Art nie zuvor gesehen hatte. Tungdils Augen erspähten in meilenweiter Entfernung Städte, die aus kleinen Bauklötzen gemacht schienen. Bäche und Flüsse zogen sich Adern gleich durch die Landschaft, und es roch nach Frühling.

Der herrliche Ausblick raubte ihm fast den Atem. Er fühlte sich mit einem Mal so erhaben und so groß wie ein Berg. Nun verstand er, warum das Volk der Zwerge sich die Gebirge als Wohnstätte erwählt hatte.

Mit neuem Mut setzte er seinen Aufstieg fort, bis er auf gut fünfhundert Schritt Höhe auf eine Nische stieß. Der Zwerg beschloss, die Nacht darin zu verbringen.

Vorsichtig kroch er in die Felseinbuchtung, die ihm Schutz vor dem rauen Wind und vor weiteren Geröllangriffen des Schwarzjochs bot. *Morgen sehe ich weiter,* dachte er.

Das untergehende Taggestirn beleuchtete sein schlichtes Obdach. Warmes Licht fiel auf die schwarzen Wände des Tafelbergs und hob die unterschiedlichen Strukturen der Felsen hervor. Je länger Tungdil auf die Unebenheiten seiner Nische blickte, desto mehr erinnerten sie ihn an Schriftzeichen.

Der Zwerg blinzelte. *Kann es eine Täuschung sein?,* fragte er sich. Seine Hand tastete über die Oberfläche. Da war tatsächlich etwas. Die Witterung hatte den Runen im Lauf der Zyklen arg zugesetzt und sie abgeschliffen, aber sie waren zweifellos vorhanden.

Das Problem konnte er leicht lösen! Rasch öffnete er seine Zunderbüchse und entfachte ein kleines Flämmchen, mit dem er den Stiel seiner Axt anbrannte. Tungdil nahm die Landkarte aus dem Rucksack, drehte sie mit der unbemalten Seite nach oben und fuhr mit dem rußigen Stück Holz vorsichtig über das Papier.

Die Rußteilchen hafteten schlecht, aber es gelang: Die Zeichen übertrugen sich, und die Überbleibsel einer uralten Schrift wurden sichtbar.

Tungdil benötigte lange, bis er die künstlerisch vollendeten Runen und die sehr umständliche Formulierung in die gemeine Zwergensprache übersetzt hatte und verstand.

> *Erbaut mit Blut,*
> *gefärbt vom Blut.*
> *Geschaffen gegen die Vier,*
> *gefallen gegen die Vier.*
> *Verflucht von den Vier,*
> *verlassen von allen Fünf.*
> *Einst erweckt von den Drei*
> *gegen den Willen der Drei.*
> *Erneut gefärbt*
> *vom*
> *Blut*
> *aller*
> *Kinder.*

Die Worte waren von dem Bildhauer in Form eines Baumes als Zeichen der Erneuerung und der ständigen Wiederkehr in den Fels graviert worden.

Das Alter der Runen konnte Tungdil nicht einordnen, darüber hatte nichts in dem Buch gestanden, das er in den Regalen Lot-Ionans über die Zwergensprache gefunden hatte. Doch für ihn waren die Worte eine Botschaft aus einem vergangenen Zeitalter, das mindestens eintausendeinhundert Zyklen zurück lag.

Er sprach sie laut, um sie zum Leben zu erwecken; ergriffen lauschte er dem fremden und dennoch seltsam vertrauten Klang, der sich vollkommen anders als der Zungenschlag der Menschen anhörte. Die Silben rührten ihn, packten ihn, wühlten ihn auf.

Doch auch die Hänge und Schluchten des Schwarzjochs vernahmen die altertümliche Sprache, der Tafelberg erinnerte sich und erbebte. Der Groll gegen die Zwerge kehrte mit Macht zurück und richtete sich nun gegen Tungdil.

»Ich lasse mich nicht von dir abschütteln.« Der Zwerg rutschte näher an die Wand, um von den rüttelnden Felsen nicht in die Tiefe gestürzt zu werden.

Doch auch das Gestein in seinem Rücken bewegte sich; es wich mit mahlenden Lauten vor ihm zurück und gab schließlich den Eingang zu einem Tunnel frei. Das Beben des Schwarzjochs endete abrupt.

Tungdil sah zwei Möglichkeiten vor sich. Entweder wollte ihn der Berg in eine Falle locken und ihn für immer in seinem Inneren einschließen, oder aber Gorén öffnete ihm die Tür zu seiner Behausung.

Er wartete nicht lange. Kurz entschlossen sammelte er seine Sachen ein und hing sich den Beutel mit den Artefakten über den Rücken, um forsch in den Gang zu treten.

Er war erst wenige Schritte gegangen, als eine weitere Erschütterung durch den Tafelberg lief. Das steinerne Eingangstor schob sich unaufhaltsam vor den Nachthimmel. Die Sterne über dem Geborgenen Land blinkten dem Zwerg zum Abschied zu, dann saß er im Schwarzjoch gefangen.

Das Geborgene Land, das Zauberreich Lios Nudin im Jahr des 6234sten Sonnenzyklus, Frühsommer

Die majestätische Palastanlage wuchs weiß leuchtend in den stahlblauen Himmel; sandfarbene Türme erhoben sich über die Kuppeldächer und erstrahlten in der warmen Sonne. Ihr selbstbewusstes Blinken und ihre erhabene Größe wiesen den Reisenden auf fünfzig Meilen Entfernung den Weg; nur ein Blinder konnte Porista verfehlen, die Hauptstadt des Zauberreiches Lios Nudin.

Lot-Ionan freute sich über den Anblick und das bevorstehende Wiedersehen mit den anderen, auch wenn ihn der Anlass der Zusammenkunft in Unruhe versetzte. Er zügelte Furo und ritt gemessen durch das Tor in die Stadt. Der Hengst schnaubte aufsässig, weil er lieber laufen und den Wind in der Mähne spüren wollte.

Aus alter Tradition heraus tagte der Rat der Magi in diesem Prachtbau. So hielten es die Zauberkundigen seit mehr als zweitausend Sonnenzyklen. Die Gründe dafür waren verschiedener Natur. Zum einen lag die Stätte im Zentrum des Geborgenen Landes, zum anderen hatte Lios Nudin nicht umsonst die Umrisse eines menschlichen Herzens. Die Magiefelder, die in den fünf Zauberreichen auftraten, schienen hier ihren Ursprung zu nehmen; ähnlich einer Quelle speiste Lios Nudin die Reiche Ionandar, Turguria, Saborien, Oremaira und Brandôkai mit der Zaubermacht.

Der Magus lachte und streichelte den Hals des unzufriedenen Fuchshengstes. »Du wirst auf dem Nachhauseweg genügend laufen dürfen«, versprach er ihm und richtete seine Aufmerksamkeit auf das Treiben rings um ihn herum.

Poristas Mauern boten vierzigtausend Menschen Schutz und Unterkunft. Da die Stadt in der Ebene der Gräser lag, die sich über hunderte von Meilen erstreckte, gingen die Bewohner einfacher Landwirtschaft und Viehzucht nach, und davon ließ es sich gut leben. Die Qualität ihrer Erzeugnisse konnte es beinahe mit der Tabaîns aufnehmen, das im Nordwesten des Geborgenen Landes lag und auch Ährenebene genannt wurde.

Lot-Ionan lenkte Furo durch die Straßen der geschäftigen Stadt. Immer wieder musste er Karren und Wagen ausweichen und darauf achten, keine Passanten unter die Hufe zu bekommen. Schon bald sehnte er sich die Abgeschiedenheit des Stollens herbei.

Endlich stand er vor dem Portal des Palasts, in den einfache Menschen nur auf Einladung des Rates gelangten. Tollkühne, die versuchten, ungesehen über die Mauern zu klettern, hielt eine unsichtbare Sperre auf; wie Fliegen auf Leimruten klebten sie an der Wand, bis sie verhungerten und verdursteten. Erst wenn von ihnen nichts mehr außer den Knochen übrig war, gab die Fessel sie frei. Die Magi kannten bei diesem Vergehen keine Gnade, denn im Palast hatte niemand außer den Sechs und ihrem Gefolge etwas zu suchen.

Lot-Ionan rief die Formel, um die Torflügel zu öffnen. Von unsichtbaren Kräften bewegt, schwangen sie zurück und gewährten ihm den Zutritt.

Vor der breiten Freitreppe aus chamoisfarbenem Marmor hieß er den Hengst anhalten und rutschte aus dem Sattel. Sein Weg führte ihn über die breiten Stufen und durch lichtdurchflutete Arkadengänge, deren Böden mit kunstvollen Mosaiken gestaltet waren. Die weißen Säulen leiteten das Licht, das durch die halbkugelförmigen Glasdächer fiel, geschickt um und hoben die akkurat gesetzte Farbvielfalt hervor. Der Gang erstreckte sich bis zur Beratungshalle, hinter deren Türen er erwartet wurde. Auf ein magisches Wort hin gaben sie den Durchlass frei.

Da saßen sie, am mächtigen runden Malachittisch vereint: Nudin der Wissbegierige, Turgur der Schöne, Sabora die Schweigsame, Maira die Hüterin und Andôkai die Stürmische.

Sie gehörten zu den mächtigen Sechs, die über geradezu unvorstellbare Kräfte verfügten. Jeder von ihnen strebte mithilfe der Magie nach dem Erreichen eines selbst gesteckten Ziels. Die sieben weltlichen Königinnen und Könige des Geborgenen Landes zu stürzen und die Länder zu erobern wäre ihnen ein Leichtes, aber daran war keinem gelegen. Ihnen ging es um die Vervollkommnung von Magie, nicht um irdische Macht.

Lot-Ionan grüßte zuerst Sabora, dann die anderen fünf und begab sich zum Tisch, um zwischen ihr und Turgur Platz zu nehmen. Sie erwiderten seine Höflichkeitsgeste mit knappem, erhabenem Kopfnicken.

Sabora fasste seine Hand, drückte sie kurz und schenkte ihm ein herzliches Lächeln. »Ich freue mich, dass du da bist, Lot-Ionan.« Sie trug ein hochgeschlossenes, enges und ein wenig strenges Kleid aus gelbem Samt, das bis auf den Boden reichte. Die kurzen Haare waren noch silberner geworden, doch die graubraunen Augen blickten munter und suchten seinen Blick. »Die Stürmische hat es nicht mehr ausgehalten.« Sie senkte die Stimme zu einem Flüstern, damit nur er sie hörte. »Ich auch nicht. Aber aus einem anderen Grund.«

Lot-Ionan lächelte und fühlte sich mit einem Mal wie ein verliebter junger Mann. Ihre Zuneigung basierte auf Gegenseitigkeit.

»Wir haben inzwischen erfahren, warum du unserem ersten Ruf nicht gefolgt bist«, sagte Andôkai, und es klang wie ein Vorwurf. Ihre Schönheit konnte man getrost als herb bezeichnen, und ihre Gestalt war für eine Maga merkwürdig muskulös; angeblich kämpfte sie so gut wie ein Krieger. Die blonden langen Haare trug sie zu einem strengen Zopf geflochten, und ihre blauen Augen schienen beständig auf der Suche nach Streit zu sein.

»Friedegard und Vrabor sind tot«, fügte Maira hinzu. Sie war hochgewachsener und schmaler als Andôkai. Ihre roten Haare fielen offen auf die nackten, weißen Schultern; das hellgrüne, schlichte Kleid passte hervorragend zu ihren Augen und dem Goldschmuck, den sie an den Ohren und um den Hals trug »Die Nachricht erreichte uns kurz vor deiner Ankunft, Lot-Ionan.« Sie schaute zu Nudin. »Wir sind uns darüber einig, dass nur die Albae als Mörder infrage kommen. Das Tote Land muss sie geschickt haben, um das Zusammenkommen der Sechs zu verhindern.«

Lot-Ionan runzelte die Stirn. »Es wäre das erste Mal, dass die Macht aus dem Norden ihre gefährlichsten Diener tief in den Süden entsendet. Nudin hat mir berichtet, dass unsere Barrieren nachgeben«, antwortete er. »Unser Gegner erhält von jenseits des Nordpasses neue Kraft – mehr als bisher. Solange wir das nicht endgültig unterbinden, werden wir uns stets aufs Neue in Porista einfinden müssen, um die magischen Fangnetze zu spannen.« Sein Zeigefinger pochte energisch auf den Tisch. »Es muss enden! Vernichten wir die Kraft des Toten Landes, Freunde!«

»Sicher«, fiel ihm Turgur herablassend ins Wort. Ein ebenmäßiges, sorgfältig rasiertes Gesicht, ein dünner Oberlippenbart und lange, wallende schwarze Lockenhaare waren die Markenzeichen des Schönen. Kein Mann im ganzen Geborgenen Land konnte es mit der Schönheit des Magus aufnehmen; Frauen jeden Alters lagen ihm zu Füßen, Männer bewunderten oder hassten ihn deswegen.

»Nichts einfacher als das, Lot-Ionan. Gut, dass du es uns sagst. Warum nur kam noch keiner vor dir auf den Gedanken?«

»Spitzfindigkeit ist hier nicht angebracht«, wies Nudin den Schönen mit seiner krächzenden Stimme zurecht.

Der Rat schwieg.

Die Frauen und Männer erinnerten sich stumm an all die zurückliegenden Versuche, den unsichtbaren Gegner zurückzuschlagen.

»Welche Formeln wir auch angewendet haben, das Tote Land liegt wie ein schwarzes, fettes Tier in Gauragar, Tabaîn, Âlandur, dem ehemaligen Lesinteïl und der Goldenen Ebene, das heute Dsôn Balsur ist«, sagte Lot-Ionan.

»Mit den Kräften, die wir dabei freigesetzt haben, hätten wir Gebirge sprengen und Seen verdampfen können«, fügte Andôkai hinzu, die sich mit Zerstörung sehr gut auskannte. Die Maga bekannte sich zu Samusin, dem Gott der Winde, und strebte danach, auch das kleinste Lüftchen zu beherrschen. So unberechenbar wie der Wind war auch ihr Temperament, und nicht selten hatte sie den Ausbruch eines Sturmes verursacht.

»Offensichtlich hat es nicht ausgereicht«, meinte Turgur. »Das Tote Land hat seine Krallen in die Erde geschlagen und verharrt.«

»Eben nicht!«, widersprach Andôkai harsch. »Es lauert und scheint nun zum Sprung bereit. Wenn wir nichts unternehmen, wird der Angriff mit Sicherheit erfolgen!«

Lot-Ionan ergriff wiederum das Wort. »Ich habe nachgedacht. Wir haben die Erfahrung gemacht, dass unsere Kräfte ausreichen, um die Bedrohung in Schach zu halten. Doch wenn wir unsere Schülerinnen und Schüler nach Porista holen und sie in das Ritual einbinden, könnte es uns gelingen, die Kraft zurückzuschlagen.« Er schaute abwartend in die Runde. Schon seit einiger Zeit hatte er über dieser Frage gebrütet. Jeder von ihnen hatte mindestens dreißig junge Famuli und Famulae, die sich zumindest in der Lage befanden, Magie zu nutzen. »Wenn wir die Gewalt von mehr als einhundertachtzig Magiekundigen gegen das Tote Land bündeln, werden wir einen Erfolg erzielen.«

»Oder der Versuch misslingt, und wir gelangen zu der schrecklichen Erkenntnis, dass weder Weltliches noch Geistiges einen ebenbürtigen Gegner darstellen«, meinte Nudin trocken.

Lot-Ionan wagte an diese schlimmste aller Möglichkeiten nicht zu denken. *Das Geborgene Land fiele der finsteren Macht damit früher oder später in die Hände. Die Menschen, die Tiere, die Natur wären von diesem Augenblick an dazu verdammt, bis in alle Ewigkeiten ihr Dasein als Untote zu fristen und dem Willen der schrecklichen Kraft aus dem Norden zu gehorchen.* Ein Schauder der Furcht rann durch seinen Körper. »Nein, das darf nicht geschehen.«

Andôkai fand als Erste ihre Sprache wieder. Sie wirkte besorgt, als sie sich an die fünf wandte. »Ich weiß, dass einigen mein Glaube an Samusin Schwierigkeiten bereitet. Doch es ist, wie es ist. Wir müssen etwas unternehmen.«

»Du überraschst mich«, gestand Lot-Ionan. »Ich hätte dir zugetraut, dich gegen die Vertreibung auszusprechen.«

»Samusin ist der Gott des Ausgleichs. Wo nur Dunkel ist, existiert nicht einmal mehr der Schatten. Wir können nicht zulassen, dass der Albtraum eines unterjochten Landes Wirklichkeit wird. Ich stimme deinem Vorschlag zu«, bekräftigte sie. »Wenn das Tote Land geht, wird das Gleichgewicht von selbst wieder hergestellt.«

Sie stimmten ab; alle waren dafür, den Vorschlag Lot-Ionans in die Tat umzusetzen.

»Dennoch sollten wir zuerst die bestehenden Barrieren erneuern. Es nützt nichts, wenn unsere Famuli noch auf dem Weg sind und das Tote Land in der Zwischenzeit die Sperren durchbricht«, warnte Nudin heiser. »Ich schlage vor, wir ruhen uns eine Stunde aus und nehmen ein leichtes Mahl zu uns, ehe wir gemeinsam zur Tat schreiten.«

Der Rat war damit einverstanden und löste sich auf. Nudin bat Lot-Ionan, noch ein wenig zu warten, und führte ihn etwas abseits zum Nordfenster des Palastraumes.

Jetzt, wo sie dicht voreinander standen, bemerkte der Zauberer, wie massig und aufgeschwemmt Nudin war. In seinem Augenweiß entdeckte er Dutzende von geplatzten Äderchen, die Pupillen glitzerten fiebrig. *Er ist todkrank!*

Nudin musste husten und hielt sich rasch ein Taschentuch vor den Mund; mit der anderen Hand klammerte er sich an seinen Ahornstab und suchte Halt. Hastig steckte er das Tuch wieder ein.

Lot-Ionan meinte, Blut darin gesehen zu haben. »Du solltest dir von Sabora die Hand auflegen lassen«, sagte er besorgt. »Du siehst ... mehr als krank aus.«

Nudin aber winkte ab und bemühte sich, ein unverbindliches Lächeln auf sein schwammiges Gesicht zu zwingen. »Nur eine ordentliche Erkältung, nichts weiter«, schwächte er ab. »Es schadet dem Körper nicht, wenn er einmal gefordert wird.« Er nickte seinem Gegenüber anerkennend zu. »Dein Vorschlag war sehr gut. Da du sogar Andôkai überzeugt hast, werden die anderen dir folgen.« Mühsam unterdrückte er einen neuerlichen Hustenanfall; sein Kopf wurde rot. »Wir Magi haben uns viel zu lange nur um uns selbst gekümmert. Sabora lasse ich dabei einmal außen vor«, sagte er gepresst. »Es ist gut zu sehen, dass es noch andere Dinge gibt, für die wir geschlossen eintreten. Schade, dass es dazu solch beängstigender Umstände bedurfte.«

»Nanu?«, meinte Lot-Ionan verdutzt. »Führst du einen neuen Beinamen und heißt nun ›der Selbstkritische‹?« Heute fand er den Zauberer ganz annehmbar, weil er weniger herablassend auftrat als sonst. Falls es an der Erkrankung lag, so wünschte er Turgur und Andôkai dieselbe.

Nudin lachte; der Heiterkeitsausbruch ging in starkes Husten über. Dieses Mal sah Lot-Ionan das Blut, das zwischen den Lippen hervortrat, ehe der Magus es abwischte. »Du wirst zu Sabora gehen«, wiederholte er seine Worte und wählte den Befehlston absichtlich. »Für das Ritual brauchst du Kraft, und die scheinst du dringend zu benötigen.«

Nudin hob abwehrend die Hand. »Du hast gewonnen. Ich besuche sie«, krächzte er. »Eines noch: Wo sind meine Artefakte, alter Freund?«

Um diese Angelegenheit hätte Lot-Ionan sich gern gedrückt. »Ich habe den Beutel vergessen«, gestand er. »Wenn meine Famuli nach Porista kommen, wirst du sie erhalten.«

Nudin grinste. »Immerhin, du hast sie gefunden. Keine Sorge, es eilt nicht. Das Tote Land hat Vorrang.«

»Ich habe noch daran gedacht, in den Schrank meines Arbeitszimmers zu sehen und sie zusammenzupacken, aber die Unterredung mit dir hat mich so aufgewühlt, dass ich alles stehen und liegen ließ«, ärgerte er sich.

Der Herr über Lios Nudin klopfte ihm auf die Schulter. »Lass es gut sein.« Er wankte leicht. »Und nun entschuldige mich. Ich muss mich ein wenig hinlegen«, verabschiedete er sich und schritt zum Ausgang. Sein weites Gewand rauschte leise, und das Ende seines Stabes prallte in regelmäßiger Folge hart auf den Boden.

»Geh zu Sabora!«, rief Lot-Ionan ihm hinterher.

Nachdenklich schaute er aus dem Fenster über die geschmackvoll angelegten Gärten des Palastes und die Dächer der Stadt und hob seinen Blick zum Horizont, wo das Grün der Felder und das Blau des Himmels zu einer Linie verschmolzen. Man erkannte von hier aus keinen Unterschied, doch es war da, das Tote Land, nur wenige Meilen von hier.

Nach einer Weile spürte er eine sanfte Hand auf seiner Schulter, roch einen lange nicht mehr wahr genommenen Duft, und sein altes Herz schlug schneller. Er hob die Rechte und legte sie auf die Hand auf seiner Schulter. »Meine liebe Freundin«, sagte er und wandte sich zu Sabora um.

»Mein lieber Freund«, antwortete sie und strahlte ihn an.

Über den Anblick Saboras freute er sich jedes Mal von neuem. Sie hielt es mit dem Alter wie er, sie bekannten sich beide dazu. Es beruhigte ihn ungemein, nicht der einzige faltige Greis unter so vielen jungen Gesichtern zu sein.

Er war nicht eitel, doch bei den Zusammenkünften kam er sich stets doppelt so alt vor. Andôkai sah mit ihren einhundertfünfzig Zyklen aus wie dreißig, Maira trotz ihrer dreihundert Zyklen wie eine Fünfzigjährige, und Turgur manipulierte sein Erscheinungsbild ohnehin und bewahrte sich die äußere Fassade eines stattlichen Mannes von vierzig.

Sabora kannte seine Gedanken. »Sie werden auch älter, Lot-Ionan, gräme dich nicht«, sagte sie tröstend, und die beiden umarmten sich lange.

»Was macht deine Kunst?«, fragte sie schließlich.

»Ich arbeite eifrig daran, aber mein Gehilfe hat mir eine wertvolle Formel ruiniert, ehe ich dazu kam, sie anzuwenden«, berichtete er. »Bald wird es mir gelingen, Magie in Dingen und Menschen sichtbar zu machen, was uns in der Erforschung wesentlich weiter bringen wird. Und du? Sind deine Heilkräfte bald so weit gediehen, dass du sämtliche Krankheiten besiegen kannst?«

Sabora hakte sich bei ihm unter. Gemeinsam schlenderten sie die Arkaden entlang. »Einfache Verletzungen bedeuteten schon lange keine Herausforderung mehr für mich. Derzeit kümmere ich mich darum, die Pest auszumerzen«, berichtete sie. »Und das mit beachtlichem Erfolg. Aber es kommen immer noch genügend Menschen zu mir, die an rätselhaften Erkrankungen leiden. Die Götter denken sich täglich neue Plagen aus.«

»Du wirst es schaffen, dass die Menschen eines Tages ohne Beschwerden leben«, sprach er ihr Mut zu. »Hat Nudin schon mit dir geredet? Er sieht schrecklich aus.«

Die Maga schüttelte das Haupt. »Nein. Er ging an mir vorüber, ohne etwas zu sagen.« Ein verschmitztes Lächeln stahl sich auf ihr Gesicht. »Aber gegen sein Übergewicht bin ich machtlos. Turgur ist derjenige, der seinen Leib und sein Gesicht durch die Magie nachträglich modelliert hat.«

»Er muss seinem Ziel näher gerückt sein, seine Wohlgestaltetheit im Alter nicht zu verlieren. Ich hatte ihn mit mehr Unebenheiten und Falten im Gesicht in Erinnerung.«

Sie machten in einem der vielen Gärten Halt und setzten sich.

Die Frau lehnte sich an Lot-Ionan. »Es ist erstaunlich«, sagte sie leise. »Wir haben alle so unterschiedliche Ziele und sind uns dennoch einig.«

»Hast du geglaubt, dass Maira als Älteste von uns etwas dagegen haben würde? Sie kennt die Auswirkungen des Toten Landes genau und versammelt die edelsten, reinsten Geschöpfe in ihren Wäldern, um ihnen eine sichere Bleibe vor den Orks zu bieten.«

»Ja, ich habe gehört, dass sich die letzten Einhörner in ihrem Reich versammeln. Dort sind sie vor den Bestien geschützt«, stimmte sie zu. »Wir sind auf dem besten Weg, dass es bald im ganzen Geborgenen Land wieder so sicher wie vor elfhundert Zyklen sein wird. Es wird auch dringend Zeit.«

Er genoss ihre seltene Nähe und legte einen Arm um sie. »Turgur erstaunte mich«, gestand er. »Ich dachte immer, er kreist nur um sich selbst. Sein Lebensstil wird von kultivierter Gepflegtheit, Schönheit und Künstlerischem beherrscht. Doch jetzt ...«

Sabora lachte. »Er wird Angst um seine vollkommenen Pflanzen und Gärten haben, die er sich mit seiner Magie schuf. Das Tote Land würde sich über seine Schmuckplätze und Parkanlagen sehr freuen.« Sie richtete sich auf. »Ich habe gehört, Gorén sei hier gewesen. War er nicht einer deiner Famuli?«

»Gorén? Hier? In Porista? Er lebt doch in Grünhain.«

»Turgur erzählte mir, dass er sich nach der letzten Versammlung mit ihm und einem Famulus Nudins getroffen habe.«

»Wenn ich es nicht besser wüsste«, sagte der Magus im Scherz, »nähme ich eine Verschwörung an. Der Schöne setzt sich mit den Schülern seiner beiden Konkurrenten zusammen und entlockt ihnen die Forschungsergebnisse.«

»Das wäre eine seltsame Vermischung. Magische Schönheit, das Sehen von Magie und ...« Sie zögerte. »Ich weiß gar nicht, was Nudin erforscht. Du?«

»Nein, er hat nichts darüber gesagt«, entgegnete er. »Aber es muss sehr aufwändig sein, sodass er kaum dazu kommt, sich zwischen seinen Experimenten zu bewegen.« Ihre Worte hatten seine Neugier geweckt, und er beschloss, Turgur später nach dem Wiedersehen mit Gorén zu fragen. Zärtlich schlang er beide Arme um sie und wiegte sie sanft. »Vergessen wir für ein paar Stunden die anderen, Sabora«, bat er sie sanft. »Wir sehen uns zu selten.«

»Viel zu selten«, bestätigte die Frau mit den kurzen silbernen Haaren. »Ich werde Andôkai vorschlagen, das Reich mit ihr zu tauschen, damit wir uns näher sind.«

»Ihre Untertanen würden den Wechsel begrüßen. Nach den Stürmen zöge die Stille in ihr Land«, neckte er sie.

»Du weißt, dass die stillen Wasser die tiefsten sind«, gab sie mit einem schelmischen Funkeln ihrer graubraunen Augen zurück.

Das Geborgene Land, das Königreich Gauragar im Jahr des 6234sten Sonnenzyklus, Frühsommer

Tungdils braune Zwergenaugen gewöhnten sich rasch an die Dunkelheit. Die Wände waren glatt poliert und sauber aus dem dunklen Fleisch des Berges herausgeschlagen worden. Es sah ganz nach zwergischer Bergmannskunst aus, Menschen machten sich diese Mühe sicherlich nicht.

So beeindruckend die Legende über den Goldberg auch anzuhören gewesen war, der Zwerg glaubte sie nicht mehr. Das Wenige, das er bisher entdeckt hatte, machte auf ihn den Eindruck einer Bleibe, nicht einer Goldmine.

Tungdil kletterte mehrere Treppen hinab und stand letztlich vor einem geöffneten Fallgitter. Dahinter war eine massive Eichentür angelehnt, dicke Eisenbänder umfassten das Holz, Stahlplatten verstärkten es zusätzlich. Wenn sie zufiele, säße er in der Falle.

»Ho?!«, rief er. »Jemand da? Herr Gorén?!«

Außer dem dumpfen Nachhall seiner Stimme war nichts zu hören, und nach einer Weile war es wieder still wie in einem Grab. Er ging weiter.

»Mein Name ist Tungdil. Magus Lot-Ionan schickt mich, hört Ihr?«, rief er laut, damit niemand auf den Gedanken käme, er sei ein Einbrecher. Auf der anderen Seite der Tür erkannte er mehrere Hebel, mit denen sich das Fallgitter heben und senken ließ, wie er durch neugieriges Ausprobieren herausfand. Die Geräusche, die dabei entstanden, waren sehr laut. Zu laut.

»Verzeiht«, rief er wieder und eilte weiter, um Gorén endlich zu finden.

Es ging tiefer und tiefer in den Tafelberg hinein. Tungdil kam sich vor, als wäre er in einem Zwergenreich gelandet. Treppen und Stufen führten in die steinerne Geborgenheit und gaben ihm einen ungefähren Eindruck, wie es in den Gebirgen seines Volkes aussehen musste. Schließlich stand er in der Küche, einem sauber aus dem Gestein gehauenen, großen Raum mit Öfen, die ebenso wie das Geschirr schon lange nicht mehr benutzt worden waren.

»Herr Gorén?!« Tungdil setzte sich, stellte sein Gepäck ab und wartete eine Weile. Ihn beschlich ein schrecklicher Verdacht. *Ob er gestorben ist?* Energisch beschloss er, seine Zurückhaltung aufzugeben und nach Hinweisen auf den Verbleib des Famulus zu suchen.

Er marschierte die erstbeste Tür hinaus und den dahinter liegenden Gang entlang. Zunächst gelangte er in eine große Höhle, die sich über zweihundert Schritt Länge und vierzig Schritte Breite erstreckte. Ein Garten war darin nach allen Regeln der Kunst angelegt worden, doch das Fehlen einer pflegenden Hand sorgte dafür, dass er verwildert war. Das benötigte Licht fiel über Spiegel herein und brachte die Pflanzen trotz der Kühle zum Wachsen. Der Regen, der durch Kanäle im Stein von oben durchsickerte, bewässerte sie; vereinzelt tropfte Wasser von der Decke.

Tungdil ging weiter, bahnte sich einen Weg durch das wuchernde Grün, folgte dem Gang und fand sich in einem Studierzimmer wieder. Der Anblick war ihm wohl vertraut: lose Pergamente und voll gekritzelte Papyri, aufgeschlagene Bücher, die auf den Tischen und auf dem Boden übereinander lagen ...

»Ein Teil seiner Aufzeichnungen?«, wunderte er sich laut. *Das würden andere schon als Bibliothek bezeichnen.* Zögerlich machte er sich an die Arbeit, nach einem Hinweis auf den Verbleib Goréns zu suchen.

Die meisten verstaubten Werke, in denen er herumblätterte, verstand er nicht. Sie waren in der Gelehrtensprache der Zauberer verfasst, die nur hochgradige Famuli und Magi beherrschten. *Reich-*

tum? Langes Leben? Ewige Gesundheit? Woran mag er geforscht haben? Doch das konnte ihm gleichgültig sein, seine Aufgabe bestand darin, den Sack mit den Artefakten endlich an den richtigen Mann zu bringen.

Hinter einem Schrank fand er einen Packen Briefe. Darin tauschte sich Gorén mit zwei anderen Gelehrten über Besessenheit aus: welche Formen es davon gab, welche bekannt und welche aufgetaucht waren und ob es möglich sei, durch einen Geist beherrscht zu werden.

Einer der Gelehrten musste ein hochgradiger Magus sein, denn Tungdil konnte nichts davon lesen. Der andere schrieb wie ein Famulus ersten Grades und beschrieb Veränderungen eines Mannes, äußerlich und charakterlich. Aber einen Hinweis auf den Verbleib Goréns entdeckte er nicht.

Der Zwerg durchforstete weitere, angrenzende Zimmer, betrat kleinere Laboratorien, zum Teil geleerte Bibliotheken, Lagerräume für Zauberspruchzutaten, und entfernte sich dabei immer weiter vom Mittelpunkt des Tafelberges.

Dabei überdachte er seine Lage. Gorén war ganz offensichtlich nicht mehr hier; gleichzeitig hatte er Lot-Ionan hoch und heilig versprochen, die Dinge abzuliefern. Das bedeutete, dass er nicht eher nach Hause zurückkehren würde, bis er seinen Auftrag erfüllt hätte. Auf den Schwur eines Zwerges war Verlass. *Und Jolosin wird noch länger Kartoffeln schälen müssen. Auch nicht schlecht.*

Plötzlich stieß Tungdil auf Inschriften, die eindeutig zwergischen Ursprungs waren. Der Schreck fuhr ihm in die Glieder. Hasstiraden, abgründige Feindschaften standen vor ihm für die Ewigkeit in Fels graviert. Wer immer den Meißel geführt hatte, hatte eine inbrünstige Verachtung und die schrecklichsten Todeswünsche gegen vier Stämme und all ihre Clans in die Schriftzeichen gelegt.

Das bedeutete ganz sicher eines. *Diese Festung gehörte einmal dem Stamm Lorimbur!* In Gauragar, im Menschenland, stolperte er also über ein Kapitel in der Geschichte seines Volkes, das in den herkömmlichen Aufzeichnungen verborgen blieb.

Geschaffen gegen die Vier, gefallen gegen die Vier, erinnerte er sich an die Worte im Fels. Das mochte heißen, dass die Dritten eine Befestigung mitten im Geborgenen Land geschaffen hatten. *Um was zu tun? Um von hier aus die anderen Kinder des Schmiedes anzugreifen?* Offensichtlich hatten sie eine Niederlage gegen ihre Verwandten erlitten, wenn er den Spruch treffend auslegte. *Verflucht von den*

Vier, verlassen von allen Fünf. Anscheinend sollte eine Verwünschung verhindern, dass das Schwarzjoch jemals wieder bewohnt wurde.

Der Zwerg glaubte zu ahnen, was geschehen war. Gorén hatte durch einen glücklichen Zufall von den Tunneln und Räumen des Berges erfahren und beschlossen, sich sein eigenes Refugium zu schaffen. Sein Können hatte ausgereicht, um den Zwergenfluch zu verstehen und zu brechen, und er hatte sich hier eingenistet. Die Verse *Erbaut mit Blut, gefärbt vom Blut* hatten ihn wohl nicht weiter gestört.

Unvermittelt hörte Tungdil ein Flüstern, und seine Nackenhaare stellten sich auf. Die Wände sprachen zu ihm, Geister schienen ihn zu umkreisen und auf ihn einzuwispern.

Es ist nur meine Einbildung, sagte er sich.

Sie ließen ihn das Krachen der Äxte, das Klirren der Kettenhemden und das Schreien der Kämpfer hören. Die Geräusche schwollen an, das Getöse wurde lauter, die Rufe der Verletzten und Sterbenden unerträglich.

»Nein!«, rief Tungdil und presste die Hände auf die Ohren. »Lasst mich!« Doch die Illusion endete nicht, sondern wurde lauter und bedrohlicher, und daher lief er so schnell zurück wie er konnte. Ihn hielt nichts mehr hier, er wollte nur mehr aus dem Schwarzjoch und vor den Geistern fliehen.

Das Wispern, Schreien und Krachen ließen nach, je weiter er sich aus dem Stollenabschnitt entfernte.

Tungdil empfand selten Furcht, aber der Tafelberg stellte sein Herz auf eine harte Probe. Lieber stand er in strahlendem Sonnenschein oder im dichtesten Regen, als eine Nacht in diesem Gestein zu verbringen. Jetzt, wo er das entsetzliche Geheimnis der Festung zu einem Teil kannte, sah er die Geister seiner toten Ahnen um sein Nachtlager stehen.

Nach unzähligen Stunden der Suche entdeckte er zwar keinen ausdrücklichen Verweis auf den Verbleib Goréns, aber er fand den Namen einer Elbin mehrfach in selbst verfassten Liebesgedichten. Ein Ort war so oft auf den brüchigen Landkarten eingekreist worden, dass Tungdil annahm, Gorén sei dorthin weiter gezogen: nach Grünhain.

Um dorthin zu gelangen, standen Tungdils Füßen weitere dreihundertfünfzig Meilen nach Nordwesten bevor. Der Famulus hatte sich allem Anschein nach in den Forst zurückgezogen, der als Ausläufer des Ewigen Waldes galt, welcher wiederum im Elbenreich Âlandur lag. Legenden sprachen von der besonderen, friedvollen Stimmung, die zwischen den Stämmen herrschte; das Laub fiel und spross stets neu, ohne sich um Winter, Sommer, Frühjahr und Herbst zu kümmern.

Tungdil zählte die Hinweise zusammen und grinste. *Er hat sich in ein Spitzohr verliebt und ist zu ihr gegangen.* Die unbekannte Elbin bescherte ihm also eine Verlängerung seines Abenteuers, und das sorgte nicht unbedingt dafür, dass er die Spitzohren lieber mochte.

Der Zwerg wollte in die Küche zurückkehren, um von dort aus den Gang nach draußen zu nehmen, doch in Gedanken versunken verpasste er eine Abzweigung. Auf diese Weise sah er noch mehr von der Festung der Dritten. Er erkannte, dass sich der Stamm Lorimburs zwar Mühe gegeben hatte, Eindrucksvolles zu schaffen, aber es war ihnen nicht gelungen. Wände hingen schief, die Abstände zwischen den Tritten passten nicht, waren unregelmäßig gehauen. Der Fluch von Vraccas, der auf ihnen lastete, ließ sie das Elementarste aller Zwergenhandwerke mehr schlecht als recht beherrschen.

Schließlich stand er vor einem Torbogen, den die Erbauer mitten in den Fels gehauen hatten. Laut las er die Runen, die auf dem Schlussstein standen, und schon wurde eine Fuge in der massiven Wand sichtbar. Die Flügel aus Stein schoben sich malmend auseinander, um ihn nach draußen zu entlassen. Kaum hatte Tungdil ihn passiert, verschloss sich der Ausgang hinter ihm. So sehr er tastete und suchte, er entdeckte keine verräterische Spalte, die auf den Eingang hinwies. *Wenigstens das konnten die Dritten.*

Der kurze Weg durch den dichten Tannenwald erleichterte ihm die Gewöhnung an das Tageslicht, und als er schließlich die Straße entlang in Richtung Grünhain trottete, machte ihm die Helligkeit schon nichts mehr aus.

Zum ersten Mal auf seiner Reise freute sich Tungdil über das Summen der Bienen, den Geruch von Gras und den hellen Sonnenschein. Alles war besser als das Schwarzjoch.

V

Das Geborgene Land, das Zauberreich Lios Nudin im Jahr des 6234sten Sonnenzyklus, Frühsommer

Am Abend versammelten sich die sechs Frauen und Männer im Saal, um ihre Vorbereitungen zu treffen.

Die Stühle um den Malachittisch herum wurden entfernt. Auf den Marmorboden zeichneten sie einen großen Kreidekreis und versahen ihn mit farbigen Symbolen, Runen und Schriftzeichen; diese dienten dazu, die beschworene Magie nach der gelungenen Beschwörung festzuhalten und eine gewisse Zeit zu binden, damit sie nicht wirkungslos verpuffte. Dann sollten die Energien gleichzeitig in den Tisch in der Mitte geleitet werden.

Es dauerte Stunden, bis diese Arbeiten beendet waren. Kein Wort wurde gesprochen, denn eine Unterhaltung gefährdete die Konzentration, und ein falscher Strich hätte zur Folge gehabt, dass alles von neuem hätte aufgemalt werden müssen.

Lot-Ionan war als Erster fertig und betrachtete den dunkelgrünen Malachittisch, mit dem es eine besondere Bewandtnis hatte. Er hatte das ungewöhnliche Möbelstück einst bei einem Krämer entdeckt und mehr in dem Stein gesehen. Seine Nachforschungen hatten ergeben, dass die Mine, aus der der dunkelgrüne Malachit stammte, im Ausläufer eines Magiefeldes lag. So hatten seine Versuche die besondere Fertigkeit des Gesteins aufgedeckt, Magie zu speichern und auf Befehl freizusetzen. Der Malachit bewahrte die beschworenen Kräfte und formte daraus gebündelte Magie. Diese Erkenntnis kam seinen Nachfolgern und dem Geborgenen Land hunderte von Sonnenzyklen später zu Gute, denn ohne den Speicherkristall wäre es den Sechs niemals gelungen, das Tote Land aufzuhalten. Generationen von Magi und Magae hatten diese Eigenschaft des Malachits genutzt, und so sollte es heute wieder geschehen.

Turgur erhob sich und betrachtete seinen Kreis zufrieden; dann beobachtete er Nudin. »Etwas stimmt nicht«, raunte er Lot-Ionan zu. »Gib auf Nudin Acht.«

»Wieso?«, fragte der Magus verwundert. »Was ...«

Nudin richtete sich auf und schaute zu ihnen herüber; sein aufgedunsenes Gesicht wirkte misstrauisch, als er die leise tuschelnden Männer bemerkte.

»Nicht jetzt. Ich erkläre es dir und den anderen später«, meinte Turgur. »Stehst du mir bei?«

»Dir beistehen?« Der Magus mit dem langen weißen Bart hatte seinen Verstand voller magischer Formeln; er wusste mit dem geheimnisvollen Getue des Schönen nichts anzufangen.

Bevor er nachfragen konnte, wies sie Maira an, ihre Plätze einzunehmen. Der Mond und die Sterne standen am Himmel, als die Zauberkundigen in die Kreise um den Tisch traten. Die Zeremonie konnte beginnen. Die Kuppeldecke über ihren Köpfen geriet in Bewegung und schwenkte zur Seite, sodass sie nichts als das Firmament über sich hatten.

Die Sechs breiteten die Arme aus, hielten sie waagrecht von ihren Körpern abgespreizt und rezitierten mit geschlossenen Augen die Formeln, welche die magischen Kräfte zusammenzogen.

Jeder sprach seine eigenen Silben. Maira sang, Andôkai zischte wütend und aufbrausend, Turgurs Formeln klangen so arrogant wie er, wohingegen Sabora kaum vernehmbar flüsterte. Die Stimmen mischten sich zu einem verworrenen, beschwörenden Choral, dem die Magie nicht widerstehen konnte.

Nudin und Lot-Ionan hörten sich beinahe identisch an. Sie trugen die Worte feierlich, erhaben vor, als stünden sie vor einem König und begrüßten ihn ehrfürchtig.

. Der Geduldige hatte die seltsamen Worte Turgurs nicht vergessen und spähte durch die halb geöffneten Lider, was Nudin tat. Erleichtert stellte er fest, dass er sich nicht sonderlich auffällig verhielt.

Die Symbole um die Hüterin glommen nacheinander grell auf; sie stand in einem gleißenden, irisierenden Strahl, der weithin sichtbar senkrecht nach oben in den schwarzen Himmel strahlte und ihre Gestalt beleuchtete. Maira war bereit.

Reihum flammten die Kreise auf und badeten die Zauberkundigen in Licht. Die Bewohner Poristas starrten gewiss mit Begeisterung zum Palast des Rates und freuten sich über das seltene Schauspiel.

Die enorme Energie der Magie lud den Raum auf, und überall knisterte es. Kleine bläuliche Elmsfeuer sprangen zwischen den Säulen hin und her.

Die Hüterin legte ihre Hände auf den Malachit, die anderen fünf taten es ihr nach. Lot-Ionan sah, dass Turgur die Augen nicht von Nudin wandte und äußerst angespannt wirkte.

Die beschworene Macht floss durch sie hindurch und schoss in den dunkelgrünen Kristall, der daraufhin zu pulsieren begann. Sein Leuchten steigerte sich, bis die Sechs die Finger von der kühlen Oberfläche lösten und einen Schritt zurück machten.

»Begib dich auf die Reise und verstärke das unsichtbare Band, welche das Tote Land fesselt«, rief Maira und sprach die Formel. Der Malachit und die Magie gehorchten ihr, die Energie trat als funkelnder, weißlicher Schein aus der Mitte des Tisches.

Nudin aber ergriff unvermittelt seinen Stab und hielt die Spitze direkt in die konzentrierte Macht. Der Stein absorbierte das Weiß. Ein schwarzer Blitz löste sich aus dem schwarzsilbernen Schmuckstein und übertrug die umgewandelte Kraft in den Magus, der grauenvoll schrie und sich unter Schmerzen wand.

»Verräter!« Turgur nahm seinen Zauberstab zur Hand und wollte den Onyx aus dem Stahl schlagen, aber eine unsichtbare Schutzwand hinderte ihn daran.

Der Stein saugte dem Malachit den winzigsten Rest Magie aus, das Schimmern über der Platte erlosch ebenso wie das Glimmen der Zauberkreise. Das Ritual war beendet, die Macht gesammelt und freigegeben worden. Nudin taumelte rückwärts, um sich erschöpft an eine Säule zu lehnen.

Lot-Ionan schaute zu Turgur, der offenbar mehr über das Vorhaben Nudins gewusst hatte »Er hat uns verraten!«, schrie der Schöne außer sich. »Er ist auf der Seite des Toten Landes! Hätte ich die Hinweise doch nur früher erhalten.«

»Was sollte das?!«, brauste Andôkai auf und lief zu Nudin. Ihre kräftigen Hände packten den Magus bei den Schultern, und es sah aus, als wollte sie ihn schlagen.

Doch er kam ihr zuvor.

Seine geballte Faust krachte so pfeilgeschwind gegen ihr Kinn, dass sie keine Gelegenheit erhielt, den Schlag zu parieren. Die Stürmische wurde emporgerissen, flog einige Schritte durch den Raum und fiel rücklings auf den Malachittisch, wo sie regungslos liegen blieb.

»Du wirst uns erklären müssen, was du angerichtet hast, Nudin«, verlangte Lot-Ionan scharf.

Der dunkel gekleidete Magus richtete sich auf. »Schweig, du alter

Narr«, herrschte er ihn an und reckte den Stecken mit dem Onyx voraus gegen den Mann.

Die vier Zauberkundigen bereiteten sich vor, auf einen magischen Angriff zu reagieren. Die Krankheit musste seinen Verstand verändert haben, Wahn war bei Magi nichts Ungewöhnliches.

»Was sollte das, Nudin?«, wiederholte Sabora die Forderung eindringlich. »Geht es dir um Macht? War es eine List, um durch das Ritual an mehr Kraft zu gelangen? Oder entsprachen Turgurs Worte der Wahrheit? Das wäre töricht.« Sie schaute rasch zu den anderen. »Lege deinen Stab zu Boden, ehe ein Unglück geschieht.«

»Das Unglück ist bereits geschehen«, hielt er dagegen. »Das Unglück war, dass ihr all die Jahre das Falsche getan habt. Ihr habt es bekämpft, anstatt mit ihm zu reden. Es hat in vielen Dingen Recht!«

»Das Tote Land!«, raunte die Hüterin entsetzt. »Du hast mit ihm ... gesprochen?«

»Ich habe von ihm gelernt«, stellte er richtig. »Ihr überlasse euch die Wahl. Seid ihr für mich oder gegen mich, wenn ich das Geborgene Land verändere und schütze?«

Lot-Ionan langte nach seinem Stab. Es stand außer Frage, wie er sich entschied. »Du hast dir mit der heutigen Tat fünf Feinde gemacht«, sagte er traurig. »Wissbegier und Neugier sind dir zum Verhängnis geworden. Du hättest nicht auf die Stimme des Bösen hören sollen.«

»Es ist nicht das Böse«, hielt Nudin dagegen und setzte zu einer Erklärung an, als dünne Blutfäden aus seiner Nase und dem linken Auge sickerten; sie zogen dunkelrote Linien über das teigige Gesicht. Er stockte.

»Sieh, was es aus dir macht«, sagte Maira sanft. »Sage dich von ihm los, Nudin!«

»Nein«, stieß er angsterfüllt hervor. »Nein, niemals! Es weiß so viel, mehr als all meine Bücher, ja, mehr als alle Menschen und Magi zusammen.« Seine Stimme überschlug sich. »Es ist die Erfüllung meiner Träume. Versteht doch, es allein kann mich weiterbringen!«

»Du kannst nicht mehr zurück, weil du ein Teil des Landes geworden bist. Und für das Wissen verlangt es einen solch geringen Lohn wie das gesamte Geborgene Land mit all seinen Menschen und Wesen?«, bemerkte Turgur spitz. »Ja, das klingt nach einem guten Geschäft, mein Bester.«

»Niemand wird dir beistehen, Nudin«, kündigte Sabora flüsternd an. Sie schüttelte den silbernen Schopf. »Wie konntest du nur?«

»Ihr versteht nicht«, sagte er enttäuscht. »Es ist gekommen, um uns alle vor dem Unheil zu bewahren!«

»Vor dem Unheil zu bewahren?« Maira gab den anderen ein Signal. »Nein, Nudin. Es gibt nichts Schlimmeres als das Tote Land, kein Schrecken kann größer sein. Wir müssen es aufhalten«, sie atmete tief ein, »und wir müssen dich aufhalten.«

»Narren! Ihr werdet meinem Freund nichts antun.« Nudin murmelte unverständliche Worte und stieß mit dem Ende seines Stabes auf den Boden. Der Marmor sprang, ein Riss bildete sich, hielt geradewegs auf den Speicheredelstein zu und erreichte einen Herzschlag später den Sockel.

Der Malachit knackte wie Kandis in heißem Tee, bevor er in tausende kleiner Splitter zerbarst. Andôkai fiel auf die harten Platten und stöhnte nicht einmal; die grünen Trümmerstücke kullerten und sprangen um sie herum.

Lot-Ionan, dem der Gegenzauber zu spät über die Lippen kam, starrte wie die anderen vier entsetzt auf die Reste des einmaligen Steines. *Er hat den Fokus unwiederbringlich vernichtet!*

Während er wie gelähmt auf die grün schimmernden Fragmente schaute, zuckte ein blauer Feuerball an ihm vorüber, um den verräterischen Magus zu vernichten. Doch das magische Geschoss, das Turgur auf den Weg schickte, zerplatzte an einem Schutzzauber.

»Alle zusammen!«, rief Maira. »Bewahrt das Geborgene Land vor größerem Übel!«

Ihr Ruf weckte Lot-Ionan. Er verdrängte jegliche Gedanken über die mögliche Zukunft seiner Heimat und seine unendliche Enttäuschung über den Treuebruch Nudins, um sich auf den ungewöhnlichen Kampf zu konzentrieren. Die anderen benötigten seine Unterstützung. Doch in seinen zweihundertsiebenundachtzig Zyklen hatte er die Magie niemals zum Töten und Vernichten einsetzen müssen.

Die Frauen und Männer attackierten den Abtrünnigen zuerst mit rasch aufeinander folgenden Energieblitzen und Flammenbällen, um ihre Magie schließlich zu einem einzigen Angriff zu bündeln.

Nudins Schutzwand wurde von den Entladungen und dem Feuer umschlossen, seine Gestalt verschwand in dem Inferno. Sabora brachte zwei Säulen neben ihm zum Einsturz, worauf ein gewaltiges Stück Decke des Palastes über ihm einbrach; feiner Staub wirbelte auf und nahm ihnen die Sicht.

Keiner der vier wagte es, sich um Andôkai zu kümmern. Sie benötigten ihre ganze Aufmerksamkeit für Nudin.

»Lasst uns sehen, ob es uns gelang.« Maira sprach einen Zauber, um den Dreck zum Dach hinaus zu blasen. Als sich der Schleier lichtete, blickten sie ins Leere – der Wissbegierige war verschwunden. Nichts deutete darauf hin, dass sie ihn vernichtet hatten.

»Das kann nicht sein«, keuchte Turgur angestrengt. »Er müsste uns unterliegen. Nudin ...« Seine Augen weiteten sich. Voller Grauen schaute er auf seine Hand, die rapide alterte. Die Haut warf Falten, wurde fleckig, bis sie schwarze Stellen bekam und zu verwesen begann. Der Schöne stieß einen Gegenzauber hervor, doch es war vergebens. Die Zersetzung wanderte seinen Arm hinauf, ergriff seinen ganzen Rumpf und breitete sich weiter aus.

»Halte durch!« Sabora sprang ihm bei. Sie legte ihre Hand ohne Scheu auf die sterbenden Stellen, um sie durch ihre Kräfte zum Heilen zu bringen, aber auch sie scheiterte.

Turgur fiel hin, da es nichts mehr gab, was seinen Körper halten konnte. Seine Zunge war ein Stück stinkendes Fleisch geworden, und so lallte er hilflos. Seine Schönheit schwand und kurz darauf sein Leben. Der Magus hatte sich bei lebendigem Leib aufgelöst.

Lot-Ionan versuchte, die aufkeimende Furcht vor dem Verräter niederzuringen. Nudin kannte Zauber, die es im Geborgenen Land nicht gab; das Tote Land lehrte ihn Schreckliches.

Da trat der Wissbegierige unmittelbar neben Maira hinter einer Säule hervor. Die Hüterin wich vor ihm zurück.

»Ich ließ euch die Entscheidung«, sprach er schnarrend. Er kam auf die drei zu und stellte sich neben die liegende Andôkai. »Ihr traft eure Wahl. Seht nun selbst, was ihr davon habt. Ich ...«

Die eben noch regungslos verharrende Andôkai schnellte hoch und zog dabei ihr Schwert. Die Klinge sirrte durch die Luft und durchbohrte Nudins Brust.

»Dein Lohn für deinen Verrat!«, rief sie und zog die Schneide mit einem lauten Schrei nach oben. Die Rippen der linken Seite und das Schlüsselbein wurden zerschnitten, dann trat die Waffe aus. Nudin wankte, brach zusammen.

Im Fallen riss der Sterbende seinen Stab in die Höhe und stieß ihn mit enormer Kraft nach vorn. Das Ende fuhr Andôkai durch die Brust; sie ächzte auf, stürzte und krampfte die Finger um die Malachitsplitter. Dann lag sie still.

»Andôkai!« Sabora war sofort an ihrer Seite und bemühte sich, ihre Wunde mit der Kraft ihrer Magie zu heilen.

Lot-Ionan und Maira atmeten auf, als sie den Verräter in seinem

Blut liegen sahen. Sie knieten sich neben die Verletzte, um ihr beizustehen, doch ihre Zauber versagten.

»Unsere Kräfte sind vom Ritual und dem Kampf zu erschöpft«, sagte Sabora und stand hastig auf. »Sorgt dafür, dass sie nicht zu viel Blut verliert, ich hole einen Famulus Nudins, der sich auf Heilzauber versteht und ausgeruht ist. Das ist besser als nichts.«
Sie machte zwei Schritte auf die Tür zu und erstarrte in der Bewegung. Ihre Hautfarbe veränderte sich, wurde von Kopf bis Fuß blassblau.

»Sabora?« Lot-Ionan griff nach ihr, um sie zu berühren. Kälte biss in seine Finger, seine Hand gefror auf der Stelle fest. Die Schweigsame war zu Eis geworden!

»Die Stürmische liegt friedlich am Boden, der Schöne büßte seine Anmut ein, die Schweigsame ist für immer still«, hörte er Nudins krächzende Stimme hinter sich. »Was geschieht wohl mit dem Geduldigen?«

Nudin!? Lot-Ionan löste sich mit Gewalt von der Maga. Hautfetzen blieben an ihrem gefrorenen Fleisch kleben, und er schrie auf. Seine geliebte Freundin so enden zu sehen versetzte ihn in unglaubliche Rage. »Du wirst dem Tod nicht noch einmal entfliehen!« Er wirbelte herum, einen schrecklichen Zauber auf den Lippen, und starrte auf den Verräter, der in blutbesudelter Robe vor ihm stand, den Onyxstab direkt auf ihn gerichtet. Die tiefe Wunde, die Andôkais Schwert angerichtet hatte, existierte nicht mehr; allein der zerschnittene Stoff zeugte von ihrer Attacke.

Doch ehe Lot-Ionan zu handeln vermochte, lähmten geheimnisvolle Kräfte seinen Körper. Sein Leib wurde immer kälter, er fror erbärmlich, die Haut straffte und spannte sich so sehr, dass ihm vor Schmerzen die Tränen über die Wangen rannen. Einzig die Augen blieben beweglich.

»Nudin, siehst du nicht, dass es dich lenkt?« Maira wollte aufstehen, glitt jedoch auf den Malachitstückchen aus. Schon schlug Nudin zu. Auf seinen Befehl hin richteten sich die unterschiedlich langen Kristallsplitter am Boden wie Dornen auf, dann griff er sie mit einem Zauberspruch an.

Sie wehrte den schwarzen Blitz ab, aber dafür fiel sie in die Splitter. Die scharfen Kanten durchschnitten ihre Kleider und die empfindliche Haut, drangen ins Fleisch und verletzten sie schwer.

»Nudin! Ich bitte dich ...«, keuchte sie gepresst.

»*Niemand* bittet mich!« Der Magus stand breitbeinig über ihr und drosch beidhändig mit seinem Stock zu. Der schwarze Edelstein hieb ihr durchs Gesicht und blitzte, Maira schrie gellend auf. »Und auch ich werde niemanden mehr bitten!«

Wie ein Irrsinniger prügelte er auf ihren Kopf ein, bis der Schädel geräuschvoll barst und von ihrem einst so würdevollen Antlitz nichts mehr übrig geblieben war.

Ächzend richtete Nudin sich auf, und der Triumph leuchtete in seinen wahnsinnigen Augen. Er blickte sich um und betrachtete die Toten.

»Es ist *eure* eigene Schuld«, rief er zornig, wie um sich selbst zu verteidigen. »*Eure* Entscheidung brachte euch den Tod.« Er fuhr sich übers Gesicht und entdeckte das gerinnende Blut; angewidert wischte er es an seinem Gewand ab. »*Nicht* ich«, sagte er etwas leiser, »*nicht* ich.«

Lot-Ionan weinte voller Verzweiflung, mehr blieb ihm nicht mehr. Sie wurden verraten und vernichtet von einem Mann, den sie früher einst als Freund bezeichnet hatten.

Nudins Anspannung wich. Er sank auf einen der Stühle, legte den Kopf in den Nacken und blickte zu den Sternen.

»Ich bin Nôd'onn der Zweifache«, sprach er zu den flirrenden Punkten. »Nudin der Wissbegierige ist nicht mehr, er ging zusammen mit den anderen Fünf des Rates und kehrt nie mehr wieder.« Seine Hände klammerten sich um den Stock. »Ich bin zwei und doch eins«, wisperte er gedankenverloren, stemmte sich schwerfällig in die Höhe und schritt zum Ausgang. Lot-Ionan verfolgte ihn mit Blicken.

»Du wirst sicher sterben, mein alter und falscher Freund«, prophezeite er im Gehen. »Die Versteinerung wird dich bald vollkommen durchsetzt und zu einer Statue gemacht haben.« Er wandte ihm seine geröteten Augen zu. Sie wirkten sehr müde und enttäuscht. »Du hättest dich auf meine Seite stellen und nicht zu dem Verräter Turgur halten sollen. Aber in Erinnerung an unsere alten Zeiten verspreche ich dir, dass du einen schönen Platz erhältst«, verabschiedete er sich. Seine dicken Finger legten sich um ihn. Er umarmte den Magus und drehte ihn ein wenig, sodass er Sabora sehen konnte. »Sieh zu, während du vergehst, und stirb mit dem Wissen, dass sie dir bald folgt. Lebe wohl. Ich muss mich daran machen, unser Land zu retten. Allein. Da ihr mich im Stich ließet.«

Schon verschwand er aus Lot-Ionans Gesichtsfeld, die Türen schlossen sich rumpelnd. Der Magus war allein mit den Toten, deren Anblick seine Seele folterte; vor allem die zu Eis erstarrte Sabora brachte ihn schier um den Verstand.

Ihr Götter, wollt ihr das Geborgene Land untergehen sehen? Ich bitte euch, tut etwas, wenn es nicht so ist! Wut, Hoffnungslosigkeit, Hass und Trauer stauten sich in ihm auf, und seine Verzweiflung wurde so groß, dass er nicht mehr aufhören konnte zu weinen.

Schließlich gewährte ihm die Magie Gnade. Die letzten Tränen erstarrten als steinernes Zeugnis des Kummers auf seiner marmornen Haut, während seine Atmung aussetzte und sein Herz sich in Stein verwandelte. Der Tod ersparte dem Geduldigen den Anblick, Sabora am Tag in der unbarmherzigen Sommersonne schmelzen zu sehen. Spätestens das hätte den freundlichen Mann umgebracht.

Als alles still war, schwang sich ein riesiger Krieger durch eines der Fenster, stieg über die Toten und kniete sich neben den reglosen Körper Andôkais. Sein lauter, unmenschlicher Schrei hallte durch den Palast.

Das Geborgene Land, Lios Nudin im Jahr des 6234sten Sonnenzyklus, Frühsommer

Tungdil kam zügig voran. Seine Stiefel fraßen Meile um Meile, während er sich unaufhaltsam in Richtung Nordwesten bewegte und dem Grünhain näherte. Die kürzeste Route zu seinem neuen Ziel führte ihn durch Lios Nudin, das Zauberreich von Nudin dem Wissbegierigen.

Es passte ihm gar nicht, dass er immer näher an die Front zum Toten Land geriet. Die Nordseite des Zauberreiches grenzte unmittelbar an dessen vorderes Ende; der Hain lag allerdings immer noch sichere einhundertzehn Meilen davon entfernt. Sollten die Magi eines Tages nicht mehr Herren der Lage sein, müsste sich Gorén mit dem Gedanken anfreunden, den Wald zu verlassen.

Kurz hinter dem Schwarzjoch entdeckte er eine Niederlassung der Meldeboten. Damit sich Lot-Ionan keine Sorgen um ihn und seinen Verbleib machte, setzte Tungdil einen weiteren knappen Brief auf, in dem er schilderte, was ihm bislang widerfahren war und wohin er nun unterwegs war. Der Auftrag kostete ihn seine letzten geliebten Goldmünzen.

Das Wetter meinte es gut mit ihm. Die Sonne schien warm und freundlich vom Himmel, und der Wind sorgte dafür, dass es ihm unterwegs nicht zu heiß wurde. Wenn die Temperaturen dennoch stiegen, setzte sich der Zwerg in den Schatten eines Baumes und wartete ab, bis es Nachmittag wurde. Seine Beine fühlten sich viel kräftiger an als früher, das Gewicht des Kettenhemdes spürte er nicht mehr. So hatte die Wanderung noch mehr Gutes.

Tungdil fand nur wenig Gefallen an Lios Nudin. Das Land war eher flach, und die sanften Hügel wurden von den Bewohnern des Zauberreiches ehrfurchtsvoll »Hochland« genannt. Dafür gab es Wiesen und Felder, so weit seine Augen reichten. Kühe und vor allem Schafe, die von aufmerksamen Hunden gehütet wurden, standen wiederkäuend umher. Die wenigen Wälder waren licht, dafür sehr alt. Wo die Bäume einmal ihre Wurzeln eingegraben hatten, schienen sie bis in alle Ewigkeit stehen zu wollen.

Lios Nudin kannte keine großen Städte. Abgesehen von der Hauptstadt, die er in weiter Entfernung südlich passierte, gab es noch Lamtasar und Seinach, in denen mehr als dreißigtausend Menschen lebten.

Die vielen Dörfer und Gehöfte machten es Tungdil einfacher, unterwegs Gelegenheitsarbeiten als Schmied zu finden, um seinen Proviantbeutel mit geräuchertem Speck, Brot und Käse als Lohn für seine Dienste aufzufüllen; nach Gold fragte er die einfachen Bauern nicht einmal.

Seit vier Umläufen lief er nun auf der Landstraße nach Westen. Sobald er die Grenze überquerte, stünde er wieder in Gauragar und müsste schräg nach Norden gehen, um Grünhain zu erreichen.

Ich hoffe, dass Gorén sich inzwischen nicht mit seiner Elbin zerstritten hat und an einen anderen Ort gezogen ist. Tungdil sah sich in seinen Albträumen den Rest seines Lebens damit verbringen, dem ehemaligen Famulus von Lot-Ionan hinterherzulaufen, um die verfluchten Artefakte zurückzugeben. Andererseits machte er viele neue Erfahrungen, und auch an das Leben an der Oberfläche hatte er sich inzwischen gewöhnt.

Die Eindrücke des Orküberfalls lagen nun Wochen zurück und hatten allmählich ihren Schrecken verloren. Tungdil gefiel es, den Geschichten der Bauern zuzuhören, die Düfte des Landes einzuatmen und die verschiedenen Dialekte der Menschen zu hören. Das Geborgene Land bot tagtägliche Vielfalt.

In einsamen Stunden vermisste er die Geborgenheit des Stollens mit seiner übersichtlichen Weite, den schützenden Gängen und niedrigen Räumen. Die Bücher fehlten ihm ebenso wie die Gespräche mit den rangniederen Famuli und mit Sunja oder Frala, deren Halstuch noch immer an seinem Gürtel hing.

Dabei hoffte er die ganze Zeit über, dass sich sein Volk um ihn als den verlorenen Zwerg kümmerte und seinem Ziehvater eine Antwort schickte. Tungdil dachte Tag für Tag daran und betete zu Vraccas, dass sie ihn überhaupt sehen mochten.

Gegen Nachmittag wurde die Umgebung bewaldeter; immer mehr Bäume ragten in den Himmel, bis sie einen hellen, freundlichen Forst bildeten. Es handelte sich um die ersten Ausläufer seines Ziels: Grünhain lag zum Greifen nahe.

Laut seiner Karte befand er sich fünfzig Meilen westlich von Lios Nudin und einhundert Meilen südwestlich von der Grenze des Toten Landes entfernt und somit auf sicherer Erde. Es hätte ihn verwundert, hier auf Orks zu treffen.

Da brach ein Ast im Wald.

Da Tungdil die Geräusche der Natur inzwischen gut kannte, wusste er, dass ein solches Geräusch nicht von einem kleinen Zweig stammte. Etwas Schweres hatte das Holz zum Krachen gebracht. Er legte die Hand an den Stiel seiner Axt und spähte dorthin, woher der Laut gekommen war.

Wieder knackte es.

»Holla!«

Seine fordernde Stimme schreckte das Reh auf, das zwischen den Bäumen nach saftigem Gras suchte. Das Wild sprang davon, er sah das weiße Hinterteil auf und nieder wippen, ehe es von einem Stamm verborgen wurde.

Erleichtert lachte er auf. *Was hätte es auch sonst sein sollen?* Während Tungdil durch den Wald wanderte, fühlte er, wie Ruhe und Ausgeglichenheit von ihm Besitz ergriffen. Die Bäume schienen einen Frieden zu verströmen, den er in sich aufnahm; das Vogelgezwitscher klang lebendiger, freudiger als bisher. Die Tiere begrüßten ihn, wie man einen lange vermissten Freund empfängt, der nach einer langen Reise zurückkehrte.

Aus der dreckigen, staubigen Straße wurde ein mit Gras überzogenes, grünes Band, das sich harmonisch in die Natur einfügte. Seine Sohlen liefen auf federndem, verführerisch weichem Untergrund. Selbst die drückende Sommerhitze, die ihm in den letzten Tagen zu schaffen gemacht hatte, war im Schatten des hellen Blätterdachs erträglich. Ein leichter Wind trug die Schwüle davon, und das Marschieren fiel ihm leichter denn je.

Die Geräusche des Hains wurden ihm vertrauter, das Knacken wiederholte sich öfter. Er sah Rehe, Hirsche und Wildschweine rasch im Schutz der Bäume verschwinden, wenn er in ihrer Nähe vorbeikam. Es wimmelte nur so von Tieren. Sie schienen die Stimmung des Waldes ebenso zu spüren wie er und sich wohl zu fühlen.

Ich werde dem Spitzohr gegenüber zurückhaltend und abwartend auftreten, dachte Tungdil. Das Volk der Zwerge und das der Elben hassten sich, aber er persönlich dachte nicht daran, jemanden zu hassen, der ihm nachweislich nichts Böses getan hatte. *Ich will sehen, wie sie mich empfängt.*

Wieder krachte ein Ast. Dem lauten Geräusch nach zu urteilen würde er gleich vor einem stolzen Hirsch stehen und voller Ehrfurcht dessen Geweih betrachten.

Die nächsten dünnen Stämme brachen, Zweige knackten, dann wurde geflucht. Auf Orkisch.

Die Harmonie des Hains zerbrach wie dünnes Glas unter der Wucht eines Schmiedehammers. Tungdil roch durchdringenden Schweiß, ranziges Fett. Eben glaubte er sich noch in Sicherheit, nun purzelten die Orks aus dem Gebüsch und wollten ihn in Scheiben schneiden.

Vor ihm trat eine besonders hässliche Grünhaut auf den Weg. Sie war bis an die vorstehenden Fänge gerüstet und beinahe doppelt so groß wie der Zwerg.

»Verfluchtes Grün! Wir brennen das Zeug nieder, dann ist es einfacher zu marschieren.« Wütend klaubte sich das Ungeheuer einen Ast aus der Rüstung. Noch bemerkte es den Zwerg nicht.

Seine Begleiter, die hinter ihm aus dem Wald kamen, waren aufmerksamer als er. »He, Frushgnar! Vor dir!«

Der kurze Ruf genügte, und der kantige Schädel fuhr herum. Das breite Maul öffnete sich zu einem einschüchternden Drohgebrüll. Die winzigen, tief in den Höhlen sitzenden Augen richteten sich funkelnd auf Tungdil. »Ein Unterirdischer! Du kommst mir recht«, schrie der Ork und zog sein gezacktes Schwert.

»Ich wollte, ich könnte das Gleiche von dir sagen.« Als der Zwerg über seine Schulter schaute, verlor er seine Gesichtsfarbe. Es krochen immer mehr Bestien aus dem Wald, bei dreißig hörte er auf zu zählen. Ein Kampf war dieses Mal unvermeidbar. Wie ein Kind des Schmiedes wollte er sich den Orks stellen und gegen sie fallen. Vielleicht schaffte er das Kunststück, wenigstens einen zu töten und damit vor Vraccas nicht ganz so unzwergisch zu erscheinen. Der Wille zählte. »Aber da ihr nun mal da seid, muss ich euch erschlagen.«

»Du und welches Heer?«, grunzte der Ork höhnisch.

Tungdil ließ die Rucksäcke zu Boden gleiten. Es ärgerte ihn, dass er kurz vor seinem Ziel scheitern sollte, und das verlieh ihm unglaubliche Kräfte.

»Ich brauche kein Heer. Meine Axt genügt mir.« Je mehr er von ihren Ausdünstungen roch, umso mehr regte sich der angeborene Hass seines Volkes gegen diese Ungeheuer. Wieder sah er das vernichtete Gutenauen und die vielen Toten. Der gelehrte Teil seines Verstands schaltete sich aus, und mit einem Kampfschrei stürzte er sich auf den ersten Ork.

Das Scheusal blockte seinen Schlag mit dem Schild, grunzte verächtlich und trat ihm vor die Brust. »Du brauchst doch ein Heer«, lachte er quiekend, dann setzte er nach.

Der Zwerg taumelte rückwärts, ein Baum bremste ihn. Im letzten Augenblick duckte er sich unter dem Schwert weg, das seinen Kopf knapp verfehlte und im Stamm stecken blieb.

Tungdil sah den dicken, ungeschützten Oberschenkel genau vor sich und schlug ohne nachzudenken zu. Die Axt drang in das Bein ein und schlug eine klaffende Wunde, dunkelgrünes Blut strömte aus der Verletzung und rann das Knie hinunter. »Ha!«

Der Ork kümmerte sich nicht um sein Schwert, sondern zückte einen Dolch, um nach dem Zwerg zu stechen. Die Klinge prallte gegen das Kettenhemd, doch die Wucht genügte, um ihn aus dem Gleichgewicht zu bringen. Tungdil versuchte, sich auf den Beinen zu halten, stolperte über seine beiden Rucksäcke und fiel auf den Rücken. *Verflucht!*

»Ruf lieber dein Heer, ich bin gleich fertig mit dir.« Die Bestie schleuderte das lange Messer nach ihm, verfehlte ihn jedoch.

Tungdil verheddderte sich zu allem Unglück in den Riemen der Rucksäcke und versuchte, sich daraus zu befreien, während sein Gegner das Schwert aus dem Baum riss.

Der Ork humpelte heran. Schnaubend vor Wut schlug er zu, die Hiebwaffe durchschnitt zischend die Luft.

Der Zwerg wälzte sich zur Seite. Der Sack mit den Artefakten rutschte hinterher und lag quer über seinem Rücken, da traf ihn die Klinge des Ungeheuers.

Goréns Habseligkeiten fingen den Schwung des Schwertes ab und dämpften ihn, aber das vielfältige Krachen verriet Tungdil, dass mindestens ein Artefakt nicht heil in Grünhain ankäme. Wenn sie überhaupt ankamen. Seine Wut wurde erneut angefacht.

»Du freust dich zu früh!« Er rollte sich herum und schlug mit der Axt aus der Drehung zu; seine Waffe fuhr zu zwei Dritteln in den rechten Unterschenkel. »Da!«

Der Ork knickte jaulend ein und fiel neben dem Zwerg ins Gras. Tungdil rutschte von dem Angreifer weg und sprang auf, um ihm die Axt in den Nacken zu schlagen, dass es knackte. »Ich brauche kein Heer gegen dich«, schnaufte er. Eine von Tions Kreaturen hatte er getötet. Er hoffte, dass Vraccas mit ihm zufrieden war, denn mehr durfte er von ihm nicht erwarten.

Dreißig weitere Scheusale rannten auf ihn zu. Es waren zu viele, um den Tag zu überleben.

Einen von euch nehme ich noch mit. Tungdil senkte den Kopf, die Hände fassten den Stiel seiner Axt. So mussten sich seine Vorfahren am Steinernen Torweg gefühlt haben, als die Übermacht gegen das Portal angestürmt war. Er würde ihr Schicksal teilen und aufrecht zu Grunde gehen.

Als die ersten Gegner zehn Schritte vor ihm standen, erschallte ein herausforderndes, fröhliches Hornsignal, dann krachte und klirrte es, Stahl traf auf Stahl, Orks brüllten sterbend auf. Tungdil hatte unverhoffte Unterstützung erhalten. Wer auch immer die Scheusale beschäftigte, der Zwerg spürte unendliche Dankbarkeit.

»Er ist nicht allein! Los, bringt mir ihr Fleisch«, brüllte der Orkführer. Die vorderen Grünhäute machten auf dem Absatz kehrt und wandten sich den neuen Feinden zu, die am Ende ihrer Rotte aufgetaucht waren.

Die Elbin sandte mir ihre Krieger, dachte Tungdil. *Da will ich nicht tatenlos zusehen.* Er trabte hinter den Orks her und nahm dabei Anlauf, um einem der Gegner von hinten in die Kniekehlen zu schlagen. Die Bestie stürzte wie ein gefällter Baum.

»Noch einer!«, lachte Tungdil grimmig.

Ein Ork schickte sich an, mit ihm zu kämpfen, während der Rest der Horde in einem dichten Pulk um die Kämpfer der Elbin herum stand und ihm die Sicht versperrte.

Der Zwerg merkte bald, dass er durch seine beiden unerwarteten Erfolge zu übermütig geworden war. Sein dritter Widersacher ließ sich auf keinerlei Spielchen ein, sondern attackierte ihn unentwegt mit einem Anderthalbhänder.

Nach fünf brutalen Schlägen geriet Tungdil in Bedrängnis. Ein mächtiger Hieb riss ihm seine Waffe aus der Hand, und sie plumpste ins Gras. In seiner Not langte er nach seinem Brotzeitmesser. »Komm her!«

»Sicher!« Der Ork quiekte laut vor Vergnügen. »Damit pule ich mir nachher dein Fleisch aus den Zähnen, Unterirdischer«, brüllte er und setzte zum Schlag an.

Das Geborgene Land, Königreich Urgon, im Frühsommer des 6234sten Sonnenzyklus

Eine gemeinsames Heer?«, lachte Lothaire, Herrscher über Urgon, lauthals. Der junge Mann von knapp einundzwanzig Zyklen warf die langen blonden Haare zurück und bedeutete einem Diener, frisches Wasser zu bringen. »Gegen das Tote Land?«

König Tilogorn, ein Mann um die vierzig Umläufe mit schulterlangen braunen Haaren und einem schmalen, ernsten Gesicht, nickte. Er hatte sich auf den Weg in den Palast Lothaires gemacht, um Einigkeit unter den Herrschern zu schaffen. Seit vier Stunden redete er in dem düsteren Zimmer auf ihn ein und hatte das Gefühl, kein Stück vorwärts zu kommen, während draußen die Sonne über die Berge Urgons zog und hinter den Gipfeln versank.

»Es gibt Gerüchte, dass die magischen Barrieren nicht mehr halten. Und wenn sie brechen, müssen wir auf einen Einfall der Orks vorbereitet sein, wie es ihn bislang noch nicht gegeben hat.« Tilogorn deutete auf die Karte des Geborgenen Landes. »Die sieben Königreiche müssen sich zusammenschließen, und wenn Ihr mir zustimmt, wird es leichter, die Königinnen Umilante, Wey und Isika sowie die Könige Bruron und Nate zu überzeugen.«

Lothaire nahm einen Schluck, schaute über den Rand des Glases und fixierte Tilogorn. »Es ist Euch ernst?«

»Todernst«, nickte er. »Die Gemeinsamkeit entscheidet über den Fortbestand, da bin ich mir sicher.«

»Sollten wir uns nicht zunächst auf die Kraft der Magi verlassen, ehe wir ...«

»Die Magi versuchen ihren Teil, wir stellen die Truppen«, unterbrach er ihn. »Ich habe einen Boten nach Lios Nudin gesandt, der mit dem Rat aushandeln soll, wann wir uns mit ihm treffen können. Er muss bald zurückkehren.«

»Glaubt Ihr, dass die Zauberer sich dazu herablassen, mit uns Sterblichen zu reden? Andôkai die Stürmische beansprucht zwar einen Teil meines Landes, aber sie hat sich noch nie bei mir gezeigt.«

Tilogorn lachte. »Andôkai ist eine außergewöhnliche Maga, der man besser aus dem Weg gehen sollte. So selten man die Zauberer sieht und so wenig sie sich in unsere Angelegenheiten einmischen, in diesem Fall machen sie eine Ausnahme, da bin ich mir sicher. Sie wissen um ihre Verantwortung.«

Lothaire schaute auf die Zeichnung und betrachtete die Grenzen des Toten Landes, die noch keine Bedrohung für ihn darstellten. »Ich weiß nicht. In meinem Reich ist alles in schönster Ordnung ...«

»Aber wie lange noch, Prinz?«, sagte Tilogorn und bemühte sich, seine Stimme beschwichtigend klingen zu lassen. »Sicher, Euer bergiges Reich ist leichter zu verteidigen als das flache Gauragar oder Idoslân, aber die Orks, die Albae und die ganzen Kreaturen, welche das Tote Land sonst noch beherbergt, lassen sich davon gewiss nicht lange aufhalten.«

»Ich stürze sie mit ihren schweren Rüstungen von meinen Gipfeln oder ertränke sie in meinen Seen«, blieb Lothaire bei seiner berüchtigten Überheblichkeit. »Meine Männer sind erfahren, wir kämpfen täglich gegen versprengte Trolle, die in den Bergen leben. Ich kann meine Pfade mit nur einem Mann gegen eine Hundertschaft sichern.«

»Vergleicht die Albae nicht mit den einfältigen Trollen. Ein gut gezielter Pfeil und Euer Mann ist tot, begreift das. Ihr Nachschub, der aus dem Norden kommt, ist unerschöpflich, Euch hingegen werden nach und nach die Soldaten ausgehen.« Tilogorn deutete auf die ehemaligen Elbenreiche. »Sie alle bestanden darauf, für sich allein zu kämpfen, und gingen unter. Soll uns das nicht eine Mahnung sein? Ein riesiges Heer, das es mit den Scheusalen aufnehmen kann, das benötigen wir!«

»Was ist mit den Kräften des Toten Landes? Die Toten sollen sich in seinem Namen erheben.«

»Ich habe auch davon gehört und mir überlegt, dass wir die Leichen sofort verbrennen, damit sie nicht als seelenlose Kreaturen zurückkehren können. Wir stellen eigene Abteilungen zusammen, die hinter den Linien entlang gehen und sich um die Toten kümmern.«

Tilogorn verstand die Frage als Zeichen, dass sich Lothaire überreden ließ. »Ihr seid mit mir im Bunde, Prinz?«

»Ich führe das Heer«, verkündete Lothaire augenblicklich.

»Wir teilen uns die Aufgabe«, hielt der König Idoslâns dagegen. »Wir haben genügend Kampferfahrung, die sich gut ergänzen wird. Und außerdem würden meine Männer keinem Anführer folgen, der jünger ist als sie.« Er hielt ihm die Hand hin. »Seid Ihr einverstanden?«

Lothaire musste lachen. »Meinetwegen. Wir werden ein Heer aufstellen, wie es das Geborgene Land selten zu sehen bekam. Damit könnten wir in Dsôn Balsur einfallen und die Albae über den Steinernen Torweg jagen oder sie vollständig vernichten, was das Beste wäre«, teilte er begeistert seine Überlegungen mit. »Danach sind die Orks an der Reihe, und wir machen unsere Reiche zu friedlichen und geborgenen Ländern. Wahrlich, darauf freue ich mich.« Er schlug ein, doch im nächsten Augenblick nahm sein Gesicht einen besorgten Ausdruck an. »Ihr solltet noch etwas wissen. Erinnert Ihr Euch an Prinz Mallen von Ido?«

Tilogorn stieß die Luft aus. »Wer könnte den letzten Spross des Geschlechtes der Ido vergessen? Ich habe gehört, dass er auf Eurem Boden lebt.«

»Um genau zu sein, befehligt er meine Truppen«, verbesserte Lothaire. »Aber ich werde ihn aus meinen Diensten entlassen, sobald wir gegen die Orks in Eurem Land ziehen. Es soll nicht heißen, ich sei schuld an blutigen Zwischenfällen, weil ich den Letzten der Ido unter einem Vorwand zurück nach Idoslân schmuggelte.«

Das war keine sonderlich erfreuliche Neuigkeit. »Ich fürchte, dass die Unruhe früher ins Heer getragen wird. Er hat sicherlich eigene Anhänger in die Reihen der Soldaten aufgenommen.«

Lothaire nippte an seinem Wasser. »Im Grunde ist er ein vernünftiger Mensch. Meint Ihr, Ihr wärt in der Lage, ihn ebenso von unserer Sache zu überzeugen, wie Ihr es mit mir getan habt?« Ehe Tilogorn zu antworten vermochte, stand Lothaire auf und begab sich zum Ausgang. »Ich lasse ihn rufen. Wenn Ihr ihn überzeugen könnt, solltet Ihr mit den Königen und Königinnen des Geborgenen Landes leichtes Spiel haben.« Er verschwand.

Sein Gast lehnte sich vor und betrachtete die Karte des Geborgenen Landes.

»Ich grüße den König von Idoslân«, sagte eine schneidende Stimme. »Wer hätte gedacht, dass wir beide einmal Seite an Seite in eine Schlacht reiten? Das nenne ich eine Ironie des Schicksals.«

Der Herrscher wandte den Blick zur Seite, um in das durchschnittliche Gesicht eines Mannes um die dreißig Zyklen zu schauen, der zusammen mit Lothaire eintrat. Die aufwändig gearbeitete Rüstung mit dem Signum der Ido verriet seinen Reichtum, auch wenn sie nicht mehr dem neuesten Modell entsprach.

»Prinz Mallen von Ido?«, sagte Tilogorn mehr verwundert, als dass er ihn grüßte. »Ich hatte Euch anders in Erinnerung.«

»Ihr kennt also noch das Siegel des Geschlechts, dem der Thron des Landes in Wirklichkeit gebührt, König Tilogorn?«, merkte er sarkastisch an. »Sitzt Ihr bequem auf dem Kissen, das mir zusteht?«

»Danke der Nachfrage, Prinz Mallen. Euere Ränke haben es nicht erreicht, mich von dort zu vertreiben. Das Volk liebt meine Familie mehr als das Geschlecht der Ido«, erwiderte Tilogorn knapp. »Ihr dient dem Heer Urgons, wie ich hörte.«

»Irgendetwas muss ich ja tun, um mir meinen Unterhalt in der Verbannung zu verdienen.«

»Kämpfen konntet Ihr Ido schon immer gut. Meistens gegen Euch selbst. Die Selbstzerfleischung und das Leiden des Volkes kostete Eurer Sippe letztlich die Herrschaft über das Land.« Er biss sich auf die Lippen. Mit solchen Spitzen würde es ihm nicht gelingen, ihn zu überzeugen. »Es tut mir Leid, ich wollte ...«

»Oh, bitte, König Tilogorn. Fangt nicht an, mir Geschichtsstunden erteilen zu wollen«, sagte Prinz Mallen herablassend und stellte sich vor ihn. »Aber ich rede gern mit Euch darüber, wie ich in Ehren in mein Land zurückkehren und einen Beitrag für seinen Wohlstand leisten kann.«

»Wenn Ihr einen Beitrag leisten wollt, dann begrabt den Streit unserer Familien so lange, bis wir das Geborgene Land vor der Bedrohung gerettet haben«, meinte Tilogorn beschwörend. »Ich entschuldige mich für meine harten Worte von eben«, unternahm er einen zweiten Anlauf.

»Ihr entschuldigt Euch also.« Mallens Gesicht blieb misstrauisch.

»Nun, in einem habt Ihr Recht. Es bringt Idoslân nichts, wenn die Orks oder das Tote Land darüber herrschen. Darüber habe ich bereits mehr als einmal nachgedacht.« Er blickte auf die Karte. »Auch wenn es überraschend kommt, stimme ich Eurem Friedensangebot zu, wenn Ihr mir dafür erlaubt, Idoslân jederzeit betreten zu dürfen.«

Tilogorn zögerte.

»Ich möchte einfach nur mein Land und die wenigen Freunde meiner Familie wieder sehen, die dort leben«, erklärte der Ido ruhig. »Die Ränke sind vorerst vergessen, ich schwöre es bei Palandiell, König Tilogorn.«

Dieses Mal bot der König ihm eine Hand dar. »Ich werde Euren Worten Glauben schenken, weil ich die Sorge um das Land in Euren Augen sah.«

»Ich habe Euch keine Freundschaft geschworen, verwechselt das nicht«, warnte ihn Mallen offen. »Wie es nach unserem Krieg gegen die Horden mit uns beiden weitergeht, wissen die Götter, aber das soll uns derzeit nicht beschäftigen.«

Lothaire, der sich bis dahin absichtlich zurückgehalten hatte, ergriff das Wort. »Nun, die Vernunft hat gesiegt, wie mir scheint. Dann schlage ich vor, dass wir die anderen Herrscherinnen und Herrscher von unseren Absichten in Kenntnis setzen, damit wir die Truppen schon bald zusammenziehen können.« Er geleitete sie persönlich durch die Gänge seines Palastes.

Tilogorn blickte zur Seite, um in den Gesichtern der beiden lesen zu können.

Lothaire schien sich auf die bevorstehende Schlacht zu freuen; Mallens verschlossene Miene erlaubte keinerlei Vermutung über dessen Gedanken, sondern schuf lediglich die Gewissheit, dass auch er sich sehr sorgte.

Das Klappern ihrer Stiefelsohlen erklang auf dem harten Marmorboden plötzlich im Gleichschritt.

»Hört Ihr das?«, machte er sie darauf aufmerksam. »Seltsam, dass erst im Angesicht der Gefahr die Reiche, die benachbart sind und dennoch entzweit wie nie waren, an einem Strang ziehen und sich wie ein Land bewegen.«

»Es ist zu spät, um der Vergangenheit nachzuweinen«, sagte der Herrscher Urgons. »Lasst uns ein Vorbild sein, auf dass die anderen sich uns anschließen. Wer bei Verstand ist, wird es tun.«

Tilogorn nickte ihm zu. »Wohl gesprochen, König Lothaire. Dass wir Verstand bewiesen haben«, er nickte Mallen zu, »ist gewiss.«

VI

**Das Geborgene Land, Gauragar im Jahr des
6234sten Sonnenzyklus, Frühsommer**

Oink, oink, kleines Schwein«, rief jemand voller Begeisterung auf Zwergisch. »Komm her, damit ich dich schlachten kann!« Ein gedrungener Schatten rutschte zwischen den Beinen des Ungeheuers hindurch, dann zuckten zwei kurzstielige Beile nach oben und drangen tief in die ungeschützten Weichteile des Orks.

Der kleinwüchsige Mann riss die Waffen lachend aus dem Körper des Gegners, federte trotz seines Kettenhemds wie ein Akrobat in die Höhe und drosch erneut zu. Die Klingen trafen den Hals des sich nach vorn beugenden Orks von beiden Seiten. Zu zwei Dritteln enthauptet, sank das Ungeheuer zu Boden.

»Beim Barte Beroïns, wie kannst du dir nur die Waffe aus der Hand schlagen lassen?«, maßregelte er Tungdil.

»Du bist ... ein Zwerg!?«, keuchte dieser verblüfft und rappelte sich auf.

»Was denn sonst? Sehe ich aus wie eine Elfe?« Er bückte sich, hob die Axt auf und warf sie Tungdil zu. »Nimm und halte sie dieses Mal gut fest. Für einen Schwatz ist später Zeit.« Mit grimmigem Gelächter stürzte er sich in die tobende Schlacht.

Tungdil sah, dass außer seinem Lebensretter ein zweiter Zwerg auf dem Weg stand, der dem Ersten abgesehen von dessen Haartracht in Gestalt und Rüstung bis in die kleinste Kleinigkeit glich. Er schlug beherzt mit einem eisernen Krähenschnabel um sich, einer Art Kriegshammer mit einem unterarmlangen Sporn.

»So, ihr wollt uns töten? Dafür seid ihr zu wenig!« Mit dröhnender Stimme verhöhnte sein Beschützer die Orks. »Eure hässliche Mutter muss sich mit einen Elben eingelassen haben, so scheußlich seht ihr aus«, reizte er die Horde. »Mit einem räudigen, einbeinigen, ohrlosen Elben! Und eure Mutter hatte auch noch Vergnügen dabei!« Sobald einer der Orks grunzend nach vorn sprang, blitzten die Beile des Zwergs auf und brachten den Tod. »Kommt her, ihr anderen dürft es noch einmal versuchen!«

Sein Bruder verzichtete auf lautes Gerufe, sondern wütete präzise unter den Angreifern, zerschmetterte Gliedmaßen und durchbohrte Leiber.

Die Zahl der kämpfenden Orks hatte sich unter ihren Schlägen auf vier reduziert, die übrigen lagen tot umher und tränkten die Erde des Hains mit ihrem Blut. Als sich die letzten Scheusale zu einem gleichzeitigen Angriff entschlossen, stellten sich die beiden Kriegerzwillinge Rücken an Rücken.

»Hussa, jetzt geht es rund!«, rief Tungdils Retter mit irrem Leuchten in den Augen.

Sie warteten nicht, bis die Orks heran waren, sondern schraubten sich in die Attacke der Unholde hinein, drehten sich dabei wie zwei Spieluhrfigürchen um ihre Achse und gaben sich in ihrer Sprache Anweisungen, auf was der Hintermann zu achten hatte.

Die ungewöhnliche Kampfweise sicherte dem Duo den raschen Sieg gegen die Übermacht. Der letzte Schlag wurde von einem schallenden Lachen und einem hämischen »Oink, oink« begleitet.

Tungdil empfand enorme Achtung. Die beiden schickten die ganze Horde Orks in den Tod, ohne auch nur eine Schramme davonzutragen. Er stand wie vom Donner gerührt auf dem Weg und bemerkte erst jetzt, dass er zum Zuschauer geworden war.

»Das Lebensfeuer von Vraccas' Esse möge allzeit in dir lodern«, grüßte ihn der andere Zwerg. »Ich bin Boëndal Pinnhand aus dem Clan der Axtschwinger vom Stamme des Zweiten, und das ist mein Bruder Boïndil Zweiklinge oder auch Ingrimmsch genannt«, stellte er sich vor, und die braunen Augen musterten Tungdil freundlich.

»Ja. Er sieht nicht so aus, als würde er es mit mehreren Schweineschnauzen aufnehmen können«, lachte sein Bruder herzlich. »Er hatte ja schon mit einer seine liebe Not. Oder wolltest du die Viecher mit der bloßen Hand erwürgen? Hast du deine Axt deshalb weggeworfen?«

»Ihr seid wahrlich im rechten Augenblick erschienen«, erwiderte Tungdil und blinzelte. Etwas in Boïndils Augen irritierte ihn; es mochte das seltsame Flackern, das fanatische Leuchten sein, das ihm zuvor schon aufgefallen war. Er schob es auf die Aufregung des Kampfes.

»Lass das Ge-Ihre und Ge-Euche«, meinte der andere augenzwinkernd, »wir Zwerge bevorzugen das schlichte Du, denn wir sind alle von Vraccas aus dem gleichen Stein gemacht worden.«

»Gut, ich merke es mir. Ich verdanke euch mein Leben«, sagte

Tungdil bewegt und freudig zugleich, weil er zum ersten Mal seit seiner Wanderung auf Angehörige seines Volkes stieß. Tausend Fragen und mehr bedrängten ihn.

Boëndal schüttelte den Kopf, und der lange Zopf bewegte sich wie eine fette schwarze Schlange auf seinem Rücken. »Du musst uns nicht danken, wir stehen allen Zwergen bei.«

»Und wenn es einer vom Stamm der Dritten ist, verprügeln wir ihn hinterher«, feixte Boïndil, während er seine Beile im hohen Gras vom Blut und weiteren Körperflüssigkeiten seiner Gegner reinigte.

»Es hat lange gedauert, bis wir dich fanden.« Boëndal zögerte. »Falls du Tungdil Bolofar bist ...«

»Bolofar, welch ein Name«, grummelte sein Bruder. »Ist das so ein magischer Firlefanz? Soll er dich vor etwas schützen?«

Die Überraschung stand Tungdil ins Gesicht geschrieben. »Ja, ich bin Tungdil«, gestand er zögernd. »Woher ...«

»Dann sage mir, wie dein Meister heißt und wohin du möchtest.«

»Er heißt Lot-Ionan der Geduldige, und mein Weg geht euch, so sehr ich euch Dankbarkeit schulde, nichts an«, kam es widerborstig aus seinem Mund. »Noch kenne ich euch nicht so gut, dass ich meine Geheimnisse mit euch teile.«

Boïndil lachte laut und schallend. »Ja, das nenne ich eine passende Antwort. Auch wenn er gelehrtenhaft daherredet.« Er legte ihm die Hand auf die Schulter. »Wir wissen, dass du zu Gorén gehen sollst, dein Meister hat es uns gesagt. Es war eine Prüfung, um sicher zu gehen, dass wir den richtigen Zwerg vor uns haben.«

»Den Richtigen?«, hakte er nach. »Ich verstehe nicht ...« Dann erinnerte er sich an den Brief, den Lot-Ionan an den Stamm des Zweiten geschickt hatte. »Natürlich! Mein Stamm will mich sehen!«, freute er sich. »Aber wozu die Eskorte? Wegen der Orks?«

»Es ging uns eigentlich mehr darum, dich schnell in unser Reich zu bringen. Großkönig Gundrabur schickt uns, dich abzuholen und zu geleiten«, eröffnete ihm Boëndal, während er die lange Spitze des Krähenschnabels vorsichtig mit einem Fetzen Stoff abwusch, den er sich aus dem Wams eines Orks riss.

Sein Bruder zückte ein Öltuch und pflegte die blitzenden Klingen der Beile damit. »Eigentlich müsste man den Orks eine Eskorte schicken, um sie vor uns zu schützen«, gluckste er.

»Der Großkönig«, raunte Tungdil ehrfürchtig. »Wie komme ich zu dieser Ehre?«

»Wir bringen dich in die Feste Ogertod, wo du deinen Anspruch gegenüber dem anderen Thronanwärter verteidigen wirst.« Er sagte dies in einem Tonfall, als wäre es das Selbstverständlichste der Welt.

»Der ... andere Thronanwärter?«, wiederholte Tungdil ungläubig und betrachtete die faltigen Gesichter der Zwillinge. »Welch ein Anwärter? Und auf welchen Thron? Was habe ich damit zu schaffen?«

»Wir könnten ihn Tungdil Ohneahnung nennen.« Boïndil lachte hustend. »Da brat mir einer einen Elben! Der Kleine weiß nichts, gar nichts«, dröhnte er. »Lass uns noch ein paar Schritte von den Schweineschnauzen weggehen, ihr Geruch bringt mich zum Kotzen. Wir schlagen eine Meile von hier ein Lager auf, wo wir ihm alles erklären, Bruderherz«, wandte er sich an sein Ebenbild.

Offenbar dachte er nicht daran, dass Tungdil etwas gegen seinen Vorschlag haben könnte, aber weil dieser zu sehr von der Neugier geplagt wurde, erhob er keinen Einspruch. Die Gruppe marschierte weiter, dann rasteten sie abseits des Weges.

»Es geht doch nichts über ein leckeres Essen nach einem gewonnenen Kampf.« Boïndil entfachte ein Feuer und begann, Käse an einem Stöckchen zu braten.

»Und wenn man den Kampf verloren hat, fastet man dann?«

»Nein, dann kann es einem gleichgültig sein. In Vraccas' ewiger Schmiede gibt es leckere Sachen«, röhrte er und drehte seinen geschnitzten Spieß.

Der aufsteigende Geruch stellte Tungdil die Luft ab. »So etwas habe ich schon einmal gerochen. Das war ganz zu Beginn meiner Reise, als meine Füße nach einundzwanzig Umläufen in den Stiefeln furchtbar stanken.«

»Ho, ein Kostverächter?«, meinte Ingrimmsch und ahmte seinen Abscheu nach. »Es ist der beste Käse, den es im Zwergenreich gibt. Los, Boëndal, gib ihm was davon, damit sein Gaumen den rechten Geschmack findet. Die lange Zeit unter den Menschen hat ihn verdorben.«

Sein Bruder schnitt Brot mit Schinken ab, um es Tungdil mitsamt dem Käse zu reichen. »Ich erkläre es dir in wenigen Sätzen. Großkönig Gundrabur wird nicht mehr lange leben, und der Thron muss bald von einem Zwerg aus dem Stamm des Vierten besetzt werden. Der Großkönig erfuhr durch den Brief des Magus von deiner Existenz und deinem Geheimnis.«

»Jetzt habe ich auch noch ein Geheimnis«, stöhnte Tungdil auf, der es noch nicht über sich brachte, das Käsestück in den Mund zu schieben. Es wurde allmählich zu viel des Guten.

»Es ist wichtig, dass du es erfährst. Es waren keine Kobolde, die dich zu Lot-Ionan brachten. Der Kindsraub war eine Lüge des Langen ...«

»Langen?«

»So nennen wir die Menschen im Scherz. Wegen ihrer Größe. Doch zurück zu dem Zauberer. Er wollte dich so lange vor der Wahrheit verschonen, bis die rechte Zeit kam«, erklärte ihm Boëndal und reichte ihm einen Schlauch mit Wasser. »Du gehörst zum Stamm der Vierten.«

Er erinnerte sich an die Landkarte. »Das kann ich nicht glauben. Das Reich liegt viel zu weit im Norden.«

»Das hat aber einen bestimmten Grund«, fuhr der Zwerg mit ernster Miene fort. »Der König der Vierten hinterließ mit dir einen unehelichen Spross, der verheimlicht werden sollte. Unmittelbar nach der Geburt gab man dich an eine befreundete Familie, die sich um dich kümmern sollte. Die Königin erfuhr von dir und verlangte deinen Tod, damit du als Bankert in den späteren Jahren keinen Anspruch auf den Thron erheben könntest.«

»Willst du deinen Käse noch?«, unterbrach Boïndil die Rede seines Bruders. »Wenn du noch ein bisschen wartest, fällt er ins Feuer und ist verloren.« Wortlos reichte er ihm das Stöckchen. »Danke.«

»Weil die Familie Mitleid empfand, reiste sie mit dir durch das Geborgene Land und erschien bei Lot-Ionan«, fuhr Boëndal fort. »Sie vertrauten den Neugeborenen dem Magus aus einem einfachen Grund an: Die Königin käme niemals auf den Gedanken, einen Zwerg bei einem Magus zu vermuten.«

»Du weißt doch hoffentlich, dass wir Zwerge von der Magie der Langen gar nichts halten?«, meinte Boïndil argwöhnisch.

»Sei still!«, rief sein Bruder maßregelnd. »Lass mich zu Ende erzählen.« Er wandte sich wieder an Tungdil. »So, nun weißt du, warum du in Ionandar und weit abseits aller Zwergenreiche aufgewachsen bist. Jetzt, nachdem wir von dir wissen, hat der Rat der Stämme die Pflicht, dich als zweiten Bewerber um das Amt des Oberhaupts der Zwerge anzuhören.«

Tungdil nahm einen langen Zug aus dem angebotenen Wasserschlauch. »Verzeih mir, aber ich glaube euch kein Wort«, stotterte er fassungslos. »Lot-Ionan hätte mir längst die Wahrheit gesagt.«

»Er wollte es dir sagen, wenn du von deiner Wanderung zurück gekehrt wärst«, antwortete ihm Boëndal. Er öffnete seinen Rucksack und zeigte ihm einen Brief, der eindeutig die Handschrift des Magus trug.« Er gab ihn uns mit, weil er dachte, dass du uns nicht vertraust.«

Mit zitternden Fingern öffnete Tungdil die Schriftrolle und überflog die Zeilen. Es stimmte. Es stimmte *alles*, was sie ihm sagten!

Ich wollte nichts weiter, als andere meines Volkes zu treffen, nun aber bin ich plötzlich Anwärter auf den Thron aller Zwergenclans? »Ich kann es nicht«, würgte er hervor. »Ich begleite euch gern, aber ich überlasse meinem Rivalen das Feld.« Er lachte unglücklich auf. »Wie sollte ich denn über die Stämme regieren? Ich bin in deren Augen nicht einmal ein echter Zwerg. Keiner würde mich dulden und ...«

Das Stöckchen mit dem stinkenden Käse schwebte unvermittelt unter seiner Nase. »Hör auf zu jammern«, sagte Boïndil mürrisch. »Wir haben einen langen Weg zur Festung vor uns. Das wird reichen, um aus dir einen von uns zu machen.« Das Stöckchen wippte auffordernd. »Ich habe es mir anders überlegt, du wirst kosten«, verlangte er, und das fanatische Funkeln in seinen Augen war nicht gewichen. »Je eher du Zwerg wirst, desto besser.«

Tungdil zog das warme Stück Käse vom Spieß. Es schmeckte grauenvoll, seine Finger würden die nächsten Tage danach riechen und sein Mund vermutlich auch. »Es geht nicht«, wiederholte er stur. »Ich muss die Artefakte zu Gorén bringen.«

»Es dauert nicht mehr lange, bis du in der Siedlung von Grünhain bist. Wir warten«, meinte Ingrimmsch gönnerhaft, »bis du den Sack losgeworden bist.«

Sein Zwillingsbruder nickte. »Dein Magus ist eingeweiht. Er hat uns erlaubt, dich nach Ogertod zu bringen.«

»Was würde geschehen, wenn ihr ohne mich zurückkehrtet?«

Die Geschwister wechselten einen schnellen Blick.

»Vermutlich würde Gandogar als Großkönig eingesetzt, aber es würde stets der Makel an ihm haften, nicht der wahre Herrscher zu sein«, sprach Boëndal besonnen und gab seinem Bruder ein aufmunterndes Zeichen.

»Ja, genau!«, stieg der mit ein. »Daraus könnten ... Unzufriedenheiten unter den Stämmen entstehen. Manche ... könnten seine Regentschaft anzweifeln, das Lager der Zwerge würde sich spalten und ...«, er blickte Hilfe suchend in die Flammen, dann hellte sich sein Gesicht auf, »vielleicht käme es zum Krieg zwischen den Clans und innerhalb der Stämme. Und du wärst schuld.« Er schaute sehr zufrieden drein.

Tungdil war durcheinander. Der Tag brachte zu viel. Zum ersten Mal in seinem Leben hatte er Orks getötet, und kurz darauf saß er mit einer Hälfte seines Hinterns auf dem königlichen Stuhl. Er musste dringend nachdenken. »Ich brauche Bedenkzeit.« Erschöpft rollte er sich neben dem Feuer zusammen und schloss die Augen.

Boïndil räusperte sich und begann leise zu singen. Es war eine Zwergenweise, die durch ihre Silben eine ganz eigene Anziehungskraft besaß und von den Zeiten vor den Zeiten sprach ...

»Die Götter entstanden, weil es ihnen gefiel.
Einer schuf sich selbst aus einer Flamme, flüssigem Stein und Stahl. Das ist Vraccas der Schmied.
Eine erhob sich aus der Erde. Das ist Palandiell die Fruchtbare.
Einer bildete sich aus den Winden der Welt. Das ist Samusin der Rasche.
Eine wollte so zerstörerisch und schaffend sein wie das Wasser. Das ist Elria die Hilfreiche.
Eins vereinte Licht und Dunkelheit in sich. Das ist Tion das Zweigeschlecht.
Sie sind die Fünf ...«

Mehr vernahm Tungdil nicht mehr. Die Worte in seiner Sprache, die er zum ersten Mal aus einem anderen Zwergenmund hörte, beruhigten ihn so sehr, dass er einschlief.

*

Mit dem Erwachen und dem Aroma des durchdringend riechenden Käses in der Nase stand sein Entschluss fest, die Zwillinge ins Reich der Zweiten zu begleiten. Die Neugier auf andere Angehörige seines Volkes siegte über die Vorbehalte.

»Damit ihr es wisst, ich habe weiterhin nicht vor, Großkönig zu werden«, machte er ihnen deutlich. »Ich komme nur mit, um mehr über seine Familie zu erfahren.«

»Von uns aus«, meinte Boëndal zufrieden. »Hauptsache ist, dass du mitgehst.« Er und sein Bruder packten ihre Sachen zusammen, und sie schritten zügig aus. »Wir müssen so schnell wie möglich zur Siedlung, damit wir noch schneller in die Festung zurückzukehren. Die achthundert Meilen werden sich ziehen.«

»Wir bringen dich bis an den Rand des Dorfes oder was auch

immer die Elbin zwischen die Bäume gezimmert hat«, meinte Boïndil unfreundlich. »Mit dem Spitzohr wollen wir nichts zu tun haben. Es ist schon schlimm genug, durch einen Elbenhain zu marschieren.« Er bespie den nächstbesten Strauch.

»Sie hat dir doch nichts getan.« Tungdil betastete den Sack mit den Artefakten vorsichtig. Es fühlte sich an, als wären ein paar Dinge darin nicht mehr so intakt, wie sie sein sollten; der Schwerthieb war den Gegenständen gewiss nicht gut bekommen. Für diese Tat hatte der Ork den Tod doppelt verdient. »Ich laufe mehr als sechshundert Meilen durch Gauragar und Lios Nudin und entgehe Orks, ohne dass die sorgfältig gehüteten Artefakte Schaden nahmen«, seufzte er. »Ausgerechnet drei oder vier Fußstunden von Gorén entfernt taucht dieses Scheusal auf und zerstört die wertvollen Stücke.« Er hoffte auf die Milde des einstigen Famulus Lot-Ionans.

Doch der Krieger war in Gedanken noch immer bei der Elbin. »Mir? Nein, sie mir nicht. Aber ihr Volk dem Volk der Zwerge«, stieß er wütend hervor. »Die Elben und ihr Hochmut, ich könnte sie ...«

Der Hass drohte Boïndil zu überwältigen, er entlud seine Gefühle, indem er seine Beile zückte und blindwütig auf einen jungen Baum einschlug, der unter seinen Hieben starb.

Boëndals faltiges Gesicht wurde verschlossen, er stellte das Gepäck ab, warf den langen Zopf über die Schulter und wartete, bis der Tobsuchtsanfall vorüber war.

»Das hat er gelegentlich. Seine Lebensesse glüht heißer, als es üblich ist, und wenn sie einen Funkenstoß aussendet, bricht bei ihm der Ingrimm aus«, erklärte er dem überraschten Tungdil. »Das brachte ihm den Beinamen Ingrimmsch.«

»Eine heißere Lebensesse?!«

»Vraccas mag wissen, wozu es gut ist. Kommt er in diesem Zustand in deine Richtung, geh ihm aus dem Weg und wage es nicht, die Waffe zu heben«, lautete sein Ratschlag. »Das Rasen lässt bald nach, wenn sein inneres Feuer niedergebrannt ist.«

Der Stamm war rasch durchgehauen. »So, nun geht es mir besser. Verdammte Elben!« Ohne eine Erklärung für sein Handeln abzugeben, reinigte er die Klingen von Harz und Spänen und ging weiter. »Wir müssen dir noch einen anderen Namen geben«, grummelte er vor sich hin. »Bolofar, das ist so gut wie Lissemiff, Praddelquatsch oder Blüffdümüff. Es ist dumm, sinnlos und beileibe kein Ehrenname eines Zwerges. Es wird sich unterwegs schon was ergeben.« Er schaute Tungdil an. »Was kannst du gut?«

»Lesen ...«
»Lesen? In Büchern?«, brach es aus Boëndal belustigt hervor. »Ja, das hat man vorhin deutlich gemerkt, Herr Gelehrter. Aber es taugt nicht wirklich als Ehrenname, wenn wir dich Seitenblätterer oder Buchfresser nennen.«
»Wissen ist wichtig!«
»Ja, gegen Orks hilft es ungemein, wie wir gesehen haben«, neckte er ihn weiter. »Du hättest sie mit dem richtigen Vers töten können.«
Boïndil kniff die Augen zusammen. »Ein guter Kämpfer bist du jedenfalls noch nicht. Aber du hast ein breites Kreuz und breite Hände, es könnte was aus dir werden.«
Tungdil seufzte. »Ich schmiede gern und gut.«
»Das tun viele unseres Volkes.« Boëndal wollte noch etwas sagen, stattdessen sog er prüfend die Luft ein, und sein Bruder tat es ihm nach. »Rauch«, meinte er alarmiert.
»Und verbranntes Fleisch. Das riecht nach einem Überfall.« Boïndil zog seine Beile und verfiel in leichten Trab. Die anderen beiden folgten ihm.
Der Waldweg beschrieb eine leichte Biegung, ehe die Bäume auseinander fächerten und eine Lichtung preisgaben, auf der vor nicht allzu langer Zeit Häuser gestanden hatten. Die Elbin hatte sich inmitten der Harmonie Grünhains ein Refugium geschaffen, das größtenteils in einem Feuer vergangen war. Die Reste ließen erahnen, wie anmutig die mehrgeschossigen Bauten ausgesehen hatten. Sie standen um besonders große Bäume herum platziert; geschnitzte Holzbögen, sorgsam geglättete Balken, mit elbischen Motiven verzierte Fronten, in denen sich hier und da noch schimmernde Goldplättchen fanden, fügten sich geradezu vollkommen in den Hain ein.
Aber die Pracht war durch brachiale Gewalt vernichtet worden. Wieder einmal waren die Orks Tungdil zuvorgekommen. Er spürte nichts mehr von dem Einklang, der Harmonie. Grünhain war geschändet worden. »Bei Vraccas«, stöhnte er entsetzt. »Wir müssen nachsehen ...«
»... ob noch ein paar Orks herumlaufen«, ergänzte Boïndil glücklich. »Ho, die Plattnasen haben es den Spitzohren ganz ordentlich gezeigt. Wir hätten es nicht besser machen können.«
»Genau«, meinte Boëndal gänzlich unberührt und fasste den Stiel seiner Waffe. »Sie haben ganze Arbeit geleistet.« Der Anblick be-

rührte die Zwillinge nicht sonderlich, denn als wahre Kinder des Schmieds empfanden sie kaum Mitleid für Elben.

Tungdil erging es anders. Er wandelte durch die glimmenden Holzruinen und hob da ein Brett und dort einen Balken an, um nach Gorén zu suchen. An seiner statt entdeckte er viele Leichen, die teilweise grausam verstümmelt waren. Das Grauen mischte sich mit den Erinnerungen an Gutenauen, er wich zurück und schloss die Lider, doch die Bilder wichen nicht, und seine Phantasie machte sie noch schrecklicher.

Nimm dich zusammen, verlangte er von sich selbst. *Wenn Gorén sich unter den Opfern befindet, wie erkenne ich ihn? Und wenn ihm die Flucht gelang, wohin rettete er sich?* Seine Augen richteten sich auf das halbwegs intakte Haupthaus. *Dort?* »Gebt auf die Umgebung Acht«, rief er. »Ich will herausfinden, was mit Gorén geschehen ist.«

»Also, unter diesen Umständen betrete ich die Siedlung«, hörte er Boïndil heiter sagen. »Vielleicht treffen wir hier auf die eine oder andere Schweineschnauze.«

Während die Zwillinge ihm auf die Lichtung folgten und die Ruinen sicherten, erklomm Tungdil vorsichtig die halb eingestürzte, angebrannte Treppe des Haupthauses; die Stiegen ächzten unter seinem Gewicht, doch er erreichte unbeschadet die rußgeschwärzte Plattform und betrat den ersten Stock.

Das Haus war fünfeckig um den gigantischen Baum herum gebaut worden; die Gänge, die von Raum zu Raum führten, waren zum Stamm hin offen gelassen, sodass man ihn von allen Seiten aus sah. Kleinere Hängebrücken führten zu den dicken Ästen, wo die zerschlagenen Überbleibsel von bunten Lampions traurig hin und her pendelten.

Die ersten großen Blätter lösten sich von den Zweigen und schwebten der Erde entgegen, als trauerte der Baum um die Toten, mit denen er jahrelang in enger Verbundenheit gelebt hatte.

Tungdil riss sich von dem Anblick des fallenden Laubes los und durchsuchte die Zimmer, ohne auf Überlebende zu stoßen. Dafür entdeckte er in der vom Feuer weitgehend verschonten Bibliothek einen gesiegelten Umschlag mit Lot-Ionans Namen darauf und einen in Tücher eingewickelten Gegenstand.

Der Zwerg zögerte. *Es ist eine Notlage*, sagte er sich und brach das Siegel, las die Zeilen und seufzte. *Noch mehr Dinge, die ich überbringen soll.* Gorén bedankte sich dem Brief dafür, die Bücher gelesen haben zu dürfen. Er hatte sie wohl bereit gelegt, um sie einem Boten anzuvertrauen. Dieser Bote hieß ab sofort Tungdil.

Der Zwerg fand darin außerdem einen weiteren Brief, der in der für ihn unverständlichen Sprache der hochgradigen Gelehrten abgefasst war; diese Nachricht konnte nur sein Magus lesen. Er verstaute die neue Last in seinem Rucksack und suchte weiter.

Ein Beben lief durch das Haus. Es begann mit einem Zittern, das sich verstärkte und die Balken ordentlich durchschüttelte. Krachend und knackend protestierte das Gebäude, dann endete das Beben so unvermittelt, wie es angefangen hatte. Der Zwerg verstand es als Zeichen, das Baumhaus zu verlassen.

Er trat hinaus auf den Gang und staunte. Der Baum hatte seine Position verändert, seine kahlen Äste stemmten sich gegen die Pfeiler und drückten dagegen, wie er am Knarren vernahm. Der Stamm neigte sich hölzern aufstöhnend nach links, ein knorriger Ast schwenkte in die Richtung des Zwerges.

»Was soll das?! Boïndil hat den jungen Baum vorhin zerhackt, nicht ich!«

Doch das kümmerte den zornigen Baum nicht, und er schlug nach ihm. Tungdil bückte sich rechzeitig. Das keulenartige Endstück verfehlte ihn und zerstörte die Bretterwand hinter ihm. Er hastete zur Treppe und stand vor einer Wand aus Weiß. Zuerst dachte Tungdil, er stünde in einem Schneesturm, bis er begriff, dass es die abgeworfenen Blüten und Blätter sämtlicher Pflanzen des Hains waren, die um ihn herumwirbelten. Der Wald rauschte und schleuderte sein Laub von sich, die zerstörte Harmonie wandelte sich zu Hass.

Wieder erbebte das Haus, Balken brachen, Teile stürzten in die Tiefe. Der Zwerg lief die Stufen hinunter, um auf sicheren Boden zu gelangen.

Die Zwillinge wunderten sich genauso wie er. Sie hatten ihre Waffen gepackt und verfolgten die wundersame Veränderung skeptisch.

»Das muss verfluchte Elbenmagie sein«, rief Boïndil gegen das laute Rauschen. »Sie haben den Hain gegen uns aufgehetzt!«

»Wir müssen von hier weg«, rief Tungdil ihnen zu. »Die Bäume wollen jeden bestrafen, der ...« Es verschlug ihm die Sprache, als eine Palandiell-Buche ihr welkes Grün um sich herum verteilte und den Blick auf ihre nackten Äste freigab. Sie zeigte ihm Grausiges.

Er hatte die Elbin gefunden. Ihr schneeweißes, anmutiges Antlitz hob sich ohne den Schutz der blickdichten Blätter gegen die dunkle

Rinde ab. Vom Hals abwärts war sie nur mehr ein blutrotes, feucht glitzerndes Skelett, an dem kein Stückchen Fleisch hing; lange Nägel steckten in ihren dünnen Knochen und hielten sie aufrecht stehend am Stamm.

Der Anblick ging selbst den beiden hart gesottenen Zwergen unter die Haut. »Bei den Feuern von Vraccas' Esse, was geht hier vor?«, meinte Boëndal.

»Weg hier«, stimmte sein Bruder zu, »bevor das Gleiche mit uns geschieht.«

»Erst muss ich wissen, was mit Gorén ist. Ich sehe mich weiter um.« Tungdil konnte nicht anders, das Grauen zog ihn an, und notgedrungen blieben seine beiden Beschützer bei ihm. »Vielleicht liegt seine Leiche in ihrer Nähe.«

Die Knochen der Elbin wirkten regelrecht abgenagt. Die Angreifer hatten ihr zum Abschied einen langen Nagel durch den Mund und den Hinterkopf getrieben, der sie mit dem Stamm verband. Dort, wo sicher einmal ein paar wunderschöne Augen gewesen waren, gähnten schwarze Löcher.

»Schaut euch das an«, rief Boïndil. »Da hat sie jemand zuerst an den Baum genagelt und danach bei lebendigem Leib verspeist. Für Orks ist das hier viel zu aufwändig, sie hätten das Spitzohr an Ort und Stelle gefressen. Und das Mark ausgesaugt.«

Tungdil schluckte und betrachtete ihr Gesicht, das selbst im Tod und in der Qual die Schönheit behielt. Sein Inneres sagte ihm, dass er keine Elben mochte, aber er verspürte keine Genugtuung über ihren erbarmungslosen Tod.

Währenddessen umrundete Boëndal den Baum, fand weitere Leichen und gebogene, schwarze Abdrücke in der Erde. »Hufspuren«, sagte er, »wie in den Boden eingebrannt. Was glaubst du, was das bedeutet, Gelehrter?«

Tungdil erinnerte sich an die beiden Reiter, welche die Orks in jener Nacht vor dem Angriff auf Gutenauen besucht hatten. »Albae«, sagte er leise. »Die Hufe ihrer Nachtmahre schlagen Funken und versengen die Erde.« Nun wurde ihm die Verstümmelung der Elbin klar. Den Albae bereitete es besondere Freude, ihre Verwandten grausam zuzurichten.

»Albae?«, wiederholte Boïndil. Das Feuer in seinen Augen flammte auf, die Begeisterung loderte empor. »Hussa, das wäre doch mal was anderes als die tumben Schweineschnauzen. Hast du gehört Bruder, wir bekommen Tions Spitzohren vor die Klingen!«

Ihr Schützling schaute auf das Skelett, seine Vorstellungskraft gaukelte ihm vor, wie die Nachtmahre um die festgenagelte Herrscherin Grünhains herumstanden und sie auffraßen, während sie sich unter Schmerzen wand und schrie. Der Drang, sich zu übergeben, wuchs; rasch hielt er sich die Hand vor den Mund, weil er das bisschen Achtung, das die Zwillinge vor ihm hatten, nicht vollkommen verlieren wollte.

Eine männliche Leiche, die in der Nähe der Elbin kauerte, fanden sie besonders auffällig. Sie lag pfeilgespickt auf einem kleinen Flecken unversehrter Erde, doch um sie herum hatte kreisförmig ein Flammenmeer gewütet, wie sie an dem versengten Boden erkannten. In dem exakten schwarzen Kreis zählten sie sieben verschmorte Orks.

Tungdil nahm einen Zauberspruch als Ursache an. »Das könnte Gorén gewesen sein. Mit dem magischen Feuer versuchte er, sich vor den Angreifern zu schützen.«

Er durchsuchte mit zitternden Fingern die Kleider des Toten und entdeckte eine kleine Blechdose mit Zuckermalzbrocken, in die sein Name eingraviert war: Gorén.

»Ein Schild hätte ihm mehr geholfen«, stellte Boïndil trocken fest. »Magie lässt dich im Stich, wenn es darauf ankommt.«

Sein Bruder musterte die tobenden Bäume, die mitten im Sommer herbsteten. »Der Elbenhain ist mir nicht geheuer. Wir gehen«, befahl er. »Es klingt, als wollten sie ihre Wurzeln aus dem Boden reißen und auf uns los marschieren.«

»Was ist mit den Toten?«, meinte Tungdil. »Wir sollten sie ...«

»Sie sind tot«, erwiderte Boïndil kühl.

Boëndal setzte sich in Bewegung. »Bestien, Elben und Elbenfreunde. Sie gehen uns nichts an.«

Tungdil sah ein, dass er bei ihnen auf taube Ohren stieß, also lief er neben ihnen durch die Ruinen, um auf den Weg zurückzukehren und Grünhain zu verlassen.

Es tat ihm Leid, dass er die Elbin und Gorén wie totes Vieh zurück ließ, und er drehte sich nach ihnen um, um sich mit Blicken bei ihnen zu entschuldigen. Da sah er zwischen den Überresten etwas Bizarres.

Eine Staffelei! Sie stand in den Trümmern eines Hauses, als hätte der Maler eine Pause eingelegt und wäre kurz weggegangen. Der Anblick rührte Tungdil. Er konnte sich sehr gut vorstellen, was sich ereignet hatte. Die kunstbeflissene Elbin oder einer ihrer Vertrauten wurde bei seiner Arbeit von Orks unterbrochen und hinterließ ein unvollendetes Werk, ein stummes Stück Erinnerung an die Gräueltaten.

Was sie wohl gemalt hat? »Ich bin gleich zurück.« Er stieg über die Ruinen, denn er wollte wissen, was die Pinsel zu Stande gebracht hatten.

Boëndal stieß die Luft aus, der Bart über seiner Lippe zitterte. »Es ist nicht leicht mit ihm.«

»Nein, wirklich nicht«, grummelte Boïndil und nutzte seinen schwarzen Haarzopf, um sich den Schweiß aus dem Gesicht zu wischen. Grummelnd folgten sie ihm.

Ihr Schützling stand vor dem Bild, mit dem etwas sehr Auffälliges nicht stimmte. *Es zeigt die Lichtung in ihrem vernichteten Zustand.*

Die Hand, welche den Pinsel geführt hatte, gehörte einem Meister. Der Künstler hatte ausschließlich Rottöne benutzt, um die Zerstörung auf die glatte weiße Leinwand zu bannen. Jede noch so kleine Einzelheit spiegelte sich peinlich genau wider: Leichen, Gebäudereste, Bäume.

Tungdil betrachtete die Leinwand genauer. *Das sieht nicht wie Linnen aus.* Er umrundete die Staffelei und erschrak. Die Hinterseite war rot, nass, und als er sie vorsichtig berührte, zog er die Hand angewidert zurück. *Haut!* Der Maler hatte Haut verwendet, um sein Motiv aufzutragen. Der Makellosigkeit nach zu urteilen hatte er die Herrin des Hains gewählt. Der Zwerg ahnte, dass es sich bei dem Rot nicht um gewöhnliche Farbe handelte. Er rief die Zwillinge herbei.

Ein wenig abseits davon standen zwei weitere, kleinere Bilder. Eines zeigte das leidende Gesicht der Elbin, deren Augen voller Angst und Qual leuchteten, während das andere ihren abgenagten Leib mit aller Genauigkeit darstellte. Angewidert ließ er die grausamen Werke fallen.

»Das Bild ist noch nicht getrocknet«, sagte Boëndal, nachdem er es genauer betrachtet hatte. »Sein wahnsinniger Schöpfer kann jeden Augenblick zurückkehren.«

»Darauf freue ich mich«, knurrte sein Bruder. »Wir ziehen ihm auch bei lebendigem Leib die Haut ab.«

»So etwas Widerliches darf nicht sein«, befand Tungdil voller Abscheu, obwohl er eingestand, selten eine solche Kunstfertigkeit zu Gesicht bekommen zu haben. Er nahm das Malgestell und warf es ins Feuer, die beiden fertigen Bilder folgten.

Sie machten sich schweigend auf, den Pfad aus der Siedlung zu betreten, als sie das Schnauben hörten. Es war ein streitbarer, feindlicher Laut, dann folgte ein wütendes, schneidendes Wiehern.

Zwanzig Schritt zu ihrer Rechten verließ ein Rappe den kahlen Wald; die Augen leuchteten Rot, und mit jedem Schlag seiner Hufe stoben weiße Funken auf und umspielten seine Fesseln.

Der Nachtmahr trug eine schlanke Albin mit langen, dunkelbraunen Haaren auf seinem Rücken. Ihr Körper steckte in einer Rüstung aus gehärtetem schwarzem Leder, die zur Zier mit polierten Tioniumstücken besetzt war.

»Stinkende Unterirdische?« Hinter ihrem Rücken ragte der Griff eines Schwertes in die Höhe, ihre Rechte hielt einen geschwungenen Bogen, die dazugehörigen, langen Pfeile befanden sich in einem Sattelköcher. Tungdil erinnerte sich noch sehr gut an die Geschosse.

»Ihr habt meine Bilder vernichtet! Also brauche ich frisches Blut, um neue zu malen.« Sie richtete sich ein wenig auf, um die Zwerge besser sehen zu können. Mit ihrem wohlgestalteten, feinen Antlitz glich sie einer Elbin trügerisch genau und wäre als Geschöpf der Göttin Palandiell durchgegangen, wenn die schwarzen Augenhöhlen sie nicht verraten hätten.

»Ich hoffe, euer Blut klumpt nicht zu sehr.« Ihre freie Hand legte sich an einen Pfeilschaft. »Es muss flüssig sein, damit die Feinheiten gelingen.«

»Hussa, das wird ein Spaß! Wir bekommen unseren Kampf! Aber zuerst zurück in die Ruinen«, befahl Boïndil freudig auf Zwergisch. »Im Freien kann uns das Spitzohr abschießen wie die Hasen.« Sie rannten geduckt los und warfen sich hinter einer Holzwand in Deckung.

Das erste Geschoss sirrte heran. Spielend leicht durchstieß es die Bretter, hinter denen sie lagen, und prallte mit einem vernehmlichen »Ping« gegen Boëndals verstärktes Kettenhemd. Die schwarze Spitze aus Tionium hinterließ einen Kratzer im Metall. Der Getroffene fluchte.

Sie krochen tiefer in das rauchende Trümmerfeld, um sich vor der Albin zu verbergen und sie aus dem Hinterhalt anzugreifen.

Tungdil spähte um die Ecke. Er sah den schlanken Kopf des Nachtmahrs; er strich raubtiergleich durch die Überbleibsel Grünhains, und es zischte leise, wenn die Hufe der entweihten Kreatur des Lichtes auf die Erde trafen und sie brandmarkten. Die Nüstern blähten sich, er suchte nach ihrer Witterung.

Der Zwerg fühlte, wie eine nie gekannte Angst von ihm Besitz ergriff: Der Sattel des Tieres war leer! *Wo ist sie hin?* Die Albin befand sich irgendwo in der Siedlung. Er schloss die Augen und verdrängte alles Wissen, das mit den Albae zu tun hatte.

Als er die Lider hob, waren Boëndal und Boïndil ebenso verschwunden, und zu seiner Angst gesellte sich Kopflosigkeit.

»Wo seid ihr?«, flüsterte er, die Axt fest gepackt. Wie konnten sie ihm sagen, er sei kein Kämpfer, und ihn allein in den Trümmern sitzen lassen, während zwei der schlimmsten Kreaturen des Geborgenen Landes Jagd auf ihn machten?

Jemand berührte ihn am Arm. Tungdil fuhr zusammen und schlug sofort zu; seine Axt traf den Mann unterhalb der Rippen in die Brust. Entsetzt starrte der Zwerg auf den Verletzten. »Gorén?! Ich dachte, du bist tot?!«, stammelte er.

Der Famulus schaute abwesend auf die Wunde, welche die Schneide riss. Seine Finger betasteten die Ränder, dann blickte er ihn an. »Ich ...«, stöhnte er, »spüre ... nichts.« Er zog sich einen Orkpfeil aus dem Leib. »Nichts«, wiederholte er verzweifelt. »Aber ... ich ... hasse ...« Seine Hand griff einen Balken, die gebrochenen Augen gingen durch den Zwerg hindurch.

»Gorén, nein, warte, ich ...« Als er nach ihm schlug, rutschte Tungdil zur Seite, und das Holzstück stieß polternd gegen die Wand.

Das war laut genug, um von den Jägern gehört zu werden. Der Nachtmahr wieherte auf, Hufschlag näherte sich.

Der Zwerg robbte hastig weiter, um unter einer eingestürzten Decke zu verschwinden; der Hengst sollte ihn nicht finden.

»Ich ... fühle ...« Gorén erhob sich schwankend und torkelte wie ein Betrunkener durch die Reste des Gebäudes auf den Platz hinaus; die Planke zog er hinter sich her.

Da sprengte der Rappe heran und trampelte ihn einfach nieder. Tungdil sah ganz genau, wie der Vorderlauf Funken stiebend in die Bauchdecke eindrang, doch zu seinem Entsetzen regte sich der Mann wieder!

Der Anblick öffnete dem Zwerg die Augen. *Das Tote Land hat von Grünhain Besitz ergriffen. Alles, was in dem Forst stirbt, kehrt untot zurück.* Die Bäume trauerten nicht um die Elbin, nein, die finstere Macht sickerte in die Erde und schlich sich durch ihre Wurzeln bis in ihre Spitzen und Wipfel.

Wie ist das möglich? Wie kam es durch die Schutzbarriere?, dachte er verwirrt. *Lot-Ionan muss unbedingt Nachricht davon erhalten, ehe ich mit den Zwillingen nach Süden ziehe. Wenn es dem Bösen gelingt, an einer Stelle durch die Sperre zu dringen, gelingt es ihm vielleicht auch an weiteren Orten.*

Doch dazu musste es den drei Zwergen gelingen, lebend aus dem Wald zu entkommen, und daran zweifelte er noch.

Der Nachtmahr hatte seinen Geruch aufgespürt und kehrte zurück. Die Hufe stampften gegen Tungdils Versteck, Blitze zuckten, Dielenstücke wurden zu Splittern gestampft. Der Rappe wollte den Zwerg aus seinem Schlupfwinkel treiben.

Etwas anderes blieb Tungdil auch nicht übrig. Er rutschte auf der anderen Seite ins Freie, um sich hinter die nächste Schützung zu werfen, aber das ließ der Nachtmahr nicht zu.

Mit einem gewaltigen Sprung setzte er über das Hindernis. Der Hals des Tieres streckte sich, die Kiefer schnappten zu und fassten die rechte Schulter. Das Kettenhemd verhinderte, dass die scharfen Zähne schlimmen Schaden anrichteten, doch die Kraft reichte aus, um das Gelenk zu quetschen.

»Verdammtes Viech«, schrie Tungdil und versuchte, es mit seiner Axt zu treffen. Zwergischer Kampfgeist erwachte in ihm und bezwang die Angst.

Der Rappe aber gab seine Beute nicht frei. Er riss den Kopf hoch und schüttelte Tungdil wie eine Spielzeugpuppe. Abrupt öffnete sich das Maul, der Zwerg flog trudelnd durch die Luft und schlug im grau gewordenen Gras auf. Der Nachmahr wieherte, der Hinterlauf scharrte und grub eine tiefe Furche in die Erde. Während Tungdil noch versuchte, die Orientierung zurückzugewinnen, stürmte das Wesen heran.

Plötzlich waren die Zwillinge da. Sie sprangen rechts und links des Weges aus ihrer Deckung, als der Hengst auf ihrer Höhe vorbeigaloppierte.

»Komm, mein Pferdchen! Ich mache ein Pony aus dir!« Das beidhändig geführte Beil Boïndils durchschlug das rechte, der Krähenschnabel zerschmetterte das linke Knie des Nachtmahrs.

Die Kreatur Tions stürzte und überschlug sich mehrfach. Aschewolken stoben in die Höhe, doch der Rappe versuchte ungeachtet seiner Qualen, wieder auf die Beine zu kommen. Dann waren die Zwergenkrieger über ihm.

»Jetzt kämpfen wir auf Augenhöhe miteinander.« Der Nachtmahr schnappte nach Boïndil und erhielt dafür die Klinge tief in das Maul getrieben. »Friss das!« Der schwarze Kopf schnellte zurück, womit das Wesen sein Schicksal besiegelte.

Die gekrümmte Spitze von Boëndals Waffe rammte sich genau zwischen den Augen in die Stirn, die Muskeln an den Armen und am Oberkörper schwollen an, die Stiefel stemmten sich gegen den Boden. Nun zeigte er, warum er Pinnhand hieß. Er zog den eingehakten Schädel des Rappen zu sich und gab seinem Bruder die Gelegenheit, das Beil in dessen Nacken zu schlagen.

»Willst du immer noch beißen, Klepper?« Boïndil drosch zu. Die Halswirbel brachen, der Nachmahr erschlaffte.

Boëndal stellte seinen Stiefel auf den Kopf des Wesens und hebelte den langen Dorn aus dem Knochen.

Sein Zwillingsbruder grinste. »Jetzt ist das spitzohrige Reiterlein an der Reihe.« Er deutete hinter Tungdil. »Versteck dich besser und schau zu, wie man kämpft, damit du es lernst.«

Sie kauerten sich in der Nähe des toten Nachtmahrs nieder und warteten. Tungdil wollte ihnen von seinem Erlebnis mit dem Untoten berichten, aber sie winkten ab. Erst mussten sie sich die Albin vom Hals schaffen.

Es dauerte nicht lange, da hörten sie einen lang gezogenen, unmenschlichen Frauenschrei.

Boïndil wackelte fröhlich mit den Augenbrauen, warf den Zopf nach hinten und hielt sich bereit. »Das klang doch wie Musik in meinen Ohren.«

Boëndal lauschte, ehe er unvermittelt aufsprang; sein Bruder folgte ihm, ohne Fragen zu stellen.

Ich sollte sie begleiten, anstatt feige herumzusitzen. Tungdil fühlte sich verpflichtet, ihnen gegen die schreckliche Gegnerin beizustehen, und wenn er nur zur Ablenkung taugte. Er packte seufzend seine Axt und wollte gerade aufstehen, als ihn zwei skelettierte Hände von hinten an den Schultern packten und ihn zu Boden drückten.

»Wer bist du?«, hörte er eine feine weibliche Stimme fragen, während übel riechende, feuchte Knochenfinger in seinem Gesicht herum tasteten. »Du bist klein. Ein Unterirdischer?«

Der Zwerg wurde herumgerollt. Er schaute in das geschändete Gesicht der anmutigen Elbin. Auch sie war zur Wiedergängerin geworden. Die Herrin des Grünhains hatte sich von der Buche losgerissen und irrte blind umher, weil ihr die Albae die Augen nahmen.

»Lass mich, Elbin!«, schrie Tungdil und versuchte, an seine Waffe zu gelangen. Doch sie hielt seine Arme fest, sodass er nur seinen Dolch greifen konnte. Er stach zu; die Klinge klirrte gegen die blanken Rippen und richtete keinerlei Schaden an.

»Was macht ein Zwerg in meinem Hain!?«, herrschte sie ihn an, und ihre knöcherne Hand legte sich um seine Kehle. »Machst du gemeinsame Sache mit den Albae? Ist euer Hass so groß gegen mein Volk geworden, dass ihr euch mit dem Bösen einlasst, um uns zu vernichten?«

Er rang seine Angst nieder und bemerkte den Unterschied in ihrem Tonfall. Sie klang nicht wie Gorén, offenbar verfügte sie über einen Rest eigenen Willens. »Nein, Herrin! Lot-Ionan schickte mich, um Goréns Artefakte zu überbringen ...«, würgte er hervor.

Ihre schwarzen Augenhöhlen richteten sich auf ihn. »Was geschieht mit mir?«, raunte sie ängstlich. »Ich spüre, dass ich mich verändere. Ich war tot, doch ... meine Seele ...« Die Elbin stockte. »Lot-Ionan sandte dich? Der Nestor meines Geliebten?« Ihr unbarmherziger Griff lockerte sich. »Es gibt ein Buch, drüben im Haupthaus, es liegt in der Bibliothek. Gorén wollte es deinem Magus bringen lassen, als uns die Albae angriffen ...«

»Ich habe es«, unterbrach er sie.

»Sie dürfen das Buch nicht erhalten!«, schärfte sie ihm ein. »Bringe es nach Ionandar und gib es dem Magus! Er wird verstehen, wenn er den Brief meines Geliebten liest.« Der Druck der Skelettfinger nahm wieder zu. »Schwöre es!«

Tungdil stotterte einen Eid auf Vraccas und seinen Ziehvater. Die skelettierte Elbin schien zufrieden und kroch von ihm weg.

»Schlage mir den Kopf ab«, bat sie leise. »Ich will das Wenige, das ich von meiner Seele noch besitze, nicht an das Tote Land verlieren.« Die Herrin Grünhains breitete ihre Knochenarme aus. »Sieh, was sie aus mir gemacht haben. Soll ich für alle Ewigkeit umherirren und den Befehlen des Bösen folgen?« Die finsteren Löcher in ihrem Antlitz bannten ihn.

»Ich ...«

»Alles, was mir lieb und teuer war, nahmen sie mir. Meine Liebe, meine Schönheit, mein Zuhause und meinen Wald.« Sie hob die Linke, streckte den Zeigefinger und schob ihn zögerlich in die leere Augenhöhle. »Ich kann nicht einmal um das Verlorene weinen. Habe Mitleid.«

Tungdil konnte die grenzenlose Traurigkeit in ihrer Stimme und ihren Anblick nicht länger ertragen. Zitternd erhob er sich, stapfte auf sie zu und holte mit seiner Axt Schwung. Als ihr abgetrennter Kopf in die Trümmer des Hauses rollte, zerfiel ihr Skelett. Die Elbin war endgültig tot.

Der Wald ächzte auf. In das hundertfache Knarren und Knacken mischte sich der Kampflärm, der den Zwerg an die Zwillinge erinnerte, die sich immer noch ein erbittertes Gefecht mit der Albin lieferten.

Das Tote Land! Sie wissen es noch nicht! Tungdil raffte sich auf. *Wir müssen den Leichen die Köpfe abschlagen, sonst kehren sie als Untote zurück.*

Boëndal und Boïndil standen indes einer Widersacherin gegenüber, die gar nicht daran dachte, nach den Regeln der Zwerge zu fechten. Die Albin war flink wie eine Katze, hopste, sprang und tauchte unter ihren Schlägen hinweg; doch es gelang ihr nicht, durch die verstärkte Panzerung der Zwillinge zu dringen.

»He!« Tungdil machte einen großen Ausfallschritt und schleuderte seine Axt nach der Gegnerin. Sie bemerkte das heranfliegende Geschoss und wich behände zur Seite aus.

Plötzlich tauchte Gorén hinter ihr auf und schlug mit seinem Holzbalken nach ihr. Sie hörte zwar das warnende Pfeifen des Windes, konnte einen Zusammenstoß jedoch nicht mehr verhindern.

Der Balken traf sie in den Rücken und katapultierte sie nach vorn, wo ihr Boïndil irrsinnig lachend mit den Beilen entgegenkam, die dünner gepanzerten Oberschenkel anvisierend. »Komm runter zu mir, Schwarzauge!«

Sein Angriff saß. Schwer getroffen schrie die Albin auf, da bekam sie die flache Seite von Boëndals Krähenschnabel in den Bauch. Sie verstummte und schwieg endgültig, als ihr die Beile durch den Hals fuhren.

»Das war nicht notwendig, Zauberer. Wir hätten das Spitzohr schon allein klein gekriegt«, sagte Boïndil beleidigt zu Gorén, der auf ihn zugewankt kam. »Warum lebst du eigentlich noch?«, wunderte er sich im nächsten Atemzug.

»Wir stehen auf dem Toten Land! Es hat ihn nicht sterben lassen. Du musst ihn köpfen, nur so vergeht er endgültig«, rief Tungdil.

»Wenn das so ist«, grummelte der Kämpfer und unterlief den tapsigen Versuch des Untoten, ihn zu schlagen. Ein Beil blitzte auf, und Goréns Kopf rollte zu Boden. Der Zauberer war tot.

»Wenn wir schon gerade dabei sind, sollten wir auch mit dem Rest aufräumen«, empfahl Boëndal und nickte die Straße hinab.

Die verbrannten Überreste der Orks und der Bewohner Grünhains begannen sich auf Geheiß der finsteren Macht zu erheben. Sie unterschied nicht zwischen Angreifer und Opfer, doch die Zwillinge gingen mit großer Umsicht zu Werke. Sie stellten einen Wiedergänger nach dem anderen, um ihn zu köpfen und damit von seinem Schicksal zu erlösen. Tungdil beschränkte sich aufs Zusehen.

»Das war zu einfach«, maulte Boïndil, als sie ihre widerliche Arbeit vollendet hatten. »Aber es reichte aus, um mir die Wut aus dem Leib zu treiben.« Das Flackern in seinen Augen ließ allmählich nach. »Gehen wir.«

Eilig marschierten sie durch das, was einmal Grünhain gewesen war, in Richtung Süden.

Die kahlen, nackten Bäume gewährten ihnen freien Durchgang. Es schien eine letzte Gefälligkeit für diejenigen zu sein, die wenigstens einen der Albae vernichtet hatten, welche Tod und Verderben über die friedliche Siedlung gebracht hatten. Die Stämme und Äste knackten und knarrten, sie neigten sich nach unten, rieben drohend aneinander, mehr taten sie jedoch nicht.

Die einzigen Laute, die sie sonst noch vernahmen, waren das Knistern und Rascheln des verdorrten Laubs unter ihren Stiefelsohlen. Von den vielen Tieren fehlte jede Spur, kein einziger Vogel wagte es mehr, die Stimme zum Gesang zu erheben.

»Es ist wichtig, dass ich zuerst zu Lot-Ionan reise«, erzählte ihnen Tungdil und gab in knappen Worten die Anweisung der Elbin wieder. »Das Tote Land und die Orks dürften nicht so weit nach Westen vorgedrungen sein. Mein Magus muss es erfahren und die Bücher erhalten. Sie scheinen sehr wichtig zu sein.«

»Ionandar? Das bedeutet einen Umweg von sechshundert Meilen«, meinte Boëndal wenig begeistert. »So kommen wir noch später in das Reich der Zweiten.«

»Es geht nicht anders«, erwiderte Tungdil störrisch. »Oder wir gehen nach Lios Nudin, um beim Rat vorzusprechen.«

Boïndil lachte. »So ist's recht, zeig uns deinen Sturkopf, wie es einem Zwerg gebührt.«

Sein Bruder lenkte ein. »Na, schön, gehen wir nach Lios Nudin. Der Großkönig hat so lange gelebt, da wird er diese paar Umläufe auch noch überstehen. Vraccas schenkt ihm sicherlich die notwendige Ausdauer.« Er langte nach seinem Wasserschlauch.

»Du hast dich übrigens wacker gehalten, dafür, dass du gar nicht gelernt hast, mit der Axt umzugehen«, lobte ihn Boïndil. »Aber ein

Zwerg, das merke dir, wirft seine Waffe niemals, wenn er keine zweite dabei hat. Und dein Kampfstil ist noch steigerungswürdig. Ich werde dich unterweisen, wie man die Axt schwingt, Tungdil, und bald werden die Schweineschnauzen vor dir ebenso viel Angst haben wie vor mir.«

Dagegen hatte er nichts einzuwenden. »Je eher ich damit umgehen kann, desto besser.«

Boëndal stimmte abends, als sie gezwungenermaßen rasten und sich erholen mussten, eine neue Zwergenweise an, die von der alten Feindschaft der Elben und Zwerge handelte. Er verstummte, als er die Blicke Tungdils bemerkte. Ein Lied über Tod und Verderben sorgte nicht dafür, dass seine Laune sich hob.

»Was wisst ihr über meinen Stamm?«, fragte er sie.

»Die Vierten?« Boëndal kratzte sich am Bart und packte ein Stück Käse aus, um ihn wieder über dem Feuer zu rösten. »Sie haben zwölf Clans, die meisten sind kleiner, schmächtiger, ein bisschen verweichlicht. Das kommt davon, dass ihr Handwerk das Edelsteinschleifen ist.« Er musterte Tungdil. »Na, du passt. Sie haben zwar keine Gelehrten in ihren Reihen, aber sie haben ungefähr deine Statur ... obwohl, nein, du bist fast schon zu kräftig. Dein Kreuz ist zu breit.« Er dachte über seine Worte nach. »Das sage ich nicht, um dich zu beleidigen. Es ist einfach so«, erklärte er freundlich. »Vraccas hat uns so gemacht, wie wir sind.«

Tungdil gab sich mit der Antwort nicht zufrieden. Sie war so allgemein, dass sie für ihn nichts Neues darstellte. »Ist das alles?«

Die Zwillinge wechselten Blicke.

»Die Zwergenreiche haben zu lange schon nichts mehr voneinander gehört«, antwortete ihm Boëndal ehrlich. »Wir wissen wenig. Warte ab, bis du sie selbst triffst. Aber ich kann dir etwas über die Zweiten berichten. Unsere siebzehn Clans sind die begnadeten Steinmetzen unter den Stämmen. Die Feste Ogertod wird dir den Atem rauben. So etwas hast du noch nie gesehen! Selbst die größte Burg der Langen kann es damit nicht aufnehmen.«

Boëndal geriet immer mehr ins Schwärmen und lobte die Pracht der steinernen Bauten, die viele andere Stämme vor Neid erblassen ließen. Tungdil hing an seinen Lippen und freute sich, die Monumente seines Volkes bald mit eigenen Augen sehen zu dürfen.

Das Geborgene Land, Lios Nudin im Jahr des 6234sten Sonnenzyklus, Sommer

Sie liefen Tag um Tag, um in die Hauptstadt zu kommen und vor der Versammlung der Zauberer vorzusprechen.

Zuerst hatte Boïndil darauf bestanden, dass sie aus Gründen der Sicherheit neben dem Weg liefen. Nach vier Tagen im Unterholz hatten sie genug von kratzenden Ästen, Dornenranken, die sich in ihren Kettenhemd verfingen, und störenden Zweigen, die auf unerklärliche Weise stets Tungdils Nase oder seine Augen trafen. Sie kehrten auf die staubige Straße zurück, immer darauf achtend, wer sich ihnen näherte.

Die Geschehnisse hinterließen Spuren an Tungdil, er hatte Albträume, und als er sich unterwegs über einen Bach beugte, um Wasser für seinen Trinkschlauch zu schöpfen, erschien ihm sein Gesicht älter, reifer und die braunen Augen ernster als zu Beginn seiner Wanderschaft. Das erlebte Grauen hatte ihn gezeichnet.

Da er nicht beabsichtigte, Opfer eines Orks zu werden, gab er sich bei den täglichen Kampfübungen mit Boïndil große Mühe und lernte rasch, fast zu rasch, wie ihm sein Lehrer sagte. Boëndal saß daneben, wenn sie Schläge, Paraden und Finten exerzierten, schmauchte ein Pfeifchen und betrachtete ihn sehr genau, sagte aber nichts.

Wo immer das Dreiergespann auf Menschen und Siedlungen traf, da berichtete Tungdil von den Geschehnissen im Grünhain und warnte die Menschen davor, sich nahe an die Grenze zum Toten Land zu begeben.

Untermauert wurden seine Erzählungen von den Wagenzügen der Flüchtlinge, die täglich die Straße entlangrollten und sich auf das Gebiet von Lios Nudin retteten. Die Orks waren auch an weiteren Stellen aufgetaucht, und die Menschen trauten Nudin dem Wissbegierigen eher zu, der vordringenden Macht widerstehen zu können, als König Bruron.

Gegen Nachmittag fiel Tungdil nahe einer Wegbiegung ein paar Schritte zurück; das war das Zeichen, dass er in aller Ruhe seine Notdurft verrichten wollte. Die Zwillinge schlenderten weiter.

Als Tungdil erleichtert auf die Straße zurückkehrte, gelangte er an eine Kreuzung, aber von den Zwergen entdeckte er keine Spur. Ein Schild wies ostwärts nach Porista, daher trabte er in diese Richtung los.

Bald entdeckte er einen hölzernen, bunten Wohnwagen, der

schräg neben dem Weg stand. Auf den Wänden prangten aufgemalte Scheren, Messer, Beile und Äxte, die Zugtiere waren ausgespannt, das Gefährt hastig abgestellt worden.

»Ho?« Die Tür am Heck schloss nicht richtig und gewährte einen schmalen Einblick in das finstere Wageninnere. Das erschien ihm dubios. »Seid Ihr wohlauf?«

Vorsichtshalber griff er nach seiner Axt. Womöglich war der Besitzer des Wagens Opfer von Orks geworden, und die Plattnasen hielten sich immer noch in der Nähe auf. *Wo stecken Boïndil und Boëndal?*

»Hallo?«, rief er nochmals und betrat die schmale, zweistufige Holzleiter, die zum Eingang führte. Er schob die Tür mit dem Axtkopf auf und blickte in eine kleine Werkstatt. Die Schubladen waren herausgezogen, die Türen der Spinde geöffnet, in der hinteren Ecke des Gefährtes sah er zwei Schuhe unter einem Schrank hervorschauen.

Tungdil betrat den Wohnwagen. »Sprecht mit mir. Ich will Euch nichts Böses.« Es roch metallisch, süß. Blut. Er ahnte, dass wer auch immer vor ihm lag, nicht mehr unter den Lebenden weilte. Nun war er sich sicher: Die Götter verfluchten seine Wanderung, anders ließen sich die ständigen furchtbaren Geschehnisse um ihn herum nicht erklären.

Er verstaute seine Waffe im Gürtel, seine Hände berührten die Stiefelsohlen und rüttelten an ihnen. »Seid Ihr verletzt?« Weil keine Reaktion erfolgte, stemmte er den Schrank in die Höhe, um den Eingeklemmten zu befreien. Da bemerkte er, dass es sich um den Körper eines Zwerges handelte, und zwar nur um den Körper. Unbekannte hatten ihm den Kopf abgetrennt, vom Schädel fehlte jede Spur, die Wundränder am Hals schimmerten noch feucht und waren kaum getrocknet. Die Mordtat musste sich vor nicht allzu langer Zeit ereignet haben.

»Was, bei Vraccas, geht hier vor?« In seinem Schrecken glitt ihm der Schrank aus den Händen und fiel auf die Leiche. Tungdil wich zurück und versuchte, seine Gedanken zu ordnen. Er bedauerte den fahrenden Zwerg, der mit seiner rollenden Schmiede das Opfer von brutalen Verbrechern geworden war. Die Gier der Menschen nach Gold und Münzen hatte sein Schicksal besiegelt.

Ich sollte ihn nicht so liegen lassen, sagte er sich, packte die Füße und zerrte den Leichnam unter dem Schrank hervor, als etwas klirrend auf die Holzdielen fiel.

»Nanu?« Er betrachtete den Gegenstand genauer. Es war ein blutbesudelter Dolch, und wenn ihn das Zwielicht nicht zu sehr trog, handelte es sich um die Waffe des Söldners, dem er vor Wochen auf dem Gehöft das Pferd beschlagen hatte.

Tungdil hörte Hufgetrappel. Vorsichtig lugte er aus dem schmalen Fenster, einen derben zwergischen Fluch auf den Lippen. Fünf Gerüstete erreichten soeben den Wohnwagen, also blieb er stehen und presste sich hinter die Tür gegen das Holz. Gegen die erfahrenen Kämpfer würde er zweifellos als Verlierer dastehen, daher musste er sich verbergen, wollte er überleben. Noch fühlte er sich nicht bereit, gegen eine Übermacht zu bestehen, wie es Boïndil und Boëndal spielerisch gelang.

Schwere Schritte näherten sich dem Gefährt, Stiefel betraten die knarrende Leiter, der Wagen wippte, dann schob sich ein Schatten vor das Licht, das durch den Eingang fiel.

Der Zwerg packte den Axtstiel mit beiden Händen.

Der Mann murmelte etwas und ging neben dem Toten in die Hocke. »Es war jemand hier«, rief er. »Der Kurze liegt anders da als vorher. Passt auf, dass mich niemand überrascht.« Er suchte nach seinem Messer. »Und versteckt den Honigtopf mit dem Kopf darin gut«, befahl er. »Ich möchte niemandem erklären, warum wir den hässlichen Schädel eines Unterirdischen darin aufbewahren.«

»Das ist doch einfach. Weil es Gold dafür gibt«, lachte einer seiner Kumpane von draußen rau.

»Das geht niemanden was an«, antwortete der Mörder. »Es ist schon schwierig genug, an die Kerlchen heranzukommen, da brauchen wir keine Nebenbuhler.« Er entdeckte den Dolch. »Da bist du ja.« Gründlich wischte er ihn an den Kleidern des Getöteten ab, verstaute ihn in der Scheide und erhob sich.

Seine Rüstung reflektierte den Sonnenschein, der durch das Seitenfenster hereinleuchtete, und der Strahl traf auf die Schneide von Tungdils Axt, die prompt aufblitzte. »Was ...« Der Mörder drehte sich um.

Tungdil musste handeln, solange er durch die Überraschung noch einen Vorteil besaß. Er sprang nach vorn, stieß die Schneide nach unten und fuhr durch das Leder in den Fußknochen des Mannes. In seiner Aufregung schlug er so stark zu, dass die Axt in den Bodenbrettern stecken blieb. Mit aller Kraft zog er sie heraus.

Der Krieger schrie laut auf. Spätestens jetzt wussten seine Begleiter, dass etwas nicht stimmte.

»Das hast du davon.« Der Zwerg riss die Klinge aus dem Holz und flüchtete. Er hüpfte aus dem Wagen und brüllte dabei laut herum, um die Pferde scheu zu machen.

Die erschrockenen Vierbeiner machten einen Satz nach hinten. Die Männer, die gerade absteigen wollten und in nur einem Steigbügel standen, verloren das Gleichgewicht und fielen in den Staub.

Tungdil wartete nicht, sondern rannte nach rechts in den dichten Wald hinein. Die Pferde nützten den Söldnern zwischen den dicht beieinander stehenden Stämmen nichts, und wegen des Gestrüpps würden sie auch zu Fuß nicht gut vorwärts kommen. Seine geringe Größe war hier ausnahmsweise von Vorteil. Unter dem dichten Blätterdach schwand die Helligkeit des Tages zudem schneller als im Freien, doch das machte Tungdil keine Schwierigkeiten.

»Fangt den Zwergenbastard!«, brüllte ihr Anführer. »Das gibt eine fette Prämie!«

Der Zwerg hetzte durch den Forst und blieb gelegentlich stehen, um nach seinen Verfolgern zu lauschen. Sie gaben nicht so leicht auf, wie er am Knacken der Äste und am Fluchen erkannte, aber sie fielen zurück; irgendwann hörte er ihre schweren Schritte nicht mehr, er hatte sie abgehängt.

Keuchend lehnte sich Tungdil an einen Baumstamm und rang nach Luft. Ausdauer war gut und schön, aber mit Gepäck auf dem Rücken um sein Leben zu rennen stellte eine gewaltige Anstrengung dar. Hastig kontrollierte er alles; der Sack mit den Artefakten, in dem es seit dem Schlag des Orks merkwürdig klirrte und klapperte, baumelte da, wo er hingehörte.

Tungdil nahm einen Schluck Wasser, während er horchte. *Sie jagen mein Volk wegen einer Belohnung!* Er konnte das Gehörte nicht fassen, es übertraf alles, was ihm bislang unterwegs zugestoßen war. Gold auf Zwergenköpfe auszusetzen stand nicht mit den Gesetzen des Geborgenen Landes im Einklang, und er mochte sich beim besten Willen nicht vorstellen, was man mit seinem Schädel anstellen wollte.

Nach kurzer Rast hetzte er weiter in gerader Linie durch den Wald, um auf den nächsten Weg zu gelangen. Seine Überraschung war groß, als Boïndil und Boëndal ihm entgegenkamen.

»Da ist er ja!«, begrüßte ihn Boïndil. »Du hast dich wohl verlaufen.«

»Nein, ihr habt euch verlaufen. Ihr wart nicht auf dem Weg nach Porista«, keuchte er.

Boëndal betrachtete ihn genauer. »Was ist los, Gelehrter? Gab es Ärger?«

»Hoffentlich nicht, weil ich ihn dann nämlich verpasst hätte«, grummelte sein Bruder. »Oder wollte ein Eichhörnchen an deine ...«

»Es waren Kopfgeldjäger«, unterbrach Tungdil ihn. »Sie jagen Zwerge und schneiden ihnen die Köpfe ab, weil ihnen jemand dafür Geld bezahlt.«

»Was?!«, brüllte Boïndil und rollte mit den Augen; sein stattlicher Bart bebte. »Wohin sind sie?«

»Ich habe keine Ahnung, und um ehrlich zu sein, war ich sehr froh, dass sie nicht mehr hinter mir her waren«, gestand er.

Sie suchten sich eine kleine Lichtung abseits der Straße, um zu beratschlagen.

»Haben sie gesagt, wer ihnen Gold bezahlt?«, erkundigte sich Boëndal.

»Nein. Sie sind mir schon einmal begegnet, aber damals unternahmen sie nichts. Es waren wohl zu viele Menschen auf dem Gehöft.« *Ich bin um Haaresbreite dem Tod entronnen.*

»Mh ... Es könnte eine neue List der Dritten sein, die anderen Stämme auf diese Weise jagen und vernichten zu lassen. Oder sie wollen erreichen, dass wir mit den Langen ähnlich verfeindet sind wie mit den Elben und das Ganze in einen Krieg mündet.« Boëndal schaute in die Runde. »Auf jeden Fall gibt es eine Menge zu bereden, wenn wir das zweite Zwergenreich erreichen.«

Tungdil breitete seine Decke über sich aus und verbrachte die Nacht unter dem Blätterdach der Eiche. Aufs Feuer verzichteten sie, denn Flammenschein sah man in der Dunkelheit meilenweit, und selbst das Knacken eines dünnen Astes tönte in der nächtlichen Stille laut. Er verschränkte die Arme hinter dem Kopf, fühlte einen Käfer in seinem dichten Haar und zog ihn heraus. »Es ist merkwürdig«, sinnierte er laut, »dass dieses Kopfgeld ungefähr zur gleichen Zeit ausgesetzt wurde, als ihr mich suchtet.«

Boïndil, der es sich gemütlich machte und den langen, schwarzen Zopf zu einem Kopfkissen rollte, runzelte die Stirn. »Du meinst, es ist keine List Lorimburs? Jemand hätte es auf uns abgesehen?«

Sein Bruder schüttelte den Kopf. »Nein, du bist auf der falschen Fährte. Unser Gelehrter meint, dass man es in erster Linie auf ihn abgesehen hat, richtig?«

»Es ist abenteuerlich, ich weiß«, räumte Tungdil seufzend ein. »Aber ihr hattet erwähnt, dass es noch einen Anwärter auf den Thron gibt.«

Boëndal verstand seine Andeutung. »Niemals«, lehnte er strikt ab. »Ein ehrenwerter Zwerg spinnt keine Intrigen. König Gandogar Silberbart ist weit von dem entfernt, was du ihm unterstellen möchtest.«

»Du verteidigst ihn, als käme er aus unserem Stamm«, murmelte sein Bruder ein wenig vorwurfsvoll.

»Ich verteidige ihn, weil er ein Zwerg ist. Ein aufrichtiger Zwerg mit falschen Ansichten«, beharrte der Zwilling entschieden. »Außerdem hat der Rat erst nach unserer Abreise etwas von dir erfahren.« Er dachte nach. »Nein«, wiederholte er fest. »Das Kopfgeld ist eine Heimtücke Lorimburs. Und das ist schon schlimm genug. Alles andere wäre noch viel schlimmer. Wenn wir uns gegenseitig verrieten, bräche alles zusammen. Deshalb darf es nicht so sein.«

Nachdenklich begaben sie sich zur Ruhe.

Tungdil träumte wirre Sachen. Heerscharen von Orks und Albae verfolgten ihn mit Rasierseife und Messer, um ihm seinen mittlerweile ansehnlichen Bart zu schneiden. Sie schafften es tatsächlich, ihn einzuholen, niederzuringen und zu scheren. Es war ein demütigender und verstörender Anblick, im Gesicht nackt wie ein kleines Kind zu sein.

Das weckte ihn aus seinem keinesfalls erholsamen Schlummer. Er aß von seinem Proviant und betete noch inbrünstiger als sonst zu Vraccas, damit er allen Kopfgeldjägern Gauragars entkäme und seine Aufgabe erfüllte.

Du machst es mir nicht leicht, Vraccas. Tungdil sehnte sich nach seinem Heimatstollen und Frala, Sunja und Ikana. Fast war er so weit, dass er sich sogar mit dem Wiedersehen von Jolosin angefreundet hätte.

*

Das gemeinsame Wandern brachte die Zwerge einander näher. In jedem freien Augenblick nahm ihn Boïndil zur Seite und wies ihn tiefer in die Kunst des Kämpfens ein.

»Na«, fragte ihn Boëndal eines Abends am Lagerfeuer leise, als sein Bruder eingeschlafen war. »Was hältst du von den ersten Zwergen, die dir in deinem Leben begegnet sind?«

Tungdil grinste. »Soll ich ehrlich sein?«

»Ich bitte darum, Gelehrter.«

»Boïndil ist der Aufbrausendere von euch beiden. Seine Gedanken benötigen dagegen länger als seine Fäuste, bis sie in Bewegung kommen. Steht ein Entschluss fest, ist er durch nichts mehr davon abzubringen; und er tut meistens das, was ihm gerade in den Sinn fällt.«

»Das war einfach. Und?«

»Aus seiner Ablehnung von Orks und Elben machte er keinerlei Hehl, das Höchste für ihn ist der Kampf, in den er sich mit einem Eifer stürzt, den ich so noch niemals erlebt habe.«

»Bei Vraccas! Du hast meinen Bruder schon gut beobachtet«, lachte der Zwilling. »Aber lass es ihn nicht hören. Und was meinst du zu mir?«, fragte er neugierig und reichte ihm eine angerauchte Pfeife.

»Du bist etwas sanfter veranlagt, denkst schneller und lässt dich durchaus von anderen Vorschlägen überzeugen«, sagte Tungdil und nahm einen Zug. »Deine braunen Augen blicken freundlich, aber der Ausdruck in den Augen deines Bruders ist ... unbeschreiblich.«

Boëndal klatschte leise Beifall. »Nicht schlecht, Gelehrter.«

»Wie kam es eigentlich, dass ihr beiden Krieger geworden seid?«

»Weil wir im Umgang mit Marmor und anderem Gestein kein übergroßes Geschick aufwiesen, entschieden wir uns, die Wachmannschaften zu verstärken«, grinste er. »Unser Stamm beschützt die Hohe Pforte, wie wir unseren schluchtartigen Durchgang nennen. Der Weg beträgt eine Breite von fünfzig Schritt, die Steilhänge ragen eintausend Schritt senkrecht nach oben und neigen sich ab einer Höhe von achthundert Schritt einander zu. Nur wenn die Sonne genau senkrecht über dem Einschnitt steht, fällt Licht in die Schlucht.«

»Dann sollte sie eher Dunkle Pforte heißen«, meinte Tungdil.

»Bislang konnten wir die Hohe Pforte mit wenigen Zwergen gegen jede noch so große Übermacht zu verteidigen.«

»Habt ihr Portale wie die Fünften?«

»Nein. Unsere Ahnen hoben einen einhundert Schritt tiefen Graben auf vierzig Meter Länge aus. Auf ihrer Seite bauten sie eine dicke Festungsmauer, die mit einer mechanischen Brücke versehen ist. Die Ingenieure tüftelten so lange an deren Konstruktion wie die Arbeiter benötigten, die Senke aus dem Stein des Blauen Gebirges zu schlagen«, berichtete Boëndal versonnen von dem technischen Meisterstück. »Sie fügten dünne, verschiebbare Steinplatten zu einem federleichten und dennoch granitharten Übergang aneinander. Dabei schoben sich zusätzliche Stützsäulen aus dem Boden des Grabens, damit die Brücke von unten genügend Halt bekam. Die

Verbindung ist so gebaut, dass wir sie jederzeit mithilfe von Ketten, Zahnrädern und Seilen wieder zurückfahren können.«

»Das ist ...« Tungdil war sprachlos. »Ich kenne kein Volk, das jemals eine gleichartige Brücke gebaut hätte. Aber was, wenn es die Orks und Oger auf den Steg schaffen?«

»Wir können sie jederzeit zum Einsturz bringen. Im Graben liegen die Überreste der Scheusale Tions, die vergeblich versucht haben, das Hindernis zu überwinden.« Er lachte leise. »Sie haben es sogar mit Katapulten versucht und ihre Krieger auf die andere Seite geschossen. Diejenigen, die den Aufprall überlebten, scheiterten an unseren Äxten.«

Tungdil stimmte in die Heiterkeit ein. »Ich hätte versucht, den Graben aufzufüllen. Oder runterzuklettern und auf der anderen Seite wieder hochzusteigen«, meinte er grübelnd.

»Darauf sind sie auch gekommen, aber es war ebenso aussichtslos. Nur ein einziges Mal gerieten wir in eine vergleichbare Bedrängnis wie der tapfere Giselbart mit seinen Verteidigern«, berichtete Boëndal aus den alten Schriften seines Stammes. »Ein Heer aus Ogern versuchte erst gar nicht, einen Überweg bauen zu wollen. Sie hatten den gleichen Gedanken wie du, sie kletterten vorsichtig auf den Boden des Grabens und wühlten sich durch die Knochen ihrer längst gestorbenen Artgenossen, bis sie auf der anderen Seite zu hunderten emporkletterten.«

»Aber ihr habt sie aufgehalten.«

»Sonst hieße die Feste ja wohl Zwergentod und nicht Ogertod«, nörgelte Boïndil. »Ihr könntet leiser reden, ich brauche meinen Schlaf.« Er wälzte sich zu ihnen herum und schaute ins Feuer. »Nein, ihr habt es geschafft, ich bin wieder wach.«

Er packte ein Stück Käse aus und garte es über dem Feuer. Dieses Mal nahm es Tungdil an, als es ihm angeboten wurde. Der Geschmack war doch besser, als er anfangs gedacht hatte.

»Jedenfalls«, nahm Boëndal den Faden wieder auf, »hätten die Bestien um ein Haar die Festungsmauer gestürmt, wenn der Zweite ihre Anführer nicht erschlagen hätte und die Oger gewusst hätten, wie sie daraufhin vorgehen sollten. Das genügte unseren Ahnen, um die Gegner mit einem Überraschungsausfall zurück in die Senke zu treiben, wo sie zu Tode stürzten. Aber das geschah, als wir beide noch kleine Windelscheißer waren. Seit mindestens drei Dekaden sind überhaupt keine Scheusale mehr an der Hohen Pforte gewesen«, endete er.

»Es hat sich herumgesprochen, dass wir beide dort Wache halten«, rief sein Bruder laut und lachte. »Weil es so ruhig war, hat uns der Großkönig auf die Suche nach dir geschickt, um dich als Thronanwärter in die Festung zu holen.« Er schaute über die Flammen hinweg zu Tungdil, und seine braunen Augen blitzten auf. »Du hattest übrigens Recht: Ich bin für den Kampf geboren, ich gehe ihm nicht aus dem Weg, denn es ist meine Bestimmung, ein Krieger zu sein.«

»Er ist mein Bruder, ich werde ihn nicht allein lassen. Wir sind ein Zweigestirn und werden es auch bleiben. Immer. Wo einer ist, findet sich auch der andere.«

»Also verfügt jeder Zwerg über eine ... Bestimmung, was er einmal tun wird«, fasste Tungdil zusammen. Er war gespannt, was er wohl einmal sein würde. »Werde ich ein einfacher Arbeiter, der Stollen gräbt, oder schlummert in mir die Befähigung, es zu einem meisterlichen Handwerker zu bringen?«

»Die Vierten sind die Edelstein- und Diamantschleifer. Hast du ein besonderes Händchen für Geschmeide?«, fragte ihn Boëndal.

Seltsamerweise hatte Tungdil sich zu keiner Zeit besonders von den schillernden Schmuckstücken angezogen gefühlt. Lot-Ionan besaß einige Kleinodien mit Saphiren und Rubinen, Brillanten und Amethysten. Tungdil hatte sie gern betrachtet, weil sich das Licht in ihnen wunderschön brach, doch er wäre niemals auf den Gedanken gekommen, einen unansehnlichen Rohdiamanten schleifen und zur Geltung bringen zu wollen.

»Ich glaube nicht. Ich erinnere mich, dass ich die Schmiede von Anfang an, seit ich richtig laufen und denken konnte, anziehender fand«, meinte er nachdenklich, und eine Spur Enttäuschung schwang in seiner Stimme. »Das Flackern der Glut, die den Eindruck macht, als lebte sie, der Geruch von heißem Eisen, das Klingen des Schmiedehammers und das Zischen, wenn das Eisenstück zum Abkühlen ins Wasser taucht – das war bisher meine Zwergenwelt.«

»Dann wirst du eben ein Schmied«, meinte Boïndil zufrieden.

»Ein gelehrter Schmied. Auch gut. Und sehr zwergisch.«

Tungdil kroch dichter ans Feuer und lauschte in sich hinein. Er dachte an Berge von Diamanten, dann an die tanzenden, orangefarbenen Feuerpünktchen, die den Kamin hinaufwirbelten. Die Esse sagte ihm wesentlich mehr zu. Und Gold. Er liebte das sanfte, warme Gelb, in dem das Metall schimmerte.

»Ich sammele jedes noch so kleine Stückchen herrenloses Gold«, berichtete er murmelnd. »Goldmünzen, Schmuckstücke, sogar kleine Goldkörnchen, die einem unachtsamen Goldsucher aus der Tasche gefallen sind, klaube ich vom Boden auf.«

Die Krieger lachten. »Du hast dir einen eigenen kleinen Hort angelegt. Wenn das nicht sehr zwergisch ist, küsse ich eine Schweineschnauze«, nickte Ingrimmsch. »Bis wir bei uns sind, mache ich einen Krieger aus dir, wie wäre es damit?«, bot er ihm an und nahm sich die Pfeife.

»Ich glaube, daraus wird nichts. Gegen eine Überzahl wie ihr ...«

»Es gibt keine Überzahl«, widersprach der andere sogleich, »nur größere und kleinere Herausforderungen, merke es dir.«

»Dann lass es mich so sagen. Für mich wird es immer deutlicher, dass ich hinter einen Amboss gehörte, wo ich schmieden darf. Das macht mich glücklich.« Tungdil beschloss, sich vorerst nicht mehr mit derlei Fragen zu beschäftigen. Stattdessen zog er den Rucksack, in dem die in Wachspapier eingeschlagenen Bücher Goréns ruhten, zu sich und packte sie vorsichtig aus. Die Zwillinge schauten ihm zu.

»Und? Was steht drin, Gelehrter?«, wollte Boïndil wissen. »Vielleicht ist das deine Aufgabe? Du wirst Ingenieur oder Schriftweiser. Wir Zwerge haben große Ingenieure.«

»Ich kann es nicht entziffern.« Enttäuschung machte sich in ihm breit, als er bereits am Lesen der Einbandschrift scheiterte. »Es muss sich um Werke handeln, die für hohe Magi gedacht sind.« Der Zwerg wunderte sich, wie Lot-Ionans einstiger Famulus diese Silben überhaupt hatte entziffern können.

Tungdil klopfte sich gegen die Stirn und schalt sich selbst kobolddumm. *Die Elbin, die Herrin des Grünhains! Sie war gewiss in der Lage gewesen, ihm die Geheimnisse der Magie zu erklären und ihm bei der Übersetzung der Bücher zu helfen.*

Seine Finger strichen erkundend über die ledernen Buchdeckel. *Was beinhaltet ihr, dass euch die Albae nicht bekommen dürfen?*, fragte er sie stumm. *Seit wann fürchten sich die bösen Verwandten der Elben vor einem Schriftstück?*

»Wir müssen warten«, vertröstete er sich und die Zwerge. Als er die Bücher mit viel Sorgfalt in ihre schützende Hülle steckte, fiel sein Blick auf den Ledersack mit den Artefakten. Man sah der widerstandsfähigen Tierhaut an, dass sie einiges erlebt hatte. Sie war von der Sonne gebleicht und bekam feine Maserungen; hier und da hoben sich dunkle Flecken ab, die von seinem Schweiß oder fettreichem Proviant stammten, mit dem das Leder in Berührung gekommen war. Der Schwerthieb des Orks hatte sich als hellbraune Linie verewigt und dem Sack eine echte Narbe beigebracht.

Je länger Tungdil auf das Leder starrte, umso mehr wünschte er sich, einen Blick hineinzuwerfen. Gegen den Drang, das bunte Bändchen zu entfernen und hineinzuschauen, kämpfte er schon lange.

Was soll's. Gorén ist tot, und ich will wissen, was ich quer durch das Geborgene Land schleppe. Seine Unbeherrschtheit siegte.

Mit unbeteiligtem Gesicht langte er nach dem Behältnis, um bei den Zwillingen nicht den Eindruck zu erwecken, dass er gegen die Anweisungen seines Magus handelte. Geschickt nestelte er den Knoten auf, und die Enden glitten auseinander.

Augenblicklich erschallte ein durchdringender, Mark erschütternder Ton. Kleine Leuchtkugeln schossen knatternd in die Luft und explodierten bunt.

»Bei Vraccas' Hammer und allen leuchtenden Feuern seiner Esse!« Boïndil und Boëndal sprangen auf, stellten sich Rücken an Rücken und rissen die Waffen aus den Gürteln.

Tungdil fluchte und band den Riemen rasch zusammen. Das Spektakel hörte erst auf, als er den Behälter wieder mit dem gleichen Knoten verschnürte. Er war auf eine Sicherung Lot-Ionans hereingefallen. Der Magus hatte mit seiner Neugier gerechnet und ihm eine Lektion erteilt.

»Was bei allen Gebirgen des Geborgenen Landes war das, Gelehrter?«, verlangte Boëndal missvergnügt zu wissen. »Magischer Firlefanz?«

»Ich wollte nur sehen, ob ... die magische Falle nach so langer Zeit noch funktioniert«, antwortete er und zwang sich, nicht zu schnell zu atmen. Der Schreck saß ihm mindestens genauso in den Gliedern wie den Zwillingen. »Es ist gegen ... Diebe, die den Sack stehlen wollen.«

»Das kleine Ding hat den Lärm veranstaltet?!« Ingrimmsch schaute ungläubig auf das Leder. »Welchen Zweck hat das Spektakel? Soll der Dieb damit die Umstehenden unterhalten und Goldmünzen verdienen können?«

»Nein. So höre und sehe ich immer, wo er ist, und kann mir mein Eigentum zurückholen«, dachte Tungdil sich eine schmeichelhaftere Erklärung aus, weil er nicht eingestehen wollte, dass die Vorrichtung gegen seine Wissbegier gerichtet war.

»Wäre es dann nicht geschickter, er hätte einen Zauber auf das Ding gesprochen, der den Diebstahl verhindert?«, knurrte Boïndil und spuckte aus. »Die Magie der Langen, pah. Ist nichts, taugt nichts.«

Sein Bruder ging auf sein Schimpfen ein. »Ein Hammer müsste herauskommen und dem Schurken auf den Kopf hauen«, meinte er grinsend.

»Oder ihm die Hände zerquetschen, damit er sich nie wieder an fremdem Eigentum vergreift«, fügte Boïndil hinzu.

Boëndal setzte sich wieder. »Verstehe einer die Magi. Da haben sie so viel Macht und denken nicht an die einfachsten Dinge.«

Tungdil schluckte. Er war seinem Ziehvater dankbar, dass er eine solche brutale Strafe nicht vorgesehen hatte. »Ich werde ihm deine Vorschläge unterbreiten«, nickte er ihnen zu.

»Das können wir ja selbst tun.«

»Nein«, wehrte er rasch ab. »Nein, ich sage es ihm. Er mag keine Vorschläge. Von Fremden.« Sein Kopf fühlte sich heiß an, und er wurde rot; glücklicherweise schauten seine Begleiter nicht zu ihm, sondern versuchten, den ins Feuer gefallenen Käse mit einem Stöckchen vor den Flammen zu retten.

»So ein Radau hätte uns in Grünhain das Leben kosten können«, brummte Boïndil. »Lass die Finger von dem Band«, empfahl er ihm nachdrücklich. Seufzend barg er sein Abendessen aus der Glut, tunkte das Käsestück kurz in seinen Wasserbecher, um die Asche zu entfernen, und steckte es sich in den Mund. »Glück gehabt«, meinte er.

Tungdil war der Vorfall jedenfalls eine Lehre. *Ich werde den Sack nur noch anfassen, um ihn auf die Schulter zu heben oder abends abzustellen. Von mir aus kann ein Schatz drin sein, es ist mir gleichgültig.*

VII

**Das Geborgene Land, Lios Nudin im Jahr
des 6234sten Sonnenzyklus, Sommer**

Ranjta schaute über die Menschenmenge. Die einhundertachtzig besten Famuli der Zauberreiche standen wartend in der Vorhalle des Palastes, um von Nudin dem Wissbegierigen empfangen zu werden. Ihre Magi und Magae hatten sie nach Lios Nudin befohlen, um ihnen im Kampf gegen das Tote Land beizustehen. Ungeduldiges Gemurmel erfüllte den hohen, weiten Raum.

»Es scheint schlimm um die magischen Barrieren zu stehen, wenn selbst die Zauberschüler anrücken müssen, um zu helfen, die finstere Macht aus dem Norden zu bezwingen«, sagte ein Famulus neben ihr. »Du wirst immer hübscher, Rantja.«

»Jolosin!«, rief sie freudig und reichte ihm die Hand. Da bemerkte sie die neue, dunkelblaue Robe. »Oh, du bist in die vierte Stufe aufgestiegen. Hast du Lot-Ionan so lange geärgert, bis er nicht mehr anders konnte?«

»Und dich hat Nudin mit deinen zweiunddreißig Zyklen gleich in die fünfte Stufe gehoben? Ich bin beeindruckt«, erwiderte der dunkelhaarige Mann flachsend und anerkennend zugleich. »Geht es dir gut?«

»Sehr«, lächelte sie, doch dann wurde sie ernst. »Bis auf die Nachricht, dass das Tote Land mehr an Macht gewinnt.« Sie bemerkte zahlreiche kleine Schnitte in seinen Fingern. »Wie ist denn das passiert?«

Er winkte ab. »Frag nicht. Aber es sei dir gesagt, dass ich an einem Zauber für Kartoffelschälen arbeite«, antwortete er missmutig. »Ich bin froh, endlich von den Kochtöpfen wegzukommen und etwas Sinnvolles zu tun.« Er blickte sich um. »Hast du die Großmeister schon gesehen?«

»Sie sind ebenso verschwunden wie mein Magus«, antwortete Rantja besorgt. »Weißt du mehr?«

»Alles, was ich erhielt, war die Botschaft, dass ihre Beschwörungszeremonien volle Aufmerksamkeit verlangen, und daher werde man das Wiedersehen vorerst verschieben«, meinte er unzufrieden und nahm den ledernen Sack mit den Artefakten von der Schulter; ein grünes Band hielt ihn verschlossen. »War es jemals so schlimm?« Rantja schüttelte den Kopf.

Die Türen schwangen auf, und Nudin der Wissbegierige erschien, um sie willkommen zu heißen. Er wankte leicht, wirkte erschöpft und abgekämpft.

»Ich grüße euch«, rief er krächzend. Seine Stimme klang angestrengt und überschlug sich. Die Wartenden gewannen den Eindruck, als sprächen ein Mann und eine Frau gleichzeitig. »Heute ist ein schwarzer Tag für das Geborgene Land. Folgt mir und seht, was das Tote Land angerichtet hat.« Der Magus bedeutete den Schülern, ihn zu begleiten, und schritt vorweg.

»Ich kenne Nudin von früheren Begegnungen, und ich muss sagen, er hat sich ziemlich verändert«, raunte Jolosin Rantja zu. »Er muss mindestens fünfzig Pfund zugenommen haben und Schuhe mit dicken Sohlen tragen.«

»Ich weiß. Auf viele wirkt er größer als sonst.«

»Weitaus größer. Und massiger. Dass ein Mann in seinem Alter noch wächst, halte für ausgeschlossen. Was ist wohl geschehen? Ein fehlgeschlagenes Experiment?«

Sie liefen nun unmittelbar hinter Nudin und bemerkten einen süßlichen, fauligen Duft. Das Duftwasser, das der Magus verwendete, musste vergoren sein, was er anscheinend nicht wahrnahm.

Rantja trat auf etwas Rutschiges und glitt aus. Jolosin griff zu und verhinderte, dass es zu einem schweren Sturz kam. »Danke«, sagte die Famula schnell, und sie gingen weiter, weil die Nachfolgenden drängten. Und so sah auch keiner von ihnen den lang gezogenen, dunkelroten Strich auf den Steinplatten. Der Magus verlor Blut.

Das Ende seines Zauberstabs knallte in regelmäßigen Abständen laut auf den Steinboden. Nudin schritt zügig aus, um sie durch ein Gewirr von Arkadengängen und Räumen zu führen, bis sie vor einer weiteren doppelflügeligen Tür anhielten. Seine Linke hob den Stab, und der Onyx glomm düster auf.

»Seid stark«, sprach er zu ihnen und sagte die Silben, welche das Portal öffneten.

Die Türflügel glitten auseinander. Verwesungsgeruch strömte aus dem Raum dahinter, einige der Zauberlehrlinge würgten. Rantja wankte und lehnte sich an Jolosin, der sie tapfer stützte und gegen den Brechreiz ankämpfte.

Der Magus störte sich nicht an dem Gestank. »Seht, wie wichtig euer Beistand nun für das Geborgene Land geworden ist!« Er ging voran, die Famuli betraten zögernd den Raum.

Verstörte und entsetzte Rufe klangen auf, als sie die verschiedenen Überreste ihrer Mentoren erblickten. Eine Statue, ein Haufen Kleider, verwesende Leichname ... Von Andôkai konnte man nicht einmal mehr die Züge erkennen, so stark war ihr Körper zersetzt.

»Bei Palandiell«, stöhnte Jolosin, als er die Statue sah, die einmal sein Lehrer gewesen war. Bei allem Groll, den er gegen ihn wegen der Strafe hegte, hätte er ihm ein solches Ende niemals gewünscht.

»Wir sind verloren«, stammelte er und stellte die Ledertasche auf den Boden, die er auf Geheiß seines Mentors mitgebracht hatte. »Wenn sie nichts gegen das Tote Land ...«

Nudins Zauberstab stieß kräftig auf den Boden, und die Gespräche verstummten. Alle Augen richteten sich auf ihn.

»Wir haben das Tote Land sträflich unterschätzt«, verkündete er mit zitternder Stimme. »Als wir den Kristallspeicher aufluden und die erste Phase der Zeremonie abschlossen, schlug der Schrecken aus dem Norden zu. Der Edelstein wurde gesprengt! Ich überlebte den Angriff mit Mühe.« Das Stabende deutete auf das, was von den Magi und Magae geblieben war, traurige Überbleibsel, stinkende Reste, verhöhnende Abbilder. »Ich habe gute Freunde verloren. Ihr seid deren Famuli, die Besten, die es im Geborgenen Land noch gibt.« Nudin hustete und würgte einen Klumpen Blut hervor, er wankte und lehnte sich an den zu Stein erstarrten Lot-Ionan. »Seht, ich leide noch immer unter dem Angriff. Wir müssen uns beeilen, um den Speicher wieder zusammenzufügen«, keuchte er angestrengt. »Nur so halten wir das Tote Land auf. Scheitern wir, sind die Menschen verloren. Ihr Heer wird den Schrecken niemals aufhalten.«

Die Zauberlehrlinge blickten sich ratlos an. Seine Worte und der Anblick der vernichteten Mentoren erschütterten sie bis tief in ihre Seele hinein.

»Die Fünf, die beinahe als allmächtig galten, wurden vom Toten Land besiegt«, raunte Jolosin niedergeschlagen. »Und wir sollen ...«

»Wir müssen sie beerdigen«, sagte Rantja abwesend. »Wir können sie nicht im Raum liegen lassen, das ist ihrer nicht würdig.« Sie stockte und begann zu zittern.

»Reißt euch zusammen!«, beschwor der Magus sie. »Zunächst zählt, dass wir rasch handeln, um uns überhaupt eine Gelegenheit offen zu halten, etwas gegen unseren Widersacher auszurichten. Danach ist Zeit für die Toten.« Sein Stab beschrieb einen Kreis. »Stellt euch auf. Fasst euch bei den Händen und sprecht meine Worte nach«, befahl er.

Die Frauen und Männer folgten seinen Anweisungen. Rantja und Jolosin begaben sich Seite an Seite, die Berührung tat ihnen gut und gab ihnen Vertrauen.

Nudin legte seinen Stab vor sich auf die Platten und reihte sich neben dem Famulus Lot-Ionans ein. Seine Hände fühlten sich weich und klebrig an, und es kostete Jolosin viel Überwindung, die Finger nicht angewidert abzuschütteln. »Ehrenwerter Magus, ich habe die Artefakte dabei, die sich Lot-Ionan einst lieh.« Er schaute zu seinem Gepäck, und Nudin nickte knapp.

Dann begannen sie mit der gemeinschaftlichen Anrufung der Magie, die als gebündelte Form zu ihnen kommen und in die Splitter des Malachits fahren sollte.

Die Stunden verflogen.

*

Der Tag begann mit Regen. Starkem Regen.

Der Sommer, der nun mit aller Macht über das Geborgene Land eilte, überließ das Land für einige Stunden den Wolken, damit es nach der Trockenheit ordentlich Wasser erhielt.

Die Pflanzen freuten sich sicherlich über den Guss, die drei Zwerge jedoch nicht. Sie drängten sich missgelaunt unter einem Baum zusammen und warteten.

»Das ist der Grund, warum wir in Gebirgen leben«, beschwerte sich Boïndil, der die Gelegenheit nutzte, die Seiten seines Kopfes frisch zu rasieren. In den letzten Tagen war er immer unruhiger geworden. Sein Kriegerherz verlangte nach Orkfratzen, in die er schreien, spucken und schlagen konnte. Allerdings war es im Kernland Lios Nudins unwahrscheinlich, auf die Bestien zu treffen.

»Was tun wir, wenn er einen Anfall von Raserei bekommt?«, flüsterte Tungdil Boëndal heimlich zu. »Sollen wir auf einen Baum klettern?«

Der Zwerg, der gerade das Wasser aus seinem Zopf wrang, grinste von einem Ohr zum anderen. »Solange ich dabei bin, musst du nichts befürchten. Ich kann seine Ausbrüche so lenken, dass er sich an Unbelebtem austobt. Meistens zumindest.«

Sie beobachteten, wie Karren und Fuhrwerke die nicht weit entfernte Straße entlangrollten. Auf einem Kutschbock saß ein junges, verliebtes Paar, das mehr mit sich als mit den Ochsen beschäftigt war; die Tiere kümmerte es nicht, sie trotteten den Weg entlang.

Der Anblick der Verliebten brachte Lot-Ionans Helfer auf eine alte ungewisse Frage. Er rang mit sich selbst, ob er die beiden Zwerge darauf ansprechen sollte; weil er ständig Fragen über sein Volk stellte, kam er sich unglaublich töricht vor. Zyklenlang hatte er umgeben von hunderten von Büchern gelebt und wusste die einfachsten Dinge über Zwerge nicht. *Von wegen Gelehrter.*

Doch alles Zaudern halft nichts, er benötigte Gewissheit. Tungdil vermied es, einen der beiden anzuschauen, und fragte: »Wie sehen Zwerginnen aus?«

Stille. Das Rauschen des Regens, der auf die Blätter ihres Unterstandes prasselte, wurde überlaut. Die Zwillinge ließen ihn schmoren.

»Hübsch«, kam es knapp von Boïndil.

»Sehr hübsch«, steigerte Boëndal die lakonische Beschreibung seines Bruders.

»Aha«, machte Tungdil.

Stille.

Der Schauer verlor an Kraft, das Plätschern verebbte und wurde durch ein beständiges leises Tropfen ersetzt; das Wasser rann von Zweigen und Ästen.

»Haben sie einen Bart?«, unternahm er einen zweiten Anlauf.

Stille.

Tungdil wunderte sich, wie viele Arten von Tropfgeräuschen es gab, wenn man genau hinhörte.

»Bart würde ich es nicht nennen«, begann Ingrimmsch.

»Eher einen Flaum«, umschrieb es sein Bruder. »Sehr anziehend.«

Stille.

Die Sonne bahnte sich einen Spalt durch das Dunkelgrau, und der Sommer kehrte sichtbar ins Geborgene Land zurück. Tungdil nahm Anlauf zu seiner nächsten, etwas heiklen Frage. »Zwerginnen und Zwerge ...«

Die Geschwister wandten sich wortlos zu ihm um, Boëndal musterte ihn mitleidig. »Es wird dringend Zeit, dass er sein Volk trifft«, stellte er trocken fest und schaute zur Baumkrone. »Der Regen hat aufgehört. Wir gehen weiter.« Er stand auf, sein Bruder folgte ihm.

»Du hast nicht geantwortet!«

»Wir sind Krieger, keine Gelehrten. Außerdem war das keine Frage.«

»Sind sie auch Kriegerinnen?«

»Die meisten Zwerginnen unseres Stammes jedenfalls nicht«, sagte Boëndal, während sie nebeneinander her gingen. »Sie kümmern sich mehr um das häusliche Leben. Sie treiben die Tiere auf die Weiden der Täler, sie sorgen für gefüllte Vorratskammern und gutes Bier, machen unsere Kleidung.«

»Es kommt nichts Gutes dabei heraus, wenn Mann und Frau nebeneinander stehen und kämpfen«, brummte Ingrimmsch. Er klang, als hätte er schon entsprechende Erfahrungen gesammelt, doch der Unterton warnte Tungdil davor nachzuhaken.

»Hüte dich davor, ihre Künste zu beleidigen. Sie haben einen ebenso großen Stolz wie wir. Einige von ihnen reihen sich in die Galerie der besten Steinmetze und Schmiede ein. Ihre Hände führen die Meißel und Hämmer mit solcher Genauigkeit, dass ihre Rivalen bei Wettkämpfen aus dem Staunen nicht mehr herauskommen.«

»Ausnahmen«, brummte Boïndil und machte keinen Hehl daraus, dass er nichts davon hielt, wenn Zwerginnen die Aufgaben eines Mannes übernahmen. »Sie sind bessere Herdfeuerwächter. Das ist ihre Bestimmung.«

Tungdil hatte aufmerksam zugehört. »Dann ist es so ähnlich wie bei den Menschen«, fand er. Er wurde immer neugieriger auf die Zwerginnen und freute sich sehr, einer von ihnen näher zu kommen.

Endlich trafen sie in Porista ein. Tungdil bestaunte die Türme und die Kuppeln des Palastes, aber die Zwillinge hatten nur ein müdes Lächeln für die Baukunst der Langen übrig, die der ihres Volkes wohl weit hinterher hinkte.

Tungdils heimliche Hoffnung, Lot-Ionan zu treffen und es sich sparen zu können, die Bücher und die zerstörten Artefakte weiterhin zu schleppen, erfüllte sich nicht. Sie erfuhren, dass die Magi und Magae schon vor Tagen aufgebrochen wären, um in ihre Länder zurückzukehren. Nudin der Wissbegierige empfing niemanden, daher blieb den drei Zwergen nichts anderes übrig, als zum Geduldigen nach Ionandar zurückzukehren.

Als sie an einer Nebengasse vorbeigingen, entdeckte Tungdil ein Pferd, das in einem Stall angebunden stand und ihm seltsam bekannt vorkam.

»Wartet.« Er schlenderte zu der Fuchsstute, denn er glaubte sich zu erinnern, das Tier beschlagen zu haben. Behutsam nahm er den rechten Vorderlauf und betrachtete das Eisen. Es trug seine Handschrift, die Form der Nägel war augenfällig. »Sie sind es«, wisperte er.

»Freunde von dir?«, erkundigte sich Boëndal, den Krähenschnabel locker geschultert. Sein Bruder fuhr sich prüfend über die kahlen Kopfseiten, um zu fühlen, wo noch Stoppeln standen.

»Wohl kaum.« Tungdil trat zu den prall gefüllten Satteltaschen, nahm einen Eimer, stülpte ihn um, stieg hinauf und reckte sich, um an die Lederriemen zu gelangen. Die Abdeckung klappte nach hinten, und der Zwerg tastete blind in der Tasche herum, bis er ein großes Glas fasste. Ruckartig zog er es hervor.

»Erinnert ihr euch an den toten fahrenden Zwerg?« Seine Ahnung trog ihn nicht. Er öffnete das Glas und erblickte den Kopf eines geschorenen Zwerges. Die Kopfgeldjäger hatten ihrem Opfer rücksichtslos die Haare gestutzt, damit der Schädel in den Behälter passte. Der Honig schloss den abgetrennten Kopf luftdicht ab und bewahrte ihn auf diese Weise vor der Zersetzung. Das letzte bisschen Blut waberte als rote Schlieren in der goldklaren Flüssigkeit.

»Das sind seine Mörder.«

Kettenhemden klirrten und klingelten, dann standen die Zwillinge neben ihm. Keiner von ihnen sprach; sie starrten voller Entsetzen auf das, was ein Mensch von einem ihres Volkes nahm, um zu Gold zu kommen.

»Bei Vraccas! Ich werde sie in Scheiben schneiden!«, grollte Ingrimmsch. Die Wut schoss hinauf bis in seine Haarspitzen, die Beile flogen ihm von selbst in die Hand. »Lasst ...«

Da schwang die Tür auf, die vom Stall ins Haus führte. Tungdil erkannte den Mann sofort wieder, dem Kopfgeldjäger ging es ebenso. Er blieb ruckartig stehen und starrte auf die drei Zwerge. »Verdammt!« Das Kräfteverhältnis erschien ihm nicht ausgewogen genug, deshalb drehte er sich auf dem Absatz um und verschwand im Haus.

»Kämpfe, Feigling! Sogar die Schweineschnauzen taugen mehr als du!« Boïndil befand sich bereits auf dessen Fersen. Aus dem Innern des Gebäudes drang ein kurzer, aber heftiger Kampflärm, der mit dem schrillen Todesschrei des Söldners endete.

Tungdils Warnung erreichte den rasenden Ingrimmsch zu spät. »Er hätte lebend mehr genutzt!« Doch er machte dem Zwerg keinen Vorwurf. Boïndils angestaute Tobsucht blockierte die Vernunft und gab den Verstand erst frei, als er das Blut seines Gegners und den leblosen Körper wahrnahm.

»Warten wir eben«, bemerkte Boëndal trocken, »bis die anderen zurückkommen. Vier fehlen uns noch, wenn ich mich an deine Erzählung erinnere.« Tungdil nickte, und sie versteckten sich im Stall.

Die Söldner erschienen am frühen Abend; ihren Gesichtern nach zu urteilen hatten sie kein Glück gehabt und kehrten ohne Beute zurück.

Ingrimmsch stand schnaubend hinter dem Tor, die Beile in den Händen haltend, und wartete begierig, dass die Krieger eintraten; sein Bruder hatte den Strohhaufen gewählt und lauerte ebenfalls. Tungdil zog es vor, sich im Hintergrund zu halten. Eingespielt, wie Boïndil und Boëndal im Gefecht waren, behinderte er sie mehr, als er ihnen nutzte.

Als die vier im Stall standen und von den Pferden gestiegen waren, nickten sich die Zwillinge zu und stürmten los.

»Lasst einen von den Halunken am Leben!«, erinnerte Tungdil sie und folgte ihnen.

Einer der Krieger sah die Angreifer heranfliegen und langte an seinen Schwertgriff.

Er hatte Waffe zur Hälfte aus der Scheide gezogen, als ihn Boïndils Beil in die linke Hüfte traf; die Wucht des Schlages warf ihn gegen die Wand. Die zweite Schneide schnellte von schräg unten heran, durchschnitt Haut, Sehnen und zerschmetterte das rechte Knie. Brüllend knickte er zusammen.

Das sah Ingrimmsch nicht mehr. Er wusste, welche Wirkung seine beiden Hiebe hatten, und sprang bereits lachend auf den nächsten Gegner zu.

Sein Bruder kümmerte sich um die beiden anderen Mörder. Boëndal rannte mit gesenktem Haupt auf den vorderen seiner Widersacher zu, und der Krähenschnabel blitzte auf.

Dem Söldner gelang es noch, seinen Schild vom Pferd zu reißen und ihn schützend vor sich zu halten, doch er hatte die gewaltige Durchschlagskraft der Zwergenwaffe unterschätzt. Das spitze Ende drang durch den metallbeschlagenen Schutz und trat auf der anderen Seite dort wieder heraus, wo sich der Arm des Mannes befand. Was Holz und Metall besiegte, das störte sich auch nicht an Fleisch und Knochen. Der Söldner schrie auf.

Der Zwerg riss den Haken aus dem Blech, drehte die stumpfe Seite nach vorne und schlug nach dem ungeschützten Knie. Das Gelenk wurde unter dem gewaltigen Druck nach hinten gebogen und brach krachend. Der zweite Gegner war ausgeschaltet.

»Dir zeige ich, was es heißt, Zwerge feige zu ermorden!« Der von Wut besessene Ingrimmsch beharkte seinen Feind mit schnellen, tiefen Schlägen der Beile.

Tungdil sah, dass sich die Söldner alle Mühe gaben, die Hiebe ihrer rasenden Angreifer zu parieren, aber ihre verzweifelten Mienen sprachen Bände. Wo Angst war, folgte die Niederlage meist auf dem Fuß, und so kam es.

Boïndil wirbelte die Beile, sodass der Söldner nicht wusste, von wo der Angriff erfolgen würde. In seiner Furcht wandte er sich um und versuchte, zu seinem Pferd zu gelangen.

Er konnte zwar schneller rennen als der Zwerg, war aber nicht flinker als der geworfene Krähenschnabel Boëndals.

Mit einem dumpfen Laut prallte die Waffe gegen seinen Rücken, als er sich in den Sattel schwingen wollte. Das schwere Ende brach seine Rippen und verzögerte seine Flucht. Das genügte Ingrimmsch, den Vorsprung auszugleichen.

»Du bist mir zu groß, Langer«, schnaubte er und durchtrennte dem Mann die Fersensehnen. Während der Kopfgeldjäger stürzte, hieb er ein weiteres Mal zu und tötete ihn mit zwei harten Treffern in die Schlüsselbeine.

Dann stand Boïndil vor dem vierten Söldner, der hinter dem Stroh kauerte. »Nun du!« Die Augen glitzerten voller Wahn, das Blut seiner Gegner haftete an vielen Stellen des Kettenhemdes. »An welchen Gott glaubst du? Palandiell? Samusin?«

Der Mann warf seine Waffe weg und reckte die Arme. »Ich ergebe mich«, rief er hastig.

Der Zwerg bleckte die Zähne. »Das ist mir gleichgültig«, knurrte er und schlug dem Wehrlosen die Beile in den Leib. Ächzend brach der Söldner zusammen. Er starb rasch, aber äußerst qualvoll, wie Tungdil an seinem Wimmern hörte.

Tungdil wandte sich um. Der Anführer, der von Boïndil zu Beginn des Gemetzels kampfunfähig gemacht worden war, lag in einer riesigen Blutlache und verlor zusehends an Lebenskraft. Er eilte zu dem Mann.

»Wer bezahlte euch euer Handwerk?«, verlangte er zu wissen.

»Sag es uns, und wir retten dein Leben.«

»Oder wir schauen zu, wie du dich in deinem Blut wälzt«, drohte Ingrimmsch.

»Bei Palandiell, verbindet mich!«, hielt der Kopfgeldjäger dagegen und presste seine Hände gegen die Hüftwunde. Das Rot quoll so stark zwischen seinen Fingern hervor, dass Tungdil nicht glaubte, sein Leben retten zu können. Lot-Ionan wäre sicher dazu imstande gewesen, doch ein Verband brachte nichts.

»Sag es«, schrie ihn Boïndil aufgebracht an, »oder ich beende, was deine Mutter unter Schmerzen in die Welt setzte!« Doch der Mann starb, ehe er seine Drohung in die Tat umsetzen konnte.

Die Zwillinge drehten sich um und stapften auf den letzten Überlebenden der Mörderbande zu, dem die lange Spitze von Boëndals Waffe Schild und Hand durchbohrte.

Der Söldner presste die Zähne zusammen. Die Schmerzen, die ihm sein zersplittertes Knie bereiteten, stellten seinen Stolz, nicht zu schreien, auf eine übermenschliche Probe.

»Seid gnädig, ich weiß fast nichts«, stammelte er. »Wir haben in Gauragar von der Belohnung gehört, die es für das Haupt eines Unterirdischen gibt. Es war kurz nachdem wir den da«, er zeigte auf Tungdil, »zum ersten Mal trafen.«

»Wer hat es euch gesagt?«, grollte Ingrimmsch, und eines seiner blutigen Beile legte sich an die Kehle des Gerüsteten.

»Der Gildenmeister! Der Gildenmeister!«, stieß er ängstlich hervor. »Er hat uns in diese Region geschickt. Wir sammeln die Köpfe, und einmal pro dreißig Umläufe erscheint ein Bote, um die Gläser abzuholen. Wir erhalten dafür unseren Anteil von der Gilde. Jeder dreißig Münzen pro Schädel.«

»Welcher Gilde?«, setzte Tungdil nach.

»Der Kopfgeldjäger«, erklärte der Krieger und stöhnte laut auf, als die Qual zu groß wurde. »Lasst mich gehen. Ich habe alles gesagt, was ich weiß.«

Tungdil glaubte ihm das, doch er wusste auch, dass die Zwillinge ihn nicht am Leben lassen würden. Die habgierigen Taten verlangten nach Sühne.

»Du gehst nirgends hin.« Boïndils Klinge erledigte ihr Werk schneller, als sie ihn davon abzuhalten vermochten, und der Letzte der Söldner hauchte sein Leben aus.

»Weiter«, befahl Boëndal tonlos. »Nichts wie weg von hier, ehe die Stadtwache nachschauen kommt.«

Sie nahmen ihr Gepäck eilig an sich und verließen Porista, um ihren Weg nach Ionandar fortzusetzen. Zuerst fürchteten sie, dass Gardisten sie verfolgten, aber sie durften unbehelligt ziehen.

Tungdil fühlte ein schlechtes Gewissen in sich. »Es war nicht rechtens. Wir hätten sie der Garde übergeben sollen, samt des

Glases«, meinte er unterwegs, während sie durch Pfützen und Schlamm wateten.

Boïndils Augen verengten sich. »Ist das ein Vorwurf, weil ich keinen der Langen mit dem Leben davonkommen ließ?« Er wischte sich die Regentropfen aus dem schwarzen Bart. »Was hätte es an ihrem Schicksal geändert? Man hätte sie verurteilt und hingerichtet.«

»Sie hatten den Tod verdient. Nur ...« Tungdil wusste nicht, wie er seine Schuldgefühle begreiflich machen konnte, damit Ingrimmsch ihn verstand.

Boëndal sprang seinem Bruder bei. »Nein, Gelehrter. Es gibt kein ›Nur‹, kein ›Wenn‹ und ›Aber‹. Sie töteten für Geld, sie starben für Geld. Ob wir sie nun umgebracht haben oder die Langen sie hinrichten würden, welchen Unterschied macht das? Auf diese Weise haben wir die getöteten Zwerge gerächt. So war es besser.« Zum Zeichen, dass er von seiner Meinung nicht mehr abrücken würde, warf er sich den Zopf über die Schulter.

Seinen Worten hatte Tungdil nichts entgegenzusetzen. Er war noch zu sehr Gelehrter, um die zwergische Denkweise seiner Begleiter nachvollziehen zu können.

»Lass uns weitergehen. Der Rat der Zwerge wartet auf uns«, sprach Boïndil versöhnlicher. Die Schlacht im Stall hatte seine aufgestaute Wut abgekühlt, und er war wieder umgänglicher.

Das Geborgene Land, Lios Nudin im Jahr des 6234sten Sonnenzyklus, Sommer

»Ich kann nicht mehr«, ächzte Rantja leise.

»Ich bitte dich, du musst durchhalten«, raunte ihr Jolosin zu. »Wenn einer von uns den Kreis verlässt, hält die Zeremonie inne. Ich bin es meinem Mentor schuldig – und wir alle zusammen sind es dem Geborgenen Land schuldig.«

Nudins Stimme veränderte sich. Aus dem Krächzen wurde ein hohes Säuseln, das sich nicht mehr wie der Magus anhörte. Im nächsten Augenblick redete er mit dunkler Bassstimme, die in den Bäuchen der Famuli vibrierte. Selbst die Erfahrensten unter ihnen erinnerten sich nicht, jemals so etwas vernommen zu haben.

Doch es wirkte.

Die Bruchstücke des Malachits leuchteten dunkelgrün auf, erhoben sich drei Schritt hoch und schwebten auf einer Ebene frei im Raum. Selbst die Splitter, die im Leichnam Mairas der Hüterin steckten, bohrten sich einen Weg durch das verrottende Fleisch und kamen mit einem leisen Schmatzgeräusch aus ihr hervor.

»Sieh nur!« Jolosin drückte ihre Hand. »Gleich haben wir es!« Der Wissbegierige übernahm weiterhin die Rolle des Hauptsprechers. Die Männer und Frauen wiederholten seine Formeln, bis sie plötzlich unverständlich wurden. Nudin stotterte scheinbar wirres Zeug vor sich hin, und die Silben konnten von seinen Helfern nicht repetiert werden. Das Ritual drohte zu scheitern.

Die Bruchstücke formierten sich zu einer runden Scheibe mit einem Durchmesser von zehn Schritt, dann begann der leuchtende Kreis, um die eigene Achse zu rotieren.

»Soll das so sein?«, fragte Jolosin Rantja. »Ich habe so ein Ritual noch niemals mitgemacht.« Sie blieb ihm die Antwort schuldig.

Die Drehbewegungen wurden schneller, und je mehr die Malachitsplitter an Geschwindigkeit aufnahmen, um so enger rückten sie aufeinander zu. Sie verdichteten sich, bis sich die Einzelstücke zu einem großen Kristall fügten.

»Der Wissbegierige weiß genau, was er tut«, atmete Rantja auf und verstummte wie auch die übrigen Famuli.

Die Stille hatte etwas Feierliches. Einhundertachtzig Menschen standen um den kraftvoll leuchtenden Edelstein, dem der Wille Nudins eine neue Form gegeben hatte. Einige der Zauberlehrlinge seufzten erleichtert und freuten sich an dem majestätischen Anblick, der sich ihnen bot.

»Wir haben es geschafft«, jauchzte Jolosin und wollte seine Finger von Nudins lösen, um Rantja in die Arme zu schließen, doch der Magus hielt sie eisern fest.

Der Mund des Wissbegierigen öffnete sich, um ein einziges, unbekanntes Wort zu sagen.

Ein Splitter löste sich aus dem Verbund und flog Jolosin unbemerkt von den anderen wie ein Geschoss in die Brust.

»Was ...« Der junge Mann ächzte. Er wollte die Hand des Magus abschütteln, um die Stelle zu betasten, an der das Stück Malachit einschlug. Das scharfkantige Teil steckte tief in ihm, er spürte, wie Blut aus der Wunde sickerte und über seinen Bauch lief, aber die kalten, klebrigen Finger gaben ihn nicht frei.

»Ehrenwerter Magus«, stöhnte Jolosin unter Schmerzen. »Ich ... bin verletzt. Der Stein hat mich angegriffen.«

Nudin wandte ihm das teigige, aufgeschwemmte Gesicht zu. Das Schwarz der Pupillen hatte die Farbe seiner Augen zu einem schmalen Rand schrumpfen lassen; dann veränderte sich die Schwärze und wurde schlagartig silbrigtrüb. In dem Schleier glitzerte es auf.

»Ich weiß, mein Junge. Es geht nicht anders, ich brauche deine Magie.« Er drückte ihm aufmunternd die Hand. »Du wirst gleich keine Qualen mehr leiden müssen.« Der Wissbegierige schloss die Lider.

Das nächste winzige Malachitstück flog durch den Raum und traf Rantja; immer schneller schossen die Splitter davon, und erst als die Hälfte der Famuli Opfer der Attacken geworden waren, bemerkten die anderen, was geschah. Sie riefen Nudin zu, er solle etwas unternehmen.

»Bleibt, wo ihr seid! Oder wollt ihr alles zunichte machen?« Er stand noch immer mit geschlossenen Augen da.

Die Letzten, die noch nicht beschossen worden waren, gaben nichts auf die Worte des Magus. Sie wollten den Kreis verlassen und hinter Deckungen flüchten, ehe sie Tod bringende Verletzungen davontrugen. Aber es gelang nicht. Voller Entsetzen stellten sie fest, dass ihre Hände untrennbar an denen ihrer Nachbarn hafteten, und kurz darauf traf auch sie ein Splitter.

Aus dem Malachit zuckten dunkelgrüne Strahlen hervor, leckten voller Vorfreude über die Körper der Zauberlehrlinge und glitten durch die Wunden, welche die Splitter ihnen geschlagen hatten, in sie hinein.

Nudin öffnete die Lider, die Augen glänzten wahnsinnig. Er öffnete sein Gewand auf Brusthöhe und rief ein zweites Wort.

Ein fingerlanger Kristallsplitter ritt auf einem gleißenden Blitz herbei, um sich in seinen Leib zu bohren. Der Strahl schwoll an, gewann an Umfang, pulsierte und zuckte, während die grünen Energiebänder, mit denen die Famuli an dem Malachit hingen, schwächer wurden. Unvermittelt erloschen sie.

»Vollendet!« Aus dem Mund Nudins drang ein unmenschlicher, kraftvoller Freudenschrei, dann lachte er vor Zufriedenheit. »Es ist vollendet! Nun kann ich die Maskerade fallen lassen und wieder Nôd'onn der Zweifache sein.«

Die Zauberlehrlinge stürzten zu Boden. Jolosin und Rantja waren wie alle anderen nicht fähig zu sprechen, der Stein hatte ihnen alle Kraft und die Magie brutal aus den Körpern geraubt.

Diejenigen, deren Verfassung weniger stabil war, starben zuerst. Ihre Herzen hörten auf zu schlagen, die Atmung endete.

Jolosin und Rantja schafften es zusammen mit einigen wenigen, ihre letzten Reserven zu mobilisieren, und krochen auf den Ausgang zu, um vor Nudin zu fliehen.

Der Magus langte mit spitzen Fingern nach dem Splitter in seiner Brust, bis er ihn zu fassen bekam. Er zog das blutigrote Fragment heraus, um es versonnen zu betrachten und wieder in sich einzusetzen. Anschließend trat er zu der Malachitscheibe.

»Du hast deinen Dienst getan. Vergehe.« Kaum berührte er den schwebenden Kristall mit dem Onyx, fiel er herab und zerbarst erneut in unzählige Teile.

Halte dich nicht auf, beginne mit dem nächsten Zauber. Nôd'onn ging zu dem Sack mit den Artefakten, nahm ihn an sich und eilte zum Ausgang. Er stieg über drei Kriechende hinweg und tötete sie, indem er ihnen die Spitze seines Stabes in den Rücken trieb. Das weiße Ahornholz färbte sich Rot.

Auf der Schwelle wandte er sich noch einmal um. Seine Augen wanderten im Saal umher, in dem der Verwesungsgeruch bald stärker werden würde. Es störte ihn nicht. Es gab keinen Grund mehr für ihn, das Ritualzimmer zu betreten, denn er war beinahe am Ende seines Planes angelangt.

Da wurde er auf Jolosin und Rantja aufmerksam. Mit einem harten, brutalen Hieb schlug er dem Mann den Schädel ein; seine eigene Famula schob er mit dem Stiefel von der Schwelle ins Zimmer zurück.

Rantja rollte sich auf den Rücken und versuchte unter Tränen, die Formel einer Selbstheilung aufzusagen, doch ihr Zauber scheiterte.

Nôd'onn ging in die Hocke und streichelte ihr behutsam über die langen, brünetten Haare. Er kannte sie sehr gut und zählte sie zu seinen fähigsten Schülern; vielleicht hätte sie es bis zu seiner Nachfolgeschaft in Lios Nudin gebracht, aber seinen Plänen wäre sie niemals gefolgt.

»Es gelingt dir nicht, weil du den Kristallsplitter in dir trägst und leer und verbraucht bist«, erklärte er ihr. »Du wirst mit den anderen sterben, Rantja.«

Die dunklen Augen der jungen Frau blickten den Magus, dem sie zyklenlang vertraut und den sie zu kennen geglaubt hatte, voller Verachtung an.

Er wich ihr aus, der Anblick der Sterbenden erfüllte ihn dennoch mit Trauer. »Ich bedaure es, die vielen Leben auslöschen zu müssen, um an ihre Kräfte zu gelangen«, entschuldigte er sich. »Andererseits hättet ihr ebenso wie Sabora, Turgur, Lot-Ionan, Andôkai und Maira meinem Vorhaben niemals zugestimmt. Es blieb mir nur dieser Weg, der mir gewiss nicht leicht fiel. Das Schicksal verlangte von mir, so zu handeln. Es gilt, Schlimmeres vom Geborgenen Land abzuwehren«, sagte er sanft als Antwort auf ihre stumme Frage.

»Es gibt nichts Schlimmeres als der Schrecken aus dem Norden«, widersprach sie angestrengt. »Verräter! Die Götter werden dich bestrafen!«

Nudin blickte sie nachdenklich an. »Mag sein«, antwortete er langsam. »Mag sein. Den Zorn der Götter nehme ich in Kauf, wenn ich dafür die Menschen retten kann.« Er erhob sich; auf sein Zeichen hin schwangen die riesigen Türen aufeinander zu. »Und das gelingt einzig mit der Hilfe einiger Auserwählter und des Toten Landes.«

»Du bist irre«, flüsterte Rantja, und ihr Blick brach. »Du bist ...« Ihr Körper entspannte sich, der Schopf sank nach hinten und drehte sich leicht zur Seite.

»Nein«, entgegnete Nôd'onn bedrückt, »es versteht mich nur keiner. Doch davor hat es mich gewarnt ...«

Abrupt drehte er sich um und eilte durch den Palast, um in die unterirdischen Gewölbe zu gelangen. Dumpf polternd schlossen sich die Türen des Raumes, in dem die besten Magiekundigen ihre letzte Ruhestätte fanden.

Der Zweifache eilte die Stufen hinab und gelangte in den Bereich, in dem er den Magiestrom, der sein Land durchfloss, am deutlichsten fühlte. Lios Nudin lag im Zentrum der Kraft, von hier aus rannen die Energien in die fünf übrigen Zauberreiche. Es würde nicht mehr lange so bleiben.

Die Magi und ihre besten Schüler hatte er zwar besiegt, doch er musste sich auch um die Famuli kümmern, die auf der untersten Stufe der Gelehrtenleiter standen. Nôd'onn konnte den magischen Strom nicht aufhalten, daher bezweckte er etwas ganz anderes, um den niedrigrangigen Zauberlehrlingen das bisschen Macht zu nehmen, das sie besaßen.

Aber zuerst kümmere ich mich um etwas mindestens ebenso Wichtiges. Er entfernte das grüne Lederband, öffnete den Sack mit den Artefakten und stülpte ihn um, um die Gegenstände auf den Boden zu schütten.

Eine Sanduhr fiel heraus und zerschellte auf dem Marmor, dann folgten zwei Amulette, die scheppernd aufschlugen, und eine Schriftrolle.

Wütend starrte Nôd'onn auf die Sachen. *Das sind die falschen Dinge!* Die Spitze seines Zauberstabs wühlte im Sand herum. *Verflucht!*

Er mahnte sich zur Ruhe. Sein Eigentum konnte er sich von den Orks aus dem Stollen Lot-Ionans holen lassen.

Der Magus konzentrierte sich und tastete gedanklich mit seinen eigenen Fertigkeiten nach dem Magiefeld. Als er spürte, dass er eine Verbindung zu ihm gefunden hatte, sagte er den Zauberspruch auf, den ihn das Tote Land lehrte, und gab die von den Famuli geraubten Energien.

VIII

Das Geborgene Land, Ionandar im Jahr des 6234sten Sonnenzyklus, Spätsommer

Die drei Zwerge erstanden Ponys, um schneller voranzukommen, und ritten ununterbrochen; nur wenn ihre Kehrseiten zu sehr schmerzten, stiegen sie ab und liefen neben den Tieren her.

Die Zwillinge lehrten Tungdil unterwegs einige Zwergenweisen, die von allen Stämmen gesungen wurden und eine letzte Kette von Gemeinschaftlichkeit bildeten, die alle Kinder des Schmiedegottes Vraccas miteinander verband.

Die Tonfolgen waren einfach und leicht zu merken, denn verschnörkelte Melodien waren den Zwergen fremd. Dennoch kamen die Weisen Tungdil ein wenig melancholisch vor. Es musste an der ständigen Dunkelheit liegen, in der sein Volk lebte. Nur wenn es um Gold und Schätze ging, wie in »Goldnes Schimmern in Stollens Ferne« und »Diamantnes Feuer, kühl und hell«, brach die gute Laune aus. Das Trinklied »Tausend Zecher, tausend Becher« übten sie mit ihm, nachdem Boïndil ein kleines Fass Bier erstanden hatte.

Der Morgen danach war einer dieser Tage, an denen sich Tungdil wünschte, keinen Kopf zu haben. Boëndal versicherte ihm, dass so etwas bei Zwergenbier nicht geschähe, das Gebräu der Langen sei minderwertig.

Unterwegs erfuhren sie durch den fahrenden Händler Sami, einen Menschen mit einfachen Kleidern am Leib und Bartstoppeln im Gesicht, von seltsamen Begebenheiten. »Mancherorts erzählt man, dass sich die besten Famuli aus allen fünf Zauberreichen nach Lios Nudin aufgemacht hätten«, sagte er, während sich Tungdil für eine Schmuckauslage interessierte. Er hatte Frala versprochen, ihr etwas Schönes mitzubringen, und das wollte er besorgen, bevor er es völlig vergaß. Die Zwillinge warteten geduldig.

»Gab es von Grünhain etwas Neues?«

»Die Elbin unterlag dem Toten Land, und der Wald verwandelte sich in einen Ort des Schreckens. König Bruron erwog, die Bäume in Brand zu stecken, damit keine unachtsamen Wanderer hineingeraten und getötet werden«, berichtete Sami und wies geflissentlich auf seine Kräuterseifen. »Das würde dir gut tun, Unterirdischer.«

»Wir sind Zwerge! Heißt das, wir stinken?«, knurrte Ingrimmsch.

»Komm runter, damit ich dich einseife, langes Elend.«

»Nein, nicht doch. Ich dachte, er sucht etwas für eine Dame«, wehrte der Händler rasch ab.

»Aber jetzt, wo du es sagst«, konnte sich Tungdil die Spitze nicht verkneifen und warf Boïndil ein Stück grobe Kernseife zu. »Da.« Er erstand eine Jasminseife, einen Kamm mit Brandmalerei sowie Puppen für Ikana und Sunja.

Boïndil roch an der Seife, kratzte ein Stück davon ab und kostete es. »Bah, waschen! Es schmeckt nicht einmal.« Achtlos packte er sie ein.

»Das Tote Land ist auf dem Vormarsch?«, hakte sein Bruder indes nach.

»Das kann man so annehmen. Die Elben sitzen im letzten Stück ihres Reiches Âlandur und verteidigen es gegen die unaufhörlichen Attacken der Albae, heißt es. Angeblich sind die ersten Elben geflüchtet und suchen Schutz in der Ährenebene von Tabaîn.« Der Mann packte die Geschenke in groben Stoff ein. »Die Albae gewinnen langsam, doch stetig die Oberhand, will man meinen. Âlandur wird fallen, wenn ihr mich fragt, und dann gibt es keine Elbenreiche mehr im Geborgenen Land.« Er übergab Tungdil das Bündel. »Macht einen silbernen Münzling, werter Herr Unterirdischer.«

»Zwerg«, verbesserte ihn Tungdil.

»Bitte?«

»Wir sind Zwerge, keine Unterirdischen.«

»Richtig, ich vergaß«, entschuldigte Sami sich eilends und schaute misstrauisch zu Boïndil, der seine geschorenen Kopfseiten prüfend in einem Spiegel betrachtete.

Tungdil machten die Neuigkeiten betroffen. »Ich bin gespannt, was der Rat der Zwergenstämme dazu sagt.«

»Er wird jubeln«, zuckte Ingrimmsch mit den Achseln. »Die einen Spitzohren sind erledigt, und die anderen machen wir umso leichter fertig, wenn sie sich in unseren Bergen herumtreiben sollten. Ich werde keine Elbenfratze in unserem Blauen Gebirge dulden, weder Alb noch Elb. Sollen die Flüchtlinge sehen, wo sie bleiben.«

Tungdil kratzte sich am braunen Bart. »Und die Orks?«

»Oh, sie müssen sich an drei Orten gleichzeitig aufhalten, wenn man den Geschichten über sie Glauben schenken will.« Sami verzog das Gesicht zu einer Leidensmiene. »Es ist unsicher auf den Straßen. König Bruron gelingt es nicht, Tions Kreaturen zu stellen und zu vernichten. Dafür plündern sie weiter, und unsereins muss sich Sorgen um Leib und Ware machen.«

Boïndil blickte verlangend und leckte sich die Lippen. Tungdil hörte ihn »Oink, oink« murmeln.

Schließlich verabschiedeten sie sich von dem Krämer und ritten weiter.

Um Münzen in die Beutel zu bekommen, schmiedete Tungdil unterwegs; die Zwillinge gingen ihm entweder zur Hand oder versahen die Fenster- und Türstürze der Bauern und Dörfler mit wunderschönen Gravuren. Damit hatten sie ausreichend Schinken und Käse im Beutel und näherten sich ihrem ersten Ziel, dem Stollen.

»Du hast Käsekrümel im Bart«, machte Tungdil Boïndil während einer Rast aufmerksam.

»Und?«

»Es sieht ... nicht gut aus«, bemühte er sich um einen diplomatischen Hinweis.

Ingrimmsch strich einfach nur durch die Gesichtshaare, um die größten Brocken herauszuschütteln.

»Da ist noch ...«

»Alles andere bleibt, wo es ist«, meinte er unwirsch. »Das sorgt dafür, dass der Bart immer schön geschmeidig ist.« Wie zur Untermauerung seiner Worte landete ein Brotkrümel in dem krausen Barthaar.

Tungdil stellte sich vor, wie die Haare ihr eigenes Leben entwickelten und die Reste verschlangen. Das war gewiss der Grund, weshalb sich kein Ungeziefer darin einnistete. Es krabbelte hinein und wurde einfach gefressen. »Was sagen denn die Zwerginnen, wenn ihr so ungepflegt ...?«

»Fängst du schon wieder mit den Weibern an?« Boïndil grinste dreckig. Käsestückchen hingen zwischen seinen Zähnen, und er schlug Tungdil aufmunternd auf den Rücken.

»Geduld, Gelehrter. Bald bist du um eine Weisheit reicher, wenn du es geschickt anstellst. Der Hässlichste bist du meiner Meinung nach nicht. Es wird sich schon eine für dich finden«, lautete der Ratschlag Boëndals.

»Und ... was mache ich dann?«

Der andere rempelte ihn in die Seite. »Du machst ihr schöne Augen. Danach singst du ihr ein Lied und schmiedest ihr einen Ring, um ihr Herz zu gewinnen. Du küsst ihre Füße, reibst sie ordentlich mit ihrem Lieblingskäse ein und drehst sie viermal im Kreis. Dann öffnet sich die Pforte, die in ihr Geborgenes Land führt.«

»Das ist ... so steht es nicht in den Büchern«, meinte Tungdil hilflos. Er blickte Boëndal an, in dessen braunen Augen der Schalk funkelte. Im selben Moment prustete Ingrimmsch los und schüttete sich aus vor Lachen.

»Albernes Pack.« Tungdil verzog den Mund. »Ich finde das nicht lustig«, beschwerte er sich beleidigt. »Ich kann nichts dafür, dass ich keine Zwerginnen kenne.«

Boïndil wischte sich die Heiterkeitstränen aus den Augenwinkeln. »Nimm es ihm nicht krumm. Aber mein Bruder hatte auf diese Weise immer Erfolg.«

Jetzt dröhnte das Lachen beider Geschwister über die sanften Hügel Ionandars.

»Sei einfach du selbst«, sagte Boëndal eine Spur ernster. »Ich kann natürlich nicht für alle sprechen, aber ich habe gelernt, dass sie eine Maskerade sehr schnell durchschauen.«

»Er wollte immer ein Poet sein«, gluckste sein Bruder. »Es hat ihm aber niemand abgenommen. Bei dir würde das funktionieren.«

»Welche Geschenke mögen sie?«

»Oh, geschickt! Du versuchst es mit Bestechung?! Um das Herz einer unvergebenen Zwergin zu erreichen, gibt es keine Rezeptur, die man aus Büchern lernen kann, Gelehrter«, sagte Boëndal. »Entweder sie mag dich und lässt dich das spüren, oder sie mag dich nicht.«

»Das lässt sie dich dann auch spüren«, rief Ingrimmsch gut gelaunt.

»Und frage nicht, wie sehr«, lachte Boëndal. »Wenn sie dich mag, kann dir alles geschehen. Doch jetzt genug von den Frauen.«

Sie zogen weiter. Nach mehreren Sonnenumläufen erkannte Tungdil die Gegend, also näherten sie sich mehr und mehr dem Stollen seines Magus.

Freudig malte er sich das Wiedersehen mit den Famuli und vor allem mit seiner lieben Frala und ihren Töchtern aus. *Sie werden Augen machen, wenn sie hören, was das Volk der Zwerge von mir will.* Damit sie sah, dass er sie nicht vergessen hatte, band er sich ihr Halstuch um.

Die Gruppe kam an den Fluss. Auf der anderen Seite schaukelte eine Fähre, und auf der Böschung stand das Haus des Schiffmeisters. Rauch stieg aus dem Schornstein.

Tungdils Hand streckte sich nach der Glocke aus, die neben dem Anlegeplatz an einem Ast baumelte, um dem Fährmann ein Zeichen zu geben, damit er kam und sie holte.

Ingrimmsch hielt seine Hand fest. »Was machst du?«

»Ich rufe den Fährmeister«, antwortete der Zwerg. »Oder hast du beim Laufen und Reiten gleich schwimmen gelernt und möchtest so ans andere Ufer gelangen?«

Boïndil betrachtete den Strom, die Wellen gluckerten und schwappten gegen das Ufer. »Wir suchen uns einen anderen Weg«, entschied er. »Mir ist es hier zu tief. Wir könnten vom Boot fallen und ertrinken.«

»Du kannst auch vom Pony fallen und dir das Genick brechen«, hielt Tungdil bissig dagegen. »Die Reise zur nächsten Furt kostet uns mindestens zwei Umläufe!« Er blickte in die verschlossenen Gesichter der Zwillinge und wusste, dass er sich weitere Worte sparen konnte. »Da lang«, seufzte er und deutete flussaufwärts. »Warum wollt ihr nicht übers Wasser?«

Boëndal erzählte ihm die zwergische Legende, warum das Wasser die Zwerge nicht leiden konnte.

»Die Göttin Elria, die sich selbst aus dem Wasser erhob und sich dem Element zutiefst verbunden fühlte, mochte uns Zwerge nicht. Die Kinder des Schmiedes, die mit Feuer und Flammen zu tun hatten, waren für sie der Fleisch gewordene Gegensatz zu ihren Schöpfungen, die sich im Wasser tummelten.

Damit wir nicht mit ihren Kreaturen in Berührung kommen, warf sie einen Fluch über die Zwerge. Sobald wir uns außerhalb der Zwergenreiche in Wasser begeben, sollen wir unweigerlich darin ertrinken.«

Egal ob Meer, See, Fluss, Teich oder Bach, selbst größeren Pfützen unterstellten die Geschwister Mordabsichten. Die beiden mieden alles, was nach tiefem Wasser aussah.

»Jedenfalls ist es eine sehr gute Ausrede, um sich nicht waschen zu müssen«, meinte Tungdil.

Sie ritten den Rest des Tages den Fluss entlang und erreichten nach einem Nachtlager die Furt. Die Zwillinge bewegten sich sehr vorsichtig durch das schnell fließende Wasser, das ihre Oberschenkel so heftig umspülte, als wollte es sie tatsächlich von den Beinen reißen und ersäufen.

Gegen Abend näherten sie sich dem Stolleneingang, in dem Lot-Ionans Schule beheimatet war. Bei den Zwillingen stieg das Unwohlsein, da sie wieder gefährlich nahe an die Magie herankamen.

»Es war schon schlimm genug, dass wir auf der Suche nach dir bei ihm vorsprechen mussten. Er mag nett sein, aber er ist und bleibt ein Formelprediger«, knurrte Boïndil abweisend. »Hokuspokus ist nichts Gutes. Wir Zwerge wissen das und lassen es. Wenn Vraccas gewollt hätte, dass wir die Magie beherrschen, hätte er uns die Gabe verliehen.« Er schaute seinen Schützling misstrauisch an. »Du weißt das doch?«, fragte er eindringlich. »Oder hat er dich verdorben?«

»Ich kann nicht zaubern und habe es auch nie versucht«, beruhigte Tungdil den gereizten Ingrimmsch und blieb stehen. »Ich möchte, dass ihr Lot-Ionan auch weiterhin respektvoll gegenübertretet«, verlangte er, während er beschwörend von einem zum anderen schaute. »Er war es, der mich einst aufnahm und rettete. Bedenkt, dass es ohne ihn keinen Thronanwärter gäbe ...«

»Wohlan, mich deucht, ich höre den Gelehrten wieder reden«, merkte Boëndal spitz an und imitierte ihn. »Seine Zunge beginnt gar, ein wenig hochmütiger zu werden, sie windet die Sätze gar merkwürdigerdings, um sich auf die Unterhaltung mit anderen Wesen einzustimmen ...«

»Merkwürdigerweise«, lächelte Tungdil ihn an. »Ich habe es verstanden, verzeiht mir. Bleibt einfach freundlich oder schweigt, wenn euch das leichter fällt. Oder wartet vor den Toren, ich nehme es euch nicht krumm.«

Es wurde Abend, als sie die letzten Meter bis zum Stollen ritten. Schon von weitem entdeckte Tungdil eine Besonderheit: Das große Tor stand einen Spalt offen. Ein nachlässiger Famulus hatte wohl vergessen, die Türen sorgfältig zu schließen und mit einem Zauber zu schützen.

Ein böses Grinsen stahl sich in sein gebräuntes Gesicht, Falten entstanden um seine Augen. Wer auch immer diese Nachlässigkeit verschuldete, er würde sie bald schon bitter bereuen. Der Zwerg plante, den Famuli und Mägden einen gehörigen Schrecken einzujagen.

»Schaut euch das an«, merkte Boïndil tadelnd an, als er die offene Pforte entdeckte. »Bei Vraccas, ist das eine Falle, um umherziehende Wanderer in einen Hinterhalt zu locken, weil sich die Türen nach seinem Eintreten schließen?«

»Was sollten sie mit einem Wanderer?«, meinte sein Bruder.

»Um neuen Hokuspokus auszuprobieren. Was weiß ich ... An sich selbst werden sie ihre Kunst ja wohl erst anwenden, wenn sie sich sicher sind, dass es tatsächlich funktioniert.« Er sah zu Tungdil, um eine Bestätigung seiner Worte zu hören, aber der schwieg vorsichtshalber. Boïndil lockerte eines seiner Beile. »Wenn mich einer von den Zauberhutträgern schief ansieht, wird er es bereuen«, grummelte er in seinen schwarzen Bart.

Boëndal lachte tief. »Ich werde dich rächen, wenn sie aus dir eine Maus oder ein Stück Seife gemacht haben.« Er tätschelte viel sagend den Kopf des Krähenschnabels, doch sein Bruder ersparte sich eine Erwiderung, sondern zog nur die Augenbrauen zusammen.

Tungdil bemerkte, dass beide die Köpfe ein wenig einzogen und von ihren Bewegungen her in das Kampfverhalten der Zwerge überwechselten. Vorsichtshalber setzte er sich an die Spitze des kleinen Trosses.

»Seid leise«, bat er sie, »ich möchte sie überraschen.«

Boïndil blieb misstrauisch. »Ist das ein guter Einfall? Wenn sie uns nun vor lauter Schreck verhexen?«, gab er zu bedenken. »Was, wenn sie dich nicht wieder erkennen?«

Tungdil winkte ab und betrat den Stolleneingang, aus dem ein vertrauter Geruch wehte. Papier, Papyrus und Pergament sowie der Staub hunderter Bücher vermengten sich mit dem Eigengeruch des Steins, dazu gesellte sich eine dezente Note des Abendessens. »Es gibt wohl Gesottenes und Gebratenes.«

Er schaute über die Schulter, um nach den Zwillingen zu sehen. Sie aber hatten nur Augen für die Beschaffenheit der Tunnelwände und unterhielten sich leise darüber, wer warum die Gänge gegraben hatte.

»Das waren Lange. Das sieht man, das fiel mir schon bei unserem ersten Besuch auf«, befand Ingrimmsch mit Kennerblick. »Zu grob und keine Ahnung von der Beschaffenheit des Felsens. Sie haben sich gegen die Schichten gewühlt, anstatt auf die Adern zu achten.« Er zeigte auf feine Maserungen im Gestein. »Wenn man sich ein bisschen Mühe gibt, erkennt man die Hinweise, welche das Gestein gibt. Selbst mir fällt das auf, und ich bin ein Krieger.«

»Der Sandgehalt ist sehr hoch.« Boëndal betrachtete die Decke, die alle paar Meter mit Balken gestützt wurde. »Eine sehr mutige Konstruktion«, schätzte der Zwerg. »Das waren keine Bergleute und keine Ingenieure.« Er nahm seine Waffe und schlug vorsichtig gegen die Decke; sofort rieselten kleine Dreckstücke von oben herab. »Ich bin kein Meister, aber ich hätte den Gang vollständig ausgeschalt. Die Feuchtigkeit ist wegen der Wärme aus den Sandschichten zwischen dem Fels gewichen und hat sie austrocknen lassen. Dein Magus hat keine Ahnung, auf was man in einem Stollen achten muss. Gut, dass wir noch einmal ...«

»Seid leise«, wies Tungdil sie nochmals mit Nachdruck an. »Ihr verderbt mir die Überraschung!«

»Sieh nur! Jetzt weiß ich, warum Vraccas uns befahl, auf die Langen aufzupassen.« Boïndil verdrehte die Augen. »Keine Wachen, keine Alarmschnur, nichts. Bei uns gibt es das nicht«, wisperte er seinem Bruder zu und war dabei immer noch laut genug, dass Tungdil ihn verstand. »Hier kann man leichter reinspazieren als in den Hort eines toten Drachen.«

Tungdil schlich vorwärts. Seine Augen gewöhnten sich schnell an das dämmrige Licht, doch er fand es ein wenig zu ruhig im Stollen. Weder klapperten Türen noch hörte er Stimmengemurmel. Wäre da nicht der verführerische Geruch von Essen gewesen, hätte er angenommen, der Magus und seine Schule hätten in eine andere unterirdische Behausung gewechselt.

»Vielleicht haben sie den Koch hier gelassen und sich aus dem Stollen zurückgezogen?«, mutmaßte Ingrimmsch halblaut. »Kann doch sein, dass sie gemerkt haben, wie es um ihren baufälligen Tunnel bestellt ist.«

Boëndal warf seinem Zwillingsbruder einen strafenden Blick zu. »Wieso sollten sie ausgerechnet den Koch zurücklassen?«

»Weil er schlecht war«, grinste Boïndil. »Zur Strafe muss er bleiben und kochen, bis der Fels einbricht. Oder sie haben ihn in seinem eigenen Sud gegart.«

Tungdil ließ sie reden und dirigierte sie unmittelbar zum Arbeitszimmer seines Ziehvaters. Er klopfte gegen die große Tür, und als er keine Antwort erhielt, trat er ein.

»Wir warten lieber, damit wir das Wiedersehen nicht stören«, rief Boëndal ihm hinterher.

Der Zwerg stutzte, als er den Blick durch den Raum schweifen ließ. Auf der einen Seite herrschte das reinste Durcheinander. Bücher, Notizen und andere Blätter lagen wie immer unordentlich verstreut umher, während in der anderen Hälfte die hellste Ordnung ausgebrochen war.

In dem gegenwärtigen Zustand hatte Tungdil die Behausung Lot-Ionans noch nie gesehen. Die Zauberwerke ruhten alphabetisch geordnet in den Regalen, die Papiere stapelten sich sauber aufeinander, Federkiel und Tintenfass befanden sich in den vorgesehenen Halterungen.

Er muss einen neuen Spruch erschaffen haben, der ihm das Aufräumen abnimmt, staunte er. Wahrscheinlich hatte er ihn zur Probe nur auf die eine Seite des Zimmers angewendet. *Hoffentlich hat ihn der Zauber nicht gleich mit aufgeräumt.*

Er streifte durch die Kammer, in der Hoffnung, etwas zu entdecken, was die Stille im Stollen und in der Zauberschule erklärte.

*

Ingrimmsch sog geräuschvoll die Luft ein. »Warten macht Hunger«, verkündete er. »Ich suche die Küche der Langen. Vielleicht geben sie uns etwas ab, wenn wir sie freundlich bitten.«

»Wir sollten Tungdil mitnehmen«, schlug sein Bruder vor. »Erinnere dich, dass uns niemand kennt ...«

»Ach, die werden uns schon kennen lernen«, lachte Boïndil und stapfte los. Sein Hunger setzte sich gegen sämtliche Vorbehalte durch. »Du kannst gern hier warten, wenn du willst. Mir hängt der Magen bis in die Kniekehlen.«

Boëndal wollte ihn nicht allein gehen lassen. Sie waren Gäste der Menschen, und deshalb kam es auf ein einigermaßen anständiges Betragen an, was er seinem Blutsverwandten nicht unbedingt zutraute.

»Tungdil, wir suchen die Küche. Ich passe auf ihn auf«, rief er laut und lief Boïndil hinterher, der um die nächste Biegung des Ganges verschwunden war.

Die Zwerge hatten keinerlei Schwierigkeiten, sich zurechtzufinden. Vraccas hatte es ihnen in die Steinwiege gelegt, sich unterirdisch bestens orientieren zu können, ganz gleich, ob sie jemals zuvor schon in der Umgebung gewesen waren oder nicht. Sie spürten, ob ein Gang leicht nach unten oder nach oben führte, sie bemerkten feine Richtungsänderungen und konnten einschätzen, in welche Himmelsrichtung sie liefen. In diesem Fall wurde ihr Weg nicht durch die Gestirne, sondern vielmehr durch den leckeren Geruch bestimmt.

Die Zwillinge passierten offen stehende Räume, in denen sich kein einziger Mensch aufhielt.

»Vielleicht sitzen sie alle beim Essen«, mutmaßte Boëndal und kämpfte mit dem aufsteigenden Unwohlsein.

Sie stampften durch den Gang, in dem der Geruch nach gebratenem Fleisch am intensivsten zu riechen war. Ihre Kettenhemden und Panzerteile klirrten leise, die dicken Sohlen der Schuhe trafen klackend auf den Boden des Stollens. Endlich erreichten sie eine Tür, die aufgrund ihrer verschiedensten Flecken ins Reich der Küchenmeister zu führen schien.

Boëndal wollte sich rasch nach vorn schieben, um den Köchen einen weniger lauten Auftritt zu bieten, aber Ingrimmsch hatte bereits die Hand auf die Klinke gelegt und drückte sie kräftig nach unten.

Der hohe Raum mit den vier verschiedenen Herdstätten war scheinbar ebenso verlassen wie der Rest der Behausung. Die Bewohner konnten noch nicht lange weg sein. Die Feuer brannten und heizten den Ofenplatten ein, und es zischte und blubberte in den großen abgedeckten Pfannen. Über den Flammen der beiden Kamine hingen bauchige Kessel, in denen Suppen brodelten. Vereinzelt tauchten Fleischstückchen an der braunen Oberfläche auf, ehe sie wieder in der Flüssigkeit versanken.

Boëndals ungutes Gefühl verstärkte sich, und er schaute sich sehr genau um. Leere Zimmer und volle Behälter gaben keinen Sinn. *Was geht hier vor?*

»Endlich sind wir richtig«, verkündete Boïndil gut gelaunt und nahm die Hand vom Beil, um sich ein Stück vom Brot abzubrechen. Zielstrebig ging er auf den vordersten der Herde zu. Er schob sich einen Schemel vor den Ofen, hob den Deckel ein wenig an und schaute, was ihm das Wasser im Mund zusammen laufen ließ. Es waren saftige Stücke, die in ihrem eigenen Sud garten. »Dann wollen wir mal.«

Er tunkte ein ordentliches Stück Brot in die Soße und klappte die Kiefer weit auseinander, um sich seine Vorspeise mit einem Schlag in den Mund zu schieben.

»Boïndil, nein!«

Der warnende Ruf seines Bruders brachte ihn dazu, in seinem Tun inne zu halten. »Was denn?«, fauchte er unfreundlich. Sein Magen knurrte und rebellierte gegen die Vernachlässigung. »Du störst mich beim Essen.«

Boëndal stand neben der Tür, in der Linken hielt er den Krähenschnabel. Es sah aus, als bereitete er sich auf einen Angriff vor. »Du wirst gleich nichts mehr essen wollen. Sieh in die Ecke.«

Boïndil schaute in die angegebene Richtung. Auf dem Schlachtblock, den der Koch zum Ausbeinen und Zerkleinern benutzte, lagen Knochen, die zu keinem ihm bekannten Tier passen wollten, und die vier abgezogenen Schädel, die daneben lagen, konnten ihrer Form nach nur Langen gehört haben.

Es dauerte eine Weile, bis er begriff, was er sich um ein Haar als Essen gegönnt hätte. Angewidert schleuderte er das Brot weg und sprang auf den Boden zurück; dabei zog er seine Beile.

»Wenn ich den Magus in die Finger bekomme, wird ihm sein Hokuspokus nicht mehr helfen«, versprach er angeekelt.

»Ich habe noch nie gehört, dass Menschen oder Hexer so etwas tun«, gab Boëndal zu bedenken. »Es gibt neue Bewohner, wenn du mich fragst. Das offene Tor stammt von einem Überfall.« Er spähte aufmerksam zur Tür. »Wir müssen sofort zu unserem Gelehrten.«

Rücken an Rücken liefen sie durch die unheimlichen leeren Gänge, um zu ihrem Ausgangsort zurückzukehren.

*

Tungdil saß auf dem Schemel, der vor Lot-Ionans Ohrensessel stand, und wartete ungeduldig auf die Rückkehr seines Ziehvaters. Dabei wischte er sich den gröbsten Staub von den Kleidern. Er war gespannt, was der Magus zu seinen Berichten sagen würde. Mit dem Wichtigsten würde er zuerst anfangen und ihm sofort die Bücher Goréns überreichen. Zwar nahm er nicht an, dass der Zauberer ihn in die Geheimnisse um die mysteriösen Bücher einweihen würde, hoffte es im Stillen aber.

Leise Schritte ertönten auf dem Gang. Es waren nicht die Geräusche, die Boïndil und Boëndal verursachten, sondern eine leichte, ungepanzerte Person.

Tungdil erhob sich und huschte hinter die Tür, um sich zu verstecken und dem Famulus einen Schrecken einzujagen; diesen Spaß wollte er sich wenigstens erlauben. Seinen Rucksack und den Beutel mit den Artefakten ließ er stehen, spähte hinter der Tür hervor und wartete voller Vorfreude.

Ein junger Mann mit kurzen schwarzen Haaren betrat das Zimmer. Er trug eine malachitfarbene Robe, die ihn als Famulus von Nudin dem Wissbegierigen auswies, und schnüffelte sich mit einer solchen Selbstverständlichkeit durch die Unterlagen und persönlichen Sachen Lot-Ionans, als kennte er keinen Respekt.

Was, bei Vraccas, macht er da? Der Zwerg blieb vorerst in seinem Versteck und beobachtete, wie der Lange die Aufzeichnungen sortierte. Demnach war er für die entstandene Ordnung verantwortlich. Er nahm am Schreibtisch des Magus Platz und sichtete die Aufzeichnungen und Bücher mit kritischem Blick, ehe er sie auf die verschiedenen Stapel legte und ihre Namen in eine Liste eintrug.

Was suchen denn die Schüler Nudins im Stollen?, staunte Tungdil. *Und vor allem: Wer hat ihnen erlaubt, sich so ungebührlich und frech zu benehmen?* Wenn Lot-Ionan jemanden zum Aufräumen benötigte, stünden ihm genügend eigene Helfer zur Verfügung, aber diese Schriften, das wusste der Zwerg ganz genau, gehörten zu den Dingen, die sein Ziehvater als sehr persönlich betrachtete. Die eigenen Famuli durften nicht hineinschauen, da sollte es Fremden schon gar nicht erlaubt sein.

Schlurfende Schritte näherten sich vom Gang her, eine zweite Person betrat die Schwelle zur Kammer. Der Famulus blickte auf, ungehalten über die Störung. »Was gibt es?«

Tungdil presste sein Gesicht dicht an die Tür, um durch den schmalen Spalt einen Blick auf den Neuankömmling zu werfen. Er sah nur den breiten Rücken, der von einem einfachen Hemd bedeckt wurde.

»Ich habe meine Arbeiten in der Küche erledigt«, sagte eine tiefe Stimme schleppend. Der Zwerg erkannte sie sofort wieder. Der Mann war Eiden, Handlanger und Knecht für alle möglichen Aufgaben des Magus.

»Schön. Setz dich in irgendeine Ecke und störe mich nicht weiter«, befahl ihm der Famulus unwirsch.

Eiden regte sich nicht, sondern verharrte wie ein menschliches Standbild in der Tür. »Ich habe Hunger«, sprach er monoton.

»Geh in die Küche und sauge ein paar Knochen aus, aber lass die Finger vom Fleisch. Das ist für unsere Aufpasser«, erhielt er die harsche Anweisung. »Geh. Verschwinde.«

»Ich will Fleisch«, beharrte der Mann dumpf.

»Raus!« Der Famulus nahm den Brieföffner und schleuderte ihn nach Eiden. Ob Zufall oder nicht, die Spitze bohrte sich in die Brust des Knechts. Er stöhnte auf, bevor er sich umwandte, um die Kammer zu verlassen.

Der Zwerg sah das vollkommen zerstörte, aschfarbene Gesicht, dem ein Kolbenhieb die rechte Schädelseite eingedrückt hatte. Die Verletzung machte ihn zu einem grotesken Abbild eines Menschen.

Tungdil stockte der Atem, als er an ihm herabblickte. Der einst weiße Stoff seines Hemdes war größtenteils von getrocknetem Blut gefärbt; es musste aus den beiden klaffenden Wunden über dem

Herzen und dem Schlüsselbein stammen. Die Wundränder zeigten erste Anzeichen von Zersetzung, und der Leib unter dem zerrissenen Stoff schimmerte fahl und bleich.

Tungdil dachte sogleich an die Erlebnisse im Wald der Elbin und die lebenden Toten. *Aber das kann nicht sein! Die Barrieren gegen das Tote Land halten doch noch.* Lot-Ionan und die anderen Magi speisten die magischen Sperren mit neuer Kraft, sodass ein Vordringen unmöglich war; die Grenze zum unheimlichen Schrecken aus dem Norden lag zudem vierhundertfünfzig Meilen vom Stollen entfernt. *Was ist hier nur geschehen?*

Ein Windstoß jagte durch das Zimmer. Neben dem Famulus erschien ein bläuliches Flirren, aus dem sich die Umrisse eines Menschen formten. Es war Nudin der Wissbegierige.

Sein Famulus stand auf und verneigte sich vor dem magisch erschaffenen Abbild. »Ich suche, ehrenwerter Magus«, begrüßte er ihn. »Aber ich konnte die Sachen noch nicht finden, nach denen Ihr verlangt habt.« Er hob seinen Schopf, um in das feiste Antlitz seines Herrn zu blicken. »Die Stollen sind weitläufig. Der alte Mann hatte viele Laboratorien und Bibliotheken«, entschuldigte er sich vorsichtshalber. »Es ist für einen einzelnen Menschen eine schwierige Aufgabe, ehrenwerter Magus.«

»Das ist der Grund, weshalb ich dir bald Gesellschaft leiste«, krächzte er.

Der Zwerg verhielt sich mucksmäuschenstill, um sich nicht zu verraten. Vraccas schien ihn dazu auserkoren zu haben, Gesprächen als ungewollter Zuhörer beizuwohnen. Er hatte Nudin in den ganzen Jahren nur einmal gesehen, meinte aber sich zu erinnern, dass der Magus besser, schlanker und vor allem freundlicher aussah. Dieser Nudin wirkte wie eine schlechte Imitation, die von einem Neider angefertigt worden war, um den Zauberer zu verspotten.

»Lot-Ionan sagte in Porista zu mir, er habe meine Artefakte in einem Schrank vergessen«, fuhr der Magus fort und drehte sich langsam im Kreis, um die Kammer genauestens zu inspizieren. Die Stimme klang hoch und dunkel zugleich. »Hast du dich schon genauer umgesehen?«

»Nein, Herr«, entschuldigte sich der Schüler. »Ich dachte, Ihr wolltet die Bücher zuerst haben, deswegen suchte ich danach.«

Nudin ging auf das große Möbelstück zu, aus dem Tungdil damals den Sack mit den Artefakten genommen hatte. »Es ist nicht sicher, dass die Werke tatsächlich bei meinem alten Freund ankamen.

Die Albae berichteten, dass eine Kriegertruppe in Grünhain auftauchte und die Bücher Goréns raubte, nachdem die Orks die Siedlung erobert hatten. Sie meinten, es seien Zwerge gewesen.«
»Wie konnte das passieren?«, entschlüpfte es dem jungen Mann. »Hattet Ihr ihnen nicht befohlen ...«
»Die Albae sind gute Verbündete.« Das Abbild des Magus hatte den Schrank erreicht. Es lehnte den Stab gegen die Wand, die geschwollenen Finger legten sich um die Griffe und drückten sie nach unten. Mit ein wenig Kraft gelang es ihm, das Möbelstück zu öffnen. »Aber sie handeln in ihrer Kunstfreude manchmal nicht nach menschlichen Maßstäben. Das wurde ihrer Botin zum Verhängnis.« Er beugte sich nach vorn und nahm einen Ledersack heraus, der Tungdils bis in die kleinste Einzelheit glich. »Es scheint, als verzeichneten wir endlich einen Erfolg«, sagte er zu seinem Famulus.

Das Band wurde geöffnet, der Inhalt, fünf Schriftrollen, purzelte auf den Boden. Nudin schnaubte, offenbar handelte es sich nicht um das Gesuchte.

Tungdil lugte hinter der Tür hervor. Sein Gepäck stand hinter dem Ohrensessel verborgen, und etwas sagte ihm, dass sich Nudin sehr darüber freuen würde, wenn er es entdeckte.

Plötzlich, als er die Behältnisse nebeneinander liegen sah, fiel es ihm auf: Sein Lederbeutel trug ein blaues Band als Verschluss, aber Lot-Ionan hatte ihm damals befohlen, den Sack mit dem grünen Riemen zu nehmen. *Ich habe die Farben der Bänder schlicht verwechselt! Ich war mit den falschen Artefakten unterwegs.*

Selbst wenn er Gorén lebend im Grünhain angetroffen hätte, wäre er die vielen Meilen umsonst gelaufen. Dieser Umstand schien sich nun ins Gute zu kehren.

Dem Zwerg gelang es nicht, aus den Worten schlau zu werden. Der Grund, warum sich Nudin und sein Famulus benahmen, als wären sie die neuen Herren des Stollens, erschloss sich ihm noch nicht, aber dass Eiden trotz seiner schweren Verletzungen lebte und sich gänzlich anders benahm als sonst und Nudin die Albae als Verbündete bezeichnete, weckte einen fürchterlichen Verdacht in ihm. Der Wissbegierige schien aus unerfindlichen Gründen die Seiten gewechselt zu haben.

Er musste herausfinden, wie es seinem Ziehvater und den anderen Schülern ergangen war, ohne dabei Nudin in die Hände zu fallen.

»Da war noch etwas«, grübelte der Famulus. Er suchte kurz und zog zwei Briefe aus dem Stapel hervor. Es waren die Nachrichten, die Tungdil unterwegs an seinen Mentor gesandt hatte. »Lot-Ionan erhielt Briefe von einem Tungdil, der Gorén in seinem Auftrag im Grünhain suchte.«

Er reichte die Schriftstücke an seinen Herrn weiter, der die Zeilen mit rot geäderten Augen überflog. »Ich entsinne mich«, meinte er. »Natürlich! Der alte Mann hatte einen Zwerg mit diesem Namen in seiner Obhut. Womöglich besitzt er die Bücher und die Artefakte.« Nudin warf den Brief auf den Tisch. »Ich werde die Albae auf seine Fersen heften, sie finden seine Spur und bringen ihn mir, tot oder lebendig. Ein Zwerg ist im Geborgenen Land nicht alltäglich.« Er nickte dem jungen Zauberlehrling zu. »Sehr gut, Famulus, auch wenn dir der Einfall ein wenig spät kam. Du wirst deinen Lohn erhalten, wenn ich eintreffe. Suche weiter, vielleicht findest du noch mehr Nützliches.« Das Abbild flackerte, wurde durchsichtig und verschwand.

Tungdil hatte schon so viel erlebt, dass er dachte, man könne ihn nur schwer aus der Bahn werfen, aber seinem eigenen Todesurteil zu lauschen und dabei nicht einen einzigen Ton von sich geben zu dürfen, stellte eine große Herausforderung dar.

Der Famulus setzte sich, und auf seinem Gesicht spiegelte sich eine große Zufriedenheit. Er hatte seinen Meister beeindruckt und sich damit ein wenig des begehrten Wohlwollens gesichert. Von neuem vertiefte er sich in die Papiere.

Als er den Federkiel ins Tintenfass tunkte, um etwas auf seiner Liste zu vermerken, richteten sich seine Augen zufällig auf den Ohrensessel. Dabei bemerkte er den hervorstehenden Riemen des Rucksacks.

»Was, beim ...?« Langsam erhob er sich und durchquerte die Kammer, um nach dem Gegenstand zu sehen, der sich vorhin noch nicht dort befunden hatte. Er bückte sich und hob den Ledersack mit den Artefakten auf.

Tungdil nahm seine Axt in die Hand. Er musste den Zauberer so überraschend wie ein Steinschlag treffen, damit ihm keine Zeit blieb, einen Spruch gegen ihn zu werfen und ihm zu schaden. Seine Muskeln spannten sich.

Er wollte gerade losstürmen, da erschallten lautes Gebrüll und Lärm vom Gang, das beide zusammenzucken ließ.

*

Die Zwillinge gaben sich dieses Mal Mühe, leise zu sein. Was auch immer in den Gängen hauste, sie wollten es nicht vorher warnen, wenn sie darüber herfielen und es in Scheiben schlugen. Wer Lange fraß, machte sicherlich auch vor Zwergen nicht Halt, doch ein Krähenschnabel und ein Beil im Schlund sorgten dafür, dass demjenigen der Appetit verging.

Irgendjemand kam ihnen mit schweren, langsamen Schritten entgegen.

Auf Boïndils Zeichen hin blieben sie stehen und warteten hinter einer Biegung auf das, was stöhnend durch den Gang schlurfte. Plötzlich roch es nach altem, verdorbenem Fleisch, und ein Mensch wankte um die Ecke.

Ein normales Lebewesen hätte sich mit diesen Verletzungen nicht länger auf den Beinen halten können, doch der Mann ging unbeirrt vorwärts. Als er die Zwerge sah, brüllte er voller Freude auf. Seine Bewegungen wurden plötzlich schnell, die Gier nach frischem Fleisch spornte ihn an. Das nutzte ihm jedoch nichts gegen die Erfahrung der beiden Krieger.

Boëndal tauchte seitlich unter dem Schlag des Untoten weg und hackte ihm ins Knie, damit er aus dem Gleichgewicht geriet und stürzte.

Eiden drückte sich ab und warf sich im Fallen gegen Ingrimmsch, der ihn mit einem Zwergenschrei begrüßte, die Arme mit den Waffen angriffsbereit erhoben. Er wich dem Körper aus, die Klingen zuckten nach vorne und trennten dem Langen den linken Unterarm ab. Eiden schrie und tobte, rutschte vorwärts und kroch Zähne fletschend auf die Brüder zu.

»Sieh dir das an. Er gibt nicht auf! Sein Hass gegen das Leben muss grenzenlos sein.« Boïndil schlug ihm den Kopf ab, und augenblicklich kehrte Ruhe in den Körper ein.

Die Zwillinge rannten durch die Tunnel, um Tungdil beizustehen. Sie waren sich sicher, dass es mehr als nur eines dieser Ungeheuer gab, und somit bestand für den möglichen Thronfolger höchste Lebensgefahr.

Als sie vor der Tür ankamen und einen Blick in die Kammer warfen, entdeckten sie einen jungen Mann in einer malachitfarbenen Robe, der neben dem Ohrensessel stand und den Sack mit den Artefakten ihres Schützlings in den Händen hielt.

Wegen des Lärms, den ihr Kampf gegen den Untoten verursacht hatte, hatte er sie wohl erwartet. »Ich werde euch Pack verbrennen!«

Sein Mund öffnete sich, der rechte Arm schnellte gestikulierend in die Höhe und deutete auf die Zwerge, dann klappte die Tür zu.

Die Brüder blinzelten sich an. »Hat er dafür einen Zauberspruch gebraucht?«, wunderte sich Boïndil.

»Magi sind seltsam. Ich hätte die Tür ohne den Aufwand zugemacht.«

»Machen wir sie eben wieder auf!« Boïndil rammte die Schulter gegen das Holz und stürmte brüllend in den Raum.

Der Lange lag rücklings im Schrank und regte sich nicht mehr, mehrere Regale waren aus ihren Halterungen gerutscht und samt Inhalt auf ihn geprasselt. Die Bretter und die gestapelten Gegenstände hatten ihm eine Platzwunde geschlagen.

Tungdil stand vor ihm und rieb sich den Schädel. »Jetzt weiß ich, warum man einen Helm anzieht, wenn man dem Gegner den Kopf in den Bauch rammt«, grinste er.

»Habe ich dir nicht gesagt, dass die Übungsstunden sich lohnen?«, meinte Ingrimmsch anerkennend. »Du bist auf dem besten Weg, ein Zwerg zu werden.«

»Und jetzt erkläre uns, was hier los ist. Was hat es mit deinem Magus auf sich, der sich Untote in den Tunneln hält und Menschenfleisch kocht?«, wollte Boëndal wissen.

»Es ist nicht Lot-Ionan.« In aller Eile berichtete Tungdil das Wichtigste von der Unterhaltung zwischen dem Zauberlehrling und Nudin, die er belauscht hatte. Die Brüder erzählten ihrerseits von dem Gesehenen in der Küche. Beides zusammen ergab die traurige Gewissheit, dass der Wissbegierige die Behausung erobert und auf die ein oder andere Weise alles Leben vernichtet hatte.

Tot? Tiefe Trauer und Bestürzung packten Tungdil, und er musste sich setzen. Die vielen Menschen, die Mädge, die Famuli, Frala, Sunja und Ikana, sie sollten dem wahnsinnig gewordenen Wissbegierigen zum Opfer gefallen sein? Er wehrte sich gegen die Vorstellung, dass der zaubermächtige Lot-Ionan auf diese Weise geendet war. *Er lebt. Er muss leben! Sicher entkam er und versammelt die besten Schüler um sich, um Nudin zu bekämpfen. Ich muss ihn finden.*

»Wir brechen sofort auf«, entschied Boëndal. »Die Ereignisse sind nun auch für den Rat der Zwerge von größter Bedeutung.«

»Nein«, weigerte sich Tungdil trotzig. »Ich muss wissen, was aus Lot-Ionan ...« Er schaute auf den ohnmächtigen Famulus. »Er wird es uns sagen.« Schon kniete er neben ihm und erteilte ihm mehrere kräftige Ohrfeigen, um ihn zu wecken. Die Lider des jungen Mannes flatterten.

Boïndil sicherte die Tür, während sein Bruder die Spitze des stählernen Krähenschnabels exakt zwischen den Augenbrauen des Gefangenen platzierte. »Wenn du auch nur an einen Zauber denkst, treibe ich dir den guten Stahl ins Hirn«, versprach er ihm rau und blickte mehr als grimmig. »Knochen knacke ich wie du leere Eierschalen.«

»Wo ist Lot-Ionan?«, verlangte Tungdil aufgeregt zu wissen und fürchtete sich gleichzeitig vor der Antwort.

»Die Zwerge aus Grünhain?!«, keuchte der Famulus benommen. »Ihr ... Ich dachte, ihr seid ...«

»Wo ist Lot-Ionan!?«, polterte Tungdil. Boëndal drückte ein wenig stärker auf das Ende des Krähenschnabels. Spielerisch durchstach er die Haut; Blut sickerte hervor, während das Metall unnachgiebig auf die Stirn drückte. »Rede. Oder stirb.«

»Nein, ich sage alles! Nôd'onn hat ihn getötet«, brach es angsterfüllt aus dem Mann hervor.

»Der Herrscher über das Tote Land?«

»Er hat sie alle getötet, in Porista.« Und so erfuhren sie die unglaubliche Wahrheit über die Ereignisse in Lios Nudin. Es gab im Geborgenen Land niemanden mehr, der es mit dem letzten Magus aufnehmen konnte. »Nôd'onn hat die magischen Felder verändert, sodass ausschließlich er sie nutzen kann«, stammelte der Famulus.

Eine eisige Faust packte Tungdils Herz und drückte es, als er Gewissheit bekam. »Der Wissbegierige ist Nôd'onn?! Er ist der Gebieter über das Tote Land?« Er hatte die Wahrheit schon vor Wochen gewusst und nicht durchschaut. Ihm war zum Schreien zumute, und er verspürte nicht übel Lust, dem Gefangenen die Axt in den Kopf schlagen. »Was hat es mit dem Buch und den Artefakten auf sich?«, herrschte er ihn an. »Rede!«

»Ich habe keinen blassen Schimmer! Nôd'onn sucht sie, mehr weiß ich nicht«, behauptete er.

Tungdil schlug ihm die flache Seite seiner Axt gegen den Kopf und schickte ihn zurück in die Bewusstlosigkeit. Dann fesselten sie ihn und sperrten ihn in den Schrank. Bevor sie gingen, berieten sie über sein Schicksal. Im Grunde, das war den drei Zwergen klar, mussten sie ihn töten. Jeder gegnerische Zaubermächtige galt als Gefahr, und solange sie den Famulus auf so einfache Weise ausschalten konnten, wäre es geradezu sträflich töricht, ihn am Leben zu lassen.

Die Anspannung fiel von Tungdil ab und machte dem Schmerz über den Verlust seiner Freunde, seiner Familie Platz. Tränen rollten über seine Wangen in den Bart. Er wischte sie sich mit Fralas Halstuch aus den Augen; aus dem Talisman war ein Andenken geworden. *Ich werde dich und deine Töchter rächen,* schwor er seiner großen Schwester finster.

Ein bekannter Geruch stieg in seine Nase; er hob den Kopf und blickte zu den Zwergenbrüdern. Sie rochen das saure, ekelhafte Unschlitt, wie es nur die Orks verwendeten, ebenso wie er. Tungdil packte die Axt und stemmte sich hoch. »Lasst uns sehen, ob ich meine Kampflektionen gelernt habe«, sagte er rau und schritt zum Ausgang.

Das Geborgene Land, das Zwergenreichs des Zweiten, Beroïn, im Spätsommer des 6234sten Sonnenzyklus

Das Gerücht machte die Runde, der Großkönig läge im Sterben. Es ging sogar so weit, dass offen vermutet wurde, Gundrabur sei bereits von Vraccas' Hammer niedergeschmettert worden und in die Ewige Schmiede eingezogen.

Es war nicht schwierig zu erkunden, wer die Verbreiter solcher Neuigkeiten waren. Sie stammten von den Clans aus dem Stamm Goïmdil, die es nicht abwarten konnten, ihren König auf dem Marmorthron sitzen zu sehen. Der Krieg gegen das Elbenreich Âlandur sollte geführt werden, ganz gleich, ob es einen Sinn ergab oder nicht.

Bislipur fand sich überall, wo mehrere Zwerge auf einem Haufen standen. Der hinkende Mentor Gandogars benötigte anscheinend keinen Schlaf und schmiedete die Eisen, so lange sie warm waren. Er gönnte sich ebenso selten eine Rast wie Balendilín, der Berater des Großkönigs, den er als seinen ärgsten Widersacher empfand.

»Vraccas möge mit dem Hammer dreinschlagen«, fluchte Bislipur, als er die Kammer betrat, die ihm die Zweiten als Unterkunft zugeteilt hatten. *Es geht nicht voran,* ärgerte er sich und setzte sich auf sein Bett. Immer mehr Angehörige der eigenen Clans gerieten über den Feldzug gegen die Elben in Zweifel. *Balendilín ruiniert mir alles. Ich muss etwas gegen ihn unternehmen.*

»Meister, ich habe Neuigkeiten für Euch«, sprach eine dünne

Stimme unter seiner Schlafstätte, »auch wenn ich nur ungern zu Euch zurückkehre. Eigentlich wollte ich gar nicht.«

Der Zwerg stand auf und trat gegen das Bettgestell. »Komm raus, Gnom!« Kaum war Swerd aus seinem Versteck gekrochen, fuhr ihm die schwielige Hand seines Herrn in den Nacken und hob ihn hoch. Bislipur schüttelte ihn durch wie eine Katze eine gefangene Maus, ehe er ihn hart in die Ecke schleuderte. »Und wage es nicht noch einmal, dich in mein Zimmer zu schleichen!«

Der Gnom rappelte sich umständlich auf und zupfte an seiner roten Jacke herum. »Ich habe mich nicht geschlichen, Meister. Ihr wart nicht da, und so wartete ich an einem Ort, wo man mich nicht entdeckt, wie Ihr mir befahlt.« Er zog sein Jutehemd nach unten und bedeckte seinen stattlichen Bauch, auf dem schwarze Haare über der grünschwarzen Haut wucherten. Die spitzen Ohren ragten steil in die Höhe und machten den Eindruck, als hielten sie die blaue Mütze auf dem Kopf. Wesen seiner Art gab es nur noch selten im Geborgenen Land.

»Wollt Ihr hören, was ich zu erzählen habe, Meister?«, fragte Swerd mit einem unschuldigen Blick aus seinen großen Augen. Staub haftete an den weiten, mitgenommenen Hosen und den ramponierten Schnallenschuhen. Der Gnom war viele Meilen gelaufen. »Darf ich dann gehen?«

»Du gehst, wenn ich dich nicht mehr brauche«, fuhr ihn Bislipur an, und seine Hand legte sich an den Silberdraht, mit dem er die Weite des Halsbandes auf magische Weise beeinflusste. »Rede, bevor ich dir die Luft abstelle.«

»Ach, wäre ich doch niemals in Euren Hort eingebrochen«, jammerte der Gnom weinerlich. »Ich bereue es so sehr.« Er schaute abwartend zu dem Zwerg und hoffte vergebens, ein Anzeichen von Milde in dem unerbittlichen Gesicht zu sehen.

»Es ist kein Wunder, dass es fast keine mehr von euch gibt. Ihr seid schwach und widerlich.« Der Mentor des Königs war so kalt wie die vielen kostbaren Spangen und Ringe, die er trug. Er verengte die Schlinge und damit das Lederband, das um den Hals seines Sklaven lag, noch ein Stück mehr.

Swerds Finger umschlossen die magische Fessel, um sie am Zuziehen zu hindern, doch er scheiterte ebenso wie in den dreiundvierzig Zyklen zuvor. Röchelnd sank er auf den Stein, doch ehe er vor Atemnot in Ohnmacht fiel, lockerte der Zwerg die Klammer.

Der Gnom hustete. »Habt Dank, Meister. Ihr schenktet mir einen weiteren sonnigen Tag an Eurer Seite«, keuchte er und schleppte sich auf einen Stuhl. »Euer gemeiner Plan schlug fehl. Der Thronanwärter ist noch am Leben, wie ich hörte. Dafür sind es unsere Kopfgeldjäger nicht mehr«, begann er mit seinem Bericht. »Ich konnte in der Eile keine neuen Mannen mehr auftreiben, die Euren feigen Anschlag in die Tat umsetzen wollen. Die Zeiten im Geborgenen Land haben sich geändert.«

Bislipur überhörte die Spitzen in den Worten seines gezwungenen Handlangers. Swerd machte das, seit er in seinen Diensten stand, weil er hoffte, sein Herr würde ihn in einem Anfall von Zorn erschlagen, doch diesen Gefallen würde er ihm nicht tun. Er sollte leiden. »Was ist geschehen?«

»Ich folgte ihm und den beiden Zwillingen bis zum Stollen Lot-Ionans, wo sie auf Orks trafen ...«

Das Geborgene Land, Ionandar im Jahr des 6234sten Sonnenzyklus, Spätsommer

Die rasselnden und klappernden Rüstungen verrieten die Bestien auf einhundert Schritt. Ihre widerlichen Stimmen quiekten durcheinander: Sie hatten den getöteten Untoten entdeckt.

Als die Zwerge um die Ecke des Ganges bogen, standen sie ihren Feinden gegenüber. Der Ausgang befand sich dreihundert Schritt von ihnen entfernt, und der Tunnel, so hatte es zumindest für Tungdil den Anschein, wurde bis zum Tor von den Orks ausgefüllt. Ein Wald aus Waffen stand zwischen ihnen und der Freiheit.

»Herrlich!«, freute sich Ingrimmsch und senkte angriffslustig das Haupt. »Schau, Bruder, wie eng der Gang ist. So wird uns keiner entkommen.« Er wirbelte die Beile hin und her. »Oink, oink! Vraccas, das wird ein Schlachtfest!«

»Du wirst heute zum ersten Mal mit uns zusammen kämpfen, Gelehrter«, eröffnete Boëndal dem Thronanwärter ernst. »Stell dich mit dem Rücken zu uns, dein Hintern muss unsere Kehrseiten immer spüren, so geben wir uns gegenseitig Deckung.« Die braunen Augen suchten Tungdils Blick. »Vertraue uns, wie wir dir vertrauen. Du wirst es schaffen, du bist ein Kind des Schmiedes.«

Mit pochendem Herzen begab sich Tungdil in Position und spürte die Körper in seinem Rücken. *Vertrauen*, rief er sich in Erinnerung.

Vraccas stehe mir bei. Er schluckte, und seine Angst schwand. *Für Lot-Ionan, Frala und das Geborgene Land!*

»Hört auf zu reden!«, jubelte Boïndil mit irrem Funkeln in den Pupillen. »Lasst uns Köpfe spalten und Knie zertrümmern!«

Die Brüder eröffneten den Tanz des Todes. Tungdil setzte sich ein wenig ungelenk in Bewegung, um sie nicht zu verlieren und die Deckung aufreißen zu lassen.

*

Anfangs, nach den ersten drei, vier Drehungen, nahm Tungdil durchaus Einzelheiten wahr. Er bemerkte Orkfratzen, erkannte die unterschiedlichen Rüstungen, mit denen sie sich vor den Waffen der Zwerge schützten, sah die Stützbalken zwischen dem Beingewirr hervorschauen oder einen der langen schwarzen Zöpfe vorbeihuschen.

Doch bald verwischte alles, es ging unglaublich schnell. Sein Verstand konzentrierte sich auf die niederzuckenden Schwerter, Dolche und Keulen, um ihnen auszuweichen oder sie zu parieren. Seine Axt traf mehr als einmal auf Widerstand, und weil sich die Schneide irgendwann grün färbte, nahm er an, dass er in dem Durcheinander tatsächlich Gegner getroffen hatte.

Die Zwillinge verfolgten die gleiche Taktik wie damals in Grünhain. Sie kreiselten vorwärts, schraubten sich in die gegnerischen Attacken hinein, schlugen und standen einen Herzschlag später an einer anderen Stelle, um es den Widersachern unmöglich zu machen, einen guten Schlag anzubringen.

Tungdil war froh über seinen Kettenschutz. Da er nicht über die Geübtheit seiner Begleiter verfügte, erhielt er manchen Schlag und manchen Stich, die jedoch nicht durch sein Eisenhemd drangen. Quetschungen, blaue Flecken, vielleicht sogar Brüche waren zu ertragen, wenn er dafür am Leben blieb und es Nôd'onn nicht gelang, die Bücher und Artefakte in die feisten Finger zu bekommen.

Er hörte das grimmige Lachen Ingrimmschs, dem stets ein orkischer Aufschrei folgte. Boëndal dagegen kämpfte ruhiger und sparte sich seinen Atem auf.

Tungdils Arme wurden allmählich schwerer. Nicht nur, dass ihnen Feinde im Weg standen, auch die Gegner hinter ihnen, die nicht Opfer der Zwergenwaffen wurden, drängten nach und setzten ihnen zu. Die Not gebar ihm einen Gedanken.

»Zickzack«, schrie er, um die Brüder aufmerksam zu machen und das Klingen des Stahls zu übertönen. »Zu den Stützbalken.«

»Guter Einfall, Gelehrter«, rief Boëndal zurück, parierte einen Schlag mit dem Krähenschnabel und verletzte den Ork mit der flachen Seite. Kurz darauf krachte seine mächtige Waffe gegen den Holzpfosten und drosch ihn zur Seite.

Die Querstrebe löste sich augenblicklich von der Decke, Gesteinsbrocken und Dreck regneten herab. Die drei wiederholten dieses Manöver noch mehrmals, bis der ungestützte Fels hinter ihnen zusammenbrach. Die Scheusale Tions verschwanden in einer Lawine aus tonnenschwerem Geröll, der eingestürzte Stollen hielt ihnen den Rücken frei.

Aus Angst, ebenfalls verschüttet zu werden, flüchteten die Orks hinaus, während Boïndil ihnen tobend folgte und etliche niederschlug. Erst als sie kurz vor den Toren standen, hielt er inne und wartete auf die anderen beiden Zwerge.

»Los«, keuchte er glücklich. »Draußen warten noch mindestens zwanzig Schweinchen auf uns. Es wäre schade, wenn sie dem Schlachtfest entkämen.«

Die beiden schlossen zu ihm auf. Bei allem Hass wünschte sich Tungdil, dass die übrigen Gegner geflohen waren; er zweifelte, seine müden Arme höher als bis zur Gürtelschnalle heben zu können.

Sie nahmen ihre Kleeblattformation ein und verließen die Behausung. Das Sternlicht begrüßte sie mit silbrigem Schimmer und beleuchtete die Orks. Die Augen der lauernden Bestien glommen grün und verrieten, wo sie standen. Es mussten noch einmal hundert sein, die ihnen leise schnüffelnd, grunzend und knurrend gegenübertraten.

»Zwanzig, ja?«, murmelte Tungdil, und sein Mut sank.

»Ich gebe zu, dass es eine Hand voll mehr sind, als ich vorgesehen habe«, gab Boïndil zurück. Seine Stimme klang jedoch nicht so, als machte er sich trotz der Übermacht ernsthaft Sorgen. »Dann ist es eben eine der großen Herausforderungen, von denen ich sprach.«

»Laufen wir links oder rechts an ihnen vorbei?«, fragte Tungdil nach der Vorgehensweise.

»Mitten durch«, grollte Boïndil. »So behindern sie sich gegenseitig, und wir haben die besten Aussichten, einigermaßen unbeschadet zu bleiben. Ich nehme mir ihren Anführer vor. Danach können wir sie über die Flanken angreifen und sie fertigmachen.«

»Tungdil ist noch nicht bereit dazu«, gab Boëndal zu bedenken.

»Es geht nicht darum, Orks zu töten, sondern ihn sicher ins Gebirge zu bringen, Bruder.«

Tungdil war über den Beistand sehr glücklich. Er hätte es nicht gewagt, Einspruch zu erheben, weil er die Zwillinge nicht enttäuschen wollte, aber Boëndal besaß Umsicht und gute Augen, die seine Erschöpfung sehr wohl registrierten.

»Na gut, dann brechen wir eben nur durch die Mitte«, meinte Boïndil halb beleidigt, »und lassen ihre Flanken in Ruhe.«

Kaum hatten sie es beschlossen, setzten sie ihren Plan in die Tat um, ehe die Orks auf die Idee kamen, mit Pfeilen nach ihnen zu schießen. Ihre bewährte Kreiseltaktik ging anfangs auf. Sie hätten es wohl auch geschafft, wenn die Feinde keinen unerwarteten Beistand erhalten hätten.

Die gegnerischen Reihen lichteten sich plötzlich. Die Orks wichen vor ihnen zurück und gaben scheinbar den Weg frei.

»Halt! Kommt zurück, ihr Ausgeburten von verkrüppelten Elben!« Ingrimmsch schrie seine Enttäuschung über die Flucht der Ungeheuer laut heraus. »Ihr werdet meinen Beilen nicht entgehen!«

Statt der Orks stellte sich ihnen nun ein einzelner großer Mann entgegen. Tungdil erkannte ihn sofort wieder, sein Abbild hatte er vor kurzem noch mit dem Famulus sprechen sehen. Die fette, aufgedunsene Figur in der dunkelgrünen Robe gehörte dem abtrünnigen Magus, der seinen Ziehvater umgebracht hatte.

In Wirklichkeit sah der Mensch noch widerlicher aus. Bluttränen liefen ihm über die Wangen, das Fett und die Haut hingen weich vom Gesicht und verzerrten die Züge. Er stank, als hätte er sich in einer Grube mit verwesenden Abfällen gewälzt.

»Ihr seid weit gekommen«, sprach er mit säuselnder Stimme. »Nun ist es genug.« Er richtete seine Augen auf Tungdil, die verquollene Hand reckte sich ihm entgegen. »Gib mir den Lederbeutel mit den Artefakten und die Bücher, die du in Grünhain stahlst, danach bist du frei.«

Tungdil packte trotzig seine Axt. »Nein. Es sind die Sachen meines Herrn, und er hat nicht gesagt, dass du sie bekommen sollst.«

Nôd'onn lachte. »Hört, wie er spricht, der tapfere Zwerg.« Er machte einen Schritt nach vorn. »Was du mit dir herumträgst, ist mein Eigentum. Ich werde nicht weiter verhandeln.« Er rammte den Gehstab in die Erde und neigte das Ende mit dem Onyx leicht nach vorne.

Der Rucksack und der Beutel mit den magischen Gegenständen lebten plötzlich, sie zerrten an Tungdil, um sich von ihm zu befreien. Er klammerte sich an die Riemen, um sie aufzuhalten, doch die Kräfte, welche der Magus einsetzte, waren zu stark. Die Lederschlaufen rissen ab und glitten durch seine Finger. Im letzten Augenblick stellte er den Fuß auf einen Sackzipfel.

Kurz entschlossen hob er die Axt. »Ich werde die Artefakte vernichten«, drohte er.

»Nur zu. Du würdest mir Arbeit abnehmen«, forderte ihn Nôd'onn auf. Er hob die Rechte, spreizte die Finger und ballte sie abrupt zu einer Faust.

Die Gepäckstücke wurden mit enormer Kraft in die Luft gerissen, dass der Zwerg sie nicht mehr zu halten vermochte. Sie fielen einem riesigen Ork auf den Arm, der sie grunzend an sich drückte.

Der Magus hustete unvermittelt; ein Blutrinnsal sickerte aus der Nase, das er sich mit einer hastigen Bewegung wegwischte. »Kehrt in euer Reich zurück, Zwerge, und richtet eurem König aus, dass ich sein Land benötige. Er kann es mir überlassen, ohne dass ein Tropfen Blut vergossen wird, oder aber meine Truppen und Verbündeten erscheinen und nehmen es sich mit Gewalt.« Er deutete auf Tungdil. »Den hier könnt ihr mitnehmen. Ich habe keine Verwendung für ihn.«

Die beiden Brüder schwiegen; sie hielten ihre Waffen mit eiserner Entschlossenheit und warteten eine günstige Gelegenheit ab, um den Magus anzugreifen. Sobald er durch etwas abgelenkt würde, wollten sie ihn in Grund und Boden schlagen, doch noch fehlte es an dem passenden Ereignis, das seine Aufmerksamkeit und die der Orks auf sich zog.

Ein wenig abseits entstand unvermittelt Unruhe unter den Bestien. Es wurde geschoben und geschubst, erste böse Worte fielen. Ein besonders eindrucksvolles, muskulöses Exemplar zog sein Schwert und rammte es dem Nächststehenden aufgrunzend bis zum Heft in den Bauch. Innerhalb von Lidschlägen entspann sich ein blutiges Scharmützel in der Rotte.

Ingrimmsch senkte unmerklich den Kopf – ein untrügliches Vorzeichen für seinen Angriff gegen den Magus. Die braunen Augen richteten sich fest auf die Knie Nôd'onns.

»Du schlägst seinen Stab entzwei«, befahl er Tungdil auf Zwergisch. »Es wäre gelacht, wenn wir ihn nicht bezwängen.« Worte wie Selbstüberschätzung oder Zweifel schienen Boïndil fremd zu sein.

»Nein. Mit gewöhnlichen Waffen gelingt es uns nicht.« Tungdil schielte zu dem gerüsteten Scheusal, das den Rucksack und den Beutel mit den Artefakten hielt. »Wir brauchen diese Dinge. Wenn er sie vernichten will, so fürchtet er sie nicht ohne Grund«, wisperte er.

»Dann kennst du deine Aufgabe, Tungdil. Achtet auf mein Signal«, brummte Ingrimmsch, doch bevor die drei Zwerge losschlugen, kam ihnen jemand zuvor.

Vom Hügel aus stieß ein gleißender Strahl herab und traf den verräterischen Magus in die Seite. Der Mann keuchte auf, die Finger gaben den Stab frei, und er taumelte nach rechts.

Die nächste Lanze aus reiner Magie schoss heran und verdampfte zehn Orks zu stinkenden Überresten aus Metall und Fleisch. Die übrigen Bestien grölten durcheinander und schauten sich nach dem neuen Angreifer um. Rasch entdeckten sie die schmale Gestalt auf der Anhöhe und stürmten die sanfte Erhebung hinauf.

Nôd'onn fuhr herum und öffnete die Rechte; sein Stab schnellte vom Boden auf und flog ihm in die Hand.

Auf diesen Augenblick hatten die Zwerge gewartet. Boïndil rannte brüllend auf ihn zu und hackte ihm in die Beine, Boëndal schwang seinen Kriegshammer über den Kopf, um den notwendigen Schwung zu erhalten, und versenkte den Krähenschnabel tief im breiten Rücken des Magus. Er riss am Stiel seiner Waffe, und Nôd'onn brach durch den doppelten Angriff zusammen.

Die Orks um den Zauberer herum hatten nur Augen für den neuen Feind, der sich zu wehren wusste. Schwarze Wolken entstanden wie aus dem Nichts über den Köpfen der Ungeheuer, donnernd formierte sich ein Gewitter.

Als die ersten Angreifer beinahe die Spitze des Hügels erreicht hatten, entlud sich das Unwetter mit aller Macht. Blitze zuckten knisternd herab und trafen die Bestien, die unter den einschlagenden Energien wie Würste in kochendem Wasser platzten. Die grellen Bahnen blendeten die nachfolgenden Orks, und der Sturm auf die Anhöhe geriet ins Stocken.

Ein heftiger Wind kam auf, er umtoste die Ungeheuer und fegte sie wie Spielzeugpuppen davon. Sie prallten gegen ihre Artgenossen, wirbelten gegen Bäume oder wurden von den Böen zu Tode geschleift.

Ingrimmsch sprang seinem Bruder bei, der Nôd'onn an seinem Krähenschnabel aufgespießt hatte und zu Boden drückte. Viermal drosch er zu, bis die Wirbel brachen und der Kopf des Magus abgetrennt über den Weg rollte. Eine stinkende, schwarzrote Flüssigkeit ergoss sich aus der Wunde in den Dreck.

»Die Artefakte!«, erinnerte Boëndal seinen Bruder und zog ihn weiter, als dieser lachend Anstalten machte, die Hose zu öffnen und dem Leichnam als letzte Verhöhnung Zwergenwasser zu geben.

Tungdil hatte sich in der Zwischenzeit mit letzter Kraft gegen den Ork geworfen, der sein Gepäck hielt. Er dachte nicht über seine Angriffe nach, sondern führte die Axt aus seinem Gefühl heraus und verband es mit dem erlernten Wissen. Das Ungeheuer fiel rascher, als er angenommen hatte, sein Sieg kam beinahe überraschend. *Ich kann auch ohne die beiden kämpfen!*, dachte er und raffte die Säcke an sich.

»Es sieht wieder gut für das Geborgene Land aus.« Boëndal stellte sich an seine Seite, der Zopf pendelte über seiner Schulter und wirkte beinahe lebendig.

Sein Bruder hielt ihnen den Rücken frei und schickte noch schnell zwei Orks in den Tod. »Er war leicht zu ...« Seine Augen schweiften zur Seite, und plötzlich stieß er einen wütenden Schrei aus. »Nein! Bei Vraccas, wir haben ihn doch ...«

Nôd'onn erhob sich. Sein kopfloser Torso stemmte sich in die Höhe, dann streckte er die Hand aus. Der Schädel schwebte herbei und setzte sich von selbst auf den Halsstumpf; dort, wo die Beile ganze Arbeit verrichtet hatten, blieb nicht einmal eine Narbe übrig. Er wirkte weder verwirrt noch in anderer Weise angeschlagen, als er die restlichen Orks auf die Zwerge hetzte und sich selbst zum Hügel wandte, um den unerwarteten magischen Kontrahenten zu vernichten.

»Bringt mir die Artefakte und die Bücher«, schallte es durch die Nacht. »Tötet die Zwerge!«

Der Edelstein seines Gehstabes glomm auf. Nôd'onn reckte die Hände gegen die Anhebung, und die Erde erbebte. Seine Magie grub eine tiefe Furche in das Land und jagte in gerader Linie auf die Gestalt auf dem Rücken der Anhöhe zu. Die Blitze, die aus den Wolken nun auf ihn herabstießen, wurden durch einen Schutzzauber eine Armlänge vor ihm absorbiert.

Ich dachte es mir. Er ist nicht mit irdischen Waffen zu besiegen. Tungdil wies seinen Begleitern den Weg. »Da lang«, keuchte er. »Dort kommen wir auf den Weg nach Süden.«

Die drei hasteten los; um den Orks zu entkommen, legten sie sich in einen Graben und hörten, wie die Feinde ganz in ihrer Nähe vorüberhetzten, ohne dass sie entdeckt wurden.

»Wir hätten weiter kämpfen sollen«, beschwerte sich Boïndil flüsternd.

»Dann wären wir gestorben. Hast du gesehen, dass Nôd'onn sich wieder erhob? Ohne Kopf?« Tungdil drückte sich in die warme Erde. »Er ist mächtiger als das Tote Land.« Sein Blick fiel auf das gerettete Säckchen mit den Artefakten. »Darin steckt der Schlüssel zu seiner Vernichtung.«

»Du bist der Gelehrte. Finde heraus, wie wir es anstellen können«, sagte Boëndal. »Wir kehren zu den Zweiten zurück und berichten ihnen, was der Magus vorhat. Die Zwergenreiche sind in Gefahr, und wie es aussieht, bist du der Letzte, der die Macht hat, den Zauberer aufzuhalten.«

»Alleine nicht.« Seine letzten Gedanken, bevor der Schlaf ihn übermannte, drehten sich um den magischen Widersacher, der Nôd'onn unvermittelt angegriffen und der ihnen wahrscheinlich das Leben gerettet hatte. *Bitte, Vraccas, lass es Lot-Ionan gewesen sein*, wünschte er sich.

Das Geborgene Land, das Zwergenreich des Zweiten, Beroïn, im Spätsommer des 6234sten Sonnenzyklus

»... und so folgte ich ihnen durch den Wald, aber plötzlich waren sie verschwunden«, beendete der Gnom seine Schilderungen. Er lockerte das Band ein wenig, das einen dunklen Striemen an seinem Hals hinterlassen hatte. »Ich habe mich aus dem Staub gemacht, um den Orks zu entgehen.«

Bislipur dachte angestrengt nach. Das waren so viele Neuigkeiten, dass er seine Pläne und Vorhaben neu angehen musste. »Also sind sie auf dem Weg hierher«, sagte er vor sich hin.

»Die Orks oder die Zwerge?« Swerd wurde ignoriert. »Solltet Ihr den Clans nicht Bescheid geben, dass dieser Mensch beabsichtigt, früher oder später auch gegen die Zwerge in den Krieg zu ziehen? Seid Ihr so niederträchtig, dass Ihr es tatsächlich verschweigen wollt?«

Bislipur hinkte zum Ausgang. »Warte hier und lass dich nicht blicken, ehe ich es dir sage«, befahl er ihm und verließ den Raum.

»Aber sicher, furchtbarer Meister«, seufzte der Gnom, ließ die Beine baumeln und wartete.

*

Bislipur pochte gegen die Tür zu Gandogars Unterkunft. »Öffne«, rief er, »wir müssen ein paar Dinge bereden.«

Gandogar erschien im Eingang und schaute seinen Mentor verwundert an. »Draußen, Bislipur?«

»Ein Spaziergang tut uns beiden gut. Zumal ich schon zu sehr ins Gerede gekommen bin, ich würde zu viele Stunden hinter verschlossenen Türen verbringen, um ein Komplott gegen den Großkönig zu schmieden«, meinte er säuerlich. »Dieses Mal sollen uns die anderen sehen.«

Gandogar warf sich einen leichten Umhang über seine Rüstung und folgte Bislipur durch die Felsenlabyrinthe von Ogertod.

Sie liefen an den gemeißelten Werken der Zweiten vorüber. Die Clans hatten aus dem einfachen Stein Dinge geformt, die gerade wegen ihrer schlichten Schönheit eine enorme Anziehungskraft besaßen; ihr Können vollendete das Alltägliche und veränderte es zu Außergewöhnlichem. Die Worte seines Begleiters lenkten Gandogar vom Betrachten ab.

»Ich sagte«, wiederholte Bislipur leise, »dass uns ein langes Warten zum Verhängnis werden kann. Die Haltung des Großkönigs ist reiner Starrsinn, mehr nicht.«

»Und was schlägst du vor?«

»Ich habe in der Zwischenzeit mit vielen anderen Clans gesprochen. Sie sind dafür, dass wir die Elben endlich angreifen und vernichten, ehe uns das Tote Land zuvorkommt.«

Gandogar wurde aufmerksam. »Wäre das so schlimm? Damit müssten wir uns nicht um sie sorgen.«

»Nein. Es machte die Sache schlimmer als besser«, erklärte er. »Erinnere dich an die Macht des Schreckens: Was stirbt, kehrt zurück. Unser Volk müsste dann gegen untote Elben kämpfen, die kaum aufzuhalten sind. Die Kräfte des Toten Landes sind gewaltig.« Er humpelte neben dem König her, das Kettenhemd klirrte leise. »Oder die Elben flüchten sich an einen anderen Ort, an dem wir sie niemals wieder aufspüren, um sie ihrer gerechten Strafe für ihre Taten an den Zwergen zuzuführen. Deine Rache für den Tod deines Vaters und deines Bruders wäre dahin.«

Bislipur redete gedämpft, aber eindringlich. Die Zwerge, die ihnen unterwegs begegneten, würden annehmen, sie berieten sich, um in der nächsten Versammlung ihre Argumente vorzutragen.

»Du musst den Thron besteigen und die anderen Stämme gegen Âlandur führen«, beschwor er Gandogar. »Es gibt Anzeichen, dass das Tote Land die längste Zeit still gewesen ist. Sollte es sich regen, müssen wir in unseren Festungen sein und warten, bis der Sturm vorübergezogen ist.«

»Du hast den Großkönig gehört. Er hält sich an die Gesetze unserer Ahnen«, machte ihn Gandogar aufmerksam. »Daran muss und werde auch ich mich halten.«

Sie gelangten in ein wunderschönes, lichtdurchflutetes Tal, dessen sattgrüne Grashänge voller Schafe und Ziegen waren. Die schroffen Gipfel türmten sich zu beiden Seiten auf. Auf den König wirkte es, als stächen sie in die Wolken und zwängen sie zum Anhalten.

»Schau, wie friedlich es ist«, seufzte er und setzte sich auf einen Stein. »Ich wünschte, unsere Ratversammlungen verliefen ebenso ruhig.«

»Der Vergleich passt.« Die kalten Augen Bislipurs schweiften zu den steilen Weisen. »Die anderen Zwerge benehmen sich wie Schafe. Sie kommen rein, blöken durcheinander, bis sie ihr Futter und ihr Bier erhalten haben, und kehren zufrieden in ihre Verschläge zurück.« Er legte seine Hand auf die Schulter des Herrschers. »Du bist ein König, Gandogar, der es nicht verdient, länger auf einen dahergelaufenen Anwärter zu warten. Fordere eine Entscheidung und überlass es mir, die Mehrheit der Clans zu überzeugen.«

»Du verlangst viel von mir.« Gandogar stand auf. Gemeinsam setzten sie ihren Weg fort und kehrten in die unterirdischen Gänge zurück, die sie tiefer ins harte Fleisch des Massivs brachten.

Sie passierten steinerne Bogenbrücken und wandelten auf deren gravierten Rücken über Schächte, deren Grund sie nicht erkennen konnten. Es waren stillgelegte Stollen, in denen es nichts mehr zu holen gab. Der Berg hatte seine Reichtümer an die Zwerge verloren und trug offene, schwarze Wunden davon.

Bislipur lief schweigend neben seinem Herrn her. Er ließ ihm Zeit, um über seine Worte nachzudenken.

»Eine neuerliche Abstimmung«, sagte Gandogar in Überlegungen vertieft. »Sie zu verlangen bedeutet, sich über die Gesetze unseres Volkes hinwegzusetzen und die Entscheidung des Großkönigs anzuzweifeln.«

»Dazu gehört viel Mut und noch mehr Überzeugung, das Richtige zu tun. Beides hast du«, sprach Bislipur beschwörend. »Besteige den Thron. Jetzt.«

Sie gelangten in einen der zahlreichen Steinbrüche, wo feinster

Marmor in großen Platten geschlagen wurde; rechts davon schlängelte sich ein Fluss vorbei. Von einer Brücke aus, gut hundertachtzig Schritt über den Köpfen der Arbeiter, beobachteten sie das Treiben.

»Was geschieht, wenn Gundrabur plötzlich stirbt? Werden wir so lange ohne Großkönig sein, bis dieser Unbekannte erscheint und das Verfahren ablaufen kann?«, fragte Bislipur, um eine Entscheidung herbeizuführen. »Und wenn das Tote Land angreift und die Clans ohne Führer dastehen? Wer leitet die Verteidigung und den Gegenangriff? Es wird zum Streit kommen, und die Zwerge werden untergehen!«

Gandogar tat so, als hörte er Bislipur nicht, wenngleich dessen Worte ihre Wirkung nicht verfehlten. Diese Fragen stellte er sich ebenso, ohne eine Antwort darauf zu wissen. *Es sind die Gesetze, die Vraccas uns gab. Aber dürfen sie uns schaden, nur weil wir auf ihrer Einhaltung pochen? Dürfen wir deswegen Gelegenheiten verstreichen lassen?* Er beobachtete die Arbeiter, um sich abzulenken. Obwohl es sich um Stein, lebloses Material handelte, gingen sie mit Umsicht zu Werke und zeichneten penibel ein, wie groß die nächste Scheibe sein sollte. Mit Pickeln, Hämmern, Meißel und Stemmeisen gingen sie daran, dem steinernen Leib des Berges ein Stück seines Fleisches zu entreißen. Die Blätter der gewaltigen Steinsägen wurden durch Wasserräder angetrieben.

Grauer Staub hing wie Nebelschleier in der Luft, gegen den sich die Zwerge mit Tüchern vor Mund und Nase schützten. In dicken Schichten lag das Gesteinsmehl auf jenen Werkzeugen, die seltener in Gebrauch genommen wurden.

Gandogar empfand immensen Stolz, bald Großkönig über die Stämme und Clans zu sein, die ein Volk und dennoch so unterschiedlich waren. Die Abstammung, das Blut und die gemeinsamen Feinde einten sie.

Dürfen uns unsere eigenen Gesetze schaden? Er sah die Gesichter seines Vaters und seines Bruders vor sich, die von Elbenpfeilen getötet worden waren. *Ohne Grund.* Seine Fäuste ballten sich, die Augenbrauen zogen sich zusammen.

Gandogar hatte genug gesehen und sich entschlossen. »Du hast Recht, Bislipur, wir müssen handeln. Ich werde die Kinder des Schmiedes zu einer neuen Gemeinschaft führen und kein anderer. Etwas Geeigneteres, als einen siegreichen Krieg gegen einen gemeinsamen Feind zu führen, gibt es dafür nicht«, sagte er bedächtig. »Der Triumph über die Elben wird die Stämme von neuem zusammenschweißen und all ihre Vorbehalte, Zwiste und Streitigkeiten, die es in der Vergangenheit gab, vergessen lassen.«

»Und dein Name wäre untrennbar mit dem neuen Glanz verbunden«, ergänzte sein Mentor zufrieden. Seine unaufhörlichen Predigten schienen nun endlich gefruchtet zu haben.

»Das Warten muss enden. Ich werde von Gundrabur verlangen, innerhalb der nächsten dreißig Sonnenumläufe eine Abschlusssitzung einzuberufen, in der meine Nachfolgeschaft bestätigt wird.«

»Und wenn er vorher stirbt? Er ist alt und gebrechlich ...«

Gandogar zögerte nicht. »Dann werde ich den Thron besteigen, ganz gleich, ob der Hochstapler eingetroffen ist oder nicht«, erklärte er bestimmt. »Lass uns zurückkehren. Ich bin müde und hungrig.«

Bislipurs Verstand feilte an einer neuen Aufgabe, die ihm der König unausgesprochen und unwissentlich erteilt hatte.

In dreißig Umläufen kann viel geschehen, dachte der Zwerg mit dem graubraunen Bart düster. Er hatte schon Schlimmeres als einen Mord begangen, um Gandogars Macht zu stützen, da würde eine Niederträchtigkeit mehr nicht sonderlich ins Gewicht fallen. Aber dieses Mal verlangte sein Vorhaben eine absolut sichere Planung.

»Ich komme, mein König«, rief er.

Bislipur trat an den Rand der Brücke und schaute in das gähnende, unendlich scheinende Loch hinab. *Wer in einen solchen Abgrund fällt, verschwindet für alle Zeiten.* Swerd bekäme bald wieder etwas zu tun.

Das Geborgene Land, Ionandar im Jahr des 6234sten Sonnenzyklus, Spätsommer

»Komm auf die Füße, Gelehrter. Es geht weiter«, raunte ihm jemand ins Ohr. Barthaare kitzelten seinen Hals, das Träumen von einer besseren Welt hatte ein Ende. Tungdil richtete sich auf und rieb sich die Augen.

Die Zwillinge spähten aus der Mulde hervor, um umherstreifende Orks zwischen den Bäumen ausfindig zu machen, doch die Bestien schienen an einer anderen Stelle nach ihnen zu suchen. Somit war ihr eigener Aufbruch nach Süden ins Reich der Zweiten nicht gefährdet.

Welch ein Abenteuer, dachte Tungdil bedrückt. Es war das Grässlichste, was er sich je hatte vorstellen können. Er brach auf, um einem Menschen ein paar Artefakte zu bringen, und befand sich als Thronanwärter des Zwergenreiches plötzlich mitten im Krieg des wahnsinnigen Nudin gegen das Geborgene Land. Alle, die er einst kannte und mochte, starben, nur er selbst war mit zwei Zwergen auf der Flucht vor dem Verrückten, der nach ihrem Leben und den Dingen trachtete, die sie mit sich führten. *Und ich habe keinen Schimmer, was ich damit soll.*

Tungdil entfernte kleine Zweigreste und Blätter aus seinen Haaren und dem Bart. Nudin hatte, wenn er sich dessen Worte ins Gedächtnis rief, dem ganzen Land, allen Königen und Elben den Krieg erklärt und schreckte nicht einmal davor zurück, den Zwergen zu drohen.

»Du siehst aus, als machtest du dir Gedanken«, schätzte Ingrimmsch und reichte ihm ein Stück Brot mit Käse. Dann deutete er auf den Wald. »Komm. Du kannst unterwegs essen.«

Tungdil folgte den Anweisungen des Kriegers. »Nudin muss alles sehr lange vorbereitet haben und sich seiner Sache sehr sicher sein, wenn er uns als Boten einsetzen wollte«, überlegte er laut.

Boïndil lachte auf. »Aber nur, bis wir ihm seinen Kopf abgehackt haben.«

»Was ihn nicht sonderlich gestört hat«, ergänzte sein Bruder mürrisch. »Weißt du etwas darüber, Gelehrter? Können das alle Zauberer?«

Der Zwerg schüttelte den Kopf. »Nein. Magi sind gewöhnliche Sterbliche, die nur länger als die üblichen Menschen leben, aber sie bluten und verletzen sich wie andere auch. Ich habe selbst gesehen, wie Lot-Ionan sich einmal mit dem Messer schnitt. Als er sich mit einem Zauberspruch heilte, fragte ich ihn, ob er damit auch den Tod rückgängig machen kann ...«

Wieder sah er die vertrauten Gesichter seines Ziehvaters und Fralas vor sich; die Trauer übermannte ihn und brachte ihn zum Schweigen. Seine Begleiter drängten ihn nicht.

»Sie können nichts gegen den Tod ausrichten«, sagte er niedergeschlagen. *Leider.*

»Oder es können nur die Falschen«, fügte Boëndal an. »Nôd'onn stand jedenfalls wieder auf. Dabei hatte er meinen Krähenschnabel im Rücken und verlor seinen hässlichen Schädel!«

»Das wird ein besonderes Kunststück sein«, meinte Ingrimmsch verächtlich. »Das Tote Land wird ihm diese Gabe geschenkt haben.«

Tungdil fand keine Erklärung. Hatte er zunächst angenommen, Nudin sei zu einem Untoten geworden, wurde seine Vermutung durch die Auferstehung zunichte gemacht. Schlimmstenfalls war es dem Abtrünnigen gelungen, hinter das Geheimnis des ewigen Lebens zu gelangen, was zur Folge hätte, dass dem Geborgenen Land ewige Finsternis drohte.

»Wir hätten ihn in seine Einzelteile zerlegen und sie verbrennen sollen«, grummelte Boïndil.

»Das hätte euch auch nicht viel genutzt«, sagte eine helle Stimme, die zwischen den Baumstämmen widerhallte. »Nôd'onn ist mit den bekannten Waffen der Sterblichen nicht mehr zu vernichten, weder Schwert noch Axt noch Magie vermögen es. Ich habe es selbst versucht und bin gescheitert.«

Die Zwerge nahmen ihre Äxte und Beile zur Hand, Boïndil sicherte ihren Rücken. »Es können keine Orks sein«, wisperte Boëndal Tungdil zu.

»Wir werden sehen, ob das besser ist«, antwortete sein Bruder. »Kleine oder große Herausforderung?«

Aus dem Schutz der grünen Tannen trat eine Gestalt hervor, die Tungdil schier den Atem raubte. Dass Menschen so groß wurden, hätte er niemals für möglich gehalten. Dieser war mindestens so hoch wie zwei Zwerge und seine Brust so breit wie ein Fass.

Den imposanten Anblick einer Körperrüstung kannte er nur aus seinen Büchern. Der Harnisch mit der hohen Halsberge, die Arm- und Beinschienen waren aus kostbarem Tionium geschmiedet und so geformt, dass sie dem Träger ein muskulöses Äußeres aus Stahl verliehen. Unter den Metallstücken schauten die Ringe eines Kettenhemdes hervor, das dem Mann zusätzlichen Schutz verlieh. Damit sein ehernes Kleid nicht zu sehr klapperte, trug er einen leichten Überwurf zwischen den verschiedenen Metalllagen.

Die riesigen Füße steckten in beschlagenen Stiefeln, und sein Kopf wurde von einem Helm verborgen, dessen aufwändig graviertes Visier in Form eines Dämons gestaltet war. Auf Stirnhöhe verlief ein Ring aus fingerlangen Spitzen, der an eine Krone erinnerte.

Seine Rechte hielt die zweischneidige Axt, als wäre sie so leicht wie ein Stück Holz, die Linke einen Schild. In seinem Waffengehänge baumelten eine kleine Keule und ein Schwert, das an diesem Krieger wie ein Dolch wirkte. Als genügte ihm das Gewicht und das Arsenal des Todes nicht, führte er auf dem Rücken einen Zweihänder mit sich.

Boïndil warf einen raschen Blick über die Schulter, um sich einen Eindruck von dem Neuankömmling zu verschaffen, und schon konnte er die Augen nicht mehr von dem Mann lassen.

»Lass mich nach vorn«, bat er seinen Bruder flehentlich. »Übernimm du unsere Rückendeckung, während ich mich um das Gebirge aus Erz kümmere.« Seine Augen blitzten begierig. »Das nenne ich eine große Herausforderung. Der taugt gewiss mehr als die Schweinchen.«

»Sei still«, wies ihn Boëndal scharf zurecht. »Noch wissen wir nicht, was er will.«

»Er hat eine sehr hohe Stimme für einen Kerl wie ein Baum«, merkte Tungdil staunend an.

Eine Frau mit blonden, zu einem Zopf geflochtenen Haaren und einem herben Gesicht trat neben den Krieger. »Es war auch nicht seine Stimme.« Ihre blauen Augen musterten das Trio. »Es war meine.«

Tungdil überlegte, ob er sie kannte, aber die markanten Züge sagten ihm ebenso wenig wie ihre Art, sich zu kleiden. Ihr athletischer Körper steckte in einem dunkelbraunen Lederkleid, dessen lange Beinschlitze größtmögliche Beweglichkeit gewährleisteten; dazu trug sie hohe schwarze Stiefel und Handschuhe. Sie hielt die rechte Hand am Griff eines Schwertes. Je länger er sie betrachtete, umso mehr erinnerte er sich an eine Erzählung seines Ziehvaters.

»Ihr seid Andôkai, die man die Stürmische nennt?«, fragte er zögerlich.

Die Maga nickte. »Ganz recht. Und du bist Tungdil, der es zusammen mit seinen Freunden schaffte, Nôd'onn zu entgehen.« Sie deutete auf den Hünen an ihrer Seite, der sie um beinahe fünf Köpfe überragte und wie die Statue eines Kriegsgottes unbeweglich auf der Stelle stand. »Das ist mein treuer Begleiter Djer_n.«

»Und was willst du von ...«, setzte Boëndal argwöhnisch an, doch Tungdil fiel ihm aufgeregt ins Wort.

»Was ist mit Lot-Ionan? Lebt er noch, ehrenwerte Maga?«

Andôkai betrachtete ihn, Schmerz und Wut verfinsterten ihr Antlitz. »Er ist tot, Tungdil. So tot wie Maira, Turgur und Sabora. Nôd'onn hat ihnen das Leben geraubt, um sich den Weg zur Macht über das Geborgene Land zu ebnen.«

Der Zwerg senkte das Haupt. Die Gewissheit schmerzte, der Gram über den endgültigen Verlust seines Ziehvaters fraß ein Stück aus ihm heraus und hinterließ ein Loch, einen Abgrund.

»Den Meistern folgten die besten Schüler ins Verderben, sodass er nun der unangefochtene Magus ist«, erzählte sie unerbittlich weiter.

»Dann warst du es, der ihn mit Blitzen attackierte! Hast du mehr ausrichten können als wir?«, warf Ingrimmsch ein.

»Er trotzte allem«, berichtete sie. »Ich griff ihn mit meinem gesamten Können an, doch er widerstand. Als wir sahen, dass selbst eure Enthauptung ihr Ziel verfehlte, ahnten wir, dass es zu spät sein könnte. Dann erhielten wir Gewissheit.«

»Lange«, grummelte Boëndal abfällig. »Da reißt man sich den Bart aus, um sie gegen die Horden Tions, die vor den Gebirgen lauern, zu bewahren, und was tun sie? Sorgen von innen heraus für den Untergang. Vraccas hätte euch besser eine Amme geben sollen, die euch an der Hand nimmt und auf die Finger klopft, wenn ihr Unsinn anrichtet.«

»Da magst du Recht haben.« Die Maga schritt auf sie zu. »Ich habe euch gesucht, um herauszufinden, was Nôd'onn von euch wollte«, erklärte sie ihr Erschienen. Sie ging vor Tungdil in die Hocke. »Du musst etwas besitzen, was er unbedingt haben möchte. Wir haben es vom Hügel herab beobachtet. Was ist es?«

»Nein, es ist nichts. Es sind nur Andenken an meinen Herrn«, log er. »Nudin mochte ihn wohl nicht und verlangte nach den Dingen, um sie zu vernichten.«

»Im Gegenteil, sie verstanden sich einst gut. Mich dagegen mochte dein Herr nicht«, lächelte sie ihn an.

Tungdil erinnerte sich. Es ging um ihre Gesinnung und ihren Gott Samusin. *Wenn die anderen beiden erfahren, dass sie Orks in ihrem Reich duldete, kann es zu einem ungleichen Kampf kommen.* Das lag nicht nur an den magischen Fertigkeiten der Frau, sondern auch an den Kräften ihres Begleiters, dem er unbesehen zutraute, einen Baum zu spalten.

»Ich mag dich auch nicht«, tat Boïndil unmissverständlich seine Meinung kund. »Geh deiner Wege und lass uns in Ruhe. Wir haben andere Sorgen.«

»Andere Sorgen?«, wiederholte Andôkai seine Worte spöttisch und richtete sich auf. »Ihr werdet gar keine Sorgen mehr haben, wenn der Magus erst einmal die Königreiche in seinen Besitz gebracht hat. Die Zwergenländer werden ebenso fallen wie die Gebiete der Menschen und Elben. Er und das Tote Land, mit dem er sich verbündet hat, streben nach Macht. Grenzenloser Macht.« Andôkai reckte ihr Kinn und sah höhnisch auf Boïndil herab. »Flüchtet nur in euer Refugium in den Bergen. Ich sage dir, die Kreaturen Tions stürmen eure Festungen bald von zwei Seiten.«

»Was wirst du unternehmen?«, fragte Tungdil.

»Von hier fortgehen«, antwortete sie ihm ehrlich. »Ich bin nicht so töricht zu denken, ich könnte das Tote Land aufhalten. Kein Heer wird etwas gegen Nôd'onn unternehmen können, auch wenn es die Könige meinen und sich darauf verlassen. Was soll ich dann noch hier? Um nach meinem Tod als Untote zurückzukehren? Davor möge mich Samusin bewahren.« Sie betrachtete die Zwerge. »Und ihr? Reist ihr ins Reich der Zweiten? Wenn es so ist, schließe ich mich euch an, gehe durch die Hohe Pforte, und ihr seht mich niemals wieder. Bis dahin sind wir Verbündete.«

Die Zwerge berieten sich kurz und willigten gegen die Stimme Ingrimmschs in ihren Vorschlag ein. Tungdil und Boëndal hatten aus der Vergangenheit gelernt und wollten sich auf diese Weise magischen Beistand sichern, damit sie im Verlauf ihrer Reise auf alles vorbereitet waren.

Boïndil nörgelte zwar, gab sich aber geschlagen, weil er kein besonders guter Streiter mit Worten war; Tungdils Gelehrtenzunge redete ihn an die Wand. »Dafür«, schwor er ihnen, »werde ich euch die Ohren voll jammern, wenn mit denen was schief läuft.«

»Du darfst dich uns anschließen«, verkündete Tungdil.

»Aber wir sagen, wo es lang geht, Blondzopf«, setzte Boïndil nach, der dem Gerüsteten einen abschätzenden Blick zuwarf. Man sah ihm an, dass er sich zu gern mit dem turmhohen Gegner gemessen hätte. »Kannst du reden? Holla! Hörst du uns überhaupt, so hoch da oben und mit dem Eimer auf dem Kopf?«

»Djer_n ist stumm«, schaltete sich die Maga in scharfem Ton ein. »Lass ihn in Ruhe und sei gefälligst höflich, sonst könnte ich Anmerkungen über deine Größe und deinen Geruch machen.«

»Ich entscheide, wann ich höflich bin«, gab der gemaßregelte Zwerg beleidigt zurück und warf den Zopf über die Schulter. »Und komm mir nicht in die Quere«, richtete er sich an den Krieger, ehe er sich an die Spitze der Gruppe setzte. »Die Orks gehören mir. Du wirst dich schön anstellen.«

Der Marsch begann. Tungdil lief hinter Andôkai. *Ich werde mich mit ihr am Lagerfeuer unterhalten*, beschloss er. Er wollte mehr Einzelheiten erfahren, die nicht für die Ohren der Zwillinge gedacht waren.

*

»Wie ist Lot-Ionan gestorben, ehrwerte Maga?«, fragte Tungdil die Zauberin, die ein wenig abseits vom Feuer auf ihrem Mantel saß und in die Flammen starrte. Er wählte die einfache Gelehrtensprache, um ihr seine Bildung zu zeigen und ihr zu verdeutlichen, dass er mehr als ein einfacher Zwerg war.

Es hatte lange gedauert, bis er seinen Mut zusammennahm und näher an sie heran rückte, um sie unter vier Augen zu sprechen.

Neben ihr hockte der Krieger, den Rücken an einen Baumstamm gelehnt. Die Waffen lagen rechts und links neben ihm, fein säuberlich der Länge nach geordnet und sofort griffbereit. Der Zwerg konnte nicht sagen, ob der Mann unter seinem Helm schlief oder wachte.

»Lot-Ionan hat dich einiges gelehrt, wie ich höre«, antwortete sie langsam und ohne den Blick abzuwenden. »Ein gebildeter Zwerg, das ist selten im Geborgenen Land. Noch seltener als ein Zwerg.« Sie schwieg. »Soll ich uns beide quälen, in dem ich dir von dem Abend berichte, an dem der Verrat begangen wurde? Was bringt es dir zu wissen, wie dein Herr ums Leben kam?«

»Ich versuche zu verstehen, warum Nudin sich geändert hat.«

»Das versuche ich auch, Tungdil.« Andôkai drehte ihm ihr herbes Gesicht zu. »Mir gelingt es nicht.« Sie erzählte, wie es ihr an jenem Abend ergangen war. »Nudin griff mich ohne Vorwarnung an und schlug mich mit einem magischen Hieb nieder, dass meine Sinne schwanden.« Ihre Hand fuhr an ihr Kinn. »Ich streckte ihn mit einem Schwerthieb nieder, aber er durchbohrte mich mit seinem Stab. Danach erinnere mich nur noch an die Geräusche jener Nacht, die durch meine Ohnmacht drangen.« Die Frau atmete tief ein, streckte die Beine aus und legte den Kopf in den Nacken, um die Sterne zu betrachten. »Sie müssen sich sehr gewehrt haben, ihre Todesschreie werde ich mein restliches Leben nicht vergessen. Ich fühlte, wie mein Blut aus meinem Körper lief, ohne dass ich etwas dagegen unternehmen konnte.«

»Wie gelang es Euch zu überleben?«

Sie schaute zärtlich auf den regungslosen Krieger. »Djer_n. Nôd'onn vergaß, dass ich ihn mit in den Palast gebracht hatte. Er stahl sich in den Raum, als der Irre gegangen war, und behandelte meine Wunde. Ich war zu geschwächt, um mich dem Verräter zu stellen. Djer_n nahm sich eine Leiche aus einer Begräbnisstätte in der Stadt, zog ihr meine Sachen an und legte sie stattdessen ins Zimmer zu den anderen Toten, damit Nôd'onn annahm, ich sei keine Gefahr mehr für ihn.« Sie langte nach einem Ast und warf ihn ins Feuer. Knisternd tanzten die Funken in den schwarzen Himmel. »Ich bin auch lebend keine Gefahr für ihn«, sagte sie niedergeschlagen.

»Und ... Lot-Ionan?«, verlangte Tungdil zu wissen.

»Als mich Djer_n wegbrachte, war dein Herr zu Stein erstarrt«, antwortete sie leise. »Nôd'onn hat ihn in eine Statue verwandelt.« Eine Träne der hilflosen Wut rann ihr aus dem Augenwinkel.

»Eine Statue«, wisperte der Zwerg, während er näher ans Feuer rutschte. »Ist es möglich, den Zauber ...«

Die blonde Frau schüttelte den Kopf und verzichtete auf weitere Erklärungen. Sie saßen stumm nebeneinander, in den Gedanken an die Ermordeten versunken. Die Sterne drehten sich über ihnen, die Zeit verrann.

»Ihr wollt das Geborgene Land verlassen? Wohin? Was wird aus Eurem Reich?«, erkundigte sich Tungdil müde. Seine Augen brannten, weil er nicht einziges Mal geblinzelt, sondern das Farbenspiel des Lagerfeuers betrachtet hatte. Die Wärme der Flammen brachte seine Tränen zum Verdampfen, das Salz reizte die empfindliche Innenhaut. »Meint Ihr, in der Ferne wäre es besser, ehrwürdige Maga?«

»Es ist nicht klug, sich einem rollenden Fels in den Weg zu stellen, wenn man allein ist«, gab sie leise zurück. »Mir widerstrebt es, Leiden unnötig zu verlängern, also gebe ich mein Reich freiwillig auf. Was würde ich erreichen, böte ich Widerstand? Ich werde sehen, was hinter den Gebirgen ist. Das Geborgene Land hat seine Namen nicht mehr verdient.« Sie bedeutete Tungdil, dass er sich zurückziehen solle. »Ich möchte schlafen.«

»Meinen Dank, ehrenwerte Maga.« Tungdil kehrte zu den Zwillingen zurück und berichtete von den Vorfällen in der Hauptstadt Lios Nudin.

»Also sind die anderen Zauberer wirklich tot?«, staunte Ingrimmsch, während er sich ein Stückchen Käse aus seinem schier unerschöpflichen Vorrat grillte. »Dabei hat man sich die tollsten Geschichten über ihre Fertigkeiten erzählt.«

»Gegen einen verräterischen Dolch bringt der stärkste Schild nichts«, meinte sein Bruder und schob sich geröstetes Brot zwischen die Zähne. »Die Langen sind schon ein trauriges Volk. Da hatten die Götter einen schlechten Tag, als sie erschaffen wurden«, sagte er kauend. »Aber noch trauriger ist, dass sie das gesamte Land mit ins Verderben reißen.«

Tungdil nahm den angebotenen Käse und schob ihn sich in den

Mund. Inzwischen liebte er den strengen Geschmack geradezu, was er als Zeichen dafür deutete, dass er immer mehr zu einem seines Volkes geworden war.

Boïndil stieß ihm in die Seite, sein Stöckchen deutete auf das seltsame Paar auf der anderen Seite des Lagers. »Schau, er hat seinen Topf immer noch auf dem Kopf«, lachte er. »Er ist bestimmt festgewachsen.«

Boëndal zeigte ein wenig mehr Erfurcht. »Einen solchen Langen habe ich noch nie gesehen«, räumte er ein. »Sicher, ich war noch nicht so oft unter Menschen, aber das ist mit Abstand das größte Exemplar, das mir je begegnet ist. Da kriegt selbst ein Ork Angst.«

»Du meinst, es ist gar kein Mensch? Ein junger Oger vielleicht?«, fürchtete sein Bruder. »In seiner Rüstung könnte alles Mögliche stecken.« Und schon machte er Anstalten, hinüberzugehen und ihn zu fragen. »Wenn das eine Grünhaut oder eine andere Bestie ist, stirbt sie auf der Stelle«, verkündete er. »Und seine Herrin gleich mit. Mir doch egal, ob sie eine Zauberin ist oder nicht, die Langen benötigen sie ja ohnehin nicht mehr.«

Tungdil überlief es siedend heiß. Er traute der Maga durchaus zu, dass sie ein Scheusal Tions an ihrer Seite hatte. *Ich muss verhindern, dass er einen Streit vom Zaun bricht. Wenn er den Krieger zum Kampf reizt, wird Andôkai sich auf die Seite Djer_ns stellen, und das könnte böse enden.*

»Nein, warte, das ist ein Mensch«, beruhigte er den Zwerg mit Nachdruck in der Stimme. »Es gibt Menschen im Geborgenen Land, die so groß werden. Ich habe gelesen, dass sie sich in eigenen Heeren sammeln, vor denen die Orks großen Respekt haben.«

Ihm brach der Schweiß aus, als er Angehörige seines eigenen Volkes anlog, aber schließlich diente es einem guten Zweck.

»Und warum werden sie so groß?« Boïndil ließ nicht locker; er spielte mit seinem Beil und hoffte noch immer einen Grund für einen Streit mit dem Gerüsteten zu finden, damit sie die Kräfte messen konnten.

»Die ... Mütter ...« Tungdil suchte fieberhaft nach einer Ausrede, die nicht unbedingt logisch sein musste, »binden ... die Neugeborenen unmittelbar nach der Geburt mit ein paar Stricken am Rumpf und an den Beinen ... und ziehen sie lang. Das machen sie alle Tage, morgens und abends«, redete er drauf los. »Und es wirkt, wie ihr seht. Sie sind als Kämpfer berühmt. Sie wachsen in den Rüstungen und sind untrennbar mit ihnen verbunden.«

Die Brüder schauten ihn fassungslos an. »So etwas machen Menschen?« Ingrimmsch konnte es nicht fassen. »Ziemlich grausam, oder?«

»So steht es in den Büchern.« Boëndal ließ den Blick über den eisernen Kämpfer schweifen. »Ich würde zu gern wissen, wie viel er wiegt und wie viel er tragen kann.«

Die drei Zwerge betrachteten den Mann, von dem sie immer noch nicht wussten, ob er schlief oder nicht. Die grinsende Dämonenfratze auf seinem Visier glomm im Schein des Feuers auf und schien sie zu verhöhnen.

Boëndal zuckte mit den Achseln. »Er wird irgendwann essen müssen«, murmelte er. »Dann sehen wir sein Gesicht.«

IX

Das Geborgene Land, Königreich Gauragar im Jahr des 6234sten Sonnenzyklus, Spätsommer

Eine derart außergewöhnliche Reisegruppe, wie sie seit mehreren Umläufen durch Ionandar und nun durch Gauragar wanderte, hatte das Geborgene Land seit tausenden von Sonnenzyklen nicht gesehen.

Lange bevor die Köpfe der Zwerge über die Kuppe eines Hügels ragten, erhob sich der eindrucksvolle gepanzerte Oberkörper des Kriegers über die Anhöhe und sorgte bei den Bauern, die auf den Feldern ihrer Arbeit nachgingen, für offene Münder und erschrockene Rufe.

Die Zwillinge liefen gewöhnlich vorneweg, Tungdil in der Mitte, und die Maga und ihr Krieger folgten mit ein wenig Abstand. Dabei ging Djer_n in ganz kleinen Schritten, um die Frau und die Zwerge nicht ständig zu überholen. Andôkai hatte einem Pächter für verschwenderisch viele Münzen ein Pferd abgekauft, auf das sie ihr Gepäck und einen Teil der Waffen des Mannes geladen hatten.

Tungdil dachte die ganze Zeit darüber nach, ob er der Zauberin von den Büchern erzählen sollte, die er mit sich führte. Die in den Schriften verborgenen Geheimnisse schienen Nôd'onn ebenso zu beunruhigen wie die Artefakte, und daraus schöpfte der Zwerg die Hoffnung, etwas gegen ihn ausrichten zu können. *Wenn es mir nicht gelingen sollte, muss Andôkai ihre Fluchtpläne aufgeben. Sie ist die letzte Maga.* Er hoffte inständig, sie überzeugen zu können. Also fiel er ein wenig zurück, bis er auf der Höhe der Frau lief. »Etwas beschäftigt mich«, hob er an. »Wieso könnt Ihr die Magie noch nutzen? Nudin ... Nôd'onn hat sie doch verändert.«

»Warum möchtest du es wissen?«, erwiderte sie.

»Es ist wichtig.«

»Für dich oder für mich?«

»Für das Geborgene Land.«

»Oh, wenn es so ist, antworte ich natürlich.« Andôkai lächelte schwach. »Weil ich nicht ganz so freundlich bin, wie die anderen

Magi es gewesen sind. Mein Gott Samusin ist für den Ausgleich, er liebt die Dunkelheit ebenso wie das Licht, und daher kann ich beides nutzen. Die zum Schlechten veränderte Magie stört mich nicht weiter, auch wenn es mir etwas schwerer fällt, sie zu speichern und zu nutzen. Der Verräter hat nicht damit gerechnet, dass ich lebe. Aber was soll's, ich zähle nicht mehr.« Sie legte die Hand über die Augen und spähte nach vorne. »Es sollte allmählich ein Wald kommen, der uns ein wenig Schatten spendet. Die Sonne ist kaum zu ertragen.«

Jetzt oder nie. Tungdil sammelte sich. »Ehrenwerte Maga ... Angenommen, es gäbe etwas, mit dem man den Verräter aufhalten könnte, würdet Ihr es versuchen?«, fragte er sie ohne Umschweife.

Andôkai ging unbeirrt weiter, sie ließ ihn zappeln. »Geht es um das, was du mit dir herumträgst, kleiner Mann?«

»Wir haben es in Grünhain von Gorén mitgenommen«, berichtete er ihr von ihrem Abenteuer. »Albae und Orks waren auf der Suche danach, aber wir sind ihnen zuvorgekommen.«

»Darf ich es sehen?«

Tungdil zögerte. Doch er war schon so weit gegangen, da machte es auch nichts mehr, wenn die Frau die Bücher zu Gesicht bekam. Sorgsam packte er sie aus, schlug das Tuch auseinander und hielt sie der Maga hin.

Andôkai klappte die Buchdeckel nacheinander auf und blätterte vorsichtig weiter, ohne dass ihr Antlitz eine Regung widergespiegelt hätte.

Der Zwerg fühlte eine große Enttäuschung in sich aufsteigen, denn er hatte mit ihrem Erstaunen gerechnet. Dass die Zauberkundige so gelassen blieb, wertete er als schlechtes Zeichen.

»Ist das alles?«, erkundigte sie sich nach einer Weile und gab ihm die Folianten zurück.

»Was steht drin?«, antwortete er mit einer trotzigen Gegenfrage.

»Es sind Sammlungen über legendäre Geschöpfe, märchenhafte Geschichten über Waffen und ein rätselhafter Reisebericht eines Erkundungstrupps, der einst über den Steinernen Torweg ins Jenseitige Land zog. Ein einziger Mann, so steht es im Vorwort, kehrte tödlich verletzt zurück und brachte Schriften mit, die in diesem Buch zusammengefasst wurden. Ich wüsste nicht, warum Nôd'onn daran gelegen sein sollte, es sei denn, er hat sich seine alte Wissbegier bewahrt.«

»Mehr nicht?«, wunderte sich Tungdil, während er die Bücher wieder einpackte.

»Mehr nicht.«

»Aber ... er hat deswegen eine Siedlung angreifen und vernichten lassen. Er hat uns seine Orks auf den Hals gehetzt, um sie in die Finger zu bekommen.« Er schaute sie aufrührerisch an. »Ihr irrt Euch, ehrenwerte Maga. Es muss ein Geheimnis darin verborgen liegen, das Ihr nicht zu deuten vermögt.«

»Ich nicht zu ...?« Die Herrscherin über Brandôkai lachte aus vollem Hals. »Djer_n, hör dir das an. Ich laufe auf einer staubigen Landstraße neben einem Zwerg, der vorgibt, gelehrter zu sein als ich.«

Der Krieger trottete ungerührt weiter.

»Ich bin nicht gelehrter, aber sicherlich weniger eingebildet und hochnäsig als Ihr«, merkte Tungdil an. »Seid Ihr sicher, dass kein Elbenblut in Euch fließt?«

»Oha, der Zwerg zeigt seine Zähne«, sagte sie amüsiert. »Man merkt, dass Lot-Ionan dich aufgezogen hat.« Sie nickte zu den Zwillingen hinüber. »Die hätten schon längst eine Axt gezückt und versucht, die Unterredung auf ihre Art zu beenden.« Andôkai wurde plötzlich ernst. »Ich werde die Bücher heute Abend noch einmal anschauen, Tungdil, und zwar in aller Ruhe. Vielleicht verbirgt sich wirklich mehr darin als ich dachte.«

»Danke, ehrenwerte Maga.« Der Zwerg nickte ihr zu und trabte voran, um zu den Geschwistern aufzuschließen. »Vielleicht wissen wir schon bald, warum der Magus unsere Bücher wollte«, verkündete er ihnen.

»Hast du der Langen etwa von ihnen erzählt?«, fragte Boïndil fassungslos.

»Ich habe sie ihr gezeigt.«

Der Zwerg schüttelte tadelnd den Kopf. »Du bist wahrlich ein gutgläubiger Gelehrter. Benimm dich weniger menschlich und sei endlich einer von uns.«

»Ach? Ich soll ihr den Schädel spalten, wenn sie anderer Meinung ist?«, gab Tungdil gereizt zurück.

»Das wäre ein Anfang«, erwiderte Boïndil nicht weniger bärbeißig.

Boëndal schob sich schlichtend zwischen die Streithähne. »Genug! Spart euren Zorn für die Orks, denen wir sicherlich noch begegnen werden«, verlangte er nachdrücklich. »Es war gut, dass er sie gefragt hat. Ich werde ungern wegen etwas gejagt, worüber ich nichts weiß.«

Sein Bruder grummelte etwas Unverständliches und beschleunigte seine Schritte.

»Ich habe niemals behauptet, dass es leicht sein würde, mit uns zu reisen, Gelehrter«, sagte Boëndal grinsend.

Tungdil musste lachen.

Gegen Abend rasteten sie. Die Nacht war bereits merklich kühler geworden; es roch nach Erde und Gras, und die Grillen zirpten ihnen ein Konzert.

Während die Zwerge ihre letzten Vorräte verspeisten – sie hatten nämlich am Horizont die ersten mächtigen Gipfelspitzen des Gebirges ausgemacht und hofften, bald frische zwergische Köstlichkeiten genießen zu dürfen –, befasste Andôkai sich wie versprochen mit den Büchern und studierte deren Inhalt.

Tungdil ließ sie in Ruhe, um sie nicht zu stören, was ihn aber nicht daran hinderte, sich zu Djer_n zu begeben und ihm sein Essen zu bringen. Wie an den Abenden zuvor stellte er ihm einen Teller mit einem Laib Brot, einem halben Käse und ein großes Stück Fleisch hin.

Dieses Mal wollte er darauf achten, wann es der Krieger zu sich nahm. Bislang wusste nämlich keiner, wie er ohne seinen stählernen Kopfschutz aussah.

»Djer_n übernimmt die erste Wache«, sagte Andôkai, ohne von dem Buch aufzublicken. »Ihr könnt euch hinlegen.«

»Von mir aus«, brummte Boïndil und rülpste laut. Er schüttelte sich die dicksten Krümel aus dem Bart, wickelte seinen Zopf zu einem gemütlichen Kissen und legte sich neben das Feuer. »Aber wenn Schweinchen auftauchen, Langer, wirst du mich artig wecken, damit ich ihnen meine Beile zu kosten gebe«, riet er dem Kämpfer, der wie immer starr auf dem Boden saß.

Die Brüder nutzten die Gelegenheit, als Erste zu schlafen; bald drang ihr lautes Schnarchen durch den Wald und brachte die Zweige zum Zittern.

Entnervt klappte die Maga das Buch zu. »Jetzt weiß ich, warum sie bislang den Anfang mit der Nachtwache gemacht haben«, fauchte sie. »Dieser Lärm ist nur zu ertragen, wenn man selbst tief schläft.«

Tungdil lachte leise. »Wie muss es erst in einem Zwergenreich klingen?«

»Ich werde nicht lange genug dort sein, um dir diese Frage beantworten zu können«, erwiderte sie mürrisch und streckte sich. Die Muskeln ihrer Arme schwollen an, was ihr einen anerkennenden Blick Tungdils einbrachte. Selbst die Mägde im Stollen, die viel körperliche Arbeit verrichteten, konnten sich mit ihrer Kraft nicht messen.

»Habt Ihr etwas ...« Tungdil biss ich auf die Lippe. Dabei hatte er sich fest vorgenommen, sie nicht auf die Bücher anzusprechen.

Sie zog die Beine an, stützte die Ellbogen darauf und legte ihr Kinn auf die Handflächen. Ihre blauen Augen suchten seinen Blick. »Du denkst, dass ich mich anders entscheiden würde, wenn ich ein Mittel gegen Nôd'onn in dem Geschrieben fände?«

»Euer Gott ist der Gott des Ausgleichs. Ihr müsstet es als Verpflichtung sehen, ein Gleichgewicht zwischen Licht und Schatten im Geborgenen Land herzustellen«, appellierte er an ihre Überzeugung, nachdem Ehre allein ihr anscheinend nicht viel bedeutete. Wie sonst erklärte sich, dass sie ihr eigenes Reich im Stich ließ?

Andôkai legte eine Hand auf den Buchrücken des schwarz eingebundenen Folianten. »Befände sich darin die Formel für einen Zauber, mit dem man Nôd'onn in die Knie zwingen könnte, so wäre ich bereit, mich ihm in den Weg zu stellen«, sagte sie nachdenklich. »Ich habe nichts dergleichen gefunden. Blumige Beschreibungen von Fabelwesen, Märchen ... mehr nicht.«

»Das bedeutet, Ihr werdet bei Eurem Vorhaben bleiben, dem Land den Rücken zu kehren?«

»Meine Jahre zählen nichts gegen die Macht, die Nôd'onn zur Verfügung steht. Ich hatte Mühe, ihm heil zu entfliehen.« Sie schlug aufs Geratewohl eine Seite auf. »Wenn es ein Rätsel gibt, mit dem sich die Silben erschließen, so entdecke ich den Schlüssel nicht.«

Er entschied sich, der Maga alles zu offenbaren und reichte ihr den Brief, der in der Sprache der Gelehrten verfasst war. »Der lag bei den Büchern«, sagte er. »Vielleicht ergibt sich daraus mehr.«

»Ist das endlich alles, oder verbirgst du noch mehr Geheimnisse vor mir?«

»Nein, Ihr wisst nun alles.«

Andôkai nahm das Papier, faltete es und legte es zwischen die Seiten eines Folianten. Dann rieb sie sich die Augen. »Das Licht eignet sich nicht sonderlich zum Studieren, ich werde Morgen damit fortfahren.« Sie barg die Bücher wieder in dem Wasser abweisenden Tuch, schob sich den Stapel als Stütze unter den Kopf und legte sich zur Ruhe.

»Morgen?« Tungdil, der gehofft hatte, sie würde die Zeilen sofort lesen, seufzte laut. Sie war eine schwierige Frau. Bevor er neben das Feuer rutschte, warf er einen Blick zu Djer_n.

Der Teller vor dem Krieger war leer, der Helm saß fest auf dem Kopf. Nun hatte Tungdil es wegen der Unterhaltung mit der Maga verpasst, ihrem Begleiter beim Essen zuzusehen. Er hatte nicht einmal gehört, dass die Rüstung einen verräterischen Laut von sich gegeben hätte. Allmählich wurde ihm der Kämpfer unheimlich.

Das Geborgene Land, das Zwergenreich des Zweiten, Beroïn, im Spätsommer des 6234sten Sonnenzyklus

Balendilín kam nicht mehr zur Ruhe. Eben kehrte er in seine Kammer zurück, als er die Botschaft erhielt, zwei Zwerge aus der Abordnung der Vierten wollten ihn sprechen.

Das ist ein gutes Zeichen. Noch mehr mit Verstand. Gandogars Clans besinnen sich. Sogleich begab er sich auf den Weg zum erbetenen Treffpunkt, der in der Nähe der Viehweide lag.

Der Berater des Großkönigs hatte gute Laune. In den vergangenen Wochen hatte seine Aufgabe in erster Linie darin bestanden, die Gerüchte um den schlechten Gesundheitszustand Gundraburs zu zerstreuen. Tatsächlich erfreute sich das Oberhaupt der Zwergenstämme eines starken Herzens und eines noch viel stärkeren Willens, mit dem es ihm gelang, die Zwerge auf das Eintreffen des zweiten Anwärters zu vertrösten. Inzwischen sprach man sogar darüber, wie man die spärlichen Kontakte zwischen den Zwergenreichen auf Dauer aufleben lassen könnte.

Es läuft fast schon zu gut, dachte Balendilín, trat aus dem Gang und fand sich am einen Ende einer fünfzig Schritt langen Bogenbrücke wieder, die sich zweihundert Schritt hoch über den Resten einer Kupfermine spannte. Sorgsam setzte er einen Fuß vor den anderen und hing dabei seinen Gedanken nach.

Seine Ablenkungsstrategie hätte noch mehr Erfolg zu verzeichnen, wenn Bislipur nicht immer wieder auftauchte und die Flämmchen der Begeisterung über einen künftigen Elbenkrieg durch seine Hetzreden zum Aufflackern brachte. *Er ist verantwortlich für Gandogars Ansichten, er flüstert seine Gedanken dem jungen König ein.*

Plötzlich bemerkte er eine Bewegung auf der gegenüberliegenden

Seite. Als hätte Bislipur seine Gedanken durch die dicken Felswände des Gebirges vernommen, stand er unvermittelt vor ihm auf dem Gang, die Linke auf den Kopf seiner Axt gelegt. Auf Balendilín wirkte seine ganze Haltung wie eine stumme Drohung. Er blieb er stehen, um abzuwarten. »Was willst du?«

»Einige nennen es den ›Zwist der Krüppel‹«, rief er ihm entgegen, und die Höhlenwände warfen seine Stimme als Echo zurück. »Der Hinkende gegen den Einarmigen. Denkst du, dass sie Recht haben?«

Balendilín lauschte, ob er die Stimmen anderer Zwerge irgendwo in ihrer Nähe ausmachen konnte, doch dem war nicht so. Er war ganz auf sich allein gestellt. »Zwist ist der falsche Ausdruck«, antwortete er. »Wir haben unterschiedliche Ansichten und versuchen, eine Mehrheit zu erlangen.« Er machte einen, dann noch einen Schritt vorwärts, Bislipur tat es ihm gleich. »Also, was möchtest du?«

»Das Beste für unser Volk«, entgegnete der grimmige Zwerg.

»Ich meinte von mir.«

»Dass du einsiehst, dass Gandogar und ich die Zukunft der Zwergenstämme und Clans sind. Wie kann ich dich davon überzeugen?«

»Solange du einen Kampf gegen die Elben verlangst, wird es dir nicht gelingen, in mir einen Fürsprecher für deinen König zu finden«, antwortete Balendilín ehrlich und blieb stehen; Bislipur tat es ihm gleich. Fünfzehn Schritte trennten sie noch voneinander.

»Dann verstehe ich es als Zwist«, meinte der andere Zwerg kühl. »Bis eine Entscheidung gefallen ist, werde ich dich als Feind betrachten, der dem Wohl aller Stämme im Weg steht. Ich werde dafür sorgen, dass es die anderen Clans genauso sehen wie ich.« Als Balendilín weiterlief, setzte Bislipur seinen Weg ebenfalls fort, bis sie sich auf Armeslänge gegenüberstanden. »Und ich werde dafür sorgen, dass der von dir beeinflusste Großkönig ebenfalls die Klarheit seines Verstandes zurückgewinnt.«

Nun standen sie so dicht beieinander, dass ihre Nasenspitzen sich fast berührten.

»Du redest von Verstand? Du?« Balendilín erkannte die Ablehnung in Bislipurs Augen, die unversöhnliche Feindseligkeit. »Dir sage ich, dass ich den Krieg gegen Âlandur verhindern werde, mein zwergischer Bruder«, zwang er sich zu sagen, um nicht den Eindruck zu vermitteln, er fürchte sich vor ihm; und doch ging von ihm eine bislang nie erlebte Gefährlichkeit aus. »Deine eigenen Clans geraten ins Grübeln.«

»Du wirst mich und Gandogar nicht davon abhalten, den Thron

zu besteigen«, prophezeite ihm Bislipur düster. Er strahlte eine aufgestaute Gewalt und Brutalität, die binnen kurzem auszubrechen drohte.

»Dich und Gandogar? Was willst du denn auf dem Thron?«

Regungslos standen sie auf der Brücke, keiner wandte den Blick ab. Dann aber fiel die bedrohliche Haltung Bislipurs von einem Augenblick auf den anderen in sich zusammen.

»Ich wünsche dir viel Glück bei deinem hoffnungslosen Unterfangen und den Segen von Vraccas dazu«, meinte er leichthin, trat auf die Seite und ging an Balendilín vorüber.

Der Berater des Großkönigs schloss kurz die Augen und schluckte. Er hatte so fest mit einem Zweikampf gerechnet, dass er es noch gar nicht fassen konnte, ungeschoren auf die andere Seite der Brücke zu gelangen. Er hörte Bislipur ein Lied pfeifen, das Echo hallte und machte aus den wenigen Tönen einen Kanon.

Wenigstens wusste Balendilín nun, woran er mit ihm war. Erleichtert lief er über den festen Boden des Berges und beeilte sich, zum vereinbarten Treffpunkt mit den Zwergen der Vierten zu gelangen.

Er bog eben um die Ecke des Ganges, als die Erde unter seinen Füßen leicht bebte. Ein Mensch spürte solche Schwingungen nicht, doch sein Volk hatte gelernt, die Bewegungen der Berge zu fühlen. Etwa Schweres kam durch den Tunnel, in dem er stand.

Dann hörte er das Donnern vieler Hufe und aufgeregtes Muhen. Etwas musste die Kühe seines Stammes auf dem Rückweg in die Stallungen in Angst versetzt haben.

Verflucht. Balendilín blickte sich um, entdeckte jedoch nirgends eine Nische, die breit genug gewesen wäre, um darin Schutz vor den Hörnern des Viehs zu suchen. Es gab nur eine Möglichkeit für ihn: Er musste zurück zur Brücke und über die Brüstung auf den schmalen Rand klettern.

Hastig drehte er sich um und rannte los. Er hörte das Rumpeln der Hufe und das Schaben der Hörner an den behauenen Steinwänden, und das Geräusch verlieh ihm zusätzliche Kräfte. Keuchend erreichte er das Ende des Ganges und sah die rettende Brücke; hinter ihm schnaubten die Tiere dicht in seinem Nacken.

Der Zwerg hüpfte aus dem Lauf über die Brüstung auf den äußeren Brückenrand und balancierte sich auf den Steinen aus. Der Schwung drohte ihn nach vorn und damit in die Tiefe kippen zu lassen, doch das Kunststück gelang. Die Herde trampelte hinter seinem Rücken vorbei die Brücke entlang.

Ich danke dir, Vraccas.

Ein lautes Knistern lief durch das Bauwerk. Erste Risse zeigten sich auf der Brüstung, auf der er stand.

Balendilín erinnerte sich, dass die Brücke gewöhnlich nicht dazu diente, die Kühe zu tragen. Sie war für die Zwerge und nicht für deren Vieh errichtet worden. Das tonnenschwere Gewicht der Herde belastete die Konstruktion zu stark; die Schwingungen, die von den Bewegungen der Tiere stammten, wirkten vernichtend.

Die Brücke brach an der dünnsten Stelle in der Mitte an; die Seitenstützen knickten weg und läuteten die nächste Etappe der Katastrophe ein.

Ein vier Schritt langes Stück sackte mitsamt den Tieren, die sich darauf befanden, in den Abgrund. Die Zerstörung nahm von dort ihren Lauf, Stück um Stück brach die Brücke weg. Die Kühe verschwanden in der Tiefe, ihr Muhen wurde leiser und leiser, ohne dass der Zwerg einen Aufschlag vernahm.

Ich muss fort! Balendilín befand sich in großer Gefahr, denn die Bruchkante rückte näher, während hinter ihm die Herde starb und vor ihm die Schwärze lauerte.

Endlich blieb das Vieh stehen, und der Zwerg wagte es, einen Sprung mitten in ihre Reihen zu machen, um auf sicheren Boden zu gelangen.

Doch das Glück war ihm nicht hold. Kaum berührte er den Boden, gab der Fels unter seinen Füßen nach, im Fallen erhaschte er einen hervorstehenden Stein und klammerte sich mit aller Macht daran fest.

Hätte Balendilín einen zweiten Arm besessen, so hätte er sich ohne Schwierigkeiten in die Höhe und auf festen Boden ziehen können; so aber pendelte er über dem Abgrund, unfähig, sich selbst zu helfen und auf Beistand angewiesen. Ewig würden es seine Muskeln und Sehnen nicht aushalten.

»Ho, hört mich jemand?«, rief er laut, um auf sich aufmerksam zu machen. Er baute all seine Hoffnungen darauf, dass die Hirten nach der durchgebrannten Herde schauten. »He, hier bin ich!«

Die Kühe beruhigten sich und antworteten auf sein Schreien mit leisem, einfältigem Muhen. Zwei der Tiere wagten sich bis an die Kante, schnupperten an seiner Hand und leckten sie ab. Ihr Speichel bildete eine kleine Lache und machte den Fels noch rutschiger.

Balendilín dachte, er wöge so viel wie drei ausgewachsene Orks. Sein Arm wurde immer länger und seine Stimme heiser.

Plötzlich bewegten sich die Kühe, denn jemand bahnte sich einen Weg durch ihre Leiber.

»Hierher!«, rief er erleichtert, denn seine Finger drohten abzurutschen. »Ich brauche Hilfe!«

Es raschelte, Staub rieselte von oben auf ihn herab und setzte sich in seinem Bart und den Haaren fest. Der Zwerg schaute in das dunkelgrüne Gesicht des Gnoms, auf dessen stattlicher Nase eine noch stattlichere Warze prangte. Die großen Augen musterten ihn gierig, und die klauenartigen Finger befühlten seinen Arm.

»Da ist er ja!« Swerds Oberkörper lehnte weit über der Kante, dann machte er sich am Gürtel des Zwergs zu schaffen. »Warte kurz, gleich habe ich es«, beruhigte er den Unglücklichen.

Es klickte, die Schnalle löste sich, und zufrieden zog Swerd sich zurück. Er hielt den gestohlenen Geldbeutel und die kostbare Gürtelschließe vor Balendilíns Augen. »So! Jetzt kannst du loslassen«, verkündete er, lachte meckernd und suchte das Weite.

»Warte! Komm zurück!«, brüllte der Zwerg fassungslos. »Du kannst mich doch nicht ...« Seine Finger glitten ab. Alles Nachgreifen fruchtete nicht, denn die Lache aus schmierigem Speichel nahm ihm den Halt. Die Tiefe zog ihn zu sich hinab.

Da stieß plötzlich eine Axt von oben herab. Der kurze Stahlsporn bohrte sich in das Ringgeflecht seines Kettenhemds und verhakte sich, dann ging es aufwärts. Sein unbekannter Retter zog ihn mit der Waffe wie an einem Anker über die Kante.

Aufatmend sank er neben seinen vor Anstrengung keuchenden Helfer.

»Gandogar?!« Die Überraschung darüber, dass ausgerechnet der König der Vierten ihn vor dem Tod bewahrt hatte, stand Balendilín deutlich ins Gesicht geschrieben.

»Wir sind Gegenspieler, aber keine Feinde«, erklärte Gandogar mit einem schiefen Lächeln. »Wir sind ein Volk, die Kinder des Schmieds. Unsere Feinde sind die Kreaturen Tions, nicht unsere eigenen Stämme und Clans. Das habe ich über unserem Streit nicht vergessen.« Er stemmte sich in die Höhe und half auch dem Einarmigen aufzustehen. »Was ist geschehen?«

Dankbar ergriff der Zwerg die dargebotene Hand. Der Thronanwärter sprach und handelte voller Aufrichtigkeit, daran zweifelte er nach dieser Großtat keinen Lidschlag mehr. »Die Herde muss ihrem Hirten durchgegangen sein«, schätzte Balendilín.

Mehr wollte er nicht preisgeben. Ehe er Anschuldigungen aussprach, benötigte er sichere Beweise, dass Swerd und damit Bislipur hinter dem Anschlag steckten, der gewiss alles andere als ein Zufall war. Das allzu rasche Auftauchen des Gnoms hatte ihn davon überzeugt, dass Gandogars Mentor es auf sein Leben abgesehen hatte, denn Swerd tat wiederum nichts ohne das Geheiß seines Herrn.

»Ich verdanke dir mein Leben«, sagte er ernst. »Ich werde in unserem Streit um den Krieg gegen die Elben genauso unnachgiebig sein wie zuvor, aber ich stehe zutiefst in deiner Schuld.«

»Etwas anderes habe ich nicht von dir erwartet«, antwortete Gandogar freundlich. »Du hättest in der gleichen Lage dasselbe für mich getan.«

»Sei dir da nicht allzu sicher«, gab Balendilín schmunzelnd zurück. »Ich hätte schließlich eine sehr gute Ausrede gehabt, dir nicht beizustehen.«

»So?«

»Wie sollte ich dich hochziehen, mit nur einem Arm?«, lachte der Zwerg, und der König stimmte nach kurzem Stutzen mit ein. Balendilín bedauerte es sehr, dass sie unterschiedlicher Meinung waren. *Sonst, das sagte ihm sein Gefühl, wäre Gandogar genau der richtige Thronfolger.*

Als er in seine Unterkunft zurückkehrte, war er sich sicher, von Anfang an in eine Falle gelaufen zu sein. Die Vierten, die sich mit ihm treffen wollten, gab es nicht.

Dafür lagen seine Gürtelschnalle und sein Geldbeutel vor der Tür. Offenbar hatte sich der Gnom eines Besseren besonnen, um keinen Beweis seiner schändlichen Tat zu liefern. Balendilín nahm seine Sachen an sich. *Noch einmal wird es euch nicht gelingen.*

Das Geborgene Land, Königreich Sangreîn im Jahr des 6234sten Sonnenzyklus, Frühherbst

Der Herbst zeigte der Wanderschar, dass man zumindest nachts nicht mehr mit ihm spaßen konnte. Sie gelangten zwar in den Süden und in die ersten kargen Ausläufer von Königin Umilantes Wüstenreich, aber trotz des feinen Sandes, der ihnen unablässig ins Gesicht wehte, war es keineswegs warm.

Sobald die Sonne ihren Umlauf beendete und die Dunkelheit hereinbrach, sanken die Temperaturen empfindlich, was dazu führte, dass Andôkai gegen den Willen der Zwillinge auf einem großen Feuer bestand. Boëndal vertrat die Ansicht, dass es die Orks und anderes Gesocks anlockte. So kurz vor dem Eintreffen ins Zweite Zwergenreich wollte er nichts mehr riskieren und das Leben des Thronanwärters um keinen Preis in Gefahr bringen. Selbst Boïndil gab seinem Bruder schweren Herzens Recht, doch das hinderte die Maga nicht daran, die Scheite eigenhändig in die Flammen zu legen.

Als sie ungefähr acht Umläufe vom Eingangstor der Festung entfernt waren, gönnten sie sich eine Unterkunft in einem Wüstendorf, welche an einem kleinen, beschaulichen See gelegen war. Entsprechend vielfältig und gut blühte der Handel.

Zahlreiche Kaufleute, die aus der Festung Ogertod kamen, wo sie mit den Zwergen Tauschgeschäfte betrieben, gönnten sich und ihrem Tross eine letzte Pause, bevor sie die langen Strecken durch die öde Landschaft Sangreîns antraten. Nach dieser Siedlung begegneten ihnen weiter nichts als Steine oder Wegelagerer.

»Keine Sorge. Die Menschen hier schätzen uns Zwerge, denn wir stehen für gute, solide Waren, mit denen man auf anderen Märkten hohe Gewinne erzielen kann«, erklärte Boëndal.

Tungdil bemerkte an den Blicken der Menschen, dass sie nur deshalb etwas Außergewöhnliches waren, weil Djer_n sie wie ein wandelnder Turm aus Eisen begleitete. Kinder standen staunend um den Krieger herum, der den Trubel mit enormer Gelassenheit ertrug. Er kannte die Aufregung um seine Erscheinung zur Genüge.

Wanderer fanden in Zelten am Ufer des Sees eine Unterkunft. Ganz nach Bedarf des Reisenden waren diese Zelte aus Holz und Leinen beliebig erweiterbar, und mithilfe von Zwischenböden ließen sich sogar zweistöckige, hausähnliche Gebilde errichten.

Weil der Krieger der Maga in kein gewöhnliches Zelt passte, ließen sie ein zweistöckiges errichten und verzichteten auf den Zwischenboden. Sie zogen sich vor dem auffrischenden Wind in den Schutz der Stoffwände zurück und entfachten in einer Nische ein kleines Feuer, um sich Tee zuzubereiten.

»Ich freue mich sehr und bin aufgeregt«, gestand Tungdil, während er an dem heißen Getränk nippte. »Bald werde ich meinen Stamm und meinen Clan treffen.«

»Ich kann dich verstehen«, meinte Boëndal und sah ihn freundlich an. »Mittlerweile dürfte es der Rat der Zwerge vor Neugier kaum noch aushalten. Sie mussten lange auf dich warten.«

»Tee!«, rief sein Bruder angewidert dazwischen. »Bei Vraccas! Das trinke ich nicht«, beschied er und stand auf. »Ich sehe mal nach, ob ich in diesem seltsamen Dorf ohne gescheite Wände irgendwo einen leckeren Schluck Bier auftreiben kann.« Sprach's und verschwand aus dem Zelt.

»Was ist so Besonderes an dir, dass man eine Eskorte aussendet, die dich ins Reich des Zweiten bringt?«, fragte Andôkai, die über den ausgebreiteten Büchern brütete. Der Brief lag auseinander gefaltet auf ihrem Oberschenkel. Bislang hatte es sie nicht gekümmert, welche Aufgabe die Zwillinge hatten und warum Tungdil von seinem Volk gesucht wurde.

Der Zwerg zögerte. »Man möchte mich etwas fragen«, antwortete er ausweichend. »Es kann Euch egal sein. Ihr werdet das Geborgene Land ohnehin verlassen.«

Die Maga hob den Kopf; sie staunte über den forschen Ton. »Damit habe ich mir wohl dein ewiges Missfallen eingehandelt, oder? Sollte deine Bemerkung hingegen ein Versuch sein, mich bei meiner Ehre zu packen und auf diese Weise zum Bleiben zu bewegen, so spare es dir. Deine Worte verfehlen ihr Ziel.«

Boëndal hob hilflos die Augenbrauen.

Tungdil ärgerte sich über die Gleichgültigkeit der Maga. Ihm stand im Grunde viel Schlimmeres bevor. Er fand sein Volk wieder und kehrte zu ihm zurück, um höchstwahrscheinlich mit ihm unterzugehen, falls sich in den Büchern Goréns nicht irgendetwas verbarg, das Nôd'onn aufzuhalten vermochte. Wenigstens würde er an der Seite seiner Verwandten sterben ...

Leise trappelte es gegen die Zeltwände, Regen setzte ein. Die Tropfen drückten den Staub zu Boden und auf die Zelte, wo er wirre Linien auf die Leinwand zeichnete. Das war für die Wüstenei Sangreîns im Herbst nichts Ungewöhnliches. Nässe und Trockenheit wechselten einander ab, was den Anbau von Getreide durchaus ermöglicht hätte, doch in der kargen Erde gedieh nichts. Nur an wenigen Stellen sprossen Halme und Bäume, die von den Besitzern eifersüchtig gehütet wurden.

Unvermittelt wurde die Abdeckung des Eingangs zur Seite gefegt, und eine Gestalt in einem Umhang drang ungebeten in ihre Behausung.

Djer_n erwachte wie eine lebendig gewordene Statue aus seiner Starre. Die gepanzerte Linke langte nach dem Zweihänder, die Rechte fasste nach, und schon schnellte der Krieger in eine kniende Position; die Schneide seines Schwertes pfiff durch die Luft und zielte auf die Kehle des Besuchers.

»Nein«, rief die Maga laut, und augenblicklich verharrte der Krieger.

»Verzeiht«, stammelte der vor Angst zitternde Mann, der ein Fass in beiden Händen trug. »Das hier sollte ich euch bringen. Ich wollte keinesfalls stören.« Er verneigte sich, stellte das Fass eilig auf den Boden und rannte hinaus, um nicht doch noch Opfer des Kriegers zu werden.

»Nicht schlecht«, zollte der Zwilling Djer_n seinen Respekt. »Für einen Gerüsteten ist er so schnell, dass es fast nicht mit rechten Dingen zugehen kann.«

Der Krieger setzte sich wieder im Schneidersitz auf den Boden; weder er noch seine Herrin reagierten auf die Bemerkung des Zwerges.

Aber der gab nicht auf. »Mein Bruder und ich haben uns bislang nicht weiter um den Riesen gekümmert, aber wenn er mit Euch zusammen durch die Hohe Pforte möchte, muss er den Wachen sein Gesicht zeigen und seine Herkunft offenbaren.«

»Das sind eigenartige Vorschriften«, befand Andôkai. »Was gehen die Zwerge die Gesichter derer an, die das Land verlassen wollen?« Ihre Stimme klang gereizt, sie hatte die ständigen Unterbrechungen satt. »Kümmert euch um die Verteidigung, nicht um diejenigen, die hinauswollen.«

»Es wird keine Kreatur Tions lebend in das Reich des Zweiten gelangen«, entgegnete der Zwerg mit Nachdruck. »Egal von welcher Seite.«

»Er ist ein gestreckter Mensch ...«, versuchte es Tungdil.

»Ich habe das Spiel bislang mitgemacht, damit wir in Ruhe reisen können. Doch bald sind wir im Blauen Gebirge. Es ist das Gesetz unseres Volkes, dem sich die Reisenden zu beugen haben. Niemand hindert dich, einen anderen Weg durch das Gebirge zu suchen; aber durch unser Reich wirst du nicht laufen, wenn sich unter dem Helm etwas verbirgt, das unser Feind sein könnte«, beteuerte Boëndal grimmig.

»Wir werden sehen«, nickte die Maga.

»Heißt das, es ist eine Ausgeburt des Bösen, die dich begleitet? Die uns begleitet?«, rief er bestürzt.

»Das habe ich nicht gesagt. Aber was, wenn es so wäre? Mein Gott Samusin verbietet es mir nicht.«

»Samusin? Den Namen dieses Gottes höre ich nicht gern.« Das Gesicht des Zwerges verfinsterte sich. Langsam stand er auf, und seine Hand griff nach dem langen Stiel des Krähenschnabels. »Was verbirgt sich hinter dem Visier?«

»Nun habe ich aber genug!«, entfuhr es Andôkai, während sie das Buch zuklappte, dass es knallte. »Selbst wenn Nôd'onn persönlich in der Rüstung steckte oder ein böser Geist oder ein Oger, so ginge es dich nichts an, Zwerg!« Nun zeigte die Maga, weshalb sie die Stürmische genannt wurde. »Er reist als mein Begleiter, und im Gegensatz zu dir und deinem Bruder benimmt er sich tadellos! Er stinkt nicht einmal wie ein Stallbock, was man von euch Zwergen nicht behaupten kann!« Ihre blauen Augen blitzten wütend; sie warf die blonde Haarsträhne, die ihr ins Antlitz gefallen waren, mit einer energischen Bewegung nach hinten. »Er wird sein Gesicht zeigen, wenn es ihm passt. Und wenn es dir nicht passt, tut es mir nicht einmal Leid.« Sie deutete nach rechts. »Übrigens gibt es da vorn ein Badehaus, das ich dir ans Herz legen möchte. Es ist ein Wunder, dass die Vögel nicht tot vom Himmel fallen, wenn ihr auftaucht.«

Sie schenkte ihnen einen kalten Blick, ehe sie sich ein anderes Buch nahm und es kraftvoll aufschlug.

In der darauf folgenden Stille hörten sie rasche Schritte, die sich ihrem Zelt näherten, und kurz darauf stand Ingrimmsch im Eingang.

»Spitzohren! Es sind Spitzohren hier!«, berichtete er aufgebracht. »Sie stammen aus Âlandur, sagte mir der Händler, und ...« Seine Aufmerksamkeit richtete sich auf das Bierfass, das ein wenig verloren vor ihm stand. »Hat denn keiner Durst?«, wunderte er sich und nahm eines seiner Beile, um den Deckel einzuschlagen. Er schöpfte sich einen Humpen voll und leerte ihn in einem Zug, um lautstark zu rülpsen. »Nicht schlecht«, freute er sich und tunkte den Behälter noch einmal ins Fass.

»Elben«, erinnerte ihn Andôkai scharf an seine Bemerkung, ehe er sich ganz dem Bier widmen konnte.

»Genau«, bestätigte Boïndil und setzte sich auf einen Lederhocker. »Ich kaufte gerade das Fass, als mich der Krämer fragte, ob ich denn schon die letzten Neuigkeiten aus Âlandur gehört hätte und die Niederlage meiner Feinde feiern wollte. Er meinte, die Elben stünden kurz davor, ihr Reich aufzugeben. Jetzt suchen ihre Kundschafter nach neuen Orten im Geborgenen Land, wo sie sich niederlassen können.«

»Und diese Kundschafter sollen sich auf den langen Weg nach Sangreîn gemacht haben?«, warf die Maga ungläubig ein. »Hier gibt es nichts, was die Elben mögen könnten. Keine Wälder, nur Staub, Steine und Sand. Ich finde das sehr merkwürdig.«

Tungdil blickte zu Boëndal und erkannte, dass ihm die gleichen Gedanken durch den Kopf gingen.

Sein Bruder schien nach dem nächsten Schluck des Gebräus einen ähnlichen Geistesblitz zu haben. Wie so oft benötigte er etwas länger. »Du meinst, es sind Albae?«, fragte er schließlich.

»Nôd'onn hat nicht vor, die Bücher aufzugeben«, erwiderte Tungdil. »Und übersehen konnte man uns unterwegs wohl kaum. Ich weiß, warum sie erst jetzt in der Oase eintreffen«, erklärte er. »Nachts gleichen sie den Elben bis aufs Haar, denn die schwarzen Augen können sie in der Dunkelheit nicht verraten.«

»Demnach, Gelehrter, könnte es sich ebenso gut um echte Elben handeln«, gab Boëndal zu bedenken. »Wir werden Wachen einteilen. Wenn es Albae sind, haben sie es auf uns und die Bücher abgesehen. Einen anderen Zweck ihres Besuchs kann ich mir nicht vorstellen. Gleichgültig, was heute Nacht geschieht, niemand wird das Zelt verlassen. Wir lassen sie angreifen.«

»Wir sollten ihnen zuvorkommen«, knurrte Boïndil streitlustig; er hatte schon viel zu lange nicht mehr gekämpft. »Sind es Albae, verdienen sie den Tod. Sind es Elben, verdienen sie auch den Tod. Spitzohren sind tot einfach am besten zu ertragen.«

Andôkai verfolgte die Unterhaltung stumm, dann gab sie Djer_n ein knappes Handzeichen und legte sich zur Ruhe.

»Nein, Bruder, wir werden sie in Ruhe lassen«, entgegnete Boëndal nachdrücklich. »Es könnte sein, dass wir die ganze Siedlung gegen uns haben, wenn wir einen Kampf anzetteln. Noch befinden wir uns nicht in unserem eigenen Reich. Kühle dein Gemüt. Ich halte die erste Wache.«

Tungdil gähnte und trank noch einen Humpen Bier, ehe er sich mit gemischten Gefühlen auf dem Stapel Teppiche ausstreckte. Seine Hand umfasste den Axtgriff, der ihm ein wenig Sicherheit vermittelte. Beinahe wünschte er sich, dass die Albae sie angriffen. Das würde die Maga von der Wichtigkeit der Bücher überzeugen.

*

Tungdil war gerade eingedöst, als ein gellender Alarmruf durch die Oase schallte. Die Zwerge waren sofort auf den Beinen und hielten die Waffen kampfbereit. Selbst Andôkai stand mit gezücktem Schwert im Zelt und richtete den Blick abwechselnd auf den Eingang und auf die Zeltwände.

Djer_n kniete sich mit Axt und waagrecht gehaltenem Schild vor den Einlass, um eine unüberwindbare Barriere zu bilden. Das Visier in Form der Dämonenfratze schimmerte auf und wirkte im Licht des herunterbrennenden Feuers beinahe lebendig. Tungdil glaubte, für einen winzigen Moment ein violettes Leuchten hinter den Augenöffnungen gesehen zu haben.

Boëndal löschte das Feuer, damit ihre Schatten von außen nicht zu sehen wären und sie verrieten. Die drei Zwerge stellten sich Rücken an Rücken, die Frau verharrte einen Schritt neben ihnen.

Vorerst blieb es still, doch dann gellten grässliche Todesschreie durch die Nacht. Nun kam Leben in die anderen Zelte, Menschen verließen die leichten Behausungen und redeten durcheinander, um zu erfahren, was der Grund für den Aufruhr sei. Bald sahen sie die verzerrten Silhouetten und Schatten der vorübereilenden Kaufleute auf den Leinwänden tanzen und vernahmen das Klirren von eilig angelegten Rüstungen und Panzerungen, Schilde schlugen leise gegen Zeltgestänge oder Waffenscheiden. Die Wüsteninsel erwachte zu ungewohnter Stunde und rüstete sich.

»Eine Ablenkung oder ein echter Überfall?«, raunte Tungdil. »Was denkt ihr?«

Irgendwo im Lager brüllte jemand voller Entsetzen »Orks!«, dann krachten Schwerter aufeinander. Der Kampf hatte begonnen.

Sobald die anschleichenden Bestien entdeckt worden waren, bemühten sie sich nicht länger, leise zu sein. Tungdil hörte ihre grunzenden und quiekenden Rufe. Unwillkürlich erinnerte er sich an Gutenauen, an den Stollen, an all die Toten ...

Er fühlte sich hin und her gerissen. Einerseits wollte er hinaus, um den Menschen bei der Verteidigung zu helfen, andererseits lauerten die Albae vielleicht in ihrem Rücken und warteten nur darauf, dass sie sich zeigten.

»Was tun wir?«, erkundigte er sich nervös bei den kampferfahrenen Zwillingen.

»Warten«, gab Boëndal angespannt zurück, und seine Hand legte sich fester um den Stiel des Krähenschnabels.

Das Geklirr der Waffen wurde lauter und heftiger; der Kampflärm und die Schreie der Verwundeten und Sterbenden erklangen nun in der ganzen Siedlung. Die Orks mussten die Oase umzingelt und von allen Seiten auf einmal angegriffen haben, um zu verhindern, dass die Menschen an einer Flanke ausbrachen und durch die Lücke entkamen.

Die Gefechte näherten sich nun ihrem Zelt. Wie bei einem Schattentheater konnten sie die Kämpfe zwischen Menschen und Bestien auf den Stoffwänden ihrer Behausung verfolgen.

Boïndil beriet sich kurz mit seinem Bruder. »Wir gehen«, verkündete er ihren Entschluss. »Die Schweinchen werden siegen, und du, Tungdil, bist zu wichtig, um dich in Gefahr zu bringen. Wir ...«

Da sprang ein bewaffneter Ork grunzend durch den Eingang und prallte aus vollem Lauf gegen Djer_ns Schild, der sich ihm wie eine Wand aus Eisen entgegenstemmte.

Benommen und mit blutender Nase taumelte er einen Schritt zur Seite, als die Axt des Kriegers von oben schräg in sein linkes Schlüsselbein drang. Knochen und Teile der Rüstung gaben unter der Wucht des Hiebes nach; in zwei schräge Hälften zerteilt, fiel das Ungeheuer zu Boden. Blut und Gedärme verteilten sich, und es stank.

»He! Ich habe dir gesagt, dass sie mir gehören, Langer!«, beschwerte sich Boïndil augenblicklich. »Den Nächsten lässt du durch, verstanden?!«

Ein zweiter Gegner stürmte ins Zelt. Andôkai rief Djer_n etwas Unverständliches zu, und schon schwang der Schild zur Seite. Der Ork rannte blindlings vorwärts, ehe er den toten Artgenossen auf dem Boden und den gewaltigen Kämpfer neben dem Einlass bemerkte.

»Er hat ihn wirklich durchgelassen!«, freute sich der Zwerg und sprang nach vorn, um den Angreifer niederzustrecken, was ihm ohne Schwierigkeiten gelang. Die Beile verrichteten ganze Arbeit, und das Ungeheuer starb quiekend.

»Boïndil, Schluss mit den Kindereien!«, befahl Boëndal ernst. Er schnitt einen Sehschlitz in die Hinterwand und schaute hinaus. »Hier ist noch alles ruhig«, berichtete er. Der scharfe Krähenschnabel zertrennte den Stoff spielend. Der Zwerg huschte nach draußen und sicherte die Umgebung, ehe er den anderen ein Signal gab, ihm zu folgen.

Die Gruppe war ein paar Schritte weit gekommen, als vor Boëndal ein langer schmaler Schatten emporwuchs und ihn ohne Vorwarnung attackierte.

Sein Helm bewahrte ihn davor, dass das gegnerische Schwert ihm den Schädel spaltete; der harte Treffer reichte jedoch aus, um ihn in die Knie brechen zu lassen.

»Elb oder Alb, dafür stirbst du!« Sein Bruder sprang mit einem wilden Schrei herbei und trieb den Widersacher zurück.

Als dessen Umhang zur Seite rutschte, sahen sie eine geschwärzte Plattenrüstung, die bis zu den Unterschenkeln reichte. Das anmutige Gesicht des Angreifers und die spitzen Ohren verrieten ihnen, wer ihre Flucht vereiteln wollte.

Auch Djer_n stand unvermittelt einem albischen Gegner gegenüber und lieferte sich einen heftigen Kampf. Auf Andôkais Hand erschien eine flirrende schwarze Kugel, aus der sie einen knisternden Blitz gegen einen dritten Alb sandte, der sie zum Ziel seines Angriffs gewählt hatte.

Tungdil dachte, das Spitzohr werde verglühen, doch nichts dergleichen geschah. Der Alb streckte den Arm aus, hielt der heranzischenden Energiebahn einen Kristall entgegen, der die magische Entladung anzog und restlos in sich aufnahm, ohne dass dem Träger etwas geschah. Die Maga fluchte laut und zog ihr Schwert.

Der Zwerg blickte sich um, ob irgendwo ein vierter Gegner abgeblieben wäre. Zu seinem Schrecken sprang ein weiterer Alb von einem Karren und landete genau vor seinen Füßen. Rote Handschuhe, langer, schmaler Speer und goldene Haare ... Sinthoras! Es war einer der beiden, die er damals bei den Orks vor Gutenauen belauscht hatte. Er sagte etwas zu ihm.

»Sprich deutlich«, forderte Tungdil ihn bockig auf. Die Angst wich der Aufsässigkeit seines Volkes, und der Zwerg weigerte sich, vor dem Wesen zu kapitulieren.

»Sieh mich an. Dein Tod heißt Sinthoras«, flüsterte der blonde Alb mit sanfter Stimme. »Ich nehme dir das Leben, wie ich es allen Unterirdischen genommen habe, denen ich begegnet bin.«

»Du irrst. Vraccas steht mir bei wie damals in Grünhain, als wir eine von euch vernichteten«, erwiderte Tungdil grimmig. Er wollte nicht länger warten, bis sich das Spitzohr zu einer Attacke entschied. »Für Lot-Ionan und Frala!«, rief er und drosch zu.

Sinthoras lachte und wich den mit Eifer, aber mit wenig Vernunft geführten Axtschlägen gewandt aus. Er begriff sofort, dass er es mit einem unerfahrenen Kämpfer zu tun hatte und gönnte sich den Spaß, sein Opfer zu quälen, bevor er es tötete.

Der Spieß mit der langen, dünnen Spitze bohrte sich schmerzhaft, aber nicht tief zwischen den Kettenringen und der Kleidung darunter hindurch und traf Tungdils linke Schulter. Der Stich reizte den Zwerg; wütend ging er gegen den Alb vor, ohne zu merken, dass sein Gegner nur mit ihm spielte.

Dabei lockte Sinthoras ihn immer weiter von seinen Begleitern weg und tiefer ins Gewirr der Zelte hinein. Der Alb tänzelte über die gespannten Schnüre und an den Pflöcken vorbei, während Tungdil immer wieder ins Stolpern geriet und alle Mühe hatte, nicht das Gleichgewicht zu verlieren.

Die Angriffe des Speers kamen zu schnell, als dass er sie mit der Axt hätte parieren können. Mal stand Sinthoras vor ihm, im nächsten Moment spürte er einen Stich im Rücken; Blut sickerte aus den vielen kleinen Wunden, die verteufelt brannten.

Erst als Tungdil sich kurz umdrehte und seine Begleiter und sogar Djer_n vor lauter Stoffbahnen und Masten nicht mehr sah, bemerkte er seinen Fehler. Doch auch von Sinthoras fehlte plötzlich jede Spur; der Alb liebte es, sein tödliches Spiel zu treiben.

Die Menschen in der Oase kämpften mit dem Mut der Verzweiflung und der Gewissheit, keine Gnade von den Orks erwarten zu dürfen, während die Bestien alles daran setzten, die Güter der Händler und deren Fleisch zwischen die Zähne zu bekommen.

Die ersten Zelte stürzten zusammen und fingen Feuer. Das Wasser des Sees spiegelte die Flammen und die Grausamkeiten verzerrt wider, bis zu viele Wellen seine Oberfläche kräuselten.

»Wo bist du?« *Verdammt, gegen einen Ork zu kämpfen ist einfacher.* Tungdil beschloss, sich auf dem kürzesten Weg zurück zu den anderen zu machen, falls der Alb das zuließe.

Sinthoras aber ließ es nicht zu.

»Du hast mich gerufen?« Wie aus dem Nichts tauchte er in Tungdils Rücken auf und rammte ihm den Speer mit Wucht in die rechte Schulter.

Der Zwerg glaubte zu spüren, wie etwas in seinem Arm riss; schon fühlte er sich an, als bestünde er aus flüssigem Feuer. Die Hand öffnete sich, und die Axt schlug auf den Boden.

Sein Gegner zog ihm die Beine unter dem Leib weg, sodass er mit dem Gesicht voraus stürzte, und schwang sich auf ihn. Einige Ringe des Kettenhemds klingelten leise, als der Alb die lange Speerspitze von hinten auf der Höhe des Herzens einfädelte.

»Ich gab dir das Versprechen, dein Tod zu sein«, wisperte er in Tungdils Ohr. »Ihr hättet das Buch in Grünhain lassen sollen, dann wäre euch nichts geschehen.«

»Was ist mit dem Buch?«, ächzte Tungdil. »Sag es mir, ehe du mich tötest.«

Der Alb lachte. »Ihr wisst nicht einmal, was ihr die ganze Zeit über mit euch herumgetragen habt? Bei Tion, so einfältig können nur Unterirdische sein.« Er dachte nach. »Es ist unglaublich wertvoll. Du könntest für eine Silbe des Geheimnisses einen Sack Gold verlangen und dich zum reichsten Wesen des Geborgenen Landes machen. Oder du würdest das Geheimnis selbst anwenden und zu einem Helden erwachsen, wie ihn die Welt nicht kennt. Du hattest den Schlüssel zu Großem in der Hand.« Der Druck der Waffe nahm zu. »Ich finde den Gedanken, dich in diesem Wissen sterben zu lassen, überaus reizvoll«, sprach er sanft, aber voller Boshaftigkeit.

Sinthoras wechselte in seine Albaesprache und murmelte Worte, die der Zwerg zwar nicht verstand, die ihm aber eine Gänsehaut verursachten. Gleich würde die Klinge durch sein Herz fahren und seinem Leben ein Ende bereiten.

Da fiel ein gewaltiger Schatten über sie. Ein schwerer Gegenstand surrte durch die Luft, und schon sah Tungdil den Alb über sich hinweghechten, was dieses Mal keineswegs elegant wirkte. Er stürzte kopfüber gegen eine Zeltwand und riss sie ein.

Djer_n schritt an dem Zwerg vorbei und setzte Sinthoras nach. Er gebrauchte die Unterseite seines Schildes wie ein Hackmesser; dessen Kante und die riesige Axt stießen abwechselnd in das Knäuel aus Stoff, bis sich die Leinwand von innen rot färbte und sich nichts mehr darunter regte. Drei Orks, die ihn an seinem Tun hindern wollten, mähte er einfach nieder.

Was nun geschah, wollte Tungdil zuerst nicht glauben.

Der Krieger, der mit dem Rücken zu ihm stand, beugte sich vor und öffnete das Visier, wie der Zwerg an der Armbewegung zu erkennen glaubte; dann riss er sich ein Stück aus einem getöteten Ork heraus und hob den Blut triefenden Fetzen vor sein Gesicht.

Was macht er da? Der Zwerg stemmte sich stöhnend auf die Knie, nahm seine Axt als Stütze und rief nach Djer_n.

Der Kämpfer richtete sich auf, wandte sich ihm überrascht zu und klappte dabei das Visier nach unten.

Im Schein der brennenden Zelte erkannte Tungdil eine knöcherne, hautlose Grimasse, breite Kiefer mit vorstehenden Reißzähnen und geschlitzte Augen. Der Sichtschutz arretierte klickend, und wieder glomm es violett hinter den Augenschlitzen der Dämonenmaske. Der Klumpen Orkfleisch war verschwunden; nur die Panzerhandschuhe, die vom Blut des Gegners dunkelgrün und feucht glitzerten, sowie der verstümmelte Orkkadaver zeugten davon, dass eben etwas nicht mit rechten Dingen zugegangen war.

Was ist das? Es ist nicht einmal ein Ork, ein Oger oder etwas Vergleichbares!

Djer_n deutete mit seiner Axt in die Richtung, aus der er gekommen war, und half dem Zwerg, sich in dem Gewirr aus Zelten zurecht zu finden. Sie liefen zurück, wobei Tungdil es dem Krieger überließ, auftauchende Orks zu töten. Seine Wunden schmerzten zu sehr.

Auf halber Strecke eilte ihnen Ingrimmsch mit besorgter Miene entgegen. Als er das Blut am Kettenhemd des Thronanwärters sah, wurden seine Lippen zu dünnen Strichen, und er presste die Kiefer aufeinander. Der Zwerg ahnte, dass es ohne Djer_n für seinen Schützling schlecht ausgegangen wäre.

Als sie zu den anderen gelangten, sahen sie Andôkai, die einem auf der Erde kriechenden verletzten Alb gerade den Kopf von den Schultern schlug. Kurzerhand nahm sie sich das Kristallamulett, mit dem er ihre magische Attacke abgewehrt hatte. Sie atmete so heftig, dass die Lederrüstung von ihrer Oberweite beinahe gesprengt zu werden drohte. Die Maga schien am Ende ihrer körperlichen Kräfte.

Drei Albae waren von ihr, Djer_n und den Zwillingen vernichtet worden. Sie nickte Tungdil knapp zu, um sich daraufhin nach Süden zu wenden und die Spitze der kleinen Truppe zu bilden.

Boëndal sickerte Blut den Hals hinab, doch das störte ihn nicht weiter, denn Zwerge waren hart im Nehmen.

Tungdil biss die Zähne zusammen und stapfte seinen Begleitern hinterher. Zum Verbinden der Wunden bliebe später genügend Zeit; jetzt mussten sie sich und die Bücher vor den Helfern Nôd'onns in Sicherheit bringen und so schnell wie möglich in die Zwergenfeste gelangen.

Sie liefen einen Sandhügel hinauf, wo Djer_n sich mit drei Orks anlegte, die offenbar Wache halten sollten.

»Jetzt ist es aber genug!« Ingrimmsch eilte sofort an seine Seite, um sich voller Inbrunst am Kampf gegen die Orks zu beteiligen. Er legte alle Wut, die er wegen seiner Nachlässigkeit auf sich selbst hatte, in die Schläge und schaffte es, zwei der Grünhäute zu erlegen.

»Siehst du?«, rief er Djer_n zu. »Ich bin schneller als du!«

Der Kampflärm im Lager unter ihnen wurde schwächer. Wie sie an dem triumphierenden Gequieke und Gejohle erkannten, hatten die Horden ihren blutigen Sieg über die Kaufleute und Verteidiger der Oase errungen. Noch mehr Zelte gingen in Flammen auf, Leichen wurden zerteilt und die Stücke zum Abtransport auf Wagen geworfen. Ein Trupp Orks entdeckte die Entkommenen auf der Spitze der Erhebung und machte sich an die Verfolgung. Bald stürmten zwei Dutzend Bestien zu ihnen herauf.

»Sie haben noch immer nicht genug.« Andôkai wartete und ließ sie weiter herankommen, dann reckte sie die Arme in die Höhe und sprach eine Formel.

Starker Wind erhob sich wie aus dem Nichts und bildete einen Wirbel von vier Schritt Durchmesser, der sich mit jeder Silbe aus dem Mund der Maga vergrößerte. Er sog Sand, Geröll und Steine an, ehe er sich auf ihr Geheiß gegen die verunsichert abwartenden Bestien warf.

Der Wind und das feine Gestein schälten ihnen die Haut vom Fleisch. Kreischend und heulend versuchten die Orks vor dem verheerenden Wirbel zu flüchten.

»Geht weiter«, befahl sie den Zwergen. »Ich beschäftige sie noch eine Weile und hole euch dann ein.«

Die Zwerge taten, wie ihnen geheißen, und setzten sich in Bewegung. Bald darauf tauchte die Maga wieder in ihrer Mitte auf; Djer_n lief am Ende und achtete darauf, dass ihnen niemand folgte.

Doch dieses Mal hatten die Orks genug. Sie waren im Gegensatz zu Albae nicht darauf vorbereitet, gegen Magie ins Feld zu ziehen. Und sie hatten in dieser Nacht ohnehin genug Beute gemacht.

X

Das Geborgene Land, das Zwergenreich des Zweiten, Beroïn, im Frühherbst des 6234sten Sonnenzyklus

Ich verlange, dass die Versammlung der Stämme heute eine Entscheidung fällt«, sagte Gandogar laut, damit ihn alle in der großen Halle hörten. Er hatte seine Rüstung angelegt und seinen mit Diamanten besetzten Helm aufgezogen, um auf die Clans Eindruck zu machen.»«Wir haben dreißig Umläufe gewartet, doch nichts geschah ...« Die Anwesenden hörten schweigend zu, als er seine Rede fortsetzte.

Großkönig Gundrabur saß auf seinem Thron, den Hammer quer auf den steinernen Lehnen abgelegt, und lauschte mit geschlossenen Augen. Sein Berater Balendilín folgte der Rede mit verschlossener Miene. Es war ihm bisher nicht gelungen, Bislipur oder seinen gnomischen Handlanger Swerd zu belasten, und zu allem Unglück kippte die Stimmung bei den Clans.

»Wir alle haben den Rauch gesehen, der nicht weit von hier aufstieg.« Gandogar drehte sich einmal im Kreis, damit alle ihn sahen und er in die Gesichter der Zwerge schauen konnte, deren Vertrauen er benötigte. »Den Berichten zufolge waren es Orks! Die Brut Tions verlässt ihr Reich, um das Geborgene Land offen anzugreifen. Unser Volk braucht Gewissheit, wenn es um die Nachfolge Gundraburs geht. Jeder Sonnenumlauf bringt neue Schwierigkeiten; die Händler erzählen von seltsamen Ereignissen in den Zauberreichen und in Âlandur. Angeblich suchen die Elben eine neue Bleibe, weil sie ihr Reich aufgeben möchten. Wir können nicht länger warten!«

»Mit dem Krieg oder mit der Wahl eines Thronfolgers?«, fragte jemand aus den Reihen der Abgesandten.

»Mit beidem«, donnerte Bislipur an Gandogars statt. Das Geschwätz brachte sein Zwergenblut zum Kochen, er konnte die endlosen Reden nicht länger ertragen. »Wir müssen die Spitzohren angreifen und vernichten, bevor sie unauffindbar in fremden Wäldern verschwinden.« Er ballte seine Finger zusammen. »Rache für all unsere Ermordeten!«

Die Mehrheit der Versammelten rief ihre Zustimmung. Nur ein kleiner Teil blieb stumm oder zeigte seine Ablehnung durch Kopfschütteln und abweisende Mienen.

Gandogars Blick fiel auf den Zwerg, der das abgeschnittene Elbenohr an seiner Kette baumeln ließ. Der Feldzug schien eine sichere Sache zu sein. Was ihm dazu noch fehlte, war der Titel des Großkönigs, an den sich der greise Grundrabur mit aller Macht klammerte.

Die müden Augen des Herrschers aller Stämme öffneten sich langsam. »Schweigt!«, verlangte er gebieterisch. »Ihr benehmt euch wie gierige Bestien, die frisches Fleisch riechen«, schalt er. Seine knorrige Hand deutete auf den Abgesandten, der die Trophäe um den Hals trug. »Nimm es ab.«

Der Zwerg zögerte, seine Augen wanderten Hilfe suchend zu Gandogar.

Gundrabur packte den Hammer, erhob sich vom Thron und stieg die Stufen herab, um sich vor den Ungehorsamen zu stellen. Die faltigen Finger umschlossen die Kette und rissen sie entzwei; das Elbenohr fiel auf die Steinplatten.

»Noch bin ich der Großkönig«, donnerte er, »ich bestimme die Geschicke der Zwergenstämme. Wir warten, bis der ...«

»Wir warten nicht länger«, unterbrach ihn Gandogar. »Ich bin es Leid, im Gebirge zu sitzen und zu reden, während die Elben entkommen und die Orks umherstreifen.«

Balendilín kam die Stufen herab und stellte sich vor den König der Zweiten, die Hand an die Steinschließe gelegt. »Du redest zum Großkönig, Herrscher über die Zweiten«, maßregelte er ihn scharf und ohne Rücksicht auf den Titel.

»Ich rede zu einem Zwerg, der in seinem Amt zu alt geworden ist, als dass er noch klare Beschlüsse fassen könnte«, entgegnete Gandogar aufgebracht. »Ich werde mich dem Starrsinn nicht unterwerfen und zusehen, wie die beste Gelegenheit auf Vergeltung ungenutzt verstreicht. Alles ist im Umbruch, und wir müssen handeln und nicht endlose Streitgespräche führen oder uns Bier in den Hals schütten, bis wir besoffen auf unser Lager fallen, nur um am nächsten Tag mit dem Schwafeln und Saufen fortzufahren!«

Balendilín neigte seinen Kopf leicht nach vorn. »Was du im Begriff bist zu tun, König Gandogar, gefällt mir nicht. Du kannst nicht gegen die Gesetze unseres Volkes verstoßen.« Sein ausgestreckter Arm deutete auf die Tafeln, auf denen all die Texte eingemeißelt waren. »Wer daran rüttelt, zerbricht die Grundlage und die letzten Reste unserer

Gemeinschaft. Sollte das deine Absicht sein, so nimm deinen Hammer und zerschlage die Platten! Schreibe deine eigenen Gesetze, aber die Geschichte wird dich und deine Taten nicht vergessen.«

Bislipur stellte sich neben Gandogar, die Hand an der Axt. Die Spannung in der Halle wuchs beängstigend, ein offener Ausbruch von Gewalt lag in der Luft.

Da wurden die Flügeltüren mit Macht aufgestoßen.

»Kein Bier! Nicht jetzt!«, schrie Gandogar zornentbrannt, weil er dachte, weitere Fässer mit gebrautem Gerstensaft sollten hereingebracht werden.

»Der zweite Thronanwärter ist angekommen!«, rief ein Bote stattdessen.

Die Köpfe der Zwerge schnellten herum; gespannt schauten sie zum Eingang, in dem sich die Silhouetten von drei Zwergen, einer Langen und eines gewaltigen Kriegers abzeichneten. Gemurmel setzte ein.

»Ich werde zuerst mit ihm reden«, sagte Gundrabur erleichtert, »und ihn willkommen heißen. Allein.« Er kehrte mit Balendilíns Hilfe auf den Thron zurück und wartete, dass die Abgesandten die Halle verließen.

Sie warfen dem unbekannten Zwerg, der zwischen den Zwillingen stand, neugierige Blicke zu, wagten es aber nicht, ihn anzusprechen. Bis auf Bislipur.

Drohend baute er sich vor Tungdil auf. »Du bist keiner von uns!«, stieß er verächtlich aus. »Kehre zu Lot-Ionan zurück und lass die Zwerge ihre Angelegenheit selbst regeln. Wir brauchen dich nicht, wir haben bereits einen Nachfolger.«

»Und wir bringen einen besseren«, erwiderte Boëndal kalt und schob sich vor den Schützling. »Du hast Gundrabur gehört. Raus, Bislipur.«

Ingrimmsch stellte sich an die Seite seines Bruders und grinste Gandogars Mentor an. »Wenn du Streit suchst, Zweiter, lass es mich wissen. Ich rasiere dir den Bart mit meinen Beilen«, zwinkerte er ihm zu. Bislipur schnaubte und ging davon. Die Tore schlossen sich und sperrten auch Andôkai und Djer_n aus.

Der Großkönig winkte die drei zu sich. Er und sein Berater blickten freundlich auf Tungdil herab. »Der verlorene Sohn kehrt zu seinem Volk zurück«, begrüßte er ihn und stand auf, um ihm die Hand auf die Schulter zu legen. »Vraccas sei Dank, dass er uns dich hat finden lassen.«

Ergriffen beugte Tungdil das Haupt; die Aufregung machte seine Kehle trocken, und er bekam kein Wort heraus. Er fühlte sich dreckig und verschwitzt, seine Wunden schmerzten trotz der Behandlung durch Boïndil noch immer, und der Griff des Großkönigs traf eine empfindliche Stelle. Alles in allem sollte man dem Herrscher über alle Stämme der Zwerge so nicht unter die Augen treten, doch der sah über seinen ungepflegten Zustand gütig hinweg.

Gundrabur richtete sich an die Zwillinge. »Ihr seid eurem Ruf als die besten Krieger mehr als gerecht geworden«, lobte er sie. »Mein Dank ist euch gewiss. Geht nun und ruht euch aus.«

Ingrimmsch wandte den Blick zu Boden, weil er die Anerkennung nicht annehmen wollte. Seit dem Vorfall in der Oase machte er sich unentwegt Vorwürfe, versagt zu haben, denn ohne Djer_n wäre der Thronanwärter tot. Das nagte schwer an ihm. Gemeinsam mit seinem Bruder verließ er die Halle.

»Bevor ich dir alles erkläre, berichte uns, was ihr unterwegs alles erlebt habt«, forderte Balendilín ihn auf auf.

Tungdil würgte seine Aufregung hinunter; er war dankbar, dass er von seiner Reise erzählen durfte. Während seines Berichts gewann er mehr und mehr seine Ruhe zurück. Doch die riesigen Hallen, die monumentalen Bollwerke und Mauern, die Statuen, das allgegenwärtig Zwergische drohten ihn zu überwältigen.

»Bevor ich beginne, bitte ich darum, dass Andôkai und Djer_n mit allem versorgt werden, was sie benötigen. Sie haben mir unterwegs Beistand geleistet.« Unbewusst war er in eine vornehmere Ausdrucksweise verfallen, es mochte an der Umgebung liegen.

Der Einarmige versprach es. Daraufhin hob Tungdil an zu erzählen. Von Lot-Ionan und der Zeit bei den Menschen, von seinem Auftrag, der ihn zum Schwarzjoch und nach Grünhain geführt hatte, von Nudins – oder Nôd'onns – Verrat an den anderen Zauberern und dem Geborgenen Land, vom Kopfgeld auf Zwerge, von den geheimnisvollen Büchern und den Albae, die sie unbedingt in ihren Besitz bringen wollten, und von Nôd'onns Absicht, die Zwergenreiche ebenso zu erobern wie den Rest der bekannten Welt.

Die Zeit verstrich, während er mit glühenden Wangen berichtete und sich große Mühe gab, nichts zu schönen oder unnötig auszuschmücken.

Nur einmal geriet er ins Stocken, und das aus einem sehr verständlichen Grund. Die Tür öffnete sich, und drei Zwerginnen brachten ihnen zu essen und zu trinken. Von da an konnte Tungdil den

Blick kaum mehr von den Wesen wenden, von denen er in vielen Nächten geträumt hatte und deren Nähe er sich so sehr wünschte. Sie waren ein wenig kleiner als er, nicht ganz so breit gebaut, aber durchaus robust, was er trotz der robenähnlichen Gewänder erkennen konnte. Ihre rundlichen Gesichter waren von einem dünnen, kaum merklichen Flaum bedeckt, der vom Wangenbein abwärts bis zum Unterkiefer deutlich zu sehen war. Die Härchen, die stets die gleiche Farbe wie der Schopf hatten, sahen weich und nicht so borstig aus, kein Vergleich zur Bartpracht eines Zwergenmannes. Daher stammte sicherlich die Legende, dass die Frauen der Zwerge Bärte trügen. Tungdil fand ihren Anblick sehr ansprechend.

Als sie ihn dann auch noch zurückhaltend, aber durchaus freundlich anlächelten, begann sein Herz zu pochen. Erst als die drei Zwerginnen die Halle verlassen hatten, konnte er den Faden seiner Erzählung wieder aufnehmen. Gundrabur und Balendilín sagten nichts zu der Unterbrechung, der Einarmige aber konnte sich ein Grinsen nicht verkneifen.

Tungdil endete mit dem Bericht über den Angriff auf die Oase und fasste den Henkel des Humpens, aus dem es nach Bier roch. Er kostete es mit trockenem Mund und spürte den malzigen Geschmack des starken schwarzen Gebräus auf der Zunge. Ihm genügte der vorsichtige Schluck, um zu wissen, dass er den Braumeister jetzt schon umarmen könnte. Alle Kunst der Menschen taugte nichts, die Zwerge besaßen die besseren Rezepturen. Er nahm einen großen Schluck.

»Du bringst keine guten Neuigkeiten, Tungdil«, sagte der Großkönig nachdenklich. »Wir wollen ehrlich mit dir sein, also ist es an uns, dir vom Rat der Stämme zu berichten.« Diese Aufgabe übernahm der Berater des Herrschers, der in knappen Worten schilderte, welche Streitigkeiten es im Gremium über den Krieg gegen die Elben und um seine Person gab. »Deine Erzählungen beweisen mir, dass wir nur als Gemeinschaft etwas gegen das Tote Land und seine Verbündeten erreichen können: Menschen, Elben und Zwerge.«

Tungdil holte tief Luft. »Dieses Bündnis wird nichts bringen, wenn wir das Rätsel der Bücher und Artefakte nicht lösen«, erinnerte er. »Es muss ein Mittel gegen Nôd'onn geben, das er sehr fürchtet. Aber ohne Andôkai die Stürmische und ihr Wissen sind uns die Hände gebunden. An ihr hängt alles, doch sie beabsichtigt, dem Geborgenen Land den Rücken zu kehren. Ohne jenes Wissen sind wir dem Toten Land ebenso ausgeliefert wie die anderen Königreiche.«

»Es ist bitter mit anzusehen, wie schnell das Böse vorankommt«, murmelte Gundrabur bedrückt und schloss die Augen. »Ich werde mit der Maga reden und versuchen, sie zu überzeugen.«

Tungdil sagte nichts, aber er wusste, dass er sich die Worte sparen konnte. Die Zauberin dachte in anderen Maßstäben als die Zwerge. Während er über Andôkai nachdachte, fiel ihm ein, dass sie in die Festung gelangt waren, ohne dass Djer_n die Maske hatte abnehmen müssen. Er selbst hatte es ebenso vergessen wie die Zwillinge oder die Wachen an den Toren. Ohne Prüfung ließen die Zwerge den riesenhaften Krieger hinter die Mauern! *Das kann sie nur mithilfe von Magie geschafft haben,* dachte er im Stillen und entschied, vorerst keinen darauf aufmerksam zu machen, am wenigsten Ingrimmsch, der bei seinem halb wahnsinnigen Verstand sicherlich vor Wut im Dreieck spränge und den Krieger zum Zweikampf forderte.

Doch es war an der Zeit, eine weitere Angelegenheit zu klären.

»Haltet mich nicht für undankbar, ich freue mich sehr, endlich bei meinem Volk zu sein, doch den Thron werde ich nicht besteigen«, lehnte er eine Regentschaft bereits im Vorfeld ab. »Es gibt einen Nachfolger, der weitaus geeigneter ist als ich, denn ich wuchs bei den Menschen auf und beziehe all mein Wissen über die Zwerge aus Büchern. Fehlerhaften Büchern, wie ich erkennen muss«, fügte er hinzu. »Mein Wunsch ist es, den Verzicht auf meinen Anspruch zu erklären und mit den Vierten zu ziehen. Die Zwerge brauchen einen von allen anerkannten Großkönig.«

»Deine wohl gewählten Worte ehren dich, Tungdil, aber du hattest niemals einen Anspruch«, eröffnete Gundrabur ihm. »Die Geschichte über deine Abstammung ist von uns erfunden worden. Wir baten Lot-Ionan unter dem Siegel der Verschwiegenheit, dieses Spiel mitzumachen. Wir wissen nicht mal, ob du ein Vierter bist.«

Die Nachricht traf Tungdil bis ins Mark. »Weshalb ... habt Ihr mich dann rufen und den ganzen weiten Weg gehen lassen?«

»Es war gut, oder etwa nicht? So erhielten wir die Gelegenheit, womöglich etwas gegen das Tote Land zu unternehmen«, erwiderte Balendilín. »Andernfalls lägst du nun von Orks erschlagen in Grünhain.«

»Sicher, aber ...« Er suchte nach Worten. »Die Gesandten, die Versammlung der Stämme und Clans, das lange Warten, bis ich endlich eintreffe ... und dann besitze ich nicht einmal einen Anspruch?«

Er fühlte sich, als hätte man ihm den Boden unter den Füßen

weggezogen. Nachdem er sich nach all den Strapazen und schrecklichen Erlebnissen endlich zu Hause fühlte, stieß man ihn wieder in die Ungewissheit zurück.

»Du musst uns verstehen. Wenn der neue Großkönig Gandogar heißt, wird er gegen die Elben ziehen«, erklärte Gundrabur. »Eben das wollen wir verhindern, indem wir seine Wahl so lange wie möglich verzögern, um den Rat gegen einen solchen Krieg einzuschwören. Wir erhielten den Brief des Magus und erfanden eine Geschichte, um dich und deine scheinbar edle Abstammung als Grund für das Warten anzugeben.«

»Wir hofften, in der Zwischenzeit einen Ausweg zu finden – eine Gesetzespassage oder etwas in der Art«, fuhr Balendilín fort. »Diese Schlacht bringt niemandem etwas, aber keiner möchte es einsehen und verstehen. Wir betrügen nur aus einem einzigen Anliegen heraus wie die Kobolde: um möglichen Schaden für unser Volk abzuwenden.«

Tungdil verzichtete auf eine Antwort, weil nur Gift und böse Worte über seine Zunge gekommen wären. Er goss sich Bier nach und leerte den Becher in einem Zug. »Hattet ihr wenigstens Erfolg?«

»Nein. Das heißt, nur zur Hälfte«, gestand der Großkönig. »Daher wollten wir dich bitten, an unserer Verschwörung teilzuhaben und dich dennoch gegen Gandogar zur Wahl zu stellen.«

»Wieso?« Tungdil zuckte mit den Schultern. »Ich würde nicht bestehen.«

»Ganz recht. Aber ich kann«, hob Gundrabur zu einer weiteren Erklärung an, »den neuen Anwärter gegen die Stimmen des Rates ablehnen, wenn ich der Meinung bin, dass mein Nachfolger nichts taugt.«

»Und dann? Du richtest einen Bruderkrieg an«, schätzte Tungdil. »Ist das besser, als gegen die Spitzohren zu ziehen?«

»Dazu wird es nicht kommen. Unsere Ahnen haben ein Gesetz erlassen, das es dem Anwärter erlaubt, in einem Zweikampf gegen den Mitbewerber anzutreten. Dazu benötigt der zweite Anwärter die Unterstützung eines Teils der Clans«, führte Balendilín aus. »Ich habe in den letzten Wochen ungefähr ein Drittel der Stammesabgesandten für unsere friedliche Sache gewinnen können. Das reicht aus.«

»Und dann teilt Gandogar mich in der Mitte entzwei?«, brummte Tungdil missmutig. »Ich verstehe noch immer nicht, was das unserem Volk bringt.«

Die beiden Zwerge wechselten einen schnellen Blick.

»Du musst schwören, dass du niemandem etwas davon berichtest«, verlangte Balendilín mit ernstem Gesicht. Tungdil tat, wie ihm geheißen. »Wir suchen in der Zwischenzeit einen Weg, Bislipur und Swerd aus Gandogars Kreis zu entfernen«, eröffnete er ihm. »Bislipur ist besessen von dem Gedanken, die Elben zu vernichten, und hat ihn auf seinen Schützling übertragen. Von morgens bis abends flüstert er es ihm ein, sodass Gandogar keinen einzigen klaren Gedanken mehr fassen kann.« Balendilín schaute grimmig drein. »Ich weiß, dass er versucht hat, mich umzubringen, aber beweisen kann ich es nicht. Noch nicht.«

»Und wenn es dir gelingt, wird man Gandogar dann von seinem Vorhaben abbringen können?«, fragte Tungdil zweifelnd.

»Wir öffnen ihm die Augen, damit er die Niedertracht seines scheinbaren Freundes und die Falschheit seiner Ratschläge erkennt. Gandogar ist kein schlechter Zwerg, er hat nur den falschen Berater«, erwiderte Balendilín. »Aber ich brauche Zeit – die du uns mit deinem Koboldtheater verschaffen kannst.« Er schaute dem Zwerg fest in die Augen.

»Du leistest deinem Volk einen Dienst, dessen Wert es erst später erkennen wird«, meinte Gundrabur. »In den Geschichtsbüchern wird geschrieben stehen, dass Tungdil, ein verlorener Zwerg, wie aus dem Stein gemeißelt erschien, um die Kinder des Schmieds vor der Zwietracht und dem Untergang durch die eigene Hand zu bewahren.«

»Ich bin bereit«, beteuerte Tungdil. »Aber ich werde all eure Unterstützung benötigen.«

»Sie ist dir sicher, mein lieber Tungdil. Ehrenvoller als du kann niemand handeln«, pries ihn Balendilín. »Verzeih, dass wir dir keine Ruhe gönnten und dich erst zu uns bestellten, aber die Klärung dieses Sachverhaltes hatte Vorrang vor allem anderen. Ruhe dich nun aus! Einen Tag räumen wir dir ein, damit du dich erholst. Danach wartet der Rat auf dich, um deinen Anspruch zu prüfen.« Der Einarmige lächelte ihm aufmunternd zu.

»Verschaffe uns Zeit, Tungdil«, verabschiedete ihn der Großkönig, »damit wir in eine bessere Zukunft ohne Bislipur gehen können.« Er nahm den Zeremonienhammer und hielt ihn dem Zwerg entgegen. »Schwöre auf diesen Hammer, mit dem uns Vraccas erschuf, dass du niemandem etwas darüber erzählst!«

Tungdil kam der Aufforderung nach und wandte sich zum Gehen. Als er die Versammlungshalle verließ, warteten Andôkai und Djer_n immer noch auf ihn.

»Man hat uns angeboten, ein wenig zu bleiben«, erklärte sie mit gleichgültiger Miene. »Das kommt mir sehr gelegen. Die letzten Reisetage mit dir waren sehr anstrengend.«

»Mir erging es ähnlich«, meinte Tungdil grinsend und ließ sie darüber im Unklaren, ob sich seine Anmerkung auf sie oder die Ereignisse bezog.

Ein Zwerg führte sie zu ihren Gemächern. Der Weg dorthin brachte den Thronanwärter zum Staunen. Die Steinmetzen hatten die Wände mit enormer Akribie bearbeitet, Landschaften aus dem Stein gehauen und Worte eingemeißelt. Zwergische Schmucksymbole waren mit Edelmetallen ausgelegt, die golden, silbern, rot und gelb schimmerten.

Noch etwas fiel ihm auf. Die Treppen, die er kannte, waren rechteckig, glatt, einfach.

Hier nicht. Keine Stufe glich der anderen. Ornamente zierten die Trittflächen, die senkrechten Teile dazwischen trugen in den Stein getriebene Silben.

Zuerst verstand er den Sinn nicht, doch als er die Buchstaben beim Erklimmen zusammensetzte, ergab sich am Ende einer jeden Treppe daraus eine Geschichte. Auf diese Weise versüßten sich die Zweiten das anstrengende Treppensteigen. Tungdil bemerkte am neugierigen Ausdruck in Andôkais Augen, dass sie es ebenfalls bemerkt hatte und mitlas.

Es handelte sich um Abenteuer aus der glorreichen Zeit seines Volkes, eines glorreicher als das andere. Tungdil freute sich über jede Stiege, bis sie vor ihren Unterkünften angelangten.

Die Maga verschwand so schnell in ihrem Zimmer, dass er sie nicht mehr nach den Büchern fragen konnte. Womöglich hatte sie darin etwas entdeckt oder war einer Lösung auf der Spur, anders konnte er sich ihren Stimmungswandel nicht erklären.

Vielleicht erwirkt Gundrabur bei ihr mehr als ich, hoffte er und betrat müde seine Kammer.

*

»Es ist schön, wenn man unter Freunden ist. Da muss man sein Zimmer nicht abschließen«, wurde Tungdil von einer dunklen Stimme geweckt.

Verschlafen richtete er sich in seinem Bett auf und erkannte Bislipur, der unmittelbar neben seinem Lager stand.

»Guten Morgen, Tungdil«, grüßte er ihn nicht unbedingt freundlich. »Wir werden uns später noch einmal im Rat gegenüberstehen, doch ich dachte mir, es wäre eine gute Idee, wenn wir uns vorher ein wenig unterhielten. Siehst du das anders?«

»Es kommt ein wenig unvermittelt«, räumte der Zwerg ein, dem das unangemeldete Eindringen von Gandogars Berater nicht passte. Wenn er genauer darüber nachdachte, war es sogar äußerst unverschämt. Die anfänglich verspürte Sympathie für einen Zwergenbruder, die er sich trotz der Anfeindung im Thronsaal bewahrt hatte, schwand zusehends.

Bislipur setzte sich auf das Bett und betrachtete ihn ganz genau. »Du willst also einer von unserem Stamm sein?«, fragte er spöttisch. »Ein Findelkind, das bei einem Zauberer groß gezogen wurde, und, wie ich hörte, von königlichem Blut. Man soll es nicht für möglich halten« Er lehnte sich vor. »Ich halte es auch nicht für möglich. Ich sage dir auf den Kopf zu, dass du ein Hochstapler bist. Wo sind die Beweise deiner Herkunft?«

»Die wirst du sehen, wenn es an der Zeit ist«, erwiderte Tungdil störrisch. Ohne die Unterredung mit Balendilín und dem Großkönig hätte er sicherlich genickt und dem Widersacher gegenüber sofort seinen Verzicht erklärt. Er war sogar kurz vor dem Einschlafen noch einmal ins Wanken geraten, ob er bei dem Spiel mitmachen sollte, doch Bislipurs Verhalten wischte jegliche Zweifel fort.

»Es kann sich niemand daran erinnern, dass den Vierten ein Zwergenkind verloren gegangen wäre.«

»Und du kennst tausende von Zwergen der Vierten von Angesicht zu Angesicht, weißt ganz genau, wo sie im Gebirge wohnen, und erfährst von jeder noch so kleinen Tragödie, die sich ereignet?«, konterte er und stand auf. Deutlich spürte er, dass die langen Abende in der Bibliothek, das Lesen und die Dispute mit Lot-Ionan, die ihn im Reden geschult hatten, nicht umsonst gewesen waren. Da er sich ohne Kettenhemd und ohne Waffe nackt fühlte, warf er sich das Ringgeflecht über und legte sich den Gurt mit der Axt um. Sogleich kehrte die Selbstsicherheit zu ihm zurück. »Warte ab, was ich dir zu sagen habe, und deine Augen werden sehen.«

»Das glaube ich nicht. Wie wäre es, wenn du gar nicht im Rat erscheintest?«, unterbreitete Bislipur ihm das Angebot. »Lass dein Vorhaben sein, und wir nehmen dich in unserem Stamm auf. Wir geben dir alles, was du benötigst, dein ganzes Leben lang. Dafür unterstützt du Gandogar, anstatt ihn zu bekämpfen.«

»Andernfalls?«

»Du hast also verstanden.« Bislipurs breite Hand legte sich auf den Kopf der Waffe. »Andernfalls wirst du sehen, was es bedeutet, sich als Angehöriger der Vierten, falls du das sein solltest, gegen das Oberhaupt des eigenen Stammes zu wenden. Niemand von uns wird dir Gefolgschaft leisten. Du wirst niemals ein echter Großkönig sein.«

Tungdil hörte an der mühsam beherrschten Stimme, dass es keine leeren Versprechungen waren, die ihm der Zwerg mit dem graubraunen Bart gab. »Die Versammlung entscheidet, nicht du allein«, wies er ihn zurecht und gab sich Mühe, ein wenig nach einem möglichen Herrscher zu klingen. »Geh«, befahl er ihm.

»Andernfalls?«, imitierte der breit gebaute Zwerg die Frage des Thronanwärters.

»Du hast sehr wohl verstanden. Andernfalls bringe ich dich zur Tür. Ich habe Orks und Albae überstanden, da werde ich mit einem Zwerg, der wie ein Dieb in meine Kammer eindringt und mich aus dem Schlaf reißt, auch noch fertig werden«, polterte Tungdil. Aus der Sympathie war offene Abneigung geworden. »Raus!«

Bislipur schien abzuwägen, ob er es wagen konnte, sich auf eine Kraftprobe einzulassen, entschied sich dann aber zu Tungdils Erleichterung dagegen und verließ grußlos den Raum. »Du hättest auf mich hören sollen«, rief er noch.

»Ich hätte in meinem Leben schon vieles tun sollen.« Tungdil stemmte die Hände in die Hüften, neigte den Kopf ein wenig vor und betrachtete sich im Spiegel neben dem Bett. Er machte ein entschlossenes Gesicht, versuchte sich zu merken, welche Muskeln er dazu brauchte, und kleidete sich an. Dabei wäre ihm danach gewesen, sich hinzulegen und unter der Decke zu verkriechen.

Als er gerade sein Nachthemd auszog, öffnete sich die Tür nach kurzem Klopfen erneut. Eine Zwergin in Rock und Lederbluse trat ein und brachte einen Stapel frischer Wäsche, den sie auf der Steinkommode ablegte. Sie kicherte, als sie Tungdil wie angewurzelt dastehen sah. *Was tue ich jetzt?*, dachte er verzweifelt. Doch noch ehe er etwas zu ihr sagen konnte, verschwand sie rasch wieder aus seiner Kammer.

»Ich bin wohl kein Herzensbrecher«, meinte er zu sich selbst und fuhr langsam damit fort, sich anzuziehen, während er über alle möglichen Dinge nachgrübelte.

Die Ungewissheit über seine Herkunft grämte ihn. Er befand sich mitten unter seinem Volk und war dennoch der einsamste Zwerg des Geborgenen Landes. Selbst bei den Menschen hatte er im Grunde bessere Tage erlebt, weil er zu Lot-Ionan und der Zauberschule gehört hatte.

Im Blauen Gebirge aber musste er sich als ein Vierter ausgeben und so tun, als freute er sich, endlich zu seinem Stamm gefunden zu haben. Tungdil empfand sich als zweifacher Betrüger, auch wenn er hehre Absichten verfolgte.

Um sich ein wenig abzulenken, las er den Brief des ermordeten Magus und brannte sich jede Einzelheit über seine erfundene Herkunft ins Gedächtnis, um der Befragung im Rat Stand halten zu können. Dann aber hielt ihn nichts mehr in seiner Kammer, und er streifte mit knurrendem Magen durch die erhaben gestalteten Felsgänge.

Unterwegs begegneten ihm zahlreiche Zwerge, die ihrem Äußeren und ihren mit Steinmehl behafteten Lederschürzen nach Arbeiter in den Steinbrüchen sein mussten. Sie grüßten ihn freundlich, und er erwiderte die Geste mit einem Nicken.

Ein Bote fing ihn unterwegs ab, um ihn zu seinem Frühstück zu bringen. Das verwunderte Tungdil zwar, aber als er wenig später Balendilín gegenübersaß, verstand er, dass es um die letzten Anweisungen vor dem Auftritt in der Versammlung ging.

»Wir haben alles vorbereitet, sorge dich nicht«, beruhigte ihn der Berater. Tungdil fand es faszinierend, wie die steinernen Zierspangen in den Bartsträhnen seines Gegenübers hin und her pendelten. »Wir haben drei Vernünftige bei den Vierten auf unserer Seite, die so tun werden, als hätten sie einmal etwas von einem verlorenen Kind gehört«, eröffnete er ihm. »Zusammen mit den Zeilen deines Magus reicht das fürs Erste aus, einen halbwegs glaubwürdigen Eindruck zu schaffen. Du wirst eine Rede halten ...«

»Eine Rede?«, echote Tungdil und wandte den Blick von den intensiv riechenden Käsesorten, den verschiedenen Dauerwürsten, eingelegten Höhlenpilzen und dem gerösteten Stollenmoos ab. Schinken fehlte ebenso wenig wie Grütze und Brot, doch die Nachricht von der zu haltenden Ansprache wirkte sich auf seinen eben noch verspürten Hunger äußerst nachteilig aus.

»Sie muss nicht lang sein. Packe deine Erlebnisse und dein Wissen über das Tote Land hinein. Du wirst in der Abstimmung verlieren, was aber nichts macht. Wir gehen nach der Wahl Gandogars zur nächsten Stufe unseres Plans über.« Balendilín zwinkerte. »Keine Sorge«, beteuerte er aufs Neue.

»Keine Sorge, das sagt sich leicht«, seufzte Tungdil und lud sich von allem etwas auf seinen Holzteller. Dabei erzählte er vom Besuch und dem Angebot Bislipurs.

»Das passt zu ihm«, meinte Balendilín nicht im Geringsten erstaunt. »Weißt du, was das bedeutet? Wir sind auf dem richtigen Weg. Wenn der Griesgram bei dir vorspricht, ist das ein gutes Zeichen.«

Tungdil dachte ein wenig anders darüber. Er erinnerte sich noch sehr gut daran, dass Balendilín von einem Anschlag gesprochen hatte, und er traute Bislipur eine ähnliche Tat gegen ihn durchaus zu.

»Übrigens«, sagte der Einarmige, »die Zauberin hat uns mitsamt ihrem Krieger verlassen.«

»Was?«, entfuhr es dem Zwerg entsetzt. *Sie hat tatsächlich aufgegeben und ihre Heimat ohne Zögern verlassen!* »Wann ist sie aufgebrochen?«

»Heute Morgen, direkt nach Sonnenaufgang. Wir haben sie über die Brücke gehen lassen, weil es keinen Grund gab, sie aufzuhalten. Und außerdem ... wie hält man eine Zauberin auf?«

»Gar nicht.« Tungdil schnalzte mit der Zunge. Mit ihr schwand die letzte Hoffnung, Nôd'onn einen in etwa gleichwertigen Gegner entgegenzustellen. Andôkai war wohl zu der Ansicht gelangt, dass sie die Verschlüsselung der Werke Goréns nicht lösen konnte, und suchte sich lieber eine neue Bleibe, um in der Wildnis nach Magiefeldern zu suchen. *Warum haben Maira oder Lot-Ionan nicht überlebt? Sie wären geblieben und hätten uns gegen den Abtrünnigen beigestanden*, dachte er niedergeschlagen.

»Jetzt ist es an dir, den Versen der Menschengelehrten die wahre Bedeutung zu entlocken«, ermunterte ihn Balendilín. »Die Schriftrollen unserer Sammlungen stehen dir offen, falls sie dir eine Hilfe sind.«

»Eure eigenen Gelehrten sollen sich besser damit befassen«, murmelte Tungdil.

Balendilín schüttelte den Kopf. »Sie verstehen die Zauberersprache nicht. Niemand kennt die Magi so gut wie du.« Er sah den verzweifelten Zwerg verständnisvoll an. »Die Bürde, die wir dir auflasten, ist schwer, aber der Dank wird umso größer sein. Schon jetzt stehen wir in deiner Schuld.«

»Ich werde es versuchen«, antwortete er tapfer kauend und stieß leise auf. Der Käse hatte es ihm angetan, aber sein Magen gewöhnte sich nur langsam an die rauen Mengen der Kost. Dazu trank er gesäuerte Milch, in die er einen Löffel Honig tat, um sie sich ein wenig zu versüßen. Die Küche der Zwerge sagte ihm zu.

Er verließ Balendilín und kehrte in seine Kammer zurück; dieses Mal richtete er die Augen fest auf den Steinboden und verlor keinen Blick nach rechts oder links, um die in Stein gehauenen Schönheiten zu betrachten. Tungdil legte sich eine Rede zurecht, in die er alles, was ihn in den letzten Wochen bewegt hatte, einbringen wollte.

*

Zügig leerte Tungdil den Humpen mit dem schwarzen Starkbier, wischte sich über den Mund und wandte sich den Abgesandten zu. Geduldig hatten sie ihm zugehört, wie er den Brief Lot-Ionans verlas und seine königliche Abstammung aus dem Stamm der Vierten zu beweisen versuchte.

Die eingeweihten Zwerge aus den Clans der Vierten erinnerten sich wie abgesprochen, von einem solchen Vorkommnis gerüchteweise gehört zu haben, woraufhin Bislipur sie sogleich der Lüge bezichtigte.

»Warum ich meinen Anspruch erhebe, wollt ihr wissen«, sagte Tungdil laut in den Tumult hinein. Der Gerstensaft nahm ihm zum einen die Aufregung, zum anderen die Hemmungen, vor den vielen Vertretern der Zwergenstämme zu sprechen. »Weil ich die Schrecken des Toten Landes besser kenne als ihr und weil ich weiß, dass es auf die Einigkeit unseres Volkes ankommt, das sich nicht im kurzsichtigen Krieg gegen die Spitzohren aufreiben darf. Die Elben sind wenige, aber sie streiten noch immer gut.«

»Wir haben keine Angst vor ihnen!«, rief Bislipur aufgebracht dazwischen.

»So sterben wir furchtlos gegen sie. Nur tot sind wir dann allemal«, entgegnete Tungdil heftig. »Sie kämpfen seit hunderten von Zyklen gegen die gerissenen Albae. Glaubt ihr, wir wären da eine Bedrohung für sie? Die Elben sind die besten Langbogenschützen des Geborgenen Landes. Sobald wir uns ihnen auf dreihundert Schritt nähern, spicken sie uns mit ihren Pfeilen.«

»Wir werden uns gewiss nicht ankündigen«, mischte sich Bislipur wieder ein.

»Und du glaubst, dass es den Elben verborgen bleibt, wenn sich ihnen eine Streitmacht von tausenden Zwergen nähert? Dieser Krieg würde uns eine Niederlage einbringen, Clans!«, beschwor er sie. »Unsere von Vraccas gegebene Aufgabe ist es, das Geborgene Land zu verteidigen. Das Böse ist tief ins Innere dieses Landes vorgestoßen. An uns ist es nun, Nôd'onn mitsamt den Orks und allen anderen Kreaturen des Schreckens niederzuwerfen. Wenn es sein muss, auch zusammen mit den Spitzohren und Menschen!«

»Ich höre den Großkönig sprechen«, meinte Gandogar verächtlich, »nicht dich selbst. Man hat dir die Rede eingebläut.«

»Die Vernunft sitzt eben in unser beider Köpfe. Nur in deinem hat sich die Sturheit breit gemacht und dir den Verstand aus den Ohren hinausgedrückt«, antwortete Tungdil und erntete verhaltenes Gelächter.

»Die Elben«, donnerte Bislipur wütend und reckte sich zu seiner ganzen Größe auf, »müssen bestraft werden. Ihr habt die Zeilen über ihre Niedertracht am Steinernen Torweg vernommen. Die Spitzohren übten einst einen Verrat, für den wir sie nun endlich zur Rechenschaft ziehen können!«

»Und anschließend vernichtet uns Nôd'onn noch leichter, weil die Schlacht uns geschwächt hat!« Tungdil hämmerte mit der Faust gegen eine Säule. »Wollen wir es dem Verräter am Geborgenen Land wirklich noch einfacher machen? Warum öffnen wir seinen Horden nicht gleich die Tore? Sollen wir sie vielleicht fragen, ob sie mit uns gegen die Elben ziehen?« Er wartete, bis sich der Tumult etwas legte. »Ich bin im Besitz von Büchern des Magus, bei dem ich aufwuchs. Darin wird beschrieben, wie wir den Schrecken aus dem Norden besiegen können«, behauptete er kühn. »Ich muss die Schriften nur noch übersetzen, und dann wird unser Volk in der Lage sein, Nôd'onn zu vernichten! Überlegt, welcher Ruhm uns als Rettern des Landes zufiele! Unsere glorreiche Tat würde den Elben eine Erniedrigung bescheren, die weit schwerer wiegt als eine gewonnene Schlacht gegen sie.«

Nun tuschelte die Menge. Ein Mittel gegen das Tote Land, das waren Neuigkeiten!

»Alles erstunken und erlogen!«, brauste Bislipur auf. »Magie hat uns noch nie geholfen, sondern nur Unheil gebracht. Ohne sie hätte der Hexenmeister niemals solche Macht erlangt.«

»Ich sage, wir kämpfen gegen die Elben und ziehen uns in die Berge zurück, bis die Menschen die Angelegenheit selbst geregelt haben«, fügte Gandogar hinzu, der aufgesprungen war. Er stürmte in die Mitte des Halbkreises, um die Blicke der Clanabgesandten auf sich zu ziehen. »Hört nicht auf den dahergelaufenen Zwerg, der uns und unsere Lebensweise nur aus Büchern kennt! Wie könnte so einer uns verstehen?« Er lachte laut. »Er und ein Großkönig? Lächerlich!«

»So lächerlich kann es nicht sein, sonst regtest du dich nicht so auf«, bemerkte Tungdil spitz und hörte wieder verhaltene Lacher. Lot-Ionan wäre stolz auf ihn, auch wenn das Bier seine Zunge gefährlich lockerte. *Ich muss Acht geben,* sagte er sich.

Gundrabur hatte genug gehört. Er hob seinen Hammer, das schwere Ende krachte gegen die Marmorplatten. »Genug! Der Rat hat die Worte vernommen und muss nun eine Entscheidung fällen. Wer von euch Gandogar Silberbart aus dem Clan der Silberbärte, König der Vierten, als meinen Nachfolger auf dem Thron des Großkönigs sehen möchte, der hebe die Axt.«

Die Augen Tungdils wurden groß, als er die emporgereckten Waffen sah. Die Anhängerzahl des Herrschers über die Vierten war auf gerade einmal zwei Drittel geschrumpft, und bei der Gegenprobe hoben sich deutlich mehr Äxte für den Außenseiter als angenommen. Balendilín nickte ihm anerkennend zu.

Doch am Ausgang der Abstimmung änderte sein Achtungserfolg nichts, die Mehrheit wollte Gandogar und damit den Krieg. Bislipur richtete sich zu seiner vollen Größe auf. Er sah sich seinem Ziel ganz nahe und zeigte seine Zufriedenheit.

»So wäre König Gandogar der nächste Großkönig«, sagte Gundrabur fest, »wenn ich ihn für geeignet hielte. Aber ich, der amtierende Großkönig, spreche ihm die Tauglichkeit wegen seines Unverständnisses ab, mit dem er die Stämme und Clans in den Untergang zu führen gedenkt. Stattdessen schlage ich Tungdil als meinen Erben vor. Finde ich Unterstützung bei den Abgesandten der Stämme?«

Fassungslos sahen Gandogar und Bislipur mit an, wie sich die Axtköpfe von einem Drittel des Rates hoben und dem Großkönig die notwendige Menge verschafften.

Gundrabur schmetterte den Hammer wieder auf den Boden. »Dann ist es beschlossen, dass die beiden Bewerber sich in einem Wettstreit messen, damit ihre Fertigkeiten entscheiden. Jeder von ihnen schlägt eine Aufgabe vor. Zwei weitere kommen aus der Versammlung, die fünfte wird ausgelost. In sieben Sonnenumläufen werden sie beginnen«, verkündete er feierlich. »Die Versammlung ist beendet.«

*

Tungdil wandelte wie benommen durch das kleine Spalier von Zwergen, die ihm auf die Schulter klopften und ihm Glück sowie den Segen von Vraccas wünschten. Die unterschiedlichsten Gesichter, Bärte und Rüstungen tauchten wie aus einem Nebel vor ihm auf und verschwanden wieder, während das ungewohnt starke Bier und die Begeisterung über sein gutes Abschneiden ihre Wirkung zeigten. Ihm war es gelungen, etliche der Abgesandten von seinem Anliegen zu überzeugen, doch trotz seiner Freude darüber konnte er nicht vergessen, dass sein Erfolg auf einer Lüge aufgebaut war.

Balendilín hatte ihm versprochen, dass er in aller Heimlichkeit Nachforschungen anstellen lassen wollte, woher Tungdil stammte, auch wenn er dem Vorhaben nur wenig Aussichten auf ein echtes Resultat einräumte. Obwohl der Berater es nicht aussprach, so hing immer noch der Verdacht in der Luft, dass Tungdil ein Kind der Dritten vom Stamme Lorimburs sein könnte. Das aber bestritt Tungdil heftig, weil er sich den Zwergen hier sehr verbunden fühlte und kein bisschen Argwohn ihnen gegenüber spürte. Doch darum würden sie sich später kümmern. Nun galt es, Tungdils Kampfkunst weiter zu verbessern, falls Gandogars Vorschlag auf einen kriegerischen Wettstreit hinausliefe. Er selbst wusste noch nicht, was er als Prüfung wählen sollte.

Das Los mit der fünften Disziplin, das als letztes gezogen wurde, blieb ein Quell der Unsicherheit. Jeder von ihnen durfte vier eigene Vorschläge niederschreiben und in den Beutel werfen, und was am Ende gezogen wurde, lag in Vraccas Hand ...

Als Tungdil seine Kammer betrat, lagen die Bücher Goréns und der geöffnete Sack mit den Artefakten auf seinem Bett. *Andôkai hat die Sachen in Augenschein genommen!*

Er sah die Überreste zweier versilberter Karaffen und besah die verschnörkelten Gravuren. *Wie schade.* Wenn man nur einen Tropfen einer Flüssigkeit hineingab, so stand da geschrieben, füllten sie sich immer wieder von selbst auf. Zwischen dem Glas blinkten die zerbrochenen Überreste eines Handspiegels, der sein bärtiges Gesicht verzerrt reflektierte. *Damit habe ich sieben Jahre Unglück.* Er nahm eine Scherbe in die Hand und grinste voller Galgenhumor hinein. *Als ob es darauf noch ankäme.*

Als Nächstes begutachtete er zwei armlange Stücke Holz, die grau und metallisch schimmerten und die er nicht genau bestimmen konnte. Die Maserung verlief wirr und in alle Richtungen. *Prügel? Was hat es denn damit auf sich?* Achtlos warf er sie zurück aufs Bett.

Die Maga hatte ihm noch eine Nachricht hinterlassen, die er zuerst nicht lesen mochte, weil er eine rasende Wut auf sie verspürte und ihren Abschied sowie das Herumschnüffeln als Verrat empfand; aber die Neugier ließ ihn die Botschaft dann doch zur Hand nehmen.

Das Rätsel ist zu einem Großteil gelüftet.
Die Bücher geben tatsächlich einen Rat, was man gegen Nôd'onn tun kann, aber es ist unmöglich. Deshalb bin ich gegangen.
Die Aufzeichnungen aus dem Jenseitigen Land berichten von dämonischen Wesen, die an einem Ort namens Ödenland hausen und in die Menschen fahren, um von ihnen Besitz zu ergreifen und ihnen unvorstellbare Macht zu geben. Fortan sei der Mensch von dem Wunsch beseelt, alles zu unterwerfen und das Gute zu vernichten, wann immer er ihm habhaft werden könne.
Die Aufzeichnungen in dem anderen Buch berichten von einer Waffe, einer Axt, die von den »Untergründigen« geschmiedet wurde, um die Dämonen in den Menschen zu vernichten.
Die Klinge sei aus dem reinsten, härtesten Stahl, die Widerhaken am anderen Ende seien aus Stein, der Griff aus Sigurdazienholz, die Intarsien und Runen aus allen edlen Metallen, die sich in den Bergen finden; die Schneide aber sei mit Diamanten besetzt.
Geschmiedet soll sie sein in der heißesten Glut, die eine Esse zu entfachen vermag. Ihr Name sei Feuerklinge.
Damit muss der Mensch getötet werden. Die Schneide der Feuerklinge fährt durch Fleisch und Knochen des Lebenden, um das Dämonische in seinem Innersten zu treffen und zu vernichten. Alles, was es verursacht hat, wandelt sich zurück zum Guten.
Eine Passage hat sich mir verschlossen, somit bleibt ein Rest von Ungewissheit, was die Hoffnung vollends zerstört.
Ich weiß jetzt, warum Nôd'onn den Sack mit den Artefakten haben wollte. Es ging ihm um die Holzstücke, sie sind aus einer Sigurdazie gemacht.
Es gibt keine Sigurdazien mehr im Geborgenen Land. Ihr Holz war zu hart und zu schwer, um es mit den üblichen Werkzeugen bearbeiten zu können. Die Menschen glaubten, es sei von den Göttern verzaubert, und nutzten es wegen des intensiven Geruchs und der dunkelroten Flammen als heiligen Brennstoff, bis alle Sigurdazien ausgerottet waren. Ich sah einst in meinem Reich eine, die bei einem Fest zu Ehren Palandiells angesteckt wurde, und das muss schon vor einhundert Zyklen gewesen sein.

Selbst wenn es gelänge, diese Wunderwaffe zu schmieden, wird es nun niemandem mehr gelingen, so nahe an Nôd'onn heranzukommen, um ihn damit zu töten. Es ist unmöglich, ein Wunschtraum, ein Wahnwitz.

Wenn die Zwerge Verstand haben, sollten sie das Gebirge verlassen und im Jenseitigen Land nach einer neuen Heimat Ausschau halten. Vielleicht nehmen die Untergründigen sie auf.

Mich hält nichts mehr.

Tungdil las das Schreiben mehrmals, bis er begriff, dass es eben doch ein Mittel gegen den Mörder Lot-Ionans gab. *Es ist alles da. Wir haben selbst das Holz!*

Er rannte zu Balendilíns Kammer, in der kleine Öllampen für Licht sorgten. Die ganze Einrichtung war wie überall sorgfältig aus dem Stein herausgehauen worden; die umsichtigen Handwerker hatten selbst das Bett und die Schränke aus dem Felsen getrieben, sodass es aussah, als hätte das Gebirge eigens ein Zimmer für Balendilín geformt.

Tungdil reichte ihm die Zeilen der Maga.

»Es gibt Schriftrollen, in denen von Verwandten unseres Volkes auf der anderen Seite der Gebirge die Rede ist«, murmelte der Berater nachdenklich, als er über die Bezeichnung »Untergründige« stolperte. »Dort scheint man mehr Erfahrung mit dem Toten Land zu haben.«

Tungdil hob das Blatt. »Nun wundert mich nicht mehr, dass Nôd'onn Jagd auf die Bücher und den Sack gemacht hat, aber es ist zu spät. Balendilín, wir kennen jetzt seine verwundbare Stelle! Wir müssen den Königreichen der Menschen davon berichten, damit sie Hoffnung schöpfen und ausharren, während wir die Klinge schmieden«, sagte er begeistert. »Das Menschenheer muss ihn so lange aufhalten.«

Nachdenklich las Balendilín den Abschnitt über die Zusammensetzung der Feuerklinge. »Wir brauchen die Vierten, welche die besten Diamantschleifer in ihren Clans haben. Unser Volk kann die Steinmetzen stellen, doch die besten Schmiede fehlen uns.«

»Borengar?«

»Richtig. Auch die Fünften waren einst Meister darin, aber sie existieren nicht mehr. Die neun Clans vom Stamm der Ersten sind nicht zu unserer Versammlung erschienen.« Balendilíns Miene verfinsterte sich. »Das ist nicht die einzige Hürde. Die heißeste Esse, die jemals im Geborgenen Land glomm, stand im Königreich der Fünften. Sie hieß Drachenbrodem und brachte das härteste Metall zum Schmelzen. Doch seit mehr als eintausend Zyklen herrscht dort nun das Tote Land.« Er bedeckte das Gesicht mit seinen breiten Händen. »Die Zauberin hatte Recht. Es ist unmöglich.«

»Nein, ich gebe nicht auf. Rufen wir die Versammlung ein und lassen sie entscheiden«, verlangte Tungdil. »Wir sollten wenigstens zu den Ersten reisen und sie um Hilfe bitten. Danach ...« Er verstummte. »Ich werde die alten Schriftrollen durchsehen, vielleicht entdecke ich noch etwas, das uns helfen könnte.«

»Ich wünsche dir dabei viel Glück.«

Der Zwerg verließ die Unterkunft, um sich in die Gewölbe mit dem gesammelten Wissen der Zweiten zu begeben. Nach dem Freudentaumel folgte die schmerzhafte Ernüchterung, trotz der neuen Erkenntnisse kaum gegen den Untergang aufbegehren zu können.

Nein. Ich gebe nicht auf. Gerade die Aussichtslosigkeit ihrer Lage rief Tungdils Trotz hervor.

Mit der Eigensinnigkeit und Hartnäckigkeit, die seinem Volk zu Eigen war, machte er sich daran, die Schriften des Stammes zu lesen. Tungdil schwor, nicht eher in seinen Bemühungen nachzulassen, bis er einen Ausweg fand.

*

Emsig schleppte Tungdil die alten Bücher, Pergamentrollen und Steintafeln durch die herausgemeißelten Gewölbe, um sie auf einem Tisch zu stapeln, wo er sie in Ruhe studieren konnte.

Lot-Ionan muss geahnt haben, dass ich eines Tages all das Wissen benötigen würde. Manche der Schriftstücke hielten der Berührung des Zwerges nicht mehr Stand, sie rissen ein, brachen oder zerfielen gar. Da lobte er sich die Marmorplatten, die Ewigkeiten überdauerten, wenn man sie nicht fallen ließ.

Nachdem er etliches gelesen hatte, fand er die vagen Aussagen Balendilíns bestätigt. Es gab wohl auch auf der anderen Seite des Gebirges Zwerge, die »Untergründige« genannt wurden. Ob Vraccas sie einst geschaffen hatte, wusste er nicht zu sagen, aber sie schienen seinem Volk sehr ähnlich zu sein, verstanden sich aufs meisterliche Schmieden und teilten die Liebe zur Esse und zur Glut.

Am vierten Umlauf erkundete er das Geheimnis der Feuerung

von Drachenbrodem, und seine Zuversicht, die er sich bis dahin tapfer bewahrt hatte, sank.

Die Fünften hatten dem Großen Drachen Branbausíl, der einst im Grauen Gebirge gelebt hatte, seine weiße Flamme abgerungen und damit ihre Esse entzündet, ehe sie ihn getötet und seinen Hort erobert hatten. Sein Weibchen, Argamas, war vor den Zwergen in den Feuersee geflüchtet, ein kleines Meer aus flüssigem, brodelndem Stein tief im Inneren des Reiches, und seither nie wieder zum Vorschein gekommen.

Mit Drachenbrodem war es den Schmieden gelungen, Hitze von nie gekannter Intensität zu erzeugen und Metalle miteinander zu verbinden, die als nicht schmelzbar galten. Selbst das schwarze Tionium, das von Gott Tion erschaffen worden war, hatte sich dem Drachenbrodem ergeben und sich mit dem reinen, weißen Palandium der Göttin Palandiell vereinen müssen.

Spätere Aufzeichnungen berichteten davon, dass die Glut mit dem Untergang des Reichs der Fünften geschwunden war; die Albae und anderen Geschöpfe Tions hatten mit dem seltsamen weißen Feuer nichts anzufangen gewusst und es gelöscht.

Tungdils einzige Hoffnung stützte sich auf das Weibchen des Drachen, die den Äxten der Fünften entkommen war. Von ihr benötigten sie das Feuer und von den Ersten den Schmied, um die Feuerklinge gegen Nôd'onn herzustellen.

»Das wird eine neuerliche Reise«, seufzte er. *Zu den Ersten und von dort geradewegs ins verlorene Reich der Fünften, mitten ins Herz des Toten Landes. Aber wie soll ich dorthin gelangen?*

Diese Frage stellte er auch Gundrabur und Balendilín, mit denen er sich in der Halle bei einem Humpen Bier traf, um von seinen Entdeckungen zu berichten; die Zwerge wechselten schnelle Blicke.

»Es gibt einen Weg«, eröffnete ihm der Großkönig. »Es ist ein Geheimnis, das in all den Zyklen in Vergessenheit geriet und das mir mein Vorgänger anvertraute.« Er entzündete eine Pfeife und paffte schmatzend. »Es stammt aus der glorreichen Vergangenheit unseres Volkes. In jenen glücklichen Tagen bedeutete das Reisen keine besondere Anstrengung. Die Zwerge nutzten unterirdische Tunnel, die kreuz und quer unter dem Geborgenen Land verliefen und die Reiche miteinander verbanden.«

»Tunnel ... Dann könnten wir ungesehen bleiben. Wenn wir Ponys nehmen ...«

»Du brauchst keine Ponys. Du kannst sie befahren.« Er ordnete sein Gewand und erbat sich eine weitere Decke, um sich zu wärmen. Sein Lebensfeuer kühlte weiter ab.

Tungdil runzelte die Stirn. »Ich verstehe nicht ...«

»Kennst du die Loren, mit deren Hilfe das Erz aus den Stollen und Gruben gekarrt wird?«

»Sicher«, nickte er und verstand, was der Großkönig ihm sagen wollte. »Sie sind damit gefahren?«

Gundrabur lächelte. »Genau das. Sie reisten in geraden Linien von Goïmdil zu Borengar und wohin auch immer sie wollten. Es gab keine Sümpfe, keine Wildnis, keinen Regen und keinen Schnee, die ihnen die Fahrten erschwert hätten. So war es ihnen möglich, die wichtigen Hohlwege und bedeutsamen Passagen des Geborgenen Landes stets mit genügend Truppen zu sichern. Innerhalb weniger Umläufe bewegten sich ganze Heere tief unter der Erde von Norden nach Süden, während die Menschen, Elben und Zauberer von alldem nichts erfuhren.«

»Die Tunnel sind die Rettung«, rief Tungdil aufgeregt. »Wenn sie einigermaßen intakt sind, kann es uns gelingen, die Axt gegen den Verräter zu schmieden, ehe er die gesamten Königeiche und die Heere der Menschen niederwirft.«

»Ich weiß nicht, ob sie noch befahrbar sind«, gestand Gundrabur. »Die alten Aufzeichnungen, in denen die Rede von den Röhren ist, berichten, dass weite Strecken eingestürzt, unbenutzbar seien. Balendilín, hole sie uns bitte.«

»Und warum hat man die Tunnel nicht wiederentdeckt?«

»Der Bereich, in dem der Eingang liegt, war eines Tages mit Schwefeldämpfen verseucht, und die Zwerge zogen sich von dort zurück. Sie mieden das Gebiet, bis man die Tunnel vergaß«, antwortete Gundrabur.

Kurz darauf brachte Balendilín zwei alte Karten von den Eingängen zu den Röhren der Zweiten und von deren Verlauf tief im Innern des Blauen Gebirges. Sie waren gut verborgen, mehrfach gesichert, und zahreiche mechanische Vorrichtungen und Fallen bewahrten sie davor, von Eindringlingen benutzt zu werden. Das erklärte, weshalb sich das Böse nicht heimlich unter dem Geborgenen Land ausbreitete, sondern es auf dem Landweg erobern musste.

»Auf diese Weise können wir es schaffen«, sagte Tungdil zu den beiden Zwergen. »Ich bin bereit.«

»Sehr schön«, freute sich Balendilín und goss von dem Bier nach.

»Dafür lassen wir dir die Ehre, das verschollene Wissen entdeckt zu haben. Es wird bei den Clans Eindruck machen.« Sie prosteten einander zu und leerten ihre Humpen.

*

»Vraccas ließ mich das verlorene Wissen finden, damit uns die Aufgabe zukommt, das Geborgene Land vom Bösen zu befreien«, beendete Tungdil seine flammende Rede. »Warum sonst sollte er mich die Dinge finden lassen?«

»Es sind die Hinterlassenschaften aus einer großen Zeit«, sagte Gandogar, »auf die du gestoßen bist. Doch ich sehe nicht, dass sich darin eine brauchbare Wahrheit findet. Eine solche Klinge unbemerkt zu schmieden – mitten im Toten Land, in einer Esse, die von Drachenflammen entfacht werden muss –, das ist nicht möglich! Es ist ein Märchen, eine Legende, die aus Versehen zwischen die historischen Aufzeichnungen rutschte.«

»Für dieses Wissen starben unzählige Menschen«, fiel ihm Tungdil ins Wort. »Mich wollte man deswegen töten. Nôd'onn fürchtet sich davor, also muss es wahr sein! Schickt eine Expedition aus, die es wenigstens versucht! Vraccas ist auf unserer Seite«, bat er die Versammlung inständig.

»Und vergesst nicht, sie gut auszurüsten. Einen Drachen zu besiegen ist kein leichtes Unterfangen. Oder du erzählst ihm deine Geschichte, und er lacht sich zu Tode«, warf Bislipur voller Spott ein.

Tungdil verzichtete auf eine Abstimmung; das Gelächter des Rates verdeutlichte ihm, dass er keine Mehrheit dafür fände. Nach wie vor weigerte sich die Vernunft beharrlich, in die Dickschädel der Gesandten einzuziehen.

»Wir sind hier, um den Erben des Großkönigs zu bestimmen«, erinnerte Gandogar die Abgesandten ungeduldig. Er warf seinen Mantel ab, die aufwendig gearbeitete Rüstung blinkte auf. Sein Berater reichte ihm Schild und Beil, ein weiterer Helfer zurrte den schimmernden Helm auf seinem Kopf fest. »Ich mache den Anfang und stelle die erste Aufgabe. Hiermit fordere ich den Mitbewerber zu einem Zweikampf heraus. Das erste Blut oder ein Niederschlag sollen entscheiden, wer sich die ersten Zähler verdient.«

Boïndil und Boëndal erschienen sogleich an Tungdils Seite und rüsteten ihn; sein Kettenhemd wirkte im Vergleich zu Gandogars strahlendem Harnisch farblos und billig. »Pass auf seinen Schild auf«, raunte ihm Ingrimmsch zu. »Gewiss nutzt er ihn als Ramme.« Er ballte die Fäuste. »Oh, könnte ich nur an deiner Stelle stehen. Ich würde den Vierten in den Marmor schlagen«, grollte er.

»Ihr wart gute Lehrer, sowohl auf unserer Wanderung als auch in den letzten Tagen«, dankte Tungdil den Zwillingen, während er den Kinnriemen zurechtrückte. »Wenn ich verliere, wird es nicht an euch liegen.«

Die beiden Kontrahenten traten in den Halbkreis zwischen Thron und Tribünen. Balendilín fungierte als Unparteiischer; er warf Tungdil einen freundlichen Blick zu, um ihn zu beruhigen. »Kämpft hart und ehrenhaft«, forderte er schließlich und trat zurück. Die Arena war freigegeben.

Gandogar begann sofort mit einer Angriffsserie und führte einen Hieb nach dem anderen gegen den Schild Tungdils; dabei wirkten die flirrenden Diamanten an seiner Klinge zusätzlich irritierend. Tungdil spähte über den Metallrand und schaute, wohin die abgestumpfte Schneide als Nächstes niederzuckte; dabei ließ er sich immer weiter zurückfallen, bis er eine Säule im Rücken spürte.

Beim nächsten Schlag des Königs tauchte er weg und drosch seinerseits überraschend zu. Sein Beil rutschte mit einem hässlichen Geräusch über den hastig nach oben gerissenen Schild und prallte gegen die untere Helmumrandung. Benommen taumelte Gandogar zwei Schritte zurück.

»Setz nach!«, brüllte Boïndil mitfiebernd, und Tungdil sprang, erfreut von seinem Erfolg und angetrieben von seinem Lehrer, ungestüm nach vorn.

Niemals. Bislipur erkannte, dass sich eine unangenehme Wendung für seinen Schützling anbahnte, und handelte. Er rempelte Swerd an, der neben ihm stand, und der Kopf des Gnoms kollidierte mit dem Humpen eines Zwergs. Bier schwappte aus dem Gefäß und klatschte zu Boden.

Tungdil wurde die Pfütze zum Verhängnis. In seiner Hast übersah er die Flüssigkeit auf den Marmorplatten, doch der Untergrund wandelte sich zu einer schlüpfrigen Rutschbahn. Sein rechter Fuß glitt zur Seite, er geriet ins Straucheln und verfehlte Gandogar.

»Törichter Gnom!« Bislipur schalt Swerd sogleich laut und deutlich wegen seiner Tölpelhaftigkeit und drohte ihm Schläge und eine anhaltende Bestrafung mit dem Halsband an.

»Das war Absicht!«, brauste Boëndal auf.

»Nein, war es nicht. Aber sei beruhigt, ich schlage ihn windelweich.« Bislipur täuschte Bedauern über das Missgeschick vor.

Das brachte Tungdil freilich nichts. Gandogar erholte sich rasch und schlug in dem Augenblick zu, als sein Widersacher an ihm vorbeischlidderte. Das schwere Beil traf Tungdil hart in den Rücken; die Wucht ließ ihn vollends die Kontrolle verlieren. Fluchend stürzte er und verlor damit den ersten Wettstreit.

Einige Clans aus dem Stamm der Vierten und andere Anhänger Gandogars jubelten und lachten Tungdil aus, der sich mühsam auf die Beine stemmte. So hatte er sich den Kampf nicht vorgestellt.

»Ich bin an der Reihe«, rief er laut, um sich gegen das Toben durchzusetzen. Sogleich erstarb das Geschrei.

»Worin messen wir uns nun?«

»Wir werden einen Text abschreiben. Der Schnellere gewinnt.«

»Was?«, machte sein Gegenspieler erstaunt. »Ich soll um meinen Thron dichten?«

»Nein, nicht dichten. Nur schreiben. Ein guter König muss Wissen und eine sichere Hand haben. Wie sonst willst du Gesetze erlassen?«, erwiderte Tungdil leichthin. »Du kannst beweisen, dass du es hast – oder dass du lediglich ein gutes Beil führst.« Ohne ein weiteres Wort setzte er sich an ein Pult und wartete, dass Gandogar seinem Beispiel folgte.

»Wenn ich mich weigere?«

»Hast du diesen Wettkampf verloren, und es steht unentschieden«, ergriff Balendilín das Wort. »Dann entscheiden die nächsten Disziplinen darüber, wer von euch beiden Gundrabur nachfolgen wird.«

»Und es wäre kein Zeichen besonderen Mutes«, hakte Boëndal gehässig ein. »Der Gelehrte hat sich deiner Waffenkunst gestellt. Jetzt zeige uns, dass du dich nicht vor etwas so Zerbrechlichem und Leichtem wie einer Feder fürchtest, König der Vierten.«

Die bissige Bemerkung und die darauf folgenden Lacher brachten Gandogar dazu, Helm und Schild abzulegen, sich an den Tisch neben seinen Widersacher zu setzen und es gegen Tungdil aufzunehmen.

Der Unparteiische ließ Schriftrollen bringen und wählte eine davon willkürlich aus dem Stapel. »Beginnt.«

Der Gelehrte, wie ihn Boëndal neckend nannte, fing beinahe augenblicklich an zu schreiben, während Gandogar wütend auf die Runen starrte und dann etwas auf sein Blatt schmierte. Die Zeit verrann, während die Zwerge eifrig schrieben.

»Fertig«, verkündete Tungdil als Erster. Der Text wurde durchgesehen und für fehlerfrei befunden. Gandogar benötigte länger und arbeitete längst nicht so akkurat wie sein Herausforderer. Balendilín erklärte Tungdil zum Sieger.

Die Zwillinge jubelten laut und freuten sich, dass ihr Schützling mit einer erlaubten List einen Gleichstand herausgeschlagen hatte. »Ha, Bislipur, der ging daneben, was?!«, rief Boïndil gut gelaunt.

Balendilín befahl den Clanabgesandten, nun ihre Vorschläge niederzuschreiben; dann ließ er die Zettel einsammeln. Zuerst sollte Gandogar ihre nächste Aufgabe ziehen, dann war Tungdil an der Reihe.

»Die nächste Aufgabe«, verkündete ihr Schiedsmann, »wird sein, eine Axt aus dem schlechtesten Eisen zu schmieden, das es gibt, und dann damit zehn Hiebe gegen einen Schild zu führen, ohne dass die Axt zerbricht.«

Tungdils Zuversicht wuchs, weil er nicht glaubte, dass ihm Gandogar an der Esse überlegen sein könnte; dafür hatte er zu lange in Lot-Ionans Schmiede am Amboss gestanden. Balendilín beraumte eine Unterbrechung an, in der Feuerstellen und Werkzeuge in die Halle des Rates geschafft wurden, und bald ertönte in dem weitläufigen Raum das klingende Lied von Hammer und Schmiedeblock.

Tungdil kam in Fahrt; er sang im Takt des Hämmerns eine Zwergenweise, die ihm die Zwillinge beigebracht hatten. Prompt fiel Gandogar ihm in die Melodie und schmetterte ein anderes Lied, während das Krachen seines Hammers lauter wurde.

»Sie schmieden nicht nur, jetzt singen sie auch noch um die Wette«, grinste Boëndal und korrigierte den Sitz seines Gürtels. »Wenn das Vraccas nicht gefällt, weiß ich es auch nicht.«

»Tungdil hat die bessere Stimme«, meinte sein Bruder. »Vraccas wird ihm beistehen.«

Die Kontrahenten sangen so lange, bis die Äxte fertig geschmiedet waren. Balendilín ließ sie die Waffenköpfe auf Eisenstangen stecken. Dann nahm jeder die Axt des anderen und stellte sich vor die aufgebauten Schilde. So war sichergestellt, dass sie mit ihrer ganzen verbliebenen Kraft dreinschlugen. Auf ein Zeichen hin ging es los.

»Jetzt wollen wir sehen, wie meisterlich ein König schmiedet«, sagte Tungdil schweißüberströmt und drosch drauflos. Der noch schwach glühende Axtkopf zog im Zwielicht der Halle einen schimmernden, dunkelorangefarbenen Halbkreis, ehe er auf das Hindernis traf. Kleine Fünkchen stoben auf, aber das Eisen hielt.

»Besser als du allemal«, gab Gandogar zurück. Sein Schlag stand dem Tungdils in nichts nach, aber auch diese Axt hielt der Gewalt stand.

Beim siebten Schlag hörte Tungdil Gandogars geschmiedete Waffe leise knacken, und er wusste, dass sie den achten Schlag nicht überstehen würde. »Sieh, was ich mit deinem Werk mache«, rief er ihm zu. Das Eisen zersprang krachend in viele kleine Stücke. Tungdil warf den Stiel keuchend auf den Boden und langte nach dem Wasserschlauch.

Ein Raunen ging durch den Rat der Stämme. Der König spannte seine Muskeln und legte sich mit seinem ganzen Gewicht in den nächsten Hieb. Der Schild dröhnte unter dem Einschlag und gab nach, aber die Schneide hielt.

»Hussa! Da hat jemand seinen Schmiedemeister gefunden«, grölte Ingrimmsch. »Und schon steht es zwei zu eins für Tungdil. Das war der gute Gesang, der hat das Eisen geschmeidig gemacht.«

Gandogar senkte die Axt und legte sie ab, um seinem Gegenspieler zu gratulieren. »Ich hätte es nicht für möglich gehalten, dass man aus diesem schlechten Metalll so eine gute Waffe schmieden könnte. Du bist wahrlich ein Meister, aber den Thron wirst du dennoch nicht besteigen. Die nächste Prüfung entscheide ich für mich.«

»Versuch es.«

Balendilín entfaltete den nächsten Zettel, um ihnen keine Atempause zu gönnen. »Die vierte Aufgabe ist ein Wettlauf. Jeder erhält einen Becher mit flüssigem Gold und wird von hier bis zur ersten Viehwiese, zum großen Tor und wieder zurück laufen. Dabei tragen beide ihre Kettenhemden und einen Rucksack mit vierzig Pfund Gewicht auf dem Rücken. Wer als Erster mit dem Gold zurückkommt und nichts verschüttet hat, ist der Sieger.«

Er schickte jeweils zwei Beobachter zur Wiese und zum Eingang, die kontrollieren sollten, ob die beiden Zwerge mit ihrer heißen Fracht auch tatsächlich dort ankamen.

Das ist eine Prüfung nach meinem Geschmack, dachte Tungdil, während er in die Riemen des Rucksacks schlüpfte. Er war die Hitze der Esse gewohnt, und das sonnengelbe Metall mit sich herumtragen zu dürfen, machte ihn erst recht froh. Gepäck hatte er während seiner langen Wanderung auch geschleppt, dass ihn die paar Pfund auf dem Rücken nicht weiter störten.

Ein Zwerg reichte ihnen die dickwandigen Becher aus gepresstem Sand und mit einer dünnen Eisenwand. Die Hitze, die von dem geschmolzenen Gold ausging, war mörderisch und betrug einige hundert Grad. Falls es überschwappte und über die Hand liefe, würde es sich in die Haut brennen und den Zwergen schwere Verletzungen zufügen.

»Lauft!«, rief Balendilín, und das Rennen begann.

Gandogar würdigte den Becher keines Blickes, sondern schaute auf den Weg vor sich. Tungdil machte es genau umgekehrt, weil er sich so sehr am Anblick des flüssigen Goldes erfreute; seine Füße würden von selbst sicher treten, wie sie es schon bei seiner langen Wanderung taten.

Der König gewann rasch einen Vorsprung und verschwand aus der Halle, doch Tungdil folgte ihm ohne Hast. Balendilín hatte ausdrücklich gesagt, dass derjenige gewänne, der als Erster zurückkäme und nichts verschüttete. Lieber ging er gemütlicher und brachte alles mit zurück, als dass er etwas von dem kostbaren Gut vergoss. Wann immer die Hitze zu groß wurde und seine vom Schmieden abgehärtete Hand zu verbrennen drohte, setzte er den Becher kurz ab.

Er bog eben in das Tal ein, als ihm Gandogar entgegenkam.

»So wirst du mich nicht besiegen, Tungdil«, grüßte er ihn im Vorbeigehen herausfordernd. Es roch nach schmorendem Horn, der König setzte den Becher nicht ab, um seine Finger zu schonen. Noch war nichts übergelaufen.

Tungdil trat hinaus ins Freie, setzte wieder den Becher ab und nahm die Verfolgung auf. *Verflucht, ich habe mich zu sehr darauf verlassen, dass Gandogar einen Fehler begeht*, schimpfte er sich selbst.

Seine Arme begannen allmählich zu zittern. Der Kampf und das Schmieden hatten ihm die Kraft geraubt, doch es half nichts, er musste weiter. Er erreichte das Tor, aber Gandogar lief bereits schwitzend und fluchend zurück. Er hatte noch immer nichts verschüttet, sondern grinste siegessicher, als er Tungdil sah.

»Ich hole mir den Ausgleich. Die letzte Prüfung wird entscheiden«, versprach er.

Damit hatte er den Ehrgeiz und den Trotz seines Widersachers geweckt. *Das werden wir sehen*, dachte Tungdil und beeilte sich, um Gandogar so schnell wie möglich einzuholen.

Da wischte ihm eine kleine Gestalt um die Füße und brachte ihn zum Stolpern. »Was, bei Vraccas ...«

Das flüssige Gold geriet in Aufruhr, wogte gefährlich vor und zurück, aber Tungdil dachte nicht im Traum daran, seine Fracht fallen zu lassen. Als eine kleine Welle über den Rand schwappte und ihm über den Handrücken rann, biss er die Zähne zusammen und gab keinen Laut von sich, auch wenn die Schmerzen grausam waren. Wütend schaute er sich im Gang um und suchte, wer ihm da ein Bein gestellt hatte, entdeckte aber niemanden.

Durch den Vorfall erreichte er die Halle des Rates als Zweiter, zudem hatte er von dem Gold eingebüßt und somit ohnehin verloren. Gandogar bezahlte seinen Sieg mit riesigen Brandblasen an beiden Händen, die von einer Zwergin mit Eiswasser behandelt wurden.

Dieses Mal war es an Tungdil, seinem Rivalen zu gratulieren, was er nur mit Worten tat, um die Hände des Königs zu schonen. Dann steckte auch er seine geschundene Hand in das Eiswasser. »Du hast dein Ziel, wie du es mir unterwegs versprochen hast, erreicht.«

»Ich werde auch meine zweite Ankündigung wahr machen«, entgegnete Gandogar und wandte sich ab.

Tungdil begutachtete seine Verletzung. Das erstarrte Gold wollte sich nicht mehr von Haut lösen und haftete als münzgroßer Fleck darauf.

Boïndil bemerkte, dass die Rechte Tungdils im Schein der Kohlebecken funkelte. »Sieh nur, Bruderherz, was er gemacht hat!«

»Damit haben wir endlich einen Ehrennamen für den Gelehrten«, scherzte Boëndal. »Tungdil Goldhand klingt nicht schlecht, wie ich finde. Wir werden es ihm später vorschlagen.«

»Es ist besser als Bolofar«, nickte Ingrimmsch.

»Hört her, Clans und Stämme! Es steht unentschieden«, verkündete Balendilín. »Damit wird der letzte Wettstreit von entscheidender Bedeutung, sowohl für die Thronanwärter als auch für die Zukunft aller Stämme.« Er wies die beiden an, ihre eigenen Vorschläge zu Papier zu bringen.

Worin ist er nur zu schlagen? Tungdil zögerte und dachte nach, dann grinste er. *Natürlich!* Ihm war eine ganz besondere Aufgabe eingefallen.

Sie falteten die Blätter exakt gleich und warfen sie in einen Ledersack, den ihnen der Berater des Großkönigs offen hinhielt. Dann schnürte Balendilín den Sack locker zu, schüttelte ihn, damit sich die Zettel vermischten, und schritt die Reihen der Abgesandten entlang. Vor Bislipur blieb er stehen.

»Damit es nicht heißt, ich hätte Schuld, wenn eine Aufgabe gezogen wird, die deinen Schützling benachteiligt, möchte ich, dass du es tust, Freund Bislipur.« Balendilín hielt ihm den Beutel hin.

Der grobschlächtige Zwerg riss ihm den Sack mehr aus der Hand, als dass er ihn ergriff, und löste den Riemen. Seine gnadenlosen Augen hielt er fest auf die seines Gegenübers gerichtet.

Ohne hinzuschauen, langte er hinein, rührte einmal dahin herum und zog die Hand wieder heraus. Während er den Arm hob, rutschte ihm der Zettel aus der Hand, und er musste ein zweites Mal zugreifen. Wortlos hielt er Balendilín das Stück Papier hin. Tungdil konnte nicht erkennen, ob es sich dabei um einen seiner Vorschläge handelte oder nicht.

»Nein. Du hast gezogen, du liest vor«, lehnte der Unparteiische ab.

Erst jetzt senkte Bislipur den Blick; er faltete das Papier auseinander, die Augen huschten über die Zeilen. »Nein, das war nicht der Zettel, den ich als Erstes zog«, meinte er dann leichthin und wollte ein weiteres Mal in den Beutel langen.

»Halte dich an die Regeln.« Balendilín nahm ihm den Ledersack weg. »Du hast gewählt, also verkünde die fünfte Aufgabe.«

Bislipur presste die Lippen aufeinander, als könnte er damit verhindern, dass die Worte an die Ohren der Clans drangen. Er holte Luft; es kostete ihn Überwindung, die Tungdil hoffen ließ.

»Eine Expedition. Die nächste Prüfung besteht darin, eine Expedition zu führen, die mit der Feuerklinge aus dem Grauen Gebirge zurückkehrt«, gab er wütend kund, »und mit der Waffe den Kampf gegen Nôd'onn aufzunehmen.«

Gundrabur entfuhr ein erleichtertes Stöhnen. Balendilín senkte die Lider und erlaubte sich ein schwaches Lächeln.

Ausgerechnet Bislipur wollte die Machtbestrebungen seines Schützlings bremsen. In diesem Augenblick wurde deutlich, dass die meisten die Schläue des zweiten Thronanwärters unterschätzt hatten. Die Versammlung schwieg, die Überraschung lähmte die Zungen der Clans.

Bevor jemand das Wort ergriff oder Protest laut wurde, trat Tungdil nach vorn. »Ich nehme die Prüfung an, da sie von mir niedergeschrieben wurde«, rief er und blickte abwartend zu Gandogar.

Der König bebte. »Ich nehme die Aufgabe ebenfalls an«, knurrte er.

»Halt! Das Los ist ungültig«, versuchte Bislipur die langwierige Prüfung abzubiegen, die den Krieg gegen die Elben zunichte machen würde. »Dies war nicht der erste Zettel, den ich gezogen habe, ihr habt es gesehen!«

Balendilín blieb unerbittlich. »Da weder du noch ich wissen, welches das erste Papier war, das in den Sack zurückfiel, wird an der

Entscheidung nichts mehr geändert. Die beiden Bewerber haben die Aufgabe angenommen, und somit wird der Ausgang der Prüfung entscheiden, wer Gundrabur nachfolgt.«

»Es wird viele Umläufe benötigen, bis wir Gewissheit erlangen«, begehrte Bislipur weiterhin gegen die Entscheidung auf.

»Nicht mit den Tunneln. Ich beeile mich«, versprach Tungdil höflich und erntete wieder Lacher. »Und nun entschuldigt mich, ich muss mir Gedanken über meine Reisegefährten machen, um so bald wie möglich aufzubrechen«, verabschiedete er sich. Der Zwerg winkte Boïndil und Boëndal zu, damit sie ihn begleiteten. »Ich würde mich sehr freuen, wenn ich auf euer Können vertrauen dürfte«, warb er sie an. »Ihr habt mich in einem Stück in die Festung gebracht. Nun geleitet mich heil in das Graue Gebirge und wieder zurück.«

»Ho, hörst du, Bruder? Der Gelehrte hat wieder gesprochen.« Ingrimmsch lachte polternd. »Es wird uns eine Ehre sein«, stimmte er dann zu. »Aber nur, wenn du unterwegs nicht so geschwollen daherredest. Ich muss noch einen Makel ausmerzen, der meiner Ehre seit der Oase anhaftet«, fügte er leise und weniger ausgelassen hinzu.

Tungdil legte ihm und seinem Bruder die Hände auf die Schultern. »Keine Sorge, Boïndil. Ich bin mir sicher, dass du mich unterwegs mehr als einmal retten musst.«

Der Zwerg grinste, doch sein Bruder nickte nur. »Übrigens, du hast dir heute einen Namen gegeben.« Boëndal deutete auf die schimmernde Schicht, die sich mit der Haut verbunden hatte. »Tungdil Goldhand. Was hältst du davon?«

»Goldhand«, wiederholte Tungdil und betrachtete seine Rechte. »Ja, ich denke, das gefällt mir.« Tungdil bemühte sich, trotz der Schmerzen zu lächeln. *Goldhand. Ein echter Zwergenname.*

*

Der Rat hatte sich aufgelöst, und auch Bislipur und Gandogar waren hinausgestürmt, um eilig Vorbereitungen zu treffen. Letztlich blieben Balendilín und der Großkönig allein in der weitläufigen Halle zurück.

»Hast du ihm das geraten?«, fragte Gundrabur und griff nach der Tabakspfeife.

Sein Berater lachte leise. »Nein, gewiss nicht. So ein wahnwitziger

Einfall wäre mir nicht einmal im schlimmsten Albtraum eingefallen. Dieser Zwerg muss uns von Vraccas selbst geschickt worden sein.« Er stieg die Stufen zum Thron hinauf und trat an die Seite des obersten Herrschers. »Tungdil hat wirklich das Zeug zu einem Großkönig. Sein Einfallsreichtum ist pures Gold wert.«

»Seine Entscheidung war weise«, stimmte ihm der betagte Zwerg zu. »Egal, wer von beiden zurückkehrt, unser Volk und das Geborgene Land werden die Gewinner sein. Und wir beide sorgen dafür, dass sich in der Zwischenzeit nichts Unerfreuliches in unserem Reich ereignet, alter Freund.«

»Du weißt, dass du deine Lebensesse noch länger am Lodern halten musst«, meinte Balendilín besogt.

Ächzend stemmte sich Gundrabur aus dem Thron hoch und klemmte sich die Pfeife zwischen die Zähne. »Vraccas wird ein Einsehen haben und seinen Hammer etwas später gegen mich schwingen«, gab er sich zuversichtlich und zog sich zurück.

Der Berater schaute dem Großkönig hinterher. Dann nahm er zu Füßen des Herrschersessels Platz, um den Inhalt des Lederbeutels durchzusehen und den Zettel zu suchen, den Bislipur zuerst herausgezogen hatte. Balendilín wusste ganz genau, welches Papier es gewesen war, weil es an der oberen Seite einen kleinen Knick aufwies. Doch als er das Verhalten Bislipurs beim Anblick des zweiten Zettels bemerkt hatte, hatte er lieber geschwiegen.

Zu Recht, wie er beim Lesen der eigentlichen Aufgabe feststellte. Hätten sich dessen Finger nicht aus Versehen geöffnet, müsste Tungdil im Edelsteinschleifen gegen Gandogar antreten, anstatt auf Reisen zu gehen. *Darin wäre er sicherlich gescheitert, und der Thron des Großkönigs wäre an Gandogar gegangen.*

Als er die anderen Papiere auseinander faltete, musste er laut lachen. Gandogar hatte das Diamantschleifen viermal als Prüfung notiert, und genauso oft hatte Tungdil die Expedition ins Graue Gebirge aufgeschrieben.

Ein Hoch auf Bislipurs zitternde Hände!, lächelte er erleichtert.

XI

**Das Geborgene Land, das Zwergenreich des Zweiten,
Beroïn, im Herbst des 6234sten Sonnenzyklus**

Im Zuge seiner Reisevorbereitungen bat Tungdil den Berater des Großkönigs, ihm den besten Steinmetz aus den Clans der Zweiten auszusuchen. Balendilín versprach, eine Vorauswahl zu treffen und ihm die Favoriten vorbeizuschicken, aber die letztendliche Entscheidung wollte er ihm überlassen. Nicht lange darauf trat ein einäugiger Zwerg in seine Kammer.

Erstaunt hob Tungdil den Kopf. »Balendilín hat streng ausgewählt, wie ich sehe«, begrüßte er den Steinmetz. »So streng, dass etwa nur einer übrig blieb?«

»Ich bin Bavragor Hammerfaust aus dem Clan der Hammerfäuste und seit mehr als zweihundert Sonnenzyklen Meister des Steins«, stellte der Zwerg sich vor. Seine Hände waren so breit wie Tatzen und erinnerten den Thronanwärter an Balendilíns. Sein schwarzer Bart war am Kinn und an den Seiten kunstvoll ausrasiert, die schwarzen Haare lagen offen auf den Schultern. »Keiner reicht an mein Können heran. Mein rechtes Auge, mit dem ich jeden noch so geringen Makel im Fels und an der Arbeit entdecke, sieht schärfer als zwei Paar zusammen.«

Tungdil erklärte ihm, dass von ihm erwartet wurde, die granitenen Widerhaken für eine Axt zu fertigen. Weil die Waffe aber nicht hier, sondern im Grauen Gebirge entstand, könnte er die Teile erst dort anpassen. »Das heißt, du musst mich ins Tote Land begleiten. Was wir unterwegs alles erleben werden, das wissen nur die Götter«, beendete Tungdil seine knappe Einweisung in die Expedition. Er blickte dem Steinmetz tief ins Auge und bemerkte, dass das Braun am Rand in dunkles Rot überging. *Seltsam.*

»Mir soll es recht sein. Ich bin an deiner Seite«, erwiderte Hammerfaust und reckte ihm die Rechte entgegen. »Deine Hand und dein Wort drauf, dass ich dich aus dem Stamm der Zweiten begleite und kein anderer.« Der Thronanwärter schlug ein, Bavragor grinste, und Tungdil meinte, eine gewisse Erleichterung zu erkennen. »Wann geht's los?«

»Übermorgen, sobald ich mir einen Diamantschleifer aus den Clans der Vierten ausgesucht habe«, antwortete er.

»Dann suche ich meine besten Werkzeuge aus, damit die Geburt der Feuerklinge gelingt«, erwiderte Bavragor und verschwand zur Tür hinaus.

Tungdil fand den kurzen Auftritt seines angeheuerten Steinmetzen zwar ein wenig merkwürdig, verschwendete jedoch keinen weiteren Gedanken mehr darauf, weil er sich auf das Gespräch mit Gandogar vorbereiten musste.

Da sich wohl keiner der Vierten freiwillig auf seine Seite schlüge, wollte er sich an ihn wenden, damit er einen aus den Reihen seiner Clans abstellte. Viel konnte dabei nicht schief gehen, denn die Abordnung bestand nur aus den Besten, so wie es Brauch und Sitte war.

Tungdils Stolz rebellierte zwar gegen den Bittgang, der ihm bevorstand, doch er rief sich entschlossen ins Gedächtnis, dass es um das Geborgene Land und nicht um seine Eitelkeit ging.

Als er auf den Felsengang trat, kamen ihm vier Zwerge entgegen, die ihn offensichtlich suchten. Sie stellten sich der Reihe nach vor. »Balendilín sendet uns, damit du einen von uns auswählst«, erklärte ihm einer.

Tungdil schaute verwundert in die bärtigen Gesichter, die ihn erwartungsvoll ansahen. »Meine Wahl ist bereits getroffen«, erklärte er ihnen und bedauerte, so voreilig gehandelt zu haben. Bavragors Verhalten hatte ihn annehmen lassen, es käme nur einer für die Aufgabe infrage. »Ich habe Bavragor Hammerfaust ausgesucht.«

»Hammerfaust? Den singenden Säufer? Der die Steine mit seiner Stimme und seiner Bierfahne zum Erweichen bringt, den hast du genommen?«, platzte es voller Entsetzen aus einem Zwerg heraus.

»Er war schneller als ihr.«

»Er kam nicht einmal in die engere Wahl des Beraters! Du musst ihn entlassen! Er versucht schon seit Zyklen, sein Leben durchs Saufen zu verkürzen«, beschwor er Tungdil. »Seine Finger sind nur ruhig, wenn er vier Humpen intus hat.«

»Es geht nicht! Ich gab ihm mein Wort und meine Hand darauf.« Tungdil wurde rot; sein Zorn wuchs, da Bavragor ihn offensichtlich hereingelegt hatte. *Ich werde ihn fragen, ob er mich von meinen Eid entbindet.*

Sie erklärten ihm, in welcher Kneipe der Betrüger zu finden war, und Tungdil stampfte durch die Gänge, um ihm die Meinung zu sagen.

Er fand die Kneipe schnell. Sie war im Stil eines Tonnengewölbes angelegt; an den hohen Mittelpfeilern hingen Lampen und von der Decke baumelten Laternen, deren gelbe Scheiben goldenes Licht verbreiteten. Am hinteren Ende stand der steinerne Schanktisch mit vier Zwerginnen dahinter, die Bier aus riesigen, dunklen Fässern zapften und es den wartenden Gästen brachten. Zwei Krummhornspieler, ein Steinflötist und ein Trommler sorgten für die Musik – oder besser gesagt, sie sorgten für die Begleitung des Chores.

Hammerfaust hockte mit anderen staubbedeckten Zwergen zusammen, die ihr Tagwerk im Steinbruch beendet hatten, und feierte seine Berufung in die Expedition zum Grauen Gebirge, wie es sich für einen Steinmetz gehörte: Er schwenkte den Krug und schmetterte mit den anderen ein Lied, dass der Fels erbebte. Weißer Schaum quoll über den Rand und troff auf die braune Lederhose.

»Bavragor!«, rief Tungdil ihn in scharfem Ton zu sich.

»Da ist der künftige Großkönig!«, begrüßte der Zwerg ihn und hob den Humpen. »Es lebe Tungdil Goldhand!« Seine Trinkbrüder taten es ihm nach; graue Staubwolken stiegen in die Höhe, wenn sie sich zu schnell bewegten.

Tungdils Wut kochte hoch. Mit großen Schritten durchquerte er die Wirtschaft, riss dem Steinmetzen den Becher aus der Hand und stellte ihn hart auf den Tisch. »Du wirst mich aus meinem Schwur entlassen, weil du mich betrogen hast! Balendilín hat dich gar nicht zu mir geschickt.«

»Vorsicht mit dem Bier, es wäre schade drum«, erwiderte Hammerfaust unschuldig lächelnd. »Habe ich behauptet, dass mich jemand zu dir geschickt hätte?«

Verdutzt stockte Tungdil. »Nein ... aber ...«

Bavragor nahm den Becher in die Hand. »War es eine Voraussetzung?«

»Nein ... zumindest ...«

»Ich sage dir, wie es war. Ich bin in deine Kammer gekommen und habe dich gefragt, ob du mich aufnimmst. Du hast mir dein Wort und deine Hand drauf gegeben. So einfach ging es.« Er nahm einen langen Zug. »Sei beruhigt, denn du hast den besten Steinbildner bei dir, den du im Reich der Zweiten findest, das ist nicht gelogen. Du hast meine Fertigkeit beim Einzug in die Festung bewundert, wie ich annehme. Inschriften, Statuen, überall habe ich mitgewirkt.« Er hob die Rechte. »In dieser Hand lag die deine, und sie war gut aufgehoben. Geh und suche dir einen Gemmenschneider bei den Vierten, damit wir aufbrechen können.« Er wandte sich seinen Freunden zu und stimmte das nächste Lied an.

Ausgetrickst! Wutschnaubend machte sich Tungdil von dannen. Er ärgerte sich und wusste nicht einmal genau, worüber. Womöglich hatte er den besten Steinmetzen gefunden, aber die unverschämte Art und Weise, wie Bavragor die Wahl für sich entschieden hatte, brachte ihn auf.

Auf halbem Weg zu Gandogar musste er plötzlich lachen. Wieder einmal zeigte sich, wie sehr das Sprichwort von der Frechheit, die siegte, sich bewahrheitete. Vraccas hängte ihm, dem Hochstapler, einen Säufer ans Bein, der sich durch seine Unverfrorenheit die Teilnahme an der Expedition sicherte. *Ich muss nur dafür sorgen, dass wir im Grauen Gebirge genügend Bier und Branntwein im Gepäck haben, damit seine Finger ruhig sind. Außerdem werde ich mich erkundigen, ob ich wirklich den Besten habe. Balendilín wird es wissen.*

Schließlich stand Tungdil vor der Halle, in der er sich mit dem König der Vierten treffen wollte, eines der beiden Stücke Sigurdazienholz bei sich tragend.

Gandogar saß zusammen mit fünfen seiner Begleiter am Tisch und wartete. Ihre Kettenhemden und Rüstungen wirkten deutlich protziger als die der Zweiten; sie verwendeten mehr Edelsteine und Diamantsplitter, um sie zu schmücken.

»Es ist nicht meine Art, andere um etwas betteln zu lassen. Du kannst dir die Worte sparen, Tungdil. Ich weiß, was du möchtest.« Der Zwerg deutete auf seine Gefolgsleute, die daraufhin aufstanden. »Such dir einen aus. Sie sind alle Meister ihres Fachs und schleifen, schneiden und facettieren Gemmen, Edelsteine und Diamanten wie sonst niemand.«

Tungdil schritt die Reihe ab, betrachtete die Mienen der Zwerge genau und versuchte, seinem inneren Gefühl und der Eingebung zu folgen.

Ausgerechnet vor dem zierlichsten der ohnehin nicht breit gebauten Handwerker blieb er stehen. Eine Ahnung sagte ihm, dass dieser Zwerg genau der Richtige sei. Sein lockiger Bart hing voller Diamantstaub, der sich beim Schleifen der Edelsteine in den Haaren gesammelt hatte. Es sah aus, als hätte er tausende von kleinen Sternen in seinem Bart gefangen. Tungdil blieb stehen.

»Sein Name ist Goïmgar Schimmerbart«, stellte ihn Gandogar vor. »Eine gute Wahl«, fügte er hinzu.

Die verunsicherte Miene des Edelsteinschleifers entgleiste vollends und spiegelte Angst. Er wandte sich zu seinem Herrscher um.

»Nein, Gandogar, König ... Verlange das nicht von mir«, bat er inständig. »Du weißt, dass ...«

»Ich habe versprochen, dass er sich jeden von euch auswählen darf! Soll ich deinetwegen mein Wort brechen?!«, entgegnete Gandogar mit schneidender Stimme. »Du wirst gehen, Goïmgar!«

»König ...«, versuchte es Schimmerbart ein letztes Mal schwach.

»Mach uns keine Schande. Du wirst den Anweisungen Tungdils gehorchen, und solltet ihr vor uns an der Esse angelangen, wirst du die Edelsteine so gekonnt schleifen, als ob du es für mich tätest«, ordnete er harsch an. »Geh und kehre gesund wieder.«

Gandogar stand auf und bedeutete den vier Zwergen, ihn zu begleiten. In der Tür hielt er inne und blickte seinen Gegenspieler an.

»Ich wünsche dir nichts Schlechtes, Tungdil Goldhand, aber auch nichts Gutes. Der Thron steht mir zu, und Vraccas wird den Clans durch meinen Sieg zeigen, dass du ein Schwindler bist. Am Ende werden alle mich wählen.«

»Erlange den Titel, König Gandogar«, antwortete Tungdil freundlich und legte ihm das Sigurdazienholz hin, »aber bewahre anschließend das Geborgene Land und damit unser Volk vor Nôd'onn.«

Er drehte sich zur Seite und schritt zur Tür hinaus, ohne eine Entgegnung abzuwarten. Der schmächtige Edelsteinschleifer folgte ihm niedergeschlagen.

*

Die Zwillinge, Bavragor und Schimmerbart saßen in der Mittelhalle der Bibliothek, einem gigantischen Kreuzrippengewölbe mit zahlreichen Lampen und Spiegeln, die genügend Licht zum Lesen und Arbeiten spendeten. Um sie herum lagerten die Schriftrollen und das gesammelte Wissen aus vielen Jahrhunderten. Umgeben von der Vergangenheit beratschlagten sie, wie sie die Zukunft retten konnten.

Tungdil entrollte eine Karte, auf der das Geborgene Land in Gänze abgebildet war. »Wir schauen uns den Eingang zum Tunnel an«, erklärte er. »Mit Glück und dem Beistand von Vraccas gelangen wir durch die unterirdischen Gänge rasch nach Westen ...«

»Süden«, verbesserte der kräftige Bavragor, beugte sich nach vorn und deutete auf das Graue Gebirge. »Wir müssen nach Süden.«

»Später. Zuerst gehen wir nach Westen, um den Stamm der Ersten aufzusuchen«, erläuterte Tungdil den Umweg. »Sie haben immer die besten Schmiede unseres Volkes gestellt, und daher werden nur sie in der Lage sein, die Stahlarbeiten der Feuerklinge zu bewältigen.«

»Das denkst du«, erwiderte Bavragor und schaute ihn mit seinem verbliebenen rechten Auge forschend an. »Wer sagt uns, dass es sie noch gibt? Vielleicht sind sie schon lange von Orks ausgerottet worden?« Er griff nach seinem Humpen Bier. »Wir sollten uns hier einen Schmied holen und gleich ins Graue Gebirge ziehen.«

»Ho! Hört, wir haben einen neuen Anführer«, rief Boëndal laut. »Willst du vielleicht auch noch den Thron für dich beanspruchen, Freund Bavragor?«

»Ein guter Vorschlag. Dann könnte ich verbieten, dass Verrückte wie dein Bruder frei herumlaufen!«, konterte der Steinmetz eisig.

Boïndil kniff die Lider zusammen, die Hand legte sich wie von selbst an den Griff seines Beiles. »Vorsicht, Einauge, sonst musst du dich bald Keinauge nennen.«

Boëndal wandte sich zu Tungdil. »Sie mochten sich noch nie, und seit der Sache mit Hammerfausts Schwester ist es nicht besser geworden«, raunte er ihm zu.

Tungdil seufzte, er ahnte, dass er unterwegs mit vielen Schwierigkeiten zu kämpfen haben würde. »Was war mit der Schwester?«

»Ein anderes Mal, wenn die beiden nicht dabei sind«, wehrte Boëndal ab. »Sonst kommt es noch zu einer Schlägerei. Oder Schlimmerem.«

»Gibt es einen Plan, wie wir an das Drachenfeuer gelangen?«, wollte Goïmgar wissen, der nur etwa halb so breit wie die Zwillinge und Hammerfaust war. »Ich sorge mich schon ein wenig. Orks, das Tote Land, Albae, Drachen ...« Er schluckte nervös. »Das sind ziemlich viele ... Herausforderungen.«

»Für mich klingt es nach einer guten Zeit«, röhrte Ingrimmsch heiter und schlug dem Vierten auf die Schulter, dass dieser den Mund verzog. »Schweinchen schlachten bereitet jedem Zwerg Freude, oder etwa nicht?!«

Der Schein der Kerzen zeigte, weshalb man Goïmgar seinen Beinamen gegeben hatte; in seinem Bart funkelte es. »Für dich mag das sein, aber ich bevorzuge meine Werkstatt.«

Boïndil beäugte ihn kritisch. »Sag mal, kannst du überhaupt eine Axt führen? Du klingst beinahe wie ein heulendes Langweib und nicht wie ein Kind des Schmieds.« Er sprang auf die Füße und warf ihm ein Beil zu. »Los! Zeig mir, dass du kämpfen kannst!«

Die Waffe fiel scheppernd vor Schimmerbart auf die Steinplatte. Der Vierte rührte sie nicht an, stattdessen pochte er gegen den Griff seines Kurzschwerts. »Ich bevorzuge das und meinen Schild«, antwortete er verschnupft, weil ihn der Krieger mit seinen Spottreden beleidigt hatte.

»Ein Kurzschwert? Ich dachte, das ist dein Brotmesser! Bist du ein Gnom, weil du mit der kleinen Klinge kämpfst?«, lachte der Zwilling ungläubig auf. »Bei Vraccas! Dich muss der Gott aus besonders weichem Stein gemeißelt haben.« Kopfschüttelnd setzte er sich wieder, Bavragor gluckste in seinen Humpen und leerte ihn, um anschließend laut zu rülpsen. Wenn es gegen Goïmgar ging, waren sie sich anscheinend einig.

Boëndal richtete seine Aufmerksamkeit wieder auf die Karte. »Nach Borengar also. Wenigstens kommt uns das Tote Land auf dieser Etappe nicht in die Quere. Ich bin gespannt, was es mit den Tunneln auf sich hat und ob wir sie überhaupt befahren können.«

»Wir werden es wissen, wenn eine Lore aus der Schiene springt und wir in den sicheren Tod stürzen«, sagte Goïmgar verzagt. »Schon seit vielen Umläufen war niemand mehr in den Tunneln. Es grenzt an ein Wunder, wenn die ...«

»Ich weiß jetzt, warum Gandogar uns diesen Weichsteinzwerg überließ«, meinte Ingrimmsch abfällig. »So viel Gejammer habe ich bei keiner Trauerfeier vernommen.«

»Du hättest meine Mutter hören sollen, als ...«, hielt Bavragor augenblicklich dagegen.

»Ruhe!«, rief Tungdil laut. Ernste Zweifel keimten bei ihm auf, ob er diese Gruppe von Widersachern zusammenhalten konnte. *Vraccas, gib mir Kraft.* »Bin ich denn nur von Zwergenkindern umgeben?! Man könnte meinen, ich wäre der Älteste von uns«, wies er sie zurecht. »Wir treten an, um das Geborgene Land zu retten. Das ist schließlich kein Ausflug, um eine Goldmine oder einen Salzstollen zu betrachten.«

»Ich dachte, wir setzen unser Leben aufs Spiel, um dir auf den Thron zu helfen«, warf Goïmgar spitz ein. Bavragor drehte den Humpen bedauernd um, fing die letzten Tropfen mit der Hand auf und leckte sie aus der Kuhle.

Tungdil lächelte den Diamantschleifer an. »Nein, Goïmgar. Du hast es falsch verstanden. Ich will die Waffe gegen Nôd'onn schmieden, damit wir überhaupt eine Gelegenheit haben, etwas gegen das Böse zu unternehmen. Ohne Feuerklinge wird niemand den Magus aufhalten.« Er verschwieg absichtlich, dass er einen Abschnitt der Schrift nicht übersetzen konnte.

»Und auf diese Weise wirst du die Clans der Ersten überzeugen wollen, dass ihr bester Schmied uns ins Graue Gebirge begleiten soll?«, fragte der Steinmetz. »Vermutlich haben sie nicht mal etwas von dem Magus und dem Toten Land gehört.«

Tungdils Augen wanderten zwischen Bavragor und Goïmgar hin und her. »Warum macht ihr Schwierigkeiten, obwohl wir noch nicht einmal aufgebrochen sind?«, fragte er sie offen.

Bavragor rieb sich den Bart. »An mir soll es nicht liegen. Aber ich sage dir, wir brauchen mehr als den Segen von Vraccas, um mit der Axt in die Festung zurückzukehren.«

»Dann geh davon aus, dass wir mehr als das bekommen«, erwiderte Tungdil. »Ich habe auf dem Weg zur Versammlung so viele Abenteuer erlebt und überlebt, dass ich nicht einen Augenblick an unserer Sache zweifle. Für unser Volk und das Geborgene Land, Bavragor, nicht für mich.« *Aber für Lot-Ionan, Frala, Sunja und Ikana*, fügte er in Gedanken hinzu. »Und Gold finden wir sicherlich auch noch.«

»Darauf würde ich gern anstoßen.« Bavragor erhob sich. »Aber zuerst muss ich Bier holen.«

Tungdil wandte sich Schimmerbart zu. »Glaubst du mir, was ich sage, Goïmgar?«

»Ja. Für das Land«, erhielt er lahm zur Antwort, was ihn keinesfalls überzeugte. Goïmgar wich seinen Blicken aus und schaute stattdessen auf die Regale, die bis an die Zimmerdecke reichten.

Bavragor kehrte bald darauf mit einem gewaltigen Humpen zurück, den er unterwegs schon wieder zur Hälfte geleert hatte. »Ich trinke auf die Hoffnungen unseres neuen Königs«, sprach er laut und ließ offen, ob er nun Tungdil oder Gandogar meinte. »Mögen sie in Erfüllung gehen!« Das Bier rann seine Kehle hinab.

»Er lässt es einfach laufen«, staunte Ingrimmsch. »Er muss einen See in sich haben, in den das Zeug hineinläuft.«

Hammerfaust wischte den Schaum aus seinem schwarzen Bart. »Der Becher ist schon wieder leer«, wollte er sich entschuldigen.

»Bleib«, befahl ihm Tungdil freundlich, aber bestimmt. »Du kannst trinken, wenn wir unser Vorhaben besprochen haben.« Missmutig hockte Bavragor sich nieder; der leere Humpen landete achtlos auf dem Boden des Bücherhorts. »Wir gehen zuerst nach Süden, ins Rote Gebirge, um die Ersten von der drohenden Gefahr zu unterrichten, falls sie noch nicht davon gehört haben. Wir überzeugen sie, ihren besten Schmied mit uns zu schicken, und reisen durch die Tunnel ins Graue Gebirge.« Er nahm eine zweite Karte und breitete sie vor den vier Zwergen aus. »Das ist eine alte Karte aus dem 5329sten Sonnenzyklus des Fünften Reichs, die uns die Hauptwege aufzeigt.«

»Da ist ja der Flammensee«, meinte Boëndal, der sich intensiv mit den vergilbten Skizzen beschäftigte. »Darin finden wir sicherlich den Drachen, von dem die alten Schriften sprachen.«

»Und dann?«, kam es verzagt aus dem Mund Goïmgars.

Tungdil lehnte sich auf seinem Stuhl zurück. »Ich habe nicht vor, gegen den Drachen anzutreten. Es reicht, wenn wir an sein Feuer gelangen. Boïndil wird ihn so lange ärgern und auf seinem Schwanz herumtanzen, bis er nach uns speit. Dann sind wir zur Stelle und fangen die Flammen mithilfe von Fackeln ein, um die Esse zu entzünden.«

»Muss ich ihn nur ärgern, oder darf ich ihn auch erledigen?«, erkundigte sich Ingrimmsch voller Vorfreude, was ihm einen schrägen Blick Goïmgars einbrachte.

»Wenn du ihn wirklich umbringen willst, lass ihn aber zuerst Feuer spucken«, gab ihm sein Bruder die Anweisung. »Er nützt uns nichts mehr, wenn er alle viere von sich streckt und nicht einmal mehr Rauch aus seinen Nüstern steigt.«

»Die Esse befindet sich in der Nähe des Eingangs ihrer Festung.« Tungdil bedachte Boïndil mit einem besonders eindringlichen Blick. »Ich weiß, du willst Orks töten, aber dort sind sie so zahlreich, dass du und damit wir alle nicht als Sieger aus dem Gefecht hervorgehen können. Sei vernünftig.«

»Von mir aus«, grummelte er, verschränkte die Arme vor der Brust und gab sich ein wenig bockig. »Lassen wir den Schweineschnauzen eben ihr stinkendes Leben, bis wir ihnen wieder auf dem Schlachtfeld begegnen.« Er schaute in die Runde. »Damit eines klar ist: Wenn wir unterwegs auf eine Rotte von Orks oder anderen Bestien stoßen, gehören die ersten zehn mir. Um den Rest dürft ihr euch prügeln.«

»Mit Sicherheit nicht«, entfuhr es Goïmgar so leise, dass nur Tungdil es hören konnte.

»Nur für den Fall, dass wir die Tunnel verlassen müssen: War einer von euch beiden schon für eine längere Zeit an der Oberfläche und unter Menschen?«, wollte Tungdil von seinen Mitstreitern wissen, die sogleich verneinten. »Gut. Ich werde euch unterwegs noch ein paar Hinweise geben, auf was man im Gespräch und bei der Begegnung mit den Langen achten muss. Und nun ruht euch aus, morgen geht es los.«

Bavragor und Goïmgar erhoben sich, um sich in ihre Unterkünfte zu begeben.

»Und was machen wir?«, fragte Boëndal.

»Wir gehen auf Erkundigung.« Tungdil und die Zwillinge nahmen die Stufen, die sie tiefer in das Gebirge hinabführten. Sie begaben sich auf die Suche nach dem Eingang zu den alten Röhren, mit deren Hilfe die Kinder des Schmieds immense Strecken in wenigen Tagen zurücklegen konnten.

Boïndil und Boëndal staunten nicht schlecht, als sie unter der Führung Tungdils, der eine Abschrift der Karte mit sich trug, in Gebiete ihrer Heimat vorstießen, von denen sie bislang nichts gewusst hatten. Der Bereich des Blauen Gebirges war wegen der Schwefelgase seit hunderten von Zyklen nicht mehr betreten worden.

Die Luft roch modrig, abgestandener als in den Bereichen, in denen die Zwerge lebten, aber nicht nach Schwefel. Gelegentlich stießen sie auf Skelette von Schafen und Ziegen, die sich bei der Rückkehr in den Stall verlaufen hatten und qualvoll verdurstet waren.

Stunde um Stunde erklommen sie die Stufen. Auf breiten Steinbrücken ging es über tiefe Schluchten hinweg, auf deren Grund es geheimnisvoll dunkelgelb leuchtete; sie durchquerten pfeilergestützte Säle, die in ihren Ausdehnungen der Versammlungshalle in nichts nachstanden, und kamen an gewaltigen Wasserfällen vorbei. Sie wagten es nicht, sich zu unterhalten, sondern lauschten andächtig der Stille, die lediglich durch ihre Schritte und das Tosen der Kaskaden durchbrochen wurde. Bald marschierten sie nur noch bergauf.

»Diese Gänge waren all die Zyklen über vorhanden«, wunderte sich Ingrimmsch schließlich laut.

»So ist das mit Dingen, die nicht mehr benutzt werden«, sagte sein Bruder. »Man vergisst sie. Vermutlich sind die giftigen Dämpfe schon längst abgezogen.«

»Eben«, stimmte Tungdil ihm zu und wies nach vorn auf ein vier Schritt breites und drei Schritt hohes Portal, in das zwergische Runen in Gold eingegossen waren. »Ich glaube, wir sind da.«

Im Schein ihrer Öllampen befreiten sie die Schriftzeichen so gut es ging vom Schmutz der Jahrhunderte. Es war ein alter Dialekt, den die Erbauer des Tores gebraucht hatten, und Tungdil benötigte eine Weile, bis er den Sinn der Worte erfasste und sie vorlesen konnte:

>»Reise, um zu Freunden zu gelangen,
>reise, um Feinde zu vernichten,
>reise mit Vraccas' Segen
>und kehre sicher zurück.«

Sobald Tungdil verstummt war, schoben sich die Flügel knarrend auseinander und gaben den Weg für die drei Zwerge frei.

Sie gelangten in einen gigantischen Raum, in dem Tungdil und seine Begleiter einen Wald aus den unterschiedlichsten, mit Grünspan, Rost oder Patina bedeckten Zahnkränzen entdeckten, die horizontal und vertikal ineinander griffen; weitere Gestänge verbanden die Mechanik mit einer Reihe bauchiger Kessel; obendrauf saßen kleine und große Schlote, unten befanden sich Befeuerungsklappen.

Boëndals Blick schweifte aufmerksam durch den Saal. »Wir haben ein beinahe verlorenes Wissen wieder zum Leben erweckt.«

»Noch nicht ganz.« Tungdil schritt zu den bauchigen Kesseln, an denen kleine Glasröhrchen mit Bleikugeln darin angebracht waren. Das Glas wies Markierungen auf, auf dem Kessel standen die Runen für Wasser geschrieben. Er bückte sich, um in den Hohlraum darunter zu blicken, und bemerkte Aschereste. »Bavragor würde annehmen, dass es sich um eine Destille handelt«, lachte er und pochte gegen das Blech. »Aber ich würde sagen, es ist ein Antrieb.«

»Und wie soll der gehen, Gelehrter?«, erkundigte sich Boëndal, während Boïndil an ihnen vorbei auf die andere Seite der Wand aus Kesseln und Gestängen ging.

Tungdil erinnerte sich an ähnliche Zeichnungen, die er in Büchern aus Lot-Ionans Bibliothek überflogen hatte. »Wie bei einer Mühle, nur anders«, grinste er. »Die Zahnräder drehen sich und treiben so etwas an.«

»He«, erschallte Ingrimmschs Stimme. »Kommt mal her! Hier ist noch mehr.« Sie folgten ihm.

Mitten in der Halle verliefen acht breite, leicht abschüssige Eisenschienen, die geradewegs auf acht verschlossene Portale zuführten.

Am Ende von vier Trassen standen Holzbarrikaden, an denen die verfallenen Reste von Strohsäcken hingen.

»Darauf werden die Loren gesetzt«, mutmaßte Boëndal und erntete ein Nicken von Tungdil.

»Sicherer kann das Reisen nicht mehr sein. Man gleitet auf Schienen dahin.«

»Das wird Goïmgar beruhigen«, feixte Boëndal.

Tungdil schaute dorthin, wo Boïndil stand, ganz am anderen Ende der Halle. Dort lagerten etwa einhundert Loren. »Wir schauen sie uns an.«

Die Loren waren ganz unterschiedlich gebaut. In manchen waren zehn schmale Bänke hintereinander angebracht, andere hatten nur einen Sitz und dienten zum Transport von Fracht.

Am vorderen Ende eines jeden Karrens befand sich ein langer Griff. Tungdil rüttelte vorsichtig daran, und unter der Lore quietschte es. Er bückte sich, um nachzuschauen. »Bremsen«, verkündete er, »damit drosselt man unterwegs die Geschwindigkeit des Vehikels. Wenn man den Rost abschlägt, müsste es gehen.«

»Aber wie bekommen wir die Loren auf die Schienen, Gelehrter?« Boëndal blickte zu den schräg verlaufenden Startrampen, deren höchster Punkt sich zwei Schritte über dem Felsboden befand. »Von Hand hochhieven? Dazu sind sie zu schwer.«

»Nein, sieh nur«, meinte Tungdil und deutete zur Decke. *Eine Hebevorrichtung!* »Das ist es! Mit den Krallen haben sie die Loren gepackt, angehoben und auf die Rampen gesetzt. Kommt, wir probieren einfach aus, was geschieht, wenn wir sie in Betrieb nehmen.«

Sie entdeckten Reste von Holzkohlebrocken, die sie mithilfe ihrer Öllampen zum Brennen brachten. Das notwendige Wasser, um wenigstens einen Kessel zu füllen, schöpften sie sich aus dem Becken eines Wasserfalls.

»Und jetzt?«, wollte Boïndil gespannt wissen.

»Warten wir ab«, erwiderte Tungdil.

Sie dösten eine Weile, um sich von den Anstrengungen der Arbeit auszuruhen. Ingrimmsch packte Tungdil plötzlich am Arm. »Da! Das Bleikügelchen in dem Rohr hat sich bewegt!«

Tungdil richtete sich auf. Und wirklich tanzte die graue Kugel inmitten des Röhrchens. Aus zwei Ventilen schoss heißer Wasserdampf.

»Was kommt als Nächstes?«, murmelte Boëndal neugierig.

Das Gestänge drehte sich langsam um die eigene Achse, woraufhin sich das Erste der unendlich vielen Zahnräder laut quietschend in Bewegung setzte, eine halbe Umdrehung schaffte und stehen blieb. Ein drittes Ventil öffnete sich. Laut zischend entwich Luft.

»Natürlich, es ist der Dampfdruck!«, verstand Tungdil und empfand Hochachtung vor den Ingenieuren der Zwerge, die sich die Konstruktion vor tausenden von Zyklen ausgedacht hatten. »Anstelle von Wasserkraft treibt der Dampf die Räder an!« Die Zwillinge schauten ihn verwirrt an. »Habt ihr noch niemals versucht, einen Deckel auf einem kochenden Topf festzuhalten?«

»Bin ich ein Koch?«, begehrte Boïndil auf.

»Ich begreife«, nickte sein Bruder. »Durch den Dampf drehen sich die Zahnräder. Damit kann man die Flaschenzüge bewegen und die Loren auf die Schiene setzen, ganz ohne Kraft.« Er betrachtete das Gewirr aus Stangen. »Der Dampfdruck eines Kessels wird wohl nicht ausreichen, die Vorrichtung anzutreiben.«

»Macht nichts«, sagte Tungdil. »Wir brechen sowieso erst morgen auf, und bis dahin ...«

Ingrimmsch fuhr plötzlich herum und blickte misstrauisch zum Eingang. »Da war etwas«, knurrte er, und seine Kampfinstinkte erwachten.

»Bestimmt ein Ork«, zog ihn Tungdil auf. »Geh und sieh nach.«

»Darauf kannst du dich verlassen«, nickte er und trabte zum Portal, wo er sich genau umschaute. Er nahm einen Stein auf, wog ihn in der Hand, drehte sich nach rechts, um dann unvermittelt herumzuwirbeln und sein Geschoss in die Dunkelheit zu schleudern.

Tatsächlich kreischte etwas in der Finsternis auf; sie hörten schnelles Trappeln, als es sich entfernte. Eine kleine, Tungdil merkwürdig bekannt vorkommende Silhouette huschte durch den Einlass und flüchtete vor dem Zwerg, der bereits seine Beile gezogen hatte und sich auf einen Kampf vorbereitete.

»Was mag das gewesen sein?«, fragte Tungdil. »Hast du etwas erkannt?«

»Nein. Da es uns aber nicht angegriffen hat, kann es nichts Schlimmes gewesen sein«, lautete Boëndals Antwort, während sein Bruder mit enttäuschtem Gesicht zurückkehrte.

»Es war kein Ork«, beschwerte er sich. »Irgendein Viech, das zu schnell rannte, um es zu erledigen.«

»Wir sehen nach, was sich hinter den kleineren Portalen verbirgt, und kehren dann zurück«, beschloss Tungdil. »Das genügt für heute.«

»Was soll da schon sein? Schienen vermutlich. Das weiß ich sogar«, erwiderte Boïndil mürrisch, weil sie auf keinen einzigen Widersacher gestoßen waren, an dem er seine Beile wetzen durfte.

Tungdil legte den Hebel um, der neben der ersten Schiene aus dem Boden ragte, und tatsächlich schwangen die Flügeltüren auf. Dahinter gähnte ein schwarzes Loch, in das die Trasse hineinführte.

»Ho, das wird ein Ritt«, meinte Ingrimmsch. »Schwärzer als im Hintern eines Trolls. Man sieht die Hand vor Augen kaum.«

»Du siehst ebenso gut im Dunkeln wie ich«, entgegnete sein Bruder amüsiert, obwohl er einräumte, dass die Finsternis des Stollens selbst seine Augen auf eine harte Probe stellte. Mehr als zehn Schritte konnte er nicht voraussehen. »Die Langen brauchten Fackeln«, fügte er hinzu.

»Die sollten wir auch mitnehmen und entzünden«, empfahl Tungdil, »sonst gewöhnen wir uns zu sehr an die Dunkelheit und sind geblendet, wenn uns unterwegs auch nur der geringste Lichtstrahl trifft. Eine Spalte im Gebirge reicht aus und wir sind unsere Sehkraft los.«

Boïndil indes bewies Forscherdrang, indem er einige Schritte in den Tunnel hineinlief, während Tungdil die verstaubte Inschrift las, die neben der Röhre in die Wand gemeißelt war.

»Das ist die Strecke ins Reich der Ersten«, übersetzte er laut für die anderen mit. Dabei formte sich ein Bild in seinem Kopf, wie es einst in der Halle zugegangen sein mochte.

Auf diesen Schienen brachen sie zur Reise auf, und dort, wo die Holzwände am Ende stehen, kehrten die Loren von ihrer Fahrt zurück. Die mit Strohsäcken gepolsterten Barrikaden dienten sicherlich dazu, die Karren aufzuhalten, falls die Bremsen versagten.

Grübelnd schritt er die Gleise ab, bis er am vierten Tor angelangte. »Schaut nur, hier geht es tatsächlich zum Stamm Lorimbur!«, rief er den beiden zu. *Waren die Beziehungen früher einmal besser, oder welchen Grund gab es, eine eigene Verbindung zu den Dritten zu unterhalten?*

»Das war bestimmt, um Krieg gegen sie zu führen«, drang es hohl aus der Röhre, in der Ingrimmsch verschwunden war. »Hier ist es verflucht eng. Wenn die Karren drin sind, passt gerade mal ein Zwerg rechts und links neben die Trasse.«

Tungdil ließ Boïndils Vermutung über einen Krieg gegen die Dritten unbeantwortet. »Komm, wir gehen«, drängte er ihn stattdessen, aus dem Tunnel zurückzukehren.

»Ho, ich bin am Ende angekommen und hier ... hier fällt der Weg fast senkrecht nach unten. Das dürfen wir Goïmgar keinesfalls erzählen, sonst wird er nicht einsteigen wollen.« Sein dunkles Lachen dröhnte dumpf zu ihnen herauf und wurde lauter, als er von seinem Erkundungsgang zurückkehrte. »Schaut mal, wie ich aussehe!« Er hing voller Spinnweben, die getrockneten Überreste von Insekten hatten sich in seinem Bart verfangen. Boëndal fischte die Fäden von seinem Kettenhemd und klaubte sich den Schmutz aus dem Bart.

»So, wie du aussiehst, wohnen wohl doch noch andere Wesen unter dem Gebirge«, meinte Tungdil und betätigte die Vorrichtung, um den ersten Durchlass zu schließen.

»Nichts, wovor man Angst haben müsste«, winkte Boïndil ab. »Und wenn die Spinnen größer als ein Zwergenkopf sind, gehören sie mir.«

Sie stimmten in seine Heiterkeit mit ein. Dann löschten sie das Feuer unter dem Kessel, verriegelten das Tor mit dem Aufsagen der Verse und machten sich auf den Rückmarsch, der sie hunderte von Treppenstufen nach unten führte. Ohne die Sonne gelang es Tungdil nicht abzuschätzen, wie lange sie benötigten, um aus dem bewohnten in den verlassenen Teil des Zwergenreichs zu gelangen, aber seinem Hunger nach zu urteilen, mussten sie eine ganze Weile unterwegs gewesen sein.

Verschwitzt und müde gelangten sie in die große Halle, in denen die Gesandten ihre Mahlzeiten einnahmen, und setzten sich erschöpft an einen Tisch. Die neugierigen Blicke der anwesenden Zwerge ignorierten sie absichtlich.

»Wir zeigen ihnen erst morgen, wo sich die Röhren befinden«, erklärte Tungdil den Zwillingen. »Ich möchte nicht, dass Gandogar vor uns aufbricht und sich auf diese Weise einen Vorsprung schafft. Es wird ohnehin hart, gegen ihn und seine Gruppe als Sieger zu bestehen.«

»Die besten Kämpfer sind jedenfalls auf deiner Seite«, grinste Ingrimmsch, schnitt sich eine handtellergroße Scheibe eines Riesenpilzes ab und belegte sie mit würzig riechendem Käse. »Was soll dich da noch aufhalten?! Ich sage dir, die Tage Nôd'onns sind gezählt.«

»Ich teile die Meinung meines Bruders«, stimmte Boëndal ihm zu. »Aber mir ist noch eine Sache eingefallen. Mir geht nämlich die Beschreibung der Feuerklinge nicht aus dem Kopf.«

»Was meinst du?«

»Reinster, härtester Stahl, Stiel und Widerhaken aus Stein, die Intarsien und Runen aus allen edlen Metallen, und die Schneide soll dazu mit Diamanten besetzt sein«, zählte der Zwerg auf.

»Wir nehmen uns einen Vorrat davon mit«, erriet Tungdil seine Gedanken. »Ich habe Balendilín darum gebeten, uns von allen benötigten Materialien genügend zusammenzustellen. Er meinte, der Hort der Zweiten sei groß genug, um ein wenig Schwund für eine solch wichtige Angelegenheit zu verkraften.«

»Gold, Silber, Palandium, Vraccasium, Tionium und als Abschluss noch eine Hand voll Diamanten obendrauf?«, staunte Boëndal. »Beim göttlichen Schmied, damit sind wir die fetteste Beute, die einem Straßenräuber und Halsabschneider jemals über den Weg laufen kann!«

»Granit und Eisen sowie Proviant kommen noch dazu«, ergänzte Boïndil. »Wir haben zwar starke Beine, aber was du mitzunehmen planst, kann nicht mal ein Oger schleppen.«

»Wenn alles gut geht, nutzen wir die Röhren und brauchen uns ohnehin keine Sorgen zu machen. Andernfalls müssen wir uns ein Pony kaufen, das unsere wertvolle Fracht unterwegs trägt. So einfach ist das.«

Die Zwillinge schwiegen und widmeten sich ihrer Mahlzeit, aber die Stille zeigte Tungdil, dass sie mit seinem Plan nicht einverstanden waren.

»Wisst ihr etwas Besseres, oder wollt ihr im Grauen Gebirge die alten Minen der Fünften nach den Metallen und Erzen umgraben?«, seufzte er und schob sich einen Bissen Käse in den Mund.

»Wir könnten genügend Diamanten mitnehmen, um den Rest unterwegs zu kaufen«, schlug Boëndal vor. »Ehe wir die Grenzen zum Toten Land überschreiten. Oder noch besser, wir decken uns erst dort mit den Metallen ein.«

»Zu unsicher«, verwarf Tungdil das Vorhaben. »Am Ende gibt es kein Tionium, und uns fehlt ein entscheidender Bestandteil der Feuerklinge.«

Er setzte seinen vierten Humpen an die Lippen und leerte ihn in einem Zug.

»Es bleibt dabei, wir nehmen alles mit, was wir benötigen.« Er stand auf und spürte die Wirkung des Bieres, weil er zu hastig getrunken hatte. »Wir schaffen es«, munterte er sie auf, dann wandte er sich zum Ausgang und lief schwankend zurück in seine Kammer, wo er satt und ein wenig berauscht auf sein Lager fiel. Dabei wollte ihm die kleine Silhouette nicht mehr aus dem Kopf gehen, die sie in der Nähe des Portals aufgeschreckt hatten. Er kannte sie von irgendwoher.

Schaffen wir es wirklich? Auf was habe ich mich nur eingelassen?, dachte er, bis die Anstrengung des Marsches ihn übermannte und er so, wie er war, auf dem Bett einschlief.

*

Jemand rüttelte Tungdil unsanft aus seinen Träumen. Verschlafen richtete er sich auf und stöhnte, als er das Klopfen in seinem Schädel spürte. *Ich dachte, das passiert bei Zwergenbier nicht.*

»Sie sind fort!«, hörte er Balendilín rufen. »Hörst du, Tungdil?! Sie sind fort.«

Er öffnete die Augen. Der einarmige Berater stand vor seinem Bett, dahinter scharten sich die Zwillinge, Bavragor und Goïmgar, die ihre Kettenhemden trugen und abmarschbereit aussahen. »Unsinn, sie stehen doch hinter dir«, murmelte Tungdil mit schwerer Zunge.

»Nein, nicht die. Gandogar und seine Gruppe, sie sind fort«, sagte Balendilín, dieses Mal etwas schärfer und lauter. »Ihr müsst ihnen augenblicklich folgen, sonst wird der Vorsprung zu groß.«

Tungdil rutschte aus dem Bett. Sein Körper und sein Verstand fühlten sich keinesfalls ausgeruht genug, um sich auf eine Fahrt durch dunkle Röhren und Stollen einzulassen. »Sie werden lange brauchen, bis sie im Grauen Gebirge ankommen«, beruhigte er Balendilín. »Frag Schimmerbart, wie lange die Vierten bis hierher unterwegs waren.«

»Sie sind nicht zu Fuß unterwegs«, schaltete sich Boëndal ein. »Sie fehlen, bis auf Bislipur, und keiner weiß, wohin sie gegangen sind.«

»Jedenfalls nicht durchs Tor hinaus«, setzte Boïndil hinzu.

Die Erkenntnis traf Tungdil unvermittelt. *Das war kein Tier, das wir da unten gesehen haben.* Schlagartig war der Zwerg hellwach. »Swerd!« Es war Bislipurs Gnom gewesen, der ihnen gestern gefolgt war und sie bei den Loren belauscht hatte, ehe ihn Boïndil mit seinem Steinwurf verscheucht hatte. *Damit weiß Gandogar genau, wo die Karren auf den Weg geschickt werden.* Swerd war ihm allmählich ebenso unangenehm wie sein Herr.

Hastig zog Tungdil sein Lederwams an, warf sich das Ringgeflecht über, schlüpfte in die Lederhosen und Stiefel, um kurz darauf bereit zu sein, sich in das Abenteuer zu stürzen. In der Zwischenzeit ordnete er an, dass die Zwillinge Bavragor und Goïmgar zu dem vergessenen Teil des Zweiten Reichs führten und die Kessel anheizten.

»Die Loren müssen auf den Schienen sein, wenn ich zu euch stoße. Ich unterhalte mich inzwischen ein wenig mit Bislipur«, verkündete er und erbat sich Balendilín als Begleiter.

»Du hast Bavragor als Steinmetz ausgewählt, wie ich sehe«, sagte er unterwegs.

»Nein, das stimmt nicht ganz. Er hat sich ausgewählt, und ich habe ihm vorschnell mein Wort gegeben, ihn mitzunehmen«, seufzte Tungdil. »Ich kann mein Versprechen nicht brechen. Aber was hat es mit ihm auf sich, dass mir die anderen von ihm abraten? Ist sein Durst wirklich so gewaltig?«

Balendilín sog die Luft ein. »Er ist ein verbitterter Zwerg, wenn er nüchtern ist, und ein singender Spaßvogel, wenn er genug Bier bekommen hat. Seine großen Zeiten als Steinbildner sind vorüber.«

»Er ist nicht der Beste?«

»Doch, er ist der Beste. All die meisterlichen Arbeiten an den Festungsmauern, in den Hallen und Gängen preisen seine Kunst, doch er hat seit zehn Zyklen oder länger den Meißel nicht mehr angefasst, weil seine Hände wegen der ständigen Sauferei nicht immer das tun, was der Verstand von ihnen verlangt. Bis heute ist es keinem der Künstler gelungen, seine Werke zu übertrumpfen. So lange ist er der Beste, den die Clans der Zweiten haben.« Balendilín kniff die Lippen zusammen. »Ich wollte nicht, dass du ihn mitnimmst. Er ist wankelmütig, und keiner weiß, wie gut er wirklich noch ist. Aber das lässt sich wohl nicht mehr ändern.«

Sie fanden Gandogars Mentor in der Halle beim Frühstück, wo er mit mehreren Zwergen der Vierten zusammensaß und sich leise unterhielt. Seine Leute machten ihn auf die beiden Herannahenden aufmerksam.

»Ihr seid spät dran«, begrüßte Bislipur sie scheinbar überrascht. »Nur der frühe Schmied hat das Eisen rechtzeitig fertig.«

»Wir wären gern mit Gandogar aufgebrochen. Warum ist er schon losgezogen?«, stellte ihn Tungdil zur Rede und unterdrückte seinen Zorn. »Und woher wusste er, wo sich die Tunnel befinden?«

Die braunen Augen Bislipurs betrachteten ihn gleichgültig. »Wir haben Nachforschungen angestellt«, erklärte er leichthin. »Außerdem war kein gemeinsamer Zeitpunkt zum Aufbruch vereinbart. Mein König hat seine Gruppe zusammengestellt und ist losgezogen, um mit der Feuerklinge zurückzukehren.« Er rümpfte die Nase. »Er kann nichts dafür, dass du lieber einen über Durst trinkst und so lange in den Federn liegst. Du scheinst dich den Gewohnheiten von Hammerfaust anzupassen.«

»Ich nehme das Rennen zu den Clans der Ersten und um den besten Schmied sehr gern an. Sein Vorsprung ist nicht so groß, das kann ich leicht herausholen.«

Bislipur hob seinen Becher mit heißer Milch. »Nur zu, reise zu den Ersten. Meinen Segen hast du.« Die Zwerge an seinem Tisch lachten leise.

»Wo ist dein Gnom?«, fragte Balendilín scharf. »Spioniert er wieder in deinem Auftrag irgendwo herum? Heckt er eine Gemeinheit gegen Tungdil aus?«

Bislipur sprang auf die Beine und richtete seine breite Gestalt drohend auf. »Ich bin nicht ohne Ehre! Wenn du zwei Arme hättest, Balendilín Einarm, würde ich dich zu einem Zweikampf fordern«, grollte er.

»Das soll gern geschehen, wenn du im Wettlauf gegen mich antrittst«, konterte er ruhig. »Der Streit um den Thron des Großkönigs soll mit rechten Dingen zugehen, das ist alles, was ich von dir hören möchte.«

Bislipur stemmte die Hände in die Hüften. »Ich schwöre bei Vraccas, dass ich mich nicht einmischen werde. Aus genau diesem Grund bin ich in der Festung geblieben, denn alle sollen sehen, dass ich nicht eingreife.«

»Gilt das auch für deinen kleinen Helfer?«, hakte Balendilín nach.

»Natürlich«, erwiderte er herablassend. »So lange ich weiß, wo er steckt. Manches Mal büxt er einfach aus.«

Tungdil glaubte dem Zwerg kein Wort. *Umso wichtiger wird es sein, die Augen unterwegs offen zu halten.* Er verabschiedete sich brüsk und verließ den Saal, um zu den Loren zu eilen.

»Warum bist du wirklich hier geblieben?«, fragte Balendilín Bislipur leise.

Der Zwerg lachte grimmig. »Einen Grund habe ich dir genannt. Außerdem möchte ich verhindern, dass du allein das Schicksal unseres Volkes bestimmst, falls der Großkönig plötzlich sterben sollte. Jemand muss doch darauf achten, dass die Clans der Zweiten die Macht nicht an sich reißen, während der legitime Thronfolger auf

Reisen ist.« Er senkte seinen Kopf. »Und damit meine ich nicht deine Marionette, Einarmiger. Dieser Zwerg ist kein Vierter.«

»Doch, er ist einer von euch. Du hast die Beweise dafür gesehen und vernommen«, beharrte Balendilín.

Bislipur kam noch einen Schritt näher. »Ich sage dir, wohin mein Gnom unterwegs ist«, raunte er ihm zu. »Es ist auf dem Weg in unser Reich, um Nachforschungen in unseren Archiven anzustellen und mit denen zu reden, die von dem Bastard wissen müssten.« Seine Augen nahmen einen harten, feindseligen Ausdruck an. »Die Geschichte Tungdils ist ungeheuerlich, eine Beleidigung unseres alten Königs, der niemals anderen Zwerginnen nachstahl. Swerd wird mit den Beweisen zurückkehren und Tungdil der Lüge, der Anmaßung und der Verunglimpfung überführen, das verspreche ich dir, Einarm. Und dann werde ich persönlich die Anklage gegen ihn führen. Der Traum des Schwindlers wird platzen wie ein Orkschädel unter meiner Axt, Freund Balendilín. Alle, die mit diesem falschen Spiel zu schaffen hatten, sind gleichfalls an der Reihe. Auch dies ist ein Schwur.«

Balendilín vernahm die drohenden Worte. Bislipur erschien ihm allzu sicher, die Täuschung aufzudecken. Sollte Tungdil zurückkehren, müsste er unter allen Umständen geschützt werden, bis Nôd'onn vernichtet war. Der Feldzug gegen das Böse hatte Vorrang vor allem anderen.

»Ich habe deine Rede mit Freude vernommen, denn ich bin ebenso ehrlich wie du und fürchte die Wahrheit nicht«, antwortete er freundlich. »Warten wir ab, wer von den beiden als Sieger aus dem Grauen Gebirge zurückkehrt. Und ich werde prüfen, wie es sich mit dem Wahrheitsgehalt deiner Worte verhält und ob die Elben einst wirklich Verrat an den Fünften begingen. Sollten die Zeilen, die du vorgelegt hast, eine Fälschung sein, so weiß ich, wer sie niederschrieb.« Er nickte knapp und verließ die Halle.

Bislipur setzte sich und schaute zu, wie der Einarmige durch das Tor schritt und verschwand. »Und im Gegensatz zu dir weiß ich, wer bald auf dem Thron sitzen wird«, murmelte er.

Die Posse um den falschen Vierten bremste seine hochfliegenden Pläne, aber ans Aufgeben dachte der Zwerg noch lange nicht. *Dafür habe ich in den vergangenen Zyklen zu sehr an den Vorbereitungen gefeilt. Der Krieg gegen die Elben wird stattfinden!*

Doch selbst für den unwahrscheinlichen Fall, dass sich die Kinder des Schmiedes plötzlich anders besonnen, hielt er einen Plan in der Hinterhand.

Bislipur drehte sich um, um sich etwas zu essen zu holen. Als er sich Schinken abschnitt und das rote Fleisch mit den feinen, weißen Maserungen darin betrachtete, hatte er eine Eingebung. *Die Feinde meiner Feinde sind meine Freunde. So war es schon immer.*

*

Tungdil hatte in aller Eile die wichtigsten Dinge zusammengepackt und trabte den Weg entlang, der ihn zu den Loren führte. Er hatte Balendilín und Gundrabur rasch zukommen lassen, welches Geheimnis sich im Schwarzjoch verbarg, damit sie die anderen Clanzwerge einweihten und das Geheimnis allen zuteil wurde.

Als er an seinem Ziel angelangte, empfingen ihn die anderen vier Zwerge mit elbenlangen Gesichtern. Die Luft des großen Raums war feucht und heiß, und Schweiß trat ihm aus allen Poren.

»Jemand hat Vorsorge getroffen, dass uns der Aufbruch möglichst erschwert wird«, eröffnete ihm Boëndal mit finsterer Miene. »Sieh nur.«

Die Eisenschiene, die als Abfahrtsrampe ins Reich der Ersten führte, war verbogen und teilweise aus der Verankerung gerissen. Die Schwüle kam vom Dampf, der aus den durchlöcherten Wasserkesseln austrat. Selbst wenn es ihnen gelänge, die Trasse notdürftig zu reparieren, fehlte ihnen die Möglichkeit, die schweren Loren zu bewegen.

»Scheint so, als wollte Gandogar nicht, dass der Bessere gewinnt«, sagte Boëndal gereizt. »Es ist ein gutes Zeichen, dass er Angst vor dir hat.«

»Auf solche Zeichen kann ich verzichten. Außerdem bin ich mir nicht sicher, ob wirklich Gandogar diese Zerstörung angerichtet hat«, entgegnete Tungdil nachdenklich, während er sich bückte und die Eisenschiene eingehend betrachtete. Jemand hatte sie mithilfe des Flaschenzugs an der Decke aus der Halterung gezogen. »Bislipur wird sich für seinen Zögling ein wenig nützlich gemacht haben, schätze ich.« *Was mache ich jetzt?*

Goïmgar stand abseits und tat so, als ginge all dies ihn gar nichts an. Bavragor lehnte an einem beschädigten Kessel und nahm einen Schluck aus einem Trinkschlauch. Zufrieden schmatzte er, verschloss die Öffnung mit einem Korken und näherte sich, um die Schäden zu betrachten.

»Wir tauschen die Schienen einfach aus«, sagte er beschwingt und deutete auf das Nebengleis, wo die Loren aus dem Reich der Ersten ankommen sollten.

»Du hast getrunken«, stellte Boëndal vorwurfsvoll fest.

»Ja, und? Du hast gegessen, das ist für mich das Gleiche«, antwortete er ihm knapp und ohne den Zwerg anzuschauen. Seine breiten, schwieligen Hände klopften gegen das Eisen. »Wenn wir einen unserer Schmiede holen, sollte er die Bänder lösen können.« Sein rechtes Auge schweifte über die zerstörten Kessel. »Und darum kümmert sich der Kesselflicker, der in der Handelsstation lebt. Nicht, dass unser Stamm es nicht hinbekäme, aber er wird mehr Ahnung davon haben. Die Zwerginnen, die das Bier brauen, sollen auch herkommen. Sie kennen sich mit Kesseln gut aus.«

Tungdil staunte den Einäugigen an, der plötzlich vor Selbstbewusstsein und Tatendrang nur so strotzte. Der Wankelmut, von dem Balendilín gesprochen hatte, traf den Zustand des Steinmetzen sehr genau. »Das sind gute Vorschläge, Bavragor«, lobte er ihn.

»Ich weiß.« Grinsend erhob sich der Steinmetz und gönnte sich einen weiteren Schluck.

Tatsächlich gelang es den Bierbrauerinnen und dem Kesselflicker mitsamt seinen Gehilfen, die Gefäße abzudichten, damit sie wenigstens für kurze Zeit dem Druck des Dampfes Stand hielten.

Es kostete sie jedoch zwei weitere Sonnenumläufe, bis alles zur Abfahrt vorbereitet war. Die Kessel wurden mit Wasser gefüllt und befeuert, die Zahnräder bewegten sich artig und der Flaschenzug verrichtete die von ihm erwartete Arbeit. Am Nachmittag des dritten Umlaufs stand ihre Lore endlich auf der neuen Schiene und war für die Fahrt ins Ungewisse bereit.

Tungdil und Ingrimmsch saßen vorne, danach folgten Bavragor und Goïmgar, und die hintere Bank besetzte Boëndal. Ihr Gepäck, angefangen vom Proviant bis zu den Rohmaterialien, die sie für die Feuerklinge benötigten, verteilten sie gleichmäßig zu ihren Füßen.

Tungdil wandte sich zu den anderen um und schaute seinen Begleitern ins Gesicht. Keiner von ihnen wusste, was sie nach der steilen Abwärtsfahrt erwartete oder wie weit Gandogar inzwischen nach Westen vorgedrungen war. Entsprechend ernst waren die Gesichter seiner Gefährten.

»Unser Leben ist in Vraccas' Hand«, sagte er, bevor er sich wieder umdrehte, die Augen fest auf die Flügeltüren geheftet. Seine Linke legte sich auf den Hebel neben der Schiene. Tungdil zog den Griff nach hinten, die Portale klappten auf und gaben den Weg in die Finsternis frei.

»Lasst uns das Geborgene Land retten.« Tungdil löste die Bremsen der Lore, das Vehikel rollte sachte die abschüssige Rampe hinab und hielt auf den Schlund zu.

»Was ist, wenn Gandogar die Schienen verbogen hat?«, fragte Goïmgar furchtsam. »Oder wir zu schwer sind und entgleisen?«

»Dann werden wir es merken«, lachte Boïndil, der mit einem irren Funkeln in den Augen auf die Schussfahrt wartete. »Hussa, das wird ein Spaß!«

Die Lore legte an Fahrt zu und erreichte die Stelle, an der die Trasse nach unten schwenkte. Langsam neigte sich der Karren nach vorne, die Passagiere hielten sich an den Griffen fest, und dann rauschte das Gefährt rumpelnd in die Tiefe.

Ingrimmsch stieß einen wilden Jauchzer aus. Boëndal klammerte sich stumm an den Sitz, Bavragor stimmte ein munteres Lied an, Goïmgar betete laut zu Vraccas, und Tungdil wunderte sich, welch ein Haufen Verrückter ihn begleitete.

XII

**Das Geborgene Land, irgendwo tief unter der Erde
im Spätherbst des 6234sten Sonnenzyklus**

Der Fahrtwind wehte den Zwergen ins Gesicht und wirbelte ihnen die langen Bärte und Haare über die Schulter, während die Lore dröhnend die Gleise entlangdonnerte und mit Schwung abwärts ratterte. Die Geschwindigkeit presste die Zwerge hart in die Sitze, Tungdil fühlte Kräfte auf sich wirken, wie er sie in seinem ganzen Leben nicht verspürt hatte.

Bavragor hatte aufgehört zu singen, nachdem ihm etwas Kleines in den Mund geflogen war und er es aus Versehen hinuntergeschluckt hatte; nur Boïndil jauchzte immer noch und genoss es, wie ihm die Luft durch den Magen schoss.

Goïmgar hielt die Augen fest geschlossen und betete halblaut zu Vraccas, auf dass er sie behüte und bewahre. Offenbar traute er seinem König durchaus Gemeinheiten zu, sonst hätte er sich nicht derart gefürchtet.

Die akkurat herausgemeißelten Steinwände flogen nur so an ihnen vorbei; ihnen blieb nicht einmal genügend Zeit, sie genauer zu betrachten. Bald weitete sich der Tunnel, sodass die Lore nun quer durch den Gang gepasst hätte.

»Sei still, Boïndil!«, herrschte Boëndal seinen Bruder an. »Du raubst mir mein Trommelfell, weil der Wind deine Stimme doppelt so laut nach hinten trägt.«

Ingrimmsch lachte übermütig. »Das nenne ich eine Fahrt! Ein Pony ist eine Schnecke gegen dieses Ding«, rief er lauthals. »Unsere Ahnen wussten, wie man schnell reist.«

»Aber trinken kann ich dabei nicht«, beschwerte sich Bavragor mit zusammengekniffenen Lidern und wischte sich den Branntwein aus den Augen. »Das hätte man besser machen können.«

Tungdil musste grinsen. Bei den Zwergen gefiel es ihm; trotz aller Widrigkeiten, die ihm bislang zugestoßen waren, wollte er das Zusammentreffen mit seinem Volk nicht missen, auch wenn es ihn erneut auf Wanderschaft schickte. Dieses Mal war er jedoch nicht allein, und das beruhigte ihn. »Ohne die verfluchte Zwietracht könnte es noch viel schöner sein«, sagte er leise.

»Was?«, schrie Boïndil. »Was hast du gesagt?« Der Thronanwärter winkte ab.

Mit einem Mal endete die Schussfahrt; der Karren beschleunigte nicht länger und nahm nun eine angenehme Reisegeschwindigkeit auf, die mal sanft nach oben führte und dann wieder leicht abschüssig wurde.

Ihr Gefährt rumpelte über zwei Abzweigungen hinweg, ohne von den Schienen zu springen.

»Ich hoffe, wir sind immer noch richtig, Gelehrter«, meldete sich Boëndal von hinten. »Hat jemand einen Wegweiser oder dergleichen gesehen?«

»Kurz vor jeder Weiche war immer ein Hebel«, rief Tungdil zurück. »Aber sie sahen beide zugestaubt aus und waren mit Flechten bewachsen. Es kann sie niemand verstellt haben.« Zumindest hoffte er, dass es sich so verhielt.

Der Tunnel wurde nun nicht mehr breiter, und die Aussicht gestaltete sich jetzt, wo die Zwerge endlich etwas erkennen konnten, als äußerst langweilig. Am sauber behauenen Stein wuchsen lediglich ein paar Flechten und Moose; zweimal durchbrach die Lore kleine Stalagmiten, die mitten auf der Trasse wuchsen.

»Das bedeutet doch, dass Gandogar hier nicht vorbeigekommen ist«, tat Bavragor seine Meinung kund, entkorkte seinen Lederschlauch und nutzte die niedrigere Geschwindigkeit, um ein paar Schlucke zu trinken, ehe die nächste Abfahrt anstand. »Hat er die Weichen vielleicht ...«

»Nein, sie waren unverstellt«, beharrte Tungdil. *Welchen Weg haben sie wohl genommen?*, fragte er sich im Stillen.

»Und wenn sie die Loren von Hand umgehievt haben, damit wir nicht merken, dass sie eine Abkürzung genommen haben?«, schlug Ingrimmsch vor.

»Das wäre möglich«, stimmte Tungdil seinem Lösungsversuch zu, dachte dabei aber etwas ganz anderes. *Sie könnten einen anderen Tunnel benutzt haben, um schneller zu den Ersten zu gelangen.* Vielleicht gab es einen Plan, auf dem mehr als nur die Zugänge und die Ausstiege eingezeichnet waren. Schlimmstenfalls hatte es ihr Rivale geschafft, die Hebel geschickt zu verschieben und sie in die Irre zu lenken, während er selbst mit vollem Schub nach Westen rollte. Aber solche Gedanken behielt er besser für sich.

Ihr Karren schnurrte die Trasse entlang, als hätte er in den letzten einhundert Zyklen nichts anderes getan, bis sich der Tunnel plötzlich verbreiterte und sie in eine große Halle einfuhren, in die drei weitere Schienenwege mündeten. Die Lore rollte aus.

Steifbeinig sprang Tungdil hinaus. »Los, lasst uns nachsehen, wie es von hier aus weitergeht«, rief er und freute sich, dass er nach der langen Sitzerei ein wenig umherlaufen konnte.

Die Zwerge erkundeten die Halle, in der sie auf ähnliche Flaschenzüge und Dampfkessel wie im Reich der Zweiten stießen.

»Hier wurden die Karren sicherlich umgestellt«, überlegte Boëndal laut, schulterte seinen Krähenschnabel und ließ den Blick umherschweifen, damit sie von nichts, was unter der Erde lebte und kein Zwerg war, überrascht werden konnten.

»Ho, Schimmerbart!«, rief Boïndil plötzlich. »Was machst du da?«

Der Zwerg zuckte ertappt zusammen und wich von der Tafel zurück. Sie war so hoch und breit wie ein Gnom, aus hellem Granit gehauen und mit langen, inzwischen verrosteten Eisenstiften an der Wand befestigt. »Ich wollte ... sie vom Staub befreien«, sagte er trotzig. »Um zu erkennen, was darauf geschrieben steht.«

»Es scheint ein Plan zu sein«, schätzte Tungdil, als er näher kam und einen Blick darauf werfen konnte. »Gut gemacht, Goïmgar! Du hast wache Augen.«

Tungdil hatte ihn absichtlich gelobt, obwohl er beobachtet hatte, dass Goïmgar die feinen Linien im Fels mit seinem Dolch hatte zerstören wollen, um sie unkenntlich zu machen und Gandogar einen Vorteil zu verschaffen. Da er dem Diamantschleifer aber nichts nachweisen konnte, behielt er seinen Verdacht für sich und zeichnete den Plan ab. *Ich werde von nun an misstrauischer sein.*

»Wir sind richtig«, meinte Bavragor freudig. »Ich sehe es ganz deutlich.«

»Sagt der Einäugige«, meinte Goïmgar abfällig und eine Spur zu laut, damit Hammerfaust es auch hörte.

Schnaubend fuhr der Steinmetz herum; seine breite Rechte zuckte nach vorn und packte den Vierten am krausen Bart, um ihn dicht an sich heranzuziehen.

»Komm nur her, du halber Zwerg, damit ich dir etwas erzähle«, grollte er. Die andere Hand hob die Augenklappe. Darunter verbarg sich ein vertrocknetes Überbleibsel des Auges, in dem deutlich erkennbar ein Steinsplitter steckte. »Eines Tages forderte der Fels, den ich bearbeitete, seinen Tribut. Als ich einen Brocken zu etwas Besonderem formte, sprang das nadeldünne Stück Granit ab und raubte mir das Augenlicht. Aber Vraccas segnete das andere und schenkte mir für den Verlust die zehnfache Sehschärfe auf dieser Seite. Die Zehnfache, hörst du?!« Er gab den schmächtigen Zwerg mit einem dunklen Lachen frei.»Ich erkenne die kleinste Unebenheit im Gestein, ich sehe die Poren deiner Haut, und ich erblicke die Furcht in deinen Augen, Schimmerbart. Was sagst du nun?«

Goïmgar wich hastig vor den prankengleichen Händen zurück und rieb sich das Kinn. Er hatte die Lippen vor Schreck fest aufeinander gepresst, doch jetzt löste sich die Wut, unwürdig behandelt worden zu sein, in einer Drohung.»Das wirst du noch bereuen, Hammerfaust! Wenn Gandogar erst Großkönig ist, denke ich mir etwas ganz Besonderes für dich aus.«

»So? Bist du zu deinem zarten Gemüt auch noch feige?«, höhnte Bavragor.

»Schluss! Ihr habt euch beide genug beleidigt«, rief Tungdil sie zur Ordnung.»Keiner von euch hat sich sonderlich freundlich verhalten, also lasst es gut sein. Keiner schuldet dem anderen etwas.« Die Worte Goïmgars zeigten ihm deutlich, welche Einstellung er gegenüber der Expedition hatte.»Es geht weiter.«

Er kehrte zur Lore zurück, und die anderen vier Zwerge folgten ihm schweigend. Die Spannung zwischen ihnen lag deutlich in der Luft, schlechter hätte die Ausgangslage für eine erfolgreiche Mission kaum sein können.

Ich hoffe, sie hören weiterhin auf mich, sonst mündet das Ganze noch in einer Katastrophe. Mit Schrecken erinnerte er sich, dass Bavragor und Ingrimmsch sich ebenso wenig mochten, wie Goïmgar den Steinmetz leiden konnte; nur der ruhige und besonnene Boëndal verstand sich mit allen gut. *Noch,* dachte Tungdil bedrückt. *Vraccas, gib mir genügend Stärke. Ich bin es nicht gewohnt, ein Anführer zu sein.*

Boïndil war auf der Suche nach möglichen Gegnern bis zum nächsten Portal gelaufen, öffnete es nun und schaute den Tunnel entlang.»Hier geht es wieder abwärts«, meldete er.»Wir müssen unseren Karren ein bisschen anschieben, den Rest besorgt das Gefälle.«

Mit vereinten Kräften hievten sie ihr Gefährt bis zu dem abfallenden Gleisstück und sprangen bis auf Boëndal, der für den letzten Anstoß sorgte, hinein. Der nächste Abschnitt ihrer Reise wartete auf sie. Das Vehikel trug sie weiter westwärts; quietschend und rumpelnd kamen sie dem Reich der Ersten näher.

**Das Geborgene Land, Zauberreich Lios Nudin,
im Spätherbst des 6234sten Sonnenzyklus**

Die Späher kehrten von ihrem Erkundungsritt zurück und meldeten, dass die Hauptstadt Porista friedlich dalag, als fürchtete sie sich nicht vor den vierzigtausend Soldaten unter der Führung der besten Menschenkrieger des Geborgenen Landes, die von zwei Seiten auf sie zumarschierten.

Die Herbstsonne beschien die grünen Wiesen und die leuchtend bunten Blätter an den Bäumen und Sträuchern, die vor dem Einzug des Winters noch einmal zeigten, welche Schönheit sie besaßen.

Tilogorn und Lothaire empfingen ihre Aufklärer vor dem Versammlungszelt, das als Schutz gegen den empfindlich kühl gewordenen Wind aufgebaut worden war.

Der Bote, den sie vor etlichen Sonnenumläufen zu Nôd'onn nach Porista zu Verhandlungen geschickt hatten, war mit den unannehmbarsten Forderungen zurückgekehrt, und als er ihnen zudem die Nachricht über den Tod der Zauberer überbrachte, wussten sie, dass sie zuallererst den Magus vernichten mussten. Von ihm ging die größte Bedrohung aus.

Bei einem Becher heißem Tee betrachteten sie die Karte mit den Aufzeichnungen über die Verteidigungsanlagen der Stadt und wunderten sich, wie wenig Widerstand einem möglichen Angreifer geboten wurde. Ein einziger Wall schützte die Stadt vor unliebsamen Eroberern.

Tilogorn, in einen schlichten, aber schweren Panzer gehüllt, freute sich beim Anblick der leicht zu erstürmenden Mauern. Jedes kleine Dorf in Idoslân bot mehr gegen Angreifer auf als die Hauptstadt des Zauberreiches. »Es wird schnell gehen, wenn uns der Magus nicht mit seinen magischen Kräften zu stark zusetzt. Gut, dass wir ein erstes Heer zusammengezogen haben.«

»Es wird ausreichen, den wahnsinnigen Mörder zu vernichten. Er kann nicht an zwei Stellen gleichzeitig sein, eine Seite wird fallen und dann gehört er uns«, schätzte Lothaire und richtete seine leichte Lederrüstung.

Die Art der Rüstung spiegelte die Weise der Kriegsführung in den Reichen wider. Tilogorn stand in Idoslân den gerüsteten und äußerst robusten Orks gegenüber, daher wählte man dort einen guten Schutz gegen die Äxte und Beile, während Lothaire aus dem Land der Berge und Seen stammte. Ein schwerer Panzer bedeutete Unbeweglichkeit, hohes Gewicht und bei Fehltritten auf schmalen Bergpfaden den sicheren Tod.

Noch unterschiedlicher als die Herrscher präsentierte sich das Heer. Alle Königinnen und Könige hatten Kontingente nach Porista gesandt; den Befehl über die bunt zusammengewürfelten Truppen überließ man Tilogorn und Lothaire. Der Nachschub in Gestalt von nochmals vierzigtausend Streitern war auf dem Weg; mit ihm wollten sie in Dsôn Balsur einfallen.

So saßen die leicht gerüsteten und viel zu dünn gekleideten Krieger Umilantes neben den eigentlich für den Seekrieg ausgebildeten Kämpfern Weys IV. und den Waldstreitern Königin Isikas. Keiner der Soldaten hatte jemals eine Stadt stürmen müssen. Die leichte Kavallerie aus Tabaîn sowie die eigenen Kämpfer von Lothaire und Tilogorn bildeten das sichere Rückgrat, an dem sich die anderen orientierten und Halt gewannen.

Ich bin froh, dass wir den Scheusalen Tions noch nicht gegenüberstehen. Die Männer müssen sich erst einspielen. Der blonde Herrscher Urgons deutete auf die Stadttore. »Tilogorn, Ihr übernehmt das nördliche, ich stürme das südliche Tor. Die Leitern sind angefertigt und die Katapulte zusammengesetzt.« Er hob den Kopf. »Ich mache den Anfang, und Ihr haltet Eure zwanzigtausend Mann bereit. Sobald meine Meldeläufer Euch erreichen, rennt Ihr auf der anderen Seite gegen Nôd'onns Zuflucht an.«

»Dann soll es sein«, nickte Tilogorn und langte nach seinem Helm. »Befreien wir das Geborgene Land von dem ersten Übel, danach sind die Orks und Albae an der Reihe. Palandiell sei mit uns.«

»Sie wird es sein, daran gibt es keinen Zweifel.« Sie reichten sich die Hände, verließen die Unterkunft, saßen auf und ritten zu ihren Einheiten, die drei Meilen vor den Zugängen nach Porista Stellung bezogen hatten.

Auf ein Fanfarensignal hin erhob sich ein Fahnenmeer. Lothaires Abteilungen führten wie vereinbart die erste Attacke gegen das Südtor. Sie verbargen sich bei ihrem Sturm hinter dicken Holzwänden, die sie auf Räder montiert hatten, um eine fahrbare Schützung zu erhalten.

Als sie jedoch auf Schussweite heran waren, zeigte ihnen die Hauptstadt Lios Nudins die Krallen. Pfeilschwärme verdunkelten den Himmel, Geschosse sirrten durch die Luft und gingen auf die Truppen nieder.

Eilig kauerten sich die Infanteristen hinter die starken Bretter. Die

Pfeile forderten nur geringe Opfer unter den Angreifern. Die eigenen Schützen erwiderten den Beschuss, und im Schutz der rollenden Wände ging es weiter vorwärts. Am Fuß der Mauern und vor dem Stadttor angelangt, wurden die Wände nach oben geklappt und mit Pfosten abgestützt, um den Männern an den Rammböcken als waagrechtes Dach gegen Steine und andere Geschosse von oben zu dienen; Sturmleitern wurden herangeschafft und angelegt.

Das war der Augenblick, in dem ihnen Nôd'onn eine erste Kostprobe seiner Macht gab.

*

Tilogorn saß ein Stück vom Kampfgeschehen entfernt auf seinem Pferd und beobachtete, wie sich die Fußtruppen an den Nordzugang heranpirschten. Die Gegenwehr auf ihrer Seite war schlicht zu vernachlässigen, man hatte Porista erfolgreich Glauben gemacht, dass der Hauptansturm aus der anderen Richtung erfolgte. Bis sich der zweite Angriff zu den Verteidigern im Süden herumspräche, wären die Portale längst geöffnet.

»Es wird nicht mehr lange dauern«, gab er eine leise Vorhersage ab, »dann liegt es in unserer Hand.« *Mit einem Heer gegen Magie.* Die Vorstellung behagte ihm nicht. *Aber welchen Ausweg haben wir?*

Er hatte sich selbst dazu bestimmt, die fünftausend Streiter umfassende Reiterei durch die Gassen der Stadt zu lenken und den Palast des Zauberers anzugreifen und im Handstreich zu erobern. Schnelligkeit und Überraschung zählten, wenn man lebend gegen diesen Magus vom Feld ziehen wollte.

Zwei einzelne Reiter näherten sich über Umwegen ihrem Standort, reckten die Fahnen und gaben das verabredete Signal.

»Möge uns Palandiell beistehen.« Tilogorn prüfte den Sitz seiner Waffen und probierte, ob er an Dolch und Kurzschwert schnell genug herankommen konnte; dann wies er die Fanfarenträger an, zum Angriff gegen das Tor zu blasen. Wie ein Ameisenheer stürmte die erste Welle aus achttausend Mann gegen den Zugang an, die Strategie war die gleiche, wie sie Lothaire keine zwei Meilen von ihnen entfernt einsetzte.

Den Angreifern schlug nur wenig Widerstand entgegen. Vereinzelt kamen die Pfeile hinter den Zinnen hervorgeschossen, und so hatten sie kaum Opfer zu beklagen.

In Windeseile lagen die Leitern an den Mauern. Kurz darauf standen die ersten Krieger auf den Wällen und befanden sich im Nahkampf mit der Hand voll Tapferer, die zur Verteidigung des nördlichen Zugangs abgestellt worden waren.

Er schaute zur Mauerkrone, auf der soeben die Flagge Idoslâns emporgezogen wurde, und setzte den Helm auf. Kraftvoll klappte er das Visier herab. »Für das Geborgene Land!«, rief er und preschte zusammen mit den fünftausend Berittenen auf das sich öffnende Stadttor zu.

*

Der oberste Stein der Zinne löste sich wie von selbst aus dem Mörtelbett und schoss wie von einem Katapult abgefeuert auf die Angreifer nieder. Der Quader mit der Kantenlänge eines Unterarms traf den Brustkorb eines Soldaten und quetschte ihn zusammen, als wäre er nachgiebig wie ein Bienennest.

Das stellte den Auftakt zu einem grausamen Hagel dar, wie ihn keiner der Kämpfer jemals erlebt hatte und die meisten von ihnen nie mehr erleben würden.

Die Stadtmauer Poristas löste sich Stein für Stein auf. Von oben nach unten schnellten die Quader von ihren Plätzen und krachten mit solcher Wucht in die Reihen der Angreifer, dass sämtliche Schutzvorrichtungen versagten. Die rollenden Wände wurden durchschlagen, umgeworfen oder vollkommen zertrümmert, während die Truppen dahinter im Splitterregen standen und schreckliche Verletzungen erlitten.

Jeder der Steine traf sein Ziel. Das Geräusch der dumpfen Einschläge, das Krachen der Knochen und Scheppern der Rüstungen wollte nicht mehr enden; aus den Schreckensrufen wurden Hilfeschreie und Todesgebrüll. Die wenigen Sturmleitern, die noch standen, kippten, weil es nichts mehr zum Anlehnen gab.

»Zurück!«, befahl Lothaire und wendete sein Pferd. Da traf ein Quader den Kopf des Hengstes, der augenblicklich zusammenbrach und zuckend verendete.

Der Prinz stürzte schwer zu Boden und brauchte lange Zeit, bis er sich unter dem Leib des Tieres hervorgeschoben hatte. Sein Bein fühlte sich gebrochen an, an ein Auftreten war nicht zu denken. Zwei seiner Soldaten erkannten die Lage und eilten ihrem Herrscher zu Hilfe, um ihn in einen Graben neben dem Weg zur Stadt zu legen. Das war der sicherste Ort, so lange die behauenen Felsbrocken umherflogen.

»Verdammter Magus!«, fluchte Lothaire und biss die Zähne zusammen, als eine Schmerzwelle durch sein Bein fuhr. Die gefürchtete Magie war zum Einsatz gekommen und brachte mannigfaltigen Tod über die verbündete Truppe. Er wollte sich lieber nicht ausmalen, aus wie vielen Steinen sich diese Seite der Mauer zusammensetzte und wie viele Geschosse Nôd'onn damit zur Verfügung standen.

Als das Poltern aufhörte, wagte es der König, über den Rand des Grabens zu spähen.

Der flache Platz vor den Stadttoren war übersät mit großen und kleinen Quadern; selbst die Fundamentbrocken, die so lang wie ein ausgewachsener Mann waren, hatten ihren angestammten Platz verlassen und waren von den unsichtbaren Kräften des Magus umhergewirbelt worden. Hier und da schauten Gliedmaßen, geborstene Lanzen, verbogene Schilde und geknickte Speere unter dem Stein hervor und zeigten auf groteske Weise, wo ein Soldat erschlagen worden war.

Lothaire blickte über die Trümmer hinweg auf die ungeschützten Straßen und Häuser Poristas, die ohne Mauer und völlig wehrlos vor dem Herrscher Urgons lagen. Nur die beiden Türme, welche die Tore hielten, befanden sich noch an ihrem Platz.

»Das ist die Gelegenheit«, presste er unter Qualen hervor. »Wir müssen angreifen.« Mithilfe der beiden Krieger verließ er den Graben, um die Truppen zu einer neuerlichen Attacke anzufeuern.

Anstelle der zwanzigtausend Krieger hatten die Steine ihm gerade einmal dreitausend gelassen, die sich größtenteils auf der Flucht vor den unheimlichen Kräften befanden. *Ich kann es ihnen nicht einmal verdenken.*

Als die Soldaten ihn sahen, schöpften sie neuen Mut. Eine Schar von fünfzehnhundert fand sich zusammen, die sich anschickte, in die Hauptstadt des Magus einzufallen und in den Palast vorzudringen.

Da bewegten sich die Steine erneut. Die großen flogen zuerst einer nach dem anderen empor und gingen an der Stelle nieder, an der sie vor dem Hagel gewesen waren; die kleinen folgten und setzten sich aufeinander, bis sich die Stadtmauer vor den entsetzten Angreifern wieder völlig intakt auftürmte; dieses Mal schimmerte sie jedoch feucht und rot vom Blut der Erschlagenen.

Lothaires Mut und die Zuversicht, etwas gegen Nôd'onn auszurichten, schwanden; er sank ins nasse, vom Lebenssaft seiner Leute getränkte Gras und starrte auf das Bollwerk, das sie niemals überwinden würden. Vereinzelt entdeckte er Metallstücke, Überbleibsel von Waffen und Überreste seiner Soldaten an der Mauer, die wie Trophäen zur Schau gestellt wurden und die Angreifer verhöhnten, um sie zu einem neuerlichen, vergeblichen Versuch herauszufordern. *Was soll ich dagegen ausrichten, ihr Götter?*

Ratlos standen die Krieger mit gezückten Waffen umher. Er hoffte noch auf eine Eingebung, als die Stimme des Zauberers von oben auf sie herabschallte.

»Seid Ihr gekommen, um mir ein Heer zu bringen, König Lothaire?«

»Erfreut Euch Eurer blutigen Genugtuung, Nôd'onn«, rief er wütend zurück, »sie wird nicht lange währen.«

Der Magus, gekleidet in eine dunkelgrüne Robe, trat an eine Schießscharte; Lothaire erkannte sein feistes Gesicht als breites, weißes Oval. »Ihr habt Euch vortäuschen lassen, auf eine wehrlose Stadt zu treffen. Es war nicht das Einzige, auf das Ihr hereingefallen seid. Das menschliche Auge ist leicht zu übertölpeln.« Seine Hände beschrieben eine seltsam anmutende Bewegung. »Ich wünsche Euch viel Erfolg bei Eurem letzten Kampf, Prinz. Seid versichert, dass Ihr nicht gegen Trugbilder, sondern gegen echte Gegner fechten werdet.« Mit diesen Worten trat er in den Schatten der Zinne und verschwand.

Lothaire blickte sich um, und das Entsetzen lähmte ihn. Das grüne Gras zwischen seinen Fingern verfärbte sich zu grauen Halmen, die eben noch farbenprächtigen Bäume verloren ihre Schönheit und senkten die Äste, deren Blätter schon längst am Boden lagen. Der Magus hatte das Heer auf das Gebiet des Toten Landes gelockt und eine Illusion der heilen Welt gewoben, um sie in Sicherheit zu wiegen.

Lothaire verstand, was das für ihn und das Schicksal der fünfzehnhundert Männer bedeutete.

Was darauf stirbt, ist nicht tot, erinnerte er sich an die Erzählungen über die unheimliche Macht aus dem Norden, und Furcht vor dem Kommenden überwältigte ihn. Lothaire schloss die Augen und betete inbrünstig zu Palandiell und allen guten Göttern, auf dass sie ihnen zu Hilfe eilten.

Seine frommen, verzweifelten Gedanken wurden von leisem, aber hundertfachem Aufstöhnen gestört, das überall auf dem Schlachtfeld erklang. Die Toten erhoben sich ungelenk, stemmten sich aus den Kratern, welche die großen Brocken hinterließen, und schoben sich unter Holztrümmern hervor. Je nach der Schwere ihrer Verletzungen krochen, hinkten und taumelten sie auf die Überlebenden zu; andere bewegten sich dagegen wie gewöhnliche Menschen und wären von ihnen nicht zu unterscheiden gewesen, wenn die tödlichen Wunden sie nicht verunstaltet hätten. Aus den ersten hundert, die sich ihnen mit Schwertern, Lanzen und anderen Waffen näherten, wurden rasch mehr.

»Wie ist das möglich? Was sollen wir tun, König Lothaire?«, rief einer der Offiziere voller Furcht.

»Wir versuchen einen Ausfall nach Süden«, entschied er. »Weg von hier, oder wir enden wie diese einst braven Soldaten und werden zu Sklaven des Toten Landes!« Seine beiden Helfer standen bereit, hakten ihn unter, ein Dutzend Krieger bildeten die Leibwache für den verletzten Herrscher. »Schnell! Palandiell sei mit uns.«

Der Ausbruchsversuch aus dem Ring der Untoten, mit denen sie vorhin noch Seite an Seite gekämpft hatten, nahm seinen Anfang.

*

Die Reiterei hetzte durch die menschenleeren Straßen Poristas und nahm dabei weder Rücksicht auf sich noch die Pferde. Etliche der Tiere rutschten in den Kurven auf den glatten Pflastersteinen aus und prallten gegen die Hauswände. Nachfolgende setzten über sie hinweg und galoppierten weiter.

Das Ziel lag unübersehbar vor ihnen: Die Palastanlage, in welcher der Rat der Magi zu tagen pflegte, reckte sich weit in den Himmel und wies ihnen den Weg.

Tilogorn war darüber froh, dass sich die Einwohner den Angreifern nicht entgegenstellten. Die wenigen Verteidiger an ihrem Tor hatten sie ohne Schwierigkeiten überwältigt. Nun galt ihre Attacke Nôd'onn selbst.

Der König konnte sich nicht vorstellen, dass es einen Zauber gäbe, der gegen eine solche Menge von Angreifern wirkte, und darauf vertraute er vollkommen. Jeder andere Gedanke hätte die Truppe verunsichert, und Zweifel begünstigten stets den Sieg des Gegners.

Der Kavalleriestrom flutete wie schimmerndes Wasser durch die Straßen, welche die Vorwärtsbewegung kanalisierten und geradenwegs auf die Mauer zuführten, welche die Residenz umschloss. Die Reiter trafen von drei Seiten auf dem Marktplatz vor dem Zugang zum Palast ein.

Tilogorns Truppen sahen sich einer Menschenmenge gegenüber, die sich schützend vor dem Durchgang versammelte. Der Kleidung nach handelte es sich um einfache Bewohner von Porista – Frauen und Kinder, die sie friedlich und ohne Waffen empfingen.

Einer von ihnen löste sich aus dem Pulk von etwa dreihundert Personen und näherte sich ihnen mit erhobenen Armen. »Lasst ab von unserem Herrn, ihr Männer aus dem Osten«, rief er ihnen entgegen. »Er tat euch nichts und will euch nichts Böses.«

Prinz Mallen, der seine Ido-Rüstung trug, drängte sein Pferd nach vorn, um neben Tilogorn zu gelangen, und lehnte sich zu ihm. »Sie stehen unter dem Einfluss von Nôd'onn«, raunte er. »Wir müssen sie auseinander treiben, sonst ist der Vorteil unseres schnellen Angriffs dahin.« Nervös schaute er zu den Turmfenstern des Palasts. »Wir bieten ihm ein stehendes Ziel.«

»Prinz Mallen? Solltet Ihr nicht Lothaire ...«

»Der Angriff im Süden ist fehlgeschlagen. Ihr und Eure Männer seid die letzte Hoffnung für das Geborgene Land.«

Ich ahnte es. Verdammte Magie! Tilogorn richtete sich im Sattel auf. »Geht beiseite, ihr Leute! Wir wollen euch nichts tun. Uns geht es nur um den Magus.«

»Wir weichen nicht«, erwiderte der Sprecher der Bürger. »Ihr müsst uns niedermetzeln, wenn ihr durch das Tor wollt.« Er wandte ihnen den Rücken zu, ging zurück und reihte sich in den Menge ein, die noch enger zusammenrückte, damit sich die Pferde nicht so einfach zwischen sie schieben konnten.

Tilogorn befahl dreihundert Reitern, in einer Linie parallel zum Tor zu reiten und die Menschen vor sich her zu schieben. Die gepanzerten Tierleiber wirkten wie eine Mauer, drückten die ersten Bewohner Poristas zur Seite, während eine zweite Abteilung dafür sorgte, dass sie sich nicht mehr vor den Eingang des Palastes begaben.

Unvermittelt schrie einer der Berittenen auf, hielt sich das Bein und stürzte aus dem Sattel, in den sich augenblicklich einer der Einwohner schwang. Seine nagelgespickte Keule traf den überrumpelten Soldaten zu seiner Linken mitten ins Gesicht, eher er von dem Idoslâner zu seiner Rechten mit einem Schwerthieb getötet wurde. Im Fallen wandelten sich seine einfachen Kleider zu einer Rüstung, und aus dem Mann wurde ein Ork, der grunzend auf der Erde aufschlug und starb.

Der Zauber fiel, aus den Bürgern wurden gerüstete Orks. Wer noch immer einen Beweis benötigt hätte, dass Nôd'onn sich mit den

Kreaturen Tions und damit mit dem Bösen eingelassen hatte, erhielt ihn jetzt.

»Macht sie nieder!«, befahl Tilogorn augenblicklich. »Macht alles nieder! Traut euren Augen nicht mehr!«

Die scheinbar unbewaffneten Menschen Poristas droschen unvermittelt mit Keulen, Äxten und klobigen Schwertern auf die Reiterei ein, und die Überraschung kostete Dutzenden Soldaten das Leben.

Die Kavallerie erholte sich von ihrem ersten Schrecken und versuchte, sich aus dem Nahkampf zu lösen, weil das Gedränge den Kriegern nicht erlaubte, einen gezielten Schlag gegen einen der grünhäutigen Feinde zu führen.

Aber die Orks setzten nach, schlugen den Pferden in die Hinterläufe und Flanken, hängten sich wie wütende Hunde an sie und brachten sie dazu, vor Schreck und Schmerz durchzugehen.

Blind vor Angst rannten die Tiere gegen die wartenden Abteilungen und sorgten für noch größere Verwirrung.

Die Orks tauchten scheinbar überall auf, schlugen grölend zu und verschwanden. Die Vierbeiner traten um sich, trafen Freund und Feind, wieherten und schnaubten, bis sie ihren angeborenen Instinkten gehorchten und sich zur Flucht wandten. Den besten Reitern gelang es nicht, sie aufzuhalten, der Herdentrieb der Pferde war stärker als Reitsporn und Zügel.

Mallen und Tilogorn brauchten lange, bis sie ihre Einheiten geordnet hatten und auf den Platz zurückkehrten. Die eigenen Fußtruppen schlossen zu ihnen auf und begleiteten sie, um den Weg vor dem Palasttor freizuräumen.

Von den Orks fehlte plötzlich jede Spur, nur die Toten und Verwundeten verrieten, dass sich vor kurzem eine brutale Schlacht ereignet hatte. König und Prinz verzichteten darauf, lange über den Verbleib der Gegner nachzudenken, sondern ließen die Portale aufbrechen.

Dreitausend Reiter preschten in den Vorhof der Anlage. Mallen und Tilogorn teilten ihre Abteilungen auf und begannen damit, den Palast eilends nach Nôd'onn zu durchsuchen. Die Stufen waren so breit und flach gebaut, dass die Pferde mühelos durch die Säle und Hallen gelangten; auf Verteidiger oder die Orks warteten die Angreifer dabei vergebens.

»Ihr bleibt hier unten und sucht.« Der König von Idoslân nahm sich den höchsten der Türme vor, weil er den Magus dort vermutete. »Ich gehe hinauf.« Zusammen mit dreihundert Soldaten saß er ab und erklomm die steiler und enger werdenden Stufen. Dabei öffnete er sein Visier, um besser atmen zu können.

Im ersten Zimmer fiel sein Blick durch die breiten Fenster nach draußen auf den südlichen Teil Poristas, durch den sich weitere Soldaten einen Weg zum Palast bahnten. Im Wind flatterten die Fahnen Urgons und ihrer anderen Verbündeten.

»Seht, Prinz Mallen!«, machte er seinen Begleiter erleichtert auf seine Entdeckung aufmerksam. »König Lothaire hat es doch noch geschafft, das Tor einzunehmen. Jetzt wird dem Zauberer nichts mehr helfen können.«

Der blonde Ido war überrascht. »Ich habe selbst gesehen, wie ...« Er schwieg und folgte dem König. Mit frischem Mut und neuer Kraft in den Beinen liefen sie voran, bis sie an eine gewaltige Tür gelangten, die sie mit Gewalt aufbrachen.

Ihr Mut wurde belohnt. Zwanzig Schritt entfernt stand eine feiste, hohe Gestalt in einer malachitfarbenen Robe mit dem Rücken zu ihnen und beobachtete die Geschehnisse am Fuße des Turmes und rund um den Palast. Der Magus hielt es nicht einmal für notwendig, sich umzudrehen.

Tilogorn musste nichts sagen. Seine Soldaten fächerten auseinander, die Bogenschützen feuerten ohne Vorwarnung auf den Zauberer, aber die Pfeile erreichten das unverfehlbare Ziel nicht. Je näher sie dem Rücken kamen, desto poröser wurden sie; das Metall der Spitzen korrodierte, der Schaft zersetzte sich und zog eine Spur aus Holzmehl hinter sich her. Schließlich lösten sie sich einfach in nichts auf. Kleine Eisenspäne fielen klimpernd auf die Steinplatten.

»Willkommen.« Der Magus regte sich noch immer nicht. »Willkommen in Lios Nôd'onn, König Tilogorn. Was ist Euer Begehr?«

»Das Wohl des Geborgenen Landes«, entgegnete Tilogorn mit fester Stimme, zog seine Waffe und hielt sich bereit, gegen den Zauberer zu kämpfen. »Ihr steht dem im Weg.«

»Ihr seid in mein Reich einmarschiert, habt meine Stadt angegriffen und wollt mich töten. Wäre es da nicht an mir, Sorgen um das Wohl meines Land zu haben?«

»Ihr seid zum Verräter und mehrfachen Mörder geworden, wie wir erfahren mussten.«

»Zum Mörder, ja. Aber aus gutem Grund, denn ich möchte das Land schützen – genau wie Ihr. Eine Gefahr zieht herauf, vor der nur ich und mein Freund das Geborgene Land erretten können, und dazu benötige ich die Gewalt über alle Reiche. Die Herrscher der

Menschen, Zwerge, Elben, die Zauberer, sie alle müssen gehorchen oder wegen des Wohls aller vergehen.« Endlich wandte er sich um, und seine schleierverhangenen grünen Augen schauten traurig. »Einige sind schon vergangen, und es schmerzt mich sehr. Wollt wenigstens Ihr Euch mir anschließen?« Er machte einen Schritt nach vorn und hielt dem König die ausgestreckte Hand hin.

»Niemals!« Ein Dutzend Soldaten stürmten auf Tilogorns Geheiß vor, um ihn zu ergreifen.

Doch ihre Rüstungen, ihre Waffen, ihre Kleider und schließlich sie selbst endeten wie die Pfeile. Die unsichtbaren Kräfte wirkten so schnell, dass ihnen nicht einmal mehr Zeit blieb, sich aus dem Wirkungskreis des Magus' zurückzuziehen. Zu Staub zerfallen lagen ihre Überreste vier Schritt von Nôd'onn entfernt. Der Herbstwind wirbelte die pulvrige Substanz davon. Nun wichen die übrigen Krieger eingeschüchtert zurück.

»Ihr habt meine Macht sträflich unterschätzt, König Tilogorn«, sagte Nôd'onn schleppend. »Die Hand, die ich Euch entgegenstreckte, schlugt Ihr aus. Nun bezahlen Eure Männer den Preis für Eure Überheblichkeit.«

Die kühle Brise trug neuerlichen Gefechtslärm mit sich und brachte Tilogorn zum Aufhorchen.

»Ihr dachtet, die Schlacht sei geschlagen?« Der Magus deutete auf das Fenster. »Seht, was aus dem Heer Lothaires und dem König selbst wurde.«

Tilogorn ließ die Augen nicht von Nôd'onn, sondern schickte stattdessen einen Soldaten, um in die Tiefe zu schauen und zu berichten.

»Sie kämpfen gegen unsere Leute, mein König«, meldete er bestürzt. »Ich sehe ganz deutlich die Banner Urgons, die Soldaten ... Sie stehen den Orks bei!« Der Mann hielt inne. »Bei Palandiell! Sie stehen wieder auf ... auch wenn sie tödlich niedergestreckt wurden, stehen sie wieder auf!«

Nôd'onn lachte. »Ihr befindet Euch seit längerer Zeit schon auf Erde, die dem Toten Land gehört. Meine Zauberkräfte haben Euch etwas anderes vorgegaukelt, damit Ihr mir auch wirklich das Heer brachtet, das ich dringend benötige ...«

Er wollte noch etwas sagen, aber ein Hustenkrampf schüttelte ihn. Blut sickerte aus der Nase und dem Mundwinkel, keuchend brach er auf die Knie, und noch mehr Blut rann in dicken Fäden zwischen den Lippen hervor und besudelte die makellos weißen Bodenplatten.

»Jetzt oder niemals mehr!«, schrie Tilogorn und rannte los. »Für das Geborgene Land!« Seine Krieger folgten ihm.

Die Mehrheit der Mutigen zerfiel zu Staub, doch an manchen Stellen wurde die Wirkung des Zaubers durch Nôd'onns Schwäche gemildert. Dreißig Kriegern gelang es, darunter auch dem König, die Sperre zu durchbrechen und nahe an den Magus heranzukommen. Ein Bogenschütze jagte drei, vier Pfeile in den aufgedunsenen Körper, dann waren die Soldaten heran und hackten auf den ermatteten Magus ein. Plötzlich war auch Prinz Mallen an seiner Seite.

Die Angst, im letzten Moment doch noch Opfer eines Zaubers zu werden, verlieh den Männern berserkerhafte Kräfte. Die Klingen stachen und schlugen immer schneller, immer fester zu. Der Stein färbte sich rot vom Blut, das in Strömen aus dem zerstückelten Leib rann. Es stank bestialisch.

Tilogorn meinte, eine Bewegung in den klaffenden Wunden gesehen zu haben. *Etwas lebt in ihm*, durchzuckte es ihn voller Abscheu. Voller Härte drosch er zu. »Stirb endlich!«

»Nein!«, schrie Nôd'onnn. Ein Windstoß trieb die Angreifer zurück und hob sie von den Beinen. »Ich muss das Geborgene Land schützen!« Der Onyx seines Zauberstabs spie ein Geflecht aus schwarzen Blitzen. Etliche Männer vergingen in den Energien samt ihren Rüstungen zu Asche.

»Gebt nicht auf!« Der König sprang nach vorn und holte mit seinem Schwert aus. »Wir müssen das Unmögliche schaffen«, rief er atemlos und reckte seine Rechte gegen den Magus. »Ich ...«

Ein Blitz sirrte heran und wühlte sich durch das Leder bis zu seinem Herzen vor. Stöhnend sank Tilogorn nieder, die Finger lösten sich vom Griff des Schwertes, es verschwand im Gewirr aus Beinen und Schuhen. *Versagt ...*

»Meinen Glückwunsch, Prinz Mallen«, sagte Nôd'onn höhnisch. »Ihr wurdet soeben ein König und seid der neue Herrscher über Idoslân.« Wieder reckte er die Hand. »Ich frage Euch: Wollt Ihr mir folgen oder Tilogorn und Eure Herrschaft so schnell verlieren, wie Ihr sie erhalten habt?«

Der Ido überlegte nicht lange; er bückte sich, hob das Schwert auf und zog den Schwerverletzten auf die Beine. »Ich bringe Euch von hier weg, heute ist nicht der Zeitpunkt, um ihn zu besiegen«, sagte er zu Tilogorn und schleppte ihn zum Ausgang. Die Soldaten gaben ihnen Schutz.

Nôd'onn schaute ihm fassungslos hinterher. »Auch Ihr?«

»Ihr seid das Böse, der Feind Idoslâns. Wie könnte ich mit Euch einen Pakt eingehen?« Mallen stützte Tilogorn und humpelte die Stufen hinab, doch Nôd'onn folgte ihnen mit großen Schritten.

»Dann sterbt gemeinsam!«, schrie er mit überschnappender Stimme. »Ich brauche weder den einen noch den anderen von Euch!«

Als sich die ersten Blitze knisternd durch die Reihen der letzten Krieger fraßen, warf sich Mallen Tilogorn über die Schulter und rannte die Treppen hinab. »Ich weiß nicht, ob wir beide es schaffen, aber ich werde Euch sicherlich nicht diesem Wesen überlassen«, keuchte er unterwegs.

»Mallen, regiert Idoslân besser als Euere Vorfahren«, raunte der König sterbend. Blut floss aus seinem Mund und rann über die gerüstete Schulter seines Trägers. »Hört zu: Sammelt den Nachschub in sicherer Entfernung zu Porista, rettet die Verwundeten und verbrennt die Leichname – oder Ihr habt ein Heer aus Untoten gegen Euch, dem nichts und niemand mehr gewachsen ist. Ihr dürft Nôd'onn niemals sein unschlagbares Heer geben!«

»Ihr werdet leben und mir dabei helfen, die Vergeltung vorzubereiten. Ihr habt mehr Erfahrung, Tilogorn«, widersprach der Prinz angestrengt; das zusätzliche Gewicht drückte schwer auf seine Beine. »Reißt Euch zusammen, Mann! Wollt Ihr einem Ido den Thron Eures Landes überlassen?«, schürte er die Wut des Königs, um ihn am Leben zu halten.

»Versprecht es! Seid weiser als Euer Großvater! Reißt das Land nicht in Stücke.«

»Ich verspreche es.«

»Verbrennt die Toten«, schärfte er ihm noch einmal leise ein, »rettet unsere Heimat. Palandiell sei ...« Sein Körper erschlaffte.

Nein! So wollte ich den Thron niemals. Mallen kam am Fuß des Turmes an und legte den Toten sanft auf die Erde. *Aber ich werde mein Versprechen halten, Tilogorn.* Er nahm sich den Siegelring, die Spange und das Schwert des Herrschers und lief weiter.

Er und seine restlichen Leute bahnten sich mit knapper Not einen Weg durch die Horde von Untoten.

Auf dem Rückzug steckten sie Porista in Brand und schufen ein Flammenmeer, das keine Magie der Welt zum Verlöschen brachte. Selbst der von Nôd'onn beschworene Regen konnte nicht mehr verhindern, dass die Stadt bis auf die Grundmauern und den Palast des Zauberers niederbrannte. In diesem Inferno endeten auch König Tilogorn und König Lothaire.

XIII

**Das Geborgene Land, irgendwo unter der Erde,
im Spätherbst des 6234sten Sonnenzyklus**

Inzwischen konnten die fünf Zwerge vage bestimmen, wie weit sie von ihrem Ziel entfernt waren. Alle fünfundzwanzig Meilen war eine entsprechende Markierung in den Fels gehauen, die sie zunächst nicht entdeckt hatten. Binnen kurzem legten sie die Strecke von unglaublichen zweihundert Meilen zurück.

Als sie vor der nächsten Schwungstelle ausrollten und in einer größeren Halle zum Stehen kamen, beschlossen sie, sich hier für ein paar Stunden auszuruhen. Sie hatten zwar keinen anstrengenden Marsch unternommen, aber das unbequeme Sitzen, die Kurven und das Auf und Ab hatten ihre Muskeln verspannt, und auch das eintönige Rattern der Lore hatte sie ermüdet.

Boïndil kletterte auf den Rand ihres Gefährts und hielt von dort sorgfältig nach Fußspuren in der Dreckschicht des Bodens Ausschau, ehe sie ausstiegen. »Hier war schon lange niemand mehr«, verkündete er und sprang auf den Boden, dass Staub aufwirbelte. »Oder sie sind alle zerfallen.«

»Die Gleise vor uns sind ebenfalls schmutzig. Gandogar muss einen anderen Weg genommen haben«, schloss sein Bruder aus seiner Beobachtung.

Tungdil entfaltete die Skizze des Tunnelsystems, die er bei ihrem letzten Halt angefertigt hatte. »Es wäre möglich«, schätzte er.

»Hoffentlich bricht die Decke über ihm ein«, grummelte Ingrimmsch und sammelte Holzreste, um damit ein Feuer zu machen; doch kaum berührten seine Finger die Balkenstücke, zerfielen sie zu Sägemehl und kleinen Brocken. Aus den gerösteten Pilzscheiben mit geschmolzenem Käse wurde nichts.

Sie nahmen schweigend ihr Mahl ein, jeder hing seinen eigenen Gedanken nach. Bavragor trank ordentlich und stimmte seine Gesänge an, ohne sich um die Einwände seiner Begleiter zu scheren. Seine kräftige Stimme hallte durch den Raum und pflanzte sich durch die Röhren fort.

»Sei endlich still! Sonst weiß jedes Lebewesen unter der Erde, dass ein paar Zwerge hier sind«, beschwerte sich Goïmgar.

»Bei dem Gegröle, das er unterwegs von sich gab, dürfte es längst bekannt sein«, grinste Boëndal.

»Unser kleiner Schimmerbart hat wieder Angst, was?!«, stichelte Boïndil, während er seine Beile in den Schoß legte und die Schneiden mit einem Schleifstein bearbeitete. »Keine Sorge, mein Bruder und ich sind bei dir.« Prüfend fuhr er mit dem Daumen über die Klinge. »Sie hat schon lange kein Orkblut mehr getrunken. Sie ist ebenso ungeduldig wie ich.«

»Glaubst du denn, es gibt hier unten welche?«, fragte Goïmgar bange.

»Alles kann in diesen Stollen leben«, erwiderte er mit irrem Blick. Boëndal und Tungdil verstanden sogleich, dass er sich einen Scherz mit dem Diamantenschleifer erlaubte, um ihn noch mehr zu erschrecken. »Hunderte von Zyklen waren sie ungenutzt. Vielleicht treffen wir auf Bestien, die es sich hier unten gemütlich gemacht haben.« Er schlug die Beile mit den flachen Seiten gegeneinander, dass es laut klirrte. »Ho, wir müssen ihnen den Krieg erklären und sie hinauswerfen.«

»Genug, tapferer Krieger«, bremste ihn Tungdil.

Aber Boïndil lachte laut, er hatte sich in Kampfstimmung geredet. »Kommt nur, ihr Oger, ihr Trolle, ihr Orks und alle widerlichen Kreaturen Tions! Hier sind die Kinder des Schmieds, die euch vernichten werden!«, rief er laut, um den Gesang des Steinmetzen zu übertönen. »Kommt, damit ich euch töte!«

»Pst, bitte, sei still!«, bat Goïmgar ihn flehentlich und kroch rückwärts, bis er die sichere Wand im Rücken spürte. »Fordere nichts heraus!«

»Ich habe von Wesen gehört, die von Tion eigens als Feinde der Zwerge erschaffen wurden, so wie die Albae die Todfeinde der Elben sind«, mischte Bavragor sich ein und ölte seinen Hals mit einem neuerlichen Schluck aus dem geheimnisvollen Schlauch.

»Und ich habe von Wesen gehört, die nach deinem Gesang qualvoll gestorben sind«, feixte Boëndal.

»Wenn uns die Orks gleich besuchen, halt bloß den Mund. Du schlägst sie sonst noch in die Flucht«, setzte Boïndil nach.

Bavragor bedachte ihn mit einer unanständigen Geste und setzte zu einem neuen Lied an, doch Tungdil befahl ihm zu schweigen. »Wir wollen doch hören, ob sich jemand an uns heranschleicht«, meinte er und erntete sogleich die Zustimmung der Zwillinge und Goïmgars.

»Von mir aus.« Bavrogar verlegte sich aufs leise Summen, baute sich aus Decken sein Nachtlager und schnarchte wenig später fast lauter, als er gesungen hatte. Die Zwillinge legten sich ebenfalls zur Ruhe, während Goïmgar sich nicht mehr vom Fleck rührte. Tungdil musste ihm die Decke reichen, weil er beabsichtigte, im Sitzen zu schlafen.

»Ich weiß, was du vorhin versucht hast«, sagte er nach einer Weile leise zu ihm, als er sich sicher war, dass die anderen drei schliefen.

»Ich verstehe nicht ...«

»Vorhin, in der anderen Halle«, erinnerte er ihn. »Du wolltest den Plan beschädigen, damit er uns nichts mehr nützt. Warum hast du das versucht?«

Der schmächtige Zwerg funkelte ihn trotzig an. »Ich wollte den Staub abwischen.«

»Mit deinem Dolch?« Tungdil betrachtete sein Gesicht, suchte seinen Blick. »Ich möchte, dass du verstehst, dass ich nicht dein Feind bin.«

»Mein Feind? Nein, du bist nicht mein Feind. Du bist nichts, nicht einmal ein Vierter«, entgegnete er unfreundlich. »Vraccas mag wissen, woher du kommst, aber unserem Stamm gehörst du nicht an. Ein Dahergelaufener möchte sich den Thron aneignen, der ihm nicht gebührt. Aber es wird dir nicht gelingen. Auch wenn mein König mir befohlen hat, all deine Anweisungen zu befolgen, so werde ich einen Weg finden, deinen Aufstieg zu verhindern und Gandogar zu seinem Recht zu verhelfen.«

»War das der Grund, warum du nicht mitkommen wolltest?«

»Vielleicht. Aber vielleicht hasse ich es einfach auch nur zu reisen, zu kämpfen, Dinge zu erleben, die ich nicht erleben will. Die Reise zu den Zweiten war schon nicht nach meinem Geschmack. Und jetzt setze ich mein wertvolles Leben für einen Betrüger aufs Spiel!«

»Es geht mir nicht um den Titel des Großkönigs, Goïmgar«, sagte Tungdil beschwichtigend. »Um ehrlich zu sein, er ist mir herzlich gleichgültig.«

Der Zwerg sah ihn überrascht an. »Was ist dann der Grund für den Wettstreit?«

»Ich möchte, dass wir die Feuerklinge erschaffen, um Nôd'onn damit zu bekämpfen und zu besiegen«, erklärte er eindringlich. »Wenn es für das Geborgene Land schlecht läuft, sind wir Zwerge die Einzigen, die den wahnsinnigen Magus aufhalten können. Darum geht es mir, nicht um den Thron.«

»Wäre ich an deiner Stelle, würde ich den Marmor von der Decke lügen, um mein Ziel zu erlangen. Woher weiß ich, dass du die Wahrheit sprichst? Und was geschieht, wenn wir zuerst ins Blaue Gebirge zurückkehren? Wärst du dann nicht König, obwohl du es angeblich nicht wolltest? Beeilen wir uns deshalb so?«

Tungdil sah ein, dass er ihn an diesem Abend nicht von seinen ehrlichen Absichten überzeugen konnte, dafür war das Misstrauen ihm gegenüber viel zu stark.

Außerdem trafen ihn die Worte über seine Abstammung, die für ihn nach wie vor im Dunkeln lag. Er musste sich verstellen, beharrlich den Schein wahren, doch im Grunde seines Herzens fühlte er sich unsicher, einsam. Allein das Schicksal Lot-Ionans und seiner lieben Freundin Frala gab ihm die Kraft, das Schauspiel aufrecht zu erhalten, um die Gruppe in das verlorene Reich der Fünften zu führen. Er würde alles daran setzen, dem verräterischen Magus die Macht und das Leben zu rauben.

»Lass es gut sein«, beendete er die Unterredung bedrückt. »Ruh dich aus, ich halte Wache.«

Tungdil legte die Decke um seine Schultern, um sich gegen die Kühle des Stollens zu schützen. Da ertönte ein Geräusch. Es klang wie ein einzelner Hammerschlag gegen einen Felsen.

Goïmgar, der es sich eben bequem machte, erstarrte in der Bewegung. »Die Oger?«, raunte er ängstlich. »Oder die Geister der Zwerge, die beim Bau der Gänge starben?«

Es kann alles Mögliche sein. Tungdil antwortete ihm nicht, sondern nahm seine Axt und lauschte in die Finsternis. Das Pochen wiederholte sich nicht mehr. »Ein Stein«, sagte er langsam und entspannte sich. »Ein Stein wird von der Decke gefallen sein und einen anderen Brocken getroffen haben. Kein Grund zur Beunruhigung.«

»Sollten wir die Zwillinge nicht wecken? Sie haben gewiss mehr Erfahrung als du.«

»Nein. Es war nichts«, beharrte er. »Schlaf und vergiss das Geräusch.«

Der Edelsteinschleifer zog die Decke bis zum Bart hoch, legte den Schild vor seinen Oberkörper, und Tungdil hörte, wie er das Kurzschwert zog. Erst dann schlossen sich seine Lider.

Was mag das gewesen sein? Er stand leise auf, ging nach rechts, dann nach links, um in die Röhren zu lauschen, ob er Schritte oder andere Laute vernahm.

Nichts. Die Stollen blieben ruhig.

Doch sein mulmiges Gefühl wollte nicht verschwinden. *Es ist nicht abwegig, dass sich andere Geschöpfe nach so langer Zeit ohne Zwerge als Herren der Röhren betrachten.* Die herausfordernden Worte Boïndils konnten mehr geweckt haben, als ihnen lieb war.

*

Als die Gruppe ihre Reise fortsetzte, erzählte Tungdil den anderen von dem Geräusch, das er und Goïmgar gehört hatten. Ingrimmsch freute sich auf die bevorstehenden Scherereien und ärgerte sich gleichzeitig darüber, dass sie ihn nicht geweckt hatten, also spielte er den Beleidigten und sprach eine ganze Weile kein Wort mit ihnen.

Die Lore sauste wie der Wind die Trasse entlang, mal schnell, mal langsam, mal bergauf, mal bergab. Der Schwung reichte zweimal nicht aus, um sie bis zur nächsten Gefällestrecke rollen zu lassen, und die fünf Zwerge mussten den Karren wohl oder übel schieben.

Bei der Gelegenheit stimmte Bavragor natürlich ein Lied an, das sie bei ihrer Schufterei antreiben sollte, und als er schließlich ein Liebeslied sang, brachte er Boïndil damit zur Weißglut.

Er provoziert ihn aus voller Absicht. Tungdil hatte zudem den Eindruck, dass sich der starke Einäugige nicht mit seiner gesamten Kraft an der Schinderei beteiligte, um mehr Gewicht für Ingrimmsch zu lassen. Bei einer Rast nahm er den Steinmetzen zur Seite und stellte ihn zur Rede.

»Sicher mache ich das mit Absicht«, gestand er unverhohlen. »Ich werde ihn die ganze Reise über leiden lassen.«

»So geht das nicht«, meinte Tungdil vorwurfsvoll.

Bavragor zuckte gleichgültig mit den Achseln.

»Ist deine Schwester der Grund dafür?«

Er blickte hinüber zu den Zwillingen, wo Boëndal seinem schweißnassen, ermüdeten Bruder den Wasserschlauch reichte. »Ja«, antwortete er gedehnt, während er seinen eigenen Trinkbehälter nahm und entkorkte. Augenblicklich roch es nach scharfem Branntwein. Er nahm einen Schluck und wischte sich einige Tropfen aus dem schwarzen Bart. »Ja«, flüsterte er dann ein weiteres Mal abwesend und senkte den Blick.

»Was geschah zwischen ihr und Boïndil?«, hakte Tungdil behutsam nach.

Bavragor reckte den Kopf. Seine Kiefer mahlten, und eine einzelne Träne sickerte unter der Augenklappe hervor. Sprechen konnte er nicht, stattdessen hob er den Schlauch erneut an die Lippen.

»Willst du dich wegen ihr zu Tode trinken?«

Er setzte ab. »Nein. Ich trinke, damit ich vergesse, wie gut ich einmal gewesen bin«, antwortete er traurig. »Aber es gelingt mir nicht. Meine Werke hängen in jeder Ecke des Zweiten Reichs, schauen auf mich herab und verhöhnen meine untauglich gewordenen Hände.« Er lehnte sich an die Felswand und betrachtete die Halle, in der sie sich befanden. »Weißt du, warum ich auf diese Expedition mitgekommen bin?«, fragte er unvermittelt, und Tungdil schüttelte den Kopf. »Um nicht zurückzukehren«, erklärte er heiser und mit der Ernsthaftigkeit eines Betrunkenen. »Ich ertrage die mitleidigen Blicke der Zwerge nicht länger. Ich möchte als Bavragor Hammerfaust in Erinnerung bleiben, als ungeschlagener Meister des Steins, der die Feuerklinge zum Leben erweckt hat und sein Leben für die Zwergen gab – und nicht als der Säufer Hammerfaust, dem der Meißel in der Hand so zittert, dass er Felsen graviert, ohne es zu wollen.« Er schaute Tungdil an und lächelte schwach. »Ich werde meinen Beitrag leisten, um das Geborgene Land und unser Volk zu schützen, aber ich bleibe im Reich der Fünften.« Zur Bekräftigung trank er einen weiteren Schluck Branntwein und schwieg dann.

Seine Worte machten Tungdil betroffen. Er hatte ihn anders eingeschätzt, als lauten, gelegentlich unflätigen, aber gutmütigen Zwerg, den nichts so leicht aus der Bahn warf. »Nein. Du wirst sicher mit uns zurückkehren«, erwiderte er und fand seine Äußerung nach dem ehrlichen Geständnis armselig. »Wir brauchen deine harten Fäuste gegen die Truppen Nôd'onns!«

Bavragor legte ihm die Hand auf den Unterarm. »Du brauchst Zwerge wie die Zwillinge, die kämpfen können und denen Selbstzweifel fremd sind.« Er ließ ihn los. »Sei unbesorgt. Meine Beherrschung wird ausreichen, die schönsten und besten Widerhaken aus Granit zu formen, die das Zwergenreich jemals gesehen hat. Und nun lass mich mit meinem Schlauch allein. Ich erzähle dir ein anderes Mal, was mit meiner Schwester geschah.«

Tungdil erhob sich und ging zu den Kriegern, die sich Schinken und Käse gönnten. *Traurig.*

Boëndal hatte die Unterhaltung aus der Entfernung mitverfolgt, ohne zu verstehen, über was sie sprachen, fragte aber nicht nach, um seinen Bruder nicht aufmerksam werden zu lassen. Er reichte Tungdil ein Stück von dem würzigen Ziegenkäse. »Wenn uns die Trasse nicht im Stich lässt, sind wir übermorgen schon bei den Ersten, Gelehrter«, sagte er.

»Gandogar müsste demnach bereits dort sein«, meinte Tungdil missmutig.

»Wenn er sich nicht verfahren hat«, lachte Ingrimmsch und wischte sich den Schweiß aus den Augen. »Ich hoffe, dass ihn seine Abkürzung geradewegs in ein tiefes Loch führte.« Goïmgar warf ihm einen bösen Blick zu. »Ja, schau mich ruhig an. Da sitzt der Herrscher über alle Zwerge«, nahm er die unausgesprochene Herausforderung gereizt an. »Dein König aber ist ein Kriegstreiber, ein Weichzwerg, der ...«

»Genug, Boïndil«, rief ihn Tungdil zur Ordnung. »Ich weiß, dass du lieber kämpfst als herumsitzt, aber du wirst dein Temperament zügeln müssen.« Brummelnd verstummte der Zwerg. »Weiter. Je eher wir unsere erste Etappe erreichen, umso besser.« Er erhob sich. Die anderen vier verstanden es als Zeichen, auf die harten Sitze der Lore zurückzukehren. *Wird jemals Ruhe in die Gruppe einkehren?*, fragte Tungdil sich besorgt.

»Wie es wohl bei ihnen aussieht?«, überlegte Boëndal halblaut, während er sich bereithielt, das Vehikel anzuschieben. »Es sollen die besten Schmiede unseres Volkes sein. Ich lasse mir von ihnen eine neue Waffe anfertigen, die noch besser als mein Krähenschnabel ist.«

»Ho! Das ist ein guter Gedanke, Bruderherz«, rief Ingrimmsch. »Nicht, dass meine beiden Beile schlecht wären, aber wenn die Clans der Ersten Besseres bieten, lange ich gern zu.«

Langsam rollten sie los. Als die Abwärtsstrecke näher rückte, sprang Boëndal auf seinen Platz, und die Reise ging weiter.

Das Geborgene Land, das Zwergenreich des Zweiten, Beroïn, im Herbst des 6234sten Sonnenzyklus

Ich bin deiner Einladung gefolgt, Gundrabur, aber rechne nicht damit, dass du meine Meinung ändern wirst«, sagte Bislipur und erhob sich wieder, nachdem er vor dem Großkönig niedergekniet war.

Der Tonfall seiner Stimme verriet Starrsinnigkeit und Ablehnung und verdeutlichte dem Oberhaupt aller Zwergenstämme und seinem Berater, dass sie sich die einsame Unterredung in der leeren Ratshalle hätten sparen können. Aber vielleicht ließ Vraccas ja ein Wunder geschehen und schlug ihm mit seinem Hammer unerwartet Einsicht in den Schädel. Gundrabur deutete auf den Sessel, auf den sich der kräftige Zwerg niederlassen durfte.

Er sieht merklich schlechter aus. Seine Finger zittern, den Arm kann er nicht mehr richtig heben, bemerkte Bislipur voller Zufriedenheit. *Sein Alter ist auf meiner Seite.*

»Wir wählen den Weg, den wir von Anfang an hätten einschlagen sollen, anstatt Intrigen zu spinnen«, begann Balendilín und setzte sich neben seinen Herrn. »Es ist nicht unsere Art, Meinungsverschiedenheiten wie unehrliche Kobolde zu lösen, oder, Bislipur?«

»Intrige ist sicherlich das falsche Wort dafür. Ich suche mir Verbündete, um das Ziel zu erreichen, das sich unserem Volk in einer einmaligen Lage bietet«, hielt er dagegen.

»Der Großkönig und ich fragen uns, was dein wahrer Antrieb ist«, gab Balendilín offen zu. »Wir verstehen nicht, dass du die Kinder des Schmieds in einen Krieg gegen die Elben führen willst, wenn eine weit größere Schlacht ruft.«

Bislipur wirkte gelangweilt, er ärgerte sich nicht einmal mehr. »Großkönig, lass mich gehen. Ich verstehe euer Anliegen ebenso wenig wie ihr meins, und von daher gibt es keinerlei Grundlage für eine Unterhaltung. Sie ist reine Zeitverschwendung.«

»Zeit, die du wofür benötigst?«, hakte Balendilín ein.

»Zum Nachdenken«, antwortete Bislipur mürrisch. Ohne die Erlaubnis abzuwarten stand er auf und humpelte zur Tür.

»Nachdenken möchtest du?«, sagte Gundrabur. »Nun, dann denke über Folgendes nach: Niemand aus deiner Gesandtschaft kennt deine Familie, Bislipur.«

Der Zwerg blieb stehen, drehte sich jedoch nicht um. »Was willst du damit andeuten, Großkönig?«

»Ich möchte nichts andeuten, ich weise dich auf etwas hin«, erwiderte Gundrabur.

Balendilín sprang für seinen geschwächten Herrn ein. »Du zweifelst Tungdils Herkunft an, einverstanden. Aber ein altes Sprichwort sagt: Wer nach anderen mit Feuer wirft, sollte sich vergewissern, dass er die Hitze nicht selbst fürchten muss.«

Bislipur kehrte an seinen Platz zurück, die breiten Hände zu Fäusten geballt. »Es scheint mir, als spinntet ihr beide eine Intrige, wie es die Kobolde nicht besser könnten«, grollte er. »Was führt ihr im Schilde?«

»Nichts. Aber wir würden unsere Zweifel laut anklingen lassen, dass mit deiner Herkunft ebenso etwas im Argen liegt wie mit der unseres favorisierten Nachfolgers«, sagte der Berater ernst. »Und die Zeilen über die Schuld der Elben am Untergang der Fünften sind eine Fälschung.«

»Verleumdung!« Bislipur schlug mit beiden Händen auf den Tisch, dass der Stein knackte.

»Sieh dich an. Deine Statur ist breiter als die der Zwerge aus dem Stamm der Vierten, niemand sah dich jemals einen Edelstein schleifen oder an Schmuck arbeiten, und deine Kampfkraft sowie deine Stärke sind bei den Orks gefürchtet«, hielt Balendilín kalt dagegen. »Das habe ich erfahren, als ich mich ein wenig umhörte. Deine Feinde könnten annehmen, du seist einer aus dem Stamm Lorimburs.«

»Du wagst es, mir diese Schmähung ins Gesicht zu sagen?! Bei meinem Bart, ich würde dich augenblicklich zu einem Zweikampf um meine Ehre fordern, wenn du nicht ein Krüppel wärst!«

Balendilín jubelte innerlich. *Ich habe ihn mit meinen frei erfundenen Worten tatsächlich getroffen!* »Wir schlagen dir einen Handel vor. Du verhältst dich still, bis eine der beiden Gruppen aus dem Grauen Gebirge zurückkehrt, und verkündest, dass die Schuld der Elben am Untergang der Fünften nicht erwiesen ist und die Zeilen gefälscht wurden, von wem auch immer. Wir versprechen hingegen, dass wir das Gerücht über deine zweifelhafte Herkunft nicht verbreiten werden.«

»Lass den Ausgang des Wettkampfs über den zukünftigen Herrscher entscheiden und nichts anderes«, bat der weißhäuptige Gundabur.

Zähneknirschend stimmte Bislipur zu.

»Wir sollten auf unseren Waffenstillstand anstoßen«, meinte Balendilín.

Bislipur wwandte sich ruckartig zum Gehen. »Trinkt, wenn ihr wollt. Ich habe noch viel zu tun«, verabschiedete er sich und zwang sich zu einem freudlosen Lächeln. »Ihr müsst keine Sorge haben, ich werde mich an mein Wort halten und vorerst alle meine Unterredungen sein lassen, aber dass ich unsere Clans zu einer Versammlung einberufe, wird wohl noch erlaubt sein.« Ohne eine Ehrbezeugung gegenüber dem Herrscher aller Zwerge verschwand er aus der Halle. *Ihr werdet euch noch wundern. Ich gebe einen Dreck auf mein Versprechen. Ich muss nur vorsichtiger sein.*

Auf seinem Weg kam ihm ein Zwerg entgegen, der einen Krug und drei Becher in der Hand trug.

Das Bier für den König? Daraus lässt sich etwas machen. Als sie auf gleicher Höhe waren, strauchelte er und wankte gegen den Bediensteten, der das Gleichgewicht verlor und stürzte. Geistesgegenwärtig fing Bislipur das große Gefäß und zwei der Becher auf, der dritte zerschellte auf den Marmorplatten.

»Verzeih, ich bin auf dem glatten Boden ausgerutscht. Manchmal verfluche ich mein lahmes Bein«, entschuldigte er sich. »Zwei Becher und das Bier sind gerettet.«

Es dauerte eine Weile, bis der gefallene Zwerg seine Benommenheit abschüttelte und sich in die Höhe stemmte. Er blickte auf die Scherben. »Es wäre dein Becher gewesen. Ich gehe sofort zurück und hole einen ...«

»Der dritte mag in Scherben springen, ich hätte sowieso nichts trinken wollen. Kehre die Bruchstücke einfach zusammen«, wehrte Bislipur ab, und der Bedienstete widmete seine Aufmerksamkeit den Scherben, die er in seinem Schurz sammelte. »Du kannst mir den Krug und die Becher wieder geben.«

Bislipur schwenkte gerade den Krug und betrachtete den hellen, festen Schaum, der auf dem dunklen Bier wogte und sich nicht untermischte. »Es ist ein schöner Gegensatz«, meinte er nachdenklich. »Das Weiße steht über dem Schwarzen.« Er drückte ihm Krug und Becher in die Hände. »Hoffen wir, dass es auch im Geborgenen Land so kommt und das Gute über das Böse siegt. Nun geh. Dein König ist durstig.«

Der Zwerg setzte seinen Weg fort, während Bislipur sich summend zu den Clans seines Stammes aufmachte.

Das Geborgene Land, irgendwo unter der Erde, im Spätherbst des 6234sten Sonnenzyklus

Das letzte Gefälle hatte ihnen eine Atem beraubende Beschleunigung beschert, und nun rasten sie mit höchster Geschwindigkeit die Strecke entlang, bis Tungdil zum ersten Mal nach dem Bremshebel griff. Wir werden umkippen, wenn wir noch schneller werden. Funken stoben hinter ihrem Gefährt auf, das Quietschen klang schrill und stellte eine Prüfung für ihre Ohren dar.

»Das ist schlimmer als Bavragors Gesang«, sagte Boïndil laut, um den Fahrtwind zu übertönen. Prompt begann der Steinmetz, die Tortur zu erhöhen, indem er ein Lied schmetterte. Der Krieger verdrehte die Augen.

Sie schossen aus dem Tunnel heraus, durchquerten eine natürliche Halle und fuhren über eine gigantische, aus dem Stein gehauene Brücke, unter der sich ein gewaltiger Strom ergoss; das Brausen und Donnern übertönte selbst das Quietschen der Bremsen. Gischtschleier wehten bis zu ihnen hinauf, und dann befanden sie sich auch schon wieder in der nächsten Röhre.

»Habt ihr das gesehen?«, wollte Tungdil beeindruckt wissen.

»Leider«, wisperte Goïmgar elend. »Wir hätten runterfallen und sterben können.«

Doch Tungdil schwärmte geradezu von dem Anblick. »Bavragor, hast du jemals ein solches Bauwerk gesehen? Wie haben unsere Vorfahren das errichten können?«

Der Steinmetz wäre am liebsten zurückgefahren, um die Konstruktion genauer zu betrachten. »Es können nur die Clans der Zweiten gewesen sein«, gab er stolz zurück. »Kein anderer Stamm wäre dazu imstande gewesen.« Er erntete keinen Widerspruch. »Darauf trinke ich einen.« Plötzlich begann die Lore zu holpern und zu rütteln. »Halte das Gefährt bloß ruhig, ehe ich was verschütte oder dem Gemmenschneider schlecht wird und noch ein Unglück geschieht«, unkte er grölend.

Tungdil war weniger zum Scherzen zumute. »Da liegen kleine Steinchen auf der Schiene«, meldete er. »Wir könnten ...«

Es gab einen gewaltigen Schlag, ihr Gefährt sprang auf der rechten Seite aus der Schiene und stellte sich quer, bis es zu kippen drohte. Orangefarbene Feuerblitze stoben bis zur Decke.

Doch zum Schauen hatten die Zwerge überhaupt keine Zeit mehr, ihre Lore kippte, überschlug sich mehrfach und krachte schließlich gegen die massive Felswand, die wie aus dem Nichts vor ihnen auftauchte.

Tungdil segelte durch die Luft, rollte sich klein zusammen und hoffte, als Kugel weniger Schaden zu nehmen. Er schlug hart auf dem Boden auf, der Stein schürfte ihm an einer Stelle des Gesichts die Haut ab, dann prallte er mit dem Helm gegen etwas Massives. *Es hatte ja so kommen müssen.* Benommen richtete er sich auf und schaute nach seinen Begleitern.

Die Zwillinge waren bereits wieder auf den Beinen. Ihre Lederhosen waren wie seine an manchen Stellen zerrissen und zerschnitten, doch mehr schienen sie sich nicht getan zu haben.

Bavragor stemmte sich stöhnend in die Höhe und hielt sich die Hüfte. Nur Goïmgar lag still neben dem verbogenen Gefährt, seine Brust hob und senkte sich schwach.

»Verflucht«, stieß Tungdil laut aus und schwankte zu ihm hinüber, um nach ihm zu sehen. Ingrimmsch und Boëndal übernahmen eine genauere Untersuchung und stellten zur allgemeinen Erleichterung fest, dass ihm äußerlich nichts fehlte.

»Das haben wir gleich«, meinte Bavragor und gab dem Edelsteinschleifer einen Schluck aus seinem Schlauch zu trinken. »Ich hoffe, er weiß mein Opfer zu schätzen.«

Spuckend erwachte der schmächtige Zwerg, weil er den scharfen Schnaps wohl nicht gewohnt war. Er schrie auf und hielt sich mit schmerzverzerrtem Gesicht die rechte Schulter. »Es brennt! Sie ist gebrochen!« Boëndal wollte sie erneut prüfen, aber Goïmgar wehrte ihn ab. »Nein! Du machst es nur schlimmer.«

»Ich mache es gleich schlimmer«, knurrte Boïndil drohend. »Lass meinen Bruder nach deiner Verletzung sehen!«

»Goïmgar, bitte«, bat ihn Tungdil. »Er ist ein Krieger, er versteht sich auch aufs Heilen.«

»Auf Schnittwunden vielleicht, aber nicht auf Brüche«, weigerte Goïmgar sich, ihn an sich heranzulassen. Stöhnend stand er auf, die Rechte hing nutzlos an seinem Körper herab. »Die Schulter ist gebrochen«, jammerte er. »Ich kann sie nicht mehr bewegen.«

»Da! Trink was gegen den Schmerz.« Bavragor warf ihm den Schlauch zu. Reflexartig fing er ihn auf. Die vier Zwerge schauten ihn vorwurfsvoll an.

»Wollest du uns eine kleine Komödie vorspielen, Schwachzwerg?!«, schnarrte Ingrimmsch aufgebracht.

»Ich habe mich getäuscht«, beeilte sich Goïmgar zu versichern.

»Es war nur ... ausgerenkt. Die Bewegung ließ das Gelenk wieder an den rechten Fleck springen. Habt ihr es auch knacken gehört?« Probehalber bewegte er den Arm und täuschte immer noch leichte Beschwerden vor. »Es tut noch etwas weh, aber es geht.« Er reichte Bavragor den Alkohol zurück. »Trink deinen Fusel allein. Er schmeckt grässlich.«

»Wenn du uns noch mal aufs Kreuz legst, sei besser«, empfahl ihm Boïndil wütend, »oder du bekommst eine solche Tracht Prügel, dass du denkst, dein kleiner Hintern glüht so heiß wie eine Esse.«

Meine Wahl war nicht gut. Ich habe mir selbst einen Klotz ans Bein gebunden. Tungdil ärgerte sich. Die ruhige Art Gandogars hätte ihn vor Schimmerbart warnen müssen, der mehr und mehr zu einem Problem wurde. *Ich werde ihm nichts mehr glauben.*

Doch es gab Wichtigeres zu tun. Er blickte sich um und besah den Tunnel, der hier endete und von einem Einsturz verschlossen wurde. Ihre Materialien, die sie für die Feuerklinge benötigten, lagen überall verstreut. Er rief Bavragor zu sich. »Sieht das nach einem alten oder einem neuen Einsturz aus?«

Der Einäugige musterte die Brocken, kletterte auf ihnen herum, fuhr mit den Fingern prüfend über die Kanten, bis er zu ihm zurückkehrte. »Er ist neu. Ich sehe es an den glänzenden Bruchstellen, der Staub auf den Steinen stammt von der Decke, nicht von der langen Liegezeit.« Er wackelte an der vollkommen verbogenen Seitenwand der Lore. »Wenn unser Gefährt nicht gebockt hätte, wären wir ungebremst gegen den Haufen gefahren.«

»Hat jemand dafür gesorgt, dass der Stollen einbricht?«

Bravragor wischte sich den Staub aus dem Auge. »Kann ich nicht sagen, aber möglich wäre es.« Er legte liebevoll eine Hand an die Wand. »Ausgerechnet jetzt, nach all den Zyklen, soll der Tunnel einbrechen? Das glaube ich nicht.«

»Es war sicher dein Gesang«, meinte Goïmgar rechthaberisch. »Dein Gesang und die Schreierei des Verrückten.«

»Oder du hast die Steine mit deinem Gejammer erweicht«, konterte der Steinmetz.

»Oder sie haben sich wegen deiner Statur kaputtgelacht«, setzte Boïndil eins obendrauf, weil er Bavragor in nichts nachstehen wollte.

Ehe Goïmgar etwas erwidern konnte, wies Tungdil sie an, die Schätze einzusammeln und sie mit Steinbrocken abzudecken. »Wir klettern an die Oberfläche«, verkündete er seinen Entschluss.

»Nicht weit von hier ist ein Ausstieg, dort verlassen wir den Tunnel, suchen uns einen Hof oder eine Stadt und kaufen uns ein Pony.« Er faltete die Karte auseinander. »Da wäre der nächste Einstieg. Es sind achtzig Meilen bis dorthin.«

»Dann muss dort nur ein Vehikel auf uns warten, Gelehrter«, hoffte Boëndal. »Und wenn nicht?«

»Kaufen wir uns noch mehr Ponys und reiten die restlichen zweihundert Meilen.« Tungdil rollte die Karte zusammen und half mit, die schweren Barren aus Edelmetall auf einen Haufen zu tragen. Nur das Stück Holz nahm er an sich.

Sein Blick fiel auf seine vier Begleiter. *Mit ihrer Streiterei ist es keinen Deut besser geworden. Ich muss dafür sorgen, dass der Zusammenhalt wächst, sonst zerbricht die Gruppe. Vraccas, gib mir Kraft.*

Nach einem kurzen Dankesgebet an Vraccas, der ihnen das Leben bewahrt hatte, marschierten sie durch die Röhre, bis sie an eine schmale Treppe gelangten, die im Zickzack steil nach oben führte.

»Wo sind wir eigentlich?«, wollte Goïmgar wissen, ehe er Bavragor folgte.

»Laut der Landkarte in Oremeira, dem Land der Hüterin«, antwortete Tungdil. »Oder besser gesagt in dem, was Nôd'onn daraus gemacht hat.«

»Magusland«, meinte Boïndil verdrossen, die Hände an die Griffe seiner Beile gelegt. »Hoffentlich schickt er uns ein paar Schweineschnauzen, die wir zerlegen können. Aber auf seinen verdammten Hokuspokus kann ich gern verzichten.«

Stumm pflichteten ihm die anderen vier Zwerge bei.

*

Die fünf Zwerge hielten ihre Waffen bereit, als sie nach einem langen, schweißtreibenden Aufstieg eine runenverzierte Tür öffneten, die sie ins Freie führen sollte.

Sie gelangten in eine Höhle, die vier Schritt hoch und sieben Schritt breit war. Das Tosen eines Wasserfalls begrüßte sie. Wassermassen schossen an der Öffnung der Höhle vorbei und stürzten brausend in die Tiefe; die Gischt wusch ihnen den Staub von den Kettenhemden, Helmen und Kleidern. Trübes Tageslicht fiel von oben herein und malte helle Flecken auf den feuchten Boden.

»Ich hasse das«, brüllte Boïndil gegen das Brausen des Wasserfalls an. »Wenn ich mich waschen will, tue ich das selbst.«

»Ja, wenn«, schrie sein Bruder zurück.

Sie fanden einen schmalen Weg, der hinter dem Vorhang aus Wasser verlief und zu einem Felsplateau führte. *Ein guter Aussichtspunkt,* dachte Tungdil.

»Geht«, wies er die anderen an. »Wir wollen sehen, wo wir gelandet sind.«

Behutsam schritten sie voran, um auf dem schlüpfrigen Stein nicht auszugleiten. Einer nach dem anderen trat durch die Wassermassen und erhielt eine unfreiwillige Waschung, Goïmgar wäre sogar beinahe umgeworfen worden.

Es musste um die Mittagszeit sein. Die Herbstsonne zauberte einen Regenbogen in die Wasserschleier, die Luft war frisch und feucht. Sie erreichten die steinerne Hochebene, die vor ihren Füßen fünfzig Schritt steil nach unten abfiel. Die Spitzen dunkler Tannen, Kiefern und Fichten reckten sich ihnen wie Speere entgegen. Die aufziehenden grauen Wolken verhießen einen baldigen Regenguss.

Weit entfernt am westlichen Horizont glitzerte es. Dort lag ein großer See, während sie in Richtung Norden Häuser und Mauern einer Menschenstadt erkannten, die fast bis an den Wald grenzte und ansonsten von abgeernteten Feldern umgeben war.

Um dorthin zu gelangen, reicht uns ein Sonnenumlauf. »Vraccas war mit uns«, freute sich Tungdil über die gute Ausgangslage. »Wir werden unser Pony schon bald haben.«

»Eine Stadt voller Langer«, sagte Goïmgar wenig begeistert. »Ob sie uns leiden können?«

»Hör auf zu jammern, sonst bricht uns noch der Fels unter den Füßen zusammen«, schnauzte ihn Ingrimsch an. »Die Langen sind lang, mehr nicht. Wir werden schon mit ihnen fertig.«

»Ihr werdet mir das Reden überlassen«, wies Tungdil sie voller böser Vorahnungen an. »Ich kenne die Menschen am besten von euch allen.«

Die anderen nickten zustimmend. Gemeinsam machten sie sich auf die Suche nach einem Abstieg und fanden einen schmalen Pfad, der sie durch den dichten Forst führte.

Der Sonnenschein wurde von den Kronen der Nadelbäume gedämpft. Ein leichter herbstlicher Nebel hing zwischen den Stämmen; in Höhe der Oberschenkel war er sogar undurchdringlich dicht und wirkte wie milchiges Wasser. Das Zwielicht erleichterte es den Zwergen, sich an die Helligkeit zu gewöhnen.

»Das sind also die Wälder, in denen Maira den Einhörnern eine Zuflucht vor der Verfolgung gewährt«, sagte Tungdil begeistert, das aus Büchern Bekannte mit eigenen Augen zu sehen. »Wenn wir Glück haben, begegnen wir ihnen vielleicht.«

»Und was soll ich dann mit ihnen?«, meinte Boïndil ratlos. »Reiten bestimmt nicht.«

»Anschauen. Es gibt nicht mehr viele von ihnen, seit sie von den Albae gejagt wurden.«

»Muss es in einem Wald denn so ruhig wie in einem verlassenen Stollen sein?«, fragte Bavragor. »Ich könnte ein Lied singen, damit die Viecher wissen, dass wir hier sind, und sie herkommen, um sich betrachten zu lassen.«

»Einhörner sind scheue Tiere. Gesang ...«

»... sein Gesang, Gelehrter«, verbesserte Boëndal leise.

»... hilft da nicht. Angeblich nähern sie sich nur Jungfrauen«, belehrte ihn Tungdil.

»Nun, wer käme da wohl infrage, um als Lockvogel zu dienen?«, sinnierte Bavragor, und Tungdil wurde rot, ohne dass er es verhindern konnte.

Plötzlich stolperte Boïndil über etwas am Boden, das der Dunstschleier vor seinen Augen verbarg.

»Nanu?«, wunderte er sich und drückte mit einem seiner Beile vorsichtig auf den weichen Gegenstand, der weiterhin unsichtbar blieb. Die Klinge färbte sich hellrot. »Deinen Schild«, verlangte er von Goïmgar und wedelte damit die Schwaden auseinander, damit sie erkannten, was blutend auf der Erde lag.

»Ein Pferd?«, staunte Bavragor, als der Körper mit dem weißen Fell sichtbar wurde. »Oder ... ist das ein Einhorn?«

Tungdil kniete sich neben die tote Kreatur, die etliche Bisswunden eines Raubtieres am Leib trug, die Kehle hing in Fetzen gerissen, das kostbare Horn war mit brutaler Gewalt aus dem Schädel gebrochen.

»Es war ein Einhorn«, sagte er traurig und streichelte über das weiche Fell. Die Bücher Lot-Ionans schwärmten von diesen Kreaturen, nannten sie rein, gut, fern von jeglicher Bosheit – was sie aber nicht vor dem Tod durch das Böse bewahrte. »Die Horden Nôd'onns müssen hier gewesen sein.«

»Du meinst, sie sind vielleicht immer noch hier und lauern zwischen den Bäumen?«, hoffte Boïndil, was Goïmgar dazu brachte, ein paar Schritte von dem Kadaver zurückzuweichen und prompt zu stürzen.

Rücklings verschwand er im Nebel, um kurz darauf schreiend wieder aufzutauchen und sich zu den anderen zu flüchten. Seine Hände waren voller Blut. »Da liegt noch eins«, rief er angewidert. »Gib mir sofort meinen Schild zurück!«

Ingrimmsch trat an die Stelle, wo der Vierte gefallen war, und verwirbelte die weißen Schwaden; ein leichter Wind wehte durch den Wald und half dem Zwerg, den Dunst zu verjagen.

Ihnen stockte der Atem, als sie das Ungeheuerliche erblickten. Ein Dutzend Einhörner und die dreifache Menge Orks ruhten tot auf der Erde. Die Bestien waren den Tritten und Hörnern der Vierbeiner zum Opfer gefallen; die Einhörner aber waren von klaffenden Wunden gezeichnet und mit langen Pfeilen gespickt.

Die Zwerge erkannten im schwindenden Nebel schemenhaft Barrikaden aus Baumstämmen, die den Kreaturen des Lichts zum Verhängnis geworden waren.

»Sie haben eine Treibjagd auf die Einhörner veranstaltet«, sagte Bavragor erschüttert. »Wie viele gibt es von ihnen, sagtest du?«, fragte er Tungdil.

»Etwas mehr als ein Dutzend«, antwortete er nicht minder entsetzt. Selbst jetzt, da die Einhörner tot waren, konnte er erahnen, welche Friedfertigkeit, welche Würde und Freundlichkeit von ihnen ausging, ehe sie von den niedersten Kreaturen ausgelöscht wurden. »Es sind alle, die es im Geborgenen Land noch gab.«

»Es steht schlimm um unsere Heimat«, bemerkte Boëndal traurig. »Auf, rasch in die Stadt, ein Pony besorgt und weitergeritten. Je eher wir den Kampf gegen Nôd'onn aufnehmen, desto mehr Leben können wir retten.« Sie rissen sich zusammen, kletterten über die Palisaden und setzten ihren Weg durch den Wald fort.

Hat das Sterben niemals mehr ein Ende? Tungdils Schmerz über den Verlust Lot-Ionans, Fralas und ihrer Töchter erhielt neue Nahrung.

Boïndil hielt seine Beile kampfbereit, weil er nach wie vor wünschte, dass ihm ein Ork vor die Schneiden lief, an dem er seine angestaute Wut ablassen durfte. Plötzlich nahmen seine Augen einen neuen Ausdruck an, und ein Grinsen legte sich auf sein Gesicht. Sein Bruder fragte nicht, sondern nahm den Krähenschnabel in die Hände.

»Ich rieche sie«, wisperte Ingrimmsch erregt. »Oink, oink, oink!«

Es dauerte nicht lange, da roch Tungdil das ranzige Fett ihrer Rüstungen; es passte so gar nicht zu dem angenehmen Geruch nach frischem Moos, feuchter Erde und würzigen Tannennadeln. »Los, wir müssen die Stadt erreichen.«

»Unsinn, wir müssen die Schädel der Biester spalten!«, widersprach Boïndil offen. Das lange unterdrückte Kampffieber hatte Besitz von ihm ergriffen, sein heißes Blut leitete ihn. »Wo seid ihr, ihr kleinen Schweinchen? Kommt, euer Metzger wartet!«, rief er, legte den Kopf in den Nacken und stieß ein lang gezogenes Grunzen aus.

Von irgendwo zwischen den dichten Stämmen wurde das Gegrunze erwidert.

Goïmgar machte sich hinter seinem Schild so schmal, dass er vollständig dahinter verschwand. »Sei still, du Irrer!«, verlangte er furchtsam. »Sie ...«

Das Klimpern und Scheppern von Rüstungen näherte sich ihnen. Ingrimmsch schloss genießerisch die Augen. »Sie sind gerade über den Pferch gesprungen«, übersetzte er für die anderen die Geräusche. »Es müssen ...«, er lauschte kurz, »zwanzig oder mehr Gegner sein.« Seine Hände schwangen ungeduldig die Beile. »Sie haben uns bemerkt, jetzt traben sie an.«

Unvermittelt riss er die Lider auf und preschte »Oink, oink, oink« rufend los. Boëndal warf Tungdil einen entschuldigenden Blick zu und folgte ihm. Es dauerte nicht lange, dann traf Stahl auf Stahl, laut tönte das Klirren durch den Forst.

Ich kann es einfach nicht glauben! Seine Lebensesse wird ihm eines Tages den Verstand aus dem Kopf brennen. Tungdil fühlte sich überfordert.

»Wollen wir sie allein kämpfen lassen?«, fragte Bavragor ungläubig und zückte seinen Kriegshammer.

»Ja«, meinte Goïmgar eingeschüchtert. »Sie haben damit angefangen, sie sollen sehen, wie sie damit fertig werden.«

»Nein. Wir helfen ihnen, und dann nichts wie hinter die Stadtmauern«, ordnete Tungdil an, der schon längst seine Axt in den Händen hielt.

Die drei eilten den Zwillingen zu Hilfe. Der Steinmetz stürmte vorweg und warf sich brüllend auf den ersten Ork, der ihm unterkam. Die Scheusale, die gerade versuchten, die Krieger zu umzingeln, wurden von dem unerwarteten Auftauchen der zusätzlichen

Zwerge überrascht. Entsprechend schlecht fiel ihre Gegenwehr aus.

Bald lagen zwei Dutzend Orks erschlagen auf dem Waldboden, wobei sich Goïmgar darauf beschränkt hatte, hinter Bavragor zu bleiben und jede Art von Aufeinandertreffen mit einer Grünhaut zu vermeiden.

Das meiste der blutigen Arbeit hatte Ingrimmsch verrichtet, doch auch Boëndal und Hammerfaust hatten so besonnen gekämpft, dass Tungdil beinahe gar nicht zum Zug gekommen war.

»Die werden keine Einhörner mehr umbringen«, lachte Boïndil, während er sich mit dem Handrücken den Schweiß aus der Stirn wischte. »Ha, ihr Schweinchen!« Er trat nach einem Toten. »Den Tritt gebe ich dir noch dazu. Nimm ihn mit und bringe ihn Tion, wenn du ihn im Jenseits siehst.«

»He! Hört ihr? Da sind noch welche«, rief Goïmgar ängstlich und nahm seinen Schild hoch, bis man nur noch die Augen von ihm sah.

Ingrimmsch rempelte seinem Bruder in die Seite. »Schau, er sieht aus wie ein Schild mit zwei Füßen dran«, witzelte er und wandte sich den neuen Angreifern zu. »Heute ist mein Glückstag. Das ist echtes Gold wert«, grinste er. Wieder lauschte er nach den Geräuschen, welche die Orks verursachten, damit er ihre ungefähre Zahl einschätzen konnte. »Eins, zwei, drei ...«, er wurde langsamer und nachdenklicher, die eben noch sorglose Miene veränderte sich, »vier, fünf ... Eins, zwei ...« Er riss die Augen auf und senkte trotzig den Kopf. »Das wird eine Herausforderung, wie sie Zwergen würdig ist.«

Schon hörten sie das Rasseln der Rüstungen.

»Wie viele denn?«, wollte Tungdil beunruhigt wissen. Wenn Ingrimmsch von einer »Herausforderung« sprach, konnten es nicht wenige sein.

»Fünf und zwei«, gab der Zwerg lakonisch zurück. »Sie kommen in erster Linie von vorn, aber auch über die rechte Flanke.«

»Sieben?«, atmete Goïmgar auf und wuchs hinter seiner Deckung wieder ein wenig.

»Fünf Dutzend und zwei Reiter«, übersetzte Boëndal die Zählart.

Tungdil packte Ingrimmsch an der Schulter. »Das ist keine Herausforderung, das ist Wahnsinn. Wir laufen auf der Stelle zu der Stadt«, befahl er. Der Gemmenschneider wandte sich auf dem Absatz herum und lief los.

»Nein!«

»Dieses Mal wirst du gehorchen! Du hattest dein Vergnügen, Boïndil. Denk an unsere Aufgabe!«

Missgelaunt wandte sich der Krieger um. »Na, schön. Da haben die Schweinchen einmal mehr Glück als Verstand gehabt«, gab er nach. »Aber wenn sie uns einholen, werden sie sehen, was sie davon haben.« Sein Zeigefinger reckte sich Bavragor entgegen. »Und du lass deinen Hammer von meinen Gegnern, Einauge. Wenn ich deine Unterstützung brauche, lasse ich es dich wissen.«

»Ich habe nicht dir geholfen, ich stand deinem Bruder bei. Zu gern hätte ich gesehen, wenn ein Ork deinen Zopf und deinen Nacken mit dem Schwert frisiert hätte«, erklärte er gehässig.

»Nicht jetzt! Kommt!«, mahnte Tungdil sie und setzte sich in Bewegung.

Sie rannten an den Bäumen vorbei, brachen Äste und Zweige ab und hetzten vorwärts, um der Rotte zu entgehen, die sich an ihre Fersen heftete. Goïmgar war zwischen den Stämmen schon nicht mehr zu sehen.

Signalhörner erschallten in ihrem Rücken. Die Orks organisierten die Jagd, aber die Zwerge hatten den großen Vorteil, dass sie wegen ihrer geringeren Größe kaum mit dem Unterholz ringen mussten, sondern zwischen den Lücken hindurchschlüpfen konnten.

Schon näherten sich die Zwerge dem Waldrand, der Bewuchs lichtete sich.

Tungdil warf keuchend einen Blick nach hinten und sah die Umrisse der Ungeheuer deutlicher als zu Beginn ihrer Flucht. *Es wird knapp.*

Sie brachen aus dem Forst und verfielen in einen leichten Trab. Die rettende Stadtmauer lag etwas mehr als eine halbe Meile von ihnen entfernt, Goïmgar hatte die Strecke bereits zur Hälfte überwunden.

Was ist das? Zuerst dachte Tungdil, seine Augen spielten ihm einen Streich und gaukelten ihm vor, der dunkle Waldsaum bewegte sich rechts und links von ihnen mit, dann hörte er das Klirren von Kettenhemden und das Klappern von Plattenpanzern, und er verstand. *Wir sind mitten in einen Angriff geraten!*

Unmittelbar nach ihnen war eine Orkhorde aus dem Schutz der Bäume gebrochen. Er schätzte ihre Zahl auf eintausend, wenn nicht sogar mehr. Sie bildeten bei ihrem Vormarsch eine lebendige schwarze Linie, die sich auf die große Siedlung zubewegte; auch von den anderen Seiten eilten Orks herbei und machten aus der Linie einen Ring, der sich unerbittlich zuzog. Weder für die Stadt noch für die Zwerge schien es ein Entkommen zu geben.

»Rennt!«, peitschte er seine Begleiter an, »rennt, so schnell ihr könnt!«

Das Geborgene Land, das Zauberreich Oremaira, im Spätherbst des 6234sten Sonnenzyklus

Goïmgar erreichte das verschlossene Tor, das hinter die sicheren Mauern der unbekannten Stadt führte, und hämmerte mit den Fäusten dagegen. »Lasst mich rein!«, schrie er nach oben, wo er Gesichter hinter den Zinnen erkannte. »Bitte, bei Vraccas dem Schmied, gewährt mir Schutz vor den Horden!«

»Ich finde, er sollte für uns alle bitten«, schnaufte Bavragor in einiger Entfernung.

Eine kleine Pforte öffnete sich. Goïmgar huschte hindurch, und die Tür wurde wieder geschlossen. Als die anderen vier den Durchlass erreichten, blieb er zu.

»He! Wir sind auch noch da!«, rief Bavragor.

Er hat es schon wieder getan, dachte Tungdil enttäuscht. *Goïmgar ist nicht zu trauen.*

Währenddessen näherten sich die Orks unerbittlich. Pfeile flogen in ihre Richtung und verfehlten sie.

Boïndil wandte sich zu den Angreifern um, die Beile fest in den Händen haltend. »Es sieht so aus, als käme ich doch noch zu meinem kleinen Gefecht«, lachte er und schlug die Rückseiten der Waffen gegeneinander, dass sie laut und tönend klirrten. »Oink, oink!«, verhöhnte er die Horden.

»Holla! Wir gehören zu dem anderen Zwerg!«, begehrte Tungdil Einlass. »Öffnet uns das Tor! Wir sind Zwerge, wir stehen auf eurer Seite!«

Nichts geschah.

Plötzlich waren die Schnellsten der Orks heran und wurden von Ingrimmsch blutig empfangen. Ihr quiekendes Geschrei alarmierte andere Artgenossen, die herbeieilten, um den Zwergen den Garaus zu machen.

Boïndil und Boëndal droschen um sich. Das grüne Blut der Ungeheuer spritzte, und keinem gelang es, bis zu Tungdil und Bavragor vorzudringen. Selbst als Ingrimmsch einen Pfeil ins Bein erhielt, blieb er stehen und tötete lachend einen Ork nach dem anderen.

Erst als ein Dutzend der Bestien erschlagen vor der Pforte lagen, wurde den Zwergen das Tor geöffnet.

Sie mussten Boïndil am Kragen packen und ihn mit Gewalt auf die andere Seite der Mauer zerren, so verbissen widmete er sich den Gegnern. Boëndal redete beruhigend auf ihn ein, bis das irre Flackern in seinen Augen erlosch.

Bavragor nickte Tungdil wissend zu. »Habe ich es nicht gesagt? Er ist wahnsinnig, unberechenbar und gefährlich.«

Tungdil schwieg.

Auf der anderen Seite standen dreißig schwer bewaffnete und gerüstete Menschen, welche die Neuankömmlinge argwöhnisch im Auge behielten. Noch traute man ihnen nicht recht. Goïmgar wartete neben der Tür, sein Gesicht war leichenblass.

Der Hauptmann trat vor. »Wer seid ihr, und was wollt ihr, Unterirdische?«, verlangte er barsch zu wissen.

Tungdil übernahm es, sie der Reihe nach vorzustellen. »Wir sind Zwerge und unterwegs, um nach Orkhorden Ausschau zu halten und sie anzugreifen, wie es Vraccas uns befahl«, versuchte er ihr Erscheinen zu erklären. »Wir hörten, dass das Böse im Geborgenen Land umgeht, stärker als jemals zuvor, und da entschlossen wir uns, den Menschen beizustehen.«

»Mit Erfolg, wie ihr gesehen habt«, fügte Ingrimmsch fröhlich hinzu. »Ich wäre draußen geblieben, um den Schweinchen die Borsten von der Haut zu schälen, aber die hier wollten es nicht mit der kleinen Überzahl aufnehmen.«

Boëndal kniete neben ihm und begutachtete die Wunde, die der Pfeil angerichtet hatte. Da es sich nur um eine Fleischwunde handelte, beschränkte er sich darauf, den Schaft abzubrechen und das verbliebene Stück auf der anderen Seite herauszuziehen. Sein Bruder verzog nicht einmal die Miene; erst als er ein paar getrocknete Kräuter zur Blutstillung auflegte und einen Verband anbrachte, zuckte es kurz in seinem Gesicht.

Der Hauptmann war von der Disziplin des Zwerges sichtlich beeindruckt. »Nun, dann seid willkommen in Mifurdania«, sagte er. »Ihr habt euch einen Zeitpunkt ausgesucht, der für euer Anliegen gut, doch für unsere Stadt schlecht ist. Ihr werdet bald genügend zu tun bekommen. Meldet euch bei mir, wenn ihr bereit seid, zusammen mit uns zu kämpfen.«

Er wandte sich ab. Zehn seiner Krieger blieben an der Pforte zurück und verbarrikadierten sie mit einer zusätzlichen Eisenplatte, welche sie quer vor den Einlass legten und mit langen Bolzen sicherten. Auf der anderen Seite rumpelte es, die Orks versuchten, durch den schmalen Durchlass zu gelangen, aber das Metall war zu stark. Schließlich zogen sich die Ungeheuer zurück.

»Das war knapp. Warum habt ihr gewartet, ehe ihr uns geöffnet habt?«, fragte Bavragor einen der Stadtgardisten.

Der Mann schaute auf den bleichen Goïmgar, der sich nicht aus der Ecke traute. »Der da hat gesagt, wir sollen gleich hinter ihm wieder verriegeln«, lautete die gleichgültige Antwort. »Frag ihn.«

Die Soldaten kümmerten sich nicht weiter um die Zwerge, sondern brachten weitere Sicherungen an dem Eisenverschlag an, damit er den rohen Gewalten Stand hielt. Ein ganzer Wald von Stützstreben erbrachte genügend Gegendruck, um den Aufprall eines Rammbocks auszuhalten.

»Das stimmt nicht«, stammelte der Zwerg. »Ich sagte, dass sie die Tür verriegeln sollen, sobald ihr drinnen seid.« Er wich vor der drohenden Gestalt Hammerfausts zurück und trat aus dem Turm auf den Platz vor dem Tor, um in die Gassen Mifurdanias fliehen zu können.

»Ich glaube dir nicht!«, erzürnte sich Bavragor. »Seit wir unterwegs sind, hast du doch nichts als Niedertracht im Sinn.« Er schwang die breiten Fäuste. »Komm her, damit du dir eine Tracht Prügel abholst.«

»Und wenn er mit dir fertig ist, bin ich an der Reihe«, stimmte Ingrimmsch ein. »Ich rasiere dir deinen affigen Bart mit meinen Beilen.«

Das war zu viel für ihn. Die Androhungen bildlich vor Augen, drehte sich Goïmgar auf dem Absatz herum und floh in das Gewirr der Stadtsträßchen.

»Warte!«, rief Tungdil ihm hinterher, doch er ließ sich nicht aufhalten. *So etwas musste früher oder später geschehen.* Strafend schaute er zu Bavragor und Boïndil.

»Das habt ihr beide *hervorragend* hinbekommen«, lobte er sie mit beißendem Spott. »Wir sind von Orks umzingelt, haben eine bedeutende Aufgabe zu erledigen, und ihr verjagt mit eurem kindischen Geschwätz Goïmgar, damit wir auch noch Verstecken mit ihm spielen können. Wir haben bessere Sorgen, oder?« Er gab sich keine Mühe, seine Wut zu unterdrücken. Sollten sie nur sehen, dass er sauer war.

Die beiden Gescholtenen blickten betreten zu Boden.

»Aber er hat uns verraten«, wagte Bavragor aufzubegehren.

»Du hast ihn nicht ausreden lassen«, wies ihn Tungdil scharf zurecht. »Du hast die Worte des Gardisten gehört und ihn gleich angeschrien.«

»Und da hat er Fersengeld gegeben«, meinte Ingrimmsch. »Das sieht für mich schuldig aus.«

»Und schon seid ihr einer Meinung! Wir suchen ihn und klären das Ganze. In aller Ruhe«, schärfte er ihnen ein. Er entdeckte eine Herberge weiter unten in der Straße. »Dort geht ihr beiden hin«, sagte er zu Bavragor und Boïndil, »setzt euch an einen Tisch und bleibt dort, bis Boëndal und ich zurückkehren. Keine Scherereien! Und denkt daran, was ich euch über die Menschen gesagt habe.«

Bavragor kratzte sich am Bart. »Was macht ihr?«

»Was wohl? Ihn suchen«, fauchte er. »Vor euch hätte er nur Angst und würde sich sofort wieder verkriechen.« Er nickte Boëndal zu und lief los.

Gehorsam wanderten die anderen beiden zu der Wirtschaft, traten ein und suchten sich einen Tisch. Hungrig bestellten sie sich etwas zu essen und einen Humpen Bier dazu, um die Wartezeit erträglicher zu machen.

Die Menschen, die sich hier versammelt hatten, starrten die Zwerge, an denen das getrocknete Blut der Orks klebte, unverhohlen an. Doch die beiden schauten nur grimmig zurück und kauten schweigend ihr Mahl.

Boïndil leerte seinen Humpen in einem Zug und nahm Anlauf, die gemeinsame Vergangenheit zu bereinigen. »Hör zu, damals, mit ...«

Doch Hammerfaust hob die flache Hand. »Nein, ich will nichts davon hören«, erstickte er den Aussöhnungsversuch im Keim. »Sie hätte sich niemals mit dir einlassen sollen, aber sie wollte nicht auf meinen Rat hören. Deine Schuld wirst du nicht mehr los. Ich vergebe dir jedenfalls nicht. Meinetwegen sollst du bis zum Ende deiner Tage mit deinem geplagten Gewissen leben.« Er langte nach seinem Becher und schüttete das Bier in sich hinein, danach rülpste er laut. »Je mehr ich mich daran erinnere, umso weniger möchte ich mit dir

an einem Tisch sitzen.« Er stand auf und schritt zu Tür. »Wenn Tungdil auftaucht, sage ihm, ich bin ein Pony kaufen gegangen.«
Der zurückgelassene Zwerg kniff die Lippen zusammen. Wortlos stellte ihm der Wirt ein frisches Bier vor die Nase.

*

Die beiden anderen trennten sich, um die Gassen und Straßen Mifurdanias zu durchstöbern. Tungdil erklomm einen Wehrgang der Stadtmauer und verschaffte sich einen ersten niederschmetternden Überblick.

Die Zahl der Häuser war riesig; dicht an dicht schmiegten sich die Dächer aneinander, und nur wo sich Heiligtümer und Plätze befanden, riss die ansonsten beinahe geschlossene Fläche aus Ziegeln und Stroh auf. Für einen Zwerg, der sich vor Prügel und einer unfreiwilligen Rasur verbergen wollte, boten sich hier tausende Möglichkeiten.

Alles Seufzen half nichts, Tungdil musste ihn finden und zu den anderen zurückbringen. Ehe er sich wieder in das Gassenlabyrinth begab, warf er einen Blick über die Wehrbauten, um nach den Orks zu schauen. Die Bestien hatten sich bis in den Wald zurückgezogen und errichteten Lager; offenbar sollte die Stadt umzingelt werden.

Wir sitzen in der Falle. Er folgte der Gasse, durch die Goïmgar gerannt war, und rief immer wieder seinen Namen, bis ihn die Bewohner verwundert angafften und er es vorzog, lieber im Stillen weiterzusuchen.

Die Flucht des Zwergs bildete für ihn den traurigen Höhepunkt der Streitigkeiten immerhalb seiner Gruppe. *Vraccas, lass mich ihn finden*, betete er zum Gott der Zwerge und spähte in jede noch so kleine Gasse und jeden winzigen Hof, ohne eine Spur des Vermissten zu entdecken.

Auf einem größeren Platz entdeckte er einen bunt gekleideten und mit Glöckchen behangenen Marktschreier, der auf einem hohen Podest stand und mit lauter Stimme die Menschen herbeilockte.

»Kommet, werte Spectatores, kommet und sehet die Wahrheit über Nudin den Wissbegierigen, der sich unter so grauenvollen Umständen zu Nôd'onn dem Zweifachen wandelte und das Geborgene Land ins Unglück stürzet!«, rief er mitreißend. »Das Theater Curiosum mit seiner Schauspielgröße, dem Unglaublichen Rodario, und dem Magister technicus Furgas entführt sie in eine Welt, in der sich alles zum Guten wendet!«

Der Mann nahm einen Schluck aus einem kleinen Fläschchen, griff sich die Fackel und sandte einen Schwall Feuer über die Köpfe der Bürger hinweg.

»Wir bieten den werten Spectatores die noch nie dagewesene Unterhaltung in unserem großartigen Theater, und das alles für drei bescheidene Münzlinge!«, redete er weiter. »Heute gibt es die Vorstellung zum Sonderangebot, geschätzte Spectatores, weil die Orks vor den Mauern liegen und wer weiß, ob wir morgen noch spielen?! Ohne Kopf?!« Der Ausrufer zog eine Grimasse, einige der Bürger lachten. »Also, frisch auf und nicht länger gezögert.« Er deutete auf den Eingang des Hauses. »Die Bühne ist bereitet, die Schauspieler warten! Hurtig, hurtig! Lasst euch aus euren Sorgen entführen!«

Tatsächlich strömten die Menschen durch die breiten Türen, der Bedarf nach Ablenkung war groß.

Tungdil erklomm das Podest des Marktschreiers. »Verzeiht, aber habt Ihr einen wie mich gesehen?«, fragte er.

»Einen wie dich?«, lachte ihn Mann an. »Oh, daran würde ich mich erinnern ...« Er rollte mit den Augen, schielte plötzlich und schaute dann wieder völlig normal. »Ha! Sicher! Ein bisschen schmaler? Ein bisschen mehr Bart?« Der Zwerg nickte. »Der Kleine rannte geradewegs ins Curiosum«, behauptete er, und schon sprang Tungdil vom Podest und reihte sich in die Menschenmenge, um ein Billet zu erstehen.

Er kaufte sich einen Platz in einer der Logen, um einen besseren Überblick zu haben. Was Goïmgar ausgerechnet jetzt in einer Theatervorstellung suchte, war ihm schleierhaft. *Vielleicht glaubt er, in der Menge unentdeckt zu bleiben und den Schlägen von Bavragor und Boïndil zu entgehen?*

Tungdil betrat den Innenraum, der rund angelegt war, sodass man von allen Seiten auf die Bühne schauen und das Geschehen verfolgen konnte.

Das Theater war vollständig aus Holz gebaut. Die Bretter und Balken knarrten unter dem Gewicht der Zuschauer, aber sie hielten der Belastung tapfer Stand.

Schweiß und Parfüm lieferten sich in der Nase des Zwergs einen erbitterten Kampf. Dazu gesellte sich der Geruch der Petroleumleuchter, die an den Streben angebracht waren und ein wenig Licht in den dunklen, fensterlosen Raum brachten. Die Unterhaltungen der Menschen mischten sich zu einem lauten Geschnatter, das dem von Gänsen nicht unähnlich war.

Wo kann er stecken? Tungdil suchte sich eine Loge. Es war ein enger Verschlag mit dünnen Seitenwänden und einer harten Bank, die so niedrig stand, dass er die riesige Bühne nicht sehen konnte, wenn er saß, daher nahm er auf der Rückenlehne Platz und stellte die Füße auf das Polster.

Seine braunen Augen fahndeten nach dem bekannten Gesicht des vermissten Zwerges, entdeckten ihn in der Menge jedoch nicht.

»Wo bist du, Goïmgar?« Eine Hoffnung blieb ihm jedoch noch. Einen Teil des Innenraums konnte er nicht überblicken, die langen, dunkelroten Vorhänge, die von der Decke herab rings um die Bühne hingen, versperrten ihm die Sicht, bis der Sichtschutz sich hob und die Vorstellung begann. Geduldig wartete er ab.

Auf einen Schlag erloschen die Lampen, das Geschnatter des Publikums wurde zu einem Wispern und erstarb ganz, die Spannung stieg.

Eine Musikkapelle, die in irgendeiner Etage des Zuschauerraums hockte, begann mit ersten, leisen Tönen und stimmte die Menschen auf das Kommende ein. Winden verrichteten quietschend ihre Arbeit, die Stoffbahnen zogen sich nach oben und gewährten einen Blick auf die Bühne, auf der die Kulisse einer kargen Steppenlandschaft nachempfunden worden war.

Tungdil wunderte sich, weil das Gras wie echt wirkte, er meinte sogar, den Wind zu spüren und die Erde zu riechen.

Hoch über den Köpfen der Spectatores ging die Sonne auf, indem Helfer des Curiosums die Abdeckungen von den Glasplatten auf dem Dach nahmen. Die Scheiben waren so angeordnet, dass das Licht nur auf das große Podest in der Mitte fiel und die Szene beleuchtete. Der Zuschauerraum und die Hinterbühne blieben in schummrigem Halbdunkel.

Die an die Finsternis gewöhnten Augen des Zwerges glichen das Zwielicht aus; endlich konnte er die andere Seite des Raumes beobachten und nach dem Vierten Ausschau halten.

Derweil begann das Geschehen auf der Bühne, das Tungdil aber nur am Rande wahrnahm. Ihm stand der Sinn sicherlich nicht danach, verkleideten Menschen bei einer Kinderbeschäftigung zuzusehen. Angestrengt hielt er nach Goïmgar Ausschau, doch er fand ihn nicht.

Dann muss ich draußen weitersuchen. Er stand auf und wollte sich umdrehen, als er die Gestalt in der langen, beigen Robe auf der Bühne sah. Ihm stockte der Atem.

Wie ist das möglich? Der alte Mann mit dem weißen Bart, der sich eben erschöpft auf einen Stein setzte und einen Monolog begann, war Lot-Ionan! Und die gerüstete blonde Frau, die sich an seine Seite stellte und ihm aufmunternd die Hand auf die Schulter legte, glich Andôkai bis aufs Haar. Er lauschte, ob denn auch die Stimme des Magus genauso klang, wie er sie im Gedächtnis hatte.

Kaum konzentrierte er sich auf die Handlung, vergaß er sein Anliegen. Die Schauspieler waren so gut, dass sie ihn glauben ließen, die echten Personen stünden nur einige Schritte von ihm entfernt, obwohl er genau wusste, dass sein Ziehvater tot und die Maga irgendwo außerhalb des Geborgenen Landes unterwegs war.

»Auf, Lot-Ionan«, sagte die Stürmische. »Dies ist nicht die Zeit, geduldig zu sein ...«

ZWISCHENSPIEL

»... sondern die Zeit, das Tote Land zu bekämpfen.«

»Einmal mehr, ohne dass wir es zurückschlagen können«, seufzte der Magus, während er mit der flachen Hand über das grüne Gras strich. Nur eine halbe Meile von ihnen entfernt wandelten sich die Halme in totes Grau, denn das Tote Land erlaubte in seinem Herrschaftsgebiet keinerlei Leben. »Wir halten es auf, aber mehr vermögen wir nicht.«

Andôkai erwiderte nichts, sondern ging stattdessen die leichte Anhöhe hinauf, wo die restlichen Magi und Magae warteten. Er folgte ihr und stützte sich dabei schwer auf seinen Stab. Dann waren die Zauberkundigen des Geborgenen Landes auf dem leicht schiefen, graswachsenen Plateau versammelt und blickten ihren Feinden ins Angesicht.

Die Erde fiel vor ihnen steil nach unten ab, der Wind riss an ihren Kleidern und spielte damit und trug ihnen die grässlichen Laute zu, welche die Kreaturen Tions ausstießen.

Ein gutes Stück von ihrem Aussichtspunkt entfernt, hatten sie sich hinter der unsichtbaren, von den Magi gewobenen Barriere versammelt, geiferten, grunzten und brüllten voller Vorfreude, endlich auf die andere Seite zu gelangen.

Von oben sahen die Ungeheuer wie eine sich bewegende, dunkle Masse aus. Schwer gerüstete Orks standen neben Ogern, hässlichen Trollen und weiteren unbekannten Geschöpfen, eine Ordnung gab es in diesem Haufen nicht. Die Schreckensgestalten aus dem Norden, die über den Steinernen Torweg aus ihrer Heimat hierher gelangt waren, drängten herbei, um Heuschrecken gleich über Dörfer und Siedlungen herzufallen und diese sinnlos zu zerstören.

Einmal hatte ein Menschenheer versucht, sich den Horden in den Weg zu stellen, und war von den Ungeheuern einfach überrannt worden. Seither versahen die Sechs den Dienst, die Invasoren und das Tote Land aufzuhalten.

»Lasst sie herankommen«, wies Andôkai die anderen Magi und Magae an. »Erlaubt ihnen, bis kurz vor die Tore des Dorfes zu gelangen, ehe wir sie angreifen.«

Maira blickte zu den Häusern, die an den Fuß des Berges gebaut worden waren und sich Schutz suchend an den Hang drückten, als könnte der Fels sie vor den Feinden schützen. »Welche Angst muss in den Hütten herrschen?«, sagte sie leise und mitleidig. »Sie glauben sich gewiss verloren.«

»Umso mehr wird es sie freuen, wenn sie durch uns gerettet werden«, erwiderte Turgur, der in seinen Gewändern aussah, als ginge er zu einer Festlichkeit, anstatt in den Krieg zu ziehen.

Nudin der Wissbegierige schaute über die Reihen der Gegner, er freute sich, so viel Neues und Ungewohntes zu erblicken. Er würde versuchen, einige der Biester am Leben zu lassen, um mit ihnen nach der Schlacht zu sprechen und mehr über sie zu erfahren. Natürlich werde ich das im Verborgenen tun, sonst unterstellen sie mir, zu milde mit den Ungeheuern umgesprungen zu sein.

Maira hatte seine Gedanken erraten. »Töte sie alle, Nudin«, schärfte sie ihm ein. »Das Böse darf nicht ins Geborgene Land gelangen!«

Nudin nickte und sammelte seine Konzentration für den bevorstehenden Kampf, der im Grunde mit dem rechzeitigen Erscheinen der Zauberer entschieden sein sollte. Er selbst war es gewesen, der die Schwachstellen in der Sperre mithilfe des Malachitfokus entdeckt und den Rat der Orks an dem Ort zusammengerufen hatte, an dem sich die Bestien vor den Zauberern in Sicherheit wähnten.

Ein lautes Knistern erfüllte die Luft. Das Tote Land attackierte die Sperre und durchbrach sie schließlich. Mit lautem Gebrüll rannten die Geschöpfe Tions auf die Ansiedlung zu. Die Oger und Trolle überholten die Orks, die kleineren Bogglins fielen zurück und kreischten ihre Enttäuschung, die Letzten zu sein, schrill hinaus.

Andôkai beschwor ein Unwetter herauf. Innerhalb von Lidschlägen verfinsterte sich der Himmel über der Anhöhe, grummelnd luden sich die Blitze in den auftürmenden Wolkenbergen, ehe die Stürmische die Strahlen auf die ersten Reihen zucken ließ.

Ihre Attacke markierte den geeigneten Zeitpunkt, die Diener des Toten Landes anzugreifen. Die Magi und Magae sandten ihre vernichtenden Kräfte vereint gegen das Böse.

Flammenkugeln schossen hinab, aus der Erde erhoben sich Wesen aus Staub und Stein, die sich auf die Orks stürzten. Woanders tat sich der Boden auf und verschluckte Trolle und Oger.

Der Angriff der Bestien geriet ins Stocken, die kleineren kehrten als Erste um und suchten ihr Heil auf dem vermeintlich sicheren

Boden des Toten Landes. Ohne Barriere aber gelangten die magischen Geschosse der Verteidiger auf die andere Seite und verglühten eine Unzahl der Gegner.

Die Magi achteten genau darauf, dass von den Ungeheuern nichts blieb, was die unheimliche Macht über ihren Tod hinaus nutzen konnte. Die Körper vergingen in Feuer und Blitzen, zerfielen zu Staub oder zerbarsten in winzige Einzelteile.

Andôkai entfachte einen gewaltigen Wind, der die letzten Mutigen emporschleuderte und sie zurück auf das Territorium des Toten Landes trug. Währenddessen trafen die anderen Vorbereitungen, die Barrieren von neuem und noch kräftiger entstehen zu lassen.

Auf den Wink Lot-Ionans hin eilten Zauberschüler herbei und brachten den Malachitkristall, der ihre Kräfte sammelte. Die aufwändige Beschwörung gelang, der Fokus speiste die Barriere und sicherte das Geborgene Land. Die Menschen wagten sich wieder aus ihren Behausungen und jubelten den Zauberern zu.

So erleichtert sich diese auch fühlten, es blieb ein schaler Geschmack zurück. Denn die Erde, die von den Ungeheuern betreten worden war, beanspruchte das Böse für sich, das Tote Land hatte seine Macht nach Süden ausgedehnt, und das gerettete Dorf lag unmittelbar an der unsichtbaren Sperre.

Turgur winkte den Dörflern zu. »Wir sollten hinunter gehen und uns ein wenig von ihnen feiern lassen«, sagte der Schöne entzückt. »Seht nur, wie sie sich freuen, die Einfachen.«

»Und seht nur, wie sich Turgur an den Einfachen ergötzt«, lächelte Nudin erschöpft. »Man könnte meinen, er würfe sich am liebsten von hier oben in ihre Arme.« Die anderen Magi lachten leise.

»Lasst uns in die Zelte gehen und bei einem Glas Wein ausruhen«, schlug Maira vor.

»Geht nur, ich komme nach. Zuerst besuche ich das Dorf und lege ihnen nahe, schnell von hier wegzuziehen«, erklärte Nudin. »Bei einem neuerlichen Vorstoß könnten die Menschen in Gefahr geraten.«

Andôkai warf ihm einen viel sagenden Blick zu, verzichtete jedoch auf eine Bemerkung.

Nudin suchte den schmalen Pfad, der von der Anhöhe hinab in die Siedlung führte. Gleich am Eingang des Ortes wurde er mit schlichten Gaben überhäuft, die Menschen boten ihm Brot, Obst und Wein als Ausdruck ihres Dankes an.

Der Magus nahm einen Schluck vom Wein, um die Aufmerksamkeit zu würdigen, und berichtete ihnen vom Ernst ihrer Lage. »Aber ich sende euch Männer, die euch helfen werden, von hier fortzuziehen«, beruhigte er sie. »Ich finde einen Platz für euch, an dem ihr sicherer lebt.«

Nudin griff sich einen Apfel und wählte seinen Rückweg so, dass er ihn über den vorderen Teil des Schlachtfeldes führte, der nicht dem Toten Land anheim fiel.

An manchen Stellen stieg Rauch aus der Erde, die Energien schmolzen den Sand zu Glas, verdampften den Boden oder hinterließen tiefe Furchen und Krater, und es stank nach Tod.

Ein leises Röcheln brachte sein Herz zum Klopfen. Nudin hielt inne, um in die Stille zu lauschen und die verletzte Bestie ausfindig zu machen. Das gequälte Keuchen erklang erneut, und er fand die Richtung, wo es lag.

Vorsichtig stieg er über die Kadaver hinweg und stocherte mit dem Stab in dem Gewirr aus Überresten herum, bis die Kreatur auffauchte. Es war ein Bogglin, der eingeklemmt unter dem gigantischen Torso eines Trolls lag und sich aus eigener Kraft nicht mehr befreien konnte. Er sah aus wie ein zu klein geratener Ork.

»Hab keine Angst. Ich werde dir nichts tun«, redete Nudin ihn in der Sprache der Scheusale an.

Der Bogglin streckte ihm die Zunge heraus und versuchte, an den Griff seines Schwertes zu gelangen.

»Ich schlage dir einen Handel vor«, unterbreitete Nudin sein Angebot. »Ich helfe dir, aus deiner Falle zu entkommen, wenn du mir vorher alles über dich und deinesgleichen berichtest. Woher du kommst, wie ihr lebt, was ihr tut, wenn ihr uns nicht angreift.« Er nahm eine Pergamentrolle und ein Reisetintenfass aus seiner Umhängetasche. »Ein Zauber wird dafür sorgen, dass du die Wahrheit sprichst.«

Die seelenlosen Raubtieraugen blinzelten verstört. Der Bogglin wusste mit dem verrückten Menschen nichts anzufangen, der ihn weder töten noch befreien wollte. Ehe es ihm gelang, etwas zu sagen, durchbohrte ein langer schwarzer Pfeil seine Kehle und nagelte ihn an den Kadaver des Trolls.

»Andôkai?« Nudin wirbelte herum und sah eine Gruppe von vier Albae auf sich zukommen. *Nein. Schlimmer.* Voller Erstaunen beobachtete er, wie der Letzte durch die Barriere trat. Der magische Widerstand kümmerte sie nicht im Geringsten. Ihr Anführer legte einen weiteren Pfeil auf die Sehne, dieses Mal sollte er das Ziel sein.

Das wird euch nicht gelingen. In aller Eile zog er einen Schutzzauber in die Höhe, der den heranschwirrenden Pfeil ablenkte und ihn zu dem Schützen zurückleitete. Mit Überraschung in den nachtfarbenen Augen starb der Alb.

Nudin richtete zwei weitere Albae mit gewaltigen Magieblitzen, die aus seiner linken Hand schossen. Den Vierten betäubte er nur, um ihn zu befragen.

Als er die feinen Züge seiner Gegner betrachtete, musste er daran denken, wie sehr Turgur die Verwandten der Elben, die in Gwandalur und der Goldenen Ebene lebten, um ihre Schönheit und Perfektion beneidete. Sein Blick blieb an den Kristallamuletten hängen, die um ihre Hälse baumelten.

Schutzrunen, staunte Nudin und nahm sie an sich. Das erklärte ihm, weshalb die Albae der Barriere unverletzt getrotzt hatten. *Wie es aussieht, hat das Tote Land einen Weg gefunden, die gefährlichsten seiner Diener durch unsere Barriere zu senden,* dachte er beunruhigt. *Der Rat muss unbedingt davon erfahren.*

Er sprach einen Bannzauber gegen den Alb und holte ihn aus seiner Ohnmacht. Die Lider öffneten sich; da es helllichter Tag war, sah der Magus anstelle von Pupillen und Weiß nur Schwärze in den Augenhöhlen. Er hielt ihm die Amulette vors Gesicht. »Wer gab sie euch?«

Der Alb sah ihn ausdruckslos an.

Nudin sprach einen Wahrheitszauber auf ihn, und der Alb offenbarte ihm sein Geheimnis, jedoch in seiner eigenen Sprache, die der Gelehrte nicht verstand. Es klang melodisch und elegant wie Elbisch, doch die Einfärbung war wesentlich düsterer.

So kam er nicht weiter. Er stand auf, entfernte sich ein paar Schritte von dem Wesen und ließ es in einer Feuerwolke verglühen; das Gleiche tat er mit den Kadavern der anderen Albae und dem Bogglin.

»Ein Sieg, der nicht lange währt«, murmelte er betrübt.

Morgen, beim gemeinsamen Frühstück, werde ich ihnen von den Amuletten berichten; in dieser Nacht sollen sie ihre gute Laune nicht verlieren. Nachdem er den Wachen eingeschärft hatte, besonders aufmerksam zu sein, begab er sich zur Ruhe.

*

Die Nacht bescherte Nudin einen merkwürdigen Traum. Nebel umschloss das Zelt, sickerte durch die Leinwand und umspielte sein Lager. Im Innern des trüben Dunstes schimmerte es in rascher Folge schwarz, silbern und rot auf.

Nachdem er lauernd um die Pfosten gestrichen war, näherte er sich dem Schlafenden und schwebte bis zur Kante des Bettes hinauf. Es sah aus, als flöge Nudin auf einer weißen, flimmernden Wolke.

Ein fingerartig geformtes Nebelstück tastete sich vorwärts und berührte die Hand. Der Magus erwachte von dem leichten, samtigen Anstoß.

»Hab keine Angst. Ich werde dir nichts tun«, sprach eine wispernde Stimme.

Nudin richtete sich vorsichtig auf und betrachtete den flimmernden Nebel. »Man nennt mich den Wissbegierigen, nicht den Ängstlichen«, erwiderte er ruhig. »Was bist du?«

»Ich bin die Seele des Toten Landes«, raunte der Nebel. »Ich bin zu dir gekommen, um dich vor die Wahl zu stellen.«

»Was wird das wohl für eine Wahl sein? Entweder bin ich dein Freund oder ich bin dein Feind, und du wirst mich töten, oder?«

Der Nebel stieg noch ein wenig höher, er umfing Nudins Füße und kroch langsam die Beine hinauf. Seine Berührung fühlte sich weich und warm an. »Nein. Ich stelle dich vor die Wahl, das Geborgene Land zu retten oder zusammen mit deinen Zauberfreunden seinen Untergang zu verschulden.«

»Aber wir bewahren unsere Heimat vor dir. Du bist sein Untergang«, widersprach der Magus heftig.

»Nein, ich kam, um die Reiche und die Menschen, Elben und Zwerge durch meine Macht zu bewahren«, flüsterte der Nebel. »Ich wollte schneller sein als das Unheil.« Aus dem Dunst formte sich ein menschliches Antlitz, die Lippen und der Mund bewegten sich. »Aber eure Magie hindert mich daran. Bald wird das Böse den Steinernen Torweg oder den Westzugang im Roten Gebirge erreichen und ins Geborgene Land schwappen, zuerst mich hinfortspülen und dann alles vernichten, was vom Berggürtel umschlossen wird.«

»Das glaube ich dir nicht. Was ist das für eine Seele, die von anderen Seelen lebt?«

»Eine sehr große Seele, die nicht frisst, sondern in sich aufnimmt und vor Schaden bewahrt«, säuselte der Nebel. »Wenn die Gefahr für das Geborgene Land gebannt ist, werde ich sie alle freilassen, damit sie zu den Göttern des Jenseits gelangen. Doch bis dahin brauche ich ihre Kraft.«

»Geh!«, befahl Nudin. »Geh, denn ich glaube dir nicht!«

Der weiße Schleier wurde durchsichtiger. »So höre noch, was ich dir unterbreite«, raunte er. »Leih mir deinen Körper für eine kurze Zeit, damit ich eine Gestalt erhalte. Durch mich erlangst du Fertigkeiten und Wissen, von denen du nicht einmal träumtest, weil du nicht wusstest, dass es sie gibt. Ich kenne Zaubersprüche aus fernen Ländern, ersonnen von den klügsten Magi, ich weiß Dinge über die Sterne, den Menschen, die Natur, das Leben, die Tiere, wie sie in keinen Büchern geschrieben stehen. Du wirst der weiseste und mächtigste Magus sein, der jemals im Geborgenen Land lebte, und dein Name wird Nudin der Allwissende sein.« Der Nebel löste sich auf. »Der Allwissende ...«

Der Allwissende! Nudin schreckte aus seinem Traum auf und blickte sich in seinem Zelt um, ohne etwas Ungewöhnliches zu entdecken. Er schalt sich selbst einen Narren und legte sich wieder hin.

Als er am nächsten Morgen zusammen mit den Magi und Magae beim Frühstück saß, aß er schweigend und gedankenverloren, während sich die anderen über ihre Vorhaben austauschten.

Seine Begegnung mit dem Nebel und den Albae aber behielt er ebenso wie die Neuigkeit über die Amulette für sich.

*

Nudin ließ die Nachricht sinken, die ihm kurz vor der Nachtruhe überbracht worden war.

Lesinteïl, das Reich der Nordelben, war in die Hand der Albae gefallen. Es musste ihnen auf eine geheimnisvolle Weise gelungen sein, die Barriere zu durchbrechen und über die arglosen Einwohner herzufallen.

Die Zeilen berichteten davon, dass die ersten Siedlungen in wenigen Tagen eingenommen worden waren. Als die Elben endlich ihren Widerstand in einem Heer organisierten, standen so viele Albae in ihrem Reich, dass sie von Beginn der Schlacht an zum Scheitern verurteilt waren.

Das Tote Land sickerte nun nach Lesinteïl ein und vernichtete das blühende Leben, das die Elben einst mit viel Aufwand kultiviert und zu höchster Vollendung geführt hatten.

Missmutig warf der Magus das Pergament auf den Boden und

sank in die Kissen. Übermorgen würde der Rat einberufen werden, um die Sperren um das gefallene Elbenreich zu errichten. Die Botschaft sprach davon, dass sich die Albae von ihrer neuen Eroberung aus in Windeseile bis nach Gauragar, Idoslân und Urgon ausbreiteten, um neue Gebiete für das Tote Land zu gewinnen.

Nudins Gewissen meldete sich mit Vehemenz, denn er glaubte zu wissen, wie es den Albae gelang, die Barriere zu überwinden: mithilfe der Amulette. Andererseits hätte es nichts gebracht, wenn er den anderen von seiner Entdeckung berichtet hätte.

Doch! Sie hätten die Zauberrunen untersuchen und eine Barriere schaffen können, gegen welche die Schriftzeichen nicht wirken, warf ihm eine innere Stimme vor. *Nur durch dein Schweigen wurde der Überfall möglich!*

»Nein!«

Du bist für den Fall Lesinteïls verantwortlich! Du hast sie betrogen, Elben wie Zauberer!

Er zog sich die Decke über den Kopf, und versuchte, schnell einzuschlafen, damit er sein rechthaberisches Gewissen nicht mehr ertragen musste.

Doch es kam noch schlimmer, denn in dieser Nacht träumte er wieder von dem verführerisch redenden Nebel, Seele des Toten Landes, die nicht von ihm ablassen wollte.

»Hast du dir meine Worte überlegte? Möchtest du zu Nudin dem Allwissenden und zum Retter des Geborgenen Landes werden?«, raunte er in seinen Gedanken.

»Wie hast du die Barriere bei Lesinteïl durchbrochen?«

»Wärst du Nudin der Allwissende, müsstest du diese Frage nicht stellen«, wisperte der flirrende Dunst und schlüpfte zu ihm unter die Decke, wo es angenehm warm wurde. »Das erste Reich der Elben ist mein. Âlandur wird als Nächstes von mir in Besitz genommen, ohne dass ihr etwas dagegen ausrichten könnt. Meine Schutzmacht wird sich immer weiter nach Süden ausdehnen, doch die Zeit reicht nicht.«

»Wenn du uns beschützen möchtest, warum nimmst du dir die Länder mit Gewalt?«, hielt Nudin dagegen.

»Niemand, der Freiheit besitzt, gibt sie gern ab, auch wenn es nur einen Wimpernschlag im Gefüge der Geschichte währt. Könige, Völker, sie sind wie kleine Kinder, und ich bin die Mutter, die sie vor Schlimmem bewahren möchte.« Der Nebel formte wieder die Umrisse eines Gesichts. »Kinder verstehen nicht, warum eine Mutter sie hochhebt, um zu verhindern, dass ein Hund sie beißt. Sie wehren sich dagegen, bevormundet zu werden, strampeln und wollen spielen, obwohl der Hund nur darauf wartet, seine Fänge in sie zu schlagen. Sie wissen es nicht besser«, sagte er. »Erst nachdem die Mutter den Hund verjagt hat, lässt sie ihren Nachwuchs zurück auf die Erde und nach eigenem Willen entscheiden. Jahre später, wenn aus dem Kind ein Erwachsener geworden ist und er sich an jenen Tag erinnert, wird er verstehen, warum die Mutter so handelte, und wird froh über die auferzwungene Fürsorge sein, die ihm zuteil wurde.«

Nudin leuchtete die Erklärung ein; er verdrängte die mahnende Stimme in seinem Innern, die ihn vor den samtenen, honigsüßen Worten warnte. »Warum erklärst du es den Mächtigen nicht, wie du es mir erklärt hast? Und warum hast du Orks, Albae und alle anderen widerlichen Kreaturen gewählt, vor denen sich die Menschen fürchten und denen die Elben und Zwerge mit abgrundtiefem Hass begegnen?«

Der Nebel umgab ihn nun vollständig, hüllte ihn ein und raubte ihm die Sicht. Er fühlte sich von tausend Händen gestreichelt und liebkost. »Die Zeit läuft gegen das Geborgene Land, ich konnte mir die Verbündeten nicht lange aussuchen und nahm, was ich bekommen konnte. Meine Diener erzielen rasche Erfolge, und auf diese Weise kann ich deine Heimat schützen.«

»Hast du diesem Schrecken schon öfter gegenübergestanden?«, fragte er schläfrig, abgelenkt.

»Unzählige Male, aber bislang errang ich keinen Sieg gegen ihn. Das Grauen ist stark, schnell und wendig, und nur wenn der Vorsprung groß genug ist, gelingt die Rettung.« Die Liebkosungen wurden zärtlicher. »Gib mir eine Gestalt, Nudin. Lass mich in dich und erfahre ein Wissen, wie es kein Sterblicher jemals vor dir besaß. Zögere nicht länger«, wisperte es von allen Seiten. »Wenn wir den gemeinsamen Feind geschlagen haben, verlasse ich deinen Körper. Und du kannst mich jederzeit aus deinem Leib werfen, solltest du es wünschen.«

»Woher weiß ich, dass dein Wissen so groß ist, wie du behauptest?«

»Warte, ich zeige es dir.« Der Dunst verdichtete sich rings um seine Schläfen, das schwarze, silberne und rote Blitzen steigerte sich.

Die Augen des Magus weiteten sich, als ihm die Seele des Toten Landes in seinem Traum einen Eindruck davon vermittelte, was bald alles ihm gehören könnte.

Unbekannte Schriftzeichen schwebten vor ihm, er hörte fremde

Sprachen und erkannte Teile von Zauberformeln, er sah die Bilder von schönen und erschreckenden Landschaften, die jenseits der Gebirge liegen mussten, Städte und Paläste, deren Konstruktion er niemals für möglich gehalten hätte.

Sein neugieriger Verstand sog all die Eindrücke gierig auf, schrie nach mehr und bekam mehr. Die Bilderflut schien niemals enden zu wollen, und er schwamm darin, badete in Wissen und trank es, bis der Nebel dem ein Ende setzte.

»Nein, mach weiter!«, forderte Nudin begehrlich.

»Lässt du mich in dich einziehen?«

»Ich ...«

Runen blitzten auf und verblassten, aus weiter Ferne hörte er das Echo von nie vernommenen Sprachen, eine Ebene von atemberaubender Schönheit verdunkelte sich und verschwamm, die turmhohen Stapel Bücher gerieten ins Wanken, die Einbände, welche die Formeln und Zaubersprüche verhießen, wurden brüchig und zerfielen zu Staub.

»Willst du als Allwissender das Geborgene Land retten? Hilf der Mutter, das Kind vor dem reißenden Hund zu bewahren, Nudin«, flüsterte der Nebel und brach den letzten Widerstand des Magus.

»Ja«, antwortete er heiser und starrte in den Nebel. »Ja, ich will dir beistehen.« Zusätzlich zu den Versprechungen war ihm ein weiterer Gedanke gekommen. Da die Macht in ihm lebte, so lautete seine Überzeugung, würde er sie kontrollieren. *Wenn das angedrohte Grauen nicht kommt, werde ich von ihm verlangen, die Truppen aus den Reichen der Menschen, Zwerge und Elben abzuziehen und über den Nordpass zu verschwinden.* Auf die ein oder andere Weise würde das Geborgene Land gewinnen. »Was muss ich tun?«

Der Dunst flirrte stärker, aufgeregter. »Nichts. Liege einfach nur still da und biete mir keinen Widerstand. Leere deinen Verstand, denke an nichts und öffne deinen Mund. Du wirst spüren, wenn ich bei dir bin.«

Nudin lehnte sich zurück und tat gehorsam, wie ihm geheißen wurde.

Die ersten Ausläufer des Dunstes schlängelten sich aus drei Richtungen in seinen Rachen und füllten die Mundhöhle aus, als begutachteten sie wie Späher zunächst das Gebiet, ehe sie dem Rest bedeuteten nachzufolgen.

Dann ging alles sehr schnell. Der Nebel zog sich zusammen und zwängte sich in seine Kehle. Nudin hatte das Gefühl, seine Kiefer würden so weit auseinander gedrückt, dass sie brachen, und in seinen Ohren knackte es laut. Seine Hände krallten sich in die Kissen, der Stoff riss unter der Kraft.

Einmal in seinen Körper gelangt, bahnte der Nebel sich rücksichtslos einen Weg, dehnte seinen Schlund, bis Nudin zu ersticken glaubte, und presste ihm die Luft aus den Lungen. Das Blut rauschte viermal so schnell wie gewöhnlich durch seine Adern.

Rotes Wasser schoss ihm unvermittelt aus der Nase und den Augen, und er erschrak umso mehr, als er begriff, dass es sein Lebenssaft war, der in Strömen aus ihm herausquoll. Aus jeder Pore seiner Haut trat Blut aus; die Tröpfchen vereinigten sich zu Rinnsalen und benetzten die Laken seines Bettes.

Unverständliche gurgelnde Laute ausstoßend, richtete er sich auf und stürzte bei dem Versuch, zur Tür zu gelangen, hart zu Boden.

Die Beine verweigerten ihm ebenso den Dienst wie jedes andere Körperteil; selbst sein Hirn entglitt seiner Kontrolle, er brabbelte wirr, lachte, keuchte und schrie vor Angst und Schmerzen, wälzte sich auf den Platten und kroch auf allen vieren durch sein Schlafgemach, eine rote Spur hinter sich herziehend.

Dabei spürte er genau, wie der Nebel sich in jeder Faser seines Leibes ausbreitete; er schob und drückte sein Fleisch, wühlte in seinen Eingeweiden, folterte seine Männlichkeit und gewährte ihm keinen Lidschlag lang eine Pause von der Qual.

Dann endete sein Leiden abrupt.

Japsend lag Nudin auf dem kühlen Marmor und versuchte, wieder zu Atem zu kommen. Die Benommenheit wich einer Klarheit, einer ungewohnten Schärfe in seinem Denken.

Mühsam stemmte er sich auf die Füße. Das Blut klebte an ihm, und es roch nach Exkrementen. Angewidert von sich selbst, eilte er durch die Flure seines Palasts und sprang in den erstbesten Brunnen, um sich den Schmutz vom Körper zu waschen. Das kalte Wasser brachte seine Lebensgeister zurück, der Magus fühlte sich erfrischt und hellwach.

Es ist an der Zeit für eine Probe. Er versuchte, sich an die Zauberformel von vorhin zu erinnern. Es gelang ihm auf Anhieb, und nicht nur das: Er wusste, wofür sie taugte, er kannte alle notwendigen Handbewegungen, jede einzelne Silbe und die exakte Betonung, obwohl er sie zum ersten Mal aus seiner Erinnerung abrief.

Genau genommen war es nicht seine Erinnerung, nicht sein Wissen, auf das er zurückgriff, aber das störte ihn nicht.

Wie im Rausch dachte er an das Gesehene und sah es, schmeckte es, roch es. Die Ebene bekam einen eigenen Geruch, den er wieder erkannte, er wusste, welche Lieder die Vögel dort sangen, er erinnerte sich, dass der idyllische Flecken Pajula genannt wurde und wo er auf der Landkarte lag, auf einer Landkarte, die er erst zeichnen musste, weil sich die Ebene fern der Grenzen des Geborgenen Landes erstreckte.

Nudin lachte vor Begeisterung und planschte im Wasser des Brunnens herum.

Bist du zufrieden?, hauchte eine Stimme in seinem Kopf. *Versprach ich dir zu wenig?*

»Nein ...«, sagte der Magus laut und stockte. *Nein*, dachte er dann. *Es scheint, als hättest du die Wahrheit gesagt, was das Wissen anbelangt.* Er entschied sich zu einem entscheidenden Experiment. *Ich möchte, dass du meinen Körper wieder verlässt.*

Sofort verspürte er ein unangenehmes Brennen, eine eisige Kälte, und ein Gefühl von Einsamkeit, Verlassenheit breitete sich in ihm aus. Der Nebel bereitete sich darauf vor, aus ihm zu entweichen. Nudin fürchtete sich davor, die durchlittenen Schmerzen ein weiteres Mal ertragen zu müssen.

Nein, dachte er hastig, *bleib. Ich wollte nur sehen, ob ich dir auch darin vertrauen kann.*

Du wirst mir vertrauen müssen, so wie ich dir meine Erfahrung, mein Wissen anvertraue. Aus zweien ist eins geworden.

»Aus zweien ist eins geworden«, murmelte der Zauberer und verließ den Brunnen, um sich einen Spiegel zu suchen. Sein Bild verriet ihm nichts Neues, seine äußere Gestalt hatte sich nicht verändert, und doch saß das Hemd, das er sich aus einem seiner Schränke nahm, ein wenig eng, die Ärmel waren etwas zu kurz.

Ich wählte gut, sagte die Seele des Toten Landes, die mit dem Anblick ebenso zufrieden war. *Nein, sorge dich nicht. Du begehst keinen Verrat.*

Du kennst meine Gedanken?, wunderte er sich und fühlte sich ertappt, da er immer noch einen letzten Hauch von Argwohn hegte.

Wir sind eins.

Warum verstehe ich dann deine nicht?

Sei geduldig mit dir. Es erfordert Übung, die du erhalten wirst, Nudin der Allwissende. Wir werden gegenüber den anderen Stillschweigen über unseren Pakt bewahren, bis die Zeit gekommen ist, uns ihnen zu offenbaren. Deine Aufgabe wird sein, mir die Zeit zu verschaffen, die ich benötige, um die Mutter für die Reiche zu werden. Triff deine Vorbereitungen, arbeite im Verborgenen und lass dir nichts anmerken, denn sie würden dich in der Tat für einen Verräter halten, der du nicht bist, mein Freund, mein einziger Freund, mein geliebter Freund. Die wispernde Stimme verhallte und ließ den Mann allein.

Nudin schritt zum Fenster und blickte über das schlafende Poristä, über dem bald die Sonne stehen würde, dann drehte er sich um und betrachtete die zahllosen Buchrücken der Werke, die in seinem Zimmer standen.

In seinem Kopf ruhte mehr Wissen als in all seinen Folianten, Kompendien und Lehrbüchern zusammen, und er war glücklich, erfüllt, wissend. An was er auch dachte, sein Verstand hielt die Antwort parat und sättigte seine Neugier, ohne dass er dafür forschen, Bücher wälzen, Reisen unternehmen oder Experimente durchführen musste.

Plötzlich überkam ihn Langeweile, denn es gab nichts mehr für ihn zu tun. *Die einzige Herausforderung, die mir blieb, ist die Rettung meiner Heimat. Die werde ich mir nicht nehmen lassen.*

*

Nudin war von seiner Aufgabe besessen, er schmiedete Pläne und gelangte zu der Einsicht, dass er es nicht allein seinem Freund mit den wunderbaren Erinnerungen überlassen durfte, die Reiche des Geborgenen Landes zu schützen. Er wollte seinen Anteil dazu beisteuern und den Kampf gegen das Grauen aufnehmen, das in seiner Vorstellung von allen Seiten auf die schützenden Berge um seine Heimat einstürzte.

Das Wissen um die neue Formeln und Zauber war schön und gut, aber nicht ausreichend. Um sie umzusetzen, benötigte er Macht, noch mehr Macht.

Der Magus wusste, wie er an diese Magie gelangen, wie er sie in sich aufnehmen und speichern konnte. Bei einer der nächsten Beschwörungen, um die hindernden Fesseln um das Tote Land zu erneuern, würde er sich die Energien aneignen und die übrigen Zaubergelehrten vor die Wahl stellen, ihn zu unterstützen oder ihm nicht länger im Weg zu stehen.

Er konzentrierte sich auf nichts anderes mehr, verbarg sich in seinen Laboratorien und suchte sich aus der Schar seiner Famuli diejenigen heraus, die ihm treu ergeben waren; sie würden seine Gefolgsleute sein.

Die Albae besuchten ihn heimlich, berichteten von ihren Erkundungszügen in den Bergen Urgons, in den Ebenen Gauragars und in den sanften Hügeln Idoslâns, erzählten von den Orks im Reich Tilogorns, die bereit waren, ihm zu folgen, wenn er es verlangte.

Nudin fürchtete Verrat an seiner Sache, die er als Verrat am Geborgenen Land betrachtete. Jeglicher Widerstand durfte nicht toleriert, sondern musste sofort gebrochen werden, um das Unterfangen nicht zu gefährden.

In ganz seltenen Augenblicken beschlichen ihn Zweifel, ob er das alles selbst tat und wollte oder ob er auf die stillen Befehle des Wesens in ihm hörte.

Doch seine Besorgnis schwand so unerklärlich schnell, wie sie ihn überfiel. Gelegentlich sprach sein Freund zu ihm, riet ihm Dinge, gab ihm neue Einfälle, die ihn voranbrachten und die er in seinem Plan übersehen hatte.

Wir sind eins, dachte er dankbar. *Wir bringen den Menschen Sicherheit.*

Und dennoch wurdest du hintergangen, raunte es.

Wie?

Dein Famulus Heltor sprach mit einem Mann namens Gorén, einem einstigen Famulus Lot-Ionans. Meine Freunde haben sie gehört, als sie sich während der Ratssitzung vor den Toren des Palastes trafen. Er glaubt zu wissen, was mit uns geschah und wie man uns voneinander trennen kann.

Trennen? Niemals! Wie sollte das möglich sein?, dachte Nudin erstaunt. *Ich muss es verhindern.*

Er steckt nicht allein dahinter, warnte es ihn. *Er wird im Auftrag seines Magus handeln. Er gab ihm Bücher, in dem unser Geheimnis verborgen steht. Sie trachten nach deiner Macht und deinem Wissen. Lass nicht zu, dass sie uns auseinander reißen. Wir sind eins, Nôd'onn!*

Ich werde die Albae schicken, ihn zu verfolgen. Sie werden mir die Bücher bringen und ihn bestrafen, sagte er und dachte an den Tod des Zauberschülers.

Sein Tod wird die anderen aufschrecken. Vernichte sie alle, raunte es ihm zu.

Nein, widersprach er. *Ich werde zuerst mit ihnen reden, wie du mit mir geredet hast. Ich habe die Hoffnung, dass sie Einsicht zei-*

gen, denn wenn wir die Macht der Sechs besäßen, könnten wir an vielen Orten gleichzeitig sein und unseren Freunden zu einem noch schnelleren Sieg verhelfen.

Das Wesen hielt seinen Einfall nicht für gut. Da es jedoch fürchtete, der Magus könnte sich bei seinen Widerworten von seinem Einfluss befreien, sagte es fast nichts. *Du wirst erkennen, dass du dich in ihnen täuschst, mein einziger und wahrer Freund.*

»Ich hoffe, dass ich mich nicht in ihnen irre«, sagte Nudin leise und wandte sich einem Buch zu, das er schon kannte und auswendig wiederholen konnte, denn es gab nichts mehr in seiner Bibliothek, was ihn mit Neuem reizte.

Ein Blutstropfen klatschte in die aufgeschlagene Seite, deckte vier Buchstaben zu und machte sie unleserlich. Es rann aus seiner Nase, aus seinen Augen, zuerst langsam, dann wie ein unhaltbarer Bach.

Nôd'onn wusste, was ihm bevorstand. Eilig stand er auf und begab sich auf die Liege. Seine Knochen knackten, der Schädel krachte, knisterte, die Haut spannte sich schmerzhaft, als sein Leib einen weiteren Satz in die Höhe machte.

Er schrie und brüllte, biss sich die Lippen blutig, wälzte sich so sehr, dass er von der Schlafstelle fiel und besinnungslos wurde.

Als er erwachte, schienen die Qualen niemals gewesen zu sein, und es verlangte ihn wie immer nach einem opulenten Mahl. Das hatte dazu geführt, dass er immens an Gewicht zulegte, die Schneider mussten seine Garderobe wöchentlich neu anlegen.

Wann hört es auf, wehzutun?, fragte er seinen Freund, während er das Gesicht und die Hände vom Blut reinigte.

Bald, wisperte es. *Dein Wissen ist zu groß für deinen kleinen, menschlichen Körper, es schafft sich Platz. Sei unbesorgt, du stirbst nicht daran. Wir sind eins.*

Hungrig ging er in den Speisesaal und ließ das Essen auffahren, das seine Bediensteten ihm auf die lange Tafel stellten und von dem eine ganze Familie hätte satt werden können. Dieses Mal reichte es nicht für ihn, der Koch musste zwei weitere knusprig gebratene Hähnchen bringen, ehe sich der Magus voll gefressen erhob. Die Ärmel, das stellte er im Hinausgehen fest, waren schon wieder zu kurz geworden.

Eine Albin betrat den Raum und hielt eine Nachricht für ihn in der Hand ...

Zweiter Teil

I

**Das Geborgene Land, das Zauberreich Oremaira,
im Spätherbst des 6234sten Sonnenzyklus**

Tungdil war von der Handlung völlig vereinnahmt; er wusste nicht einmal mehr zu sagen, was ihm seine Einbildungskraft dazudichtete und was die Schauspieler auf dem Podest unter ihm wirklich zeigten.

Aber seine Aufmerksamkeit wurde durch eine flinke Hand abgelenkt, die sich von hinten durch den Logenvorhang schob, den Riemen des Rucksacks griff und ihn vorsichtig zu sich heranzog.

Das alles sah er natürlich nicht, doch er bemerkte das Schleifen in seinem Rücken, als der Dieb zu gierig an dem Lederstück riss. Als er sich umwandte, sah er gerade noch den Arm des Langfingers, der mitsamt seinem Gepäck durch den Vorhang verschwand.

»He! Halt!«, schrie der Zwerg erzürnt. »Diebe! Haltet ihn!« Er packte die Axt und rannte auf den Bretterngang hinaus, dass die harten, genagelten Sohlen seiner Stiefel nur so rumpelten. »Dir schlage ich gleich Respekt vor dem Eigentum anderer Leute in den Schädel!«

Hätte seine drohende Stimme nicht ausgereicht, den Schleier der Illusion im Theater zu zerreißen, so schaffte es das Poltern. Empörte Rufe wurden laut, die sich weniger gegen den Dieb, sondern mehr gegen den Beraubten richteten.

Deren Sorgen möchte ich haben. Tungdil kümmerte es nicht, er verfolgte die dunkel gekleidete Gestalt. Seine kurzen Beine hoben und senkten sich rasch und entfachten ein anhaltendes Donnern.

»Würde sich der geschätzte Spectator bequemen, etwas leiser zu trampeln?«, rief der falsche Nôd'onn entrüstet von der Bühne. Die Albin verzog das Gesicht und stemmte die Hände in die schmalen Hüften. Im Gegensatz zum nachgemachten Magus wirkte sie in ihrer schwarzen Rüstung immer noch sehr echt, trotz des geplatzten Gaukelspiels. »Ich versuche hier, die anderen Spectatores zu unterhalten, wenn es recht ist.«

»Dieb!«, antwortete ihm der Zwerg, ohne anzuhalten. »In Eurem feinen Theater wird gestohlen.«

»Sicher. Und zwar von Euch, mein murkeliger Freund. Ihr stehlt nämlich meine kostbare Zeit«, gab der Mime bissig zurück, »und meine unbezahlbare Geduld. Da Ihr sie nun habt, schert Euch zusammen mit Eurer Beute hinaus und lasst mich für die Kenner der Kunst mein Stück zu einem glücklichen Ende bringen, wie es sich gehört.«

Die Besucher applaudierten ihm, Gelächter erklang, der Schauspieler verneigte sich.

Narr. Da war Tungdil schon auf der Gasse und blieb vor dem Eingang des Curiosums stehen, um nach dem dreisten Räuber Ausschau zu halten. Er entdeckte ihn, als er um die nächste Ecke bog. Den Sack hatte er sich auf den Rücken geschwungen, damit er die Hände frei hatte.

»Halt! Gib ihn her!«, verlangte er und heftete sich an die Fersen des Diebes.

Die Verfolgung gelang ihm über drei Straßenzüge hinweg, aber nach der vierten Gasse und dem wohl zehnten abrupten Richtungswechsel verlor Tungdil ihn aus den Augen und stand ratlos vor einem übervölkerten Marktplatz. Die Menschen bildeten einen Blickschutz, hinter dem sein Gepäck verschwand.

Das Stück Sigurdazienholz! Siedend heiß überlief es ihn. Genau das hätte niemals geschehen dürfen. *Ich bin doch nicht so weit gekommen, um mich von einem einfachen Gauner beklauen zu lassen,* spornte er sich selbst voller Grimm an.

Mit einer Hand fasste er die Axt, mit der anderen schubste und drückte er die Menschen zur Seite, bis er an einem hoch aufragenden Stand mit geflochtenen Weidekörben anhielt und den Stapel erklomm.

Doch von hier oben sah es nicht besser für ihn aus. Ohne die Hilfe der einheimischen Gardisten wäre es ihm unmöglich, sein Eigentum zurückzuerhalten. Aber angesichts der Orks, die vor den Toren lauerten, würde er mit seinem Anliegen sicherlich und sogar mit Recht auf taube Ohren stoßen. Wie könnte er sie auch von der Wichtigkeit überzeugen? *Entschuldigt, aber ich habe ein Stück Holz verloren, mit dem ich die Stadt und das Land vor dem Toten Land bewahren kann ... Wer würde mir das glauben?*

Als er hinabstieg, um zum Wirtshaus zurückzukehren, wo Bavragor und Boïndil hoffentlich auf ihn warteten, stellte er fest, dass er sich zu allem Überfluss auch noch in Mifurdania verlaufen hatte.

*

Tungdil kannte nicht einmal den Namen der Herberge, in die er die anderen beiden geschickt hatte. Das Tor bildete seinen einzigen Anhaltspunkt. *Sind wir durch das Nordtor gekommen oder durch ein anderes?*

Brummelnd machte er sich auf die Suche und orientierte sich dabei an den nächstgelegenen Wachtürmen der Mauer, die gelegentlich zwischen den Dachgauben hindurchspitzten. Als er an einer dunklen Seitengasse vorbeischritt, hörte er plötzlich ein ersticktes Gurgeln.

Sofort blieb er stehen, nahm seine Waffe in beide Hände und betrat die Gasse. Vorsichtig schritt er um eine Biegung herum und sah eine hoch gewachsene, schlanke Gestalt; die Kleidung wurde von einem dunkelgrauen Umhang verdeckt.

Zu ihren Stiefeln lag der Dieb, der ihn bestohlen hatte. Aus einem Dutzend Stichwunden sickerte sein Blut auf das Kopfsteinpflaster; der Mann, der den Gauner zur Strecke gebracht hatte, wühlte neugierig in dem Rucksack herum.

Der Zwerg fühlte sich gar nicht wohl. Die Statur passte nicht zu einem Menschen, wohl aber zu einem Alb. *Vraccas, stehe mir in dieser Prüfung bei*, bat er leise.

Der neue Besitzer des Rucksacks schloss die Lasche, fasste den Trageriemen mit der Linken und barg ihn unter seinem Umhang, um ihn mitzunehmen, während der Dieb sich ächzend auf den Rücken wälzte und sich vor Schmerzen krümmte. Die Gestalt schlenderte die Gasse entlang, als wäre sie nicht für das Leid des Mannes verantwortlich.

»Verzeiht, aber das ist mein Rucksack«, rief Tungdil.

Der Mann wirbelte herum, der Mantel flatterte auf, sodass er zunächst nichts von dessen Gesicht erkannte, dann spürte er zwei harte Schläge gegen seine Brust. Die geworfenen Messer prallten von seinem dicht gewobenen Kettenhemd ab und fielen klirrend auf das Pflaster.

Während Tungdil sich noch von seiner Überraschung erholte, rannte der heimtückische Angreifer schon die Straße hinunter und verschwand um die nächste Biegung. Gegen die langen Beine kam er nicht an, und als er um die Ecke bog, sah er weit und breit nichts von dem Mörder.

Keuchend lehnte er sich an eine Wand, die im Schatten lag, und rang nach Atem. *Das Glück lässt mich allzu oft im Stich. Habe ich Vraccas verärgert?*

Da legte sich ein Arm von hinten um seinen Hals. Ein dünnes Messer funkelte vor seinen Augen und berührte seine ungeschützte Kehle.

»Es ist dein Rucksack, Zwerg? So musst du Tungdil sein«, sagte eine gedämpfte Stimme zu ihm. »Wir haben dich an einem ganz anderen Ort vermutet. Mein Freund ist ganz versessen darauf, dich zu finden, seit du in Grünhain warst und seine Gefährtin umbrachtest.«

Tungdil versuchte, den Arm zu heben, doch die Klinge drückte sich fester in sein Fleisch.

»Nein, halt still. Du wirst mir ein paar Fragen beantworten«, verlangte der Unbekannte.

»Nein«, widersprach Tungdil trotzig und war sich sicher, auf einen Alb Nôd'onns gestoßen zu sein.

»Nein? Wir werden sehen.« Der Angreifer schleifte ihn rückwärts zu einem Torbogen, der zu einem Hauseingang führte und unter dem es stockdunkel war. »Wohin wolltest du mit dem Artefakt?«

Der Zwerg schwieg starrköpfig.

»Möchtest du sterben?«

»Du tötest mich sowieso, Alb. Warum sollte ich dir über meine Mission berichten?«, erwiderte er.

»Weil ich dir einen schnellen Tod und kein qualvolles Ende versprechen würde«, lachte er. »Versuchen wir es ein weiteres Mal. Bist du allein unterwegs?«

Schritte näherten sich ihnen, das Klirren von Kettenhemden erklang. Zwei Personen liefen die Gasse entlang, und der Alb verstummte.

Das Schicksal musste einen grausamen Sinn für Scherze haben, denn es brachte Goïmgar und Boëndal dazu, in genau diesem heiklen Augenblick an dem schattigen Versteck vorbeizugehen.

Boëndal redete beschwichtigend auf den Edelsteinschleifer ein und erklärte, dass weder Boïndil noch Bavragor es wirklich ernst mit ihren Drohungen meinten und er ihn notfalls vor ihrem Übermut schützen würde. Dann waren sie um die nächste Biegung verschwunden.

»Also fünf«, raunte der Alb ihm ins Ohr. »Fünf Zwerge auf dem Weg wohin?«

»Dich und deinesgleichen samt eurem Meister aufzuhalten«, sagte Tungdil laut und entschloss sich, den Alb abzuschütteln. Er packte den Arm mit dem Messer und warf sich mit Schwung nach hinten, um seinen Angreifer gegen die Mauer zu rammen, doch sein Gegner wich aus, Tungdil prallte gegen die Steine und musste schwer gegen die Kraft der Messerhand kämpfen.

Der Lärm genügte, um die beiden Zwerge aufmerksam werden zu lassen. Eilig rannten sie herbei.

»Gelehrter? Bist du das?« Der Krieger stand breitbeinig vor der Nische, den Krähenschnabel bereit haltend. Goïmgar hielt Abstand und verschmolz mit seinem Schild.

Das Knie des Albs traf den Nasenschutz von Tungdils Helm. Das Metallstück drückte sich schmerzhaft gegen sein Riechorgan, und die Tränen schossen ihm aus den Augen. Er bekam noch einen Stich in den linken, ungeschützten Unterarm, ehe der Gegner alles daran setzte zu entkommen.

Der bleibt hier. Geistesgegenwärtig griff Tungdil nach dem Rucksack und erwischte die Lasche. Knurrend klammerte er sich daran fest und hackte nach der Hand des Albs.

Seine Axt schlug ins Leere. Der Räuber war ausgewichen, aber dafür schlitzte die Klinge den Rucksack auf, die Lasche riss, und Tungdil fiel zu Boden.

»Ich habe, was ich wollte.« Die Lage wurde dem Alb zu brenzlig, und so zog er die Flucht vor. Er wollte an dem Zwilling vorbeihuschen, aber der erfahrene Kämpfer Boëndal ließ sich von der angetäuschten Bewegung nicht übertölpeln und schlug zu. Die Spitze der verheerenden Axt perforierte die Lederrüstung und drang tief in den Körper ein.

Der Getroffene stolperte, fluchte unverständlich und geriet in einen einzelnen Sonnenstrahl, der aus seinen eben noch dunkelblauen Augen zwei schwarze Löcher machte.

Und noch Unheimlicheres geschah mit dem Alb. Dünne, feine Linien zeichneten sich auf seinem blassen Gesicht ab. Mit einem Mal waren sein Gesicht und der Hals übersät mit zackigen Linien, die wie Risse aussahen. Er presste die Hand auf die Wunde und rannte die Gasse entlang; der Rucksack hüpfte auf seinem Rücken auf und nieder.

»Dich kriege dich.« Der Zwilling wollte sich an seine Fersen heften, aber Tungdil rief ihn zurück.

»Nein, lass. Wir wissen nicht, ob er uns nicht am Ende in eine Falle locken will.«

»Aber er hat den Rucksack!«

Tungdil wischte sich das Blut unter der Nase weg. Stolz hob er das Stück Sigurdazienholz.«Nur das ist wichtig. Und ich habe es wieder.«

»Wie hast du es verloren, Gelehrter?«, wunderte sich Boëndal.

»Das erzähle ich euch unterwegs.« Er nickte Goïmgar zu. »Sei unbesorgt. Die anderen beiden Griesgrame werden dir nichts anhaben.«

»Ich habe wirklich gesagt, dass sie erst nach euch die Tür schließen sollen«, sagte er leise.

»Lass es gut sein«, meinte Tungdil, obwohl er sich nicht sicher war, dass er dem Gehörten Glauben schenken sollte. Er vertraute ihm nicht mehr und beschloss, ihn zu keiner Zeit mehr allein zu lassen, bis Goïmgar verstanden hatte, um was es bei ihrer Reise ging.

»Wir sollten den Gardisten Bescheid sagen, dass wenigstens ein Alb in den Mauern Mifurdanias sein Unwesen treibt«, sagte Boëndal. »Er wird einen Verrat planen, um die Einnahme der Stadt für die Orkhorden zu erleichtern.«

»Und er weiß, dass wir hier sind«, fügte Goïmgar zaudernd hinzu. »Werden sie uns nun jagen?«

»Das haben sie wohl schon die ganze Zeit über getan«, antwortete Tungdil ehrlich, »aber leider haben sie herausgefunden, wo wir sind. Wir müssen so schnell wie möglich in die Tunnel. Solange sie davon nichts erfahren, sind wir vor den Albae sicher.«

Hastig durchquerten sie die Straßen, bis sie zum nahen Südtor gelangten, wo Tungdil dem Wachhabenden berichtete, dass er einen Alb gestellt habe. Dann machten sie sich auf den Weg zur Herberge, wo Bavragor und Boïndil hoffentlich ausharrten.

*

Als sie sich der Kaschemme näherten, hörten sie die wilden Schreie Ingrimmschs. Holz barst krachend, und darunter mischten sich laute, aufgeregte Rufe von Menschen.

»Bei Vraccas! Die Albae haben sie gefunden!«, rief Boëndal grimmig und rannte los, um seinem Bruder beizustehen.

Da flog ein Mann in hohem Bogen durch das kleine geschlossene Fenster und landete in einem Scherbenregen auf dem Pflaster. Der Nächste fiel mitsamt der aus den Angeln gerissenen Tür auf die Straße, rappelte sich auf und suchte blutend das Weite.

Die drei Zwerge stürmten in die Schenke, in der ein Wirbelsturm gehaust haben musste. Nichts befand sich mehr an seinem angestammten Platz, Tische und Bänke waren umgeworfen oder zu Bruch gegangen. Stöhnende Gäste lagen umher, manche arg, andere weniger verprügelt.

Mittendrin stand Boïndil wie ein kleiner Rachegott und rupfte einem Menschen den Schnauzbart Haar für Haar aus. Von Bavragor fehlte jede Spur.

»Was tust du da?«, fragte ihn sein Bruder und betrachtete fassungslos die Unordnung. »Warst du das?«

Ingrimmsch drehte sich um, sodass sie seinen verunstalteten Bart sehen konnten. »Ho, das will ich meinen«, lallte er. »Sie haben mich angezündet, und dafür haben sie mit meinen Fäusten Bekanntschaft gemacht.« Er kicherte und riss seinem Opfer ein weiteres Haar aus. »Der Lange hat angefangen, er hat meinen Bart angekokelt, und als ich ihn bestrafen wollte, kamen ihm die anderen zu Hilfe. Das fand ich sehr anständig von ihnen. Umso mehr gab's für mich zu tun.«

»Bitte, sagt ihm, dass es mir Leid tut und er mich loslassen soll«, jammerte der Mann. »Es war ein Unfall, ich wollte ihm bloß einen glimmenden Span für seine Pfeife reichen!«

Boïndil packte ihn an den Ohren und blickte ihn aus trüben Augen an. »Wirst du auch nie mehr einem aus unserem Volk ein Loch in seinen bärtigen Stolz brennen?«, keuchte er.

»Nie mehr!«, wimmerte der Mann.

»Schwörst du es?« Er schwor artig, und der Krieger gab ihn frei. »Na, gut. Lauf, Langer.« Zum Abschied rupfte er ihm ein ganzes Büschel Haare aus und trat ihn in den Hintern. Lachend ließ er sich auf den Tisch plumpsen, langte nach seinem Humpen und schlürfte geräuschvoll. »So viel Spaß hatte ich schon lange nicht mehr«, rülpste er. Seine Augen entdeckten Goïmgar. »Ah, da ist ja unsere zimperliche Maid!«

»Er ist sturzbetrunken«, meinte sein Bruder und kniff die Lippen zusammen.

»Wo ist Bavragor?«, fragte Tungdil mürrisch. *Schlimmer, als eine Horde Flöhe zu hüten.* »Müssen wir ihn auch suchen gehen?«

»Der? Ach, der kommt schon wieder. Das Einauge ist ein Pony kaufen, damit wir unsere Schätze ...«

»Boïndil! Sei still!«, fuhr Boëndal ihn hart an, nahm ihm das Bier weg und zerrte ihn vom Tisch. »Was denkst du dir eigentlich dabei? Wir sind von Feinden umzingelt, und du tust so, als wärest du der Steinmetz!«

»Ach?! War er auch auf dem Markt, um Ponys zu erstehen?«, kam es beleidigt von der Tür. »Im Gegensatz zu ihm habe ich etwas geleistet, anstatt mich mit den Langen herumzuprügeln.«

»Da ist ja das Einauge!«, rief Ingrimmsch fröhlich, schnappte Boëndal den Humpen aus der Hand und leerte ihn rasch. »So. Das wirst du mir nicht mehr wegnehmen«, grinste er breit und rülpste.

»Orks!«, schallte es von draußen, dann rannte ein Gardist herein. »Die Orks sind in den Gassen! Alles zu den Waffen! Das Südtor ist geöffnet worden! Rettet Mifurdania! Eilt, ihr Bürger!« Sein Blick fiel auf die niedergeschlagenen Männer. »Was ist denn hier ...«

»Zu den Waffen!«, stimmte Boïndil jauchzend ein. »Oink, oink, oink! Kommt, wir gehen Schweinchen schlachten!« Er riss die Beile aus dem Gürtel und torkelte zur Tür. Sein Bruder hielt ihn auf und redete beschwichtigend auf ihn ein.

»Verzeih ihm. Er meint es nicht so«, sagte Tungdil zu Bavragor, um den nächsten Streit zu verhindern.

»Er kann es ruhig so meinen, weil er meistens Recht hätte«, entgegnete er ruhig. »Draußen warten zwei Ponys, die ich billig bekommen habe. Sie werden uns einen guten Dienst erweisen.«

»Wir müssen sofort von hier verschwinden«, befahl Tungdil, der beschlossen hatte, seine Erlebnisse im Curiosum zu erzählen, sobald sie die Stadt heil hinter sich gelassen hatten. *Aber wie?* »Die Albae wissen, wo wir sind. Sie werden uns jagen.«

»Wie sollen wir das machen?«, wollte der Steinmetz wissen.

»Es geht, Gelehrter«, meinte Boëndal. »Vor den Toren wird es zu einer Schlacht kommen. Wir brauchen einen Seitenausgang in der Mauer. Durch den verschwinden wir und kämpfen uns am Rand des Getümmels durch.« Er warf einen Blick auf seinen plötzlich ruhig gewordenen Bruder, der sich an den Türrahmen gelehnt hatte und erste Schnarchlaute von sich gab. »Auch wenn es unter diesen Umständen nicht einfach wird«, fügte er mit einem Seufzen hinzu.

Goïmgar erbleichte. »Durch eine Schlacht?«, echote er. Schon sah er die Pfeilschwärme vor sich, zuckende Schwerter, Speere und Spieße, grunzende Orks, kreischende Bogglins und die unheimlichen leisen Albae, und alle rannten sie nur hinter ihm her. »Müssen wir?«

»Kannst du fliegen? Ich meine, ohne Katapult?«, wollte Bavragor wissen, und Goïmgar verneinte. »Also gibt es keine andere Möglichkeit.«

Es rumpelte laut, als Ingrimmsch steif wie ein Brett umfiel und sich nicht mehr rührte. Nur das Schnarchen bewies, dass er nicht von Vraccas' Hammer getroffen worden war.

»Ein schöner Krieger ist das«, sagte Goïmgar vorwurfsvoll. »Jetzt, wo wir ihn brauchten und er unzählige Orks niedermetzeln dürfte, hat ihn das Bier umgehauen.«

»Ich verstehe das nicht«, stimmte Bavragor zu, packte den Zwerg zusammen mit Boëndal und legte ihn quer über einen Ponyrücken. »Das Bier der Langen taugt doch gar nichts. Wie kann man da nur so besoffen sein?«

»Hattest du denn auch fünf Humpen?«, staunte Goïmgar.

»Nein. Sieben. Und noch zwei auf dem Markt«, zwinkerte er dem schwächlichen Zwerg zu und drückte ihm die Zügel der Ponys in die Hand. »Da. Das ist die passende Aufgabe für dich.«

Mit seinem gewaltigen Kriegshammer in der Hand begab er sich nach hinten, um ihren Rücken zu decken. Tungdil und Boëndal übernahmen die Vorhut.

Vereinzelt hörten sie das Klirren von Waffen, doch sie bogen jedes Mal rechzeitig ab, um der Gefahr aus dem Weg zu gehen, was vor allem Goïmgar sehr schätzte.

Um sie herum rannten die Bürger Mifurdanias. Die einen eilten mit Waffen an ihnen vorbei, um sich am Gefecht um ihre Heimat zu beteiligen, die anderen hatten ihre Kinder, ihr Hab und Gut an sich gepresst und suchten Schutz im bislang sicheren Teil der Siedlung.

Und noch eine Stadt sieht ihrem Untergang entgegen. Tungdil hatte die Bilder vom vernichteten Gutenauen vor Augen, er wusste, was auf die Stadt zukam, und rang mit sich selbst, um nicht auf ihre Mission zu pfeifen und den Menschen beizustehen, die eine weitere scharfe Axt sicherlich benötigten. Er stand kurz davor, den entsprechenden Vorschlag zu unterbreiten.

Aber wenn einer von uns stirbt? Ohne die Feuerklinge wäre das ganze Geborgene Land verloren. Er rang mit sich selbst und entschied, dass er auf das Schicksal Mifurdanias keine Rücksicht nehmen durfte, so schwer es ihm auch fiel. Stumm senkte er den Kopf. *Die Götter mögen euch beistehen.*

Boëndal legte ihm die Hand auf die Schulter. Sein Blick verriet, dass ihn die gleichen Gedanken beschäftigten.

Sie gelangten an die Ostmauer und entdeckten eine Nebenpforte, an der zwei Wachen ihren Dienst verrichteten. Als ein Hornsignal ertönte, nahmen sie ihre Speere zur Hand und liefen zum Nordtor.

Der Kampflärm, der aus den Plätzen und Gassen drang, wurde lauter, die Orks drängten die Verteidiger zurück.

Die Tür, vor der sie standen, war mit vier Eisenriegeln gesichert; dicke Schlösser und Ketten verhinderten, dass Unbefugte sie entfernten.

»Was haben wir denn da? Fünf Kegel mit Beinen? Ts, ts, ts, und sie wollen flüchten?«, sagte eine Stimme missbilligend.

Ein Mann mit aristokratischen Gesichtszügen und einem Kinnbärtchen trat aus der Seitenstraße; seine bunten Gewänder sahen nicht billig aus. Hinter ihm folgte eine schlanke, hoch gewachsene Frau in einer Lederrüstung, die ihre langen schwarzen Haare zu einem Teil unter einem dunkelroten Kopftuch verbarg, sowie ein weiterer Mann mit graugrünen Augen, schwarzen Haaren und einem dünnen Schnurbart, der einfach gewandet war. Jeder von ihnen trug einen Seesack.

»Wisst ihr zu kurz geratenen Riesen nicht, dass es verboten ist, diese Pforte zu benutzen?«, fragte der Kinnbart.

»Seid ihr Diebe?«, knurrte Bavragor und legte die prankengleichen Hände um den Stiel seines Hammers.

Der Mann lachte übertrieben. »Kinder, hört ihr das? Drollig, die Kleinen«, rief er nach hinten. »Nun, mein bärtiger Freund mit dem verlorenen Augenlicht, wir sind nicht einmal zum gewöhnlichen Volk zu zählen, wie könnten wir demnach gewöhnliches Verbrecherpack sein?«

Die Orkrufe wurden lauter und klangen immer näher.

»Geht beiseite«, sagte die Schwarzhaarige kurz entschlossen und schritt durch den Pulk der überrumpelten Zwerge, ohne einen von ihnen zu berühren. Sie nahm einen Lederbeutel unter ihrem breiten Waffengürtel hervor und wählte fingerlange, spitze und gebogene Eisenstückchen, mit denen sie sich an den Schlössern zu schaffen machte. Nach kurzer Zeit klickte es.

»Also doch Diebe«, stellte der Steinmetz zufrieden fest.

»Mitnichten, Gutester«, widersprach das Kinnbärtchen. »Furgas stellt den besten Magister technicus seit ...«, er wedelte in der Luft, weil ihm der passende Zeitraum nicht einfallen wollte, »Menschengedenken dar.« Er deutete auf die Frau. »Des weiteren habe ich das ausgesprochene Vergnügen, Euch die bezaubernde Narmora vorzustellen, wegen deren Schönheit die Rosen am Haus des Bürgermeisters vor Neid verdorren, und ich selbst bin ...«

»Der Unglaubliche Rodario!«, rief Tungdil, der die Stimme des Schauspielers wieder erkannte.

Die Züge des Mimen wurden eine Spur freundlicher. »Ein Verehrer meiner Kunst? Wer hätte das gedacht. Ich unterstellte Euch ...« Er stockte. »Da treffe mich doch eine volle Schale Abort! Ihr seid der Trampler, der Schänder meiner Szene, der Vernichter des kunstvoll gewirkten Traumgewebes, in dem ich die Spectatores gefangen hielt!« Seine braunen Augen richteten sich anklagend auf Tungdils Stiefel. »Ja, das sind sie, die Übeltäter! Dies Schuhwerk und dazu die vermaledeite Schreierei ruinierten mein Können!«

Wieder klickte es. Narmora öffnete die Schlösser und zog die Ketten aus den Ösen; klirrend fielen sie zu den Boden. »Geht!«

»Und du?«, fragte Furgas sie besorgt.

Sie lächelte ihn an und gab ihm einen langen Kuss auf den Mund. »Ich sperre wieder ab und klettere über die Mauer. Ich möchte nicht, dass es heißt, wir hätten den Untergang der Stadt verschuldet, weil wir den Orks die Nebenpforte geöffnet haben.«

Die Zwerge machten den Anfang, danach folgten Rodario und Furgas.

Ein Blick verriet ihnen, dass die Pulks der Angreifer vor den Toren lagerten und sich gar nicht um die Seiten Mifurdanias kümmerten. Zwei Gardisten, die auf den Wehrgängen standen, riefen sie an, sie sollten stehen bleiben und sich zu erkennen geben, doch sie dachten nicht daran.

Lediglich der Schauspieler winkte ihnen zu. »Passt mir auf mein Theater auf! Wir kehren zurück, wenn ihr die Schlacht geschlagen habt. Ich wünsche euch alles Glück!«, rief er heiter.

»Das ist keine Szene aus einem Stück, Rodario«, sagte Furgas mahnend, weil er sich des Ernstes der Lage wohl nicht ganz bewusst war, und schob ihn weiter.

»Aber es erinnert mich alles daran«, gab der Mime zurück. »Ich könnte auch daraus ein Stück werden lassen, ein ausgezeichneter Gedanke, werter Furgas.« Er stellte sich in eine heldenhafte Pose, die Arme an die Hüften gelegt. »Ich als furchtloser, wackerer Wachmann, der entdeckt, wie die Orks nahen und einen Kampf gegen ... na, sagen wir ein halbes Dutzend von ihnen gewinnt und die Stadt vor dem Untergang bewahrt.«

Ein Seil baumelte plötzlich über die Mauer. Narmora hangelte sich in Windeseile daran hinab und schloss zu ihnen auf, während die Gardisten laut rufend angerannt kamen und das Tau wieder nach oben zogen, ehe es die Orks bemerkten.

Tungdils Gruppe beeilte sich, in den Schutz des nahen Waldrandes zu kommen, uind die drei Schauspieler folgten ihnen hartnäckig.

»Auf ein Wort, Ihr Freunde von Gold und Schätzen. Ihr hättet doch nichts dagegen, wenn wir Euch ein wenig bei Eurem oberirdischen Ausflug verfolgen?«, meldete sich der Unglaubliche Rodario mit einem einnehmenden Strahlen im gebräunten Gesicht, als müsste er schlechte Fische verkaufen und viel Geld damit machen. »Die Zeiten sind unsicher, und Ihr seht mit Verlaub so aus, als könntet Ihr jede grüne Gefahr aus dem Weg räumen. Wir dagegen sind nichts als schwächliche Bühnenkünstler.« Er blickte an sich hinab und zeigte ihm die dünnen Oberarme, die wie Besenstiele aus den teuren Gewändern schauten. »Schaut, zwei Männer, so breit wie einjährige Birken, und eine hübsche, aber nicht eben wehrhafte Frau, die ihre Rüstung nur zur Schau trägt. Sollte sie in die Klauen der Orks geraten, so mögen allein die Götter wissen, was die Bestien mit ihr ...«

»Ihr könnt uns begleiten, dagegen ist nichts einzuwenden«, gewährte Tungdil ihnen die Bitte. Da Boïndil an den Auswirkungen seines Bierdurstes litt und seine Beile in einem möglichen Kampf ausfielen, brauchte man den Schwätzer und seine beiden Gefährten womöglich, um einer Rotte Orks eine Ablenkung zu liefern, während er und seine Freunde die Ungeheuer attackierten.

»Sagte der nicht eben ›auf ein Wort‹?«, staunte Goïmgar über den nicht enden wollenden Redefluss.

»Menschen reden viel, wenn sie Angst haben«, gab Bavragor seinen Kommentar dazu ab. »Und der muss den Gehrock gehörig voll haben. Habt ihr ihre Kinderbärtchen gesehen? So wenig Haare hatte ich nicht mal in meinen Säuglingstagen«, frotzelte er.

Tungdil schlug den Weg durch den Hain zum Berg ein, wo sie ihre kostbaren Schätze aufladen mussten. Er war froh, dass sie sich in der Zwergensprache unterhielten und die Menschen die Beleidigungen nicht verstanden.

Es wird lange dauern, bis wir die einzelnen Barren die Treppen nach oben und hinter dem Wasserfall hervor bis zu den Ponys getragen haben. Diese Verzögerung würde Zeit kosten, zumal es eine Verzögerung war, die jemand seiner Ansicht nach mit Absicht herbeigeführt hatte, um sie aufzuhalten.

Er wagte nicht einmal daran zu denken, wie weit Gandogar und seine Begleiter bereits gekommen sein mussten – und fluchte, weil er nun doch daran gedachte hatte. Energisch zwang er sich, sich auf den Weg und die Geräusche des Forstes zu konzentrieren.

»Ho, kleiner Mann, der Ihr der Anführer des kleinen Haufens zu sein scheinet«, sprach ihn Rodario an und tauchte an seiner Seite auf; dass er dabei auf trockene Äste trat, diese knackend brachen, und seine Stimme laut durch den Wald hallte, störte ihn nicht. »Unterirdische ...«

»Zwerge«, verbesserte Tungdil automatisch.

»Na schön, Zwerge wie Ihr vermag das Auge nicht jeden Tag zu erblicken, und so wunderte ich mich, was Ihr fünf wohl außerhalb der Unterwelt zu suchen habt. Seid Ihr von Euren Leuten vertrieben worden?«

»Es geht Euch nichts an, Herr Rodario.«

»Wohl gesprochen, es geht mich wahrhaftig nichts an. Aber hättet Ihr dann vielleicht ein wenig Muße, um mit mir und meinen Freunden zu wandern und bei einem Theaterstück mitzuwirken?«, lächelte er. »Wolltet Ihr einwilligen, schriebe ich ein Stück, das sich um fünf Zwerge dreht. Wir wären eine solche Besonderheit, dass uns alle Menschen im Geborgenen Land sehen wollten und uns ihre Münzen nur so zuwerfen würden.«

»Nein, Herr Rodario. Wir haben anderes zu tun.«

»Anderes? Was mag das sein?« Er legte die Stirn in Falten. »Ihr suchet Schätze?«

»Nein, die Feuerklinge!«, juchzte Ingrimmsch undeutlich vom Ponyrücken in der Gemeinsprache. »Wir gehen ins Graue Gebirge und schmieden die Waffe gegen Nôd'onn, und damit schlitzen wir seinen fetten Wanst ...«

»Sei still, du besoffenes Stück!«, befahl Boëndal ruppig. »Rede in unserer Sprache, wenn du schon alles verraten musst.«

»Hört nicht auf ihn«, wandte sich Tungdil zum Schauspieler, dessen Gesichts gefährliche Neugier widerspiegelte, und er bemühte sich, gelassen zu wirken, um den Verdacht nicht noch mehr aufkommen zu lassen, in den Äußerungen könnte ein Körnchen Wahrheit sein. »Er ist betrunken und phantasiert.«

»Lasst ihn phantasieren, ich bin ein aufmerksamer Zuhörer. Künstlern kommt eine jede Inspiration recht«, entgegnete Rodario leichthin. »Und die Sache hört sich gut an, das gestehe ich frei heraus. So etwas auf die Bühne gebracht, will das Volk doch hören und sehen. Nur ... wo finde ich so kleine Menschen? Kinder? Gnome oder Kobolde mit falschen Bärten?« Er warf die Arme in die Luft. »Ach, das wäre alles nichts! Ich brauche kräftige Burschen, Unterirdische wie Ihr es seid, damit es echt aussieht. Wollt Ihr nicht doch lieber mit uns kommen?«

»Wir sind Zwerge, keine Unterirdischen. Merk es dir.« Boëndal schaute den Mimen böse an. »Schweig endlich, oder willst du dich von den Schwertern der Orks in deinem Bauch inspirieren lassen?«

Der Mann schüttelte die langen braunen Haare und kehrte zu seinen beiden Freunden zurück, wo sich eine leise Unterhaltung entspann.

»Schauspieler«, raunte Boëndal seufzend. »Ich sehe schon, wie der Lange unsere Geschichte auf jedem Dorfplatz ausbreitet, noch bevor wir im Grauen Gebirge angekommen sind. Wenn Nôd'onn auf diese Weise von unserer Absicht erfährt ...« Er ließ den Satz unvollendet.

»Bis er ein Stück zu Ende geschrieben hat, haben wir Nôd'onn schon lange niedergeworfen.« Tungdil klopfte Boëndal beruhigend auf die Schulter. Als er sah, dass der Unglaubliche Rodario ein Reiseschreibbrett vor dem Hals trug und die ersten Blätter mit Notizen voll kritzelte, war er sich nicht mehr ganz so sicher. »Wir nehmen sie mit«, verkündete er nach einer Weile des Überlegens.

»Das ist nicht dein Ernst!«

»Doch. Wir nehmen sie mit ins Reich der Ersten. Der Schauspieler wird sich diese Gelegenheit nicht entgehen lassen. Dort setzen wir sie fest, bis unser Vorsprung groß genug ist oder wir unsere Mission erfüllt haben«, weihte er den Zwerg in seinen Plan ein. »Die Ersten haben sicherlich bequeme, aber ausbruchssichere Kammern, in denen die drei für viele Sonnenumläufe die Gastfreundschaft unseres Volkes genießen dürfen.«

»Falls sie uns begleiten möchten.«

Tungdil zwinkerte ihm zu und freute sich mehr und mehr über seinen Einfall. »Sie werden. Ich schwindele ihm die unmöglichsten Dinge über das Zwergenreich vor, dass er es mit eigenen Augen sehen muss.« Boëndal brummelte etwas in seinen Bart. »Ich sage den anderen Bescheid, damit sie sich nicht wundern.«

Unter dem fadenscheinigen Vorwand, den Sitz der Rüstungen nachzuprüfen, gesellte Tungdil sich zuerst zu Goïmgar und danach zu Bavragor, um sie leise in seinen Plan einzuweihen.

Sie durchquerten den Wald und kamen wieder an den abgeschlachteten Einhörnern vorüber, wo Rodario auf der Stelle Notizen und Skizzen von den einst wunderschönen und friedfertigen Lebewesen machte.

War unsere Flucht richtig? Tungdil plagte beim Anblick der Kreaturen erneut das schlechte Gewissen, Mifurdania und somit die letzten beiden bekannten Einhörner des Geborgenen Landes im Stich gelassen zu haben. *Ihr Götter wisst, dass uns keine andere Wahl blieb.*

Die Gruppe erreichte den Fuß des Plateaus, an dem der kleine, versteckte Weg auf die Aussichtsplattform führte.

»Achtung!« Boëndals Körper spannte sich und hob den Krähenschnabel kampfbereit. Der Steinmetz fasste den Kriegshammer, und Goïmgar verstand es als Aufforderung, sich hinter seinem Schild zu verstecken.

»Achtung? Wieso Achtung? Gute Leute, was habt Ihr denn vor?«, wunderte sich Rodario, während die Frau ebenfalls ihre Waffen zog. Eine sah aus, als hätte der Erschaffer zwei gebogene Sichelenden genommen und sie rechts und links an ein kurzes Mittelstück angesetzt; die andere verfügte über gerade Klingen. So, wie die Schneiden schimmerten, waren sie auf den Innen- und Außenseiten geschliffen. Ihre Finger wurden von einem Metallkorb vor gegnerischen Attacken geschützt.

Der Schauspieler wandte sich zu ihr um. »Was hast du denn vor, schönste Blüte des Geborgenen Landes?«

Wenn Tungdil eines in den letzten Wochen gelernt hatte, dann war es, auf die Instinkte seiner Freunde zu vertrauen; also hielt auch er sich bereit, einer Bedrohung zu begegnen.

Kurz darauf roch er die noch verborgenen Gegner. Ihre Ausdünstungen waren strenger, süßlicher als die der Orks, und dennoch nahm er ranziges Fett in dem sachten Wind wahr.

Und schon brachen sie aus dem Unterholz.

Eine Horde Bogglins stürmte lärmend auf sie ein. Hinter ihnen traten zwei Orks aus den Büschen, die mit eisenspänengespickten Peitschen auf sie eindroschen und sie gegen die Menschen und Zwerge hetzten.

Die an sich feigen Bogglins schwangen schartige Kurzschwerter, an denen das getrocknete Blut ihrer letzten Opfer haftete. Sie hopsten und hüpften wie die Affen heran, schrien vor Angst und Hass gleichzeitig, stachen und schlugen ohne Können nach den Gegnern. Meist vernichteten sie ihre Feinde allein durch ihre Übermacht und nicht wegen ihrer Tapferkeit. Wo ein Bogglin fiel, eilten drei an dessen Stelle, schlugen zu, bissen und kratzten oder sprangen ihre Gegner an und rissen sie von den Beinen.

»Kreis!«, befahl Boëndal knapp. Bavragor eilte zu ihm und zerrte Goïmgar hinter sich her, dem nichts anderes übrig blieb, dieses Mal mit an der Front zu stehen. Rodario war plötzlich verschwunden, Furgas und Narmora reihten sich dagegen ein.

Die Waffen der Zwerge stießen unaufhörlich nieder und zerschmetterten Schädel und Knochen. Dennoch mussten sie Acht geben, dass ihnen keiner der flinken Angreifer in den Arm fiel. Goïmgar verschanzte sich hinter seinem Schild, sein Kurzschwert stieß wie ein kleiner, silberner Blitz hervor und durchbohrte die Leiber, die nur dürftig von den Lederrüstungen geschützt wurden. Eiterfarbenes Blut spritzte gegen seine Schützung und lief daran herab.

Die Frau kämpfte dreifach so schnell wie die Zwerge; ihre leichten, aber unsagbar scharfen Waffen machte sie den Bogglins überlegen. Bald entwickelte sich das Gefecht zu Gunsten der Menschen und Zwerge, bis die Orks so hart auf ihre kleineren Verwandten einprügelten, dass sie sich voller Todesfurcht gegen die Gruppe warfen.

Ihr Massenansturm drückte den Kreis der Verteidiger zusammen. Die Zwerge behinderten sich bei ihren Ausholbewegungen gegenseitig, die lange Spitze des Krähenschnabels und der Stiel des Hammers verhedderten sich, Bavragor verlor seine Waffe. Sofort sprangen zwei, drei der Kreaturen den Einäugigen an und warfen ihn um; durch die Lücke drängten weitere nach und brachten Tungdil in arge Bedrängnis.

Da ertönte ein lautes Zischen, und eine giftgrüne Rauchwolke stob zwischen zwei Bäumen auf, die laut heulte und knatterte. Ein gewaltiges Ungeheuer mit zwei Köpfen wurde in dem Nebel schemenhaft sichtbar. Es stieß ein dröhnendes Gebrüll aus und spie helle Flammen gegen die Bogglins aus seinem zahnbewehrten Maul. Zwei der Bestien wurden Opfer des Feuers, die anderen standen starr vor Schreck.

Die Ablenkung reichte den Zwergen aus, damit Bavragor seinen Hammer aufheben und die wenigen Bogglins in ihrem Kreis zu Brei schlagen konnte. Auch Tungdil und Boëndal gingen zum Angriff über.

»Ich knöpfe mir das neue Biest vor, wenn es in unsere Richtung kommt«, sagte der Krieger. »Solange es sich um die Bogglins kümmert, lassen wir es gewähren.«

Narmora scherte aus dem Kreis aus, verschwand in den nächsten Büschen und tauchte kurz darauf hinter einem der Einpeitscher auf. Die gekrümmten Klingen durchtrennten den kräftigen Nacken des ersten Orks; zuckend stürzte er auf den Waldboden. Der Peitsche des Zweiten wich sie behände aus. Sie drückte sich von der Erde ab, kam geduckt vor ihm auf und rammte ihm die Waffe mit den geraden Schneiden waagrecht in den Bauch. Die schmalen Spitzen fuhren durch die Kettenringe und die Haut geradewegs in die Innereien und töteten das Ungeheuer.

Eingeschüchtert von dem unbekannten Ungeheuer und der Niederlage ihrer großen Begleiter, verfielen die Bogglins in eine wilde Flucht, die sie in alle Richtungen verstreute; zurück blieben dreißig Erschlagene.

»Jetzt zu dir, widerliche Tionbrut«, knurrte Boëndal, senkte den Kopf und attackierte den Feuerspeier, der sich hastig in den schwächer werdenden Nebel zurückzog.

»Halt«, rief Furgas den Kämpfer zurück. »Das ist Rodario!«

»Was?!«, blinzelte Bavragor, der gerade mit seinem Hammer ausgeholt hatte und den Schlagschwung mit einem Kreiseln um die eigene Achse abfing.

Es raschelte laut, dann erklang ein lautes Lachen. »Die sind vielleicht gelaufen«, hörten sie den Mimen rufen, ehe er in seiner viel zu langen Lederkleidung aus den Schwaden trat. In der Rechten hielt er die riesigen Köpfe, in der Linken zwei Klappstelzen, mit denen er sich größer gemacht hatte.

»Ich dachte mir schon, dass ich Euch als Ungeheuer einen besseren Dienst erweise denn als Kämpfer. Meine Fechtkenntnisse taugen allenthalben auf der Bühne etwas oder zur Belustigung meiner Gegner. Daher griff ich in aller Eile zu ein paar Utensilien, um den Miniaturbestien einmal etwas zu zeigen, vor dem sie Respekt haben sollten. Alchimie ist etwas Wunderbares.«

»Ich hätte dich beinahe getötet!«, sagte Bavragor fassungslos.

»Demnach sah ich also echt aus?«, schnarrte Rodario und verstand es als Kompliment. Er verbeugte sich tief. »Was denn, verehrte Spectatores? Kein Handgeklapper?«, meinte er enttäuscht, als sich die Zwerge weiterhin darauf beschränkten, ihn verständnislos anzustarren.

»Menschen sind wahnsinnig«, stellte Bavragor trocken fest. »Ich dachte immer, Boïndil wäre durch nichts zu übertreffen, aber der hier schlägt alles, was ich an Verrücktheit gesehen habe.«

»Aber seine Verrücktheit hat uns einen sehr großen Dienst erwiesen«, hielt ihm Tungdil vor Augen. »Ohne sie wärst du vermutlich tot, Bavragor. Eine Bestie aus Papier und Stoff, und wir fallen darauf herein ...« Er musste lachen, und die anderen Zwerge stimmten nach anfänglichem Zögern ein.

Der Schauspieler verneigte sich wieder, dieses Mal breit grinsend. »Danke, danke. Auch das ist mir Recht, denn ich höre am Klang der Heiterkeit, dass Euch die Vorstellung gefiel.«

Tungdil hielt den Zeitpunkt für passend und rief die drei Menschen zusammen. »Ich habe mich mit meinen Freunden beraten«, eröffnete er ihnen mit geheimnistuerischer Miene. »Ihr habt Euch als vertrauenswürdig erwiesen, und so sollt Ihr die Wahrheit über uns erfahren. Wir sind auf dem Weg ins Zwergenreich der Ersten, zu den Clans, welche die Westpassage gegen die Eindringlinge beschützen.«

»Ich verstehe. Ihr sammelt Euch, um Euch gegen Nôd'onn zu stellen?«, nahm Rodario voller Eifer an. »War das Gefasel von der Feuerklinge demnach keine Phantasie?« Schon suchte er nach seiner Feder.

»Was wir Euch vorschlagen möchten, ist, dass Ihr uns zu den Ersten begleitet, damit Ihr seht, welche Pracht dort herrscht. Das und die Goldmünzen werden die Belohnung für Euren Beistand sein.« Als Tungdil spürte, dass seine Worte bislang nur den geckenhaften Schauspieler in Beschlag nahmen, schwärmte er über die Pracht, die er selbst noch nie gesehen hatte, erfand für den Techniker Furgas die wunderlichsten Konstruktionen, welche die Zwerge angeblich bauten, und berichtete von Rüstungen und Schmuck, dabei hoffend, die Frau damit locken zu können. Am Ende seiner langen Rede angelangt, wartete er ungeduldig auf die Antwort.

Voller Schrecken bemerkte er, dass Bavragor die Hände am Stiel seines blutigen Hammers hatte und sich offenbar bereit hielt, die drei Menschen anzugreifen, sollten sie den Vorschlag ablehnen. Boëndal wirkte nicht weniger kampfbereit.

»Ich könnte damit ein neues Theater eröffnen«, sinnierte Rodario, an seinem Kinnbärtchen rubbelnd. »Furgas, stell dir vor, was wir an Technik auffahren könnten! Wir werden Dinge sehen, wie sie kein Mensch vor uns sah.«

»Meinetwegen«, stimmte Furgas zu, und nur Narmora wirkte alles andere als glücklich. Rodario gab der Frau einen Kuss und strich ihr liebkosend über den Kopf, doch sie verzog den Mund. »Und sie wird auch einwilligen, stimmt's?!«

Tungdil betrachtete sie ganz genau. Sie war diejenige, welche die Albin im Curiosum darstellte. *Aber ihr Gesicht ist nicht elbenhaft genug. Sie ist eine Frau, die durch einen glücklichen Umstand mehr Schönheit als andere Frauen ihrer Rasse abbekam.*

»Darf ich fragen, wo Ihr gelernt habt, auf diese Weise zu kämpfen?«, fragte er sie unbekümmert. Er hob den Arm und deutete auf ihre Waffen, die in schmalen Lederhüllen am breiten Gürtel hingen. »Wie nennt man das? Ich habe dergleichen noch nie gesehen.«

»Sie heißen Halbmond und Sonnenstrahl. Ich habe sie mir ausgedacht.«

»Ihr?«

Furgas gab ihr einen neuerlichen Kuss. »Sie stellt die Albin in unserem Stück dar, und wir dachten uns, dass wir den Albae Waffen geben sollten, wie man sie seltener sieht«, erklärte er strahlend und stolz auf den Einfallsreichtum seiner Gefährtin. »Es dauerte lang, bis wir einen Schmied fanden, der sie anfertigen konnte.«

»Das glaube ich Euch gern«, meinte Tungdil und gab sich mit der ersten Auskunft zufrieden. Er deutete auf den Steilpfad. »Wir gehen da hinauf, ehe die Bogglins ihren Mut wieder finden.«

Doch Tungdil dachte sich seinen Teil. *Solche Waffen denkt man sich nicht einfach aus, und schon gar nicht beherrscht man sie dann so gut wie Narmora.*

In den Gesichtern von Boëndal und Bavragor las er, dass sie ebenso dachten wie er. Diese Frau, glaubten sie, war eine echte und herausragende Kämpferin, die sich aus irgendwelchen Gründen lieber auf einer Bühne als auf dem Schlachtfeld aufhielt.

Der Zwerg sah Zärtlichkeit in den Augen Furgas', als er die Frau in die Arme schloss. *Hat die Liebe zu dem Mann bewirkt, dass sie dem Krieg den Rücken kehrte?*, grübelte er. Bei Gelegenheit würde er sie danach fragen. *Sicherlich ist sie eine Söldnerin in Idoslân oder für Königin Umilante gewesen. Aber dafür sieht sie noch sehr jung aus.*

Furgas und Narmora halfen dem Schauspieler, aus der überlangen Hose zu steigen. Goïmgar kümmerte sich um seine verschreckten Ponys, die während des Kampfes erstaunlicherweise nicht Reißaus genommen hatten; Boïndil lag noch immer schnarchend über dem Rücken des kleinen Pferdes und schlief seinen Rausch aus.

»Hört euch den an«, meinte Bavragor. »Er sägt den Hain nieder.«

»Ich freue mich schon auf sein Gesicht, wenn er hört, dass er ein Scharmützel verpasst hat«, sagte Boëndal voller Schadenfreude. »Er wird aus Gram kein Bier mehr anrühren.«

Wie in einer kleinen Prozession stiegen sie hinauf zum Plateau, von wo aus sie Mifurdania und die Umgebung sehen konnten. Dichter Rauch hing über der Stadt, kleine schwarze Punkte wimmelten um sie herum. Es sah nicht so aus, als könnten die Verteidiger einen Sieg gegen die Horden Nôd'onns erringen. Der bedrückende Anblick verdunkelte sogar das sonnige Gemüt des Schauspielers. Narmora stand unbeteiligt am Rand der Steinplattform und betrachtete aufmerksam den Wald unter ihnen, während Furgas zusammen mit den Zwergen zum Wasser ging, um sich das Blut der Bogglins von den Fingern zu waschen.

»Wohin gehen wir jetzt?«, erkundigte er sich, als er bemerkte, dass es hier oben keinen weiteren Weg mehr gab.

»Wieder hinunter, sobald wir etwas aufgeladen haben«, antwortete ihm Tungdil. »Ehe wir nach Mifurdania gingen, haben wir die Geschenke für die Ersten versteckt. Sie liegen in einer kleinen Höhle hinter dem Wasserfall.«

»Sollen wir Euch helfen?«, bot Furgas sich an.

»Nein, nicht nötig«, wehrte der Zwerg ab, um zu verhindern, dass sie das Geheimnis der Stollen erkundeten. »Rastet ein wenig, damit Ihr später Wache halten könnt, wenn wir uns ausruhen.« Er nickte ihm zu und kehrte zusammen mit Goïmgar, Bavragor und Boëndal in den Schacht zurück.

Es wurde eine elende Plackerei. Sie schufteten Stunde um Stunde, bis die Barren aus Gold, Silber, Palandium, Vraccasium und Tionium nach oben geschafft waren. Die Anstrengungen der Schlacht und der Schlepperei sorgten dafür, dass sie bei Einbruch der Dunkelheit müde gegen den Fels sanken und einschliefen.

Boïndil war kurz vor ihrer Nachtruhe aus seinem Rausch erwacht und schämte sich sehr – nicht, weil er so viel gesoffen hatte, sondern weil er so wenig vertrug, wie ihm Bavragor unmissverständlich klar machte.

Die Schauspielertruppe betrachtete er mit äußerstem Misstrauen und zog es vor, nur wenige Worte mit ihnen zu wechseln. Da er die Schlacht gegen die Bogglins verpasst hatte, konnte er ihren Kampfgeist nicht einschätzen, und bis sie ihn nicht ebenso überzeugten wie die anderen, behielt er es sich vor, unfreundlich zu sein. Rodarios Charme prallte wirkungslos an ihm ab.

Das Geborgene Land, das Zwergenreich des Zweiten, Beroïn, im Herbst des 6234sten Sonnenzyklus

»Dein Reich gehört uns, Gundrabur«, sagte der Alb, der neben dem Bett des Großkönigs stand. Schwärze umspielte ihn und machte ihn beinahe unsichtbar. »Wir nehmen es uns einfach – so wie wir uns schon das Reich der Fünften nahmen.«

»Und du wirst nichts dagegen tun können.« Ein zweites Albgesicht tauchte aus der Finsternis des Zimmers auf und schaute ihn an. Schwarz tätowierte Symbole, die seine fahle Haut noch mehr betonten, prangten in seinem Gesicht und verliehen ihm ein Furcht einflößendes Äußeres. »Du wirst tot sein und in der ewigen Schmiede bei deinem Gott Vraccas sitzen und jammern.«

»Man wird dich vergessen, du schwächlicher alter Zwerg«, prophezeite ihm ein Dritter, der lautlos aus der Dunkelheit erschienen war und nun zu seinen Füßen stand. »Du bist der Großkönig, der in seinen letzten Tagen vieles wollte und nichts davon erreichte.« Er lauschte, die violetten Augen zur Decke gerichtet. Ein helles Pochen ertönte, ein Meißel wurde in Fels getrieben. »Hörst du das, Gundrabur? Das sind die Clans der Zweiten. Sie entfernen deinen Namen, weil du ein schlechter Herrscher warst.« Aus einem Meißel wurden schlagartig tausende; das Klirren und Hämmern fraß sich in Gundraburs Schädel. »Nichts wird an dich erinnern, dein Zeitalter wird das Namenlose Zeitalter genannt werden, dem die Schmach der Niederlage folgte. Durch deine Schuld, Zwerg. Durch ...«

»*Gundrabur! Gundrabur!*«

Die Albae drehten sich zur Tür um, die aufgestoßen wurde. Helles Licht fiel in den Raum.

»Wir sehen uns bald wieder«, verabschiedeten sie sich gleichzeitig und verschwanden in einer Schwärze, die nicht einmal seine Augen zu durchdringen vermochten.

»*Gundrabur!*«

Der Großkönig schreckte zitternd und mit klopfendem Herzen aus seinem Traum und brauchte lange, bis er sich in der Wirklichkeit zurechtfand. Ächzend fuhr er sich mit der Hand durchs Gesicht.

Auf seinem Bett saß Balendilín; er wischte ihm den kalten Schweiß von der Stirn und wrang ihn in die kleine Schale, die auf seinem Bauch stand und gefährlich ins Wanken geriet. »Du hattest einen Albtraum«, sagte sein Berater beruhigend und drückte seine Hand.

»Sie warten auf mich«, flüsterte Gundabur erschrocken und sah noch älter aus als sonst – ein uralter Zwerg, der zwischen den Laken zu versinken drohte. »Und sie haben Recht.« Rasch, aber stockend berichtete er ihm von seinem Traum. »Ich werde dieses Bett nicht mehr lebend verlassen, Balendilín«, seufzte er. »Dabei wollte ich im Kampf gegen Nôd'onn sterben oder wenigstens noch einmal in meinem Leben einem Ork den Schädel spalten.« Er lachte und hustete gleichzeitig. »Die Dämonen wissen, woher diese Schwäche kommt.«

Auch Balendilín konnte sich die Ursache für Gundragurs Befinden sehr genau denken. Nach dem Genuss des Bieres, das sie im Anschluss an die Unterredung mit Bislipur getrunken hatten, hatte er sich drei Tage lang unwohl gefühlt, sein Magen hatte gegen jegliches Essen und Trinken aufbegehrt, und er hatte Fieber bekommen. Was er mit seiner gesunden Konstitution einigermaßen gut verkraftet hatte, richtete bei dem betagten Großkönig Verheerendes an.

Inzwischen hate er in Erfahrung gebracht, dass der Bedienstete, der das Essen gebracht hatte, unterwegs mit Bislipur zusammengestoßen war. Bislipur verstand sich auf das Ränkespiel, als wäre er bei den Kobolden in die Lehre gegangen, doch nachweisen ließ sich ihm nichts.

Mit diesem Giftanschlag hat er eine Stufe erreicht, die ihn zu einem Mörder werden ließ. Zu einem Mörder am höchsten Herrscher unseres Volkes. Insgeheim schwor sich Balendilín, ihn bei dem geringsten Beweis für seine verbrecherischen Taten anzuklagen, zu verurteilen und hinrichten zu lassen. Und wenn sein Gegner nicht bald einen Fehler beging, würde er dafür sorgen, dass ihm einer unterlief.

»Ich habe keine Nachkommen und deshalb dich zu meinem Nachfolger ernannt«, sagte Gundrabur schwach. »Du wirst die Clans der Zweiten führen und ihnen ein besserer König sein, als ich es war.«

Balendilín tupfte ihm die Schweißperlen von der hohen Stirn. »Du bist ein guter König gewesen«, widersprach er, »und du bist es immer noch.«

Gundraburs Augen wurden feucht. »Ich möchte zur Hohen Pforte, wo ich meine besten Schlachten focht.«

»Das ist kein guter Gedanke. Der Ausflug kann dich in deiner Verfassung umbringen.«

»Dann ist es Vraccas' Wille, und der Platz wird frei für dich!« Er stellte die Schüssel zur Seite und richtete sich auf. »Meine Axt, meine Rüstung«, befahl er und erhielt mit jedem Stück der Rüstung, das er anlegte, mehr von seiner früheren Stattlichkeit zurück. Lederwams, ein leichtes, knielanges Kettenhemd, steinschmuckbesetzte Metallverstärkungen für den Hals, die Schultern und die Brust, dazu kamen der Helm und die Handschuhe, eisenverstärkte Stiefel und Lederhosen. Schließlich nahm er seine Axt, deren Stiel bis zur Hüfte reichte, und schritt zum Ausgang.

Die bittenden Worte seines Beraters bewirkten nichts, der Großkönig hatte sich zu seinem Vorhaben entschlossen und war durch die zwergische Beharrlichkeit nicht mehr davon abzubringen.

Gemeinsam marschierten sie durch die Gänge des Zwergenreiches. Balendilín stützte den Großkönig unterwegs und bei all den kleinen Pausen, die sie nach ein paar Treppenabsätzen einlegen mussten. Endlich gelangten sie an den Damm, den ihre Vorfahren gegen die Flut der Orks und anderen Bestien errichtet hatten, und stiegen auf den höchsten Wehrgang.

Aufstöhnend setzte sich Gundrabur auf das niedere Steinstück zwischen zwei Zinnen. Der Schweiß stand in seinem Gesicht, die Hände und Arme zitterten, aber er machte ein glückliches Gesicht. Als der Südwind mit seinen weißen Haaren spielte, die durchsichtig wie dünne Wolle waren, schloss er die Augen.

»Bislipur hat etwas in das Bier getan, was mich schwächt, das denkst du sicher«, sprach er. »Und ich denke, dass du damit Recht hast. Aber auch wenn er mit allen Mitteln kämpft, werde nicht wie er, Balendilín, um ihn zu besiegen, sonst wirst du ebenso schlecht und niederträchtig.«

Balendilín trat neben seinen Herrn und betrachtete ihn. »Was soll ich sonst gegen ihn tun? Bekämpft man Feuer nicht mit Feuer?«

»Er wird sich verraten, und dann musst du zur Stelle sein, um seine Falschheit allen vor Augen zu führen, damit selbst seine besten Freunde von ihm abfallen. Aber vorher bewahre Schweigen, sonst werden dich die Clans des Vierten einen Schreihals nennen. Wasser löscht das Feuer gründlicher und hinterlässt keine verbrannten Stellen, wie es ein Gegenfeuer tun würde.« Die trüben Augen Gundraburs richteten sich auf ihn. »Sei dieses Mal wie das Wasser, Balendilín, dem Wohl der Zwerge willen.« Sein Blick schweifte über den breiten Graben, in dem die verrotteten Gebeine zahlloser Bestien lagen. »Kein Ork kam während meiner Regentschaft auf diese Seite«, murmelte er, und ein wenig Stolz schwang in seiner Stimme mit. »Wir haben das Geborgene Land vor den Ausgeburten Tions bewahrt. Nun retten wir es vor der Bedrohung von innen heraus.«

Er schwieg eine Weile, ließ den Anblick der majestätischen Felsen auf sich wirken und sog den Abendwind prüfend ein.

»Hast du sie mir geschickt, mein treuer Freund?«, raunte er dankbar. »Wolltest du mir die Gelegenheit geben, wie ein Krieger zu sterben?« Er hob die Axt und prüfte ihre Schärfe mit dem Daumen.

Im gleichen Moment schlugen die Wachen auf den Zinnen Alarm: Die sich nähernden Ungeheuer waren bemerkt worden. Dröhnende Hörner riefen die Zwerge zu den Waffen, die Türen der Festung flogen auf, die am Wall stationierten Krieger verließen ihre Unterkünfte und eilten die Treppen zu den Wehrgängen hinauf.

Balendilín betrachtete das immer jünger wirkende Gesicht seines Königs. Der Geruch der verhassten Orks trug das Feuer in seine Lebensesse zurück, machte die Hand um den Griff fest und die Augen klar. *Ein Wunder!*

»Lass die Brücke ausfahren«, befahl Gundrabur und sprang auf. Die Beine, die eben noch unter der Last des Kettenhemds gezittert hatten, trugen ihn mit Leichtigkeit, und er schien um einige Fingerlängen gewachsen zu sein. »Ich möchte sehen, ob die Orks immer noch so wenig taugen wie zu meinen großen Zeiten und ob sie ein alter Zwerg in die Flucht schlagen kann.«

Als das Tor sich hob, die Stützpfeiler aus dem Boden des Grabens fuhren und sich die ersten Steinplatten zu einem Weg verbanden, der über die Schlucht führte, formierten sich fünfhundert Zwerge zu einer Eskorte für ihren Großkönig.

Balendilín unternahm einen letzten Anlauf. »Du wirst dabei sterben, Gundrabur. Ich bitte dich ...«

Der alte Zwerg legte ihm die Hand auf die Schulter, danach reichte er sie ihm und drückte sie kräftig. »Ich will sterben, mein treuer Freund, ehe ich am Gift dahinsieche. Bislipur wird nicht die Genugtuung bekommen, mich heimtückisch umgebracht zu haben«, raunte er ihm zu und umarmte ihn lange. »Mein Tod wird ruhmreich sein, wie es sich für einen unseres Volkes gebührt. Man wird sich mit Achtung daran erinnern.« Er löste sich von seinem Freund und Berater. »Die ersten zehn Orks, die durch mich fallen, sind für deinen verlorenen Arm. Lebewohl, Balendilín. In der Schmiede von Vraccas sehen wir uns wieder«, lachte er ihm zu und wandte sich um. »Ihr Krieger aus dem Stamm Beroïns!«, rief er laut. Die Wände der Festung warfen seine Stimme zurück und trugen sie noch weiter. »Kämpft mit mir und verteidigt unser Reich und das Geborgene Land!«

Die Zwerge brachen in Jubelrufe aus und freuten sich, dass der Großkönig an ihrer Seite gegen die Orks zog, denn sie ahnten nichts von seinem heimtückisch beigebrachten Leid.

Wir sehen uns wieder. Balendilín schnürte es die Kehle zu, als er seinem Freund hinterherschaute, wie er erhaben durch das Tor schritt, die Brücke entlang, gedeckt von dem Feuer der Armbrustschützen und Katapulte, bis er und seine Krieger auf die ersten Reihen der Bestien trafen, um den Nahkampf zu beginnen.

Es dauerte lange, bis der Schreckensruf erschallte, dass Gundrabur gefallen sei. Im gleichen Augenblick beschloss Balendilín entgegen des Ratschlags des Großkönigs, Feuer zu sein und Bislipur zu töten. *Es lag nicht in unserer Natur, Wasser zu sein,* dachte er grimmig. *Wir lieben das Feuer.*

*

Am fünften Tag nach dem Tod des Großkönigs ruhten die Geschäfte im Reich der Zweiten noch immer. Die Zwerge aller Clans versammelten sich zu tausenden in der riesigen Halle der Trauer, deren Säulen unendlich weit nach oben zu ragen schienen.

In der Mitte stand der Steinsarkophag, den die besten Steinmetzen des Stammes angefertigt und mit den schönsten Gravuren versehen hatten, welche die Taten Gundraburs rühmten und vor allem nicht die letzte, siegreiche Schlacht gegen die Orks an der Hohen Pforte vergaßen.

In den Deckel war das vollkommene, wenn auch jugendlichere Ebenbild des Zwergs eingemeißelt worden, ein Gundrabur aus Marmor, in seiner besten Rüstung, die Finger um den Stiel seiner Axt gelegt.

Er war erhöht aufgebahrt worden, damit man ihn auch in der letzten Reihe und aus weiter Entfernung erkennen konnte. Dünne Sonnenstrahlen fielen durch die Lichtöffnungen des Berges aus allen vier Himmelsrichtungen auf ihn und tauchten ihn in einen überirdischen Glanz.

Die Zeit des Abschieds. Ein ernster Balendilín schritt die Stufen zum Sarkophag hinauf, näherte sich dem Fußende und blieb davor stehen. Er kniete nieder, und seine Stirn senkte sich, um dem Gefallenen den schuldigen Respekt zu erweisen. Danach erhob er sich und schaute gefasst über die Menge der Zwerge, deren Oberhaupt er jetzt sein sollte.

»Er hat die Feinde an der Hohen Pforte gerochen, ehe die Wachen sie erspähten. Er hat unsere Feinde immer vor allen anderen erkannt und uns vor ihnen bewahrt«, rief er laut. Unwillkürlich schaute er zu Bislipur, der sich mit den Clans der Vierten am Rand der Versammlung aufhielt, es sich aber nicht erlauben konnte, bei der Bestattung Gundraburs abwesend zu sein. »Unser König geht, ehe er seinen Traum von einer erstarkten Gemeinschaft der Stämme unseres Volks in die Tat umsetzen konnte, aber er begann etwas Neues, etwas Großartiges. Ich schwöre bei Vraccas dem göttlichen Schmied, dass seine Ziele nun meine Ziele sind und ich nicht eher ruhen werde, bis ich sie erreiche.«

Die Versammelten bekundeten ihre Zustimmung, indem sie mit den Stielen ihrer Äxte gegen den Boden stießen. Ein unterirdisches Gewitter rollte durch den Berg.

Mehr Worte brachte er nicht heraus, denn die Trauer schnürte ihm die Kehle zu. So ging er zum Kopfende des Steinsargs, wo er die Stirn des Abbilds küsste, noch einmal sein Knie beugte und hinabstieg.

Fünfzig Träger eilten herbei, schoben lange Stangen in die unauffällig angebrachten Ösen des Sarkophags und hoben ihn auf ein Kommando hin an. Sie trugen ihre Last schweigend die Treppen hinab und schritten durch die Halle, sodass die Zwerge sich ein letztes Mal vor dem toten Herrscher verbeugen konnten, ehe er in die Halle der Könige gebracht wurde.

Hinter dem Sarg ging Balendilín, der eine Nacht lang allein Wache bei dem König halten würde. Wenn er am nächsten Morgen aus der Grabkammer zurückkehrte, würde er die Krone der Zweiten tragen und eines Tages neben Gundrabur seine Ruhe finden.

Aus den Augenwinkeln heraus nahm er wahr, dass sich Bislipur in die erste Reihe schob. Seine Augen musterten ihn, als wollte er seine Gedanken ergründen, um zu wissen, was ihm von ihm drohte. *Fürchte dich vor mir, Bislipur. Du entkommst der gerechten Rache nicht.* Balendilín schaute unverwandt nach vorn und tat so, als hätte er den kräftigen Zwerg gar nicht bemerkt.

Die Träger erreichten die Halle der Könige und platzierten den Sarkophag auf dem vorgesehenen Basaltpodest. Das neue Lichtloch hoch oben in der Haut des Berges war geschlagen worden, sodass die Sonne des Geborgenen Landes das steinerne Antlitz Gundraburs beleuchtete.

Die Zwerge verließen den weitläufigen Raum, in dem sich die

sterblichen Überreste der Könige des Stammes befanden, sechsundzwanzig an der Zahl.

Balendilín begab sich an das untere Ende, stellte seine Axt mit dem Griff voran auf den Boden und legte seine Rechte auf den Kopf der Waffe. Seine Augen richteten sich auf die steinernen Züge seines Freundes und Herrschers. *Lebewohl, Gundrabur.* Er wurde selbst zu Stein, spürte die Zeit nicht mehr. Seine Gedanken verloren sich beim Anblick des Sarkophages im Nichts, sein Verstand leerte sich völlig und trieb auf den Wogen des Kummers dahin.

Gelegentlich bildete er sich ein, dass Stimmen zu ihm wisperten, die Geister der anderen, aber er verstand sie nicht.

Die Legenden der Zweiten wussten zu berichten, dass die Seelen der verstorbenen Könige aus der Schmiede von Vraccas kamen und ihre Nachfolger genau prüften, weil sie sich vorbehielten, künftige Könige auf ihre Art abzulehnen. Es hatte Thronanwärter gegeben, die hinter den Toren der Halle geblieben waren und nie mehr gesehen wurden.

Ihm blieb dieses Schicksal erspart.

Als er am nächsten Morgen wie gerädert, müde und erschöpft durch das Tor trat, wurde er von der gleichen Menge Zwerge mit einer Verbeugung und dem Trommeln der Axtstiele empfangen. Sie begrüßten ihren neuen König, man reichte ihm malziges Bier, Brot und Schinken zur raschen Stärkung.

Balendilín nahm kleine Bissen, spülte sie mit Bier hinunter und erklomm das Podest, auf dem zuvor der Sarg Gundraburs gestanden hatte.

»Ich wollte dieses Amt nicht«, sagte er laut und deutlich. »Gern hätte ich Gundrabur nochmals einhundert Zyklen oder mehr auf dem Thron gesehen und ihm treu gedient, aber es ist anders gekommen. Der Hammer Vraccas' traf unseren König, nachdem er vierzehn Orks abschlachtete und von vier Pfeilen getroffen wurde.« Er schaute über die Menge. »Doch er hat mich als seinen Nachfolger ernannt, und so frage ich euch: Möchtet ihr mich als neuen König?«

Ein lautes »Ja« schallte ihm von allen Seiten entgegen, wieder pochte Holz auf Stein, dann riefen sie seinen Namen, und ihm lief vor Ergriffenheit ein Schauder über den Rücken.

»Ihr habt gewählt. Lasst uns Gundrabur niemals vergessen und seinen Traum in die Tat umsetzen«, rief er ihnen zu. »Der Schutz des Geborgenen Landes ist unsere gemeinsame Aufgabe, gleich welcher Stamm und Clan.« Er suchte Bislipur in der Menge und fand ihn dort, wo er gestern schon gestanden hatte. »Komm zu mir!«, bat er und streckte die Hand einladend aus.

Verdutzt machte der Zwerg sich auf, erklomm hinkend das Podest und grüßte den neuen König mit einem Kopfnicken. Die kalten braunen Augen schauten verunsichert.

»Unsere Stämme haben keinen Großkönig mehr, und die beiden Zwerge, von denen einer das Amt bekleiden wird, befinden sich auf ihrer letzten Prüfung. Es ist kein Geheimnis, dass Bislipur und ich Gegner in unseren Anliegen sind. Bis einer der beiden Anwärter zurückkehrt, gelobe ich, unseren Streit zu beenden, damit das Verhältnis zwischen unseren Stämmen nicht vergiftet wird und es vielleicht sogar zu einer Feindschaft kommen kann.« Er reckte sich. »Bedenkt: Jeder Zwist zwischen uns Zwergen stärkt das Böse. Was immer auch der nächste Großkönig befehlen wird, wir werden ihm gehorchen und ihm folgen.« Balendilín hielt seinem Gegenüber die offene Hand hin. »Teilst du meine Ansicht?«

Bislipur konnte nicht anders, er musste einschlagen, aber wirkte dabei keinesfalls gedemütigt oder wütend, und das wiederum machte den König stutzig.

»Ich schwöre, dass ich wie du meine Überzeugungsreden im Rat der Stämme einstelle, bis einer von den beiden Anwärtern zurückkehrt«, wiederholte er die Worte deutlich. »Wir wollen Verschiedenes, aber wir haben denselben Feind: das Böse. Es zu vernichten, gleich in welcher Gestalt es daherkommt, war und wird die Aufgabe unseres Volkes sein.«

Die Zwerge jubelten den beiden zu, die sich die Hände schüttelten und fest in die Augen schauten. Keiner sah, dass sich ihre Blicke einen ewig währenden Eid der Feindschaft leisteten.

»Damit ihr seht, wie ernst es mit meinem Eid ist, schlage ich vor, dass wir den Kampf gegen das Böse gleich beginnen«, sprach Bislipur. »Können wir zulassen, dass die Orks vor den Toren von Ogertod morden und brandschatzen?« Er wandte sich den Zwergen zu. »Ich sage nein!«

Die lauten Rufe gaben ihm Recht und die Gewissheit, dass sie genauso empfanden wie er.

»Ich habe eine Gesandtschaft durch die Tunnel zu den Clans der Vierten in den Norden geschickt, damit sie mit fünftausend unserer besten Krieger zurückkehren«, eröffnete er dem überrumpelten Balendilín und der Versammlung. »Die Clans der Vierten und der Zweiten werden die Gegend von Orks befreien. Gemeinsam!« Er hob die Arme und riss seine Doppelkopfaxt in die Höhe; gleißend reflektierte sie das Sonnenlicht. »Geben wir Gundrabur ein Stück seines Traumes von einem Geeinten Zwergenheer!«

Sie jubelten ihm zu und trommelten ihre Begeisterung heraus, dass der Granit erbebte.

Du Bastard. Balendilín machte gute Miene zum bösen Spiel. *Ich weiß, was du in Wirklichkeit beabsichtigst,* dachte er, während er das harte Gesicht Bislipurs musterte. *Du holst dir dein Heer, um dich gegen mich abzusichern. Oder strebst du nun selbst nach dem Thron des Großkönigs, um deinen Elbenkrieg durchzusetzen?*

Bislipur wandte sich ihm zu, seine Augen blickten eisig, erbarmungslos. »Die Jagd wird bald eröffnet, König Balendilín«, versprach er ihm und schritt die Stufen hinab. Er ließ offen, wer das Opfer seiner Hatz sein würde.

II

**Das Geborgene Land, das Zauberreich Oremaira,
im Spätherbst des 6234sten Sonnenzyklus**

Nach einer kalten, vorwinterlichen Nacht beluden sie am nächsten Morgen die Ponys mit den Barren und brachen in Richtung Westen auf. Von der Stadt stiegen keine Qualmwolken mehr gen Himmel; die Häuser waren verlassen, die dunklen Punkte lagen ruhig vor den Mauern und regten sich nicht mehr. Jeder Fleck bedeutete eine Leiche, und die Ebene um Mifurdania hatte sich schwarz gefärbt.

Tungdil hasste die Orks und Nôd'onn mehr denn je. *Gutenauen, Mifurdania, unzählige Dörfer, Gehöfte und Weiler, das halbe Geborgene Land steht in Flammen.* In der Ferne, in Richtung Nordwesten, stieg eine Staubwolke auf; dort musste das Orkheer ziehen. *Ich gebe niemals auf.*

Unterwegs aßen sie getrocknetes Obst und Brot, was die Zwerge nur mit Widerwillen hinabwürgten, aber es gab nichts anderes mehr. In ihrer Eile hatten sie versäumt, in Mifurdania neuen Proviant zu beschaffen, und zurück wollte keiner mehr. Immerhin fand Goïmgar unterwegs ein paar Pilze, die sich die Zwerge roh gönnten.

»Sollen wir sie tatsächlich mit in die Röhren nehmen?« Boïndil warf einen Blick über die Schulter nach hinten, wo die drei Menschen liefen.

»Warten wir ab, was wir nach achtzig Meilen vorfinden«, sagte Tungdil. »Vielleicht gibt es den Eingang nicht, und wir müssen weiterhin laufen.«

»Dann bin ich dafür, dass wir Ponys für alle kaufen«, meldete sich Goïmgar.

»Es schadet deinen dünnen Beinchen gar nichts, wenn du sie gebrauchst«, sagte Ingrimmsch geringschätzig. »Selbst das Menschenweib ist stärker als du. Streng dich an und benimm dich wie ein Kind des Schmieds.«

Nach zwei Sonnenumläufen in strömendem Regen gelangten sie

in eine Ebene, die nördlich von Bergen umsäumt wurde. Tungdils Karte nannte die Erhebungen »Königssteine«, und zu ihren Füßen lag die Stadt Königsstein. Der Zwerg erinnerte sich, dass er von dem Protz der Stadt in Lot-Ionans Büchern gelesen hatte. Hier unterhielten die meisten niederen Adligen des Königreichs Weyurn kostspielige Häuser und kleine Paläste. Nicht, weil die Luft besonders gut war, sondern des Prestiges und der Bälle wegen.

»Wir kaufen Ponys und reisen weiter«, verkündete er, während sie auf die Tore von Königsstein zumarschierten. »Aber wir gehen nicht bis zum Kern der Stadt, wo die Reichen ihre Behausungen errichtet haben. Unseren Proviant und die Tiere sollten wir auch in den einfacheren Vierteln bekommen.«

»Äußerst bedauerlich«, meinte Rodario näselnd und ahmte den blasierten Tonfall eines Adligen nach. »Da lebte man in Nachbarschaft zu den Reichen und hatte doch niemals die Gelegenheit, einen Abstecher nach Königsstein zu tätigen.« Es beruhigte ihn, die massiven Mauern und zahlreichen Soldaten zu sehen. Diese Wälle boten ausreichend Schutz vor den Grün- und Schwarzhäuten. »Wir könnten ein kleines improvisiertes Gastspiel geben«, richtete er sich mit blitzenden Augen an seine beiden Begleiter. »Ein Stegreiftheater, wie wäre es? Mit dem bescheidenen Lohn füllen wir unsere leeren Beutel, damit wir nicht länger Hunger darben.«

»Kannst du auch normal sprechen?«, knurrte Ingrimmsch und fuhr sich über die stoppeligen Kopfseiten; eine Rasur wurde dringend notwendig.

»Ich spreche, wie mir es passt, Herr Zwerg«, gab der Schauspieler gekränkt zurück. »Es gibt Wesen, die beherrschen mehr Ausdrucksmöglichkeiten als Grummeln, Knurren und Rülpsen. Warum sollte ich meine Bildung verhehlen, wenn Ihr das Fehlen nicht hinterm Berg haltet?«

»Ich bin gespannt, was dir das Geschwätz gegen eine Schweineschnauze einbringt«, murmelte der Zwergenkrieger gehässig.

Boëndal dagegen wollte wissen, wie er den Flammenstrahl gegen die Bogglins zum Einsatz bringen konnte.

Rodario strahlte. »Das hat sich Furgas ausgedacht, es ist ein Röhrchen voller leicht brennbarer Bärlappsamen, die ich über einen glimmenden Docht aus dem falschen Bestienkopf blase, und schon speit es Feuer.« Er wickelte seinen Ärmel auf. »Für meine Auftritte als Magus gibt es das auch noch in der kleineren Variante. Ich habe ein Röhrchen am Unterarm befestigt. Das eine Ende mit dem kleinen Feuerstein zeigt nach vorn, am anderen Ende ist ein kleiner Lederbeutel, der mit Luft und Bärlappsamen gefüllt ist.« Er gestikulierte wild, um seine Beschreibung anschaulicher zu machen. »Wenn ich auf den Beutel drücke, schießen die Samen vorne heraus. Gleichzeitig wird durch das Drücken ein Schnürchen betätigt, der Feuerstein wird nach hinten gezogen, ein Funken sprüht und entzündet die herausfliegenden Samen.« Seine Hände täuschten die Bewegungen eines Feuerballs nach. »Fertig ist die Zaubermacht und mit ihr das magische Feuer.«

Boëndal hatte aufmerksam zugehört, dann schenkte er Furgas einen anerkennenden Blick. »Eine pfiffige Erfindung.« Der Magister technicus bedankte sich mit einem Kopfnicken.

Vor dem Tor stauten sich die Karren und Wagen von Händlern und Flüchtlingen, die dem Inferno von Mifurdania entkommen waren.

Die Gardisten untersuchten die Ladungen und hielten genau fest, was die Kaufleute und Bauern nach Königstein brachten; danach zogen sie Zoll von ihnen ein. Das blieb auch den Zwergen nicht erspart, und sie verloren etliche Münzen an die Beamten. Darüber hinaus durften sie als Fremde nur in die einfachen Stadtgebiete vordringen und erhielten genaue Anweisungen, wo sie übernachten sollten.

So marschierten sie eine steile, enge Straße hinauf und bogen in eine Gasse ein, durch die gerade einmal ein Mensch passte. Die oberen Stockwerke der Fachwerkhäuser rückten so dicht zusammen, dass ihre Wände einander fast berührten. Das Tageslicht fiel nur spärlich auf das unebene Pflaster. Die Zwerge fühlten sich sogleich an einen Stollen erinnert, nur stank es unter der Erde nicht nach Abwasser und Fäkalien. Ein Schild ragte von der Wand mitten ins Gässchen, auf das ein tanzendes Pony gemalt worden war; sie hatten die Kneipe gefunden.

Angewidert kramte Rodario in seinem nassen Mantel und holte ein Tuch hervor, das er sich vor Mund und Nase hielt.

»Bei allem Respekt, aber hier residiere ich gewiss nicht«, bekundete er, und auch Furgas und Narmora stand Abscheu ins Gesicht geschrieben. »Ich sage Euch, was wir machen: Wir suchen uns eine für uns angenehmere Bleibe und treffen uns morgen früh wieder am Tor, einverstanden? Bis dahin kann ein jeder von uns seiner Wege gehen. Meine Truppe und ich geben in einer Kneipe eine Vorstellung. Ist das ein akzeptabler Vorschlag?«

Ingrimmsch nickte sofort, weil er froh war, den Schwätzer loszusein.

Der Mime machte auf dem Absatz kehrt. Seine leuchtend bunten Gewänder flatterten im Wind, und wenn er seinen Seesack nicht geschleppt hätte, wäre er dem Bild eines Adligen wirklich sehr nahe gekommen. Narmora und Furgas folgten ihm; schmatzend lösten sich ihre Stiefel aus dem stinkenden Schlamm der Straße.

»Um ehrlich zu sein, ich finde es auch nicht besonders einladend«, meldete sich Goïmgar und spähte in das Sträßchen.

»Du hast die Garde gehört. Wir sollen hier absteigen.« Boëndal nahm die Ponys und führte sie in den Stall, während die vier auf den Eingang zusteuerten. »Ich passe auf sie und unsere Barren auf. Im Stall sind sie sicherer als im Zimmer, nehme ich an. Wenn ihr mein Horn hört, kommt mir zu Hilfe.«

»Einverstanden. Wir lassen dir Essen bringen.« Tungdil drückte die Tür auf und fand sich in einer Kaschemme wieder, in der die Rauchschwaden vom Kamin und den Pfeifen einen beinahe undurchdringlichen Dunstvorhang bildeten; der Schlot zog offensichtlich nicht so, wie er sollte. Sie schritten an den Gästen vorbei zu einem Tisch neben dem Kamin und reckten die nassen Schuhe hin zum Feuer.

»Wenigstens haben wir ein Dach über dem Kopf«, verkündete Goïmgar etwas versöhnter. »Ich hasse Regen.« Stumm stimmten ihm die Zwerge zu, denn nass wurden sie in ihren steinigen Reichen nur, wenn sie es wollten, und das war selten genug. »Nur ... es hätte ein wenig angenehmer sein können.«

Tungdil war die Umgebung egal, solange kein Regen durchs Dach kam. Nach wenigen Lidschlägen spürte er die Wärme, die langsam in das Leder kroch, schloss die Augen und seufzte wohlig. Die Gespräche wurden undeutlicher, während die Müdigkeit seinen Verstand übermannte und ihn zum Dösen brachte. »Habt Ihr ein Zimmer für uns, das warm und trocken ist?«, fragte er den Wirt, als der ihnen auf Bavragors Wunsch hin Bier und Essen brachte.

»Sicher«, nickte er. »Folgt mir.« Der Mann ging voran, und die Zwerge schnappten sich ihre Sachen und das restliche Essen. Auf die Gesellschaft der wenig vertrauenswürdig aussehenden Menschen im Schankraum verzichteten sie gern.

Der Krüger lotste sie in eine Dachkammer, durch die der Schlot des Kamins führte. Der gemauerte Abzug strahlte enorme Wärme ab und heizte den Raum. »Noch ein Bier?« Bavragor nickte.

Sie hingen die nassen Kleider mithilfe eines Taus um den Kamin. Boïndil warf sich sein Kettenhemd über den blanken Oberkörper und stapfte nach draußen, um seinen Bruder als Stallwache abzulösen.

Nachdem Boëndal zu ihnen gestoßen war, stellte Tungdil die Stiefel zum Trocknen an das warme Mauerwerk, kletterte in das schlichte Bett und deckte sich zu. »Ich werde nach dem Mittagsschläfchen die Stadt erkunden und mich nach den Clans der Ersten umhören«, sagte er. »Wir brauchen jeden Hinweis auf sie, damit wir wissen, was uns dort erwartet.«

»Die Zeit des langen Schweigens kann alles Mögliche bedeuten«, befand Bavragor, während er den Humpen schwenkte und dem Bier beim Tanz zusah. »Ob es sie überhaupt noch gibt?«

»Es werden solche Griesgrame sein wie du«, zog ihn Boëndal mit einem Augenzwinkern auf und legte sich in Unterwäsche und Kettenhemd in die Kissen.

Der Steinmetz trank das Bier, rülpste und leerte die Platte vom letzten Krümel, den der Zwilling ihm gelassen hatte. »Ich bin sehr neugierig auf die Ersten«, gestand er und stopfte sich die Pfeife. »Ich bete zu Vraccas, dass mit ihnen alles in bester Ordnung ist.«

Tungdil schaute zu den rissigen Deckenbalken auf. Die feinen Linien erinnerten ihn an die Begegnung mit dem Alb und den Sprüngen, die sein Antlitz erhalten hatte. »Er kannte meinen Namen.«

»Was, Gelehrter?«, machte Boëndal im Halbschlaf.

»Der Alb kannte meinen Namen«, wiederholte Tungdil bedrückt. Unwillkürlich tastete er nach dem Halstuch Fralas, es gab ihm Halt und bedeutete Gutes, Vertrautes. »Ich bin bekannter als ich annahm.«

»Das Böse fürchtet sich vor einem Zwerg«, lachte Bavragor leise und steckte die Pfeife an. Bald roch es im Zimmer nach Tabak, der mit einer Spur Branntwein verfeinert worden war, und es roch nicht einmal schlecht. »In meinen Ohren klingt das gut.«

»Ich verstehe deine Sorge. Mir wäre auch nicht wohl, wenn ich wüsste, dass die Albae nach mir suchten und dabei genau wissen, wie ich aussehe«, meinte Goïmgar mitfühlend.

»Du bist ja auch ein Feigling«, kam es Bavragor schneller über die Lippen, als er wollte.

»Leg dich hin, ehe du noch mehr dummes Zeug von dir gibst«, wies ihn Tungdil zurecht. *Sie geben keine Gelegenheit, Frieden entstehen zu lassen.*

Goïmgar schaute ihn kurz an, ehe er Kurzschwert und Schild in die Hand nahm und sich so auf sein Bett setzte, dass er das Fenster und die Tür gleichzeitig im Auge behielt.

Der Thronanwärter dachte darüber nach, ob Goïmgar zum Schutz aller oder in erster Linie zu seinem eigenen Wohl die Augen offen hielt und die erste Wache übernahm, und während sein Verstand noch arbeitete, schlief er ein.

*

Es war bereits dunkel, als Tungdil erwachte.

Seine Kleidung und sein Schuhwerk waren trocken wie schon lange nicht mehr. Die anderen drei Zwerge schliefen, Goïmgar lehnte mit dem Kopf an der Wand und schnarchte mit. Der Schild verdeckte ihn bis zur Nasenspitze.

Er beschloss, sich um die Ponys und den Proviant zu kümmern, schlüpfte in die noch warmen Kleider und das trockene Leder, warf sich das Kettenhemd über und klemmte seine Axt in den Gürtel. Das wertvolle Stück Sigurdazienholz ließ er dieses Mal im Zimmer. Dann ging er die Stiegen zum Schankraum hinunter, gab dem Wirt rasch Bescheid, dass er seinen Freunden ausrichten sollte, er wäre in ein paar Stunden wieder zurück, und trat hinaus.

Es regnete immer noch. Kalt wehte der stinkende Wind durch die engen Gassen. Die schäbige Unterstadt ließ nichts von dem Prunk ahnen, der weiter oben herrschte. *Ganz oben hocken die Reichen, unten leben die Ärmeren vor sich hin und bewundern und hassen die, die über ihnen thronen und sich alles leisten können.*

Mehrmals musste er sich gegen aufdringliche Bettler wehren; zwei alte, verlebte Dirnen machten sich über ihn lustig und fragten, ob alles so klein und haarig an ihm wäre.

Tungdil ignorierte sie, denn sie zogen sein Bild von der romantischen Liebe, wie er es aus den Büchern oder von Frala und ihrem Mann kannte, in den Schmutz. Er berührte ihr Halstuch und dachte wiederum an sie. Dass er sie und seine Patenkinder nicht mehr wieder sehen würde, schmerzte mehr als der Tod Lot-Ionans. So gern hätte er auf Sunja und Ikana Acht gegeben.

Seine Stimmung sank, und der Regen und die grauen Wolken, die ganze Trostlosigkeit Königssteins machten es nicht besser. Weitab von ihrer zweifelhaften Herberge fand er einen Pferdehändler, der ihm die notwendige Anzahl von Ponys verkaufen wollte, doch dazu sollte er morgen noch einmal vorbeischauen. Bei einem Krämer bestellte er Proviant für die weitere Reise und erstand einen Kuchen, weil ihn der Anblick zu sehr lockte. Die Obstschnitze, die aus dem aufgegangenen braunen Teig hervorschauten, machten ihn hungrig. Hier und da hatten sich in der dünnen, goldgelben Schicht aus Zimtbutterstreuseln leckere Klümpchen gebildet, und die darunter gemischten Rumrosinen schauten als dunkle Punkte hervor. Tungdil musste schlucken und kaufte ihn ganz, um ihn mit in die Herberge zu nehmen. Vielleicht schaffte es der Kuchen, seine schlechten Gedanken zu vertreiben.

Als es in der Stadt stockdunkel geworden war, machte er sich zusammen mit seinem dick eingepackten Kuchen auf den Rückweg. Mit widerlichen Geräuschen hoben sich seine Stiefel aus dem Schlamm und Unrat; der Regen verwandelte den ungepflasterten Teil der Straße in eine schmierige Matschfläche.

Wie kann man nur freiwillig in so einer Stadt leben? Natürlich rutschte er aus. Sein rechter Fuß glitt in aufgeweichtem Pferdedung aus, er stolperte vorwärts und stützte sich mit einer Hand ab, um nicht ganz in den Dreck zu fallen. Der Kuchen entkam dem Schlammbad nur um Haaresbreite. *Ein Stollen oder ein Gebirge sind mir tausendmal lieber.*

Ein scharfer Wind zischte an seinem Kopf vorüber und streifte sein linkes Ohrläppchen. Ein brennender Stich ließ ihn vor Überraschung und Schmerz aufschreien. Er tastete nach seinem Ohr und fühlte warmes Blut an seinem Hals hinablaufen.

Tungdil wirbelte herum, die Axt flog in seine freie Hand. »Ihr werdet mir meine Börse und meinen Kuchen ...« Er verstummte. *Sie haben uns gefunden!*

Am Ende der Gasse stand der Alb, der ihm in Mifurdania beinahe den Hals durchgeschnitten hätte; sein Umhang wehte im stinkenden Gossenwind. Ein zweiter Pfeil lag auf der Sehne seines großen Bogens, und die Finger gaben ihn in ebendiesem Augenblick frei.

Etwas Großes flog seitlich heran. Tungdil sah lilafarbenes Leuchten und eine glänzende Fratze aus Silber, dann erhielt er einen unglaublich harten Stoß, der ihn kopfüber in die nächste Seitenstraße schleuderte. Er fiel in den Matsch und rutschte vier Schritte weit, eine breite Spur hinter sich her ziehend.

Was ... Benommen rollte er sich auf den Rücken, zog die Axt heran und rechnete damit, dass der Alb erschien, um ihn zu töten, doch es tat sich nichts. Stöhnend richtete er sich auf. Bräunlicher

Schlamm hatte sich in den kleinsten Ring seines Kettenhemds gedrückt. Er sah aus wie ein Schwein, das sich gesuhlt hatte.

Vorsichtig pirschte er um die Ecke. Die Gasse war bis auf den Kuchen leer, die wenigen Spuren wurden vom starken Regen verwaschen. Alles, was er fand, war ein schwarzer Albaepfeil und eine seltsame grellgelbe Flüssigkeit, die sich mit dem Wasser mischte.

Wieso hat er mich verschont? Sein Ohrläppchen brannte. *Und wer hat mich gerettet? Es fühlte sich an wie eine Wand, die mich fortgeschleudert hat.* Er versuchte, sich genauer zu erinnern. *Wenn ich nicht wüsste, dass Djer_n ...*

Eilig und um den leckeren Kuchen trauernd, lief er zurück zu ihrer Unterkunft. Dabei hatte er seine Augen überall, um nicht doch noch dem Anschlag eines Albs zum Opfer zu fallen. Er fegte in das Wirtshaus und rannte ins obere Stockwerk, wo sich Boëndal gerade anzog und zu einem Ausflug bereit machte.

»Was ist passiert, Gelehrter?«, wollte er sofort wissen. »Du hattest einen abwechslungsreichen Abend, wie ich sehe.«

»Auf den ich hätte verzichten können.« Rasch berichtete Tungdil von dem Zusammentreffen mit dem Alb und der rätselhaften Rettung.

»Wir müssen morgen sofort verschwinden.« Boëndal sah sehr besorgt aus. »Wie bist du auf den Gedanken gekommen, allein durch eine fremde Stadt zu gehen, Gelehrter? Denkst du, dein Wissen und deine Axt schützen dich ausreichend?« Er dachte nach. »Die Albae sind also nicht mehr hinter dem Stück Holz her. Nôd'onn hat sie auf uns angesetzt, um uns zu töten, weil wir sein Geheimnis kennen.« Er weckte Bavragor und Goïmgar, um sie zu unterrichten, danach ging er zu seinem Bruder, um gemeinsam Wache zu halten. An Schlaf war nicht mehr zu denken.

Und wenn es doch Djer_n war?, grübelte Tungdil und verwarf den Gedanken gleich wieder. Der Krieger befand sich zusammen mit seiner Herrin Andôkai im Jenseitigen Land.

*

Der Unglaubliche Rodario, Narmora und Furgas warteten wie vereinbart bei den ersten Sonnenstrahlen am Tor, wobei sich der Schauspieler nervös nach allen Seiten umblickte; seine Garderobe sah aus, als hätte er sie in großer Eile angelegt. Narmora trug einen Lederumhang um ihre Schultern, das rote Kopftuch schien sie niemals auszuziehen. Furgas schützte sich mit einem Kutschermantel gegen die Nässe, die von oben auf sie herabtrommelte.

Die Zwerge kamen mit Ponys und Proviant.

»Albae?«, fragte Boïndil sofort. »Habt ihr Albae gesehen?«

»Es sind Ehemänner, die mein Freund fürchtet«, sagte der Techniker mit einem Tonfall, als hätte sich das Spiel in der Vergangenheit bereits oft zugetragen. »Nach unserem kleinen Auftritt gab der Unglaubliche eine Sondervorstellung bei der Frau des Wirtes und ihrer Tochter.«

»Schweig! Soll es die ganze Stadt erfahren und mich hetzen?«, zischte Rodario, und sein Kopf ruckte hin und her, um in der Menge nach Gesichtern zu fahnden, vor denen er Reißaus nehmen musste. »Sie haben beide besagt, sie seien geschieden.«

»Ja, eine Ausrede hast du schnell«, grinste Narmora. »Nur zu dumm, dass es dir bei den beiden gehörnten Gatten nichts bringen wird.«

»Die Mutter und die Tochter?«, lachte Ingrimmsch.

»Vierunddreißig und sechzehn Lenze. Sommer und Frühling in einem einzigen Bett, mit dem König der Jahreszeiten«, sagte der Mime prahlerisch.

»Es ist wohl eher ein brünstiger Bauer, der jede Furche beackert, die er sieht«, ruinierte Narmora seinen Vergleich. »Ich muss nicht hinzufügen, dass die meisten Furchen sehr dankbar für das Umgraben sind, weil sie von ihren eigenen Bauern selten gepflügt werden. Oder sie haben gar Mitleid mit dem kleinen Pflugblatt«, stichelte sie weiter.

Rodarios Aufmerksamkeit wurde durch ihre Bemerkungen abgelenkt; er wandte sich ihr zu, um das Rededuell anzunehmen. »Du hättest mein gewaltiges Ackergerät gewiss gern zu spüren bekommen, liebste Narmora, ich weiß, aber ich suche mir nur ausgewählte Felder. Dürre Wiesen, auf denen man sich blaue Flecken holt, wenn man darauf liegt, überlasse ich gern anderen.« Er lächelte Furgas an, um dann schlagartig ernst zu werden. »Albae? Sind sie in der Stadt? Wieso ...«

»Da ist der Verführer!«, brüllte ein Mann. Eine Mistgabel wurde geschwenkt, und der Mime nahm die Beine in die Hand, rannte zum Tor hinaus und tauchte geschickt zwischen den wartenden Wagen ab. Kurz darauf eilten vier Leute an ihnen vorbei und nahmen die Verfolgung auf.

Bavragor und Boïndil bogen sich vor Lachen, Boëndal schüttelte nur den Kopf, Goïmgar klammerte sich an seinen Schild und hielt sich bereit, ihn notfalls schützend vor sich zu halten, sollten die Menschen ihre Wut an ihnen auslassen wollen.

Aber die Gehörnten und ihre Freunde dachten gar nicht daran, sondern richteten ihr Augenmerk allein auf die Ergreifung Rodarios, dem es gelang, sich ungesehen davonzustehlen und die Rächer im Regen stehen zu lassen.

Die Zwerge, Narmora und Furgas verließen Königsstein weniger überstürzt.

»Albae?«, nahm die Mimin den Faden auf. »Wo?«

»Gestern«, sagte Tungdil. »Es war einer. Aber Ihr habt keine gesehen?« Er fühlte eine leichte Abneigung gegen sie, vielleicht war es der leichte elbische Zug an ihr. *Sie ist eine Schauspielerin*, rief er sich in Erinnerung. *Mehr nicht.*

Sie schüttelte den Kopf. »Nein, man ließ uns in Ruhe. Aber gut, dass du uns gewarnt hast.« Ihre Rechte legte sich an die Halbmond-Waffe.

Nicht lange darauf trafen sie auf den Weiberheld, der gut eine Meile vom Tor entfernt zum Schutz vor dem Regen unter einer mächtigen Tanne stand und auf sie wartete.

»Waren sie die Aufregung wenigstens wert?«, konnte es sich Bavragor nicht verkneifen zu fragen.

Rodarios Gesicht bekam einen abwesenden, sehr genießerischen Ausdruck. »O ja. Auch wenn ich das Gefühl hatte, dass ich nicht der Erste war, der die Kunst des gemeinsamen Verwöhnens der beiden Frauenzimmer spüren durfte.« Er trottete neben den Ponys her. »Aber das ist nun Geschichte! Sodann lasst uns ins Reich der Ersten ziehen und die Pracht sehen, die kein Mensch jemals zu Gesicht bekam.« Das Schmatzen des Schlamms unter seinen Sohlen beeinträchtigte die Wirkung seiner getragenen Worte ein wenig, aber als Entdecker gab er eine ganz passable Figur ab.

Tungdil verband mit der stolzen Menschenstadt Königsstein alles andere als gute Eindrücke. Er blickte auch nicht mehr zurück, sondern ging schneller, um Weyurns Stolz rasch hinter sich zu lassen. Die Banner konnten noch so herrlich im Wind flattern, die ziegelgedeckten Hausdächer und Kuppeln noch so schön leuchten, der Zwerg dachte nur an die mörderischen Augen des Albs.

Ich hoffe, der unbekannte Retter hat ihn getötet.

III

**Das Geborgene Land, das Königreich Weyurn
im Winter des 6234sten Sonnenzyklus**

Bei der nächsten Gelegenheit erstanden die Reisenden einen kleinen Wagen für das Gepäck sowie zwei Pferde; eines davon mussten sich Narmora und Furgas teilen. Danach ging es wesentlich einfacher und schneller in Richtung Westen.

Vor allem Rodario drängte darauf, rasch vorwärtszukommen, da er sich noch immer vor der Rache der gehörnten Gatten fürchtete – was ihn unterwegs nicht an neuen Eroberungen hinderte, die er mithilfe seines Charmes und seiner Redegewandtheit machte.

Der Nordwind jagte die ersten Schneeschauer über das Land, die Flocken blieben auf dem gefrorenen Boden liegen und bildeten eine weiße Schicht. Dieser Winter schien schneller und härter als gewöhnlich über die Natur und die Bewohner hereinbrechen zu wollen. Die Gruppe suchte sich nur noch wettergeschützte Orte, wo sie ihr Lager errichtete, und rastete unter Bäumen, Felsvorsprüngen oder den Ruinen verlassener Häuser und Festungen.

Die riesigen Seen, von denen Weyurn zu mehr als drei Vierteln bedeckt wurde, glitzerten eisig. Die Wolken sorgten für erhabene Licht- und Schattenspiele auf ihren Oberflächen, welche die Zwillinge schaudernd betrachteten. Die Gefahr, in die nasse Tiefe gezogen zu werden, war ihnen einfach zu groß, und sie wollten Furgas und Rodario nicht einmal beim Eisangeln begleiten.

»Eis und Wasser sind gleich heimtückisch«, belehrte sie Ingrimmsch, während er ein Feuer in der alten Tempelruine entzündete, in der sie Zuflucht gesucht hatten. »Sie locken dich, und ehe du dich versiehst, verschwindest du für immer darin.«

»Das ist wie mit der Ehe. Zuerst locken dich die Weiber, aber wenn du brav in ihren Armen bleibst, ist das Leben allzu bald vorüber«, übertrug Rodario den Vergleich. »Ein Mann wie ich ist dazu geschaffen ...«

»Anderen Männern die Hörner aufzusetzen, verprügelt zu werden und eines Tages an einer schmerzhaften Geschlechtskrankheit zu sterben«, fügte Narmora lächelnd an.

»Dein Neid ist meine Freude.« Er bleckte die Zähne und folgte Furgas zum Ufer des nahe gelegenen Gewässers.

»Er erinnert mich an einen Geißbock, den wir mal hatten«, sagte Boïndil. »Das Vieh besprang alles, was bei drei nicht aus dem Weg war.«

»Und wie endete er?«

»Er hat eine Geiß bestiegen, die nahe am Abgrund stand. Im Übermut sind beide die Klippen runtergefallen.« Er machte sich daran, die Haarstoppeln zu rasieren, damit sein schwarzer Zopf besser zur Geltung käme.

»Das heißt, dass er bei einem seiner Abenteuer aus dem Bett fällt und sich den Hals bricht?«, grinste Tungdil.

»Oder aus dem Fenster«, fügte Boëndal lachend hinzu, weil er die Vorstellung zu komisch fand, welch unrühmliches Ende für den Mann damit verbunden wäre.

»Stellt euch vor, er landet nackt auf dem Kopfsteinpflaster, nur ein Tuch bedeckt seine Männlichkeit, und die ganze Stadt steht drum herum«, prustete Boïndil und erklomm das obere Ende eines schräg liegenden Trümmerstücks, von dem aus er die Umgebung bestens überblickte. Dort setzte er sich nieder und steckte sich eine Pfeife an. Sein Bruder warf ihm etwas zu essen hoch. »Irgendwie wäre das ein Ende, das zu dem Schwätzer passte«, lautete seine letzte Bemerkung, ehe er sich über den Käse hermachte.

Goïmgar beteiligte sich nicht an der Unterhaltung, er schien zu schlafen und hatte sich in zwei Decken eingehüllt, den Schild wie eine dritte Decke über sich gelegt und die Augen geschlossen.

Schatten tanzten an den moosbewachsenen Wänden. Die Malereien waren im Lauf der Zyklen verblasst, und der abgesprungene Putz riss faustgroße Löcher in die Darstellungen von irgendwelchen Menschengöttern, die den Zwergen völlig fremd waren. Für sie gab es maßgeblich nur Vraccas, alles andere hätte nicht sein müssen.

Das große Feuer brachte rasch Wärme in den Raum, und das weiche Licht machte die von Rissen überzogenen Statuen lebendig.

Tungdil musste an die Aufführung im Curiosum denken, wo er vieles gesehen hatte und immer noch nicht wusste, ob es sich auf der Bühne ereignet oder ob ihm seine Vorstellungsgabe einen Streich gespielt hatte. *Es sah so echt aus.*

Bavragor kehrte zurück, nachdem er die eingefallenen Räume durchstreift hatte. Brummelnd begutachtete er die Steinmetzarbeiten. »Sie waren zwar gute Handwerker, aber nicht gut genug, um sich mit den Zwergen zu messen«, lautete sein Urteil.

Tungdil reichte ihm Brot und Schinken. »Darf ich dich etwas fragen?«

Bavragor nahm das Essen entgegen. »Das klingt nach einer ernsten Angelegenheit.«

»Es beschäftigt mich die ganze Zeit. Die Sache mit deiner Schwester ...«

»Smeralda.« Bavragor legte sein karges Mahl auf den Stein nahe der Flammen, damit es wärmer wurde und sich der Geschmack des Fleisches besser entfaltete. »Er wird seine Schuld von mir niemals vergeben bekommen«, sagte er bitter, nachdem er sich einen langen Schluck aus seinem mit Branntwein gefüllten Trinkschlauch gegönnt hatte.

Tungdil drängte ihn nicht; er spürte, dass er die Geschichte an diesem Abend zu hören bekäme, und behielt Recht.

»Smeralda war ein junges Ding von gerade einmal vierzig Sonnenzyklen, als er seine wahnsinnigen Augen auf sie warf und beschloss, dass sie sein werden sollte. Sie war fast so kriegerisch wie er, sie übte den Umgang mit der Axt und träumte davon, ihm beizustehen«, begann Bavragor, und seine Fäuste ballten sich, während seine Erinnerung die Vergangenheit lebendig machte. »Wir haben ihr verboten, ihn zu sehen, weil wir Angst hatten, dass er ihr in seinem Wahn etwas antun könnte. Doch sie widersetzte sich unserem Vater, und sie trafen sich weiterhin. Eines Tages, als sie ihm an der Hohen Pforte im Kampf beistehen wollte ...« Bavragor bedeckte das verbliebene Auge mit der Linken, die Rechte führte den Trinkschlauch an den Mund. »Er hat sie erschlagen. Sein vom Kampfrausch geblendeter Verstand erkannte sie nicht und hielt sie für eines der Ungeheuer.«

Tungdil schluckte, um den Kloß in seiner Kehle hinunterzuwürgen.

»Smeralda und ein Ungeheuer ... Sie sprachen danach von einer Tragödie und einem schrecklichen Unglück, und er selbst sagte, er könne sich an nichts erinnern. Doch mir ist es gleich, Tungdil. Er hat meine Schwester getötet. Würdest du jemandem so etwas vergeben? Ich will es nicht.«

Tungdil wusste nicht, was er dem Steinmetzen antworten sollte.

Die Geschichte rührte ihn zutiefst. Mitfühlend legte er eine Hand auf Bavragors Arm. »Verzeih, dass ich dich so gequält habe«, sagte er und beließ es dabei.

Die eigenen Erinnerungen an den Verlust von Lot-Ionan und Frala, die er wie eine Schwester geliebt hatte, packten ihn. *Ich kann ihn zu einem Teil verstehen.*

»Sei's drum.« Bavragor atmete tief ein und spülte die Erinnerungen mit Branntwein herunter; sein Essen rührte er an diesem Abend nicht mehr an.

Tungdil hob den Kopf und schaute zu Boïndil, der auf seinem Posten saß, die Pfeife zwischen den Lippen, und aufmerksam über ihre Sicherheit wachte. Die blauen Rauchkringel stiegen in den Himmel, und er glaubte das Zischen zu hören, wenn eine Schneeflocke auf den heißen Tabak traf.

»Seine heiße Lebensesse ist ein Fluch«, sagte Boëndal traurig. »Er weiß bis heute nicht, was damals auf der Brücke geschah, und erinnert sich nur daran, wie er Smeralda tot vor sich liegen sah. Er dachte, die Orks hätten ihm seine Liebe genommen, aber als er von Bavragor und den anderen hörte, dass er selbst es gewesen sein sollte ...«

»Und wo warst du?«

»Ich war verwundet, und Vraccas weiß, wie sehr ich diesen Umstand bis heute verfluche. Ich bilde mir ein, dass sie noch leben könnte, wenn ich an seiner Seite gewesen wäre.« Er kratzte an einer rostigen Stelle seines Kettenhemds und behandelte sie mit Öl. »Manchmal ruft er ihren Namen in seinen Träumen. Er leidet mindestens so sehr wie Bavragor, das kann ich dir versichern, aber zugeben würde er es niemals, Gelehrter.«

Sie stopften eine zweite Pfeife und wechselten sich mit dem Rauchen ab, während jeder seinen Gedanken nachhing. Durch die zerstörten Fenster beobachtete Tungdil, dass sich der Schneefall verstärkte.

Als Furgas und Rodario zurückkehrten, sahen sie aus wie wandelnde Schneemänner. Der Techniker hatte zwei ausgewachsene Karpfen dazu gebracht, in den Haken zu beißen, während der Schauspieler missmutig eine kleine Schleie entschuppte.

»Ein Pflüger vor den Göttern, aber keine Ahnung vom Fischen haben«, zog ihn Bavragor auf, um sich von den bedrückenden Erinnerungen abzulenken.

»Ja, die Götter«, meinte Rodario nur und schaute über die verblichenen und von der Feuchtigkeit beschädigten Wandbemalungen. »Da, seht, was aus ihnen wird, wenn man sich nicht um sie kümmert. Sie verblassen und verschwinden, weil sie ohne die Sterblichen keinen Grund haben zu existieren.«

»Vraccas braucht keinen Grund«, erwiderte Boëndal voller Überzeugung. »Er erschuf sich auch, weil er wollte, und nicht, weil ihn jemand schuf.«

»Ich kenne die Entstehungslegenden, vielen Dank, und benötige deine Nachhilfe sicherlich nicht, mein Guter«, wehrte der Mime ab und beschäftigte sich weiter mit dem Fisch. »Früher haben wir sie auf der Bühne umgesetzt und Erfolge damit gefeiert. Ich sage es ja immer: Die alten Stoffe sind meistens die besten, auch wenn unsere Nôd'onn-Aufführung aus gegenwärtigem Anlass sehr gut aufgenommen wurde.«

Das erinnerte Tungdil daran, dass er die Mimen nun endlich nach den Kniffen fragen könnte, die sie im Curiosum anwendeten, um die Illusionen täuschend echt zu gestalten.

»Wie das geht?« Rodario wies mit dem schmutzigen Messer auf Furgas. »Da sitzt unser Magister technicus.«

Furgas nahm sich bereits den zweiten Karpfen vor, während sein Freund die Schleie mehr malträtierte als entschuppte. »Ich habe mich viel mit Alchimie beschäftigt. Damit schaffen wir den ganzen Rauch, den wir benötigen«, erklärte er. »Ich kann ihn schwer machen oder leicht, mal rot, mal schwarz. Die Lehre von den Elementen ist faszinierend.«

Tundgil wusste, dass Lot-Ionan Alchimie unterrichtet hatte, und er kannte verschiedene Zutaten vom Schleppen. »Aber wie ging es, dass die Kerzen alle auf einen Schlag verloschen?«

»Magie«, wisperte Rodario und zog eine Fratze. »Ich bin in Wahrheit der letzte noch lebende Magus des Geborgenen Landes.« Er näherte sich dem Zwerg, fummelte an seinem Ohr herum und hielt eine Goldmünze in der Hand. »Was sagst du nun?«

»Sie gehört mir«, antwortete Tungdil und schnappte sie sich, doch ein kurzer Biss darauf genügte, um den Schwindel auffliegen zu lassen. »Blei mit minderwertigem Blattgold«, lautete seine Einschätzung, und er warf die Scheibe zurück. »Dein Zauber taugt nichts.«

»Ein Taschenspielermagus, mehr ist er nicht«, lachte Boëndal und wies mit dem Mundstück der Pfeife auf ihn.

Rodario hob den Zeigefinger. »Aber das Entscheidende ist, dass die Zuschauer darauf hereinfallen. Und das taten selbst die kleinen, hässlichen Bogglins. Ich nenne so etwas einen Erfolg.«

»Also sind eure Kniffe Fingerfertigkeit, Geschwindigkeit und Alchimie?«, fasste Tungdil zusammen.

Furgas nickte und warf einen kurzen Blick zu der hoch gewachsenen Frau. »Und Schminke«, fügte er hinzu. »Sie macht viele Einbildungen wahr. Narmora verwandelt sich durch sie in eine Albin, vor der sich die jüngeren Spectatores auch schon mal fürchten und zu ihren Eltern flüchten.« Er lachte. »Und wir lieben es natürlich, wenn dergleichen geschieht.«

»Seid froh, dass der Wahnsinnige nicht in eurem Theater war«, meinte Bavragor finster. »Er hätte die Bühne gestürmt.«

»Sie sieht wirklich fast aus wie ein Spitzohr«, meinte Boëndal abwesend. »Die Natur hat es nicht gut mit ihr gemeint.«

Für diese Bemerkung erntete er böse Blicke von Narmora und ein breites Grinsen der Männer. Tungdil und Bavragor mussten so laut lachen, dass Goïmgar aufschreckte und hinter seinem Schild hervorschaute.

»Oh, verzeih, ich habe es nicht so gemeint«, entschuldigte sich Boëndal schnell, und man sah ihm die Verlegenheit an.

»Vielleicht bin ich ja eine Albin und bringe euch heute Nacht einen Albtraum?«, erwiderte Narmora mit einem erbosten Funkeln in den fast schwarzen Augen. »Wundert euch nicht, wenn ihr schreiend erwacht.« Sie stand auf, richtete ihr Kopftuch und verließ die schützende Ruine. Sogleich verschmolz sie mit der Dunkelheit.

»Ihr Götter, ist sie gut in ihrer Rolle!«, rief Rodario entzückt. »Sie glänzt ganz ausgezeichnet darin, findet ihr nicht auch? Aber sagen würde ich es ihr niemals. Am Ende verlangt sie noch mehr Lohn.« Begeistert wandte er sich den Zwergen zu, die seine Meinung stumm teilten. Boëndal machte sich ernsthaft Sorgen über das, was er in seinem Schlummer erleben würde.

Die Männer kümmerten sich weiter um ihren Fang, und bald roch es nach gebratenem Fisch. Hungrig langten die Reisenden zu.

»Eines muss ich noch wissen. Wie habt ihr das alles auf der Bühne entstehen lassen?«, erkundigte sich Tungdil bei Furgas. »Den Wald, den Palast ... Es sah so echt aus.«

»Behältst du es für dich?«

»Ja.«

»Wirklich und ehrlich?«

»Sicher!«

»Schwörst du es bei deiner Axt?«

Tungdil schwor es. »Und?«

»Magie«, sagte Furgas, blinzelte ihm heiter zu und wischte sich über den Oberlippenbart.

»Ach«, machte der Zwerg enttäuscht und ärgerte sich, auf die vorgetäuschte Geheimnistuerei hereingefallen zu sein.

*

Als Boëndal aus seinem Traum aufschreckte, gab er sich alle Mühe, nicht aufzuschreien. Zugleich war er froh, seinen wirren nächtlichen Phantastereien entkommen zu sein.

Der nächste Schreck aber ließ nicht lange auf sich warten. Als er zur Sicherheit nach dem Krähenschnabel griff, war die Waffe verschwunden, und eine feingliedrige Hand schloss sich fest um seine.

Der Zwerg wandte sich um und schaute geradewegs in das schmale, grausame Gesicht einer Albin, die in voller Rüstung neben ihm hockte und ihn aus kalten schwarzen Augen anstarrte. *Das kann nicht sein! Ich träume immer noch!*

»Lass es dir eine Lehre sein«, raunte sie drohend, und schon fielen ihm die Lider zu, ohne dass er etwas dagegen unternehmen konnte.

Als er geraume Zeit später wieder aufwachte, sprang er keuchend auf die Füße und schaute sich um. Seinen Krähenschnabel fand er dieses Mal sofort und ergriff ihn hastig.

Narmora kuschelte sich in den Armen von Furgas, Rodario hatte sich am schwach brennenden Feuer zusammengerollt und lag mit dem Gesicht in den Schuppen der Schleie.

Boëndal betrachtete die drei ganz genau, fand aber keinen Hinweis darauf, dass sie einen Scherz mit ihm trieben. Sein wild pochendes Herz erholte sich langsam von dem Schrecken, und er schwor sich, nie mehr eine abfällige Bemerkung über die Frau zu machen.

Er schaute nach Goïmgar, der auf dem Bruchstück sitzen und Wache schieben sollte. Der erhöhte Platz war leer. Fußspuren führten nach draußen, doch die Ponys und Pferde standen noch dort, wo sie angebunden worden waren.

Er wird doch nicht so verrückt sein, im Schneesturm flüchten zu wollen? Der Zwerg machte ein paar Schritte ins Freie. Sogleich stürzte sich der Schnee auf ihn, die Flocken versuchten, ihn niederzuringen. Er entdeckte eine Gestalt auf dem verschneiten Boden.

»Goïmgar!«, rief er und eilte zu ihm, doch der schmächtige Zwerg rührte sich nicht. Blut sickerte aus einer schmalen Wunde an der Stirn. Boïndil trug ihn in die Ruine, legte ihn neben das Feuer und warf zwei Scheite nach.

»Ich ...«, sagte er Zähne klappernd, »bin hingefallen.«

Der Krieger legte ihm zwei Decken um. *Beim Pissen beinahe erfroren*, dachte er und behielt die Worte lieber für sich, um ihn nicht vollends zu entwürdigen. Ihm war es rätselhaft, wieso Tungdil ausgerechnet dieses Gemmenschneiderlein mitgenommen hatte, wo die Auswahl doch so groß gewesen war. *Vraccas wird sich etwas dabei gedacht haben*, dachte er bei sich, während er das Häuflein Elend betrachtete, das nach und nach auftaute. Eis und Schnee schmolzen aus Bart, Haaren und Augenbrauen.

Er beugte sich vor. »Goïmgar, wolltest du etwa da draußen sterben?«

»Nein«, kam es langsam.

»Pass besser auf dich auf. Du bist wichtig für unsere Mission.«

»Wichtig für den Hochstapler, um auf den Thron zu kommen, der ihm nicht gebührt«, erwiderte der bibbernde Zwerge feindselig.

Boëndal sparte sich seinen Atem; Goïmgar hatte es noch immer nicht begriffen, dass es um mehr ging als um das Amt des Großkönigs, und das trotz aller gut gemeinten Predigten Tungdils. *So etwas Uneinsichtiges. Er verschließt sich nur aus Trotz der Einsicht und dem Verständnis für die Verantwortung, die auf uns lastet.*

Goïmgar hatte aufgehört zu zittern und schaute an ihm vorbei in den rückwärtigen Teil des Raumes, in dem die Statuen standen. Er schluckte. »Wie viele?«, raunte er.

»Was?«

»Wie viele Statuen standen bei unserer Ankunft hier?«

Der Kämpfer überlegte. »Sieben. Drei kleine und vier größere.«

Goïmgar schloss die Augen. »Es sind acht«, flüsterte er, »davon fünf größere. Was machen wir jetzt?«

»Welche ist die neue?« Boëndals Finger fassten den Griff des Krähenschnabels, und sein Körper spannte sich.

»Es müsste die dritte von rechts sein ...«

»Ich schlage gleich zu und schreie dabei laut, damit die anderen erwachen. Du nimmst deinen Schild und stehst mir bei, bis Boïndil an meiner Seite ist.«

»Ich?«

»Wer sonst?«

Seine Arme rissen die schwere Waffe urplötzlich in die Höhe und beschrieben eine halbkreisförmige Bewegung. Die lange Spitze hielt genau auf den Punkt etwas oberhalb der Hüfte zu. An dieser Stelle gab es keine Knochen, welche den Krähenschnabel aufhalten konnten, die Wunde würde tief und tödlich. Wie eine kleine, dünne Fahne folgte der Zopf seiner Bewegung.

»Vraccas!«, dröhnte sein Kampfruf.

Klirrend barst die Statue unter der Wucht des Schlages. Wie eine Spitzhacke fuhr der Krähenschnabel in das porös gewordene Gestein und brachte es zum Splittern. Das Kunstwerk, das einst von einem Bildhauer zu Ehren eines Menschengottes geschaffen worden war, zersprang in viele kleine Stückchen.

»Nein, von mir aus rechts«, korrigierte Goïmgar unglücklich, doch da war es bereits zu spät.

Die riesige, bis dahin leblose Gestalt erwachte zum Leben. Hinter dem Visier glommen violette Augen auf.

»Du Idiot!«, beschimpfte Boëndal ihn, ehe er zu einem neuerlichen Schlag ansetzte.

Das aber ließ sein titanischer Gegner nicht zu. Schneller, als der Zwerg es ihm wegen der Größe zutraute, war er heran. Die Pranken schlossen sich um seine Oberarme, dann wurde er emporgehoben und befand sich mindestens zwei Schritte über dem Boden. Scheppernd prallte die Waffe auf die gerissenen Platten.

Sein Bruder stand schon auf seinem Lager und erfasste die Lage mit einem Blick. »Lass ihn los!« Er riss die Beile hoch und wollte sich eben auf den übermächtigen Gegner werfen, als ihn ein gleißendes Licht blendete und er sich abwenden musste.

»Zurück, Boïndil!«, befahl ihm eine Frauenstimme. Die grelle Helligkeit wandelte sich zu einem schwachen Schimmern, das ausreichte, den Innenraum zu erleuchten.

Eine Frau in einem scharlachroten Mantel, auf dem die letzten Schneeflocken schmolzen, trat aus dem Schutz einer Statue und stellte sich an die Seite des Giganten; in ihrer Hand schwebte eine Lichtkugel. »Du kannst ihn absetzen, Djer_n. Ich denke, sie haben verstanden, wer wir sind.«

»Andôkai!«, rief Tungdil überrascht und senkte seine Axt. »Also doch!«

Sie schlug die Kapuze zurück, um ihnen ihr Gesicht zu zeigen.

»Die Stürmische?«, hakte Rodario nach, der nicht bemerkte, dass Fischschuppen auf seiner Wange hingen und ihn nicht gut aussehen ließen. »Andôkai die Stürmische? Die Maga? Ich dachte, sie sei tot?« Er betrachtete sie schamlos von oben bis unten. »Nein, sie lebt. Sie lebt! Verdammt!« Er wandte sich zu Furgas und Narmora. »Wir müssen das Stück umschreiben.«

»Stück?« Andôkai begab sich ans Feuer, ließ die Sphäre aus Licht verschwinden und hielt die Hände gegen die Flammen, während ihr Begleiter den Zwerg absetzte. »Von was redet er? Wer ist er überhaupt?«

»Schauspieler«, meinte Tungdil entschuldigend und konnte sich kaum zurückhalten, sie mit Fragen zu überhäufen.

»Oh? Dann wurde ich schon Gegenstand einer Aufführung? Ich hoffe, es ist eine Ehre ...«

Rodario setzte zu einer schmeichelnden Erklärung an, wurde aber rüde daran gehindert.

»Was sollte das mit deinem Ungeheuer?«, wollte Boëndal aufgeregt wissen. »Wieso hat er uns bespitzelt? Ich hätte ihn um ein Haar getötet!«

»Er hat euch nicht bespitzelt, er lauerte. Und getötet hättest du ihn sicherlich nicht«, stellte sie herablassend richtig und legte ihren Mantel ab, damit die Wärme des Feuers schneller zu ihr drang. Darunter trug sie ihre Rüstung, dicke Winterkleidung und ihr Schwert. Die Vielzahl der Sachen ließ sie noch breiter wirken, als sie ohnehin schon war. »Er eilte auf mein Geheiß voraus, um die Albae abzufangen, die euch seit Mifurdania verfolgen.«

»Ich wusste es«, stieß Goïmgar unglücklich hervor.

Ingrimmsch lachte. »Das hätte mir noch gefehlt, dass eine Bestie uns vor anderen Bestien rettet.« Seine Finger streichelten die kurzstieligen Beile. »Wir machen sie schon fertig.«

»Wenn ihr sie bis jetzt nicht bemerkt habt, hättet ihr sie auch nicht wahrgenommen, wenn sie in euer Lager gekommen wären«, meinte die Maga ernst. »Djer_n hat zwei von ihnen drei Meilen von hier getötet, zwei weitere entkamen. Weil ich annahm, sie würden sich nicht länger auf eure Verfolgung beschränken, sandte ich ihn voraus.«

»Ich wusste es! Er war es, der mich in Königsstein vor dem Pfeil gerettet hat«, sagte Tungdil.

Andôkai nickte. »Der Alb entkam ihm leider.«

»Ich hätte die Spitzohren nicht entkommen lassen«, grummelte

Boïndil. »Mir entkommt kein Gegner, und wenn ich hinter ihm herlaufen muss.«

»Er wurde von ihm angeschossen.« Sie schenkte ihm einen mitleidigen Blick. »Wenn du jedem hinterherrennst, ist es leicht, dich in eine Falle zu locken.«

»Ich lasse mich in keine Falle locken«, widersprach der Zwerg bockig und erklomm den umgestürzten Pfeiler, um seine alte Wachposition einzunehmen.

Oben angekommen, befand er sich mit dem Kopf des Hünen auf einer Ebene. Neugierig spähte er in den Helm, wollte die Schwärze darin erkunden, aber selbst seine an die Dunkelheit gewöhnten Augen erkannten nichts. Es war, als befände sich ein bodenloser Abgrund unter dem Metall.

Die anderen nahmen rings um die Feuerstelle Platz.

Die Menschen waren hellwach, Rodario hielt sein Schreibpapier in der Hand, um dann festzustellen, dass die Tinte eingefroren war. Narmora hatte ihre wundersamen Waffen bereits wieder verstaut, Djer_n gesellte sich zurück ins Halbdunkel des hinteren Teiles der Ruine und wurde wieder zu einem Denkmal.

»Was hat Eure Meinung geändert, Maga?«, wollte Tungdil endlich wissen, nachdem sich die Aufregung gelegt hatte. »Und wie habt Ihr uns gefunden?«

»Kann ich denn frei vor euren neuen Reisegefährten sprechen?«

»Sie haben uns geholfen, Ihr könnt ihnen vertrauen.«

»Na, na, na«, grummelte Ingrimmsch von oben.

»Und wie man uns vertrauen kann«, rief Rodario laut hinauf und übernahm in seiner unnachahmlichen Weise die Vorstellung seiner Truppe. »Wir wissen von der Feuerklinge und sprangen den angehenden Helden und Figuren künftiger Epen in höchster Not bei, um sie vor den Schwertern und Klauen der Bogglins zu erretten, ehrenwerte Maga«, schloss er gestenreich ab. »Wir sind treue Begleiter.«

Sein Lächeln brachte gewöhnlich das dickste Eis zum Schmelzen und Steine zum Erweichen, doch bei Andôkai versagte es, sie blieb unbeeindruckt.

»Du bist schuld.« Ihre blauen Augen fixierten Tungdil. »Deine Rede ging mir nicht mehr aus dem Sinn. Ich hörte dich ständig über die Verantwortung meinem Reich gegenüber sprechen. Es gelang mir nicht, mein Gewissen zum Schweigen zu bringen. Und den Tod hat Nôd'onn aus hunderten von Gründen verdient.«

Die zuckenden Flammen nahmen ihrem Antlitz einen Teil des Herben, zeichneten die Züge weicher, weiblicher. Rodario blickte sie unentwegt an und hing an ihren Lippen. Ihr strenger Charme und ihre Sprödigkeit schienen ihn als Verführer herauszufordern.

»Also kehrte ich zu den Zweiten zurück und nahm mir die Passage vor, die ich zunächst nicht übersetzen konnte. Du erinnerst dich, die letzte Unsicherheit in eurem Plan?«, sprach sie und schaute ins Feuer. Sie machte eine Handbewegung, und aus den wirbelnden Funken formten sich Buchstaben in der Gemeinsprache. Worte entstanden und verschwanden gleich darauf wieder.

»Die Feuerklinge, geschmiedet von den Untergründigen, wird ihre Wirkung gegen das Böse erst entfalten, wenn sie von dem Feind der Untergründigen geführt wird«, las Rodario laut mit. Er langte neben die Feuerstelle, wo ein verkohltes Stückchen Holz lag, und kritzelte sich Stichworte auf. »Ich muss es notieren. Ich würde mich ohrfeigen, vergäße ich das alles.«

»Ohrfeigen? Da helfe ich dir gern dabei«, bot sich Bavragor an.

»Die Götter mögen mich vor diesen Pranken bewahren«, lehnte er ab. »Das wird das beste Stück, das jemals im Geborgenen Land aufgeführt wurde«, schwelgte er vor sich hin und kratzte mit der Kohle auf dem Papier herum. »Die Häuser werden sich füllen ...« Furgas versetzte ihm zum Zeichen, dass er still sein sollte, einen Stoß mit dem Ellenbogen.

»Der Feind der Untergründigen«, sagte Tungdil leise. Seine Enttäuschung in der Stimme konnte er nicht verbergen. *Was kann damit gemeint sein?*

»Feinde haben wir wahrlich genug«, meinte Boëndal ratlos. »Orks, Oger«, dabei schaute er kurz zu Djer'n, »Bogglins und alles, das Tion gegen uns und die Menschen und Elben schuf. Fällt dir nichts ein, Gelehrter? Dein Wissen wäre endlich von echtem Nutzen«, sagte er halb neckend.

Bavragor nahm seinen Lederschlauch mit Branntwein. »Das wird ein Spaß. Sollen wir uns einen Ork fangen und ihn abrichten, damit er sich auf den Magus stürzt? Oder müssen wir einen Oger bitten, Nôd'onn eins mit unserer Waffe überzubraten?«

»Das war es wohl für die Expedition«, fasste Goïmgar die Bedeutung der von Andôkai übersetzten Passage schwarzseherisch zusammen. Plötzlich wurde er bleich. »Mein König! Er weiß es nicht!«

Tungdil atmete laut aus. »Seid Ihr sicher, was die Übersetzung angeht?«, fragte er zögerlich.

Sie nickte. »Leider. Ich habe mich zu lange damit beschäftigt, um einen Fehler zu begehen.«

»Welchen Vorschlag könnt Ihr machen?« Er schaute zu Djer_n.

Sie lächelte. »Djer_n ist kein Ungeheuer, das versichere ich dir. Er kommt nicht infrage.«

Tungdil kratzte sich in seinem lang gewordenen Bart. »Dann stehen wir vor einer großen Schwierigkeit.« Er blickte in die Gesichter seiner Freunde und der Menschen. »Mir fällt nichts ein.« Er legte sich nieder und zog die Decke zu sich. »Vielleicht sendet mir Vraccas im Schlaf eine Eingebung. Ruht euch aus, wir brauchen unsere Kraft.«

Sie legten sich um das Feuer, Djer_n wachte über sie.

Mir muss eine Lösung einfallen, ich bin der Anführer. Unruhig wälzte er sich hin und her. Wenn ihm nichts in den Sinn kam, stand es für die Zukunft des Geborgenen Landes mehr als schlecht. Dieses Wissen erleichterte ihm das Einschlafen nicht.

*

Sie brachen am frühen Morgen auf, ohne dass Tungdil eine hilfreiche Eingebung von Vraccas erhalten hatte. Dennoch entschieden sie sich, ins Rote Gebirge zu reiten, vielleicht würde ihnen unterwegs oder zusammen mit den Ersten eine Lösung einfallen.

Es wird uns gelingen, dachte Tungdil fest, als er sich sein frisch entrostetes und mit Öl behandeltes Kettenhemd über das Lederwams warf.

Andôkai ritt bei Rodario mit. Hatte er sich gefreut, die Maga vor sich auf dem Sattel zu haben, damit er sie heldenhaft halten und berühren durfte, geschah das Umgekehrte. Sie nahm den Sattel ab, um mehr Platz zu haben, und verlangte von ihm, dass er vor ihr saß, während sie die Zügel in der Hand hielt, was ihm spöttische Bemerkungen von Furgas einbrachte.

In der Nacht war der Neuschnee anderthalb Ellen hoch gefallen, die Pferde mussten den Ponys einen Weg bahnen. In einer Linie trotteten sie hintereinander her, am Ende stapfte Djer_n und wirkte wie eine lebendig gewordene Statue aus der Ruine, die ihnen nachlief, weil es ihr in dem toten Gemäuer zu langweilig geworden war.

Die seltsam anzuschauende Truppe kam immer zäher voran. Der Winter machte es ihnen schwer, rasch an Meilen zu gewinnen, und zeigte Tungdil, wie wichtig die Tunnel mit den Schnellbahnen waren, um von den Ersten rasch hinüber ins Graue Gebirge zu gelangen. Zu Fuß oder selbst auf ihren Reittieren dauerte es viel zu lange. Die Strecke von zweihundert Meilen, für die sie eine Woche benötigten, hätten sie mit ihren Loren in ein oder zwei Sonnenumläufen bewältigt.

Als sie ihren Pferden nachmittags eine Rast gönnten, sprach er die Maga noch einmal darauf an, wie sie zu ihnen gefunden hatte.

»Es war nicht sonderlich schwierig«, berichtete sie. »Ich kehrte aus dem Jenseitigen Land zurück, verhandelte mit den Zwergen und benutzte den Tunnel, den ihr nahmt. Bei Mifurdania kam ich heraus, Djer_n fand eure Spuren, und alles andere ging leicht. Eine Gruppe von Zwergen fällt auf. Das macht es auch den Albae einfach, euch zu finden.«

Er schaute zu Narmora, die Furgas half, Schnee in einen Topf zu schaufeln, um ihn auf dem Feuer zu schmelzen.

Die Maga wandte den Blick zu Rodario. »Diese Schauspieler ... wie seid ihr an sie geraten?« Tungdil erzählte es ihr. »Aha, Narmora ist demnach eine Frau mit vielen Talenten«, lachte sie leise, als sie hörte, dass sie Schlösser aufbrach. »Hast du das Theaterstück gesehen?«

»Oh, ja. Es nennt sich ›Die Wahrheit über Nudin den Wissbegierigen, der sich unter so grauenvollen Umständen zu Nôd'onn dem Zweifachen wandelte und das Geborgene Land ins Unglück stürzet‹. Das Curiosum war übrigens ausverkauft.«

»Ein sehr langer Titel«, grinste sie.

Tungdil sah zum ersten Mal, wie sich ihre Mundwinkel nach oben bewegten, und fand, dass ihr die Freundlichkeit viel besser stand als die strenge Mine, die sich sonst zur Schau trug. Rodario schaute ausgerechnet jetzt hinüber und lächelte zurück, in der Annahme, ihr Schmunzeln gelte ihm.

»Und das ist die Schauspielgröße schlechthin, der Unglaubliche Rodario. Er trägt seinen Titel zu Recht. In jeder Stadt hat er eine Liebschaft, nehme ich an«, erklärte er.

»Das passt. Wer stellte mich dar?«

»Das habe ich nicht mehr gesehen, ich musste einen Dieb verfolgen, ehrenwerte Maga.« Er winkte Rodario zu. »Wir können ihn fragen.«

Der Schauspieler eilte herbei und wurde von der Frau verhört. »Wir haben die besten Schauspieler des Geborgenen Theaters, ehrenwerte Maga, und so gab Narmora Eure Person, da ihre Kampfkünste gut genug sind, die Eurigen darzustellen.« Nach ihrer Aufforderung erzählte er ihr von dem Stück, bis sie ihn unterbrach.

»Wie bist du darauf gekommen, die Geschichte über den Vormarsch des Toten Landes und die Veränderung Nudins auf diese Weise darzustellen?«, wollte sie wissen.

»Ich habe viel darüber gehört, habe mir alte Legenden herausgesucht und das Ganze mit viel künstlerischer Freiheit gemischt«, erklärte er strahlend. »Findet es Euren Gefallen?«

»Es ist erstaunlich dicht an der Wahrheit, jedenfalls was die Veränderung Nudins angeht«, bemerkte Tungdil.

»Oh«, machte Rodario ehrlich verblüfft. »Dann hat die Kunst einmal wieder bewiesen, dass sie einen wahren Kern enthält, nicht wahr?!«

»Danke, du kannst wieder zu deinem Feuer gehen«, schickte ihn Andôkai unfreundlich weg. »Und vergiss nicht, das Stück umzuschreiben, da ich noch lebe.«

»Und wie Ihr lebt, ehrenwerte Maga«, sagte er zuckersüß und schaute in ihre blauen Augen, um ihr Herz zu erobern. »Ein Mann, der Eure ...«

»Geh«, befahl sie ihm und schaute zu Tungdil.

Rodarios herrliches Lächeln erlosch abrupt. Fast hatte es den Anschein, das Kinnbärtchen hänge traurig zu Boden »Nur, weil Ihr darauf besteht«, sagte er ohne jeglichen Schmelz in der Stimme.

»Aha, der abgewiesene Pfau packt seine Federn ein und verschwindet«, lachte Bavragor, der die Szene beobachtet hatte. »An der wird er sich die Zähne ausbeißen, der Schauspieler.« Er suchte nach seinem Trinkschlauch, ein Lied vor sich hin summend.

»Wird er nicht«, meinte Furgas zuversichtlich, der sich nach hinten fallen ließ. »Rodario gibt selten auf, wenn er eine Frau haben möchte. Sie reizt ihn mit ihrer Spröde nur noch mehr.« Er gab Narmora einen Kuss und drückte sich eng an sie. »Eines Tages wird er aufhören, mit den Frauen zu spielen.«

»Wenn er nicht vorher von wütenden Ehemännern zu Tode geprügelt wurde«, fügte Boïndil johlend hinzu. »Er muss ein guter Läufer sein, denn kämpfen kann er nicht.«

Nach kurzer Rast bereiteten sie sich auf die Weiterreise vor. Auch Tungdil und die Maga unterbrachen ihr Gespräch. Djer_n trat zu ihr und beugte sich auf ein Knie, sie setzte sich in seine gefalteten Hände. Rodario sah es mit Missfallen, denn jetzt saß er wieder allein auf dem Pferd.

Die kommenden Tage ritten sie durch die Schneeverwehungen Weyurns und hatten Mühe, einen sicheren Weg zu finden. Wo die Pferde bis zum Bauch einsanken, kamen die Ponys gar nicht mehr durch; Djer_n trug seine Herrin, und ihr beider Gewicht zog ihn bis zu den Hüften ins kalte Weiß.

Mehr als einmal mussten sie umkehren und sich einen besseren Pfad suchen, aber das Rote Gebirge konnte ihnen nicht mehr entkommen. Deutlich sichtbar wies es ihnen mit seinen roten Hängen den Weg, und in den seltenen Augenblicken, in denen die Wintersonne durch das Wolkengrau drang, leuchteten sie auf, als stünden sie in Flammen.

Schließlich entdeckten sie den Eingang zu einem schmalen Tal, das sich auf einen tiefroten Berg zuschlängelte. Am Eingang und in allen fünf Biegungen des Tales ragten Mauern auf. Für Feinde gab es hier kein einfaches Durchkommen, die Zwerge vom Stamme Borengar waren vorsichtig.

»Wir haben es geschafft«, freute sich Tungdil. Erschöpft rieb er sich über den Bart, und das dünne Eis, das sich in den Haaren unter der Nase gebildet hatte, löste sich. Seine Haut fühlte sich kalt an, seine Füße spürte er fast nicht mehr, und wenn er sein Kettenhemd länger mit bloßer Hand berührt hätte, würde sie festfrieren. *Ein gutes Bier wird die Kälte aus meinem Körper vertreiben.* »Da vorne liegt der Eingang!«, rief er laut.

Die Kriegerzwillinge blickten skeptisch auf die sechs Hindernisse, die zu überwinden waren. »Ich frage mich, warum sie diese vielen Vorsichtsmaßnahmen getroffen haben«, machte Boëndal sein Unbehagen angesichts der vielen Mauern deutlich. Er hatte seinen Zopf wie einen Schal um den Hals gewickelt, um sich vor der Kälte zu schützen. »Man könnte meinen, dass die Kreaturen Tions von dieser Seite und nicht von Westen gegen den Durchgang anrennen.«

»Können wir darüber nachdenken, wenn wir im Warmen angelangt sind?«, bat Rodario zähneklappernd. »Meine Zehen lassen sich nicht länger hinhalten und drohen zu erfrieren.« Auch bei ihm hingen kleine Eiszapfen unter der Nase.

»Schauspieler sind wie kleine Mädchen«, meinte Bavragor abschätzig, »oder wie Schimmerbart. Was überhaupt keinen Unterschied macht.«

»Trink doch noch etwas von deinem Branntwein, damit du besoffen in den Schnee fällst und stirbst«, zischte Goïmgar wütend.

»Du wirst mit deinen zittrigen Händen nicht einen einzigen Widerhaken für die Klinge passend fertigen, das spüre ich.«

»Was du spürst, das ist Drücken zwischen deinen Backen, weil du ständig die Hosen voll hast, mein Kleiner«, gab er zurück und würdigte ihn nicht mal eines Blickes.

Boëndal wies sie an, in einer kreisförmigen Formation zu reiten. Vorsichtig und mit gezückten Waffen bewegten sie sich durch das Tal und näherten sich schließlich dem ersten verwitterten Bollwerk, das vierzig Schritte vor ihnen in den Winterhimmel ragte. Ein eisernes, runenverziertes Tor versperrte ihnen das Weiterkommen. Die Ersten kümmerten sich nicht sonderlich um das Verzieren der Steine, sondern hatten einfache Quader aufeinander geschichtet.

Tungdil las die alten Zeichen laut vor, das Portal blitzte auf, die Flügel schwenkten zurück und erlaubten ihnen den Eintritt. »Wenn nur alles so einfach wäre wie Lesen und Schmieden.« Der Tross setzte sich in Bewegung.

»Für dich ist es einfach. Wissen lohnt sich zuweilen, Gelehrter«, meinte Boëndal lachend und deckte ihnen den Rücken. »Du beweist es mir immer wieder. Ohne dich ...« Die Ringe seines Panzerhemds klingelten leise. Er verstummte abrupt, und seine Augen weiteten sich. »Was, bei Vraccas ...«, stammelte er und langte hinter sich.

Ein schwarzer Pfeil ragte aus seinem Rücken, und schon zischte ein zweiter heran, durchbohrte seine Hand und die Rüstung und verschwand in seinem Leib. Das Geschoss flog mit solcher Wucht, dass die Spitze vorn wieder austrat. Ächzend rutschte Boëndal aus dem Sattel.

»Halt!«, rief Rodario voller Schreck, um die anderen aufmerksam zu machen, und zügelte sein Pferd. Er hörte, wie etwas gefährlich nahe an seinem Hals vorbeiflog und statt ihn das Tier in den Nacken traf. Wiehernd brach es zusammen, und der Schauspieler verschwand in einer weißen Schneestaubwolke.

Djer_n wandte sich um und erhielt ebenfalls einen Treffer. Mit einem seltsamen Geräusch durchschlug der lange Pfeil die Rüstung knapp neben Andôkais Brust, doch selbst jetzt hörte man hinter dem Helm keinen Laut hervordringen. Sofort drehte er sich um, damit seine Herrin nicht von einem der Geschosse getroffen wurde.

Die Maga fluchte laut und wirkte einen Zauber.

»Was ist?«, rief Furgas und wendete wie alle anderen der Gruppe.

»Da!«, machte Narmora sie auf die hoch gewachsene Gestalt mit den langen blonden Haaren am Eingang des Tales aufmerksam. Der Alb legte soeben den nächsten Pfeil auf die Sehne des langen Bogens. Das Geschoss flog heran und hielt geradewegs auf Tungdil zu.

Er wollte aus dem Sattel springen, um dem gefiederten Tod zu entkommen, verhedderte sich dabei aber in den Steigbügeln, sodass er nicht mehr rechtzeitig ausweichen konnte. Leise sirrend flog der Pfeil heran, um eine Fingerlänge vor ihm regungslos in der Luft zu stehen, die Spitze genau auf sein Herz gerichtet. Er erschauderte.

»Schnell, nehmt Boëndal und lasst uns von hier wegreiten«, keuchte die Maga. »Ich kann den Zauber nicht mehr lange aufrecht halten.«

»Verfluchter Alb!«, schrie Boïndil, die Tobsucht in den Augen, und wollte sein Pony antreiben. »Da ist noch einer! Sie gehören mir!«

»Nein«, hielt ihn Tungdil auf und schaute nach vorn. Tatsächlich standen nun zwei Albae nebeneinander; sie warteten auf einen Hinweis, dass der Schutzzauber brach. »Du würdest Andôkais Schutz verlassen und von den Geschossen durchbohrt werden. Dein Bruder ist wichtiger als sinnlose Rache.« Er griff in die Zügel des Ponys.

»Weg!« Ingrimmsch starrte ihn an, ohne ihn zu erkennen. Ein Beil hob sich zum Schlag.

Boëndal richtete sich blutend auf. »Bruder, nein! Lass es nicht noch einmal geschehen«, stöhnte er und versuchte, sich mithilfe seines Krähenschnabels auf die Beine zu stemmen, schaffte es aber nicht. Eine Hand war ihm durch den Pfeil auf den Rücken genagelt. Der Schmerz trieb ihm das Wasser in die Augen, dann verstummte er, und sein Körper entspannte sich.

»Nein! Vraccas, lass nicht zu, dass er stirbt!« Boïndil sprang aus dem Sattel und kniete neben ihm nieder. »Sein Herz schlägt noch.« Hastig schnitt er die Schäfte der Pfeile ab und hob seinen Bruder auf. »Wir müssen ihn in die Festung bringen.«

Schnell hievten sie den Leblosen auf das Pony und zerrten das vom Geschrei völlig verstörte Tier auf das nächste Tor zu.

Tungdil befiel das kalte Grausen, als er die Blutspur des Zwergs im pulvrigen Weiß sah. *Selbst über die Krieger bringt die Expedition Verderben.*

Er warf einen Blick zu den Albae hinüber. In dem Blonden

glaubte er Sinthoras wieder zu erkennen. *Verfluchte Bestie! Er muss den Angriff Djer_ns in der Oase überstanden haben.* Jetzt kehrte er zurück und nahm Rache für sich und seine Gefährtin, die sie in Grünhain getötet hatten.

Sinthoras riss sich ein Band vom Hals, wickelte es um sein nächstes Geschoss und zielte. Der Abstand bis zu ihnen betrug zweihundertfünfzig Schritt, aber Tungdil zweifelte nicht daran, dass der tödliche Pfeil bis zu ihnen gelangte. Die Sehne schnellte nach vorn, und kurz darauf schoss auch Sinthoras' Begleiter.

»Gebt Acht!«, warnte Tungdil die anderen und verlor die Pfeile aus den Augen; sie waren zu schnell, um ihren Flug zu verfolgen.

Der magische Schild, den Andôkai errichtet hatte, flimmerte, als der erste Pfeil ihn brach. Der zweite schlug im Rücken Djer_ns ein und bohrte sich durch das Metall.

Dieses Mal drang ein dumpfer Laut unter dem Kopfschutz des Kriegers hervor, und aus der Wunde sprühte eine grellgelbliche Flüssigkeit, als hätte die Spitze eine prall gefüllte Blase getroffen.

Tungdil hatte dieses Zeug in Königsstein gesehen, es schwamm in der Pfütze, kurz nachdem er gerettet worden war. *Er wurde damals wirklich verletzt.* Der Krieger schwankte, schüttelte benommen den Kopf und ging weiter, dieses Mal deutlich langsamer. »Nicht stehen bleiben!«

Sie rannten und ritten auf das zweite Tor zu. Tungdil öffnete es, und als das Portal sich hinter ihnen schloss, fühlten sie sich einigermaßen sicher.

»Schneller!« Boïndil trieb sie zur Eile an, während das Blut seines Bruders die Flanke des Ponys tränkte.

Aus der gelblichen Flüssigkeit, die aus Djer_ns Wunde sickerte, war eine dunkelgraue geworden, und seine Geschwindigkeit verringerte sich beständig.

Die Beine der Zwerge, Menschen und Tiere sanken im tiefen Schnee ein, als sie sich den sanften Abhang hinunter auf das nächste Tor zukämpften.

Tungdil erinnerte sich bei dem Anblick an den sanften Abhang neben dem Stollen in Ionandar, auf dem er mit Frala und Sunja im Winter Schlitten gefahren war. Kurz entschlossen nahm er Goïmgar den Schild weg und drehte ihn um. »Legt Boëndal drauf. Wir rutschen hinunter, das geht schneller.«

Sie legten den Schwerverletzten darauf, Ingrimmsch kauerte sich über ihn, und so sausten sie über die weiße Fläche, direkt auf den dritten Durchgang zu, der sich überraschenderweise für die beiden öffnete.

Die glatte Unterseite des Schildes glitt immer schneller über den Schnee, und Boïndil konnte weder steuern noch bremsen. Dann raste er genau auf eine Gruppe von Zwergen zu, die hinter dem Portal Aufstellung genommen hatte und mit ihren Äxten auf die Neuankömmlinge wartete.

Tungdil legte die Hände an den Mund. »Bei Vraccas, wir sind Zwerge vom Stamm der Zweiten«, rief er den Verteidigern zu, und sein Atem stand als weiße Wolke in der kalten Luft. »Senkt die Waffen!«

Die Ersten erkannten die nahenden Freunde noch rechtzeitig und bildeten eine Gasse, um das seltsame Gefährt passieren zu lassen, das umgeben von glitzernder Gischt durch ihre Reihen rauschte. Wie durch ein Wunder geschah niemandem etwas.

Der Rest der Gefährten keuchte heran und wurde von den Wachen argwöhnisch betrachtet, von denen wegen der Rüstungen und Pelze zum Schutz gegen die Kälte nur die Augenpartien zu erkennen waren. Ein Wald aus langen Spießen, Äxten und Kriegshämmern reckte sich ihnen entgegen.

»Der Segen von Vraccas, der unser Schöpfer ist, sei mit euch! Möge das Feuer der Lebensesse niemals erlöschen. Mein Name ist Tungdil Goldhand«, stellte er sich nach Luft ringend vor und warf einen Blick über die Schulter, um nach den Albae Ausschau zu halten. »Das sind meine Freunde und Begleiter. Wir müssen mit eurem König sprechen, der Rat der Stämme hat uns gesandt, um mit euch die Rettung des Geborgenen Landes zu bereden.«

Der Wald aus Stahl und Eisen lichtete sich. Ein Zwerg in Kettenhemd, Lederhose und einem besonders schön gearbeiteten weißen Pelzumhang trat nach vorn. »Wir haben schon seit vielen Zyklen nichts mehr von den anderen Stämmen und Clans gehört, und nun, wo das Tote Land erwacht ist, taucht eine bunte Ansammlung aus Langen und Zwergen auf?« Die Stimme war ungewöhnlich für einen Mann.

»Wie sprichst du zu uns, Zwerg, der keinen Namen zu haben scheint?!«, grollte Bavragor und trat vor; er überragte den Sprecher um einen Kopf. »Ich bin Bavragor Hammerfaust aus dem Clan der Hammerfäuste, ein Kind des Schmiedes aus dem Stamm Beroïns und dir ebenbürtig. Sieht so die Gastfreundschaft der Ersten aus?«

»So kann nur ein Zwerg poltern«, meinte der andere und zog den Schal nach unten, damit man das Gesicht erkennen konnte.

Tungdil verschlug es die Sprache. Er schaute in das Antlitz einer Zwergin! Die weichen Züge waren unverkennbar, und anstelle eines Bartes trug sie zarten dunkelbraunen Flaum, der an den Seiten dichter und dunkler wurde.

»Mein Name ist Balyndis Eisenfinger aus dem Clan der Eisenfinger. Ich beschütze die Hauptpforte der Ersten, und von daher ist es meine Pflicht, Gäste genau zu betrachten, ehe ich sie hereinbitte«, sagte sie keineswegs eingeschüchtert.

IV

**Das Geborgene Land, das Zwergenreich des Ersten,
Borengar, im Winter des 6234sten Sonnenzyklus**

Du bist ein Weib«, sagte Bavragor verblüfft.
»Gut gesehen, Bavragor Hammerfaust aus dem Clan der Hammerfäuste«, entgegnete sie lächelnd mit spöttelndem Unterton. »Dein Auge ist scharf.« Dann gab sie Anweisung, dass man sich um den verletzten Boëndal kümmern sollte. Vier Zwerge hoben ihn samt Schild auf und trugen ihn auf das vierte Tor zu. Sein Bruder wich nicht von seiner Seite, nachdem es ihm Tungdil mit einem knappen Kopfnicken erlaubte. »Wir bringen euch in die große Halle. Dort werdet ihr unsere Königin treffen.«

Die Wächterin musterte Tungdil neugierig, dann wandte sie sich um, und sie folgten ihr. Tungdil warnte sie vor dem Alb, worauf Balyndis die Krieger anwies, die Mauern des dritten Walles zu besetzen, auf dem große Speerkatapulte und Steinschleudern aufgebaut waren.

»Wozu braucht ihr die?«, wollte er wissen.

»Wir hatten vor vielen Zyklen mit Trollen zu kämpfen, die Tion in unserem Rücken aussetzte. Unsere Vorväter errichteten die Wälle, um ihre Angriffe zu behindern, und schließlich unterlagen die Bestien.« Sie schaute nach oben. Eine Wache signalisierte ihr, dass alles ruhig war. »Scheint, als hätten sich die Albae zurückgezogen. Was wollten sie von euch?«

»Verzeih, aber das berede ich mit deiner Königin«, wich er ihrem forschenden Blick aus.

»Das ist ja höchst aufschlussreich«, meinte Rodario ganz aufgeregt. »Scheint so, als hätten die Frauen hier die Hosen an. Ein Aufstand der Zwerginnen! Wenn meine verdammte Tinte nicht eingefroren wäre«, jammerte er. »Das kann ich mir niemals alles merken!«

»Ein Aufstand?« Balyndis lachte. »Nein, kein Aufstand. Ist es nicht üblich, dass sich Mann und Frau die Aufgaben teilen?«

Djer_n hatte Andôkai abgesetzt und schwankte hinter ihnen her, bis er im letzten Torbogen stehen blieb und sich an einen Pfeiler lehnte.

Es geht dem Krieger sehr schlecht, stellte Tungdil fest. Er fühlte sich mit verantwortlich, weil Djer_n seinetwegen bereits in Königsstein verletzt worden war.

»Er muss es nur noch ein paar Schritte weit schaffen«, sagte die Zwergin, »danach kümmern sich unsere Heiler um ihn.« Sie schien sich keine Gedanken darüber zu machen, dass seine Größe nicht zu der eines gewöhnlichen Menschen passte.

»Nein, das ist nicht notwendig. Ihr könnt vorgehen, ich muss mich selbst um ihn kümmern«, schickte Andôkai sie vor. Djer_n rutschte langsam an der Steinwand hinab und sank in den Schnee. »Wir folgen euch nach. Eure Kunst reicht nicht aus, um seine Verletzungen zu kurieren; nur meine Magie kann ihm helfen.« Ohne Rücksicht auf ihren eigenen geschwächten Zustand kniete sie sich neben ihn und zog ihre letzten innerlichen Reserven zusammen. »Geht!«, befahl sie hart, und die anderen wandten sich um, ohne zu widersprechen.

Das ist also die Heimat der Ersten. Tungdil schaute zu den roten Hängen des Berges. An seinem Fuß hatten die Ersten eine Festungsanlage mit neun Schwindel erregenden Türmen herausgeschlagen. Der Baustil sah anders aus als der der Zweiten, weniger hart und kantig, sondern geschwungener, aber nicht weniger beständig und solide. Auf aufwändige Ornamente hatten sie ganz verzichtet.

Die Gruppe ließ ihre Pferde zurück und stieg auf eine hölzerne Plattform am Ende eines Turms. »Bewegt euch nicht und bleibt ruhig stehen. Das erste Mal ist es sicherlich ungewohnt.« Balyndis legte einen Hebel um, und schon schossen sie nach oben, flogen an engen und steilen Wendeltreppen vorbei.

Tungdil hörte unterwegs das Rasseln von Ketten, die sich abspulten und aufwickelten. *Ein Flaschenzug für Leute!* »Ihr hattet das Treppensteigen satt?«, fragte er die Zwergin.

Balyndis schenkte ihm ein Lächeln, und ihre Züge wurden für ihn dadurch noch hübscher. »Es macht das Leben leichter.«

Sie gelangten an die Spitze des höchsten der neun Türme und zu einem Wehrgang. Auf ihm schritten sie entlang, bis sie über eine breite, frei tragende Bogenbrücke auf den Eingang zumarschierten.

Rechts und links von ihnen ging es zweihundert Schritt in die

Tiefe. Krähen und Dolen kreisten um sie, und der Wind pfiff eisiger denn je. Narmora achtete darauf, dass das rote Kopftuch nicht davonflog.

Die großen, gut zehn Schritt breiten und fünfzehn Schritt hohen Portale blieben ihnen verschlossen; stattdessen öffnete Balyndis ihnen eine Tür, durch die sie in die große Halle gelangten.

Bavragor wirkte sehr zufrieden. »Wusste ich's doch«, murmelte er und brauchte nichts weiter zu sagen, denn alle wussten, dass er soeben ein Qualitätsurteil über die Steinmetzarbeiten der Ersten abgegeben hatte.

Was ihn nicht sonderlich beeindruckte, sorgte bei Furgas, Rodario und Narmora indes für unverkennbares Staunen und Begeisterung.

»Ich habe immer davon gehört, aber niemals geglaubt, dass man solche Hallen in den Fels treiben kann«, sagte Furgas ehrfurchtsvoll und senkte seine Stimme.

»Wir brauchen unbedingt ein neues Theater«, beschloss der Schauspieler. »Es muss noch größer sein, damit wir den Spectatores den Eindruck dieser Herrlichkeit vermitteln können.« Er berührte den Stein mit den Fingern. »Tatsächlich, er ist echt. Keine Pappe. Sagenhaft, nein, es ist märchenhaft!«

Sie bewunderten die Statuen und Standbilder aus Bronze und Kupfer, an deren Detailreichtum sich vor allem die Zwerge erfreuten. Es waren Darstellungen von Schlachten gegen die Kreaturen Tions, aber auch einzelne Zwerge, wie der Stammvater der Fünften oder herausragende Krieger und Kriegerinnen der Ersten.

»Hier entlang«, wies sie ihre Führerin an, die einige Schritte vorausgeeilt war, und zeigte ihnen das nächste Wunder.

Dieses Mal musste Bavragor eingestehen, dass zumindest die Ingenieure der Ersten unerreicht waren. Dort, wo der Stein nicht ausgereicht hatte, um eine Brücke über die unendlich tiefen Schluchten zu schaffen, hatten sie glänzende Stahlplatten in die Lücken eingesetzt und sie mit wunderschönen schmiedeeisernen Geländern und Zierrat aus Silber versehen.

Bei der letzten Brücke erzeugten die genagelten Stiefel bezaubernde Töne, jede Platte klang anders. Der Schall drang durch die hohe Höhle, und die Töne mischten sich zu einem einfachen, doch herrlichen Konzert.

»Ich kapituliere«, meinte Rodario erschlagen von den Eindrücken des Zwergenreichs. »Wir lassen das Projekt fallen und führen irgendeine blödsinnige Posse auf. Nicht die beste Illusion vermag das hier nachzuahmen.«

»Doch, das bekommen wir schon hin«, meinte Furgas zuversichtlich. »Es wird nur sehr teuer.«

Das letzte Eis und der letzte Schnee schmolzen von ihrer Kleidung und den Rüstungen, sie fühlten sich wohler und sehr müde.

Balyndis blieb vor einer großen Pforte stehen und klopfte. Ein goldener Schimmer fiel durch den Spalt und gab ihnen einen Vorgeschmack auf die Pracht, die sie im Innern erwartete.

Der rechteckige Saal war ganz mit Blattgold ausgekleidet. Die Wände reflektierten das warme Licht der aufgestellten Kerzen und Leuchter; sämtliche Statuen bestanden aus Gold, Silber, Vraccassium und weiteren wertvollen Metallen, welche die Clans der Ersten aus dem Leib des Berges geschürft hatten. Die Skulpturen waren mit losen Schmuckstücken versehen, die man nach Belieben austauschen konnte.

Die Königin saß zwanzig Schritt von ihnen entfernt auf einem Thron, der offenbar aus purem Stahl bestand. Zwerginnen und Zwerge in vergoldeten Rüstungen wachten über sie. Kunstvolle Mosaikbilder aus gewalzten Silber-, Gold- und Vraccassiumplättchen hingen über ihren Köpfen und funkelten.

»Sagte ich teuer?«, raunte Furgas Rodario zu. »Ich meinte, sehr teuer.«

»Kommt näher und seid im Reich der Ersten willkommen«, erlaubte ihnen die Herrscherin den Eintritt.

Tungdil setzte sich an die Spitze des kleinen Zuges. Höflich verneigte er sich vor der Königin und sank auf ein Knie nieder. Die anderen Zwerge taten es ihm nach, und nur die Menschen begnügten sich mit einer tiefen Verbeugung. Dann stellte er sie der Reihe nach vor und vergaß auch nicht, die Zwillinge und die Maga zu erwähnen.

»Ich bin Tungdil Goldhand vom Stamm der Vierten«, beendete er seine kurze Rede und hoffte, dass er alles richtig gemacht hatte. »Ein wichtiges Anliegen führte uns quer durch das Geborgene Land bis zu dir.«

»Sehr schön, Tungdil Goldhand. Ich bin Königin Xamtys II. Trotzstirn aus dem Clan der Trotzstirne und seit zweiunddreißig Zyklen Gebieterin über das Rote Gebirge. Euer Besuch macht mich neugierig, denn ich habe schon lange nichts mehr aus den Reichen meiner Brüder gehört.« Sie trug eine Rüstung aus goldenen Ringen und eine vierzackige Keule als Zepter, ihre braunen Augen blickten neugierig und freundlich zugleich.

Sie bekamen Getränke gereicht; heiß stieg der Dampf aus den Bechern auf. Rodario schlürfte mit wohligem Seufzen und freute sich über die Wärme, die sich seit langer Zeit wieder in ihm ausbreitete.

»Und welches wichtige Anliegen führt dich und deine Freunde in mein Reich?«, fragte die Königin.

»Es ist leider nichts Gutes.« Tungdil begann mit seinem Bericht, schilderte die Veränderungen im Geborgenen Land, den Tod der Magi und Magae und verheimlichte ihr auch nicht die Streitfrage um den nächsten Großkönig. Schließlich kam seine Sprache auf die Feuerklinge.

»Und dazu benötigten wir den besten Schmied, den dein Reich zu bieten hat. Er muss in der Lage sein, die Waffe gegen Nôd'onn zu schmieden«, sagte er beschwörend. »Hilf uns und rette damit auch dein Reich, Königin.«

Xamtys musterte ihn mit ihren dunkelbraunen Augen und spielte mit einer Strähne ihres dichten blonden Flaums. Abrupt ließ sie sie los. »Es klingt ernst, was du berichtest, Tungdil«, meinte sie gedankenvoll. »Der andere Bewerber, Gandogar, ist noch nicht bei uns erschienen. Das lässt mich das Schlimmste für ihn befürchten. Vielleicht hatte er gegen die Albae weniger Beistand von Vraccas als ihr.«

»Niemals!«, begehrte Goïmgar auf. »Vraccas schützt ihn! Er ist der einzige rechtmäßige Anwärter auf den Thron!«

»Das habe ich nicht zu befinden«, erwiderte sie freundlich und wandte sich an Tungdil. »Deinen Wunsch erfülle ich dir gern. Kann es einen besseren Zeitpunkt geben, die alte Gemeinsamkeit der Stämme aufleben zu lassen?« Sie wies mit ihrer Keule auf Balyndis. »Sie wird euch begleiten. Sie ist nicht nur meine beste Kämpferin, sondern auch die beste Schmiedin.«

»Verzeiht, o edle Königin, wenn ich mich einmische, aber wie kam es, dass eine Zwergin auf den Thron gelangte?«, erkundigte sich Rodario neugierig. »Ich dachte immer, die Männer ...«

»Ein wissbegieriger Langer, wie es scheint? Nun, ich erkläre es dir. Es begann mit einem Streit. Mein Vater Boragil schätzte den Rat meiner Mutter, aber sprach ihr die Befähigung ab, das Reich führen zu können. Sie ärgerte sich und verlangte, dass sie den Gegenbeweis antreten dürfe. Schließlich einigten sie sich darauf, dass sie vierzehn Umläufe lang die Geschicke der Ersten lenken durfte. Genau in diese Zeit fiel der Angriff der Trolle, aber meine Mutter dachte gar nicht daran, das Amt deswegen aufzugeben. Sie trat den Ungeheuern an der Spitze eines Heeres entgegen und schlug sie mit Kraft und List in die Flucht. Damit war bewiesen, dass sie sogar besser herrschte als mein Vater. Als dieser den Thron nach vierzehn Umläufen zurückverlangte, widersetzte sie sich, und die Clans folgten ihr.« Sie stand auf. »Als meine Mutter vor zweiunddreißig Zyklen starb, folgte ich ihr auf den Thron.«

»Vielen Dank, o große Königin. Ihr werdet eine herausragende Rolle in meinen Stück erhalten.«

Eine Botin betrat den Saal und berichtete, dass es Boëndal sehr schlecht gehe; die Magierin sei bei ihm und versuche, ihm zu helfen. Die Besorgnis der Zwerge wuchs.

»Ich lasse euch ein Nachtlager zuteilen, wo ihr euch von den Strapazen erholen könnte. Danach lasse ich euch Kleider und Pelzmäntel gegen die Kälte anfertigen«, sagte Xamtys. »Ich nehme an, dass ihr morgen gleich weiterreisen wollt? Die Eingänge zu den Tunneln lasse ich euch zeigen, wenn ihr ausgeruht seid.«

»Du kennst das Geheimnis?«, fragte sie Tungdil überrascht und musste ein Gähnen unterdrücken. »Und dennoch sind die Ersten niemals darin gefahren?«

»Meine Mutter sorgte sich, dass ihre Throneroberung von den anderen Stämmen schlecht aufgenommen werden könnte. Um Streitereien zu verhindern, verhielt sie sich still, und so hielt ich es auch.«

»Dann bitte ich dich im Namen des Rates der Stämme, dass du wenigstens eine Gesandtschaft deiner Clans ins Blaue Gebirge schickst, um an den Beratungen teilzuhaben.« Tungdil legte viel Nachdruck in seine Rede. »Du hast vorhin die Gemeinschaft der Stämme erwähnt. Hilf, dass sie wieder entsteht.«

»Er hat mit seinen Berichten über das Tote Land nicht übertrieben, große Königin«, unterstützte ihn Rodario. »Wir haben gesehen, was die Orks anrichten. Nôd'onn treibt sie voran, und nur Euer Volk kann sie aufhalten. Sprecht mit den Königen und Clanführern der Vierten und Zweiten und fürchtet Euch nicht vor dem, was sie zu Euch sagen könnten. Es ist keine Zeit zum Zaudern.«

Tungdil warf ihm einen dankbaren Blick zu. *Wer hätte das gedacht?*

Xamtys blickte sie gütig an. »Sobald ihr zur Reise ins Graue Gebirge aufbricht, werden meine Clans und ich nach langen Zyklen unsere Brüder und Schwestern treffen.« Sie schaute entschlossen, die Keule schlug gegen den Thron. »Ihr habt Recht, die Sache duldet keinen Aufschub.«

*

»Das ist sehr freundlich von dir«, presste Boëndal unter Schmerzen stockend hervor, »doch ich will deine Hilfe nicht. Ich werde die Verwundung ohne deine Magie überstehen.«

Die Helfer hatten ihn in eine warme Kammer getragen, sein Kettenhemd abgenommen und seine Wunden freigelegt, damit sie behandelt werden konnten. Die ersten Verbände waren durchgeblutet, nun wartete er auf neue.

Andôkai, die nicht weniger blass war als er, saß neben seinem Bett, die Einschüsse betrachtend. Sein Körper rang mit den Auswirkungen der Albaepfeile: Einige innere Organe waren von der Spitze verletzt worden, und dazu kam der nicht unwesentliche Blutverlust. »Ich kenne mich mit Verwundungen aus, und das, was ich sehe, lässt mich an deinen Worten zweifeln«, meinte sie aufrichtig, und die blauen Augen spiegelten ihre Besorgnis wider. »Überwinde deinen Stolz und denke daran, dass wir weiter müssen.«

»Es geht nicht um Stolz«, sprang ihm sein Bruder aufgebracht bei, der auf der anderen Seite neben der Schlafstätte stand und sorgsam über alles wachte. Er hatte sich nicht einmal erlaubt, etwas zu essen, nur seinen Mantel hatte er abgelegt. »Wir wollen deine Magie nicht, es ist schlechte Magie. Du betest Samusin an und könntest das Böse in ihn hineinzaubern.«

»Unsinn«, wies sie den Vorwurf zurück.

Boëndal schloss die Augen, und seine Atmung wurde schneller. »Ich ... will ... nicht.«

»Ohne deine zwergische Robustheit und deinen Dickschädel wärst du schon lange tot«, sagte sie kühl. »Wie lange möchtest du mit deinem Leben spielen? Lass mich dir helfen, so lange ich es noch kann. Auch meine Kraft schwindet.«

Doch er antwortete nicht mehr; stattdessen nickte Boïndil zur Tür. »Sieh nach deinem eigenen Verletzten, Zauberin, und lass die Zwerge ihre Verwundeten selbst pflegen.«

Die Maga stand auf, eine Hand an ihren Schwertgriff gelegt, und schritt schweigend zur Tür.

»Er meint es nicht so«, raunte Boëndal. »Ich danke dir für dein Angebot, aber Vraccas wird dafür sorgen, dass ich überlebe.«

Andôkai warf sich den Mantel um die Schultern. »Ich wünsche dir, dass dein Gott dich erhört.« Laut fiel die Tür ins Schloss, und es wurde still in der Kammer.

»Ich bin mir nicht mehr so sicher ...«, sagte Boëndal nach einer Weile.

»Sei ruhig, Bruder«, unterbrach Boïndil ihn. »Vraccas hat dich gesehen und wird dir ein langes Leben schenken. Wenn einer den Tod verdient, bin ich es. Sei also unbesorgt.« Er gab ihm noch einen Schluck Wasser zu trinken und verließ das Zimmer ebenfalls, um die Helfer mit den frischen Verbänden herbeizuscheuchen.

»Vraccas stehe ihm bei!« Seine Rüstung lastete tausendmal schwerer als sonst, die Beine fühlten sich an, als stemmten sie Tonnen, und seine Gedanken kreisten einzig um Boëndal. Sein wächsernes Gesicht machte ihm Angst, die Pfeilwunden trennten ihn um Haaresbreite vom Einzug in die Ewige Schmiede. Die Zauberin hatte mit ihrer Bemerkung über die Zähigkeit seines Volkes Recht. Ein Mensch überstand solche Verletzungen nicht, und ob sie ein Zwerg überstünde, das würden die kommenden Umläufe zeigen.

Im Gang stieß er auf Tungdil, der sich anschickte, den Verwundeten zu besuchen. »Wie geht es ihm?«, wollte er beunruhigt wissen.

»Er schläft. Die Verbände sind durchgeblutet, und er benötigt dringend neue«, sagte der Krieger fahrig. Das irre Funkeln in seinen Augen war unendlich großer Sorge gewichen.

»Ich dachte, Andôkai wolle nach ihm sehen? Hat ihre Magie nichts erreicht?«, wunderte er sich.

»Wir wollen nicht, dass sie uns hilft«, antwortete Ingrimmsch. »Magie ist nichts, taugt nichts. Mit Samusin wollen wir schon mal gar nichts zu tun haben.« Er ging an ihm vorbei und rief nach den Pflegern, die daraufhin angelaufen kamen und frische Verbände brachten.

Tungdil wusste, dass er sich einen Streit über Magie mit den Zwillingen sparen konnte. Überzeugung und Starrsinn lagen allzu dicht beieinander. *Eher würde Boëndal sterben, als sich von der Maga heilen zu lassen.*

Leise betrat er die Kammer und betrachtete den Zwerg, der wie tot in den Kissen lag, das Gesicht bleich, die Brust hob und senkte sich kaum. Die Pfleger wuschen das verkrustete Blut sorgsam ab und nähten die klaffenden Wunden wieder zusammen. Anschließend deckten sie eingeweichte Moose darüber, deren Saft die Qualen linderte.

»Wir werden ohne ihn weiterreisen müssen«, meinte Tungdil halblaut zu Ingrimmsch. »In seiner Verfassung macht er keine hundert Schritt, ohne dass er uns stirbt.«

»Nein ... Ich schaffe es, Gelehrter«, kam es leise, aber bestimmt aus Boëndals Mund. Er richtete seine Augen flehend auf ihn, fasste seine Hand. »Nach zwei Umläufen geht es wieder. Es ist nur ein Kratzer!«

Tungdil blickte fragend zu einem der Pfleger, der den Kopf schüttelte. »Nein, das wird nicht gehen. Die äußeren Wunden sind nicht die Schwierigkeit, sondern die inneren Verletzungen. Jede Bewegung sorgt für eine Verschlimmerung. Er würde qualvoll zu Grunde gehen. Er kann nicht reisen.«

»Bleib hier und genese, Boëndal. Wir treffen uns rechtzeitig zur großen Schlacht gegen Nôd'onn«, entschied Tungdil schweren Herzens. »Du hast deinen Anteil geleistet.«

»Ich gehe mit! Wo einer von uns beiden ist, da ist auch der andere. Es ist die größte Tat, die jemals von unserem Volk ...« Er wollte sich aufrichten, aber sobald er seinen Oberkörper ein wenig rührte, stöhnte er laut auf, und ein dunkelroter Fleck entstand auf den frisch angelegten Verbänden. »Es scheint, als ob du Recht hättest, Gelehrter«, knurrte er durch die zusammengebissenen Zähne hindurch und schaute zu seinem Bruder. »Du wirst ihn und die anderen allein beschützen müssen.«

Boïndil stand stocksteif neben dem Bett, er wusste nicht, was er sagen sollte. »Zum ersten Mal in unseren Leben werden wir getrennt sein«, sprach er mit belegter Stimme und fasste die Hand Boëndals. »Ich werde dich bei den Kämpfen vermissen. Die ersten einhundert Schweineschnauzen sind für dich.«

»Du hast Großes vor«, lächelte er schwach. »Aber übernimm dich nicht. Ich kann dir nicht den Rücken frei halten.« Sie umarmten sich, Tränen rannen über ihre bärtigen Wangen. Einen solchen Abschied hatten sie noch niemals begangen.

»Und zügle deine Tobsucht, Bruder. Du wirst deine Wut besser kontrollieren müssen als sonst, versprich es mir!«

»Ich verspreche es«, schwor Ingrimmsch feierlich. »Doch nun ruh dich aus.« Zusammen mit Tungdil verließ er die Kammer. »Wann brechen wir auf?«

»So früh wie möglich«, antwortete Tungdil. »Andôkai hat Djer_n auf magische Weise zusammengeflickt. Ihm es geht es so weit gut, dass er reisen kann, auch wenn ich noch nicht genau weiß, wie wir ihn in eine Lore bekommen.«

»Wir brauchen sowieso mehrere«, schätzte Boïndil. »Hammerfaust, Schimmerbart, die drei Schauspieler, unsere Metalle, die Maga und ihr Schoßkrieger, das passt niemals in einen Karren.«

»Und Balyndis«, fügte Tungdil hinzu.

»Wer?«

»Die Schmiedin.«

»Ein Weib also.«

»Du klingst ebenso begeistert wie Bavragor«, merkte er spitz an.

»Oh, ich bin der Letzte, der Frauen geringschätzt. Ich mag gut gebaute Zwerginnen, an denen man sich festhalten und wärmen kann, mit ordentlichen Brüsten und runden Gesichtern, aber ...«

»Bei den Clans der Zweiten gibt es auch etliche Schmiedinnen. Und Smeralda konnte angeblich kämpfen wie ...« *Verflucht!*

Boïndil versteinerte, als er den Namen seiner toten Liebe hörte. »Sie soll mitkommen. Ich bin müde.« Er stapfte den Gang entlang zu seiner Unterkunft.

Besorgt schaute Tungdil ihm hinterher. *Das war dumm. Ein dämlicher Ausrutscher*, ärgerte er sich.

»Glaube mir, ich kenne mich mit Hammer und Amboss sehr gut aus«, sagte eine weibliche Stimme hinter ihm. Erschrocken drehte Tungdil sich um. »Verzeih, ich wollte dir keinen Schrecken einjagen.« Balyndis stand vor ihm, sie trug noch immer ihr Kettenhemd, und ihr langes dunkelbraunes Haar umrahmte ihr rundliches Gesicht. »Ich wollte dir nur sagen, dass ich mich darauf freue, mit euch zu ziehen.«

Sein Herz pochte ein wenig schneller, und der Gedanke daran, mit ihr die nächsten Umläufe gemeinsam durch das Geborgene Land zu ziehen, gefiel ihm so sehr, dass er die Sorge wegen Boëndal verdrängte. Gebannt schaute er in ihre dunkelbraunen Augen und brachte keinen Ton heraus.

»Ich führe die Axt so gut und sicher wie den Hammer.«

Tungdil lächelte, seine Stimme versagte weiterhin.

Balyndis wusste mit seinem Verhalten nichts anzufangen. »Glaubst du mir, oder willst du in einem Probekampf sehen ...«

»Nein, bei Vraccas!«, rief und hob die Arme. »Ich glaube dir! Ich weiß, dass Zwerginnen kämpfen können.«

Auch wenn er es nicht so gemeint hatte, verübelte die Schmiedin ihm seine Worte. »Nun, Tungdil, jetzt bestehe ich auf einer Probe«, sagte sie und zog ihre Axt; dabei zuckten die Muskeln an den Oberarmen und ihrer Brust.

»Nein, ich habe es ehrlich gemeint«, versuchte er sich zu retten. »Ich habe nur Bedenken, dass ich ... dich ... verletzen könnte.«

»Ach? Meinst du, du könntest es schaffen, mich zu verletzen?«

Sie dreht mir aus allem einen Strick! »Höchstens aus Unachtsamkeit«, versuchte er weiter, die Situation zu retten, während sie den Stiel ihrer Axt streitlustig hin und her drehte. »Ich glaube dir, Balyndis ...«

»Ich nicht«, sagte Bavragors tiefe Sängerstimme und trat an sie heran, die Rechte um den Hammer geschlossen. »Ich möchte sehen, ob sie uns bei Gefechten zur Last wird oder ob sie kämpft wie der kleine Goïmgar.«

Sie senkte den Kopf. »Du wirst gleich Sterne vor deinem verbliebenen Auge sehen«, prophezeite sie ihm, und gerade noch rechtzeitig sprang Tungdil nach hinten, um nicht zwischen Hammer und Axt zu kommen.

Klirrend trafen die Waffen aufeinander. Bavragor grunzte anerkennend und geriet bald in Bedrängnis, da er nicht damit gerechnet hatte, dass sie über solche Kraft und Schnelligkeit verfügte. Sie griff immer über seine blinde Seite an und zwang ihn, den Kopf zu drehen. Während er die Axt abwehrte, zuckte plötzlich das Ende ihres Stiels hoch und traf ihn genau an den Helm. Benommen taumelte er gegen die Wand und sackte auf den Hintern.

Verdutzt schaute er zu der grinsenden Balyndis auf, dann tastete er ungläubig nach seinem Schädel. Seine Schultern bebten, erst langsam, dann immer heftiger, bis das Lachen aus seiner Kehle stieg und laut durch den Gang hallte.

»Das geschieht mir recht«, amüsierte er sich immer noch, stemmte sich auf die Beine und reichte ihr die schwielige, raue Hand, die sie gern ergriff. »Da schau sich einer das Prachtweib an. Sie langt ordentlich zu.«

»Nachdem wir das geklärt haben und wissen, dass du sehr gut kämpfst, sollten wir zu Bett gehen, damit wir morgen für die Weiterreise ausgeruht sind.« Tungdil nickte ihr zu und freute sich, dass ihm der Kampf erspart geblieben war.

Balyndis lächelte und wollte sich umdrehen, als Bavragor ihren Arm ergriff. »Ich habe einen besseren Einfall. Wie wäre es, wenn du mir die beste Schenke im Roten Gebirge zeigst und ich vom Bier der Ersten koste? Dafür singe ich dir ein Ständchen.« Ohne zu zaudern willigte sie ein und ging mit ihm den Korridor in die andere Richtung.

»Kommst du mit, Tungdil?«, wollte sie kurz vor der Biegung wissen.

»Nein, er kommt nicht. Er ist unser Anführer, er muss sicherlich Karten wälzen und schauen, in welchem Zustand die Röhren sind«, meinte Bavragor halb im Ernst und halb im Spaß.

»Übertreib es nicht mit dem Bier«, riet er ihm. »Die Tunnel haben viele scharfe Kurven.« Er winkte ihnen, um in seine Unterkunft zu gelangen und über die Ereignisse nachzudenken. Eine Schwärmerei für Balyndis, so schön die Vorstellung auch sein mochte, kam nicht infrage. Es würde ihn lediglich ablenken.

In seinem Zimmer brannte ein einsames Öllicht und erhellte die Steinwände nur spärlich. Die Stimmung lud vor der großen Fahrt zum Entspannen ein.

»Tungdil?«

Erschrocken sprang er zurück, als er die Stimme in seinem Rücken hörte, und nahm die Axt zur Hand, um sich zu verteidigen. Misstrauisch spähte er in die dunkle Nische neben der Tür. »Narmora?!«

Sie trug ihre schwarze Lederrüstung und wirkte auf eine unbestimmte Weise gefährlich. Unwillkürlich dachte Tungdil an Sinthoras.

Er löste die Hand nicht von der Waffe, seine schlummernde Abneigung gegen die Frau wuchs. *Das ist Unsinn. Sie ist eine Menschenfrau.* »Was kann ich für dich tun?«, fragte er und zwang sich zu einem Lächeln.

»Ich habe nachgedacht«, begann sie zögernd. »Über die Zeilen, die Andôkai am Feuer sichtbar machte.«

»Dass die Feinde der Zwerge die Axt führen müssen?« Er horchte auf. »Du hast eine Lösung?«

»Albae«, sagte Narmora vorsichtig. »Zu euren Feinden zählen doch auch Albae, oder etwa nicht?«

»Echte«, schränkte Tungdil ein, »keine geschminkten. Dein Vorschlag ehrt dich.«

Sie zog ihr Kopftuch ab, darunter kamen spitze Ohren zum Vorschein.

Tungdil wich noch weiter zurück, die Finger umschlossen die

Axt noch fester. »Du bist ein Alb? Das kann nicht sein«, fand er nach langem, entsetztem Schweigen seine Stimme wieder. »Aber deine Augen wurden tagsüber nicht schwarz.« Er lachte erleichtert. »Einen Moment lang habe ich dir geglaubt.«

Narmora richtete den Arm gegen die Lampe, die Handfläche nach oben gereckt, und murmelte unverständliche Worte. Sogleich schrumpfte die Flamme, bis nur noch der Docht glomm.

Wie hat sie das gemacht? Alchimie? Voller Überraschung schaute er auf das verlöschende Licht. Als er sich zu ihr umwandte, war sie verschwunden. »Wo ...?«

Unvermittelt wuchs sie hinter ihm in die Höhe. »Halb Mensch, halb Alb«, flüsterte sie ihm rau ins Ohr. »Meine Mutter vermachte mir ihre Gaben und ihre Waffen. Von meinem Vater bekam ich wenig, aber seine Augen sind von Vorteil.« Innerhalb eines Lidschlags fiel das Bedrohliche von ihr, sie erhob sich und entfachte die Lampe durch sanftes Fächeln zu neuem Leben. »Verzeih mir, dass ich dich erschreckt habe. Glaubst du mir jetzt?«

Tungdil schüttelte seine Lähmung ab. *Das erklärt meine Abneigung gegen sie.* »Und wie ich dir glaube«, nickte er. »Damit hätten wir die Frage geklärt, wer die Feuerklinge führt.« Er bedachte Narmora mit einem anerkennenden Blick. »Es war mutig, dich mir zu offenbaren. Und darüber hinaus musst du Großes vollbringen.«

Sie schaute ihn an, die Wildheit und die Gefährlichkeit waren gewichen. »Wer käme sonst infrage? Orks und echte Albae wohl kaum.« Ihre Hände legten sich an die Griffe ihrer Waffen. »Einer von euch Zwergen wird mich allerdings unterweisen müssen, wie man eine Axt führt, sonst mache ich im Kampf gegen den Magus keine gute Figur.«

»Wir sollten es den anderen sagen.«

Narmora überlegte. »Ja, das müssen wir wohl. Ich bin neugierig, wie sie es aufnehmen.« Damit meinte sie vor allem Boïndil.

Tungdil lächelte ihr aufmunternd zu. »Es wird dir nichts geschehen, das schwöre ich.«

Sie grinste böse, und ein Anflug von Albischem legte sich auf ihre Züge.

Eilig riefen sie die Gefährten zusammen und trafen sich in seiner Unterkunft. Dort erzählte er ihnen von der neuen Wendung. »Wir schaffen es, Nôd'onn zu besiegen«, endete er und wartete gespannt auf eine Reaktion.

»Ich müsste sie eigentlich töten«, meinte Ingrimmsch nachdenklich, sah aber nicht danach aus, als wollte er seine Worte in die Tat umsetzen.

»Nein, eigentlich müsstest du die Hälfte von ihr töten. Und in welcher Hälfte steckt wohl das Albische? In der rechten oder in der linken? Oben oder unten? Vraccas wird es uns verzeihen, weil wir mit ihrer Hilfe die Reiche retten«, gab Tungdil zurück. »Es gibt keinen anderen Weg.«

Furgas hielt Narmora umschlungen und schaute besorgt, was der Zwerg sehr gut verstand. Seine Liebste würde sich gegen den Magus stellen, der als unbesiegbar galt.

»Ihr beiden«, er richtete sich an Rodario und Furgas, »könnt bei den Clans der Ersten bleiben und auf unsere Rückkehr ...«

»Niemals ließe ich sie allein«, erklärte Furgas bestimmt. »Ihr werdet einen Techniker unterwegs sicherlich gebrauchen können.«

»Und einen einmaligen Schauspieler ebenso«, fügte Rodario eilends hinzu, bemerkte aber im selben Atemzug, dass er nicht richtig erklären konnte, wozu er auf dieser Reise taugte. Daher versuchte er es mit einem gewinnenden Lächeln auf dem fein geschnittenen Antlitz.

»Stimmt«, bekam er unerwartet Beistand von Boïndil. »Er wird die Gegner durch sein Geschwätz ablenken.«

Die Zwerge grinsten, nur Goïmgar blieb ernst, bis es aus ihm herausbrach. »Gandogar ist bestimmt schon im Grauen Gebirge«, zischte er aus der Ecke. »Er wird die Feuerklinge zuerst schmieden und Großkönig werden, und ihr werdet ihn nicht daran hindern.« Er blickte verächtlich zu Narmora. »Mit ihr wird es niemals gut gehen. Sie ist nur zur Hälfte ein Alb.« Mit diesen Worten stand er auf und ging hinaus.

»Dann schlägt sie Nôd'onn eben zur Hälfte tot«, brummte Bavragor in die Stille hinein und nahm einen Schluck aus seinem Humpen, den er sich mitgebracht hatte. »Den Rest übernehmen wir.«

Die Bemerkung löste die Spannung, und sie lachten erleichtert auf.

*

Am nächsten Morgen schritten sie zusammen mit Königin Xamtys und ihrer Clangesandtschaft über die schimmernden Brücken durch die Gänge des Roten Gebirges, die sich nur unwesentlich von denen der Zweiten unterschieden.

Bavragor konnte es nicht lassen, immer wieder mit seinen Fingern prüfend über die Wände zu streichen, hier zu stampfen und da zu pochen. »Nicht schlecht, aber auch nicht besser«, lauteten seine erstaunlich diplomatischen Äußerungen.

Bald standen sie vor einem massiven Tor aus Stahl, in dem zwergische Runen golden funkelten. Die Königin sprach die Worte, und es öffnete sich für sie. Die Halle dahinter glich jener, von der aus Tungdil und seine Begleiter aufgebrochen waren, bis in die kleinste Einzelheit; Dampfkessel und Zahnräder waren ebenso hier zu finden wie die acht Schienen. Die Ingenieure setzten die Maschinerie in Gang, und wenig später zischte, brodelte und ratterte es und roch nach heißem Metall und Schmiere.

»Die Ersten haben das Röhrensystem gut gewartet«, sagte Furgas bei dem Anblick. »Kein Rost, kein Staub. Sie hätten in der Vergangenheit jederzeit losfahren können, schätze ich.«

»Es war ein Fehler, genau das nicht zu tun«, bedauerte Xamtys und gab Anweisungen, die Loren für sich und die Expedition bereit zu machen und zu beladen.

Eine war für Djer_n bestimmt, dem man seine Verletzung nicht mehr anmerkte. Die schadhaften Stellen seiner Rüstung waren noch in der gleichen Nacht von den Schmieden ausgebessert worden; dem ungeübten Auge fiel es schwer, einen Unterschied zur sonstigen Rüstung zu entdecken. Für ihn bauten sie die Sitzreihen aus dem Karren aus, damit er sich hinlegen konnte. Sie fürchteten, dass er ansonsten wegen seiner Größe mit dem Kopf hängen bleiben und sich auf diese Weise selbst enthaupten könnte.

In einem anderen Gefährt fanden die Zwerge Platz, und im letzten die Schauspieler sowie Andôkai und das Material, das sie zur Schaffung der Feuerklinge benötigten.

Sie sieht müde aus. Tungdil trat an Andôkai heran. »Wie geht es Euch und Euren Kräften? Ihr sagtet, Ihr seid erschöpft?«

Die Maga fasste ihr blondes Haar mit einem Lederband zusammen, um zu verhindern, dass es bei der anstehenden Fahrt zu sehr umherwirbelte. »Möchtest du die Wahrheit hören, oder soll ich dich anlügen?«

»Die Wahrheit.«

Sie setzte sich auf den Rand eines Vehikels und schaute den Vorbereitungen zu. »Meine Zauber werden bald restlos erschöpft sein. Ich war schon zu lange nicht mehr in einem Gebiet mit Magiefeldern, aus denen ich neue Kraft schöpfen könnte.«

»Ist das der Grund, weshalb die Magi ihre Reiche niemals verlassen?«

Ihre Augen richteten sich auf Tungdils bärtiges Antlitz. »Ja, das ist das Geheimnis der Magi. Natürlich können wir auch Magie außerhalb der Felder benutzen, aber die Energien, die wir in uns tragen, gehen schnell verloren und sind noch schneller aufgebraucht. Stell es dir vor wie einen löchrigen Lederschlauch. Er verliert auch Wasser, ohne dass du davon trinkst. Ein paar mächtige Zauber, und die Kunst ist dahin.« Sie schaute zu Djer_n. »Deshalb habe ich gelernt zu kämpfen und habe ihn stets in meiner Nähe. Ich will ohne Zauber nicht wehrlos sein.«

Tungdil dachte nach. »Ist das ein Weg, um Nôd'onn zu besiegen?«

Sie schüttelte den Kopf. »Darauf würde ich mich nicht verlassen. Das Wesen, das in ihm wohnt, hat ihm unbekannte Macht verliehen.«

Der Zwerg schaute zu Narmora und erinnerte sich, was sie mit der Lampe angestellt hatte. »Sie beherrscht Magie ...«

»Nein, sicherlich nicht. Ich weiß zwar nicht viel über ihr Volk, aber es können keine sonderlich starken Fertigkeit sein, die sie besitzt. Ich denke, es handelt sich um angeborene Dinge ... Dunkelheit heraufbeschwören, Feuer löschen, Träume verändern. Kleinigkeiten, die Menschen in Furcht erstarren lassen und die für all die Legenden rund um die Albae sorgen.«

»Nicht mehr? Sinthoras hat Euren magischen Schutzschild durchbrochen.«

»Das war List, kein Zauber. Du erinnerst dich, dass wir bei den getöteten Albae Kristalle fanden?« Tungdil nickte. »Sie haben sie von Nôd'onn bekommen, um sich gegen Zauber der Magi zu schützen. Er band eines davon um den Pfeil und zerstörte damit meinen Spruch.« Andôkai erhob sich. »Es ist so weit. Wir können los.« Die Vorbereitungen waren abgeschlossen, und auch die Lore der Königin wurde auf die Gleise gehievt. »Denke daran, Tungdil: Ich werde meine Kräfte schonen. Verlasst euch nicht darauf, dass ich ständig eingreifen kann.«

»Ich werde es den anderen sagen.« *Es wird auch ohne Magie gehen.*

Sie kehrten zu den Rampen zurück, wo Xamtys soeben die Karren inspizierte. »Ich bin gespannt, wie so eine Fahrt ist.« Sie strich sich über den hellen Flaum. »Und ich freue mich auf die Gesichter der Mannsbilder.« Sie sprang auf ihren Sitz und löste die Bremsvorrichtung. »Wir warten auf euch und die Feuerklinge. Vraccas sei mit euch.« Schon rollten sie los und verschwanden im Tunnel.

»Und mit dir«, rief Tungdil ihr nach und schritt zur nächsten Rampe, um sich in seinen Wagen zu setzen. Die Karte mit den Röhrenverbindungen, die ihm die Königin gegeben hatte, schob er unter sein Kettenhemd. Neben ihm saß Boïndil, hinter ihnen lachten Bavragor und Balyndis miteinander.

»Seid still«, zischte Ingrimmsch nach hinten. Seine Laune konnte man getrost als schlecht bezeichnen; ohne seinen Bruder fühlte er sich unwohl und gereizt.

Rodario schrieb hastig seine letzten Zeilen auf und verkorkte die wieder aufgetaute Tinte gut, damit unterwegs nichts herausschwappte und seine Kleider ruinierte. »Das wird ein Spaß!«, freute er sich. »Wir sollten auch so etwas bauen, Furgas. Die Kundschaft könnte eine Fahrt wie die Helden unseres Stückes erleben.«

»Nein, es wird kein Spaß«, widersprach Goïmgar säuerlich. »Der Magen wird dir zusammengedrückt, der Bart weht dir ins Gesicht, und du wirst das Verlangen spüren, dich zu übergeben.«

»Ach, was. So schlimm kann es nicht sein. Ich bin einiges gewöhnt«, meinte er und versuchte, sich das Sicherungsseil um den Bauch zu legen.

Nachdem ihre Lore die Beschleunigungsstrecke erreichte und fast senkrecht nach unten stürzte, schrie Rodario seine Angst laut heraus. Danach rang er mit dem heftigen Wunsch, sich zu übergeben. Seit langer Zeit sah man auf Goïmgars Gesicht wieder einmal ein breites Grinsen.

Das Geborgene Land, das Zwergenreich des Zweiten, Beroïn, im Winter des 6234sten Sonnenzyklus

Balendilín stand in seinem Quartier, wog die Kriegsaxt abschätzend in seiner Hand und führte ein paar Probeschläge, bis er sich sicher war, die Klinge auch mit nur einem Arm schnell genug schwingen zu können.

»Es werden immer mehr, mein König«, schallte der besorgte Ruf von draußen. »Komm und sieh es dir an.«

Man könnte meinen, Bislipurs Rede habe sie angelockt. Er trat hinaus und schritt die nicht enden wollenden Reihen der schweigenden Krieger der Zweiten und Vierten entlang, bis er von der obersten Terrasse der Festung Ogertod aus auf das Land vor den Toren blickte.

Es wimmelte nur so von ihnen, tausende großer und kleiner Punkte bewegten sich hin und her. Die Luft stank nach saurem Fett und den Ausdünstungen der Orks, die sich in einer Meile Abstand niedergelassen hatten und sich für den Angriff vorbereiteten. Gedämpft drang ihr Brüllen bis zu ihm hinauf.

In der Ferne sah Balendilín gigantische hölzerne Sturmtürme, die unaufhaltsam zur Festung gerollt wurden; sie maßen vierzig Schritt und mehr in der Höhe. *Damit ist es ihnen möglich, auf die Zinnen des ersten Walls zu gelangen.*

Die hässlichen Konstruktionen aus Holz sahen windschief aus, was die Bestien nicht weiter störte, solange sie ihren Zweck erfüllten und ihnen über das erste Hindernis auf dem Weg ins Herz des Zweiten Zwergenreichs halfen. Die Türme waren zum Schutz gegen Brandgeschosse mit Menschenhäuten verkleidet worden; sobald der Angriff begänne, würden sie gewässert werden, damit das Holz nicht zu rasch Feuer fing.

»Ich hätte nicht geglaubt, dass sie so bald die Zwergenreiche angreifen«, sagte Bislipur, der neben ihn getreten war und die Ansammlung betrachtete. Er trug seine volle Rüstung und war das Abbild eines Kriegers, wie es wenige im Zwergenreich gab. »Es sind mindestens zehntausend. Wie gut, dass ich Verstärkung aus meiner Heimat kommen ließ.« Vergebens wartete er auf ein Lob des Königs.

»Orks, Bogglins, eine Hand voll Oger, Trolle und einige Albae«, schätzte Balendilín ihre Zahl. »Tungdil hat nicht gelogen, als er uns Nôd'onns Absichten voraussagte.« Er beobachtete, wie die Zwerge den ersten Verteidigungsring besetzten und sich auf den Ansturm der Bestien vorbereiteten. *Der Zauberer kann seine Diener nur in solch großer Zahl zu uns senden, wenn er sich der Eroberung der Menschenreiche sicher ist. Das gefällt mir gar nicht.*

»Wenn die Ringe gefallen sind, ziehen wir uns tief in die Gebirge zurück.«

»Und dann?«

»Folgen sie uns dahin, sind sie verloren. Wir kennen uns dort besser aus als sie.«

»Rechnest du damit, dass wir die Mauern nicht halten können?«, fragte Bislipur verwundert. »Deine und meine je fünftausend Krieger sollten ausreichen, die Festung bis in alle Ewigkeiten zu verteidigen.«

»Ich rechne mit allem, seit das Böse die Oberhand im Geborgenen Land gewann.« Der König wies seine besten Krieger an, die Wachen an den Tunneleingängen zu verstärken. *Mit allem.*

Dann begab er sich auf den Wehrgang, wo sich ihm das ganze Ausmaß der Meute erschloss: ein bunt zusammengewürfelter Haufen aus den Niederungen von Tions Schöpfung, die begierig geifernd darauf warteten, die Zwerge auszulöschen und ihren Verwandten die Hohe Pforte zu öffnen.

Die Rüstungen der Bogglins und Orks gehörten bis vor kurzem den Söldnern von Königin Umilante. Sie konnten die Ungeheuer nicht bezwingen. Balendilín beobachtete, wie sich die Bestien zu ungeordneten Gruppen zusammenfanden, um sich am ersten Sturm zu beteiligen und zu sehen, womit die Zwerge gegen sie aufwarteten. »Zweitausend Kämpfer hinter das große Tor!«, befahl er mit fester Stimme. »Haltet euch bereit.«

Als die Orks grunzend und schnaubend herankamen, ließ er das Portal öffnen und seine Krieger einen Ausfall unternehmen.

Voller Zufriedenheit sah er, wie die Äxte seines Stammes unter den Orks wüteten, die mit einem derart heftigen Gegenangriff nicht gerechnet hatten und ihr Heil in der Flucht suchten, ehe sie von Trollen zurückgetrieben wurden.

Aber da befanden sich die Zwerge schon wieder hinter den schützenden Mauern von Ogertod und verzeichneten gerade einmal drei Dutzend leicht Verletzte. Dagegen lagen viele hundert Bestien verstümmelt oder tot auf der staubigen Erde vor den Toren. Der Jubel bei der vereinten Streitmacht des Zwergenvolkes war riesig.

»Seht ihr, zu was wir in der Lage sind, wenn wir gemeinsam kämpfen?!«, rief ihnen Balendilín voller Stolz von oben herab zu und schaute sich nach Bislipur um, ob er vielleicht auch etwas zu seinen Leuten sagen wollte.

Doch er entdeckte ihn nirgends.

Das Geborgene Land, unter dem Königinnenreich Weyurn, im Winter des 6234sten Sonnenzyklus

Die Karren schossen durch die Röhren, rissen Spinnweben mit sich und wirbelten den Staub von Jahrhunderten auf. Gelegentlich flüchtete ein großer Schatten vor den ratternden, lärmenden Loren aus dem Schein ihrer Fackeln in die Dunkelheit der Seitengänge und zeigte ihnen, dass es durchaus Leben tief unter dem Geborgenen Land gab. Doch es musste harmloses, ängstliches Leben sein, denn ihre Fahrt verlief ohne Zwischenfälle.

Sie näherten sich dem Fünften Zwergenreich von Westen her. Tungdil zählte die Markierungen an den Wänden mit und errechnete am Ende ihres ersten Reisetages, dass sie mehr als zweihundertfünfzig Meilen gefahren waren.

»Damit sind wir in vier Umläufen bei den Fünften«, gab er den Freunden bei der Rast am Feuer freudig bekannt. »Es geht schnell voran.«

Sie hatten sich in einer großen Halle niedergelassen, durch die zwei Trassen führten und die als Knotenpunkt diente. Natürliche Steinsäulen und gemauerte Bögen trugen die Decke, Zwergenrunen an den Wänden und auf den Säulen ließen keinen Zweifel aufkommen, wer die Erbauer gewesen waren. Das Holz, das ihnen knackend Wärme gab, stammte von den Überresten nicht benutzter Stützbalken, die sie gefunden hatten.

»Ich glaube nicht, dass sich der Drache von uns überlisten lässt«, sagte Goïmgar verzagt. »Er wird uns mit seinem Atem verbrennen.«

»Ach, was. Wir stopfen ihm den Langen in den Hals, dann kommt nichts mehr aus seinem Schlund«, meinte Boïndil kauend. »Das schmeckt hervorragend, Balyndis. Die Ersten verstehen etwas vom Salzen und Räuchern«, lobte er. Neugierig zupfte er einzelne Kräuterstückchen ab, die eine Kruste über dem Schinken bildeten.

Bavragor stieß Tungdil in die Seite. »Schau sie dir an! Ist sie nicht ein Prachtkerl von Schmied ... Schmiedin?« Sein rotbraunes Auge glänzte glücklich. »Das Kettenhemd, die einzelnen Eisenschienen, das sind die Arbeiten einer Meisterin.«

»Seit wann kennst du dich mit Schmiedearbeiten aus?« Tungdil grinste breit und gab ihm im Stillen Recht, was den Wert der Arbeiten anging. »Da habe ich schon ganz andere Töne von dir gehört.«

»Vor dem Kampf«, griente er. »Dann hat sie mitten in mein Herz getroffen.«

Es scheint so. Seit sie ihn beim Zweikampf besiegt hatte, schien sich stündlich mehr zwischen den beiden zu entwickeln. Er gönnte es dem Einäugigen. »Hat sie dich nicht am Kopf getroffen?«

»Redet nicht so schnell. Ich komme fast nicht mit.« Rodario saß dicht am Feuer, hatte ihren leisen Wortwechsel mit angehört und schrieb eifrig. »Ich möchte das Stück so echt wie möglich halten.«

Furgas untersuchte derweil die Trasse, und Narmora stand neben ihm und hielt Wache. Djer_n hockte abseits von ihnen am Boden, das Waffenarsenal um sich ausgelegt und unbeweglich wie immer.

»Sie hätte ihn ruhig härter treffen können«, murmelte Goïmgar leise, sodass nur Tungdil ihn hörte. »Wenn ich meinen König nicht so sehr liebte, müsste ich ihn hassen, weil er mich mit euch auf die Reise schickte.« Wie an den meisten Abenden war er der Erste, der sich unter seiner Decke verkroch und die Augen schloss.

Bavragor grinste und bemerkte, dass der Schauspieler sich wie immer nicht von seinem Sack mit den Kostümen trennte und ihn in Reichweite behielt. »Hätten wir den nicht bei den Ersten lassen können?«

Rodario schenkte ihm einen missbilligenden Blick. »Niemals! Der Inhalt ist zu wertvoll, und wer weiß, ob wir die Kostüme nicht doch benötigen.«

Ein lauter Schlag ließ sie aufhorchen. Er klang wie ein einzelner Hammerhieb gegen Stein, rollte durch die Gänge und verebbte.

Sie wandten die Köpfe und schauten zu Furgas, der die Metallschienen begutachtete. »Ich war es nicht«, sagte er sofort. »Es kam aus dem Tunnel vor uns.«

Goïmgar richtete seinen Oberkörper auf. »Das habe ich schon einmal gehört!« Ängstlich griff er nach seinem Schild. »Das sind die Geister der toten Arbeiter«, raunte er und schrumpfte unter seiner Deckung zusammen. »Vraccas, beschütze uns.«

Tungdil erinnerte sich ebenfalls. »Es war kurz vor Mifurdania«, sprach er leise, »und es klang genauso wie eben.« *Ein Signal? Für wen und was?*

»Seid leise.« Boïndils Kriegerinstinkte erwachten. Er stand auf und trabte zum Tunneleingang, während Narmora die andere Seite sicherte. Aufmerksam lauschte er in die Finsternis hinein. Die Zeit verrann, ohne dass einer von ihnen zu atmen wagte.

Nur Andôkai packte ungerührt ihre Pfeife aus, stopfte sie und entzündete sie mit einem Span. Balyndis grinste sie breit an und folgte ihrem Beispiel. Ungerührt packte sie ein Stückchen Glut mit ihrem Handschuh, um den Tabak anzubrennen. Die Gesichter der ungleichen Frauen verschwanden in einer Dunstwolke.

Schließlich kehrte Ingrimmsch ans Feuer zurück. »Da war nichts. Ich habe weder etwas gerochen noch etwas gehört.«

»Wir müssen aufpassen. Das letzte Mal, nachdem ich das Geräusch hörte, stürzte ein Teil der Decke ein«, warnte Tungdil und bereitete sich auf die Nachtruhe vor.

Furgas und die Halbalbin stießen zu ihnen. »Es kann sein, dass wir nicht die Einzigen sind, die die Röhren benutzen«, setzte Furgas den Zwerg in Kenntnis. »Die Schienen vor uns sind ohne Rost, ohne jegliche Patina.«

»Das spricht dafür, dass Loren in regelmäßigen Abständen darüber gleiten.«

»Ich wollte, dass du es weißt.«

»Danke, Furgas. Behalte es bitte für dich. Ich will nicht, dass uns Schimmerbart vor Angst wegstirbt«, bat er ihn.

Das Geborgene Land, das Zwergenreich des Zweiten, Beroïn, im Winter des 6234sten Sonnenzyklus

Kann ich dir helfen, Bislipur?«, fragte der rechte der beiden Wächter freundlich, als er den Hinkenden sah, der sich ihm und dem Tor zu den Tunnelbahnen näherte.

»Ja. Du könnest sterben, ohne einen Laut von dir zu geben«, antwortete er ebenso nett. Schon zuckte seine Axt hoch und traf den Zwerg schräg von oben in den ungeschützten Hals.

Gegen den beidhändig geführten Hieb gab es kein Gegenmittel, und der Wächter starb mit einem leisen Röcheln.

Der andere Krieger schaffte es noch, die rechte Hand ans Signalhorn und die linke an den Griff seines Streitkolbens zu legen, da schlitzte die blutige Schneide seinen Hals auf und fuhr ihm durch den Helm bis ins Hirn.

Das war leicht. Bislipur wischte sich das Blut aus dem Gesicht, wandte sich um und stieß einen kurzen Pfiff aus, worauf zweihundert seiner treuesten Krieger aus dem Gang traten.

»Ihr wisst, worauf es ankommt«, meinte er knapp und sprach die Formel, um den Zugang zu der dahinterliegenden Halle zu den Trassen zu öffnen. »Keine Gnade für die Betrüger an Gandogar, denn ihr würdet auch keine von ihnen erfahren.«

Das Geborgene Land, unter dem Königinnenreich Weyurn, im Winter des 6234sten Sonnenzyklus

Es geschah, als sie die Markierung der dreihundertsten Meile erreichten, die Röhre verließen und auf eine schmale Brücke abbogen. Unter ihnen befand sich nichts als Luft und endlose Schwärze.

Die vordere Lore mit den Zwergen begann bei voller Geschwindigkeit zu hopsen, die Räder sprangen aus der Führung und verkanteten sich. Funken sprühend rutschte das Vehikel auf zwei Rädern, bis es trotz aller Versuche der Insassen umkippte und sich einmal überschlug.

Die nachfolgenden Karren bremsten gerade noch rechzeitig, um die Verunglückten nicht zu überrollen.

Tungdil, Balyndis und Boïndil hatten Glück, sie landeten auf der Brücke und wirbelten mehrmals um die eigene Achse, ehe sie ruhig zum Liegen kamen. Die Rüstungen und Handschuhe verhinderten, dass sie sich böse Abschürfungen zuzogen.

Tungdil landete letztlich auf der Schmiedin, was ihm sichtlich peinlich war. Die Röte stieg ihm ins Gesicht. Sie schaute in seine Augen und wollte etwas sagen, doch dann hielt sie inne und starrte ihn nur an.

Da drangen Goïmgars verzweifelte Schreie an sein Ohr. »Verzeih«, sagte er verlegen und stemmte sich auf, um nach ihm zu sehen.

Der schmächtige Zwerg pendelte wimmernd an der Mauerkrone. Die Hände suchten auf der glatten Oberfläche verzweifelt nach Halt, doch das Gewicht seines Rucksacks und der Rüstung zogen ihn unnachgiebig nach unten. »Tut doch was! Ich stürze ab!«

Tungdil rannte los. Bavragor lag wenige Schritte von Goïmgar entfernt auf der Brüstung, erhob sich brummend und hielt sich den Schädel. »Es muss ein Oger gewesen sein, der mir hinterrücks einen Tritt verpasst hat.« Erst jetzt bemerkte er den Kampf des Gefährten, warf sich nach vorn und griff nach dessen Arm.

Zu spät.

Goïmgars entsetztes Gesicht verschwand, sie hörten sein gellendes Aufschreien, das leiser und leiser wurde.

»Bei Vraccas!«, war alles, was der Steinmetz hervorbrachte. Boïndil, Tungdil und Balyndis erreichten die Stelle, nur um hilflos zusehen zu müssen, wie die Gestalt immer kleiner und von der Dunkelheit verschlungen wurde.

»Beiseite!« Plötzlich schnellte Andôkai an ihnen vorbei, sprang mit einem gewaltigen Satz auf die Mauer und stieß sich kraftvoll ab, die Arme wie ein Klippenspringer ausgebreitet. Ihr scharlachroter Mantel wehte wie eine Standarte hinter ihr her, dann tauchte auch sie in die Dunkelheit ein.

Die Zwerge hörten den Stoff flattern und knattern, doch es gab nichts, was sie hätten tun können. Rodario entzündete eine Fackel, doch ihr Schein reichte nicht aus, um die Umgebung ein wenig zu erhellen.

Nach langer Zeit glomm ein winziges hellblaues Licht weit unter ihnen in der Schwärze auf.

»Ist sie aufgeschlagen und geplatzt?«, fragte Boïndil. »Ist das Leuchtende ihre Seele?«

Tungdil schaute zu Djer_n, der statuenhaft wie immer dastand. Seinem Verhalten nach zu urteilen sorgte er sich nicht um seine Herrin, was dem Zwerg wiederum Hoffnung machte. *Sie wird wissen, was sie tut, denke ich.*

»Das Licht kommt näher!«, rief Balyndis aufgeregt. »Es fliegt nach oben!«

Ein heftiger Wind schoss aus der Tiefe empor und trug zwei Gestalten mit sich. Andôkai und Goïmgar ritten auf der Böe, die sie sanft auf der Brücke absetzte und dann erstarb.

Die langen blonden Haare der Maga hingen ihr zerzaust ins Gesicht, der schimmernde Bart des Zwergs sah aus, als hätte ihn eine Schar Mäuse auf der Suche nach Futter durchwühlt. Sein Gesicht war leichenblass, aber sonst fehlte ihm nichts.

»Das war ... unbeschreiblich«, staunte Rodario. »Ich fasse es nicht, ehrenwerte Maga! Wie selbstlos und mutig von Euch, dass Ihr Euer eigenes wertvolles Leben in die Waagschale werft, um ihn zu retten.« Er bedachte Goïmgar mit einem entschuldigenden Blick. »Das soll natürlich nicht bedeuten, dass dein Leben weniger wert ist als ihres.«

»Du solltest nach der Lore sehen«, wies Andôkai Furgas an, als wäre nichts geschehen, richtete ihren Mantel und flocht den Zopf neu. »Kannst du sie flicken?«

Der Mann ging zu dem Gefährt und schüttelte schon von weitem den Kopf. »Die Räder sind verbogen und laufen nicht mehr gerade.« Er bückte sich. »Die Trasse ist bearbeitet worden, wir hatten Glück, dass es uns nicht ebenfalls aus der Spur warf.«

»Das Gold und das Tionium!«, rief Ingrimmsch, der den Wagen umrundete, um nach der Ladung zu sehen. »Sie sind verschwunden!«

Missmutig blickte Bavragor in den Abgrund. »Ich kann dir sagen, wo sie abgeblieben sind. Sie werden irgendwo da unten sein und immer noch fallen, bis sie am Ende der Welt angekommen sind.« Er schaute die Zauberin an.

»Nein«, wehrte sie den stummen Vorschlag ab. »Wir werden eine andere Lösung finden müssen.«

Sie schwiegen. Nun fehlten ihnen zwei wesentliche Bestandteile, um die magische Waffe anfertigen zu können.

»Ich wusste es, dass wir scheitern«, meinte Goïmgar klagend, aber nicht ohne Genugtuung.

»Der kommt mir gerade Recht. Eigentlich können wir ihn wieder hinunterwerfen«, bemerkte Boïndil knurrend. »Jetzt, wo uns die Barren fehlen, brauchen wir auch keinen heulenden Gemmenschneider mehr.«

»Und wenn schon?!«, versuchte Tungdil die gedrückte Stimmung zu heben. »Niemand kann mir weismachen, dass wir in einem Zwergenreich nicht genug Gold und Tionium finden, um die Feuerklinge herzustellen.«

»Und schon haben wir eine Lösung«, nickte ihm Andôkai zu, die mit einem letzten Handgriff den Sitz ihrer Lederrüstung korrigierte.

»Sehr schön. Der Schreck ist überwunden, es geht weiter. Verteilt euch neu auf die Loren«, ordnete Tungdil an und fühlte sich in seiner Rolle als Anführer immer wohler. »Wir wechseln uns mit Schieben ab, bis wir zur nächsten abschüssigen Stelle kommen.«

»Nicht nötig«, sagte die Maga und deutete auf Djer_n.

Das Geborgene Land, das Zwergenreich des Zweiten, Beroïn, im Winter des 6234sten Sonnenzyklus

Dieses Mal rückte das Heer Nôd'onns über die Seiten an.

Als die Belagerungstürme vorwärts walzten, stanzten die Geschosse der Zwerge Löcher in die nassen Menschenhäute und das Holz dahinter oder rissen Balkenstücke heraus, ohne jedoch alle zum Einsturz bringen zu können.

Drei der Konstruktionen standen schließlich vor den Zinnen. Die Sturmrampen klappten auf, und die Orks preschten schreiend aus dem Bauch der Türme, doch gegen die grimmigen Zwerge gab es kein Durchkommen.

Balendilín dirigierte seine Verteidiger geschickt genug, dass es nicht einem einzigen Angreifer gelang, durch die Reihen zu kommen.

»In den Turm, und gießt Petroleum über das Holz«, befahl er, nachdem die erste Angriffswelle verebbt war und die nächsten Bestien in die Höhe stiegen.

Sein Plan gelang. Bald darauf loderten die Türme in hellen Flammen, das harzreiche Holz brannte wie Zunder, die Stricke rissen, und die Belagerungsgeräte stürzten polternd in sich zusammen. Quiekend zogen sich die Angreifer zurück.

Dieses Mal gab es allerdings Verluste. Vierzehn Zwerge waren von den Pfeilen eines Albaescharfschützen niedergestreckt worden, der sich auf der Plattform des letzten Sturmturmes versteckt hatte. Die züngelnden Flammen schreckten ihn nicht; selbst als sein Gewand schon brannte, sandte er seine Geschosse gegen die Verteidiger. Erst als die Sehne des Bogens durchgeschmort war, endete der Beschuss.

Trotz der Toten war die Stimmung unter den Zwergen gut. Nichts wies darauf hin, dass Ogertod fallen könnte.

»Ihr habt gut gekämpft«, lobte Balendilín sie. »Die gefallenen Brüder werden wir niemals vergessen, ihre Namen werden in Gold in die Wand der Ratshalle geschrieben werden.« Seine Augen schweiften über die Ansammlung der bärtigen Verteidiger, die verschwitzt, aber glücklich und noch lange nicht erschöpft zu ihm aufschauten. »Vraccas hat ...«

»Orks!«, unterbrach ihn der Schrei eines Zwergs, der auf dem Beobachtungsturm stand und sich kurz umgewandt hatte. »Die Orks sind in unseren Mauern!«

Es waren hunderte, die sich brüllend gegen jeden Widerstand warfen. Bald hatten sie das erste Plateau vollständig besetzt. Sie schwenkten ihre Schilde, Äxte, Schwerter und Lanzen, um die Zwerge zu verhöhnen.

Die Tunnel! Sie sind durch die Tunnel gelangt! »Wir müssen sie vernichten, ehe sie die Hohe Pforte öffnen! Los, ihr Kinder des Schmieds!«, peitschte Balendilín seine Krieger an und riss sie aus ihrer Schreckensstarre. »Kein Ork soll diesen Tag überleben!«

Ein Ruck ging durch die Streitmacht der Zwerge. Sie stürmten den Hang hinauf und warfen sich gegen die Urfeinde ihres Volkes. Ihr einarmiger König stand mitten unter ihnen und war ihnen ein Beispiel an Tapferkeit.

Da trat ein Oger aus der Halle, die Lippen an ein riesiges Rufhorn gesetzt, und ein durchdringender Ton erschallte, der von der anderen Seite der Festung mit lautem Jubel beantwortet wurde. Der zweite Sturmangriff der Belagerer begann.

V

**Das Geborgene Land, das Zwergenreich des Zweiten,
Beroïn, im Winter des 6234sten Sonnenzyklus**

Wie konnte das geschehen? Die Tunnel waren gesichert. Balendilín hatte keine Zeit, um nach dem Eingang zu sehen, denn er führte seine Männer gegen eine Übermacht aus Ogern, Orks und Bogglins, deren Strom nicht versiegen wollte. Für einen erschlagenen Feind standen zwei neue vor dem König; er konnte mit seiner Axt blindlings nach vorn hacken und traf immer einen Gegner.

Aber er es gelang ihm und seinen Zwergen, die überraschend aufgetauchten Bestien zurück in die Stollen zu treiben. In einer blutigen Schlacht, in der zahlreiche Zwerge ihr Leben verloren, drängten sie die Angreifer bis zur Vorhalle der Tunnel zurück. Weiter ging es nicht mehr.

Es sind zu viele! Balendilín erschrak, als er die Zahl der wartenden Feinde sah, die sie zwar eingefangen hatten, aber nicht bezwingen konnten. Aus den Röhren kletterten immer neue Orks.

Von hinten näherte sich ein Bote, der ihnen eine neue Schreckensmeldung überbrachte. »Die Biester haben dich umgangen«, keuchte er. »Wir wurden hinterrücks von ihnen angegriffen, die Tore Ogertods stehen offen, der erste und der zweite Ring sind gefallen.«

Balendilín witterte Verrat. »Flutet die Ebenen mit siedendem Öl. Das wird ...«

»Es geht nicht. Sie haben die Vorrichtungen zerstört.«

Zerstört? Seine Zuversicht, das Gefecht siegreich beenden zu können, geriet ins Wanken. *Das ist nur möglich, wenn ihnen jemand gesagt hat, wo sich die Anlagen befinden.* »Richte den unsrigen aus, sie sollen sich zurückziehen und den Eingang schließen. Die äußere Festung wird aufgegeben, wir verteidigen unser Reich von innen.« Er schlug ihm anfeuernd auf die Schulter. »Rasch!«

Der Bote nickte und rannte davon.

Die Geschehnisse hatten nichts mit unglücklichen Zufällen zu tun, da war sich der König sicher. Zuerst kamen die Orks durch die

Tunnel, von denen sie seit hunderten von Zyklen nichts wussten, dann setzten die Bestien die Verteidigungsmechanismen für die Außenterrassen der Festung außer Kraft, und schließlich umgingen sie die Zwerge.

Sie kennen sich bestens aus. Jemand hatte sie auf das Unternehmen vorbereitet und ihnen alles über die Zweiten verraten. *Welcher Zwerg würde so eine schändliche Tat begehen?* Er konnte sich niemanden vorstellen, der sich freiwillig mit den Orks verbündete. *Nôd'onn! Er kann einen von uns mit seinem Zauber verhext haben!* Schnell fasste er einen Entschluss, denn jeder Augenblick zählte.

»Zweihundert kommen mit mir, der Rest hält die Bestien hier in Schach«, befahl er und trabte den Gang entlang.

Sein Ziel war die Hohe Pforte. Er beabsichtigte, die Brücke über den Graben zu zerstören, bevor die Orks dorthin gelangten und sie ausfuhren, um den Geschöpfen des Jenseitigen Landes den Zutritt zu ermöglichen. Seine Wut und sein Hass auf Nôd'onn wuchsen mit jedem Schritt, den er tat.

Das Geborgene Land, unter dem Königinnenreich Weyurn, im Winter des 6234sten Sonnenzyklus

»Braucht er denn keine Pause?«, erkundigte sich Rodario neugierig bei Andôkai. »Er schiebt die beiden Karren nun schon so lange.«

»Djer_n ist Arbeit gewohnt, im Gegensatz zu dir«, entgegnete sie unfreundlich.

Der Mime blickte empört drein und reckte sein Kinn. »Was habe ich denn der ehrenwerten Maga getan, dass Ihr mich ständig ...«

Sie wandte sich nach hinten. »Steig ein, Djer_n, da vorn kommt ein abschüssiges Stück.«

Gehorsam schwang sich der gepanzerte Krieger in die hintere Lore und machte sich so klein wie es ging, um niemanden zu verletzen und keinesfalls mit dem Kopf an der Decke hängen zu bleiben.

»Ihr könnt gern versuchen, mich zu ignorieren«, fuhr der Schauspieler beharrlich fort, »doch es wird Euch nichts nutzen. Bedenkt, dass es vielleicht einen schlechten Eindruck auf mich macht, und ich schreibe immerhin das Stück, in dem Ihr auftreten werdet. Versteht Ihr?«

Die Augen der Maga bohrten sich in seine. »Ich werde Djer_n in die Vorstellung schicken. Du wirst an seinem Verhalten erkennen, ob ich mit dem Stück einverstanden bin oder nicht. Sollte er die Axt ziehen, dann lauf.« Rodario hielt ihrem Blick vergebens stand. »Ich habe nichts gegen dich, aber ich kann deine Art nicht ausstehen. Du gibst dich zu affig, das missfällt mir.«

Er verzog die Mundwinkel, seine gute Laune schwand. »Sagt es ruhig, dass Ihr mich nicht als einen echten Mann betrachtet. In Euren Augen muss ein Mann ein Schwert schwingen können, Muskeln haben und zaubern können.«

»Ich entschuldige mich bei dir«, sagte sie spöttisch. »Du verstehst mich besser, als ich annahm. Wie du siehst, erfüllst du keine der drei Kriterien, und daher kannst du auf deine Werberei um meine Gunst verzichten. Sie ist störend, für mich wie für die anderen.«

Wie immer hielt es die Maga nicht für nötig, ihre klare Stimme zu senken. Rodario wurde dunkelrot und setzte zu einer Entgegnung an, als sich die Lore abrupt nach vorn neigte und an Fahrt gewann. Der Inhalt seines Tintenfasses schwappte heraus, lief über das Blatt und seine Kleider. Er schwieg beleidigt.

Tungdil hatte seine Hand um den Bremshebel gelegt und spähte in die Dunkelheit, damit er ein mögliches Hindernis erkannte und das Vehikel notfalls rechzeitig bremste – auch wenn er sich keine Illusionen darüber machte, dass er eine verbogene Schiene sehen könnte. Boïndil, der neben ihm saß, starrte ebenso angespannt nach vorn.

Die Loren fuhren mit großzügigem Abstand zueinander und erreichten bald ihre Höchstgeschwindigkeit. Die Kühle um sie herum wich, und der Fahrtwind trug ihnen den beißenden Gestank von faulen Eiern zu.

»Da vorn ist Licht!«, rief Ingrimmsch plötzlich. »Orangefarbenes Licht.«

Sie schossen aus dem Tunnel und fuhren über eine neuerliche Brücke, die auf Basaltstützen stand und sie über einen riesigen See führte, dessen Grund intensiv leuchtete. Lava kroch am Boden entlang, das kristallklare Wasser kochte und schlug Blasen, der aufsteigende Dampf erhitzte die Luft und verbreitete eine drückende Schwüle, die ihnen den Schweiß aus den Poren trieb; das Atmen fiel ihnen schwer, und der Gestank nach Schwefel machte es nicht leichter.

Die glühende Lava beleuchtete die Wände der unregelmäßig geformten Höhle, deren Durchmesser gut zwei Meilen betrug und die vom See bis zur Decke gewiss fünfhundert Schritt hoch war.

Sie rollten über die lange Brücke. *So schön es von oben aussieht, ich bin froh, in den Tunnel zurückzukehren*, dachte Tungdil.

Dann hörten sie das Hämmern wieder.

Es begann mit einem einzigen Klopfen, ein durchdringender Laut, der das leise Blubbern und Brodeln übertönte.

Goïmgars Kopf ruckte aufgeregt hin und her, angestrengt versuchte er, die Ursache zu entdecken. »Es sind die Geister unserer Ahnen«, wisperte er. »Ich kenne die Geschichten, die mir meine Urgroßmutter erzählte, von Zwergen, die sich den Gesetzen Vraccas' nicht beugten und deshalb nach ihrem Tod keinen Eingang in die Schmiede fanden. Sie sind dazu verdammt, in den Stollen zu leben, und lauern den Lebenden auf, um sich an ihnen für ihre Qualen zu rächen.«

»Hast du auch die Geschichten über die Menschen fressenden Orks geglaubt?«, lachte Bavragaor ihn aus.

»Ich kann dir sagen, dass sie stimmen«, brummte Boïndil von vorn, und Goïmgar wurde noch kleiner, bis seine Augen knapp über den Rand der Lore schauten. »Vielleicht hatte sie mit dem Spuk auch Recht.«

»Hört auf«, befahl ihnen Tungdil, und da dröhnte das zweite Klopfen durch die natürliche, in rötliches Licht getauchte Halle.

Aber dabei blieb es nicht.

Das Pochen verstärkte sich, wurde schneller, das klirrende Hämmern schwoll zu einem klangvollen Stakkato an. Der Schall reichte aus, die lockeren Steine aus der Decke zu lösen. Kleinere Brocken stürzten nieder, verfehlten die Brücke um wenige Schritt und klatschten in den heißen See.

»Da!«, schrie Goïmgar außer sich vor Furcht. »Bei Vraccas! Die Geister! Sie kommen, uns zu holen und ins Verderben zu reißen!«

Sie folgten seinem Fingerzeig und entdeckten die Wesen, die wie aus dem Nichts hinter Felsen hervorgekommen waren und von oben auf sie herunterschauten. Bei mehr als dreihundert hörte Tungdil auf, sie zu zählen.

Es wurden immer mehr. Kein Zweifel, sie sahen aus wie Zwerge und Zwerginnen, mal trugen sie Rüstungen, mal gewöhnliche Kleider, mal fast nichts außer einer Lederschürze. Krieger, Schmiede, Handwerker, die bleichen Gesichter blickten anklagend zu ihnen herab, und das Klopfen wollte nicht nachlassen. Gleichzeitig hoben sie die Arme und deuteten in die entgegengesetzte Fahrtrichtung der Gefährten.

»Sie wollen, dass wir gehen«, wisperte Goïmgar. »Lasst uns umkehren, bitte. Ich schwöre, ich laufe freiwillig quer durchs Tote Land und kämpfe gegen die Orks.«

Geister. Tungdil spürte einen eisigen Schauer über den Rücken laufen, als er die hohlen Blicke der Gestalten sah. Das rötliche Licht der Lava tauchte die weißen Gesichter in blutigen Schein. Lot-Ionans Bücher berichteten von Spukgestalten, und nun sah er sie leibhaftig vor sich. *Ihr werdet mich dennoch nicht abhalten.*

Der Spuk endete schlagartig, sie rauschten in den nächsten Tunnel und ließen die Halle mit dem See und den Gespenstern hinter sich. Schließlich verebbte auch das Hämmern.

Das Geborgene Land, das Zwergenreich des Zweiten, Beroïn, im Winter des 6234sten Sonnenzyklus

Balendilín hatte mit seinen schlimmsten Befürchtungen Recht behalten.

Als er und seine Krieger das Bollwerk an der Hohen Pforte erreichten, fanden sie die ersten erschlagenen Zwerge auf den Steinplatten liegen; ihr Blut lief über den grauen Stein. Sie hatten nicht einmal die Zeit gehabt, die Waffen zu ziehen und sich zur Wehr zu setzen, was dafür sprach, dass sie von einem Freund getötet wurden. *Einem Freund, den Nôd'onn verhexte und zum Verräter machte! Verfluchte Magie!*

Der Wind trug ihnen den Gestank von Orks entgegen, sie hörten das Rattern der Zahnräder und das Rumpeln der Steinplatten, die Stück für Stück aneinander gefügt wurden. Der Verräter war schneller als sie gewesen.

»Lauft!«, rief Balendilín. Mehr musste er nicht sagen, denn jeder seiner Begleiter wusste, worum es ging.

Sie rannten die Treppen der Befestigung entlang, um in den Raum zu kommen, von dem aus die Brückenmechanik in Gang gesetzt wurde. Das erwartungsvolle Geschrei der Kreaturen, die auf der anderen Seite der Schlucht standen und zusahen, wie der Überweg für sie zusammengebaut wurde, gellte in ihren Ohren.

Plötzlich standen sie vor einhundert Orks, große, kräftige Bestien und bis an die Zähne bewaffnet, mit denen sie sich ein heftiges Gefecht liefern mussten, um bis zu der entscheidenden Kammer vorzudringen.

Beide Verbände fochten mit enormer Verbissenheit, jeder wollte den Tod des anderen mehr denn je. Rotes und grünes Blut spritzte, Gliedmaßen und Zähne flogen durch die Luft, und zu dem brachialen Kampflärm mischte sich das Heulen der wartenden Horden jenseits des Grabens, deren Gier wuchs und wuchs.

Balendilíns Arm wurde immer schwerer, das ständige Zuschlagen erschöpfte ihn mehr und mehr, doch noch siegte sein Trotz über das müde Fleisch. »Macht sie nieder!«, schrie er. »Wir müssen die Brücke zerstören, oder alles ist verloren!«

»Es ist bereits alles verloren, Balendilín«, hörte er die Stimme Bislipurs von den Wänden widerhallen, und sie klang nicht so, als bedauerte er das Gesagte. »Die Clans der Zweiten werden zusammen mit den Besten der Vierten untergehen. Ein Kinderspiel, nachdem die Orks von den Tunneln erfahren haben.«

»Du warst es?« Der König schlug einem Angreifer die Axt in die widerliche Fratze, Knochen brachen, das Gesicht wurde zu einer blutenden Masse, und der Ork stürzte. Der Eingang war frei, und die Zwerge stürmten hinein, wo ein letztes Dutzend Feinde auf sie wartete und die Mechanik verbissen verteidigte. Balendilín blieb keuchend zurück. »Warum?«

»Ich hatte es anders vorgesehen, aber deine Posse um den falschen Anwärter verdarb mir meine Pläne. Du und der Großkönig zwangen mich zu improvisieren. Nun, so wird es auch gehen. Was die Elben im Krieg gegen euch geschafft hätten, übernehmen nun die Orks. Wahrscheinlich sogar viel besser.«

Balendilín versuchte zu erkennen, wo Bislipur stand, doch das Echo war trügerisch. »Ich werde dich für deinen Verrat eigenhändig umbringen!«, schwor er voller Hass.

Als Antwort erhielt er ein gehässiges Lachen. »Das habe ich schon so oft gehört, aber keiner konnte seine Drohung wahr machen. Auch du wirst es nicht schaffen, König Balendilín, der bald ohne Reich und Volk sein wird.«

Er kümmerte sich nicht weiter um den Verräter, sondern stürmte in den Festungsraum, um seinen verbliebenen Kämpfern beizustehen. Schließlich wagte er es, einen raschen Blick aus der Schießscharte zu werfen und nach der Brücke zu sehen.

Sie hatte sich bereits zu zwei Dritteln ausgefahren, und die ersten ungeduldigen Bestien versuchten, sie mit einem Sprung zu erreichen. Einige stürzten bei ihrem Unterfangen in die Schlucht, andere gelangten bis zur Kante und klammerten sich daran fest, um dann in die Tiefe zu gleiten.

Nein! Es darf ihnen nicht gelingen. Mit einem Schrei warf sich Balendilín gegen den letzten Ork und trieb ihm die Axt mit all seiner Kraft in die Seite. Die Schneide fraß sich durch die eingefettete Rüstung, dunkelgrünes Blut schoss in hohem Bogen heraus. Er riss die Waffe aus der Wunde, wehrte den Schwerthieb seines Gegners ab und hackte ihm nochmals in dieselbe Stelle. Der Feind taumelte in seinen dritten Schlag und starb.

Erst jetzt sah Balendilín die vielen verbogenen Hebel und abgeschlagenen Griffe, die in ihrer intakten Form dazu dienten, die Brücke zu steuern.

»Sie ist ausgefahren«, erstattete ihm ein Zwerg Bericht. »Die Bestien stürmen das Land, mein König.«

Balendilín schaute gelähmt auf die zerstörte Apparatur, die über das Schicksal seines Stammes und des Geborgenen Landes entschied. Alles Rütteln half nichts, der passende Hebel saß fest.

»Vraccas, das darf nicht sein!«, schrie er seine Verzweiflung laut hinaus und stemmte sich mit aller Gewalt dagegen. Schließlich schlug er den Hebel ab, rammte seine Axt mit Wucht in den Schlitz und gebrauchte sie als Ersatz. Dann schaute er hinaus.

Es gelang! Die Stützpfeiler fuhren zurück, die Brücke gab in der Mitte nach. Das Knacken und Krachen der berstenden Steinplatten drang bis zu ihnen, und dazu mischte sich das ängstliche Aufkreischen der Kreaturen, die sich auf dem Überweg befanden und verstanden, dass sie in den Abgrund stürzen sollten. Dann brach die Brücke endgültig und riss die Bestien in den Tod. Zurück blieben hunderte von wartenden Orks, die am Graben der Hohen Pforte standen und ihre Enttäuschung laut herausschrien.

»Du bist verletzt, König«, machte ihn ein Krieger aufmerksam, und Balendilín sah, wie Blut aus seiner linken Seite sickerte. Das Kettenhemd wies einen klaffenden Schnitt auf, der vom Schlag eines Orks stammte.

»Es ist nichts«, knurrte er und riss seine Axt aus der Apparatur. »Lasst uns die Scheusale vernichten, die es bis über die Brücke schafften, und zu den anderen zurückkehren«, erteilte er neue Befehle. »Danach machen wir uns auf die Suche nach dem Verräter Bislipur.«

Auf dem Rückweg stellten sie fest, dass es keinen sicheren Fleck mehr im Blauen Gebirge gab. In jedem Korridor, in jedem Gang, in jeder Halle trafen sie auf kleinere und größere Gruppen Orks und Bogglins, die sich Scharmützel mit den Zwergen lieferten.

Wie lange werden wir uns noch gegen sie halten können?, dachte er. *Vraccas, sende uns Beistand!*

Als sie sich der Vorhalle zu den Schnelltunneln näherten, hörte Balendilín die animalischen Schreie und das Aufbrüllen von Orks, die in großer Zahl niedergemacht wurden.

»Verflucht, ich sagte, dass sie aufpassen, aber nicht angreifen sollen! Es sind zu viele für einen offenen Kampf.« Er hastete mit seinen Leuten vorwärts, um den zurückgelassenen Wachen beizustehen, und entdeckte etwas völlig Unerklärliches.

Eine Zwergentruppe mähte sich von der anderen Seite durch die Reihen der Orks, die von den unerwartet aufgetauchten Gegnern überrascht wurden. Seine eigenen Krieger hatten daraufhin einen Angriff unternommen, um die Orks zwischen den Fronten aufzureiben.

Balendilín befahl seinen Begleitern den Angriff und stürzte sich ins Getümmel. Bald trafen sich die beiden Zwergengruppen in der Mitte, und die letzten Feinde wurden von den blitzenden Äxten in Hälften getrennt.

»Ich komme gern pünktlich zu einer Schlacht«, grüßte ihn ein Zwerg in einem wunderschön gearbeiteten Kettenhemd. Die Stimme war ein wenig hoch, der Bart sehr fein, und die Rüstung schlug an zwei Stellen des Oberkörpers Beulen, wie sie für einen Mann nicht passen wollten. In der Rechten hielt er einen vergoldeten Streitkolben, an dem das Blut der Orks klebte.

»Ich bin Xamtys II. Trotzstirn aus dem Clan der Trotzstirne, Königin der Ersten des Stammes Borengar.« Sie drehte einen Kadaver mit dem Stiefel herum. »Ich wollte zu einer Ratsversammlung, und was sehe ich? Orks. Waren sie auch eingeladen, um für ein wenig Auflockerung zwischen den Disputen zu sorgen?«

Balendilín überwand seine Überraschung schnell. »Ich bin froh, dass die Ersten sich in dieser heiklen Stunde an die Gemeinschaft unserer Stämme erinnern und uns dringend benötigte Hilfe bringen. Ich bin Balendilín Einarm vom Clan der Starkfinger, König der Zweiten. Wer hat euch erreicht? Tungdil oder Gandogar?« Stumm bat er, dass sie Tungdil sagen würde.

»Ich sprach mit Tungdil, und er half mir, mich zu entschließen, das Schweigen zu beenden.« Sie reichte ihm die Hand, er schlug ein. »Und was geschah hier?«

In aller Eile berichtete er ihr von den Ereignissen in Ogertod und dem Verrat eines Zwerges an seinem eigenen Volk. Während er noch erzählte, erhielten sie die Nachricht, dass das große Tor kurz davor stand, von den äußeren Angreifern eingenommen zu werden.

»Ihr müsst das Gebirge verlassen«, riet Xamtys. »Wenn ihr verraten wurdet, kennen sie jeden noch so kleinen Gang, in dem ihr Widerstand leisten könnt.« Sie legte ihm die Hand auf die Schulter. »Kommt mit zu uns, wir gewähren euch Gastfreundschaft, bis wir Nôd'onn besiegt und die Ungeheuer aus eurer Heimat geworfen haben.«

»Nein«, widersprach er sofort.

»König Balendilín, jetzt ist nicht die Zeit für Trotz. Du wirst mit deinem Stamm gegen die Übermacht untergehen, und dann? Dann haben ich und meine Ersten doppelt so viel Arbeit, das Geborgene Land zu retten«, sagte sie in freundschaftlichem Tonfall. »Wir nehmen die Röhren und kehren zu uns zurück. Boten werden Tungdil und Gandogar über die neue Lage unterrichten.« Erleichtert bemerkte sie, dass er ihren Vorschlag innerlich bereits angenommen hatte.

»Sie sollen die Frauen und Kinder hierher bringen und so viele wie möglich in die Loren setzen«, gab er Anweisungen. »Diejenigen, die wir nicht mehr erreichen, müssen ausharren, bis wir zu ihrer Befreiung zurückkehren. Die Minen sind weitläufig genug, um als Verstecke für Einzelne zu dienen. Sie sollen auch die wichtigsten Brücken zum Einsturz bringen. Die Orks werden sie nicht so schnell finden.«

Balendilín empfand es als bittere Niederlage, dass sie den Rückzug antraten, wusste aber keine andere Lösung, um dem drohenden Untergang zu entgehen. *Ohne Bislipur wäre es niemals so weit gekommen*, dachte er voller Hass.

Entschlossen organisierte er ihren Abzug, wählte die Freiwilligen aus, die in die abgelegeneren Regionen des Zwergenreiches laufen sollten, um die Familien der Clans zu warnen und aufs Schlimmste vorzubereiten. »Sagt ihnen, dass sie nur kurze Zeit ausharren müssen«, schärfte er ihnen ein. »Wir kehren in wenigen Wochen zurück und töten die Orks. Das ist ein Versprechen.«

Danach begab er sich in die Ratshalle, um den Zeremonienhammer zu holen und ihn vor Schändungen zu bewahren. Den Hort seines Stammes würden sie niemals finden, nur Gundrabur und er kannten die Runen, die den Weg dorthin freigaben.

Er nahm den verzierten Hammer, der neben dem verlassenen Thron stand, und hörte das Dröhnen der Rammböcke, mit denen die Angreifer das große Tor bearbeiteten. Das Rumpeln ging ihm durch Mark und Bein, es verkündete das nahende Unheil für das Reich der Zweiten, gerade so als klopfte das Unheil selbst mit Macht gegen die Pforte.

Wehmütig betrachtete er den Thron, die Steintribünen, die Stelen mit den Gesetzen seines Stammes, die Säulen der Halle und die kunstvoll gehauenen Szenen an den Wänden, von den goldenen Sonnenstrahlen, die durch die Löcher fielen, in freundliches Licht getaucht. *Ob sie noch da sein werden, wenn ich zurückkomme?*

»Ein König wird doch nicht weichen wollen?«

»Bislipur!« Balendilín wirbelte herum und schaute zu den Steintafeln. Hinter einer von ihnen hatte der Verräter sich verborgen, die Steinspangen in seinen Bartsträhnen stießen leise klirrend aneinander.

»Ich wartete darauf, dich allein anzutreffen, ohne deine eifrigen Helfer. Du hast mir an der Brücke einen Strich durch die Rechnung gemacht. Ich fand es sehr schade, dass es dir gelang, sie zum Einsturz zu bringen.« Er nahm seine Streitaxt und hieb damit gegen die Gesetzestafel, die daraufhin Risse bekam und in große Teile zersprang. »Aber ich bin ein geduldiger Zwerg. So wie ich diese Gesetze der Zweiten vernichte, so werdet ihr gegen die Orks fallen.«

Der König ging die Stufen hinab. »Alles, was du zerstörst, ist Stein, auf dem Worte geschrieben stehen. Wir können sie neu meißeln. Du wirst scheitern! Die Zwerge fanden zu neuer Gemeinschaft zurück. Die Clans der Ersten sind angekommen und haben einen Großteil deiner Verbündeten vernichtet. Weißt du das?«

»Sie sind nicht meine Verbündeten, sie sind Handlanger, Werkzeuge meiner Rache«, stellte er ruhig fest und zertrümmerte die Tafel vollständig. »Feiert nur euren kleinen Erfolg! Aber gegen Nôd'onn werdet ihr auf Dauer nicht bestehen. Er ist zu mächtig und zu wahnsinnig.« Schon zerbarst die zweite Tafel unter seinen Schlägen; der polierte Granit polterte auf die Steinplatten und verteilte sich.

»Genug!« Balendilín stand am Fuß der Throntreppe und näherte sich dem Verräter. Unterwegs stellte er den Zeremonienhammer ab und nahm seine Axt aus dem Gürtel, wohl wissend, dass ihm der

Hinkende an Kraft überlegen war; dafür fehlte es ihm glücklicherweise an Wendigkeit. »Sag mir, warum du das getan hast!«

»Das wird ein Kampf«, lachte Bislipur. »Zwei Krüppel messen sich.«

»Dieses Mal jedoch nicht mit Worten«, fügte der König grimmig hinzu.

Bislipur grinste. »Und schon wieder werden die Clans der Zweiten einen neuen König wählen müssen.« Ansatzlos schlug er zu, doch der Herrscher tauchte unter der Axt hinweg und nutzte den Schwung, um seinerseits einen Hieb zu führen.

Bislipur sprang fluchend nach hinten, aber der Dorn am Ende des Stiels erwischte ihn am ungeschützten Unterschenkel. Leder und Stoff rissen, Blut quoll aus dem Schnitt hervor.

»Warum hast du uns verraten?«, wollte Balendilín erneut wissen.

»Weil dein Schützling nicht Großkönig wurde und es keinen Krieg gegen die Elben gab, deshalb? Warst du so versessen darauf?«

Bislipur sprang vor und attackierte ihn mit einer Serie von Ausfällen, doch Balendilín durchschaute die Finten, wich zurück und wartete aufmerksam darauf, dass der echte Angriffsschlag erfolgte. Sie hatten die breite Halle durchquert und kämpften sich einen Gang entlang, der sie auf eine Brücke führte. Darunter gähnte ein Abgrund von zwanzig Schritt Tiefe.

»Es ist mir gleich, wer auf dem Thron sitzt«, antwortete Bislipur. »Ich wollte einzig und allein, dass es zum Krieg kommt. Die Elben hätten euch vernichtet.«

Sein Schlag kam mit einer Heftigkeit, die unmöglich zu parieren war. Balendilín gelang es gerade noch, die Schneide aus der Bahn zu lenken, doch beinahe verlor er dabei seine eigene Axt.

»Ich verstehe es noch immer nicht, Bislipur. Hat Nôd'onn dich verhext, oder weshalb stellst du dich gegen deinen eigenen Stamm?«

»Meinen eigenen Stamm? Nein, die Vierten sind gewiss nicht mein Stamm. Du warst einmal so dicht dran, dass ich dachte, ich sei verraten.« Wieder durchschnitt seine Axt pfeifend die Luft. Balendilín blockte sie mit einem Gegenschlag, doch der Aufprall und die Erschütterung ließen seine Hand kraftlos werden.

»Du hast es selbst gesagt, Einarm. Ich bin zu stark und ein zu guter Krieger, als dass ich einer von den schwächlichen Vierten sein könnte.« Er schlug nochmals zu, die Finger des Königs öffneten sich, die Axt klirrte auf die Brücke. »Ich bin vom Stamm Lorimbur und werde als derjenige in die Geschichte eingehen, der den Niedergang der anderen Stämme einläutete«, grollte er finster. »Mir gelang, was keinem anderen zuvor glückte.«

Balendilín fiel ihm in den Schlagarm und fing den nächsten Hieb ab, dafür rammte ihm der Verräter mit einem Kopfstoß den Helm ins Gesicht. Mit rotem Nebel und tanzenden Sternen vor den Augen schwankte er nach hinten, das siegessichere Lachen Bislipurs in den Ohren.

»Schade, dass Tungdil ein Dritter ist, sonst könnte er sich nach seiner Rückkehr um deinen Posten bewerben. Oh, er wird weinen, wenn er die Trümmer von Ogertod sieht. Vielleicht verberge ich mich in der Nähe, um ihn und die anderen aus dem Hinterhalt zu töten. Das wäre ein Spaß.«

»Tungdil einer aus dem Stamm Lorimbur? Niemals.« Mit Mühe hielt Balendilín sich auf den Beinen.

»Ich erkenne einen der unsrigen, wenn ich ihn sehe, wir haben ein Gespür für einander. Und glaube mir, dein Thronfavorit ist einer von meinem Stamm, ein Zwergentöter, so wahr wie ich dich erschlage und zusehen werde, wie die Orks deine warmen Innereien fressen.«

»Du lügst!« Der König lehnte sich an das Geländer, seine Beine gaben nach.

Bislipur grinste bösartig und schlug zu. »Mag sein. Es kann dir egal sein.«

Die niederstoßende Axt nahm Balendilín nur mehr als huschenden Schatten wahr.

**Das Geborgene Land, unter dem Königreich Tabaîn,
im Winter des 6234sten Sonnenzyklus**

Das Rumpeln des Felsens warnte sie, sodass Tungdil rechtzeitig die Bremse betätigen konnte. Der Aufprall der Lore gegen die aufgetürmten Felsbrocken war immer noch heftig genug, dass sie durchgeschüttelt wurden und das Fahrzeug aus der Trasse sprang.

»Die Geister haben sich knapp verrechnet«, meinte Bavragor und wischte sich den Staub aus dem Gesicht. Danach half er Balyndis, die ihn gewähren ließ. »Wir hätten bestimmt unter dem Schutt begraben werden sollen.« Er suchte nach seinem Schlauch mit Branntwein und nahm einen Schluck.

»Ach, nur ein kleiner Einsturz«, meinte Rodario und hüpfte vom Vehikel aus auf den Boden. »Der gute Djer_n wird einige Stunden schuften, und wir können unsere Fahrt fortsetzen. Oder hat die ehrenwerte Maga vielleicht noch etwas Wind in der Tasche, um die Röhre freizupusten?« Sein Tonfall war merklich schnippischer geworden, die Abfuhr der Frau vor aller Augen und Ohren hatte ihn gekränkt, was er ihr zu zeigen gedachte.

Der vor Furcht bleiche Goïmgar blieb, wo er war, und zog es vor, die Decke argwöhnisch zu betrachten. Andôkai näherte sich der Stelle und wies ihren Begleiter an, Trümmer aus dem Weg zu räumen, doch bald wurde klar, dass zu viel Gestein im Weg lag.

»Ich vermute, dass die gesamte Röhre eingestürzt ist«, sagte Bavragor, der auf den Blöcken herumkletterte und die Wände besah. »Es sieht so aus, als wären Vorarbeiten vorgenommen worden.«

Furgas eilte zu ihm, betrachtete das Gestein aus der Nähe und tastete daran herum, bis er dem Zwerg zunickte. »Das sehe ich ebenso. Da hat jemand mit einer Picke kleine Löcher in den Stein gehauen, sodass der Gang einstürzen musste, sobald die Stützbalken entfernt wurden.«

»Die Geister haben das Holz zerbrochen«, wisperte Goïmgar mit Beben in der Stimme. »Sie wollten uns vernichten, nachdem wir ihre Warnung missachteten.«

»Ich hätte niemals gedacht, das zu sagen, aber die Singerei des Säufers ist mir tausendmal lieber als dein ständiges Herumgegreine!«, herrschte ihn Ingrimmsch grob an. Sein heißes Blut, das schon lange keine Gelegenheit mehr erhalten hatte, sich nach Lust und Laune auszutoben, meldete sich.

»Boïndil, zähme deine Wut«, sagte Tungdil beschwörend. »Ich weiß, dass es dir immer schwerer fällt, doch du musst sie im Zaum halten.« Er nahm seinen Rucksack, um nach der Karte zu suchen, die ihnen Xamtys mitgegeben hatte, und studierte sie. »Wir gehen zurück. Eine Meile von hier ist ein Ausstieg.« Er schaute zu Goïmgar. »Es sieht so aus, als würden die Gespenster dir deinen Wunsch erfüllen und dir zu einem Spaziergang an der Oberfläche verhelfen.«

»Wo sind wir?«, wollte Andôkai wissen.

»Nach meiner Berechnung befinden wir uns im Südosten des Königreiches Tabaîn«, meinte er. »Ein Marsch bis zum nächsten Eingang sollte uns leicht fallen. Es wird auch das Flache Land genannt, weil es wie eine einzige Ebene daliegt.«

»Hervorragend«, grummelte Bavragor wenig begeistert. »Kaum wünscht sich der Schmalzwerg etwas, geht es in Erfüllung. Ich bin nicht zum Laufen an der Oberfläche gemacht und mag auch die Sonne nicht sonderlich. Die Reiterei hat mir gelangt.«

»Man gewöhnt sich dran«, erwiderte Boïndil. »Hättest du öfter Wachdienst an der Hohen Pforte geschoben, wüsstest du, dass ihre Wärme auf der Haut auch angenehm sein kann.«

»Es war mir zu gefährlich, in deiner Nähe zu stehen«, gab er ätzend zurück. »Ich hatte nicht vor, wie meine Schwester zu enden.«

Balyndis horchte auf. Die unvermittelt entstandene Spannung zwischen den beiden brachte sie dazu, sich vor Bavragor zu schieben, um eine handfeste Auseinandersetzung zu verhindern, doch er packte ihren Arm und schob sie zur Seite.

»Pass auf. Dreh ihm niemals den Rücken zu, wenn er den Hass und die Wut in sich trägt«, warnte er sie vor Ingrimmsch. »Er tötet schnell und ohne nachzudenken.«

Die Muskeln des Zwillings spannten sich, die Hände legten sich an die Griffe seiner Beile. »So, tue ich das, Einauge?!«, grollte er und senkte angriffslustig das Haupt.

»Schluss! Ihr seid beide still«, untersagte Tundgil ihnen jedes weitere Wort. »Damit ihr eure Kraft loswerdet, tragt ihr die Metallbarren, bis ihr nicht mehr könnt und Djer_n es für euch übernimmt.« Widerstrebend kamen sie seinem Befehl nach.

»Bei dem einen verhindert der Schmerz, bei dem anderen die Wut, dass die Einsicht siegt«, erklärte er Balyndis, nachdem er an ihre Seite getreten war. Rasch erzählte er ihr den Hintergrund der schwelenden Feindschaft zwischen den beiden Zwergen.

»Das ist sehr traurig«, bedauerte sie, und ihr rundes Gesicht zeigte Mitgefühl. »Traurig für beide.«

»Auch wenn ich es mir nicht wirklich wünsche, wäre es wohl das Beste, auf Gegner treffen, an denen sich Boïndil austoben kann«, sagte er leise zu ihr, und dabei geriet ihr Geruch in seine Nase. Sie duftete himmlisch wie frisches Öl und sauberer Stahl.

»Kommst du?«, rief Goïmgar, der aus der Lore kletterte und den anderen folgte. »Anführer sollten doch immer vorn gehen, oder irre ich mich?«

»Nein, du irrst dich nicht.« Er eilte an ihm vorbei und schloss zu Boïndil und Bavragor auf, die schweigend ihre Last schleppten. Keiner wollte vor dem anderen als schwächer dastehen und dem Krieger das Tragen überlassen.

Plötzlich ratterte es laut vor ihnen. Eine Lore rauschte die Trasse entlang, und sie schafften es im letzten Augenblick, dem herrenlosen Karren auszuweichen.

Djer_n sprang auf die Seite, zog seine Axt und schlug aus der Bewegung zu, woraufhin sie entgleiste und gegen die Felswand prallte. Sofort war der Krieger dort, hob das Gefährt an und schaute hinein, um einen Passagier ausfindig zu machen. Sie war leer.

»Sie kann in einem Seitengang gestanden und sich gelöst haben«, meinte Rodario. »Welch ein Glück, dass ich die Reflexe eines Katers besitze, sonst hätte es mich glatt erwischt.« Furgas warf ihm einen vielsagenden Blick zu.

»Es waren die Geister«, beharrte Goïmgar leise. »Sie wollten uns damit töten.«

»Sicher.« Boïndil legte die Barren ab, ging näher heran und schnupperte prüfend. »Orks saßen mit Sicherheit nicht drin, das Fett ihrer Rüstung würde ich sehen und riechen.« Er kroch in der Lore herum und gab nicht eher Ruhe, bis er auf etwas gestoßen war. »Die Schnalle eines Schuhs«, verkündete er und hob sie in die Höhe. »Billiges gestrecktes Silber. Sie ist jedenfalls nicht alt, aber sie sieht sehr mitgenommen aus. Kratzer, Dreck.« Er steckte sie ein.

Ich kenne sie von irgendwoher. »Das Rätsel lässt sich auf diese Weise nicht lüften«, entschied Tungdil. »Wir gehen weiter.«

Sogleich bückte sich Ingrimmsch nach seiner Last, und die Gruppe setzte sich in Bewegung.

**Das Geborgene Land, das Zwergenreich des Zweiten,
Beroïn, im Winter des 6234sten Sonnenzyklus**

Im letzten Augenblick ließ sich Balendilín fallen. Die Schneide zischte über ihn hinweg und prallte klingend gegen die Steinbrüstung der Brücke. Er trat Bislipur von unten ins Gemächt, zog seinen Dolch und rammte ihn in die Stiefelspitze. Aus dem Stöhnen des Verräters wurde augenblicklich ein lauter Aufschrei.

Der Schleier vor seinen Augen lichtete sich, er sah Bislipur wieder klar vor sich – rechtzeitig genug, um dem mit viel Wut ausgeführten Hieb zu entkommen. Er rollte sich nach rechts, und die Axt schlug wirkungslos auf die Brücke.

Dieses Mal hatte Bislipur mit der Bewegung des Königs gerechnet und schwang die Waffe wie eine Keule von unten nach oben hinter ihm her. Die Klinge durchtrennte Kettenglieder und drang schmerzhaft in seine verletzte Seite; die Spitze verhakte sich im Ringgeflecht.

»Hab ich dich! Flieg, Einarmiger«, lachte er, packte den Stiel mit beiden Händen, zerrte seinen Gegner an der Waffe hinter sich und schleuderte ihn hart gegen die Brüstung. Balendilín rutschte über die Steine und sah plötzlich den Abgrund unter sich. »Oh, ich habe vergessen, dass dir das Wedeln mit den Armen schwer fallen dürfte.«

»Zeig mir, ob ein Dritter ebenso gut fliegt wie ein Zweiter«, rief der König, streckte sich, um mit seinem Dolch zuzustoßen, und jagte diesen durch den Unterarm des Verräters. Dann spürte er, wie er über die Kante rollte.

Balendilín klammerte sich an den Griff des Dolches und zog den schreienden Bislipur mit sich in die Tiefe. *Für deinen Verrat stirbst du mit mir!*

Zu seinem eigenen Erstaunen endete sein Flug nach zwei Schritt auf festem Untergrund. Der Dolch glitt aus dem Arm seines Feindes. Balendilín war auf den Resten eines Steinbogens gelandet, der sich einst zur Zierde unter die Brücke gespannt hatte und wegen seiner Instabilität abgerissen worden war.

Bislipur schoss an ihm vorbei; instinktiv gab er den Griff der Axt frei, um sich an der vorderen Kante des Bogens festzuhalten, was ihm auch gelang. Doch ihm blieb nur die Rechte, weil der Dolch ihm den anderen Arm vom Ellbogen bis zum Handgelenk aufgeschlitzt hatte.

»Es ist noch nicht vorbei«, keuchte er vor Schmerz und Anstrengung, während er sich mit einer Hand nach oben zog. Seine Augen loderten vor Hass. »Mir reichen fünf Finger aus, um dich zu erwürgen, Balendilín.« Langsam schob er sich über den Vorsprung.

Mit einem lauten Schrei riss sich der König die Axt aus dem Kettenhemd. »Doch, es ist vorbei«, rief er und schlug dem Verräter die Schneide durch den Helm in den Schädel. Es knirschte und knackte, dann lief Bislipur das Blut in die Stirn. »Ich versprach, dass ich dich töte, und meine Versprechen halte ich.«

Er ließ den Griff los, trat dem Sterbenden ins Gesicht und schob ihn über die Kante zurück. Der Körper stürzte in die Tiefe; es knallte dumpf, als er nach mehr als zwanzig Schritt auf dem Stein aufschlug und zerschmetterte.

Vraccas, verbrenne seine Seele in deiner Esse. Balendilín schloss die Augen und lehnte sich an den Steinbogen. Die Schmerzen raubten ihm das Bewusstsein.

Gerade als er halb ohnmächtig von seinem schmalen Sitz rutschen drohte, fanden sie ihn und trugen ihn zu den Schnelltunneln. Seine Lore setzte sich als Letzte in Bewegung.

Das Geborgene Land, Königreich Tabaîn, im Winter des 6234sten Sonnenzyklus

Die Sonne versank am ebenen Horizont und brachte den Schnee ein letztes Mal zum Glitzern, ehe die Dämmerung hereinbrach. Tausende kleiner Diamanten blinkten auf der weißen Ebene.

Mitten in der unberührten Fläche geriet ein einzelner Steinbrocken in Bewegung. Der Schnee rieselte von ihm herab, dann schob er sich zur Seite, und eine Frauengestalt schwang sich aus dem Loch darunter ins Freie. Ihre Fußspuren zerstörten die Makellosigkeit.

»Bei Samusin!«, entfuhr es Andôkai, als sie sich aufrichtete und über die tellerflache Ebene blickte. Überall dort, wo kleine Punkte in weiter Entfernung Siedlungen markierten, stiegen Rauchsäulen in den Himmel. Sie kniete sich hin, um sich kleiner zu machen, und zog den Mantel zum Schutz gegen die beißende Kälte enger um sich. »Die Orks sind schon hier. Sie müssen aus dem Norden gekommen sein.« Die saubere, klirrend kalte Winterluft fuhr in ihre Lungen, und sie musste husten.

Vereinzelt erkannte sie große dunkle Flecken, die sich langsam vorwärtsbewegten und dorthin zogen, wo sich die nächste, noch nicht brennende Stadt, ein unverwüstetes Gehöft oder ein unversehrtes Dorf befanden.

Andôkai schloss die Augen und konzentrierte sich. Sogleich spürte sie die Ausläufer eines schwachen Energiefeldes im Boden, das sich jedoch unter dem Einfluss Nôd'onns zum Schlechten hin gewandelt hatte.

»Wir stehen auf den Resten des Zauberreichs Turguria«, sprach sie langsam. »Das Land unter unseren Füßen war einst reich an Magie. Jetzt kann ich sie kaum nutzen.« Dennoch nutzte sie die Gelegenheit, ihren inneren Vorrat aufzustocken, doch dabei verzerrte sich ihr Antlitz vor Schmerzen.

Ein Zwergenhelm erschien in der Öffnung, ein paar wachsame braune Augen folgten, die umherspähten. »Dann nichts wie weg von hier«, verlangte Boïndil mürrisch und stemmte sich ins Freie; die anderen folgten ihm die letzten Stufen der Treppe hinauf. »Jetzt weiß ich, warum ich mich die ganze Zeit über so unwohl fühle. Hokuspokus, pah. Ist nichts, taugt nichts.« Er schüttelte sich und schob den Stein, der den Zugang zu den Röhren verbarg, wieder an seinen alten Platz. »Gehen wir.«

»Warte.« Tungdil folgte Andôkais Blick. Er fröstelte; sein Atem wurde wieder zu weißen Wölkchen und die Barthaare überzogen sich mit einem Eisfilm. »Ich gebe Euch Recht. Sie müssen aus dem Gebiet des Toten Landes stammen, die Rotten aus Toboribor wären niemals so schnell hierher gelangt.«

»Umso schlimmer für uns«, meinte Goïmgar in seiner gewohnt nörgelnden Art. »Ich ...«

»Sei still, oder du erlebst was«, grollte Boïndil drohend. »Wir denken nach.«

»Du? Nur weil ...«

Ingrimmsch wirbelte herum und stürmte schreiend auf ihn zu. Schnell riss Goïmgar seinen Schild in die Höhe und schrie um Hilfe.

»Nein, Boïndil!« Doch der Zwerg hörte nicht. *Er wird ihn in Stücke reißen!* Tungdil warf sich ohne zu zögern gegen Boïndil, Bavragor folgte ihm, und die drei verschwanden in einer Schneewolke, aus der Fluchen, das Klatschen von Schlägen und Keuchen drangen.

Mit Djer_ns Hilfe gelang es, sie wieder zu trennen. Wie durch ein göttliches Wunder hatte Ingrimmsch darauf verzichtet, seine Waffen zu ziehen, die sicherlich verheerende Folgen für die anderen gehabt hätten. Die blauen Flecken am Kopf und das Blut unter ihren Nasen bewiesen, welche Kräfte der Krieger besaß.

»Es tut mir Leid«, schnaubte Boïndil. »Es ist mein heißes Blut«, suchte er nach einer Entschuldigung, während er seinen Helm im Schnee suchte. »Er hat mich gereizt und ...«

»Schon gut.« Tungdil sparte sich eine Standpauke, seine rechte Gesichtshälfte pochte und fühlte sich heiß an. »Wir werden bald auf Orks stoßen, gegen die du ganz allein kämpfen darfst.«

Balyndis kümmerte sich um ihre Verletzungen; sie formte Schneebälle, mit denen sie die getroffenen Stellen kühlten. Schweigend setzten sich die Gefährten in Bewegung, um nach Nordosten zu marschieren.

Andôkai gesellte sich an die Seite Tungdils. »Vor uns sind keine

Rauchsäulen zu sehen. Die Orks haben wohl auf Geheiß Nôd'onns zuerst den letzten Rest an Widerstand in den Zauberreichen erstickt, ehe sie sich an die Eroberung der weltlichen Königtümer machen.« Sie deutete nach Osten. »Da drüben, auf der Gemarkung Tabaîns, liegt eine befestigte Stadt, dort sollten wir die Nacht verbringen. Es wird eisig kalt werden, und wir sind nicht darauf eingerichtet, im Freien zu schlafen. Sie werden über jede Hand froh sein, die ein Schwert halten kann.«

Tungdil stimmte ihr zu, und so kam es, dass sie lange nach Einbruch in die Stadt einzogen, die sich auf der Karte Grüschacker nannte.

Das Geborgene Land, das Zwergenreich des Zweiten, Beroïn, im Winter des 6234sten Sonnenzyklus

Unterwegs stellte sich den Zwergen eine neue Schwierigkeit: Die Truppen Nôd'onns hatten damit begonnen, die Tunnel zu besetzen und die Schienenverbindungen zu unterbrechen.

Die erste Sperre überrollten sie noch, doch bei der nächsten warteten außer Orks auch Oger und Trolle, die sie mit Gesteinsbrocken bewarfen.

Auf diese Weise verloren sie vier Loren. Glücklicherweise gelang es ihnen, an einer Weichenstelle abzubiegen; dafür ratterten sie nordwärts anstatt nach Westen.

Xamtys gab vor der nächsten Schwungstelle das Zeichen zum Anhalten, um sich mit Balendilín zu beraten. »Der Weg in mein Reich ist uns versperrt«, sagte sie zähneknirschend, während sie sich zur Lore des Königs begab. »Es ist zu gefährlich, die Tunnel weiterhin zu nutzen. Die nächste Trasse könnte von Orks verbogen worden sein und uns geradewegs in einen Abgrund lenken.«

»Bislipur muss ihnen schon vor längerer Zeit von den Röhren verraten haben«, meinte Balendilín, während seine Begleiter die Unterbrechung nutzten, um ihm einen neuen Verband anzulegen. *Es ist grausam. Die Erfindung unseres Volkes, die zum Schutz des Landes gedacht war, wird nun von den Kreaturen Tions dazu benutzt, es schneller zu erobern.* Er dachte nach. »Wir schicken Späher an die Oberfläche.«

»Wir können nicht laufen, Balendilín.« Xamtys betrachtete seine Wunden und schüttelte den Kopf. »Es ist Winter, und unterwegs wird es kaum genügend zu essen geben, geschweige denn, dass wir auf einen Marsch durch Schnee und Eis vorbereitet wären. Die Hälfte von uns würde verhungern und erfrieren.« Sie nahm den Helm ab, die beiden Zöpfe fielen auf ihre Schultern. »Wir müssen uns etwas anderes einfallen lassen. Das Rote Gebirge ...«

»Nein, Xamtys.« Er hielt die Luft an, als seine Wunde schmerzte. Seine breite Hand umklammerte den Rand der Lore, bis der Verband gewechselt war. »Ich habe nicht vor, ins Rote Gebirge zu gehen.« Balendilín zog die Landkarte hervor und deutete auf eine Stelle fast mitten im Geborgenen Land. »Dahin gehen wir, auch wenn es mir nicht gefällt. Es ist ein verfluchter Ort mit zweifelhafter Vergangenheit, aber das einzig sichere Refugium.«

»Wieso?« Sie fuhr sich durchs Gesicht, als könnte sie die schweren Gedanken und die Müdigkeit wegwischen.

»Weil er nicht mit den Tunneln oder sonst irgendeinem Stollen in Verbindung steht. Wir müssen nur wenige Meilen oberirdisch gehen, dafür wären die Kinder und Frauen in Sicherheit. Das Gelände der Umgebung ist flach und überschaubar, wir sind sicher und harren aus, bis Tungdil oder Gandogar uns finden.« Er verfluchte Bislipur nachträglich für die beigebrachte Verletzung, die seine Bewegungsfähigkeit so stark einschränkte und ihn noch mehr schwächte.

»Das Geborgene Land ist groß, und ihnen Boten zu schicken ist eine unsichere Sache.« Xamtys betrachtete den Ort, auf den der Zeigefinger des Königs der Zweiten deutete. »Davon habe ich noch nie gehört.«

»Wir brauchen keine Boten. Wir müssen dafür sorgen, dass jeder weiß, wohin sich die Zwergenstreitmacht zurückgezogen hat, dann erfahren es die beiden unterwegs von selbst. Sie merken sicherlich bald, dass die Orks die Tunnel besetzt halten, und werden Nachforschungen anstellen.«

»Hm«. Die Zwergin wirkte nicht recht überzeugt. »Damit locken wir die Bestien ebenfalls dorthin. Ist das gut?«

»Es ist viel mehr als das. Es ist meine Absicht«, nickte er, und seine braunen Augen blickten sie ernst an. »Ich will, dass Nôd'onn selbst sein Heer zu uns führt.«

Xamtys blickte ihn an, als hätte er den Verstand verloren. »Ich glaube nicht, dass er das tun wird. Und wenn er es tut, sind wir tot, Balendilín. Möchtest du einen schnellen Untergang? Dann hätten wir im Blauen Gebirge bleiben können, und unsere Flucht wäre sinnlos.«

»Nein, Xamtys. Er muss zu uns kommen. Wenn er glaubt, wir besäßen die Artefakte und die Bücher, die er so verzweifelt in seinen Besitz bringen möchte, wird er alle Horden in Bewegung setzen.«

»Den Grund, Balendilín«, sagte sie beschwörend und stützte sich auf die Lore. »Nenne mir den Grund, warum ich meine Krieger in den sicheren Untergang führen soll.«

Er hielt ihrem besorgten Blick stand. »Nôd'onn muss sich in unserer Nähe aufhalten. Nur auf diese Weise bekommen Gandogar und Tungdil die Gelegenheit, die Feuerklingen gegen ihn einzusetzen. Ansonsten wird er irgendwo im Geborgenen Land sitzen, unauffindbar und unnahbar.«

Die Königin verstand seinen Plan. »Wir sind der Köder. Das hat allerdings den Haken, dass wir nicht wissen, wann einer von ihnen auftaucht.«

»Oder ob«, fügte er ehrlicherweise hinzu und schloss für einen Moment die Augen. Ihm war schwindelig, der Blutverlust laugte ihn aus. »Und dennoch ist es die einzige Möglichkeit.«

»Gut.« Xamtys löste die Hände von der Lore. »Aber zuerst muss ich die Clans der Ersten warnen.«

»Dafür wird es zu spät sein. Die Orks kennen die Tunnel, sie werden sicherlich schon bei ihnen eingefallen sein. Ich hätte es an ihrer Stelle so gemacht.« Er fasste ihre Hand. »Geh davon aus, dass wir die letzte Streitmacht unseres Volkes bilden, Königin. Umso wichtiger ist es, Nôd'onn zu vernichten.«

Sie atmete tief durch und betrachtete seine rissige Hand. »Es ist grausam zu ahnen, was im Roten Gebirge geschieht, und nichts daran ändern zu können.« Eine Träne rann in ihren flaumigen Bart. »Wir rächen unsere Toten tausendfach, Balendilín. Die Felder des Geborgenen Landes werden mit dem Blut der Bestien getränkt werden, und mein Streitkolben wird nicht eher ruhen, bis er an einem Ogerschädel birst.« Er wusste, dass diese Waffe niemals zerbrechen würde. Ihr Blick wurde unsicher. »Was ist, wenn Nôd'onn uns überwindet, bevor einer der beiden mit der Feuerklinge zurückkehrt?«

Er lächelte sie an und versuchte, mehr Zuversicht auszustrahlen, als er wirklich in sich trug. »Bis dahin dürfen wir uns nicht überwinden lassen.«

Xamtys hob den Kopf, ihre braunen Augen schauten über die Vehikel, die bangenden und trotzigen Gesichter; kleine Kinder schrien, Kettenhemden und Waffen klirrten leise, weil sich ihre Träger unruhig hin und her bewegten. Die Luft im Tunnel roch verbraucht.

»Also gut, Balendilín. Ich folge dir.« Sie reichte ihm die Hand, dann kehrte sie zu ihrem Vehikel zurück.

Die Kunde über das neue Ziel verbreitete sich wie ein Lauffeuer. Bisher waren die Zwerge mit einem unguten Gefühl gereist, doch der Ort, an den sie Balendilín nun führen wollte, sorgte bei den meisten, die davon gehört hatten, für Unglaube, bei manchen für Entsetzen und bei einigen für blanke Angst.

Das Geborgene Land, Königreich Tabaîn, Grüschacker im Winter des 6234sten Sonnenzyklus

Wieder geschah es, dass die Torwachen die mehr als merkwürdige Reisegruppe passieren ließen, ohne auch nur eine misstrauische Frage über Djer_ns ungewöhnliche Größe zu stellen.

Die Stadt war gigantisch groß. Tungdil erinnerte sich, in Lot-Ionans Büchern einmal die Zahl siebzigtausend gelesen zu haben, und das Buch war damals schon älter.

»Ho, es wundert mich nicht, dass die Orks die Finger von ihr lassen«, sagte Boïndil. »Wenn die Bürger zu den Waffen greifen, stehen den Schweineschnauzen vorneweg dreißigtausend Gegner im Weg.«

»Es wird nicht lange dauern, bis sie eine entsprechend große Zahl zusammengerottet haben oder die Albae es mit List versuchen«, schätzte Andôkai. Mifurdania hatte gezeigt, dass keine Stadt mehr sicher war. »Nôd'onn kann notfalls einen seiner Famuli entsenden, der den Orks die Wände niederreißt. Sind sie erst einmal in der Siedlung, kann man sie nicht mehr aufhalten, dazu kämpfen sie zu stark.« Sie deutete auf ein Gasthaus, in dem noch Licht im Schankraum brannte. »Kehren wir ein?«

»Ich wollte in einer solchen Ebene nicht leben«, meinte Bavragor zu Balyndis. »Es gibt keinen Schatten, und das Schlimmste ist, dass die Sonne immer da ist. Es wird sicherlich so heiß wie in einem Backofen.«

»Ich habe nichts gegen Hitze, wenn sie von meiner Esse stammt«, sagte sie und ließ ihm den Vortritt ins Wirtshaus.

»Ja. Es gibt nichts Schöneres, als den Hammer auf dem glühenden Eisen tanzen und ihn immer neue Melodien singen zu lassen«, stimmte ihr Tungdil zu. »Ich vermisse meine Schmiede sehr.«

»Du? Ich dachte, du bist ein Vierter?«, wunderte sie sich. »Seid ihr eigentlich nicht die Gemmenschneider?«

»Ha«, machte Goïmgar rechthaberisch. »Eigentlich sind wir das. Er ist ja auch kein ...«

»Ich bin ein Vierter, ja, aber ich fühle mich mehr zu dem Handwerk hingezogen, das unser Volk quer durch alle Stämme verbindet«, gestand er.

»Er ist kein Vierter«, vollendete Goïmgar herablassend seinen begonnenen Satz. »Er ist ein Findelzwerg und wuchs bei den Langen auf, bis man ihm den Floh ins Ohr setzte, dass er einer von uns wäre und er Gandogar seinen Titel streitig machen könnte.«

»Aha«, machte sie verwirrt. »Und bei den Menschen hast du das Schmieden für dich entdeckt?!«

»Ich kann mir fast nichts Schöneres vorstellen«, gestand Tungdil, »auch wenn der Schweiß in den Augen brennt, die Arme schwer wie Blei sind und die Funken die Haare versengen.«

Sie lachte, ihre Augen leuchteten. »Ja, das kenne ich.« Balyndis raffte ihr Kettenhemd am rechten Arm hoch und zeigte ihm ein Brandmal. »Schau, das habe ich mir zugezogen, als ich ein Schwert schmieden wollte. Vraccas hat es nicht gefallen, dass ich etwas anderes als eine Axt oder einen Streitkolben aus dem Erz mache, und da sandte er mir die Botschaft durch die Esse. Seitdem habe ich niemals wieder versucht, ein Schwert zu schmieden.«

Voller Begeisterung zog Tungdil seinen linken Handschuh aus und zeigte ihr einen dunkelroten Strich, der in seiner Handfläche verlief. »Hier, von einem Hufeisen«, sagte er. »Es wäre vom Amboss in den Dreck gefallen, und ich fing es auf, ohne lange nachzudenken. Es war das beste Eisen, das ich geschmiedet habe, und ich wollte meine Arbeit nicht ruinieren.«

Seine unvermutete Begeisterung riss die Zwergin mit, sie versanken im Fachsimpeln über die Schmiedekunst und vergaßen das Drumherum, bis Andôkai sich räusperte und sie aus dem Gespräch riss.

»Ihr könnt später weiter reden, zuerst sollten wir uns um die Zimmer kümmern«, schlug sie vor.

Tungdil bemerkte erst jetzt, dass sie in einem großzügig bemessenen Raum standen, der voller Menschen war, die sie neugierig anstarrten. Der riesige Djer_n wirkte wie ein falsch platziertes Standbild, das eher auf den Marktplatz als in die gute Stube eines Wirtshauses gehörte.

Der Wirt überließ ihnen den großen Gemeinschaftsschlafsaal, in dem üblicherweise fahrende Händler nächtigten. Wegen der unsicheren Lage im Geborgenen Land war der meiste Warenaustausch zum Erliegen gekommen, und somit konnten sie es sich für wenig Geld gemütlich machen. Sie bestellten ihr Mahl in ihre Unterkunft, weil keiner von ihnen sonderliche Lust empfand, sich mit den anderen Menschen zu unterhalten.

Bavragor erkannte, dass er bei dem Gespräch über die Kunst des Schmiedens rasch ins Abseits geriet, und daher versuchte er, Balyndis' Neugier für die Bildhauerei zu wecken, was ihm nur leidlich gelang.

Als er gerade anfing, ein Clanlied der Hammerfäuste zu singen, packte Tungdil das Stück Sigurdazienholz aus, um es näher zu betrachten. Balyndis sah es und wandte sich ihm neugierig zu. Bavragor klappte den Mund zu und grummelte Unverständliches vor sich hin.

»Ist das ein Metall?« Die Zwergin runzelte die Stirn, ihre Augen glitten fasziniert über die Oberfläche. »So etwas habe ich noch nie gesehen. Im Roten Gebirge gibt es dergleichen nicht.«

Tungdil erklärte ihr in Kürze, um was es sich bei dem Holz handelte, und reichte es ihr. »Und da es die Bäume nicht mehr gibt, ist dies das letzte Stück. Ohne es wird die Feuerklinge nicht entstehen. Nur Gandogar besitzt ein weiteres.«

Ehrfurchtsvoll befühlte sie es, um mehr von ihm zu erfahren. Bavragor blickte neidisch zu.

»Seht, dem Einäugigen fällt gleich sein letztes Auge raus.« Goïmgar lachte lauthals. »Verstehst du es nicht? Du bist für sie langweilig geworden. Du bist ein Steinschläger, du hast nichts mit der Esse zu tun«, wieherte er boshaft. »Du hast die falsche Gabe, um sie für dich gewinnen zu können.« Er stopfte sich eine Pfeife und schwenkte mit dem Mundstück auf Tungdil. »So ist das mit den Hochstaplern, sie bekommen oft, was ihnen nicht zusteht.«

Tungdil wurde rot, teils vor Scham, teils vor Wut. »Ich bin deine ewige Giftzunge leid, Goïmgar!«, sagte er nachdrücklich. »Spürst du nicht, dass sie dir nichts bringt als Verdruss?«

»Im Gegenteil, mir geht es glänzend«, giftete er. »Ihr hackt doch auch auf mir herum.«

»Du hast noch nicht verstanden, dass es um die Rettung des Geborgenen Landes geht und nicht um den Titel des Großkönigs«, unternahm er einen neuerlichen Anlauf, beschloss dann aber, ihm die Meinung zu sagen. »Nein, du *willst* es nicht verstehen! Deine Rolle *gefällt* dir!«

»Meine Ansichten sind meine Angelegenheit. Es war nicht mein freier Wille, euch zu begleiten, und daran erinnere ich euch immer wieder gern. Das ist mein Recht.«

»Nein, es ist genug, Goïmgar! Wenn ich noch eine Lästerei aus deinem Mund höre, noch ein einziges Wort, eine böse Bemerkung, dann nähe ich dir eigenhändig die Lippen mit glühendem Draht zusammen«, drohte Tungdil. »Auf deine Hände und deine Kunst sind wir angewiesen, auf deine Gemeinheiten nicht.« Er wandte sich mit blitzenden Augen an Bavragor und Boïndil. »Ihr werdet ihn in Ruhe lassen. Keine Sticheleien mehr, keine Bemerkungen.«

Goïmgar paffte schnell, die blauen Rauchwolken stiegen in die Höhe, dann stand er auf und ging zu Tür. »Keine Sorge, ich werde nicht noch einmal weglaufen«, sagte er herablassend, als er das besorgte Gesicht Tungdils sah. »Ich gehe die Straße auf und ab, um meine Lästereien, meine Gemeinheiten, meine bösen Bemerkungen aufzusagen, und keiner von euch wird mich daran hindern.«

Er ging hinaus und gab sich dabei keine Mühe, die Tür leise zu schließen.

»Möchte jemand das köstliche Stück Wurst?«, fragte Rodario vorsichtig in die gespannte Stille hinein. »Ich habe noch Hunger, wollte aber so höflich sein, erst die Meinungen der ...« Er verstummte, weil ihm niemand antwortete, was er als Erlaubnis verstand, sich die Reste nehmen und genüsslich verspeisen zu dürfen. Danach wusch er sich mit dem warmen Wasser und der Seife, die ihnen der Wirt gebracht hatte.

Boïndil bedachte ihn mit einem fassungslosen Blick. Er seufzte leise und machte deutlich, was er von der Angelegenheit hielt. Dann schaute er an Djer_n hinauf, der sich auf den Boden gesetzt hatte, während Andôkai einen prüfenden Blick aus dem Fenster warf und die groben Vorhänge zuzog. Sie hatte ihren Mantel abgelegt. »Sag mal, Langer, hast du auch so Lust, ein Dutzend Schweineschnauzen zu töten?«, wollte er von dem Krieger wissen. »Sollten wir bald auf welche treffen, weißt du ja: Die ersten zehn gehören mir.«

Wie immer entgegnete der Krieger nichts.

Ingrimmsch zuckte mit den Achseln, öffnete ein Fenster und kletterte hinaus, um vom Dach aus nach Goïmgar zu sehen. »Er läuft wirklich in der Gasse auf und ab«, meldete er nach drinnen.

»Ruf ihn zurück«, bat ihn Tungdil, der über der Karte hockte.

Er traute der vermeintlichen Sicherheit der Stadtmauern nicht. *Die Albae haben uns schon ein paarmal bewiesen, dass sie sich durch solche Dinge nicht aufhalten lassen.* Wenn sie Späher in der Nähe oder sogar in der Stadt hatten, wüssten sie längst, dass eine merkwürdig anzusehende Gruppe in Grüschacker angelangt war. *Sie werden kommen und nicht eher ruhen, bis sie ihren Auftrag erledigt haben.*

»Er will nicht«, sagte der Zwilling laut durchs Fenster.

»Sag ihm, du hättest einen Alb gesehen, dann kommt er«, riet ihm Bavragor, der sich mit Balyndis ein Stück echten Zwergenkäse teilte. Andôkai roch den herben Duft und verzog angewidert das Gesicht, sagte aber nichts.

Nach wenigen Lidschlägen hörten sie den Gemmenschneider die Treppe hinauflaufen; er flog ins Zimmer und schlug die Tür zu, um sie sofort mit dem dicken Eichenbalken zu versperren.

Boïndil kehrte von seinem Aussichtspunkt zurück. Das Kettenhemd klirrte leise, als er auf den Boden sprang. »Du hattest Glück«, meinte er todernst und wickelte sich seinen langen Zopf zum Kissen. »Er war dicht hinter dir.«

Goïmgar wurde aschfahl.

VI

Tungdil erwachte, weil er ein sanftes metallisches Schaben hörte, und öffnete die Augen.

Djer_n hatte sich erhoben und stand vor dem Eingang. Die Rechte hielt sein gewaltiges Schwert mit der Spitze waagrecht nach vorn, die Klinge zielte auf die Tür.

Andôkai lag in ihrem Bett. Sie war ebenfalls wach und schaute zu Tungdil, um ihm mit einem knappen Zeichen zu bedeuten, so zu tun, als schliefe er noch.

Ein dünnes Stück Holz wurde durch einen schmalen Türspalt geschoben, dann wanderte es nach oben, wobei es den Eichenbalken lautlos aus der Halterung schob und die Sicherung entfernte.

Stückchen für Stückchen wurde die Tür geöffnet. Ein schwacher Lichtschimmer fiel herein und zeichnete einen gedrungenen Schatten auf den Boden.

Die Gestalt war so groß wie ein Zwerg, sie trug einen Helm und hatte einen sehr krausen, buschigen Bart, wie Tungdil im Gegenlicht erkannte. In der Linken hielt sie ein Säckchen. Sie erschrak, als sie Djer_n erblickte, und Andôkai gab dem Krieger einen Befehl.

Seine freie Hand ruckte nach vorn, um den Eindringling zu fassen, doch dieses Mal reichte die übermenschliche Schnelligkeit nicht aus.

Der Zwerg bückte sich unter den Fingern weg und rannte ins Zimmer hinein anstatt hinaus.

»Nicht so eilig!« Tungdil sprang aus dem Bett und stellte sich dem unbekannten Zwerg in den Weg, um ihn aufzuhalten, aber auch er unterschätzte seine Wendigkeit. Alles, was ihm zu seinem Erstaunen in der Hand blieb, war eine kratzige Bartlocke.

Der unbekannte Zwerg hopste zum Fenster hinauf und warf das Säckchen nach ihm, ehe er übers Dach flüchtete. Der Behälter prallte gegen Tungdil. Klingelnd verteilte sich der Inhalt auf den grob behauenen Dielen.

Der Lärm reichte aus, um die anderen zu wecken, Boïndil lief mit gezückten Beilen im Raum umher und schrie nach den Orks, die ruhig kommen sollten, jeder langte nach den Waffen.

Balyndis stand in der Unterwäsche auf ihrem Bett, die Axt mit beiden Händen umklammert. Mondlicht fiel durch den Vorhangspalt und machte ihre Kleidung durchsichtig. Jedenfalls dachte Tungdil, dass er mehr von ihrem Körper erkennen konnte, als ihr vielleicht lieb war, aber die Rundungen, die er sah, gefielen ihm zu gut.

»Was war?«, verlangte Ingrimmsch streitlustig zu wissen.

»Wir hatten einen ungebetenen Besucher, einen Zwerg«, sagte Andôkai und schaute aus dem Fenster, um zu sehen, wo er abgeblieben war, »der erstaunlicherweise meinem Zauber trotzte. Er ist weg.«

»Gold«, meinte Tungdil überrascht, als er die gelben Scheiben am Boden sah. Er bückte sich und sammelte sie auf. Manche klebten aneinander, und seine Finger wurden feucht.

»Und ein Dolch«, machte Goïmgar sie aufmerksam, der sich in eine Ecke kauerte.

Boïndil hob ihn auf und betrachtete ihn abschätzend. »Das ist Zwergenarbeit«, meinte er und hielt ihn Balyndis hin. »Was sagst du dazu?«

Das Poltern von schweren Stiefeln, die die Stiegen hinauftrampelten, drang zu ihnen ins Zimmer. Gerüstete Stadtwachen stürmten in den Raum, die Hellebarden drohend nach vorn gerichtet.

»Licht!«, brüllte jemand. Lampen wurden herbeigeschafft, und noch mehr Bewaffnete drängten herein.

Nur weg damit. Tungdil wollte das Gold rasch aus dem Fenster werfen und Boïndil anweisen, die Waffe verschwinden zu lassen, doch es war zu hell und damit zu spät für ein verstecktes Manöver. Im Schein der Lampen sah er, dass sich seine Finger rot gefärbt hatten; an den Münzen und der Klinge haftete fremdes Blut.

»Bei Palandiell, das nenne ich dreist!«, wetterte der Hauptmann der Garde, ein kräftiger Mann von vierzig Zyklen mit einer kleinen Narbe auf der linken Wange. »Da sind die missratenen Spitzbuben und halten frech Rat, wie sie ihre Beute aufteilen sollen.« Sein Blick fiel auf den Dolch in der Hand des Zwillings. »Und hier haben wir die Waffe!« Er winkte seinen Gardisten zu. »Festnehmen. Alle. Auch den Großen und die anderen. Die Befragung wird ergeben, ob sie etwas mit der Sache zu haben.«

»Welche Sache denn, Hüter der städtischen Sicherheit?«, erkundigte sich Rodario in seinem zuvorkommend höflichen Tonfall, als plauderte er mit dem Gerüsteten über das Wetter. Er richtete seine Unterwäsche mit Bewegungen, wie sie einem Adligen würdig gewesen wären. »Wärt Ihr wohl so freundlich, ein wenig Licht in die Angelegenheit zu bringen?«

»Es geht um den Raubmord an Patrizier Darolan, gerade eben, nur drei Gassen weiter.« Er blickte auf Boïndil. »Pech für dich. Du wurdest von uns gesehen und verfolgt.« Er wandte sich an einen Unteroffizier. »Es scheint sich um eine ganze Bande zu handeln. Womöglich betreibt sie es als Handwerk.«

»Das ist ein großes Missverständnis«, begehrte Tungdil auf und erklärte, was sich vor dem Eintreffen der Stadtwache im Zimmer abgespielt hatte. Zum Beweis hielt er ihnen die Locke hin, die sich bei genauerem Hinsehen als ein Stück ungesponnene Wolle entpuppte.

Der Hauptmann lachte ihm ins Gesicht. »Sicher doch, Unterirdischer. Du denkst, ich falle auf diesen Schwachsinn herein?«

»Zugegeben, es klingt abenteuerlich ...«

»Es klingt lächerlich. Du und deine Kumpane sind verhaftet, im Namen des Königs«, entschied er. »Wir finden heraus, wer von euch gemordet hat. Die Folter hat bisher jeden Mordbuben geständig gemacht.«

»Wie ich schon erwähnte, wir haben nichts mit den Zwergen zu tun«, sagte Rodario mit gewohnter Selbstverständlichkeit, wobei er Tungdil kurz zuzwinkerte. »Wir sind die Begleiter der Dame, ihr Gefolge, und trafen die ...«

»Das klären wir in der Zitadelle«, unterbrach ihn der Hauptmann harsch. Sein eben noch mürrisches Gesicht wurde plötzlich freundlicher. »Andererseits ... die Beweise eurer Unschuld liegen auf der Hand.« Er nahm die falsche Bartlocke, wandte sich um und deutete zur Tür. »Abmarsch. Wir wurden an der Nase herumgeführt. Der Mörder muss noch draußen unterwegs sein.«

»Hauptmann?!«, wunderte sich sein Unteroffizier unverhohlen. »Wir haben doch gesehen, wie der Zwerg in die Schenke ...«

»Wir suchen draußen«, wiederholte er. »Wird's bald? Sonst entkommt uns der wahre Mörder.« Da er sich von seiner Ansicht nicht mehr abbringen ließ, leisteten seine verdutzten Untergebenen seinen Anweisungen Folge und kehrten auf die Straße zurück. Nicht lange darauf tönte das Scheppern ihrer Rüstungen durch das geöffnete Fenster.

»Das war knapp. Wie gut, dass er zur Besinnung kam«, atmete Rodario auf. »Schlafen wir weiter?«

Andôkai packte ihre Sachen zusammen. »Wir müssen von hier verschwinden. Mein Zauber wird nicht ewig halten, sein Verstand kehrt bald zurück.«

Boïndil kratzte sich am Bart. »Meinst du den Schauspieler?«

»Nein, sie meint den Hauptmann«, erklärte Tungdil und musste grinsen. Nun wusste er auch, warum alle sich so wenig um Djer_n kümmerten. Die Maga schien die Gedanken beeinflussen zu können. »Sie hat ihn verhext, oder warum sollte er sonst so gehandelt haben?« Nachdenklich betrachtete er einen Fetzen der groben Wolle, die zwischen seinen Fingern geblieben war. *Jemand wollte uns eine Falle stellen, die beinahe zugeschnappt wäre.* »Eine verfluchte Falle.«

»Ho, und wie es uns beinahe erwischt hätte! Der Mörder hat sich als einer unseres Volkes getarnt«, ärgerte sich Ingrimmsch und begann zu packen. »Dafür werde ich ihn in kleine Scheibchen schlagen, wenn ich ihn in die Finger bekomme.«

»Ein Kind kann es unmöglich gewesen sein, dazu war er zu flink«, sagte Balyndis, während sie sich wie die anderen abreisebereit machte. »Ein Gnom oder ein Kobold …«

Tungdil klopfte sich gegen den Kopf »Swerd! Der Handlanger Bislipurs! Er ist ein Gnom!« Sie eilten zur Tür und die Treppe hinab, während er weitersprach. »Er muss uns gefolgt sein und auf eine Gelegenheit gewartet haben, uns auf Geheiß seines Herrn richtig in Schwierigkeiten zu bringen.«

»Ein zäher Scheißer«, zollte ihm Bavragor Respekt, den Rucksack fester verzurrend. »Seine Nase muss verdammt gut sein.«

»Unsinn, es war ein Leichtes, uns zu folgen«, hielt Boïndil dagegen und sicherte den Schankraum.

»So leicht auch wieder nicht. Immerhin muss er sich irgendwie bei den Ersten eingeschlichen haben und bis zu unseren Tunnels gelangt sein«, meinte Balyndis beeindruckt.

»Die leere Lore mit der Schuhschnalle, erinnert ihr euch?« Tungdil pirschte zur Tür, um einen vorsichtigen Blick hinauszuwerfen. »Die Schnalle kam mir gleich so bekannt vor.« Er huschte hinaus, Boïndil blieb an seiner Seite. »Ihr könnt kommen, sie suchen in einer anderen Gasse nach uns«, rief er.

»Und nicht rennen«, schärfte Ingrimmsch Goïmgar ein. »Wer nachts rennt, ist verdächtig.«

Sie schlenderten die Straßen von Grüschacker entlang, als hätten sie nichts Besseres zu tun, unterhielten sich leise und erweckten für einen zufälligen Beobachter nicht den Eindruck, etwas Verbotenes zu tun oder flüchtige Verdächtige zu sein; Djer_n hielt sich im Schatten, um so unsichtbar wie möglich zu sein.

Kurz vor dem Tor kam ihnen eine Abteilung Gardisten entgegen, die sich auf ihrer gewöhnlichen Patrouille befand.

»Nicht die Nerven verlieren«, raunte Boïndil.

»Je öfter du es sagst, umso nervöser machst du ihn«, zischte Balyndis, der das Zittern Goïmgars nicht entgangen war.

Die beiden Gruppen näherten sich und befanden sich auf gleicher Höhe, als eine dünne Stimme laut schrie: »Haltet sie! Sie sind gesuchte Mörder! Haltet sie! Wachen, kommt her! Da laufen sie!«

»Ich werde Swerd seinen kleinen Hals zudrücken«, grollte Ingrimmsch und zog seine Beile, um sich gegen die Gardisten zu verteidigen, die verunsichert zu ihrem Anführer blickten.

Da erschien der Hauptmann des ersten Suchkommandos und brüllte Befehle, alle festzusetzen. Kerzen flackerten hinter den Scheiben der Straße auf, Läden wurden geöffnet, die Stadt erwachte mitten in der Nacht.

»Wir haben keine Zeit, ihnen die Sache zu erklären«, stellte Andôkai fest und zog ihr Schwert. »Sie würden uns nicht glauben und in den Kerkern verrotten lassen.«

»Was sollen wir tun?«, wollte Bavragor wissen und hielt den Stiel seines Hammers umschlossen, bereit, sich den Weg durchs Tor freizukämpfen.

»Ich trenne mich von euch, um sie zu verwirren. Wir treffen uns auf der anderen Seite der Mauer«, verabschiedete sich Rodario hastig, nahm seinen wertvollen Seesack mit den Requisiten und Kostümen und enteilte in ein Gässchen, ehe sie von den Wachen vollständig umringt waren. »Ich stehe doch nur im Weg herum.«

»Schauspieler«, stöhnte Narmora grinsend und zückte ihre Waffen.

»Tötet nur, wenn es nicht anders geht«, gab Tungdil die Parole aus und hob seine Axt mit der stumpfen, abgeflachten Seite voran. »Wir verlassen Grüschacker. Mit oder ohne Erlaubnis.«

*

Tungdil merkte, dass die Gardisten wenig Kampferfahrung besaßen. Wer tagtäglich Diebe hetzte oder Betrunkene einsperrte, hatte keinerlei Vorstellung, was es bedeutete, sich gegen entschlossene Zwerge, eine Maga, eine Halbalbin und einen riesigen Krieger zu stellen.

Furgas als Kämpfer zu zählen wäre übertrieben gewesen, aber er bemühte sich redlich, wenigstens für Ablenkung zu sorgen, um Narmora einen ungehinderten Schlag zu ermöglichen. Goïmgar erhielt die verbliebenen Barren zur Aufsicht.

Nach einem eher kurzen Gefecht gelangten sie vor das Tor, wo Rodario stand und sich mit einem Wächter unterhielt. Der war auf diese Weise genügend abgelenkt, dass sich die Gruppe nähern konnte, ohne dass er Alarm schlug, und als die Maga neben ihm auftauchte, war es zu spät.

»Du wirst uns hinauslassen und niemandem sagen, dass du uns gesehen hast«, sprach Andôkai mit dunkler Stimme zu ihm, und tatsächlich machte sich der Gardist wie im Rausch daran, das Tor zu öffnen.

»Na, wie war ich? Habe ich seine Sinne nicht herrlich in meine Worte verstrickt und Euch die Gelegenheit gegeben, ungesehen heranzukommen? Die Magie ist schon eine sehr praktische Sache«, befand Rodario. »Wenn Ihr bei unserem Stück vielleicht hinter der Bühne ein wenig zaubern könntet, wäre die Aufführung nicht zu imitieren. Hättet Ihr Interesse an so ...«

»Halt den Schnabel«, sagte Furgas kopfschüttelnd.

»Fragen wird man wohl noch dürfen. Ich mache mir lediglich Gedanken um die Zeit nach unserem großen Abenteuer.«

Bavragor lachte. »Wenn du es lebend überstehst.«

Die ratternden Geräusche, welche die Winde für das Gatter verursachte, weckte neuerliche Wächter, um die sich Boïndil mit Hingabe kümmerte. Zwar schlug er nur mit den stumpfen Seiten seiner Beile zu, dennoch hörte Tungdil es mehr als einmal krachen.

Er kann sich kaum zurückhalten. Beunruhigt betrachtete er das blutüberströmte und merkwürdig deformierte Gesicht eines Gardisten, der nach einem Hieb Ingrimmschs zuckend zusammenbrach. Damit gab es wenigstens einen Toten, und sie wurden wegen Mordes gesucht.

Währenddessen hob sich das Gatter, doch Swerd verfolgte im Verborgenen, was sie taten, und hielt sich bereit, um ihnen die Stadtwache ein weiteres Mal auf den Hals zu hetzen. »Hier, am Tor!

Da sind sie! Die Mörder flüchten!«, schrie er laut aus dem Schatten einer Seitengasse.

Sein Gezeter riss den Letzten aus dem Schlummer, er kreischte alles zusammen, was Beine hatte und eine Waffe halten konnte, sodass die ersten mutigen Angehörigen der Bürgerwehr mit hastig übergeworfenen Kleidern aus den Häusern liefen.

»Maga, tut etwas!«, rief Tungdil, der ein Blutvergießen sondergleichen fürchtete, sollte sich Boïndil in seinem Kampfrausch gegen die schlecht gerüsteten Bewohner Grüschackers wenden. »Es sind zu viele!«

Dieses Mal zauberte sie nicht. »Djer_n«, sagte Andôkai und fügte unverständliche Silben hinzu.

Der Krieger trat nach vorn. Die zuckenden Fackeln der Menschen beleuchteten seine Rüstung und hauchten der unheimlichen Fratze auf dem Visier Leben ein. Ein Laut drang hinter dem Helm hervor, den Tungdil noch niemals in seinem Leben gehört hatte. Es war eine Mischung aus einem reptilienhaften Fauchen und dem dumpfen, tiefen Grollen eines Erdbebens, voller Angriffslust, voller Gefahr und voller Warnung, nicht näher zu kommen. Seine Nackenhaare richteten sich auf, und Angst kroch in seinen Körper; unwillkürlich wich er vor dem Wesen zurück.

Hinter dem Sehschlitz der Maske steigerte sich das violette Schimmern und wurde zu einem Leuchten, das sogar das Licht der Fackeln überdeckte. Die entsetzten Gesichter der Menschen badeten in heliotroper Helligkeit, die sich bis zur Schmerzgrenze steigerte.

Djer_n stieß den Ton erneut hervor, noch kräftiger und Furcht einflößender als beim ersten Mal, und die Bürger, sogar die Wachen, wandten sich voller Furcht zur Flucht und rannten in die schützenden Gassen und Straßen zurück.

Das Gatter hatte sich weit genug geöffnet. »Wir gehen«, befahl Tungdil stockend und noch immer beeindruckt von Djer_ns Stimme. *Falls es seine Stimme war.*

Sie liefen hinaus in die Nacht, folgten dem verschneiten Weg und vergewisserten sich immer wieder, dass ihnen niemand folgte. Der Auftritt des riesigen Kriegers musste die Städter überzeugt haben, von einer Jagd abzusehen.

Tungdils Neugier, was sich in dem Kleid aus Eisen und Stahl verbarg, erhielt neue Nahrung, obwohl er sich nicht mehr ganz sicher war, es wirklich wissen zu wollen. *Ein Mensch steckt jedenfalls nicht darin.*

Schweigend eilten sie über die verschneite Straße. Bavragor, der hinter Goïmgar trabte, musterte irgendwann dessen Rücken. »Wo ist der Sack mit den Barren?«, schnaufte er und erhielt keine Antwort. »He, ich habe dich was gefragt!«

Der Edelsteinschleifer beschleunigte seine Schritte, um mehr Abstand zu gewinnen, ehe er antwortete. »Eine Wache hat ihn mir aus der Hand geschlagen, und in dem ganzen Getümmel kam ich nicht mehr an ihn heran. Es tut mir Leid«, gestand er klagend. »Ich habe es nicht mit Absicht getan.«

»Nicht mit ...?! Was ich gleich machen werde, geschieht dagegen mit voller Absicht«, rief Bavragor, aber Tungdil hielt ihn mit eisernem Griff zurück.

»Lass es gut sein.«

Der Steinmetz konnte es nicht fassen, sein rotbraunes Auge sprühte vor Ärger. »Aber wir können nicht mehr zurück, um die Barren zu holen! Wie sollen wir die ...«

»Wir gehen ins Reich der Fünften, dort wird sich etwas finden lassen«, unterband Tungdil den Disput; seine Stimme klang selbstsicher und fest wie die eines Anführers.

»Du hast damals selbst gesagt, dass du dich darauf nicht verlassen willst«, hielt ihm Bavragor störrisch vor. »Und nun ...«

»... ist es nicht mehr zu ändern. Finde dich damit ab«, entgegnete Tungdil. Er ließ seinen Arm los und klopfte ihm aufmunternd auf die Schulter. »Ganz gleich, was uns noch alles zustoßen wird, wir werden nicht verzagen, denn wir können es uns nicht erlauben! Wir sind die Retter des Geborgenen Landes, und wer sonst außer uns könnte das vollbringen, was wir tun müssen, Bavragor?«

»Er macht es schlimmer«, grummelte er in Richtung Goïmgar. »Ohne ihn wäre uns viel Ärger erspart geblieben.«

»Es wird seinen Sinn haben, dass Vraccas mich ihn auswählen ließ. Und nun sei still und achte auf deine Atmung, sonst bekommst du Seitenstechen. Goïmgar kann jedenfalls besser laufen als du.«

»Feiglinge können immer gut laufen«, war die letzte Bemerkung Bavragors, ehe ein Scheppern erklang und er plötzlich steif wie ein Brett wurde. Seine Beine knickten ein, und er stürzte, wo er stand, in den Schnee; eine glitzernde Wolke stob in die Höhe, die Kristalle legten sich wieder und überzogen ihn mit einer dünnen, pudrigen Schicht. Aus seinem Nacken ragte der Schaft eines Armbrustbolzens.

Augenblicklich warfen sie sich – außer Djer_n – zu Boden, um nicht von dem Schützen getroffen zu werden, Andôkai gab dem Krieger wiederum eine unverständliche Anweisung, woraufhin er seinen Blick über die Ebene schweifen ließ und unvermittelt davonpreschte.

Albae waren es nicht. Tungdil konnte den heimtückischen Angreifer im Gegensatz zu Djer_n nicht ausmachen. *Gardisten? Aber ihre Fackeln müssten zu sehen sein.*

Die Maga robbte durch den Schnee und kam an die Seite des Steinmetzen, um seine Verletzung zu prüfen, Balyndis näherte sich ebenfalls.

»Die Spitze hat sein Rückgrat knapp verfehlt«, erklärte sie nach einer ersten Begutachtung. »Sein Umhang und der eisenbeschlagene Ledernacken des Helms haben dem Geschoss die Wucht genommen.« Ohne zu zögern packte sie das herausragende Bolzenstück und zog es aus der Wunde. Dann legte sie die Rechte auf das Loch, aus dem Bavragors Blut schoss. »Ich schätze, er wird mir verzeihen, dass ich meine Samusinmagie einsetze, um sein Leben zu retten«, sagte sie und schloss die Augen, um sich besser konzentrieren zu können. »Die Heilung von Zwergen gehört nicht zu den Disziplinen, die ich besonders gut beherrsche. Ich hoffe, es gelingt mir.«

Das hoffe ich auch. Etwas zischte knapp an Tungdils Kopf vorbei, ein drittes Geschoss prallte gegen den Schild Goïmgars, dann erscholl ein gellender, heller Schrei, der unvermittelt abriss. Djer_n hatte den Schützen gestellt.

Er kehrte mit seiner kleinen Beute zurück und warf sie ins Weiß. Dort, wo das Bündel auftraf, färbte sich der reine Untergrund gelbgrün; der Kopf mit den langen, spitzen Ohren fiel daneben.

Goïmgar verspürte Entsetzen. »Swerd!« Es war tatsächlich der Gehilfe Bislipurs. Schaudernd blickte er auf die Leiche, danach auf die Einschlagstelle auf seinem Schild, wo man deutlich den Abdruck des Bolzens sah. »Wieso hat er auch auf mich ...« Hastig schwieg er.

»Geschossen?«, vollendete Tungdil den Satz. Er betrachtete die gebrochenen Augen des Gnoms. Auf diese Frage hätte auch er gern eine Antwort erhalten, aber die kompromisslose Art, mit welcher der Krieger für das Ende der Bedrohung gesorgt hatte, verhinderte das. »Du bist mit dem falschen Anwärter unterwegs, das wird er gedacht haben.«

Er bückte sich, um das dünne Kropfband an sich zu nehmen, das nun nutzlos geworden war. Die Zeit als Sklave endete für den

Gnom anders, als er es sich erhofft hatte. Nachdenklich steckte er es ein, um es beim nächsten Zusammentreffen mit Bislipur als Beweisstück vorzulegen. Dabei fiel ihm ein buttergelber, glänzender Fleck am Hals auf. *Gold!* Es war wohl wirklich der Gnom gewesen, der ihm bei dem Wettlauf mit Gandogar ein Bein gestellt hatte.

»Dieser Hinkende ist Abschaum«, brachte Boïndil es wütend auf den Punkt und wischte sich den Schnee von der dicken Kleidung und aus dem Bart. »Hetzt seinen Lakai auf uns, um uns zu töten! Zwerge töten absichtlich keine Zwerge, das ist das schlimmste Verbrechen, dem man sich schuldig machen kann.«

»Er hätte uns ja auch nicht getötet«, meinte Tungdil noch immer sinnierend, »der Gnom macht die Drecksarbeit. Bislipur wäre sicherlich wieder eine Ausrede eingefallen.«

»Vraccas, ich bitte dich, lass uns Gandogar treffen, damit ich ihn windelweich prügeln kann«, flehte der Zwilling inbrünstig.

Goïmgar schüttelte abwesend den Kopf, noch immer rang er mit seiner Fassung. »Nein, niemals hätte Gandogar ein solches Spiel betrieben und Bislipur beauftragt, uns zu töten. Bislipur muss in seinem Wahn auf eigene Faust gehandelt haben. Er ...« Der Zwerg verstummte hilflos, sein Vertrauen war erschüttert.

»Du willst doch auch, dass Gandogar auf den Thron kommt, oder etwa nicht?«, meinte Ingrimmsch lauernd.

»Sicher. Ich habe von Anfang an keinen Hehl daraus gemacht. Aber einen unseres Volkes töten?« Er erschauderte. »Er ist wahnsinnig geworden«, wiederholte er leise und schaute auf den regungslos daliegenden Bavragor. »Bislipurs Verstand ist von dem Wunsch verblendet, Gandogar zum Großkönig zu machen, nur so kann es gewesen sein.«

Balyndis hielt die Hand des Steinmetzen und ließ ihn spüren, dass man sich um ihn kümmerte. Langsam verwuchs die offene Stelle im Nacken, bis nur noch eine kleine Narbe zu sehen war. Erschöpft sank Andôkai in den Schnee und kühlte ihr Gesicht.

»Ich habe die Verletzung geheilt«, erklärte sie schwach. »Er müsste gleich ...«

»Samusinmagie«, murmelte Bavragor schläfrig, »ich habe es mir überlegt. Sie taugt doch was.« Etwas benommen, doch mit aller Ernsthaftigkeit nickte er der ausgelaugten Maga zu. Mehrer Worte bedurfte es nicht, seine Dankbarkeit auszudrücken.

*

»Eine Frage, Anführer unserer glorreichen Truppe.« Ein bibbernder Rodario erschien bei Sonnenaufgang an Tungdils Seite, den Sack mit Kostümen eisern schleppend, und deutete versteckt auf Djer_n. Das Ereignis der vergangenen Nacht hatte ihm wie auch allen anderen ins Gedächtnis gerufen, dass der Krieger wahrlich kein hoch gewachsener Mensch war. »Was *ist* das?« Er war kaum zu verstehen, weil er sich den Schal mehrfach um den Kopf gewickelt hatte.

»Ich habe keine Ahnung«, antwortete Tungdil ihm ehrlich, ohne seinen Marsch zu unterbrechen.

Rodario ließ wie immer nicht locker. »Nein? Aber du bist doch schon so lange zusammen mit ihm unterwegs, wie ich hörte.«

»Sie hat uns gesagt, dass es kein Ungeheuer ist.« Unwillkürlich dachte er an die Nacht in der Oase, in der er einen Eindruck davon erhalten hatte, was sich hinter dem fratzenhaften Visier verbarg, und er schüttelte sich.

Der Schauspieler blies sich warme Luft auf die blau angelaufenen Finger. »So? Kein Ungeheuer? Was ist es dann? Ich kenne keinen Menschen, dessen Augen imstande sind, eine dunkle Gasse hell zu erleuchten. Wenn es ein Trick sein sollte, muss ich ihn unbedingt erfahren, um ihn bei unserem Theater zur Anwendung zu bringen.«

Tungdil sagte einfach nichts mehr und hoffte, dass Rodario verschwand; er stapfte energisch durch den Schnee und betrachtete die Karte, um sich zu orientieren.

»Schön, dann nehme ich einfach an, es ist eine Ausgeburt Tions.« Rodario sah sehr zufrieden aus und steckte die Hände wieder in die Taschen des Pelzmantels. »Das verleiht dem Stück zusätzliche Dramatik. Meine Güte, es wird brillant, unerreicht! Das ganze Geborgene Land wird kommen, um sich unsere Aufführung anzusehen.« Er fluchte laut. »Wenn es nur nicht so kalt wäre, dass die Tinte gefriert. Ich werde alles vergessen, bis wir wieder zu Hause sind.«

»Trage das Fass am Körper«, riet ihm der Zwerg. »Damit hältst du es warm und dürftest schreiben können.«

Rodario versetzte ihm einen freundschaftlichen Schubs. »Ein heller Verstand lebt unter deinen vielen Haaren, mein kleiner Freund. Nicht, dass ich nicht gerade eben selbst darauf gekommen wäre, dennoch meinen herzlichen Dank.«

Sie liefen über eine verschneite Straße, auf der sich kein einziger Fußabdruck fand. Der Winter und die Orks sorgten dafür, dass die

Bewohner Tabaîns in ihren warmen Häusern blieben und sich verbarrikadierten.

In dem flachen Land sah man Angreifer auf riesige Entfernungen nahen. Die Spähtürme erreichten bei klarem Wetter Ausblicke von einhundert Meilen, aber die Vorwarnung brachte in diesem Fall nichts. Gegen die Orks aus dem Norden half nur ein gut geführtes Schwert, und daran mangelte es derzeit an allen Ecken und Enden.

Tungdil verglich ihre Position mit dem Standort auf der Landkarte. Sie kamen den alten Grenzen des Toten Landes immer näher. *Es ist sicherlich weiter vorgedrungen. Der Winter macht es unmöglich herauszufinden, wie weit sein Einfluss reicht.*

»Orks«, rief Boïndil nach hinten. »Etwa zwanzig Meilen westlich von uns. Sie ... kehren um und ziehen nach Osten«, wunderte er sich. »Sie marschieren schnell. Aber wohin wollen sie nur? Suchen sie uns?«

Bavragor machte sie auf das Gehöft aufmerksam, das sich auf der ursprünglichen Route befunden hatte. Für gewöhnliche Augen wäre es nicht zu erkennen gewesen, aber seine Sehkraft ermöglichte es ihm. »Das wäre ihre nächste sichere Beute gewesen. Sie haben es nicht angerührt.« Er wischte sich den Schweiß von der Stirn; sein Gesicht hatte eine intensive rötliche Färbung angenommen.

»Ist mit dir alles in Ordnung?«, erkundigte sich Balyndis. »Du siehst aus, als hättest du Fieber.«

»Wundbrand«, verbesserte Ingrimmsch. »Kann es sein, dass der Hokuspokus doch nicht so wirkte, wie er sollte?«

Andôkai ließ es mit dem Vorwurf nicht auf sich beruhen. Sie ging zum Steinmetzen und bat ihn, den Nacken zu beugen, um die Wunde zu betrachten, Boïndil stand sofort daneben. Beide kamen zur gleichen Ansicht.

»Die Stelle ist sauber verheilt«, bescheinigte er ihr, »daran gibt es nichts zu rütteln.«

»Es wird der Blutverlust sein«, versuchte Bavragor die allgemeine Sorge um ihn, die ihm sichtlich unangenehm war, zu zerstreuen, doch die resolute Schmiedin zog einen Handschuh aus und legte die Linke auf seine Stirn.

»Bei Vraccas! Darauf könnte ich ein Hufeisen schmieden, so heiß ist sie!«, entfuhr es ihr besorgt.

»Bei seinem Dickschädel müsste es auch gelingen«, neckte ihn Tungdil. »Unser Hammerfaust wird so leicht nicht umgeworfen.«

»Er hat Fieber. Hohes Fieber. Es kann auch eine Erkältung sein«, warnte sie. »Wir müssen uns eine Unterkunft suchen, um es zu senken, sonst kann es eine Gefahr für sein Leben werden.«

»Unsinn«, trotzte Bavragor dem Ratschlag der Zwergin. »Ich bin ...« Er fing an zu husten und wollte sich fast nicht mehr beruhigen; der Anfall schüttelte ihn durch, dass er einknickte. Tungdil stützte ihn, damit er nicht in den Schnee fiel.

»Ha, eine Erkältung.« Balyndis schaute sich um. »Wir müssen uns einen warmen Platz für ihn suchen.«

Tungdil nickte. »Das nächste Gehöft wird uns aufnehmen. Tot nützt du uns nichts, alter Steinmetz.«

»Eine Erkältung«, gluckste Goïmgar schadenfroh. »Wer von uns beiden ist nun der Schwächere? Ich mag nicht so breit gebaut sein, aber ich verkrafte die Strapazen besser als du.« Man sah und hörte seine Genugtuung, endlich einmal nicht der Unterlegene zu sein. Hoch erhobenen Hauptes schritt er an dem Kranken vorüber, ein Lächeln auf den Lippen, wofür er von Furgas einen Schneeball ins Gesicht bekam.

Sie wurden enttäuscht; auf ihrem Weg zum Grauen Gebirge gab es weder einen Hof noch ein Dorf, und einen Umweg lehnte Bavragor ab. Daher unterbrachen sie ihre Wanderung nicht mehr, sondern liefen ohne längere Rast, um schnell an den nächsten Tunneleinstieg zu gelangen.

Als sie endlich die Stelle erreichten, erlebten sie eine böse Überraschung. Der Schacht war zu einem mit Eis gefüllten Tümpel geworden.

»Was soll's. Laufen wir eben die restlichen Meilen«, verkündete Bavragor, der sich mühte, trotz seines angeschlagenen Zustandes frisch zu wirken und seine Schwäche zu überspielen. Aber sein hochrotes Antlitz und die dicken Schweißperlen, die trotz der Kälte unter seinem Helmrand hervorquollen, straften ihn Lügen. »Ich kann das Graue Gebirge schon sehen.«

»Wir sehen das Gebirge, seit wir in Tabaîn sind«, meinte Goïmgar wenig erfreut darüber, noch länger an der Oberfläche laufen zu müssen. »Wir werden noch alle schneeblind werden, wenn es so weitergeht.«

Schlecht gelaunt stapfte er voran, und die Gefährten folgten ihm, bis sie gegen Abend doch an eine verlassene Scheune kamen, in der ein Bauer Stroh eingelagert hatte.

Sie machten es sich darin gemütlich und entzündeten vorsichtig ein Feuer. Bavragor legten sie nahe an die Flammen und begruben ihn mit drei Decken, damit er das Fieber und die Erkältung ausschwitzte. Rodario rutschte ebenfalls nahe ans Feuer, nur Djer_n wachte am Eingang und erlaubte es den anderen, sich um den Erkrankten zu kümmern. Sie ließen sich um ihn herum nieder.

»Es ist nichts.« Er hustete und spie aus, und ein großer Brocken geronnenes Blut flog heraus. Sein Atem ging pfeifend, er ächzte mehr, als dass er Luft einsog, und sein Zustand verschlechterte sich rapide. Die Wärme machte es wohl nur schlimmer. »Gebt mir einen Schluck Branntwein, dann geht es wieder.«

»Das ist keine Erkältung«, sagte Boïndil überzeugt und stand auf. »Es muss Wundbrand sein. Er kann sich auch unter der Haut ausbreiten, obwohl die Verletzung schon lange verheilt ist.«

»Nein. Ich habe die Stelle sauber verwachsen lassen«, widersprach Andôkai gereizt.

Tungdil beschlich ein übler Verdacht. Er erhob sich ebenfalls, ging zu Goïmgar und nahm sich den Schild, um die Einschlagstelle des Bolzens genau zu betrachten. Ringsherum entdeckte er leichte Verfärbungen und eine gefrorene klare Flüssigkeit, die zuvor weder ihm noch Goïmgar aufgefallen war. Das konnte nur Schlechtes bedeuten. Was immer sich an der Spitze befunden hatte, es war am Metall haften geblieben und vereist.

Vraccas, beschütze ihn! »Vermag Eure Magie etwas gegen Gift auszurichten?«, fragte er Andôkai heiser. »Für mich sieht es danach aus, als hätte sich Swerd nicht allein auf seine Treffkünste verlassen.«

»Gift«, hustete Bavragor und musste grinsen. Dabei sahen sie alle, dass seine Zähne voller Blut waren, es lief am Zahnfleisch herab und färbte sie. »Seht ihr?! Keine Erkältung. Um was wetten wir, Goïmgar, dass du schon lange tot gewesen wärst? Der Branntwein und das Bier haben mich zäh gemacht.«

Die Maga schloss die Augen. »Nein, ich kann nichts gegen Gift ausrichten. Es ist nicht ... meine Art von Zauberkunst«, sagte sie leise und entschuldigend zugleich. »Zumal mich seine Heilung stark geschwächt hat. Ich trage kaum mehr Magie in mir.«

Eine fürchterliche Stille senkte sich auf die Gruppe herab. Jeder ahnte, was es für den Zustand des einäugigen Zwerges bedeutete. Balyndis fasste die schwielige, rissige Hand und drückte sie aufmunternd, die Sorge schnürte ihre Kehle zu.

»Ihr könnt ruhig sagen, dass es nicht zum Besten um den alten, singenden Säufer steht«, krächzte Bavragor nach einer Weile. »Ich hatte eh nicht vor, ins Reich der Zweiten zurückzukehren.« Er schaute zu Tungdil. »Doch eigentlich wollte ich im Grauen Gebirge ankommen und meine Aufgabe erfüllen, um ruhmreich zu sterben. Nun ende ich hier, in einer armseligen Scheune, weit weg von meinen geliebten Bergen.«

Die ersten winzigen Blutstropfen drückten sich durch seine Haut. Aus den Tropfen formten sich Rinnsale, die aufs Stroh fielen und die Halme benetzten. Seine Kleidung sog sich voll.

»Du wirst nicht sterben«, presste Tungdil, und sein Lächeln, das eigentlich Zuversicht ausströmen sollte, geriet zu einer Grimasse. Er packte die andere Hand des Zwerges. »Du darfst nicht sterben«, setzte er verzweifelt hinterher. »Ohne dich können wir die Feuerklinge nicht fertig stellen! Du bist der Beste, den dein Stamm hat.«

Der Steinmetz schluckte sein Blut, um sprechen zu können. »Doch, ihr werdet sie erschaffen. Und ich werde bei euch sein.« Er blickte zur Tür. »Bringt mich dahin, wo das Tote Land herrscht. Nur auf diese Weise kann ich euch nach meinem Tod von Nutzen sein.«

»Du ... würdest zu einem Untoten«, stieß Boïndil angewidert hervor. »Deine Seele ...«

»Ich kann meine Aufgabe erfüllen, nur das zählt«, polterte Bavragor drauflos und bezahlte das Aufbegehren mit einem neuerlichen Hustenanfall.

»Aber wer sagt uns, dass du uns nicht hintergehen wirst und versuchst, uns zu töten oder zu fressen, wie es die anderen getan haben?« Ingrimmsch schaute sich um und blickte in die teils betretenen, teils ergriffenen Gesichter.

»Bindet mich gut fest und wartet«, empfahl er ihnen. »Mein Trotz wird stärker sein als das Verlangen, Böses zu tun. Das Zwergische ergibt sich niemals dem Bösen.« Die Lider flatterten. »Ich glaube, ihr müsst euch beeilen ...«, keuchte er, dann schwappte der blutige Mageninhalt aus seinem Mund und sickerte in den kunstvoll rasierten Bart.

»Djer_n«, rief Andôkai und erteilte ihm Anweisungen. Er packte den sterbenden Zwerg vorsichtig und nahm ihn behutsam auf den Arm, wie eine Mutter ihr Kind in den Schlaf wiegt, dann verließ er den Schober, und sie hörten ihn davonlaufen.

Seine langen, unermüdlichen Beine trugen Bavragor gen Norden, dorthin, wo das Tote Land bereits seine volle Macht besaß und alles, was darauf starb, zu unheiligem Leben erweckte.

*

Der Rest der Gefährten packte zusammen und folgte dem Krieger, so schnell es der funkelnde Schnee und die kürzeren Beine der Zwerge erlaubten.

Tungdil blickte zu den Sternen und weinte stumme Tränen um Bavragor, der sein Wertvollstes opferte, um die Waffe entstehen zu lassen, mit der das Geborgene Land befreit werden konnte. Bei allem Poltern und den Eigenarten des Zwerges hatte er ihn doch in sein Herz geschlossen.

Er hörte Balyndis neben sich schniefen und wandte sich zu ihr. Sie lächelte ihn mit geröteten Augen an und reichte ihm die Hand. Es war eine Geste, die ihm den Mut zurückgab, den er in der Scheune beinahe verloren hätte.

Es war viel, im Grunde zu viel geschehen. Aus dem anfänglichen Abenteuer war Größeres und Schrecklicheres für die Beteiligten erwachsen, das verstand inzwischen sogar der einst wichtigtuerische Rodario, der sich mit Bemerkungen zurückhielt und stumm verarbeitete, was sich zugetragen hatte.

»Ich hoffe, dass die Bewohner des Geborgenen Landes das wert sind, Vraccas«, murmelte Tungdil hinauf zu dem funkelndem Firmament. »Wenn dies alles vorbei ist, werde ich dafür sorgen, dass unser Volk miteinander spricht und nicht länger abgeschottet voneinander in den Gebirgen lebt.«

Balyndis drückte einmal mehr seine Hand, doch seine Finger öffneten sich, und er eilte an die Spitze des Zuges zu Boïndil. Es war nicht die Zeit, um an etwas anderes als die Feuerklinge zu denken.

»Sie gefällt dir«, begrüßte ihn der Zwilling und blickte weiterhin geradeaus.

»Das fehlte mir noch, mich mit dir darüber zu unterhalten.«

»Gib es ruhig zu. Sie sieht auch sehr gut aus und für einen wie dich, der noch wenig mit Frauen zu schaffen hatte, wird sie einer Tochter Vraccas' gleichen.«

»Ich wollte mir darüber eigentlich erst Gedanken machen, wenn wir Nôd'onn besiegt haben. Das Geborgene Land hat Vorrang.«

»Ah, der Gelehrte muss erst darüber nachdenken.« Noch immer wandte er sich Tungdil nicht zu, er redete scheinbar mit dem Schnee und den Fußspuren Djer_ns. »Wenn du etwas gefunden hast, das dir etwas bedeutet, zögere nicht, dich darum zu bemühen, denn schneller, als die Axt einen Ork spaltet, ändern sich so manche Dinge, und du stehst mit leeren Händen da.«

»Warum sagst du mir das?«

»Nur so. Einfach nur so.« Er kniff die Lider zusammen. »Da vorn ist der Eisenmann.« Er zückte seine Beile. »Wir werden gleich sehen, ob sich der Verstand des singenden Säufers gegen die Macht des Toten Landes behauptet hat.« Sollte das nicht der Fall sein, sprachen die Beile in seinen Händen ihre eigene Sprache.

Die Maga rief Djer_n etwas zu. Als Antwort hob er seinen gepanzerten Arm und winkte sie näher. Bavragor stand neben ihm, die Arme hingen am Körper herab, seine Augen starrten ausdruckslos auf das Graue Gebirge.

»Bavragor?«, redete Tungdil ihn behutsam an, während er das bleiche Gesicht musterte, um eine Regung zu erkennen. Die Züge wirkten gealtert, wächsern, tot.

»Ich fühle ... nichts«, sprach er behäbig, als kostete es ihn unendliche Mühe, den Mund zu öffnen und Worte hervorzubringen. »Ich spüre meinen Körper nicht, mein Kopf ist eigenartig leer.« Langsam wanderten die seelenlosen Augen umher und richteten sich auf ihn. »Alles, was ich spüre, ist ... schlecht. Ich hasse Dinge, die ich vorher liebte. Und Dinge, die ich hasste«, er blickte an ihm vorbei auf Ingrimmsch, »würde ich am liebsten in Stücke reißen und verschlingen. Es ist besser, wenn ihr mir Fesseln um die Hände legt, weil ich nicht weiß, wie lange ich mich gegen diesen Drang erwehren kann«, presste er hervor. »Das Böse wohnt in mir.«

»Wenn du es wünschst, machen wir das.« Tungdil nahm den Lederriemen ab, mit dem Goïmgar sich den Schild auf den Rücken hängen konnte, und zurrte die Hände Bavragors auf dessen Rücken zusammen.

»Fester«, verlangte er knurrend. »Du kannst mir das Blut nicht abstellen, mein Herz schlägt nicht mehr und treibt es nicht mehr durch die Adern.« Erst als Tungdil seinem Wunsch nachgekommen war, wirkte er erleichtert, und die Anspannung fiel von ihm ab. »Weiter.« Er schaute Tungdil an. »Wenn ich meine Arbeit beendet habe, musst du mir den Kopf abschlagen. Ich will nicht als Diener des Toten Landes enden und auf ewig durch die verlassenen Stollen der Fünften irren oder Menschen töten, nur weil es mir der Schrecken aus dem Norden befiehlt.«

»Kein Zwerg soll der finsteren Macht dienen«, versprach ihm Tungdil. »Ich werde deinen Wunsch erfüllen.«

»Und du«, rief der Steinmetz Ingrimmsch zu, »kommst mir nicht zu nahe. Meine Zähne würden sich voller Freude in deine Kehle bohren und sie zerfetzen!« Er senkte den Kopf; das rotbraune Auge funkelte voller Grausamkeit, ehe er sich rasch wegdrehte und in den Schnee schaute. Dann setzte er einen Fuß vor den anderen. »Kommt. Ich möchte nicht länger als nötig ein Ding ohne Seele sein.«

Auf einen Wink Andôkais hin übernahm Djer_n die Aufgabe des Aufpassers. Er schritt hinter dem Verwandelten her und bildete eine eiserne Schutzwand, an der die Zähne Bavragors scheitern würden.

*

Sonnenumlauf für Sonnenumlauf stapften sie durch die endlosen Weiten von Tabaîn. Die Ährenebene, wie sie im Sommer genannt wurde, war so kalt, dass alles, was längere Zeit regungslos blieb, zu Eis erstarrte.

Tungdil erinnerte sich gelesen zu haben, dass die Helligkeit, die vom Schnee ausging, die Augen angriff und sogar dauerhaft verletzen konnte. Daher ordnete er an, Augenbinden mit winzigen Schlitzen zu tragen, um sich auf diese Weise vor der Blindheit zu schützen.

Es war ein mühsamer Marsch. Die Einzigen, denen es nichts auszumachen schien, waren Djer_n und der untote Bavragor, die ihnen einen Weg durch die Schneeverwehungen bahnten. Ihr Proviant gefror und musste abends am Feuer langwierig aufgetaut werden, ehe man ihn verzehren konnte. Ohne die wärmenden Kleider, die sie von Xamtys erhalten hatten, wären sie sicherlich erfroren.

Ingrimmsch wurde immer unruhiger, er wollte kämpfen, Bavragor dagegen hatte alles verloren, was ihn früher ausgemacht hatte. Er trank nicht mehr, er sang nicht mehr, er lachte nicht mehr und glotzte nur stur geradeaus. Seinen Hunger stillte er mithilfe eines gefangenen Schneehasen, den er bei lebendigem Leib verschlang; nur das Fell und die ausgesogenen Knochen blieben übrig. Sein gieriges Schmatzen und das Krachen der Knochen machten Goïmgar noch ängstlicher, dessen Hand nun stets am Griff seines Kurzschwertes lag.

Das Graue Gebirge schob sich näher und näher. Die Gipfel erweckten bald den Eindruck, zum Greifen nah zu sein, und dennoch dauerte es lange, bis sie sich durch Tabaîn gekämpft hatten, die Grenze zu Gauragar überschritten und nach weiteren anstrengenden Wandertagen in den Ausläufern des bleifarbenen Massivs standen.

Sie trafen weder auf Orks noch auf andere Scheusale, nur gelegentlich auf ihre Spuren. Gewaltige Heeresverbände mussten sich in den Süden aufgemacht haben, denen sie immer um Haaresbreite entgingen.

Schließlich näherten sie sich dem ersten Verteidigungsring der Festung der Ersten; schon von weitem erkannten sie, dass hier niemand stand, um Eindringlinge aus dem Geborgenen Land abzuwehren.

Die Wesen aus dem Norden hatten keinen Stein auf dem anderen gelassen, Mauern waren eingerissen und Türme abgetragen worden, damit nichts mehr an die Macht der ehemaligen Bewohner erinnerte. Tungdil und die anderen konnten sich nicht einmal mehr vorstellen, wie es zu Lebzeiten Giselbart Eisenauges, dem Stammvater der Fünften, im Grauen Gebirge ausgesehen haben musste, denn das vollkommene Vernichtungswerk der Bestien ließ es nicht zu. Die Fragmente zeugten allerdings von großer Handwerkskunst der Erbauer. Nun waren aus den kunstfertig errichteten Verteidigungsanlagen traurige Ruinen geworden, deren Anblick die Zwerge schmerzte.

Dennoch trauten sie dem trügerischen Frieden nicht, als sie sich den steilen Pfad hinaufschleppten und dem Einlass näherten.

»Seid leise«, mahnte Ingrimmsch. »Narmora und ich sehen nach, ob sie tatsächlich keine Aufpasser aufgestellt haben.«

Die beiden huschten davon und bewegten sich im Schutz der grauen Felsen und Mauerfragmente, die aus dem Schnee herausragten, auf das geöffnete, haushohe Tor zu, das unmittelbar in den Berg hineinführte.

Tungdil schaute und hörte sich um. Der eisige Wind pfiff und säuselte an den zerklüfteten Wänden eine zufällige Melodie. Eiszapfen hingen wie gläserne Stalaktiten an den Bergvorsprüngen, und ein Wasserfall, fünfzig Schritt von ihnen entfernt zu ihrer Linken, war zu einer bizarren Skulptur gefroren.

Nichts, keine Orks, keine Oger, keine Albae oder sonstige Angreifer.

»Seid leise, hat er gesagt«, lachte Goïmgar bitter. »Der sollte sich selbst mal zusehen und zuhören.«

»Eine Ausgeburt an Grazie ist er jedenfalls nicht, auch wenn der

Vergleich mit der reizenden Narmora ein wenig unlauter ist«, bestätigte Rodario.

Tungdil sah zu, wie sie sich anpirschten. Der Zwerg nutzte seine geringe Größe aus, während die Halbalbin elegant wie eine Tänzerin zwischen den Blöcken hin und her sprang. Das Weiß unter ihren Füßen gab keinen verräterischen Laut von sich, sie schien leicht wie eine Feder darüber zu schweben. Boïndils Kettenhemd dagegen lärmte regelrecht, obwohl er einen Pelz darüber trug.

Sie gelangte als Erste an den Eingang, presste sich an die Wand und lauschte in den nachtdunklen Stollen hinein, ehe sie sich hineinbegab. Ihre Silhouette verschmolz mit der Finsternis, und sie verschwand.

Furgas wollte gar nicht mehr damit aufhören, an seinen Handschuhen herumzunesteln. »Sie war schon immer zu wagemutig«, raunte er.

»Ach, Unsinn. Sie ist eine Frau, die um ihre Fähigkeiten weiß und sich darauf verlässt, alter Freund«, beruhigte ihn Rodario. »Du weißt, was sie alles vor unserer gemeinsamen Zeit am Theater gemacht hat. Da wird sie mit den paar Herausforderungen hier gewiss auch fertig werden.«

»Ich will nicht wissen, was sie gemacht hat«, sagte Goïmgar rasch. »Sie ist mir auch so unheimlich genug.«

Inzwischen erreichte auch Boïndil den Eingang ins Reich derer, die vor mehr als eintausend Zyklen gegen die Macht des Toten Landes unterlagen. Ein wenig ratlos stand er herum und spähte umher, ohne etwas Gefährliches entdecken zu können.

Plötzlich glitt Narmora aus dem Dunkel. Die Schwärze des gigantischen Tunnels haftete wie Spinnweben an ihr, umschmeichelte sie und gab sie nur zögerlich frei. Sie winkte ihnen, ihre gelöste Haltung verriet, dass es nichts gab, wovor sie sich fürchten mussten.

»Habt ihr das gesehen? Wie Tinte, die von ihr abperlt«, raunte Goïmgar verschreckt. »Das ...«

»Halbmagie. Es ist eine angeborene Fertigkeit«, schätzte die Maga. »Die Albae sind Kinder der Dunkelheit.«

»Sie wird gewiss die Seiten wechseln, wenn wir auf Albae treffen«, prophezeite er bang. »Blut ist dicker als Wasser.«

»Aber nicht stärker als die Liebe, die uns verbindet«, widersprach Furgas energisch. »Eher stirbt sie, als dass sie mich hintergeht. Und ich würde eher sterben, als dass ich zulasse, dass ihr ein Leid geschieht.«

Der schmächtige Zwerg brummelte etwas vor sich hin und folgte der Gruppe zum Eingang. Den Schild hielt er abwehrbereit vor sich.

»Hier ist niemand«, sagte sie und hielt es nicht für notwendig, die Stimme zu senken. »Sie haben sich damit begnügt, die Mauern zu schleifen und die Tore so zu beschädigen, dass man sie nicht mehr schließen kann.«

»Aber wo sind die ganzen Viecher?« Boïndil wirbelte kampflustig mit den Beilen.

»Am Steinernen Torweg vermutlich«, schätzte Tungdil, der sich an die Karte in einem der vielen Bücher aus Lot-Ionans Bibliothek erinnerte. »Wir können froh sein, dass sie dort sind.« Er wandte sich dem Eingang zu. »Gehen wir die Esse Drachenbrodem entfachen.«

Seinen ersten Schritt machte er mit Bedacht, mit Ehrfurcht, Zaudern und einer gehörigen Portion Regung in seiner Brust. Das Reich der Fünften wurde zum ersten Mal wieder von einem lebendigen Zwerg betreten.

Rodario und Furgas entzündeten Lampen, und das rotgelbe Licht erweckte das Leben im Gebirge neu. Der Schein, den die Wände zurückwarfen, blendete sie, sodass sie schnell die Leuchtkraft verringerten.

Sie standen in einem Gang, dessen Wände mit poliertem und gehärtetem Palandium verkleidet worden war. Tausend Zyklen in Einsamkeit hatten dem weißen Metall nichts von seinem Glanz geraubt. In die Platten waren Bildnisse der Könige getrieben worden; die bärtigen Gesichter der Zwergenherrscher schauten freundlich auf sie herab und hoben ihre aus rotgelbem Vraccasium gegossenen Äxte zum Gruß.

»Welch ein Reichtum«, raunte Rodario.

Ergriffen sanken die Zwerge auf die Knie und beteten zu Vraccas. Selbst Bavragor konnte sich trotz seiner Veränderung der Wirkung nicht entziehen. Sein Gebet gelang ihm nur mit größter Konzentration, das Böse in ihm versuchte, seinen Willen, seine Gedanken, seine Überzeugung zu brechen und stattdessen die Kontrolle zu übernehmen, doch mit der Beharrlichkeit des zwergischen Verstands, der viel gerühmten Dickköpfigkeit, hatte es nicht gerechnet.

Die Menschen, Andôkai und Djer_n warteten geduldig.

Tungdil erhob sich und atmete ein. Der Gang roch alt, staubig, ehrwürdig, die Horden von Orks und anderen Bestien hatten ihm nichts nehmen können. »Wir müssen uns umsehen, um den Weg zum Feuersee zu finden«, erklärte er und setzte sich in Bewegung. Boïndil lief an seiner Seite.

Staub wirbelte zu ihren Füßen auf, gelegentlich huschte ein kleines Tier vor ihnen davon, hier und da lagen Knochenstücke, Reste von Kettenhemden und Schilden am Boden.

Schweigend legten sie die Strecke bis zu einem aus den Angeln geschlagenen Tor zurück, das sie in eine säulengetragene Halle führte. Sie war fünfeckig aus dem Stein getrieben worden und enorm groß; fünfzehn Ausgänge gingen von hier aus ab, und die Hinweistafeln lagen zerschlagen am Boden.

»Das nenne ich einmal eine Auswahl«, meinte Rodario unglücklich. »Leider haben wir es eilig und nicht den ganzen Tag, um wie die Mäuse herumzurennen und den richtigen Durchgang zu suchen.«

»Wir sollten den Gang wählen, in dem wir die wenigsten Fußspuren finden«, schlug Tungdil vor. »Die Orks werden kaum ständig zum Feuersee gehen. Da gibt es für sie nichts von Bedeutung.«

»Guter Einfall«, nickte Ingrimmsch und machte sich gleich daran, die vielen Gänge zu untersuchen. Narmora, Djer_n und Andôkai unterstützten ihn dabei. Währenddessen wagten es die anderen, sich einen geschützten Platz in der Halle zu suchen und sich auszuruhen.

Rodario schrieb sich einige Dinge auf, ehe er sich mit Furgas das Essen teilte. Bavragor stand einfach nur da, die Augen blickten teilnahmslos geradeaus. Goïmgar versteckte sich halb hinter seinem Schild, kaute auf getrocknetem Würzfleisch herum und achtete sorgsam auf die Umgebung. Die vielen Ausgänge, die in die Halle mündeten, waren ihm nicht geheuer.

»Ich möchte wetten, er macht sich Gedanken darüber, was mit Gandogar geschehen ist«, sagte Balyndis leise zu Tungdil.

»Da ist er nicht der Einzige«, gab er nachdenklich zurück. »Wir haben unterwegs nichts von einer zweiten Zwergengruppe gehört, und bei deinem Stamm ist er ebenfalls nicht aufgetaucht. Ich hoffe, dass ihm nichts zugestoßen ist.« Seine Besorgnis war echt; müde schloss er die Augen, nur um sie mit einem Ruck wieder zu öffnen. Er knöpfte den Pelzmantel auf. Im Stollen war es lange nicht so kalt wie im Freien, und die Wärme machte ihn noch müder.

»Nein, schlaf ruhig«, beruhigte ihn die Zwergin. »Ich halte Wache und wecke dich, falls sie etwas gefunden haben.«

»Ich bin der Anführer, ich dürfte nicht schlafen.«

»Unausgeschlafene Anführer begehen Fehler«, hielt sie energisch dagegen und drückte ihn an den Schultern nach hinten, bis er sich sträubend umsank. »So, nun liegst du. Schlaf und träume von der Rettung unserer Heimat.« Balyndis lächelte ihm zu, wischte sich eine Haarsträhne aus dem Gesicht und wandte sich der Halle zu.

Sie saß dicht neben ihm, eine Hand auf den Griff ihrer Axt gestützt, und blickte wachsam umher. Sie war das Abbild einer Kriegerin.

*

»Der Weg muss es sein.« Boïndil hatte seine Wahl getroffen und war, was niemanden verwunderte, nicht mehr davon abzubringen.

»Fangen wir einfach mit ihm an«, sagte Tungdil und gab das Zeichen zum Aufbruch. »Solltest du falsch liegen, probieren wir den aus, den Andôkai vorschlug.«

Die Zeit der Ruhe war vorüber, sie hatten sich alle einen kurzen Schlaf gegönnt, um für den Kampf gegen das Drachenweibchen ausgeruht zu sein.

»Sie heißt Argamas und ist das Weib des großen Drachen Branbausíl, der im Grauen Gebirge lebte«, erklärte Tungdil Balyndis. »Die Fünften nahmen seine weißen Flammen und entzündeten damit ihre Esse, ehe sie ihn töteten und seinen Hort eroberten. Argamas flüchtete in den Feuersee ...«

»... und kam nie wieder zum Vorschein«, ergänzte Goïmgar erleichtert. »Um ehrlich zu sein, ich wäre froh, wenn die Geschuppte in dem See bliebe. Unsere Strategie klingt mir nicht so, als könnten wir damit Erfolg haben. Drachenschuppen sind hart wie Stahl.«

»Alles, was wir benötigen, ist ihr Feuer, nicht ihr Leben«, sagte Andôkai, die sich wenig sorgte. »Gerade du müsstest dich darüber freuen.«

»Und ich bedaure es, dass wir dem Viech nicht den Garaus machen. Etwas Größeres zu erlegen wird im Geborgenen Land schwer möglich sein«, meinte Ingrimmsch beleidigt, weil ihn keiner verstehen wollte. »Drachen! Wo gibt es sie heute denn noch? Da müsste man doch jede Gelegenheit nutzen, die sich einem Beil bietet, oder?«

»Nein, die ehrenwerte Maga spricht wahr«, leistete Rodario ihr Beistand.

»Dass du nicht der Mutigste sein kannst, ist mir klar«, wehrte ihn Boïndil ab. »Aber, Balyndis, wie sieht es mit dir aus? Lass uns den Drachen ...«

»Sei still«, verlangte Tungdil. Er roch Schwefel, die Luft im Gang erwärmte sich. Nach unzähligen Treppenstufen abwärts und zahlreichen Röhren näherten sie sich ihrem Ziel. »Keinen Ton mehr, bis wir uns umgeschaut haben. Ich will Argamas nicht früher als notwendig bei ihrem Bad in der Lava stören.«

Der schmächtige Goïmgar klammerte sich an den Griff seines Schildes. »Mir kam der Gedanke, dass wir sie bitten könnten, uns zu helfen. Drachen sind schlau, und vielleicht ist sie einsichtig.«

Ingrimmsch schaute ihn vorwurfsvoll an. »Du willst mir das letzte bisschen Spaß auch noch nehmen, indem du sie anbettelst, uns das Feuer freiwillig zu geben?«, schnaubte er. »Niemals, hörst du!?«

»Zwerge haben ihren Gatten getötet. Was glaubst du, wie ihre Hilfsbereitschaft aussehen würde?«, meinte Tungdil. »Wir möchten nicht, dass einer von uns stirbt, deshalb wird es vollkommen ausreichen, wenn wir sie nur zum Feuerspeien bringen, um uns etwas davon zu nehmen.« Er klopfte auf die mitgeführte Fackel.

»Schlimm genug«, grummelte Boïndil. »Nun vermiest man mir auch noch diese Herausforderung.«

Sie verließen den Gang und wurden in dunkles, gelbliches Licht getaucht. Es roch nach faulen Eiern, das Luftholen gelang nur mit Mühe und verursachte ein Stechen, doch der Anblick entschädigte sie für die Unannehmlichkeiten.

Eine Hitzewelle schlug ihnen vom Ufer des Sees entgegen, dessen flüssige Lava unaufhörlich brodelte, blubberte und Blasen an der Oberfläche warf. Mal blähten sie sich weit auf, ehe sie barsten und ihre glühenden Tropfen verspritzten, mal vergingen sie einfach und sanken in sich zusammen.

Die Ausmaße des Sees konnte Tungdil schwer schätzen, aber im Durchmesser betrug die kochende Fläche mindestens viertausend Schritt. Vereinzelt ragten Inseln aus der Lava, und von der Decke hingen bizarre Basaltzapfen, die sich im Lauf der Zyklen durch emporgeschleudertes und abgekühltes Magma gebildet hatten. Sie glommen im Schein des Sees honigfarben.

»Darin soll ein Drache leben können?«, staunte Goïmgar, der von dem Anblick ebenso überwältigt war wie die anderen. »Gut, dass wir nicht mit ihr kämpfen. Was können unsere Waffen gegen ein Wesen ausrichten, das in diesem Inferno herumschwimmt?« Heimlich hoffte er, dass sie einfach untertauchte und sich nicht zeigte.

Djer_n hob sein Schwert und deutete auf einen Punkt etwa eintausend Schritt von ihnen am Ufer entfernt, um Andôkai auf seine Entdeckung aufmerksam zu machen. »Wir müssen uns um Argamas keine Sorgen mehr machen«, sprach sie. »Schaut dorthin.«

Entsetzt erblickten sie die Überreste des gigantischen Gerippes, das der Form nach einem Drachen gehörte.

VII

Das Geborgene Land, das Fünfte Zwergenreich, Giselbart, im Winter des 6234sten Sonnenzyklus

Ingrimmsch scharrte mit den Stiefeln in den gewaltigen Knochenüberresten herum. Dazwischen lagen gebrochene Pfeilstücke, Lanzen, Speere und kleinere Knochen. »Schweineschnauzen. Sie haben den Drachen getötet. Das muss schon ein paar Zyklen her sein, wenn ich mir das so ansehe.« Abschätzend begutachtete er das Gerippe, und seine Augen spiegelten Wehmut. »Es muss ein guter Kampf gewesen sein.«

Goïmgar zuckte mit den Schultern. »Es hat keinen Sinn! Lasst uns nach Hause gehen. Ich wäre gern bei meinem Stamm, wenn es losgeht und Nôd'onn vor den Toren unseres Reiches steht.«

»Du und kämpfen?«, höhnte Boïndil und prüfte die Festigkeit eines Drachenknochens. Die Rippe hielt seiner Kraft stand.

»Ich möchte bei meinem Volk sein, wenn es zu Ende geht, das ist alles. In der Gemeinschaft eines kampfgierigen Idioten wie dir, eines Hochstaplers und eines untoten Zwerges zu sterben, das will ich nicht.« Er nickte der Schmiedin zu. »Gegen dich habe ich nichts.«

»Und wenn wir die Esse mit einfachem Feuer in Gang setzen?«, meinte Furgas.

Tungdil schaute über die Lava. »Wir haben keine andere Möglichkeit. Wir müssen es versuchen«, sagte er. »Was bleibt uns denn sonst? Ich kehre nicht mit leeren Händen zurück und sehe Nôd'onn bei seinem Krieg einfach nur zu.« Er betrachtete die tänzelnden Flämmchen auf der Lava genauer und wischte sich den frischen Schweiß aus den Augen. Er kannte Feuer aus seiner Esse in allen Farben, doch dieses sah anders aus. »Täusche ich mich, oder brennen die Flammen heller?«, fragte er Balyndis, die sich wie er am besten von allen mit Feuer auskannte.

»Es sieht so aus«, gab sie ihm Recht und verstand, auf was er hinauswollte. Sie nahm eine Fackel, entzündete sie an einer der zuckenden Flammen, und tatsächlich spendete sie mehr Licht als gewöhnlich.

»Narmora, versuche, ob du sie mit deinen Fertigkeiten löschen kannst«, bat Andôkai die Halbalbin.

Die Schwarzhaarige nickte, schloss die Augen und sammelte ihre Konzentration, um sie gleich darauf wieder zu öffnen. Die Fackel brannte noch immer. »Es geht nicht«, gestand sie voller Verwunderung. »Gewöhnliches Feuer ...«

»Eben«, lachte die Maga erleichtert. »Tungdil hatte mit seiner Vermutung Recht. Argamas hat dem See etwas von ihrem Drachenbrodem hinterlassen.«

Balyndis gab Tungdil vor überschwänglicher Erleichterung einen Kuss auf die Wange, und er grinste sie verlegen an »Wir haben das, was wir brauchen«, sagte er fest. »Wir entzünden alle Fackeln und gehen zurück. Die Esse wartet darauf, zum Leben erweckt zu werden.« Er ging los und strebte auf den Tunnel zu, aus dem sie gekommen waren.

»Herzallerliebst«, kommentierte Rodario. »Ein Glück, dass es hier so warm ist. Meine Tinte läuft herrlich aus der Feder, und dieser Augenblick voller überwältigender Gefühle schreit danach, festgehalten zu werden.« Im Gehen schrieb er weiter. »Furgas, mein lieber Freund und Compagnon, die Dimensionen unseres Abenteuers drohen allmählich den Rahmen eines gewöhnlichen Theaterstückes zu sprengen. Wir könnten bereits vormittags anfangen«, grübelte er. »Doppelter Eintritt, mehr Statisten. Schaffen wir das?«

Furgas betrachtete den Feuersee noch einmal, bevor sie in den Stollen zurückkehrten und sich an den Aufstieg machten. »Den lassen wir weg«, entschied er. »Die Kohle, um die Hitze zu simulieren, wäre zu teuer.«

»Ja, das ist schon besser. Wir sollten sparsam vorgehen. Außerdem, bei dem Gestank würden sich die Spectatores reihenweise übergeben.«

»Es könnte auch an deiner Schauspielkunst liegen«, bemerkte Boïndil trocken und drückte ihm eine Fackel in die Hand. »Nimm das. Du wirst nicht kämpfen müssen und hast die Hand für diesen Ballast frei. Und wehe, du lässt sie verlöschen.«

»Ich schwöre bei allen Windrichtungen, den Göttern und sogar dem Bösen, dass, wenn mir dieses Missgeschick passieren sollte, was wiederum alle Gottheiten und Wesenheiten verhindern mögen, auf der Stelle und sofort, ganz gleich, wo ich mich befinde, der Blitz in dich fahren soll«, sagte er feierlich.

Der Zwerg nickte zufrieden, bis sich ihm der Sinn der gestelzten

Worte erschloss. »Sehr lustig«, knurrte er und beließ es dabei, während sich Goïmgar und Rodario ausschütten wollten vor Lachen. »Das Lachen wird euch beiden noch vergehen«, drohte er.

*

Bavragor wurde zunehmend unheimlicher.

Seit dem Betreten des Zwergenreichs sprach er überhaupt nicht mehr, sondern rollte nur noch wild mit seinem Auge. Gelegentlich knurrte und stöhnte er ohne ersichtlichen Grund auf, die Fesseln um seine Handgelenke spannten sich und knirschten gefährlich. Djer_n wachte darüber, dass er niemandem zu nahe kam.

Ingrimmsch beschwerte sich unentwegt, dass sie mit den Fackeln noch leichter und früher von Feinden gesehen werden konnten, aber eine andere Möglichkeit wollte ihnen nicht einfallen.

Er hatte Recht. Die grellen Feuer erhellten die mit Vraccasium, Palandium, Gold- und Silberplatten vertäfelten Gänge, und so sahen sie zwar auf zwanzig Schritt jede kleine Einzelheit, aber ebenso wurden die Bestien auf sie aufmerksam.

Sie müssen geahnt haben, dass wir es brauchen. Tungdil berührte die Platten. Auch auf die Gefahr hin, die Ahnen zu erzürnen, entschied er sich, Stücke davon herauszubrechen und einzustecken. Mit Djer_ns Kräften war es ein Leichtes, und bald hatten sie genügend zusammen, um daraus die Intarsien der Axt fertigen zu können. Nur Eisen fehlte ihnen noch. Tungdil betrachtete die Axt, die Lot-Ionan ihm geschenkt hatte. *Notfalls werde ich sie einschmelzen.*

Nachdem sie lange durch das verlassene Reich der Fünften marschiert waren, gab Boïndil plötzlich das Zeichen zum Anhalten. »Vor uns ist etwas«, begründete er seine Entscheidung, und seine Haltung wurde lauernd. »Ich rieche den Gestank von Bestien, aber Orks sind es keine.«

Tungdil schnupperte und bemerkte die Duftspur, die in der Luft lag. »Sie müssen vor uns sein.« Er blickte zu Narmora, die nur nickte und sich anschickte, den Gang zu erkunden.

»Kommt nur her! Hier steht ein Zwerg, der sich nicht vor euch fürchtet!«, schallte plötzlich eine laute Stimme durch den Gang, dann prallten Waffen und Schilde scheppernd zusammen, und dünne Schreie erklangen. »Ich mag der Letzte sein und euch unterliegen, aber von euch nehme ich sicher vier Dutzend mit. Vraccas ist mit mir!«

Diese Stimme kenne ich, dachte Tungdil, doch bevor es ihm einfiel, kam ihm jemand zuvor.

»Gandogar!«, rief Goïmgar überglücklich. »Mein König, halte aus! Ich komme!« Er warf seinen schweren Mantel ab, packte den Schild, riss sein Schwert aus der Scheide und stürmte vorwärts.

»Schau sich einer mal den Schimmerbart an«, wunderte sich Rodario. »Der kann richtig Mut aufbringen. Woher hat er den nur genommen?«

»Ho, das hätte ich nicht geglaubt. Aber wir sollten ihn nicht allein gehen lassen«, sagte Ingrimmsch, und die Vorfreude auf ein ordentliches Gefecht mit Tions Geschöpfen stand ihm ins Gesicht geschrieben. »Und du, Langer, kennst meine Spielregeln. Pass du nur schön auf den Einäugigen auf, damit er mir nicht in den Rücken fällt.« Auch er warf den hinderlichen Mantel ab und schaute abwartend zu Tungdil.

Der zog seine Axt in der Erwartung, dass der König der Vierten seinen Beistand verdiente. »Helfen wir unseren Rivalen brüderlich und schlagen den Feinden die Köpfe ab«, verkündete er und rannte los.

Sie gelangten in eine kleinere, spärlich beleuchtete Halle, die mit haarigen, bucklingen bogglinhaften Bestien gefüllt war. Kreischend schwangen sie Keulen und schartige Schwerter und drängten in ihren zu großen Rüstungen die Steinstufen hinauf, die zu einer goldenen Statue von Vraccas führten.

Davor stand Gandogar in seiner schweren Rüstung wie ein Abbild des Gottes. Er führte seine Doppelklingenaxt mit beiden Händen, holte weit aus und mähte die erste Reihe der Angreifer mit einem Schlag nieder. Die Diamanten auf seinem Helm warfen Lichtreflexionen an die Wände und die Säulen und verliehen ihm durchaus etwas Überirdisches.

Rechts und links der Treppe lagen die enthaupteten oder verwundeten Bestien, die aus zehn Schritt Höhe herabgestürzt waren. Das hell- und dunkelgrüne Blut rann die Stiegen hinab und machte sie glitschig, was den Feinden den Sturm zusätzlich erschwerte.

Doch sie gaben nicht auf; krakeelend schoben sie sich die Stufen hinauf, begierig, in die vorderste Linie zu gelangen, nur um von der sausenden Klinge Gandogars in den Tod geschickt zu werden.

Boïndil hatte alle überholt und blies in sein Rufhorn, um die Meute auf sich aufmerksam zu machen.

»Ho! Hier kommt noch ein Zwerg!« Irre lachend warf er sich in die Menge und verwandelte sich in den wütenden Ingrimmsch, dem sich kein Schutz widersetzen konnte. Die Beile fanden wie von selbst eine Lücke in den Rüstungen oder trafen ungeschützte Stellen, und schon nach seinem ersten Angriffsschlag lagen sechs Feinde zuckend am Boden.

Er fräste sich vorwärts und zog eine Schneise hinter sich, in die Tungdil und die anderen stießen. Selbst der ansonsten zögerliche Goïmgar begab sich in die Schlacht. Zum ersten Mal hatte er ein Ziel vor Augen, für das sich die Anstrengung, ja sogar das Sterben lohnte.

Bavragor war es im Getümmel gelungen, seine Lederfessel abzustreifen. Da er keine Waffen besaß, zerriss er die ersten Angreifer mit den bloßen Händen, wühlte sich mit seinen blutigen, kräftigen Fingern durch ihr Fleisch und verletzte sie tödlich. Schwertstiche ließen ihn unbeeindruckt, schließlich nahm er zwei Streitkolben vom Boden auf und drosch mit unheiliger Stärke um sich.

Djer_ns Keule schleuderte die Wesen, die ihm gerade bis an die Knie reichten, durch die Luft; sie schlugen zwischen ihren Artgenossen ein und rissen etliche durch die Wucht des Aufpralls in den Tod.

»Die Treppe hinauf«, befahl Tungdil, der gesehen hatte, dass Gandogar in Bedrängnis geriet. Er schien der einzige Überlebende seiner Gruppe zu sein; jedenfalls konnte er in dem Durcheinander aus Leibern keine weiteren Zwerge ausmachen.

Sie droschen sich vereint durch die Bestien. Djer_n blieb am Fuß der Treppe stehen und verteidigte den Aufgang mit mörderischer Gewalt gegen nachrückende Bogglins, während die Menschen und Zwerge die Gegner von hinten angriffen, bis die letzten auf den Stufen fielen und sie keuchend vor dem König der Vierten standen.

Gandogar sah schrecklich aus, abgehärmt, blass, müde. Zwei tiefe Schnitte, die von einer mächtigen Waffe stammen mussten, durchzogen sein blutverkrustetes Kettenhemd.

»Mein König!«, grüßte ihn Goïmgar freudig und nahm sich die Zeit, vor ihm auf ein Knie zu sinken.

Tungdil nickte ihm knapp zu. »Wo sind die anderen?«

»Tot«, antwortete er, mit der Fassung ringend. »Lasst uns zuerst von hier verschwinden, ehe die ...«

Fünf Gestalten schoben sich von der anderen Seite in die Halle, vier Schritt hoch, breit, hässlicher und widerwärtiger als die Orks und umso stärker.

»Oger!«, jauchzte Ingrimmsch. »Jetzt wird es richtig lustig! Heja, Langer, das kleine Gesocks lasse ich dir.« Er schlug die flachen Seiten seiner Waffen zusammen und leckte sich über die Lippen. »Die da sind genau meine Kragenweite.«

Die kleineren Bestien wichen zurück und bildeten bereitwillig eine Gasse für die Oger.

»Ihr lauft, ich und Djer_n halten sie auf. Darüber wird nicht gestritten«, ordnete Andôkai an. »Mal sehen, was ich mit meinem Rest von Magie erreiche.«

Sie steckte ihr Schwert ein und murmelte Zauberformeln, als sich aus der Felswand neben dem Heiligtum ein basaltener Gigant rumpelnd aus dem Fleisch des Berges riss. Das lang gezogene steinerne Gesicht mit den Augenlöchern richtete sich auf die Maga, die Faust stieß auf sie nieder.

Andôkai bemerkte die Gefahr und leitete ihre magischen Kräfte gegen den unerwartet aufgetauchten Angreifer. Es gelang ihr, den Hieb aufzuhalten, doch sie ging dabei in die Knie. »Ein Golem«, keuchte sie. »Sie haben einen Magus. Sucht und tötet ihn, bevor meine Kräfte vollends schwinden und ich die Kreatur nicht aufzuhalten vermag.«

Als die überlebenden Bogglins sahen, dass die zuerst so überragenden Feinde Schwäche zeigten, kreischten sie schrill und feuerten sich gegenseitig an, bis sie als Masse aus Armen, Beinen, gefletschten Zähnen und wirbelnden Waffen heranschwappten, um ihr Kampfglück ein weiteres Mal auf die Probe zu stellen.

Die anstürmende Menge trieb Djer_n langsam die Stufen hinauf, bis er sein Visier öffnete und die ersten Reihen der Bestien in violettes Licht tauchte. Wieder erklang der furchtbare, drohende Laut. Ängstlich fiepend zuckten sie vor dem Krieger zurück, der die Gelegenheit sogleich nutzte, mit Schwert und Streitkolben gleichzeitig zu attackieren und den verlorenen Raum zurückzuerobern.

»Da drüben ist er!«, rief Narmora und deutete auf eine menschengroße Gestalt in einer Robe, wie sie die Famuli Nôd'onns trugen. Er stand einhundert Schritt von ihnen entfernt, umgeben von einer Horde kräftiger Orks, die ihm als Leibwache dienten. Anhand seiner Bewegungen erkannten sie, dass er den zum Leben erweckten Golem gegen Andôkai dirigierte.

»Scheint, als wollte man uns davon abhalten, bis zur Esse zu gelangen«, sagte Tungdil. *Der Magus fürchtet die Feuerklinge. Wir sind auf dem rechten Weg.*

Gandogar schaute auf die nicht enden wollende Zahl der Ungeheuer, die eine lebendige Wand bildeten. »Es ist aussichtslos. Das Tor zur Esse befindet sich am Ende der anschließenden Halle und ist mit Vraccas' Runen gegen das Eindringen der Bestien gesichert«, erklärte er knapp. »Wir waren kurz davor, doch die Gegner haben uns aufgelauert. Sie wussten, dass wir kommen.«

Tungdil dachte fieberhaft nach. »Einer von uns beiden muss mit denjenigen, die von Bedeutung für die Entstehung der Feuerklinge sind, durch das Tor gelangen«, verkündete er. »Ich hatte niemals die Absicht, den Thron zu erlangen, Gandogar, ich schenke ihn dir. Mir geht es einzig um das Wohl des Geborgenen Landes und unseres Volkes.« Er sah ihm fest in die Augen. »Versprich, dass du dafür zusammen mit Narmora und der Feuerklinge gegen Nôd'onn ziehen wirst. Sie werden dir erklären, wieso sie wichtig ist.«

Gandogar neigte den Kopf. »Bei Vraccas und Giselbart Eisenauge, in dessen Reich wir stehen, ich schwöre, dass ich nicht eher ruhen werde, bis Nôd'onn tot ist.« Sie reichten sich die Hände. »Aber du wirst dabei an meiner Seite sein«, setzte er hinzu.

Sie wandten sich gemeinsam zu den Stufen um und hoben ihre Waffen. Tungdil setzte sein Horn an die Lippen und blies zum Angriff.

Das Geborgene Land, das Fünfte Zwergenreich, Giselbart, im Winter des 6234sten Sonnenzyklus

Djer_n setzte einen Fuß vor den anderen und bildete die Spitze des Ausfalls. Die Zwerge flankierten ihn, dahinter folgten Rodario mit den Fackeln und Furgas, der ihn und die wertvollen Flammen vor den Angriffen der Bogglins beschützte.

Währenddessen setzte sich Andôkai auf den Stufen noch immer gegen den Golem zur Wehr. Die Attacken gaben ihr keine Gelegenheit, den Magus anzugreifen und damit die Wurzel des Übels auszuschalten. »Rasch! Mehr als ein bis zwei Zauber sind mir nicht mehr möglich«, rief sie angestrengt.

»Ich kümmere mich darum«, verkündete Narmora und sprang aus dem Stand auf die Schulter Djer_ns, stieß sich ab und flog fünf Schritte durch die Halle, ehe sie auf dem Kopf eines Bogglins landete und sich erneut abdrückte. Sie benutzte die Schädel und Schultern der überrumpelten Feinde wie Trittsteine und überwand so die Distanz zum Zauberer, doch kurz bevor sie ihn erreichte, traf sie ein Dolch in den Unterschenkel. Sie trat fehl und verschwand in der johlenden Menge.

»Narmora!«, schrie Furgas entsetzt und vernachlässigte seine Aufgabe als Bewacher. Die Bestien setzten sofort nach und drangen auf Rodario ein.

»Hinfort!«, schrie er sie an und drosch mit den Fackeln nach ihnen. Kreischend wichen sie vor der Hitze zurück, Funken stoben auf, und die Getroffenen standen augenblicklich in Flammen und taumelten davon. Das Drachenfeuer verbrannte die Kreaturen Tions in Windeseile zu Asche.

Seine Verteidigung verlief erfolgreich, dafür verloschen die Lichtquellen und wurden von den Schwertern der Bogglins zerstört, sodass er plötzlich mit nur einer einzigen Fackel dastand. »Furgas!«, machte er seinen Freund auf seine Lage aufmerksam. »Zu Hilfe!«

Doch Furgas beobachtete voller Sorge die Stelle, an der seine Gefährtin verschwunden war.

»Furgas, verdammt!«

Balyndis scherte aus der Reihe aus und übernahm es, die Bestien auf Abstand zum Schauspieler zu halten.

Plötzlich trat die Halbalbin wie aus dem Nichts hinter dem ersten Leibwächter des Magus hervor und trennte ihm mit einem üblen Hieb ihrer Waffen den Kopf ab. Bevor sich die anderen Orks auf die neue Lage einstellen konnten, starben auch sie.

»Beeindruckend«, kommentierte der Magus wütend und richtete seinen Stab gegen sie, »dennoch nicht gut genug!«

Ein breiter Strahl schoss auf Narmora zu, sie wich zur Seite aus, aber die Energien folgten ihren Bewegungen.

Ehe sie getroffen wurde, prallten sie unvermittelt gegen ein unsichtbares Hindernis und lösten sich auf. Gleich darauf zuckte ein breiter Blitz vom Heiligtum herüber und schlug knisternd in den Mann ein. Das Gleißen endete erst, als der Magus zu einem schmorenden, stinkenden Bündel verbrannt war. Im nächsten Augenblick zerfiel der Golem in Einzelteile. Die schweren Brocken erschlugen Dutzende der Bestien und drei der Oger, die sich nicht mehr in Sicherheit bringen konnten.

Die beiden übrigen Oger hielten inne; schließlich wichen sie aus Angst vor der siegreichen Magierin in die nächste Halle zurück und verschwanden aus ihrer Sicht.

Narmora hob den Arm grüßend in Richtung Andôkais; diese erwiderte die Geste und zog in einer fließenden Bewegung ihr Schwert. Mehr besaß sie nicht mehr, um sich zu verteidigen.

»Na, also. Narmora lebt. Würdest du mir nun bitte wieder zur Hand gehen, oder hast du jemand anderen dazu auserkoren, die Hauptrolle im nächsten Stück zu spielen, und willst mich einen heldenhaften Tod finden lassen?«, sagte Rodario liebenswürdig zu Furgas.

Andôkai stürmte die Stufen des Heiligtums herab; ihre Klinge wütete schrecklich gegen die Feinde.

»Verflucht, die feigen Oger verschwinden! Deine Herrin verdirbt mir alles«, ärgerte sich Boïndil und stürzte sich umso wütender auf die flüchtenden Bogglins. »Wenigstens habe ich mit denen meinen Spaß.«

Er rannte ihnen hinterher, ohne auf die Warnungen Tungdils zu achten; die Beile schlugen in die Hälse der Feinde, und er scheuchte sie wie eine Herde Schweine vor sich her. Auf der Schwelle zur anschließenden Halle blieb er wie angewurzelt stehen.

»Was ist? Hat dich die Vernunft ereilt?«, fragte Goïmgar gehässig, während sie zu Ingrimmsch aufschlossen. Dann aber erstarrten auch sie.

»Diese Szene lassen wir auch weg«, raunte Rodario mit trockenem Mund. »Sie gefällt mir nicht.«

Die Ausmaße des Raumes betrugen sicherlich dreitausend Schritt in der Länge und zweitausend in der Breite; die verlassenen Hochöfen, Rampen und Seilzüge, die umherstehenden oder umgestürzten Schlacke- und Roheisenpfannen und die Kohlehalden verrieten, was die Fünften hier einst trieben.

Wo früher Eisen und Stahl entstanden, lagerte nun eine Streitmacht von mindestens eintausend Orks, Bogglins und Trollen, die ihnen den Zugang zur Esse verwehrten.

Schon trafen die in die Flucht geschlagenen Bogglins und Oger auf die ersten Reihen der Bestien und berichteten hastig, was sich in der anderen Halle zugetragen hatte. Ein Ruck lief durch die Masse, die Ersten standen auf und packten grölend ihre Waffen, um sich kampfbereit zu machen.

»Das ist ...« Boïndil wusste nicht, was er zu diesem Anblick sagen sollte, und seine Arme mit den Beilen senkten sich kapitulierend. Dieses grauenvolle Heer bedeutete für ihren tapferen Haufen mehr als eine »große Herausforderung«, von der er so gern sprach. Selbst er sah ein, dass es für sie kein Durchkommen gab.

»Könnt Ihr auf die andere Seite schweben und uns mitnehmen, so wie Ihr es bei Goïmgar tatet, um ihn zu retten?«, schlug Tungdil der Maga heiser vor.

»Ich bin vom Gefecht gegen den Golem und den Magus erschöpft, meine Magie ist verbraucht.« Andôkai schaute mit bitterer Miene über die Ungeheuer. »Hätte ich geahnt, was uns erwartet, hätte ich mich vorhin zurückgehalten. Und selbst dann ...«

»Lasst uns nach Hause gehen«, bat Goïmgar flehentlich und wandte sich an Gandogar. »Mein König, du bist ...«

Tungdil brachte ihn mit einem Blick zum Verstummen. »Wir können nicht gehen. Allenfalls sterben wir bei dem Versuch, unser Ziel zu erreichen«, sagte er, und sein Kopf senkte sich trotzig. »Außer uns kann keiner mehr an diesen Ort vordringen, wir sind das letzte Aufgebot gegen Nôd'onn.«

»Wir bleiben.« Gandogar nickte zu Goïmgars Entsetzen. »Ich stehe euch bei.« Er hob die doppelköpfige Streitaxt.

»Wir sind Zwerge«, setzte Ingrimmsch grollend hinzu, der sich wieder gefangen hatte. Auch er neigte den Kopf, zog ihn zwischen die Schultern und holte tief Luft. »Wir werden niemals aufgeben!«, schrie er den Bestien entgegen, schlug die Axtrücken gegeneinander und ließ das Klirren durch die Erzschmelze fliegen. »Hört ihr das, ihr Scheusale!? Das ist der Laut eures Untergangs.«

Tungdil betete stumm zu Vraccas. »Der Kampf durch die Reihen ist das Einzige, was mir einfällt.« Er schaute in die Gesichter seiner Begleiter. »Vermutlich werden nicht alle von uns auf der anderen Seite der Halle ankommen. Achtet darauf, dass die Richtigen zur Esse gelangen.« Er schaute zu Balyndis. »Ich bin entbehrlich, ich werde mein Leben geben, damit das Geborgene Land mit all seinen Völkern weiterhin hoffen kann.«

Furgas küsste Narmora leidenschaftlich und mit Tränen in den Augen; sie gehörte zu denen, die unter allen Umständen durchkommen mussten. Sie strich ihm zärtlich übers Gesicht.

»Eins zu Hundert«, schätzte Boïndil die Verhältnisse ab. »Es hätte schlimmer kommen können.« Dieses Mal übernahm er es, das Horn zu blasen und ein altes Zwergensignal erschallen zu lassen, das von den Gegnern mit aufforderndem Rufen erwidert wurde. »Wer zuerst auf der anderen Seite ankommt«, knurrte er, »hat gewonnen.«

*

Nach fünfhundert Schritten hatten sie sich festgekämpft, es ging weder vorwärts noch rückwärts.

Eingekreist von den widerlichsten Kreaturen, standen sie Schulter an Schulter und mussten sich darauf beschränken, ihr Leben zu verteidigen, bis die Arme zu schwer würden, um den Attacken länger standzuhalten.

Schlimm genug war, dass sie Rodario auf den ersten zehn Schritten einbüßten; er verschwand zunächst unbemerkt zwischen den Rüstungen der Orks, und zu spät merkte Tungdil, dass der Schauspieler Opfer eines Schlages geworden war.

Damit verloren sie das notwendige Drachenfeuer, um die Esse anzufachen.

Ich bin so dicht vor meinem Ziel, Vraccas. »Wir müssen umkehren«, rief er über die Schulter. »Rodario und die letzte Fackel gingen verloren.«

Andôkai setzte zu einer Entgegnung an, als helle Flammen am Durchgang emporloderten.

»Zurück«, hörten sie eine krächzende, herrische Stimme. »Sie gehören mir.«

Die Bestien verstummten abrupt; sie stoben augenblicklich auseinander und bildeten eine Gasse, um Platz zu schaffen. Tungdil erkannte die feiste Gestalt in der malachitfarbenen Robe wieder, die sich nach vorne schob, und der letzte Hauch Hoffnung, der sich mit zwergischem Trotz gehalten hatte, verflüchtigte sich.

»Nôd'onn«, ging das Raunen ehrfürchtig durch die Reihen der Ungeheuer, die gebannt auf ihn starrten. Einige verneigten sich oder fielen vor ihm auf die Knie.

»Ich dachte mir, dass ich euch bei der Esse antreffe«, begrüßte er sie schnarrend und musste husten. Ein hellroter Speichelklumpen klatschte dem nächsten Bogglin ins Gesicht, der ihn freudig ableckte. »Daher sandte ich meine Diener, um euch aufzulauern.« Schritt für Schritt kam er auf sie zu. »Das Vergnügen, euch eigenhändig zu vernichten, wollte ich mir nicht entgehen lassen.«

Ein Ork sprang dienstbeflissen vor, riss sein Schwert heraus. »Ich tue es für dich, Herr!«, quiekte er.

»Unwürdiger!« Der Magus reckte seine Hand; es blitzte kurz auf, und ein Flammenstrahl traf den Ork, der sofort brannte und blind umhertaumelte, bis er ohnmächtig vor Schmerzen auf den Steinboden fiel. »Weichet!«, befahl er wieder. »Macht Platz, damit ich sie mit meinen Kräften vernichten kann, ohne euch zu schaden.« Das bleiche Gesicht war unter der Kapuze, die er trug, nurmehr als heller Fleck zu erkennen.

»Ich werde es versuchen«, flüsterte Andôkai Tungdil zu. »Ihr lauft los.« Sie wischte sich die blonden Haare aus dem herben Antlitz, packte ihr Schwert und setzte zu einem Sprung an, hielt aber inne.

Tungdil bemerkte ihr Zögern. »Was ist?«

Sie wirkte irritiert. »Er hat seinen Stab nicht dabei. Der echte Nôd'onn würde seinen Stab niemals ablegen, so wenig wie ich mein Schwert anderen überließe. Es ist eine Täuschung ...«

»Bei allen Göttern! Es ist Rodario!«, raunte ihr Furgas zu und bemühte sich, nicht zu glücklich zu wirken und die Maskerade des Freundes zu verraten. »Was immer er auch von uns verlangt, wir müssen sein Spiel mitspielen.«

Der Zwerg machte große Augen. Die Verwandlung in den Verräter gelang dem Mann ebenso vollendet wie damals im Theater, doch dieses Mal stand er vor einem Publikum, das ihn aufspießen würde, wenn sein Können zu gering wäre. *Wie hat er das geschafft?*

»Und ihr«, wandte er sich krächzend an sie, »werdet leiden. Ich gewähre euch die Gnade, bis ans Tor der Schmiede zu gehen und das ersehnte Portal zu berühren, ehe ihr in tausende kleiner Stücke zerrissen werdet! Ist das nicht grausam?!«, rief er laut, und die Bestien um ihn herum brüllten ihre Zustimmung.

Die Masse teilte sich hinter der Gruppe und gewährte ihnen einen schmalen Korridor, der bis zum verschlossenen Einlass führte. Der verkleidete Rodario folgte ihnen schwankend, hustete und krächzte die wüstesten Drohungen, die mit frenetischem Gekreisch seiner Rotte begrüßt wurden.

Sie waren zehn Schritt von dem Eingang entfernt, als der Schauspieler noch stärker taumelte und nach vorn stürzte.

»Bleibt«, hielt Tungdil Narmora und Furgas zurück, die ihm aufhelfen wollten. »Das würde ihn und uns verraten.«

Mühsam stemmte er sich auf. Ein Helm rollte unter seinem Fuß hervor, und das linke Bein erschien plötzlich ein gutes Stück kürzer. Die behelfsmäßige Stelze, die dazu gedient hatte, die Größe des wahren Magus nachzuahmen, war dahin und der Schwindel aufgeflogen. Dennoch benötigten die Kreaturen eine Zeit lang, bis sie die Zusammenhänge erfassten.

»Das ist nicht der Herr!«, belferte ein Ork und sprang mit erhobener Waffe vor. Rodario humpelte in die Reihen seiner Freunde zurück, das Gefecht begann von neuem.

»Wo ist die Fackel?«, wollte Tungdil wissen.

Der Schauspieler hielt sich die Seite und spuckte erneut Blut, das von einer echten Verletzung und nicht von einem Farbstoff stammte. Mit einem verzerrten Grinsen hielt er eine kleine Sturmlampe hoch, deren Docht glomm. »Das war besser. Nôd'onn hätte mit einer Fackel dämlich ausgesehen.«

Sie schlugen und fochten sich mit neuem Mut bis zum Portal durch, während die Orks die kleineren Wesen nach hinten scheuchten und einen brachialen Angriff unternahmen. Dieses Mal sollten die Menschen und Zwerge nicht mehr zu retten sein.

Nacheinander wurden sie von den Beilen, Schwertern und Äxten getroffen, die kleinere und größere Wunden schlugen, doch eisern hielten die Zwerge ihre Position. Tungdil bemühte sich, die Runen zu entziffern, die ihnen Einlass verschaffen sollten. Dieses Mal aber versagte sein Wissen.

»Ich verstehe sie nicht«, rief er Andôkai verzweifelt zu. »Es muss ein Rätsel sein.«

»Wie ungelegen«, meinte Rodario gepresst. Er lehnte sich gegen das Tor, weil die Beine ihn nicht mehr tragen wollten. »Nun, mein Verlust wird euch nicht allzu sehr schmerzen. Aber das Geborgene Land, das sei noch angemerkt, verliert einen formidablen Mimen«, ächzte er und schloss die Augen. Sein Körper erschlaffte und sank auf die Sturmlampe; der Docht drohte zu ersticken.

»Nein«, wisperte Gandogar, der den Tod des Schauspielers aus dem Augenwinkel verfolgte. »Die Flamme! Sie darf nicht verlöschen!« Er wandte sich um und versuchte sie zu retten, als sich ein gewaltiger Ork in die Bresche schob und brüllend sein gezacktes Schwert gegen den Rücken des abgelenkten Zwerges schwang.

»Mein König!«, schrie Goïmgar warnend, aber erkannte, dass es seinem Herrscher nichts mehr nützen würde. Kurzerhand warf er sich in den Schlag, den Schild nach vorn gereckt und den Kopf eingezogen.

Die Schneide traf singend auf den Rand des Schildes. Die Wucht des Treffers drückte ihn nach unten, sodass der Zwerg bis zum Hals sichtbar wurde.

Der Ork schnaubte ihm seinen stinkenden Atem entgegen, dass sein Bart wehte, und zeigte ihm die gewaltigen Hauer. Dann zog er die lange Klinge von rechts nach links und nutzte die Schildkante als Führungslinie.

Goïmgar hielt ihm sein Kurzschwert entgegen. Klirrend zerbrach sein Eisen unter der Kraft des Angreifers, und im nächsten Augenblick glitt die Schneide durch Haut, Sehnen, Muskeln und Wirbel.

Goïmgars abgetrennter Schädel fiel nach rechts, sein zuckender Torso stürzte nach links gegen Balyndis, die vor Wut aufschrie und umso wilder kämpfte.

Gandogar drehte sich um und sah Goïmgar für ihn sterben. Als der Kopf des Toten auf den Boden schlug, erlosch die Lampe, ein dünner Rauchfaden kräuselte zur Hallendecke hinauf. »Zu Tion mit dir!« Gandogar spaltete den Mörder Goïmgars vom Kopf bis zum Nabel.

Der Tod der beiden Gefährten und das Verlöschen des Drachenfeuers lähmten die Arme der Übriggebliebenen, ihre Gegenwehr wurde schwächer und schwächer.

»Hast du uns so weit kommen lassen, um uns zu vernichten, Vraccas?«, rief Tungdil anklagend, während er einem Ork seine Axt in den geöffneten Rachen schlug.

Da ertönte ein erlösendes Knarren, und der rechte Torflügel schob sich unvermittelt zurück.

*

Ein lautes, dunkles Horn ertönte und wiederholte die Melodie, die Boïndil zu Anfang ihres Angriffs hatte erklingen lassen, dann stapften gedrungene Gestalten aus dem Portal und warfen sich gegen die Ungeheuer. Ihre Äxte und Kriegshämmer wüteten gnadenlos.

Tungdil benötigte mehrere Augenblicke, bis er sie als Zwerge erkannte.

Einer von ihnen, dessen polierte Rüstung hell leuchtete, was nur durch das Blitzen der Diamanten an seinem Waffengurt übertroffen wurde, nickte auf das geöffnete Tor.

»Rasch. Wir können es nicht lange aufhalten«, befahl er, und seine tiefe Stimme ließ Tungdil schaudern.

Er hatte ihn erkannt, denn nach dem langen Weg durch das Reich der Fünften hatten sie mehr als einmal seine in Gold und Vraccasium getriebenen Züge an den Wänden prangen sehen. Es war Giselbart Eisenauge, der Stammvater der Fünften.

»Du bist ...«

»Später«, unterband der Urahne jedes weitere Wort. »Rein mit euch.«

Tungdil kam der Aufforderung nach, Furgas legte sich Rodario über die Schulter, Gandogar trug die Leiche Goïmgars. Als sie sich auf der anderen Seite befanden, beendeten die Fünften ihren Ausfall, und das Tor zur Schmiede schwang zu. Bald darauf hörten sie das wütende Trommeln der Bestien, die mit ihrer blinden Wut dennoch nichts ausrichten konnten.

»Ich grüße euch«, sagte Giselbart ernst, »wer immer ihr auch seid. Ich hoffe, euer Auftauchen bedeutet Gutes.«

Sie blickten auf insgesamt zehn Zwerge mit bleichen Gesichtern, deren Augen leicht abwesend wirkten, als befänden sie sich in Trance. Sie trugen herrlich gearbeitete Rüstungen. Ihre Bärte reichten bis auf den Gürtel, und die Entschlossenheit, die Vraccas seinem Volk mitgegeben hatte, war von jedem Antlitz abzulesen.

»Wir sind die Letzten der Fünften, die den Horden des Bösen seit dem Niedergang meines Reiches vor nunmehr elfhundert Zyklen trotzen«, erklärte Giselbart, der von allen den erhabensten Eindruck machte. »Wir fielen gegen die Albae und wurden durch das Tote Land zurück ins Leben gebracht, doch anstelle ihm zu dienen, stellten wir uns gegen es.«

Tungdil warf einen raschen Blick auf Bavragor, der von oben bis unten mit dem Blut von Orks und Bogglins bedeckt war; in allen Grüntönen rann es von seinen Unterarmen herab und tropfte auf den Boden.

»Auch wenn wir nur noch schwer zu töten waren, so verloren die meisten von uns ihr Leben doch endgültig, und wir zogen uns zur Esse zurück, dem Heiligsten, was unser Stamm besitzt.« Er schaute Tungdil in die Augen.

»Und ihr verspürt keinen Hass gegen andere Zwerge oder alles Leben?«, fragte er misstrauisch nach.

Giselbart schüttelte den Kopf. »Wir haben gelernt. Elfhundert Zyklen reichen aus, um den Hass in sich zum Schweigen zu bringen.« Sein Blick richtete sich auf den Eingang. »Lange beschränkten sich die Kreaturen darauf, uns zu bewachen, doch seit einigen Sonnenumläufen versuchen sie, die Esse zu erobern. Ihr seid vermutlich der Grund für ihr Verhalten, oder?«

»Ja, das mag sein.« In aller Eile stellte er sich und seine Begleiter vor, um danach eine kurze Zusammenfassung von dem zu geben, was sich im Geborgenen Land tat und was der Grund ihres Auftauchens war. »Aber die Hoffnung ist verloren. Das Drachenfeuer, das wir mitbrachten, um die Esse in Gang zu setzen, ist vor dem Tor verloschen.«

Giselbart legte ihm eine Hand auf die Schulter und zeigte ein freundliches Lächeln in dem tausende von Zyklen alten Gesicht, das nur aus Falten und Furchen zu bestehen schien. »Nein, bewahre dir die Zuversicht, Tungdil Goldhand, denn die Glut brennt hell und heiß wie immer.« Er horchte auf. »Wir haben sie von Anfang an gegen die Eindringlinge verteidigt. Vraccas muss gewusst haben, dass wir sie eines Tages noch einmal dringend brauchen würden.« Er und seine Begleiter traten zur Seite, damit sie die Schmiede in Gänze sahen.

Sie war gut fünfzig Schritt lang und maß dreißig in der Breite. Zwanzig erloschene Essen standen in zwei Reihen nebeneinander, die vierfache Anzahl von Ambossen kam hinzu. Sie waren um eine besonders große Feuerstelle angeordnet, deren Glut weißlich glomm.

Zwischen den unzähligen Säulen, welche die achtzig Schritt hohe Decke trugen, hingen Zangen, Hämmer, Feilen, Meißel und andere Schmiedewerkzeuge sauber aufgereiht. Der Boden war mit feinem Sand ausgestreut. An der Decke und den oberen Wänden hatte sich eine dicke Rußschicht gebildet; Steinstufen führten zu dem Rauchabzug hinauf.

Durch mehrere Öffnungen im Fels liefen Eisenketten, die über Umlenkrollen und Flaschenzüge mit Blasebälgen neben den Essen sowie Schleifsteinen verbunden waren; offenbar funktionierten sie nach einem ähnlichen Prinzip wie die Hebevorrichtungen der Loren.

Tungdil konnte sich vorstellen, wie die Fünften einst hier schmiedeten und die schönsten Rüstungen und besten Waffen des Geborgenen Landes schufen. Er atmete auf und bat Vraccas stumm um Verzeihung für seinen Zweifel. »Das ist die erste gute Wendung, seit wir von zu Hause aufgebrochen sind«, sagte er voller Freude. *Nichts war vergebens, dabei standen wir knapp davor, uns aufzugeben.*

»Rodario! Er lebt!«, sagte Furgas freudig. »Ich höre sein Herz schlagen.«

»Lass mich nach ihm sehen.« Andôkai warf ihr Haar zurück, kniete sich neben den Verletzten und schaute nach der Wunde, um sie mit Branntwein aus dem Trinkschlauch Bavragors zu reinigen und Schlimmeres zu verhindern. »Ein leichter Stich in die Seite und ein Schlag ins Gesicht«, stellte sie fest.

Er schlug ruckartig die Augen auf. »Meinen Dank, ehrenwerte Maga«, presste er durch die Zähne hervor. Der Alkohol auf der frischen Wunde verursachte ein scharfes Brennen. »Ich hätte den Ork bitten sollen, mich auf den Mund zu treffen, damit Ihr mich mit Euren Lippen zurück ins Diesseits küsstet.«

»Wenn du ein Krieger wärst, sähen die Dinge anders aus«, antwortete sie erstaunlich freundlich auf sein Werben.

»Ein Schauspieler ist vieles, auch ein Krieger.«

»Letztlich ist es vorgetäuscht.«

»Im Gemüt bin ich ein Kämpfer. Reicht Euch das nicht?«

»Das ist wohl wahr«, nickte sie. »Aber dein Gemächt hat mir zu viele Schlachten im ganzen Land geschlagen, als dass ich dem Träger vertrauen könnte, dass er niemals die Seiten wechselt, wenn sich eine Gelegenheit bietet.« Andôkai blinzelte ihn mit ihren blauen Augen an und tätschelte seine Wange. »Bleib bei den Frauen, die dich verehren, großer Junge.«

Giselbart deutete auf eine Nische in der Schmiede. »Legt euch hin und ruht euch aus. Das Portal wird nicht fallen, dafür sorgen wir«, sagte er zu Tungdil. »Genehmigt euch so viel Schlaf, wie ihr benötigt, und dann machen wir uns ans Werk. Es gibt vieles vorzubereiten.«

»Was meinst du damit?«

Er lachte gutmütig. »Erst werdet ihr euch erholen. Zu essen können wir euch leider nichts bieten, aber die Unterkunft ist wenigstens sicher.«

Keiner murrte, als es ans Ausruhen ging, und selbst Boïndil war erschöpft genug, dass er sich die Gedanken über das Dasein der Fünften als Untote ersparte. Sie hatten ihr Leben auf diese Weise bewahrt und bewiesen, dass sie alles andere als bösartig waren.

Tungdil trat zu Gandogar, der stumm neben den Überresten Goïmgars saß. Er hatte seinen ramponierten Helm abgenommen, sodass das braune Haar auf seine breiten Schultern fiel. »Er hat sein Leben für mich gegeben«, meinte er nachdenklich. »Ohne zu zögern stellte er sich gegen den Ork, obwohl er genau wusste, dass er ihm nicht gewachsen war. Das hätte ich ihm nicht zugetraut.« Er schaute zu Tungdil. »Als du dir Goïmgar wähltest, freute ich mich, weil ich zu wissen glaubte, wie sehr er ein Künstler und wie wenig er ein Zwerg wäre. Er hat bewiesen, dass er mehr Zwerg war, als ich annahm.«

Tungdil nahm das Säckchen mit den Diamanten und legte es in die Hände des Königs. »Jetzt ist es an dir, seine Aufgabe zu übernehmen.«

»Das werde ich, auch wenn ich weit hinter seinen Fertigkeiten als Handwerker zurückstehe.«

Tungdil zögerte. »Es wird dir nicht gefallen, was ich dir noch zu sagen habe, Gandogar. Es geht um Bislipur.« In wenigen Worten erzählte er ihm vom Plan des Großkönigs und der Heimtücke des Hinkenden. Zum Beweis seiner Anschuldigungen präsentierte er das Kropfband, das sie Swerd abgenommen hatten.

Der König erkannte es auf der Stelle wieder. »So sehr ich meine Augen gegen deine Vorwürfe verschließen möchte, das widerliche Schmuckstück spricht für sich. Der Gnom wäre niemals imstande gewesen, ohne den Auftrag seines Herrn zu handeln.« Er schüttelte fassungslos den Kopf. »Was hat ihn so verblendet? Wie konnte er mich so verblenden?«

»Du willst keinen Krieg mehr gegen die Elben führen?«

»Einen Krieg? Jetzt, wo es so schlimm um das Geborgene Land bestellt ist?« Er holte tief Luft. »Ganz im Gegenteil, Tungdil. Ich erkenne endlich die Wahrheit, die in den Worten des Großkönigs Gundrabur lag. Wir haben unterwegs zu viel gesehen und erlebt, um weiterhin gegen die Spitzohren ziehen zu wollen. Wir brauchen ein Bündnis mit ihnen.« Er hob die Augenbrauen. »Ich sagte nicht, dass wir sie zu unseren Brüdern machen und sie von nun an mögen sollen. Der Verrat an den Fünften ...«

»Es gab keinen Verrat durch die Elben«, unterbrach sie ein Zwerg, der in ihrer unmittelbaren Nähe gestanden und einen Teil ihrer Unterredung mit angehört hatte. Seinen dichten schwarzen Bart hatte er zu kunstvollen Zöpfen geflochten; sie baumelten bis auf seine Brust.

»Sicher gab es den«, beharrte er. »Ich habe die Zeilen gesehen, die ihre Schuld bezeugen.«

»Die Zeilen, die Bislipur dir gab?«, erinnerte ihn Tungdil.

Der fremde Zwerg lächelte schwach. »Ich bin Glandallin Hammerschlag aus dem Clan der Hammerschlags und war im Gegensatz zu dir an diesem trüben Tag dabei, als der Steinerne Torweg durch Verrat fiel.«

»Also doch die Elben?«, mutmaßte Gandogar stur.

»Eines Zwerges«, sagte Glandallin ruhig, während die Zwerge und Balyndis fassungslos auf ihn starrten. »Es war Glamdolin Starkarm aus dem Clan der Starkarme, der die Losung zum ersten Mal nannte und die Riegel öffnete.«

»Weshalb?«

»Er wartete schon sehr lange auf die Gunst des Augenblicks. An jenem schrecklichen Morgen täuschte er vor, unter dem rätselhaften Fieber zu leiden, das die Albae uns brachten, und im Laufe der Schlacht achteten wir nicht weiter auf ihn. Er schlich sich vors Tor und gab das Land den Horden preis. Er war es auch, der den Albae einen geheimen Pfad in unsere Stollen wies, um uns hinterrücks anzugreifen.«

»Ich verstehe nicht ...«

»Er war ein Dritter«, machte es Glandallin kurz. »Glamdolin war ein Dritter, ein Zwergentöter, der sich in unseren Stamm einschlich und sich voller Schläue maskierte, um uns in unserem geschwächten Zustand dem Untergang zu weihen. Er starb durch meine Hand, aber er erhob sich wieder durch die Macht des Toten Landes und nannte ihnen die Losung ein zweites Mal. Wir haben ihn nach unserem zweiten Erwachen verhört; danach verlor er seinen Schädel und verging endgültig.«

»Schreib das für mich auf«, raunte Rodario Furgas zu. »Das Stück wird ein Kassenerfolg ohnegleichen!«

»Die Elben haben nichts damit zu tun?« Tungdil freute sich darüber, da es ihnen den Weg zu einem Bündnis erleichterte. *Bislipurs Vorhaben ist gescheitert!*

*

Sie begruben die Überreste Goïmgars in einer Ecke der Schmiede unter einem Stapel Steine und sandten seine Seele zu Vraccas. Sobald sie sich ausgeruht hatten, begannen sie mit den Vorbereitungen, um die Feuerklinge zu schmieden.

»Die Klinge sei aus dem reinsten, härtesten Stahl, die Widerhaken am anderen Ende seien aus Stein, der Griff aus Sigurdazienholz, die Intarsien und Runen aus allen edlen Metallen, die sich in den Bergen finden; die Schneide aber sei mit Diamanten besetzt«, zitierte Tungdil die alten Verse und nahm die Abschrift mit den Runen heraus, die als Vorlage dienen sollten.

Säuberlich legten sie alles Gold, Silber, Palandium und Vraccasium auf den Tisch, das Säckchen mit den Diamanten gesellte sich ebenso hinzu wie das Stück Sigurdazienholz, aus dem der Griff bestehen sollte. Roheisen für die Klinge und den Granit für die Widerhaken brachten die Fünften.

Plötzlich wusste Tungdil, was sie vergessen hatten, und er schalt sich wegen seiner Gedankenlosigkeit. »Es fehlt uns Tionium!«, rief er entsetzt. »Habt ihr das?«

»Nicht hier«, antwortete Glandallin nach einigem Zögern. »Wir geben uns mit dem Metall Tions nicht gern ab und verwenden es nur äußerst selten.«

Narmora streifte ein Amulett von ihrem Hals und legte es auf den Tisch. »Es besteht aus reinem Tionium. Meine Mutter gab es mir, um mich vor den Mächten des Guten zu beschützen. Da ich mich für die andere Seite entschlossen habe, benötige ich es nicht mehr«, erklärte sie. »Ich hoffe, es reicht aus.«

Tungdil bedachte sie mit einem anerkennenden Blick; ihre Taten ließen ihn alle Vorbehalte und Gefühle der Ablehnung vergessen. »Nun wirst du schon zweifach wichtig für das Geborgene Land. Auch wenn wir die Waffe schmieden, gebührt dir der ganze Dank der Völker. Unsere Kunst nützt nichts ohne dich.«

»Das Volk meiner Mutter trägt Schuld an vielem Leid, das im Geborgenen Land herrscht. Es ist nur rechtens, wenn ich davon ein wenig zurückzahle«, erwiderte sie, das Lob ablehnend.

Er blickte zu der Esse, die leicht glomm. »Können wir beginnen?«

»Nein, so einfach ist es nicht«, widersprach Giselbart. »Sie glüht noch, aber die Hitze wird nicht ausreichen. Die Apparaturen, die den großen Blasebalg bewegen, um der Esse Drachenbrodem Leben einzuhauchen, sind eingerostet und nicht mehr zu bewegen.«

»Welch ein Glück!« Furgas erhob sich. »Ich dachte schon, ich bin nichts anderes als der Gefährte jener Frau, die das Geborgene Land rettet«, lachte er, und die anderen stimmten ein. »Endlich kann ich meine Fertigkeiten als Magister technicus unter Beweis stellen.«

Narmora küsste ihn, nahm eine Axt und übte mit Ingrimmsch die unterschiedlichsten Manöver. Andôkai saß auf ihrem Lager, Djer_n hockte unbeweglich wie immer neben ihr. Tungdil wartete aus irgendeinem Grund darauf, dass es hinter dem Stahlgesicht zu leuchten begann.

»Du fragst dich, was sich hinter der Maske verbirgt?«, meinte Narmora, als sie eine Pause einlegte. Sie nahm sich von dem Wasser und trank es durstig.

Er wandte sich ihr zu. »Du klingst, als ob du es wüsstest.«

Narmora lehnte sich an den Felsen und atmete tief; die Übungsstunden strengten sie an, denn Ingrimmsch verlangte ihr alles ab. »Meine Mutter erzählte mir von einem Wesen, dem König unter den Bestien und allen Geschöpfen Tions und Samusins. Es ist der Jäger aller, das Raubtier der eigenen Art, es vernichtet die Schwachen und ringt mit den Starken, um sie noch stärker zu machen oder sie zu töten, wenn sie es nicht verdienen zu herrschen.« Sie tupfte sich die Schweißperlen von der Stirn. »Seine Augen sollen blauviolett leuchten, und sein Anblick reicht aus, um die Schwächsten davonlaufen zu lassen. Sie fürchten ihn alle, den Sohn Samusins.« Narmora grinste. »Ich hatte unwahrscheinliche Angst, wenn sie diese Geschichte erzählte, wie du dir vorstellen kannst.« Sie vermied es, in die Richtung des Gepanzerten zu schauen. »Was viel schlimmer ist: Nun weiß ich, dass es ihn gibt.«

Es ergab einen Sinn. Andôkai, als Anhängerin des Gottes Samusin, würde es als Ehre empfinden, mit einer Kreatur durch die Gegend zu ziehen, die der Sage nach der Sohn ihres Gottes war. Ob die Maga und Djer_n tatsächlich mehr verband als das Verhältnis Herrin und Untergebener, wollte Tungdil nicht wissen. »Dann ist es kein Wunder, dass die Bogglins vor ihm geflüchtet sind.«

»Jeder würde vor ihm flüchten, Bestie oder nicht.« Narmora stand auf, um weiter zu üben.

Er beobachtete, wie Balyndis eine Esse mit gewöhnlichem Feuer in Gang setzte, das Kettenhemd und das Lederwams auszog und sich eine Lederschürze vor Bauch und Brust band; die Unterwäsche verdeckte wenig von ihrer Haut. Er schlenderte zu ihr, die Neugier trieb ihn. »Was machst du?«

»Stahl.« Sie bat ihn, die Bändel hinter ihrem Rücken zu verknoten. Er trat hinter sie und erhaschte zum ersten Mal einen Blick auf die nackte Haut einer Zwergin. Sie war rosig und von einem dünnen, hellen Flaum überzogen. Da sie wie alle unterwegs kaum Gelegenheit gehabt hatte, sich zu waschen, ging ein intensiver, aber keineswegs schlechter Duft von ihr aus, weniger sauber, aber sehr anregend. »Da wir nicht an die Hochöfen kommen, um aus dem Roheisen Stahl zu machen, behelfe ich mich mit einem einfachen Kniff.«

Seine Hände hatten den Knoten schon lange fertig gebunden, doch nun legten sich seine Finger wie von selbst an ihre kräftige Hüfte. Die Haut fühlte sich glatt und warm an, er ertastete die feinen Härchen.

»Komm nach vorn, damit du siehst, was ich mache.« Er folgte ihrem Wunsch. »Um die Verunreinigungen auszutreiben, gebe ich das Metall in eine flache Pfanne und erhitze es. Der größte Teil der Verunreinigungen verbrennt dabei. Der Nachteil ist, dass wir so nur geringe Mengen Stahl herstellen können. Für einen Axtkopf sollte es genug sein.« Geduldig stand sie da und beobachtete, wie die Temperatur höher wurde und das Metall schmolz. »Hast du so etwas nicht gemacht?«

»Nein«, sagte er bedauernd. »Ich war nur Schmied.«

»Wie viele Schläge brauchst du für einen Hufnagel?«

»Wenn ich mich anstrenge, sieben, wenn ich gedankenlos bin, neun.«

»Das ist sehr gut, Tungdil«, lächelte sie ihn an, und er schmolz wie das Eisen. »Du bist darin so gut wie ich.«

»Und wie lange brauchst du für eine Axt?«

»Wenn ich mich anstrenge, sieben, wenn ich gedankenlos bin, neun«, antwortete sie. »Umläufe natürlich, nicht Schläge. Aber da wir wenig Zeit haben und ich keine Pause machen werde, müsste es in fünf Umläufen zu schaffen sein, ohne dass die Güte darunter leidet.« Sie deutete zum Portal. »Giselbart möchte etwas von dir. Er steht da und winkt.«

Tungdil hob die Hand zum Zeichen, dass er sich auf den Weg machte. »Findest du es nicht auch seltsam, Zwergen zu begegnen, die älter als alles sind, was wir kennen, von den Gebirgen einmal abgesehen?«

»Ich finde es seltsam, dass sie ihre Seelen an das Tote Land verloren haben«, entgegnete sie. »Seltsam und traurig. Ich wünschte, wir könnten ihnen helfen, ihre Seelen zurückzubekommen.«

»Das vermag Vraccas, wir nicht. Und ich bedauere es sehr.« Er lief zu Giselbart, der mit sorgenvoller Miene auf ihn wartete.

»Die Bestien bereiten sich auf einen Angriff vor.«

Tungdil betrachtete die massiven Türen aus Eisen und Bändern, die von den Runen ihres Gottes zusätzlich geschützt wurden. »Sagtest du nicht, die Esse sei sicher?«

»Sie war es, weil sie wohl keinen Grund hatten, sie unbedingt einnehmen zu wollen. Aber da ihr hier seid und die Waffe schmiedet, die Nôd'onns und ihren Fall bedeutet, haben sie ihre Ansichten geändert.« Er zeigte ihm ein verborgenes Guckloch, und Tungdil spähte hinaus.

Aus dem ungeordneten Haufen war innerhalb eines Sonnenumlaufs ein organisiertes Heer geworden, das von Albae geleitet wurde.

Die Oger schafften umgerissene Säulen und Stalaktiten herbei, um sie als Rammböcke zu benutzen. Hinter ihnen rotteten sich verschiedene Abteilungen zusammen, die an Apparaten herumschraubten, aus denen Seilzüge werden könnten.

»Das sieht nicht gut aus. Ich berichte es meinen Freunden«, entschied er. »Welche Verteidigungseinrichtungen haben wir?«

Wortlos hob Giselbart seine Axt.

»Mehr nicht?«

Er hob eine zweite Axt und grinste böse. »Ich verstehe, dass dir das nicht ausreicht. Wir ...«

Plötzlich hörten sie gedämpfte Schreie und das Scheppern von Rüstungen; die Oger brüllten auf, die Orks quiekten alarmiert, und die Bogglins kreischten in heller Aufregung.

Was geht da draußen vor? Schnell presste Tungdil sein Auge ans Guckloch und sah, wie die Feuer des Lagers erstarben und zwergengroße Krieger mit aschweißen Gesichtern zwischen den Ungeheuern umhersprangen und etliche niederstreckten; sie zielten dabei auf die Köpfe, um keine Untoten zu schaffen.

Der Überfall währte nicht lange. Sobald die Flammen von neuem entfacht waren, fand sich von den Angreifern keine Spur mehr.

Die Geister der gestorbenen Zwerge! Er erinnerte sich ganz genau an die bleichen Erscheinungen, die ihnen die rätselhafte Warnung gesendet hatten. Dieses Mal fielen sie über diejenigen her, die ihre Ermahnung missachteten und sich weiterhin in ihrem Reich aufhielten. »Weißt du etwas über die Geister der Ahnen?«

»Geister? Nein. Aber solange sie auf unserer Seite kämpfen, habe ich nichts gegen sie«, meinte er und ging los, um den anderen von dem bevorstehenden Angriff der Truppen Nôd'onns zu berichten. Diejenigen, die nichts mit dem Schmieden und den Vorbereitungen zu tun hatten, begannen damit, Steine aus den Wänden zu brechen und sie vor dem Portal aufzustapeln.

Zuerst ging es darum, die Orks draußen zu halten. Darüber, wie sie mit der Feuerklinge hinausgelangen würden, würden sie sich später Gedanken machen.

*

Furgas schaffte es, die in ihn gesetzten Erwartungen noch zu übertreffen. Er hatte nur einen Sonnenumlauf gebraucht, um hinter die Funktionsweise der Ausgleichgewichte des Blasebalgs zu kommen, und verglich das System gern mit dem des Bühnenvorhangs.

Die schadhaften Stellen hatte er bald entdeckt; beim Ausbessern improvisierte er so sicher, wie er es sonst unter den Brettern des Podiums tat, falls eine Vorrichtung während der Theateraufführung versagte. Auch die Schleifsteine drehten sich wieder.

Währenddessen schichteten die anderen Stein um Stein auf, denn die Ungeheuer unternahmen bereits den ersten Eroberungsversuch, wobei sich die Stalaktiten als zu fragil erwiesen und an dem Portal barsten.

Am zweiten Umlauf beschäftigte sich Gandogar unter den widrigsten Umständen mit dem Schleifen der Diamanten; die Werkzeuge Goïmgars halfen ihm dabei immerhin ein wenig. Bavragor hockte an einem Tisch und formte mit seinen Arbeitsgeräten die Widerhaken aus dem Stein; seine Hände bewegten sich mechanisch und ruckartig wie die einer Puppe.

Giselbart bereitete die Schmelzformen für die Edelmetalle vor, während Balyndis sich anschickte, die Axt samt der unterarmlangen Halterung zu formen.

Dazu hatte sie sich in den mittleren Teil begeben, wo die Esse Drachenbrodem stand. Mit jedem Seufzer des mechanisch betriebenen Blasebalgs fauchten die Kohlen, und gelegentlich zuckten weiße Flämmchen auf.

Die Zwergin nutzte drei unterschiedlich geformte Ambosse gleichzeitig; zielsicher wählte sie aus der Reihe von Wolfsmaulzangen, Biberzangen, Winkelzangen und etwa siebzig weiteren die passende aus, um die in der Glut erhitzten Stahlstücke herauszuziehen, sie grob in Form zu schlagen und wieder in ihr heißes Bett zu schieben, wenn die Temperatur nicht mehr passte.

Eine solche Schmiede hatte Tungdil noch nie gesehen. Hatte er sich bei Lot-Ionan mit vier unterschiedlichen Hämmern zufrieden gegeben, so hingen hier fünfzig mit den unterschiedlichsten Köpfen. Dazu kamen Meißel, Feilen, Eisensägen und weitere Werkzeuge, mit denen die Zwergin als Meisterin sicher hantierte.

»Komm, hilf mir«, verlangte sie unerwartet und drückte ihm eine Zange in die Hand. »Schlage das Stahlstück flach, ungefähr so dick wie eine Messerklinge. Danach trennst du es mit dem Keil und schmiedest die Stücke übereinander zusammen.«

Tungdil tat, wie ihm geheißen, ergriff eine der langen Zangen und näherte sich den weiß leuchtenden Kohlenstücken, die eine nie gekannte Hitze ausstrahlten.

Als er das Stück aus der Esse nahm, glühte es weiß. Mit raschen Schlägen walzte er es aus, und legte es wieder zurück in die Esse.

Sobald es glühte, holte er es heraus, trennte es in der Mitte, legte die Stücke übereinander und schmiedete sie mit kräftigen Schlägen zu einem Stück zusammen.

Sein Herz jubelte, als er nach so langer Zeit wieder den Schmiedehammer führte und das geliebte Klingen hörte. Das war die Magie der Zwerge, durch ihre Fertigkeit entfalteten sich geheimnisvolle Kräfte im Metall, die ein Magus niemals verstehen würde.

Er blickte zufrieden zu ihr hinüber; ihre Schläge erklangen gleichzeitig, ohne dass sie sich abgesprochen hatten.

Dann legte er sein Werkstück zurück. »Ich gehe zu den anderen und helfe Steine schleppen, ehe sie murren, ich würde deine Arbeit zunichte machen«, erklärte er. »Wie viele Lagen wird die Axt haben, wenn sie fertig ist?«

Sie hämmerte weiter. »Um die dreihundert. Der Stahl ist sehr gut, er wird es mitmachen. Danke für deine Hilfe.«

Tungdil winkte ihr zu und schloss sich den Steineschleppern an. Die Fünften brauchten so gut wie keine Rast, ihre untoten Körper verlangten nicht danach, aber Boïndil und Tungdil teilten sich ihre Kräfte genau ein; ihr Proviant ging allmählich zur Neige, und Nachschub gab es keinen.

»Ich habe die ganze Zeit darüber nachgedacht, welche Weitsicht Vraccas besaß, als er die Wege von so vielen verschiedenen Leuten sich kreuzen ließ«, sagte Ingrimmsch irgendwann.

»Wie meinst du das?« Der Zwerg verblüffte Tungdil mit Überlegungen, die er ihm nicht zugetraut hätte.

Er wandte ihm sein mittlerweile tief gebräuntes, bärtiges Zwergengesicht zu. »Jeder von uns hat seine Aufgabe zu leisten, um die Feuerklinge zu schmieden. Ohne dich hätten wir niemals den Vorsatz gefasst, ohne die Zwerge hätten wir sie niemals schaffen können, ohne den Schauspieler wären wir nicht lebend durch die Schweineschnauzen gelangt. Furgas repariert die Vorrichtungen, und das Spitzohr wird die Waffe letztlich gegen das Böse führen.« Er setzte sich auf einen Stein. »Wir sind die beste Truppe für diese Expedition ...«

»Was ist mit Goïmgar?«

»Mh ... Na, ohne ihn hätte Gandogar sein Leben verloren.«

»Du hast dich und deinen Bruder vergessen. Ihr habt uns mit euren Beilen Wege durch die Reihen der Feinde gebahnt, wo andere aufgegeben hätten«, sagte er bestimmt. »Ohne euch wären wir nicht bis zur Esse gelangt.« Er klopfte ihm auf den Rücken.

Ingrimmsch grinste. »Wer hätte gedacht, dass wir aus dem Gelehrten einen echten Zwerg machen? Na, es müssen die guten Veranlagungen sein. Wir haben sie nach der Zeit bei den Langen aus ihrem Schlummer geholt und ordentlich aufpoliert.« Er schlug spielerisch nach ihm. »Du kannst inzwischen sogar richtig gut kämpfen.«

»Meine Veranlagungen«, wiederholte er behutsam. Im Stillen dachte er daran, dass er nach wie vor nicht wusste, welchem Stamm er angehörte.

Boïndil hatte ausnahmsweise ein Gespür für seine Sorgen. »Keine Sorge. Wenn die Vierten dich nicht wollen, nehmen wir dich gern in unsere Reihen auf«, versprach er ihm augenzwinkernd. »Ich wäre immer bereit zu behaupten, dass du der nichteheliche Vetter meiner unbekannten Tante vierunddreißigsten Grades wärst.« Sie lachten.

Giselbart kam von dem Guckloch zurück, durch das er in regelmäßigen Abständen nach draußen blickte, um die Lage zu überprüfen, und seine Miene verhieß nichts Gutes. »Sie haben sich neue Rammböcke gebaut. Dieses Mal könnten sie Erfolg haben, fürchte ich.«

»Gibt es einen anderen Weg hinaus?«, erkundigte sich Tungdil. »Der Trick mit dem falschen Magus wird nicht noch einmal funktionieren.« Sein Blick fiel auf den Abzug der Esse. »Was ist damit?«

»Ho, der Gelehrte hat einfach die besten Gedanken«, lobte ihn Ingrimmsch.

»Es könnte gelingen, aber es wird ein schwieriger Aufstieg.«

»Den wir meistern«, sagte Tungdil sofort. »Nichts wird uns mehr daran hindern, das Geborgene Land zu befreien, schon gar nicht jetzt, wo wir die Feuerklinge so gut wie fertig geschmiedet haben.«

Es krachte, als wollte der Berg über ihnen einstürzen.

Das Portal erbebte, Gesteinsbrocken rieselten herab, und das Metall der Torflügel gab einen leidenden Laut von sich. Der Angriff hatte begonnen.

VIII

Das Geborgene Land, das Fünfte Zwergenreich, Giselbart, im Winter des 6234sten Sonnenzyklus

Drei Sonnenumläufe lang dröhnte unablässig der Schlag gegen das Portal durch die Schmiede, und die Anstrengungen der Bestien zeigten Erfolge. Das harte Eisen des Tores hatte sich verbogen, und an manchen Stellen war es kurz davor zu bersten und der enormen Gewalt nachzugeben.

Tungdil schuftete inzwischen auch an der Esse und schmiedete Eisenstangen, um sie auf der Rückseite der Türflügel zu befestigen und diese damit zu stabilisieren, was auf Dauer jedoch nicht gegen die Bemühungen der Angreifer ausreichen würde.

Balyndis kam indessen gut voran und stand vor dem Abschluss der Grobarbeiten. Giselbart trieb die Linien für die Intarsien und die Runen in den warmen Stahl. Gandogar hatte seine Edelsteine an der notdürftig eingerichteten Schleifbank in Form gebracht und sie spitz zulaufen lassen, damit sie sich bei einem Schlag durch die Haut des Magus bohrten. Die Widerhaken, die Bavragor aus schwarzem Granit formte, waren so lang wie der Zeigefinger einer Männerhand geworden und standen bereit, eingesetzt zu werden.

Das Stück Sigurdazienholz wurde von Tungdil nach Narmoras Anweisungen in Form gebracht. Mit Eisensäge, Feile und Schleifstein passten sie das Holz, das sich beinahe so hart wie Metall verhielt, ihren Fingern an. Das Glattschleifen überließ er ihr und kümmerte sich sogleich wieder um die Verstrebungen am Tor. Nach vier Sonnenumläufen waren die Widerhaken eingesetzt, und die Diamanten wurden entlang der Schneide in den erhitzten Stahl eingebracht.

Balyndis arbeitete hoch konzentriert, jeder Schlag musste sitzen, das Material kannte keine Nachsicht mit ihr. Täte sie nur einen falschen Handgriff an entscheidender Stelle, wäre die Feuerklinge verloren, und sie müssten von vorn beginnen. Diese Zeit aber besaßen sie nicht. Das stete, glockentonartige Rumpeln machte es den Handwerkern nicht leicht, ihre Gedanken beisammenzuhalten.

Giselbart bereitete sich darauf vor, die Edelmetalle zu einer einzigen Legierung zu schmelzen, was in einer normalen Glut nicht gelingen würde. Der Vorgang faszinierte die Zwerge, sie standen staunend um die Schmelzgefäße, in denen dunkelgelbes Gold, schimmerndes Silber, rotgelbes Vraccasium, weißliches Palandium und das münzgroße Stück schwarzes Tionium brodelten.

Nacheinander nahm er die Behältnisse und schüttete die Flüssigkeiten behutsam in die glockenförmige Gussbirne, ein Gefäß, das im Inneren mit gepresstem Sand ausgekleidet war. Als er das schwarze Metall einfüllte, zischte es unheilvoll; seine Bosheit, die es von seinem Schöpfer Tion erhalten hatte, verband sich schwer mit der Reinheit des Palandiums.

Da krachte es wieder, Eisenträger gaben aufkreischend nach, und der Rammbock schob einen Flügel einen halben Schritt weit auf. Sofort quetschte sich ein Bogglin hindurch und schaute sich mit großen Augen um. Er fiepte aufgeregt.

»Ho, du kleines hässliches Ferkel!«, begrüßte Ingrimmsch ihn glücklich und rannte los. Endlich erhielt er wieder die Gelegenheit, seiner Wut freien Lauf zu lassen. »Zum Lohn für deinen Mut erhältst du eines meiner Beile!«

»Ihm nach«, befahl Tungdil rasch. »Narmora, du bleibst zurück.« Balyndis und Giselbart, Andôkai und Djer_n begaben sich zum Portal, um Boïndil, wenn auch gegen seinen Willen, gegen die ersten Widersacher beizustehen.

Die Säulen krachten weiter und heftiger gegen das Tor. Schon sahen die Bestien die Stunde des Sieges näher rücken und verdreifachten ihre Anstrengungen. Dann war der Spalt breit genug, dass ein Ork hindurchpasste. Pfeile flogen zu ihnen herein, fügten ihnen aber glücklicherweise nicht mehr als Kratzer zu.

Tungdil erkannte, dass sie die Bresche halten würden, wenn der Durchgang nicht breiter werden würde. *Ich treibe euch mit Drachenfeuer zurück.* Er rannte zur Esse Drachenbrodem, warf noch mehr Kohlen darauf und fachte die Glut mit dem Blasebalg unaufhörlich an, bis sie grellweiß glühte.

Schnell gab er ein paar Schaufeln der feinsten Stücke in eine fahrbare Esse und rollte damit zum Eingang. Entschlossen nahm er eine ordentliche Schippe voll davon und schleuderte sie mit Schwung über die Köpfe und Schilde der ersten gegnerischen Reihe.

Der feurige Regen prasselte auf die Bestien nieder und fiel auch durch die Ringe der Kettenhemden; er rieselte in den Nacken hinab und traf die Gesichter der Ungeheuer. Lautes Schmerzengeheul setzte ein, das sich nach der zweiten Ladung verstärkte. Es stank nach schmorendem Leder, verbrannten Haaren und kokelnder Haut. Kaum hoben die Orks die Schilde, um sich dagegen zu schützen, schlugen ihnen die Zwerge die Äxte und Hämmer in den Unterleib.

Furgas eilte mit Nachschub heran, bis sich die Orks zurückzogen und darauf beschränkten, wieder Pfeile abzuschießen.

»Es wird nicht lange dauern, und sie bauen einen Schildwall«, schätzte Andôkai. »Wir müssen weg. Früher oder später gelangen sie in die Schmiede.«

Gemeinsam versuchten sie den Eingang zu verschließen, doch die Bestien waren schlau genug, Keile einzuschlagen, die dies verhinderten.

Andôkai hat Recht. Wir sollten besser gleich von hier verschwinden. Tungdil kehrte zur Esse zurück. »Wie lange braucht es, bis die Legierung fertig ist?«, wollte er von Giselbart wissen.

»Sie muss einen halben Umlauf kochen, damit sich das Tionium mit dem Palandium verbindet, nur dann werden die anderen Metalle in das Gemenge aufgenommen«, erklärte er. »Danach kann ich die Rillen ausgießen, doch es wird lange dauern, bis es abgekühlt ist. Hält das Tor?«

»Es muss«, knurrte Tungdil entschlossen. »Und es wird.«

Nôd'onns Diener aber gaben keine Ruhe mehr. Sie stürmten unentwegt, und es kam, wie die Maga es vorausgesagt hatte. Sie formten einen Schildwall über ihren Köpfen gegen die glühende Kohle, während sie erneut angriffen.

Zwei Zwergen aus dem Stamm der Fünften schlugen sie die Häupter ab und töteten sie damit endgültig. Die Zahl der Verteidiger sank gefährlich, und ein neuer Rammbock nahm seine Arbeit auf. Das Böse selbst, der Schrecken aus dem Norden, peitschte sie an.

*

»Es ist so weit.« Nach langem, zermürbendem Warten begann Giselbart die vorgeprägten Linien und zwergischen Symbole mit dem Gemenge aus den Metallen des Berges zu füllen. Die Flüssigkeit war von einer Farbe, die Tungdil nicht bestimmen konnte; es war ein Zwischenton aus Orange und Gelb mit einem seltsamen Funkeln und schwarzen Punkten darin. Wie Wasser rann sie in die vorgesehenen Stellen, als wüsste sie von selbst, wohin sie gehörte. Die Menge ging genau auf, nichts war zu wenig oder zu viel.

»Geschafft«, atmete der Stammvater auf. »Nun wird es einen halben Umlauf dauern, bis es ausgekühlt ist. Danach können wir den Kopf auf den Griff setzen und verkeilen. Es ...«

Der Rammbock durchbrach das geschundene Eisen am Tor. Hastig zogen die Angreifer das Säulenende wieder heraus und stießen kurz darauf ein Stück oberhalb des Lochs erneut zu, um die fassgroße Lücke zu erweitern. Sie bauten sich einen zweiten Eingang.

Tungdil atmete tief ein. Seine Arme taten weh, er hatte Hunger wie noch nie zuvor in seinem Leben, und am liebsten hätte er einen ganzen Umlauf lang geschlafen. Dennoch hob er die Axt. »Halten wir sie auf, bis das Metall sich abgekühlt hat.«

Er ignorierte seine Schmerzen im Rücken und in den Schultern, da er als ihr Anführer ein gutes Beispiel geben wollte. Gandogar unterwarf sich vorbildlich seinen Anweisungen und fügte sich als Teil der Gruppe ein, ohne die Führung für sich zu beanspruchen. Das rechnete Tungdil ihm hoch an.

»Oink, oink!«, brüllte Ingrimmsch, dessen Begeisterung am Kampf niemals zu enden schien, und hackte auf die eindringenden Orks ein, dass die Splitter ihrer Rüstungen und die Fetzen ihres Fleisches nur so flogen.

Doch auch sein Einsatz vermochte immer weniger auszurichten. Je länger der Kampf dauerte, umso mehr gewannen die Angreifer die Oberhand. Nur Djer_n und den kaum zu überwindenden Fünften war es zu verdanken, dass sie das inzwischen zu einem Drittel geöffnete Tor überhaupt noch gegen die Horden hielten. Die Zeit arbeitete gegen sie.

Giselbart erschien an Tungdils Seite. »Ihr könnt gehen, die Intarsien der Feuerklinge sind erkaltet genug.« Er hob seine Axt. »Wir halten sie so lange auf, bis ihr weit genug in den Abzug gestiegen seid, danach schließen wir die Abzugsklappen und zerstören den Mechanismus. Das sollte ausreichen, um euch einen entsprechenden Vorsprung zu verschaffen. Bis sie die Klappen von Hand geöffnet haben, werden Sonnenumläufe vergehen.«

Er nickte und befahl seinen Freunden den Rückzug.

Der fertig gestellte Axtkopf lag auf dem großen Amboss und leuchtete im Schein von Drachenbrodem geheimnisvoll. Die Diamanten funkelten, die Einlegearbeiten und Runen schimmerten warm und pulsierten beseelt vom Feuer der Esse.

»Seht, was wir mit dem Segen von Vraccas möglich gemacht haben.« Voller Respekt betrachtete Tungdil das gemeinsame Werk.

»Und nun vollenden wir es«, sagte er feierlich zu Balyndis, die den Griff nahm und ihn in die unterarmlange geschlossene Halterung schob. Ihr Gesicht wurde bleich.

»Vraccas stehe uns bei, es ist zu klein«, sagte sie mit belegter Stimme. »Wir haben zu viel abgeschnitten, das Holz wackelt, es passt nicht! Beim ersten Schlag fliegt der Kopf davon. Ich verstehe das nicht, wir haben es genau ...«

Nacheinander leuchteten die Runen auf. Stiel und Stahl erstrahlten, dann verdickte sich das Holz von selbst, es knackte und knirschte und presste sich in den Hohlraum, bis es mit dem Eisenkopf eine Einheit bildete.

Tungdil nahm dies als Zeichen, dass sie ihre Aufgabe zur Zufriedenheit ihres Gottes bewältigt hatten. Seine Finger glitten über das Metall, es war ein gutes Gefühl. Nur widerstrebend reichte er die Feuerklinge an Narmora weiter; am liebsten hätte er die Axt selbst geführt.

Giselbart griff nach der Waffe. »Darf ich?«, fragte er mit bebender Stimme.

»Sicher. Ohne euch wäre sie nicht geschmiedet worden.«

Der Stammvater der Fünften hielt sie zunächst nur ehrfürchtig, ehe er einige Probeschwünge damit vollführte und sie feierlich der Halbalbin übergab.

»Nun ergibt es einen Sinn ... all die Zyklen des Ausharrens, des Kampfes, die Qualen des Untodes«, sprach er bewegt. »Vraccas sei Dank und Ehre.« Er reichte ihnen allen die Hand, Tungdils Finger hielt er etwas länger. »Besiedelt die Hallen neu, wenn ihr das Böse aus dem Geborgenen Land vertrieben habt. Lasst das Fünfte Zwergenreich nicht länger von Bestien beherrscht sein.« Seine Augen wurden durchdringend. »Versprich es mir, Tungdil Goldhand!«

Er konnte nicht anders, er nickte, gebannt von den erschreckend fanatischen Augen des Stammvaters der Fünften.

Giselbart nahm seinen diamantbesetzten Waffengurt ab und legte ihn dem Zwerg um. »Behalte ihn als Andenken an die Fünften und verbreite die Kunde, dass wir unser Reich bis zum letzten Mann verteidigt haben, über unseren Tod hinaus.«

Tungdil schluckte. »Dein Geschenk ist zu viel der Ehre.«

»Es gebührt dir, nach allem, was ich hörte und sah, wie keinem anderen.« Sie umarmten sich wie Freunde, dann stand der Abschied bevor.

»Wir gehen«, wies Tungdil sie an. Er schaute zu den schmalen Treppen, die nach oben zum Eingang des Schlotes führten und in der Dunkelheit verschwanden, und danach zum Tor, wo die letzten Fünften einen harten Kampf gegen die Orks fochten.

»Und was wird aus euch?«, wollte Boïndil von Giselbart wissen.

Der reckte sich und schaute zum Portal. »Wir bleiben und verteidigen eure Flucht, bis sie uns überwältigen und endlich die Köpfe abschlagen, damit unser Dasein beendet ist«, verkündete er voller Stolz. »Geht! Die Stufen werden im oberen Teil des Kamins schmaler, Djer_n wird aufpassen müssen, damit er nicht fehltritt und stürzt.«

Narmora setzte sich an die Spitze, um mit ihrer Geschicklichkeit die Festigkeit der Stufen zu prüfen, danach folgten die Menschen und Zwerge; der Krieger bildete den Schluss. Nur Bavragor stand neben der Esse, einen neuen Kriegshammer gepackt, und rührte sich nicht.

»Kommst du?«, bat ihn Tungdil behutsam.

Er schüttelte den Kopf. »Ich sagte, dass ich auszog, um niemals mehr zurückzukehren und ein ruhmreiches Ende zu finden. Es ist so weit. Ich bin dort angekommen, wo ich hinwollte.« Er blieb völlig gelassen; die Unruhe, an der er seit seiner Verwandlung in einen Untoten litt, fiel von ihm ab. Sein rotbraunes Auge richtete sich auf Tungdil. »Ich danke dir, dass du mich mitgenommen hast und an dem Unterfangen teilhaben ließest.«

»Ich gab dir mein Wort.«

»Du hättest es jederzeit zurückziehen können, niemand hätte es dir übel genommen, wenn du den singenden Säufer abgelehnt hättest, doch du tatest es nicht.« Er kam näher und blickte ihm ins Gesicht. »Ich habe mein Lebenswerk mit einer Arbeit abgeschlossen, die von keinem anderen übertroffen werden kann. Jedenfalls hoffe ich, dass man keine zweite Feuerklinge mehr im Geborgenen Land benötigen wird.«

»Du lässt dich nicht mehr umstimmen, Freund?«

Bavragor lachte, es war ein freundlicher Klang, in dem die alte Heiterkeit seiner Lieder wohnte. »Zwerg sein und sich umstimmen lassen, passt das zusammen? Meine Entscheidung fiel vor etlichen Umläufen.« Er nickte in Richtung des Tores. »Ich muss zu ihnen. Mein Tod vollzieht sich in der Gemeinsamkeit mit den Ahnen der Fünften, den Ehrwürdigsten und Ältesten unseres Volkes. Was kann ich noch mehr verlangen?« Seine schwieligen Finger schlossen sich um Tungdils. »Du bist ein guter Zwerg, nur darauf kommt es an, nicht auf die Abstammung. Vergiss mich nicht. Und den kleinen Schimmerbart auch nicht.«

Sie umarmten sich, und Tungdil schämte sich seiner Tränen nicht. Er ließ einen weiteren Freund zurück, den er in diesem Leben nicht mehr sehen würde.

»Wie könnte ich? Nein, Bavragor Hammerfaust, ich werde dich nicht vergessen.« Er bedachte das Grab Goïmgars mit einem langen Blick. »Ich werde keinen von euch vergessen.«

Der Steinmetz lächelte ihm zu und stapfte zum Tor, um den Fünften beizustehen. Nach zwei Schritten blieb er noch einmal stehen, sein Auge suchte Ingrimmsch. »Richte Boïndil aus, dass ich ihm seine Tat vergebe«, sagte er leise.

Tungdil sah ihn überrascht an. »Er wird es mir nicht glauben, wenn ich es ihm einfach nur so sage. Er wird denken, ich hätte es mir ausgedacht, um seinem Gewissen Erleichterung zu verschaffen.«

»Dann sage ihm, ich hätte verstanden, dass er meine Schwester ebenso sehr liebte wie ich. Ich habe es gehasst, sie zu verlieren. Da ich den Umstand nicht hassen konnte, hasste ich den, der die Axt führte. Trauer und Schmerz wurden durch Hass verdrängt, so war es leichter zu leben. Ich wusste immer, dass es ein Unfall war und dass er sie geliebt hat.« Er lachte leise. »Der Tod scheint weiser zu machen, Tungdil. Vraccas sei mit euch und vor allem mit dir.«

Mit einem Lied auf den Lippen stürzte er sich gegen die Übermacht; sein Streithammer zerschmetterte das Knie eines Orks und kurz darauf dessen Schädel, und sein Gesang riss dabei nicht ab.

Tungdil schluckte und folgte den Gefährten, die sich inzwischen schon weit nach oben gearbeitet hatte. Narmora schickte sich soeben an, den Schlot zu betreten.

Die Lieder Bavragors begleiteten sie lange bei ihrem Aufstieg in den dunklen Schacht hinauf, bis Giselbart die Vorrichtungen in Gang setzte und sich die schweren Stahlplatten vor den Abzug schoben. Danach ertönte ein klirrendes Geräusch, Ketten rasselten und wickelten sich ab, der Mechanismus war zerstört.

Als das Rasseln endete, hörten sie Bavragor immer noch, viel gedämpfter und leiser, doch er war noch da.

Sie schwiegen und lauschten kletternd seinen Gesängen, die vom Heldentum der Zwerge und der Glorie des Krieges gegen die Orks handelten. Er verhöhnte die Übermacht, er reizte und provozierte sie, lockte sie in den Tod.

Dann verstummte seine Stimme.

*

»Es ist alles frei. Wir und die Berge sind weit und breit die Einzigen«, rief Narmora hinab. Tungdil sah kurz ihre schlanke Silhouette, die sich als schwarzer Umriss vom Hellgrau des Himmels abhob, dann verschwand sie wieder.

Einer nach dem anderen schoben sie sich aus dem Schlot, der an seinem oberen Ende breit genug war, um ein kleines Haus darin verschwinden zu lassen.

Der Zwerg erklomm die letzten Stufen mit müden, schweren Beinen. Bei dreitausend hatte er aufgehört, die dunkelgrauen, vom Ruß verschmierten Stiegen zu zählen, die sich an den Wänden des Kamins in die Höhe schraubten. Ihr Aufstieg war gelungen, niemand von ihnen war ausgerutscht oder in Gefahr geraten abzustürzen; selbst Djer_n hatte trotz seiner Rüstung keine Schwierigkeiten gehabt.

Wir sind entkommen. Tungdil verließ den Schutz des Rauchabzugs und stand auf einer schneebedeckten Erhebung inmitten des Grauen Gebirges. Der eisige Wind spielte mit seinem Bart und ließ den Zwerg schaudern.

Die Aussicht auf die unzähligen Schluchten und Täler brachte ihn zum Staunen. Er betrachtete den mächtigen Gipfel der Großen Klinge, er sah die Spitze der legendären Drachenzunge und die schroffen Abhänge der Goldwand. Erhaben und majestätisch wuchsen sie in die Wolken, windumtost, schneeverweht, ewig während. Gewaltsam riss er sich von dem Panorama los, das wohl nur die Wenigsten in dieser einzigartigen Weise zu Gesicht bekamen.

Tungdil schickte die Halbalbin als Späherin vor. Diese Entscheidung fiel ihm nicht leicht: Auf der einen Seite war sie zu bedeutend, um sie in Gefahr zu bringen, auf der anderen Seite verfügte sie über die besten Voraussetzungen, sich auf unsicherem Gebiet eher gefahrlos zu bewegen. Ihr schien es weitaus weniger auszumachen als Furgas, der vor Sorge beinahe krank wurde. Und so stapften sie auf der Route, die Narmora ihnen vorgab, durch den Schnee.

Es ging über glitzernde Gletscherbrücken hinweg, vorbei an Steilwänden, die senkrecht in die Höhe aufragten, und tiefen Abgründen. Mitunter mussten sie über abgegangene Geröllawinen steigen oder unter Steinbogen durchwandern, die aussahen, als ob sie sogleich einstürzten.

Noch immer sprachen sie kein Wort, die Müdigkeit und das Erlebte lähmten ihre Zungen, und jeder konzentrierte sich einzig darauf, einen Fuß vor den anderen zu setzen und nicht zu straucheln.

In Gedanken war Tungdil bei Giselbart und Bavragor. Er sah sie gegen die Orks und Albae kämpfen, und wenn er die Augen schloss und sich konzentrierte, hörte er den Gesang des Steinmetzen noch immer. *Der singende Säufer*, dachte er traurig.

Abends drängten sie sich in eine Höhle, in der sie Schutz vor dem zunehmenden Wind suchten, und entzündeten eine Fackel, die Licht spendete. Ingrimmsch schien die Kälte nichts auszumachen. Andôkai schüttelte die Schneeschicht von ihrem Mantel ab, zog ihn enger um sich und lehnte sich ermattet gegen den nackten Felsen. Fluchend schloss sie die blauen Augen.

»Ich muss so schnell wie möglich wieder auf ein Stück Land, in dem sich ein magisches Feld befindet«, sagte sie und brach damit das anhaltende Schweigen. »Meine Kräfte sind aufgezehrt. Ich hätte nicht gedacht, dass so etwas geschehen kann. Es ist kein sehr angenehmes Gefühl.«

»Und vor allem brauchen wir Eure Magie sicherlich noch.« Tungdil nahm fröstelnd den Plan zur Hand, auf dem die unterschiedlichen Eingänge eingezeichnet waren. »Da Nôd'onn um die Tunnel weiß, wird es schwierig. Er kann sich denken, dass wir sie benutzen wollen, um nach Hause zurückzukehren.« Sein aufmerksamer Blick wanderte über die Zeichnung und blieb an einem Einstiegspunkt hängen, der sich zweihundert Meilen von ihnen entfernt befand. *Das ist es! Damit rechnet er nicht.* »Wir gehen nach Âlandur.«

»Was? Zu den Spitzohren?!«, begehrte Boïndil auf, der sich gerade vorsichtig das Eis aus dem Bart rieb. »Warum?«

»Der Tunneleingang liegt in dem Teil des Elbenreiches, der vermutlich noch nicht gefallen ist«, erklärte er seine Entscheidung. »Und wir werden sie bitten, mit uns gegen Nôd'onn zu ziehen, wie Großkönig Gundrabur es wollte. Oder hast du einen besseren Vorschlag, Boïndil?«

»Nein«, gab Ingrimmsch zögernd zu. »Ich ... muss mich nur erst an den Gedanken gewöhnen. Es sind unsere Feinde ... an und für sich.«

»Mir ergeht es nicht anders.« Balyndis nickte zustimmend und reckte die Hände gegen die Flamme der Fackel.

»Es ist erstaunlich, wie einfach es einem fällt, etwas nicht zu mögen«, merkte Rodario philosophisch an und drückte auf seinem Bauch herum, aus dem laute Knurrgeräusche drangen. Er hatte großen Hunger, und niemand in der Höhle erging es anders. In seiner Not brach er sich einen Eiszapfen ab und lutschte daran.

»Die Götter haben uns zu verschieden gemacht. Sitalia, die Schöpferin der Elben, ließ die Spitzohren das Oberirdische und das Grün lieben, Vraccas gab uns die Höhlenwelten der Berge.« Die Schmiedin zog die Beine an. »Sie schauen auf uns herab, sie verachten uns, weil wir nicht so schön sind wie sie.«

»Und dafür verachtet ihr sie?«, schätzte der Schauspieler. »Also muss nur einer mit dem Verachten aufhören, und schon hat der andere keinen Grund mehr. So einfach ist das, Feindschaft beendet.« Er grinste und hielt sich die verletzte Stelle. »Verfluchter Ork! Habt ihr noch Feinde, wo meine Beratung euch helfen könnte?«

»Die Dritten«, sagte Ingrimmsch langsam. »Der Stamm Lorimbur, wie du von Giselbart gehört hast. Aber mit ihnen werde ich niemals Frieden schließen.« Seine Faust ballte sich. »Jetzt erst recht nicht, wo ich die Wahrheit über den Untergang der Fünften erfahren habe.«

Rodario setzte sich aufrecht gegen die Wand. »Und was hat es mit dieser Feindschaft auf sich? Wir Menschen wissen leider viel zu wenig über die Zwerge, wie ich merke.« Er nahm sein Schreibzeug zur Hand. »Aber bitte nur die kurze Fassung, meine Tinte ist bald leer.«

Balyndis grinste. »Wir hassen sie.«

Seine Feder verharrte. »Das war zu kurz, begnadete Schmiedin aus dem Stamm der Ersten«, lächelte er hinreißend.

»Das dachte ich mir fast.« Und sie hob an, die ganze Geschichte zu erzählen.

»Vraccas schuf die Stammväter der Fünf Stämme, und ein jeder von ihnen erhielt von ihm einen Namen. Aber der Begründer des Dritten Stammes wollte seinen Namen nicht und wählte sich einen eigenen. Fortan nannte er sich Lorimbur.

Vraccas erteilte jedem der vier Stämme eine besondere Gabe, die Zünfte der Steinmetzen, Edelsteinschleifer, Eisenschmiede und Goldschmiede entstanden. Aber zu Lorimbur sagte er: ›Du hast dir deinen Namen selbst gesucht, also lerne selbst, etwas zu tun. Von mir wirst du keine Gabe mehr erhalten.‹

Lorimbur gab sich Mühe, etwas zu erlernen, ging bei seinen vier Brüdern in die Lehre, doch nichts wollte ihm gelingen. Das Eisen zersprang, das Gold verbrannte, die Edelsteine splitterten, und der Stein zerbarst unter seinen Fingern.

Und so wurde er eifersüchtig auf seine Brüder. In seinem heimtückischen Herzen erwuchs der Hass gegen alle Zwerge.

Im Verborgenen widmete er sich allein der Kampfeskunst. Nicht nur, um Feinde des Geborgenen Landes zu erschlagen, sondern auch um darin der Beste von allen zu werden und sie auszurotten, damit es keinen mehr seiner Art gab, der besser war als er.«

Rodario schrieb alles mit. »Das ist großes Theater«, murmelte er vor sich hin. »Das ist Stoff für die nächsten einhundert Zyklen.«

Balyndis räusperte sich. »Nun weißt du, warum wir die Dritten fürchten. Ihnen ist nicht zu trauen.«

Andôkai versuchte, eine bequemere Haltung am Felsen einzunehmen. »Die Dritten sind mir im Augenblick gleichgültig. Die Elben sind es, die sich zunächst von uns überzeugen lassen müssen«, sagte sie. »Ihr Fürst Liútasil ist bekannt dafür, dass er keine neuen Freundschaften schließt. Dass ausgerechnet Zwerge ihn um Beistand bitten, wird es nicht einfacher machen.« Sie verschränkte die Arme hinter dem Kopf.

Tungdil lächelte, die Schatten betrachtend, die sie im Schein der Fackel warfen. »Ich habe durch unsere Reise gelernt, dass vieles möglich ist, an das ich zuerst nicht geglaubt habe. Das gibt mir Zuversicht, bei den Elben erfolgreich zu sein.«

Balyndis ließ sich von Narmora die Feuerklinge geben. Vorsichtig entfernte sie mit der Feile überstehende Reste der Einlegearbeiten, danach begann sie das Metall zu polieren. Fasziniert schaute Tungdil ihr dabei zu, bis sie ihre Tätigkeit unterbrach.

»Meine Finger«, sagte sie entschuldigend. »Es ist zu kalt, um genau zu arbeiten.«

Er äugte zu Furgas und Narmora, die sich unter die Decke verkrochen hatten. »Du kannst gern näher zu mir kommen, wenn dir kalt ist«, bot er ihr an. Sein Mund wurde plötzlich trocken.

Sie rutschte zu ihm und drückte sich an ihn. »Warm wie an einer Esse«, seufzte sie zufrieden.

Vorsichtig legte er ihr einen Arm um die Schulter. Balyndis' Nähe schenkte ihm ein mehr als gutes Gefühl.

**Das Geborgene Land, Königreich Gauragar,
im Winter des 6234sten Sonnenzyklus**

Sie wanderten sehr schnell, und sobald sich das Gelände dazu anbot, verfielen sie in Laufmarsch und durchquerten die südlichen Ausläufer des Grauen Gebirges zügig. Bald kamen sie in den hügeligen Teil Gauragars und ließen die mächtigen Gipfel hinter sich.

Zur Unterhaltung blieb ihnen kaum Gelegenheit, das Laufen strengte sie zu sehr an. Als Tungdil Ingrimmsch die letzten Worte Bavragors ausrichtete, sagte der Krieger nichts, aber seine Lippen wurden zu dünnen Strichen, und seine Augen schimmerten feucht.

Unterwegs umgingen sie Siedlungen so weit es ging, nur einmal schickten sie Furgas und Rodario als fahrende Schuhflicker zu einem Gehöft, um Proviant zu kaufen. Rodario hätte sich lieber als verarmter Adeliger ausgegeben, doch Tungdil bestand darauf, dass sie so wenig Aufsehen wie möglich erregten.

Es schmeckte nicht sonderlich gut; das Tote Land verdarb das kümmerliche Getreide, die verschrumpelten Winteräpfel und das harte Brot lagen wie Blei in ihren Mägen, aber es reichte aus, um ihnen einen Teil ihrer körperlichen Kräfte zurückzugeben. Ihren Durst stillten sie mit geschmolzenem Schnee, dessen Geschmack besser war als das Wasser aus dem Boden.

Djer_n erlegte eine ausgezehrte Hirschkuh, deren Fleisch sie nach kurzem Rösten über dem Feuer hungrig verschlangen. Den schimmeligen Beigeschmack versuchten sie zu ignorieren.

Orks trafen sie keine mehr. Aus der Freude darüber wurde nach sieben Sonnenumläufen offene Verwunderung; nicht einmal ein Bogglin kreuzte ihren Weg, obwohl sie sich auf dem Terrain des Toten Landes befanden.

Es sollte eigentlich von Ungeheuern nur so wimmeln. Das erschien Tungdil derart merkwürdig, dass er Furgas und Rodario in eine Stadt schickte, um in Erfahrung zu bringen, was sich zutrug.

Sie kehrten mit erschreckenden Neuigkeiten zurück.

»Sie wurden abberufen«, sagte der Mime und unterstützte seine Erzählung wie immer gestenreich, um die passende Theatralik zu erreichen. »Die Lager, in denen die Orks sich auf die Eroberung der Menschenreiche sammelten, stehen leer, weil sie zu tausenden nach Süden marschieren. Es geht um die Einnahme einer Felsenfestung, hat man uns berichtet.« Er machte ein angestrengtes Gesicht. »Verflucht, wie hieß der Ort noch gleich?«

»Im Süden? Dann kann es nur Ogertod gewesen sein«, rief Ingrimmsch aufgeregt. »Ha, die Schweinchen brauchen tausende, um das Reich der Zweiten niederzuwerfen, habt ihr das gehört?! Oh, ich wäre gern dort, um unseren Brüdern und Schwestern zu helfen!«

»Nein, der Name war es nicht«, widersprach Rodario zu ihrem Erstaunen. »Dunkel ... Braun ... Verdammich, dabei konnte ich meine Texte stets memorieren. Es hatte etwas mit Ochsen zu tun.« Er fuchtelte mit den Händen. »Schnell, das Ding, das man über ihre Nacken legt.«

»Joch!«, rief Balyndis.

Tungdil fügte sich den Rest zusammen. »Das Schwarzjoch! Sie belagern das Schwarzjoch!«

Andôkai grübelte. »Das sagt mir nichts. Was hat es damit auf sich?«

»Es ist ein Tafelberg, den die Dritten in eine Festung verwandelten, um gegen die anderen Zwergenstämme Krieg zu führen. Der Berg liegt mitten im Geborgenen Land.« *Aber wozu brauchen sie die vielen Orks?*

»Vielleicht haben sich bedeutende Menschen dorthin geflüchtet, die Nôd'onn unbedingt in seine Hand bekommen möchte?«, schlug Narmora vor. »Die Könige von Gauragar und Idoslân vielleicht?«

Tungdil erinnerte sich, dass er Balendilín und Gundrabur von seiner Entdeckung berichtet hatte, konnte sich aber nicht erklären, weshalb sie sich an den verfluchten Ort begeben hatten. »Wir schauen nach, was sie am Schwarzjoch wollen, es liegt ohnehin auf unserer Strecke.«

Sie marschierten weiter.

*

Nach zwölf Sonnenumläufen seit ihrem Aufbruch aus dem Reich der Fünften betraten sie den Boden Âlandurs. Dazu brauchte Tungdil nicht einmal in die Karte zu schauen, die Natur zeigte es ihnen.

Sie durchliefen ein flaches, schneebedecktes Tal und sahen von weitem das satte Grün der Buchen, Eichen und Ahorne; davor stand eine schützende Wand aus Nadelbäumen. Der Anblick der intensiven Farben und lebendigen Pflanzen bewies ihnen, dass das letzte der Elbenreiche entgegen aller Gerüchte nicht gegen die Horden Nôd'onns gefallen war und sich unbeugsam hielt. Die Macht des Toten Landes endete hier.

»Dass ich mich einmal über den Anblick von Bäumen freuen würde«, meinte Ingrimmsch. Das Wissen, die vielen Tage über in totem Land unterwegs gewesen zu sein, drückte auch auf sein Gemüt. Seine Augen schweiften über die Stämme, die sich eng aneinander reihten, eine natürliche Palisade gegen jegliche Eindringlinge bildend. Sogleich langte er nach seinen Beilen. »Scheint, als müssten wir uns da einen Weg hindurchhacken.«

»Und den Anstoß zum Krieg gegen die Elben geben?«, meinte Andôkai. »Wir gebrauchen keine einzige Waffe, wenn wir den Wald betreten. Unser Eindringen wird nicht lange unbemerkt bleiben.« Auch sie betrachtete das vor ihnen liegende Terrain. »Wir sind bereits bemerkt worden«, verbesserte sie, als vier hoch gewachsene Gestalten aus dem Schutz der Bäume traten. Pfeile lagen schussbereit auf den Sehnen ihrer Langbögen. »Wer möchte mit ihnen reden?«

»Ich«, sagte Tungdil sofort. Er machte einen Schritt nach vorn und legte seine Axt so deutlich ab, dass die Elben es sehen mussten. Dann schritt er langsam auf sie zu.

»Die Wälder Âlandurs haben schon vieles gesehen«, hallte ihm die Stimme eines Wächters entgegen, »aber einen Unterirdischen noch nicht. Bleib stehen. Was willst du?«

Er betrachtete die vier vom Volk des Waldes. Sie trugen weiße Lederrüstungen und weiße Pelzumhänge, an ihrer Seite baumelte ein Schwert. Ihre langen hellen Haare lagen offen auf den Schultern, und für Tungdil sahen sie mit ihren ebenmäßigen Zügen fast gleich aus. Er mochte sie nicht.

»Ich bin Tungdil Goldhand vom Stamm der Vierten und mit meinen Freunden ausgezogen, um die Feuerklinge zu schmieden, die Nôd'onn den Zweifachen vernichten wird«, entgegnete er mit fester Stimme. »Gute Freunde sind bereits für dieses Ziel gestorben. Nun wollten wir darum bitten, dass ihr uns Zugang zu eurem Zuhause gewährt.«

»Wozu? Nôd'onn wirst du hier nicht finden.«

»In eurem Reich gibt es einen Eingang zu einem Höhlenlabyrinth meines Volkes. Wir möchten unter der Erde entlang zum Schwarzjoch«, erklärte er knapp. »Der Magus soll sich dort aufhalten.«

»Und ihr wollt ihn mit der Feuerklinge, was auch immer das sein möge, töten? Ihr Hand voll Krieger?«, fragte der Elb ungläubig. »Ich denke, dass ihr von Nôd'onn geschickt wurdet.«

»Ein feiner Plan wäre das!«, entfuhr es Tungdil aufgebracht, der dem langen Gesicht am liebsten eine Ohrfeige verpasst hätte. »Der Verräter schickt Zwerge zu Spitzohren, sicherlich, bei meinem Bart, das ergibt Sinn. Ihr würdet uns schließlich sofort mit offenen Armen empfangen, weil sich unsere Völker so sehr lieben, und wir könnten uns bei euch leicht einschleichen, um euch an Nôd'onn zu verraten.«

»Hei, der Magus ist gewitzt, was?!«, sagte Balyndis leise und mürrisch, aber nicht leise genug.

Tungdil musste grinsen, und wenn er sich nicht sehr täuschte, so huschte über eines der schlanken, hübschen Elbengesichter ein kleines Lächeln. Er mochte sie trotzdem nicht wirklich leiden. »Was können wir tun, um euch von unseren guten Absichten zu überzeugen?«

Die Elben berieten sich in ihrer Sprache. »Nichts. Ihr werdet warten«, kam die unfreundliche Antwort. »Solltet ihr unser Land betreten wollen, werdet ihr sterben.« Mit diesen Worten verschwanden sie zwischen den mächtigen Stämmen.

»Immerhin«, grinste der Zwilling und kreuzte die Arme vor der breiten Brust. »Wir haben sie verunsichert.«

Sie machten aus der Not eine Tugend und rasteten. Umherliegende Äste dienten ihnen als Brennholz für ein wärmendes Feuer. So verging viel Zeit, und die Sonne senkte sich schon hinter den Tannen herab, als die Elben wieder auftauchten. Sie brachten zwanzig Krieger und einen ranghohen Elbenkämpfer mit sich, wie sie an dessen Rüstung aus schimmerndem Palandium erkannten.

»Meine Späher berichteten mir von einer seltsamen Gruppe und einem noch seltsameren Vorhaben«, sprach er, und Vorsicht schwang in seiner Stimme mit. Sein Antlitz war makellos und eine Spur zu hübsch, sodass er überheblich wirkte. Die offenen dunkelroten Haare rahmten sein Gesicht ein und betonten die dunkelblauen Augen. »Lasst mich sehen, ob ihr die Wahrheit sagt.«

Er hob die Arme, seine Finger formten Zeichen in die Luft, und augenblicklich reagierte Andôkai, in dem sie zu einem Verteidigungsspruch anhob.

Der Elb sah es und brach seine Vorbereitungen verwundert ab. »Ihr scheint in der Lage zu sein, Magie zu nutzen. Dafür kommen nicht viele Kurzlebige infrage. Man berichtete uns, dass sie allesamt das Opfer von Nôd'onn wurden.« Er musterte sie. »Euer Äußeres gleicht der Frau, die man Andôkai nannte.«

»Ich bin Andôkai die Stürmische.« Sie deutete eine Verbeugung an. »Ich wäre in einem magischen Zweikampf kaum eine Herausforderung, Fürst Liútasil, denn unsere Reise schwächte mich.« Sie tippte gegen den Griff ihres Schwertes. »Aber da meine kämpferischen Fertigkeiten über einen gewissen Ruf Verfügungen, wäre ich dazu bereit, mit dir die Klinge zu kreuzen und auf diese Weise meine Echtheit unter Beweis zu stellen.«

Tungdil hob die Augenbrauen. *Die Späher haben tatsächlich ihren obersten Herrscher zu uns gebracht.*

Liútasil lachte, sanft, freundlich, dennoch überlegen. »Ihr seid die Maga, daran zweifle ich nun nicht mehr, aber trotzdem werde ich mich absichern. Die Albae haben schon zu viele Listen versucht, um uns zu überwinden.« Seine Finger vollführten anmutige Gesten, bis sich ein goldenes Leuchten aus ihnen löste und die Gruppe umhüllte.

Die Erschöpfung, die Tungdil in jedem einzelnen Knochen spürte, verschwand von einem Lidschlag auf den nächsten, selbst sein Hunger verebbte. Dafür hörte er das schmerzerfüllte Aufstöhnen von Narmora und den schrecklichen Laut, den Djer_n am Stadttor von sich gegeben hatte.

Die Elben legten auf sie an, knirschend spannten sich die Sehnen, die Augen nahmen Maß.

Der Fürst ließ die Arme sinken. »Nun, Andôkai, Ihr habt zwei Gefährten unter Euch, denen ich nicht erlauben werde, Âlandurs Wälder zu betreten«, sagte er achtsam.

»Wir wissen, dass sie nicht zu den Geschöpfen Palandiells und Vraccas' gehören, sondern ihre Vorfahren unter den Kreaturen Tions und Samusins haben«, erhob Tungdil die Stimme. »Sie stehen auf unserer Seite und sind unentbehrlich, um Nôd'onn zu vernichten.« Er deutete auf die Halbalbin. »Sie muss die Feuerklinge führen, und er ist den Kampfkünsten meines Freundes Boïndil beinahe ebenbürtig.« Er griff zu der kleinen Flunkerei, damit sich der Zwerg geschmeichelt fühlte. »Sein Anblick reicht aus, um Ungeheuer in die Flucht zu schlagen.«

Liútasil schwieg und dachte nach, während ein Elb unaufhörlich leise, aber bestimmt auf ihn einredete.

»Ihr seid wirklich eine ungewöhnliche Reisegesellschaft«, sprach er, und am Ton erkannte der Zwerg, dass sich der Elb zu einer für sie guten Entscheidung durchgerungen hatte. »Ich kann daher nicht anders, als euch zu glauben. Ihr sollt nach Âlandur, um in die Tunnel hinabzusteigen.« Er wollte sich abwenden.

Tungdil sah es als Zeichen, einen weiteren Anlauf zu unternehmen. »Fürst Liútasil, verzeiht, dass ich noch einmal das Wort an Euch richte. Wir wissen, dass Euer Reich von den Albae bedroht wird und in arge Bedrängnis geraten ist. Allein werdet Ihr den Untergang Âlandurs nicht aufhalten können, doch wenn Ihr uns helft, Nôd'onn zu besiegen und damit den Herrscher des Toten Landes zu vernichten, habt auch Ihr wieder eine Gelegenheit, Euer Land zurückzuerobern. Wir helfen Euch dabei.«

Ernst blickte der Elb den Zwerg an. »Dein Angebot ehrt dich. Doch um unser Land zurückzuerobern, bedarf es mehr als ein paar Äxte und Beile.«

»Er meinte nicht uns, die Ihr hier seht«, stellte Gandogar richtig. »Er meinte die Clans vom Stamm der Vierten, deren König ich bin. Und auch die Clans der Zweiten werden sich gewiss nicht verweigern, den Albae ihre Schneiden in die Körper zu rammen.«

»Darin haben wir Erfahrung«, fühlte sich Boïndil verpflichtet hinzuzufügen. »Wir haben die Reste Grünhains von ihnen gesäubert.«

Jetzt konnte Liútasil seine Überraschung nicht mehr verbergen. »Ein Zwergenkönig? Nun, bin ich neugierig geworden und will mehr von euch erfahren«, gestand er. »Lasst uns darüber reden, warum erbitterte Feinde der Elben helfen sollten, das Reich ihrer Gegner vor dem Untergang zu bewahren.«

Er schritt voran, die Gruppe folgte ihm, und die Elbeneskorte nahm sie in die Mitte.

»Das war weise«, sagte Tungdil zu Gandogar.

Gandogar lächelte. »Es war das einzig Richtige, auch wenn es mir selbst nicht ganz behagt, aber nur so können wir die Elben davon überzeugen, dass wir die Zwietracht begraben werden.«

Sie schoben sich um die Baumstämme. Nur Djer_n tat sich mit seiner Rüstung schwer hindurchzugelangen. Auf einen elbischen Befehl Liútasils hin neigten sich die Tannen zur Seite und erleichterten ihm das Vorwärtskommen.

Nachdem sie den Wall hinter sich gelassen hatten, betraten sie den dahinterliegenden Laubwald, der seine Blätter trotz des Winters nicht abwarf und dessen Äste unter der Last des Schnees nicht brachen. Stolz zeigten die riesigen Eichen, Buchen und Ahorne ihre Pracht, wie sie zumindest Tungdil und Ingrimmsch aus Grünhain kannten, ehe das Tote Land sich den Forst genommen und den Bäumen den Hass auf das Leben eingegeben hatte.

Sie staunten darüber, wie gewaltig ein Baum werden konnte;

zehn ausgewachsene Männer reichten nicht aus, um mit ausgestreckten Armen einen Kreis um einen Stamm zu bilden.

Inmitten des Waldes herrschten Friede und Ruhe, die schlechten Erinnerungen fielen nach und nach von ihnen ab, und mit jedem Schritt, den sie taten, entspannten sie sich.

Gegen Einbruch der Dunkelheit schritten sie auf ein Gebäude zu, das Tungdil an die immensen Hallen seines Volkes erinnerte. Doch hier bildeten die Bäume die Pfeiler, und in zweihundert Schritt Höhe fügten sich die Kronen zu einem schützenden Dach zusammen, das vor Schnee und Regen schützte. Das Licht von unendlich vielen Glühwürmchen sorgte für angenehme Helligkeit.

Die Elben vervollständigten die natürliche Anmut und Erhabenheit der Natur mit ihrer filigranen Architektur. Tungdil erinnerte sich wieder an die geschwungenen Holzbögen und die sorgsam geglätteten Balken mit den vielen elbischen Runen und Zeichen Grünhains.

Der uneroberte Teil Âlandurs war ein Beispiel vollendeter Harmonie. Das Sternenlicht beschien kunstvolle Mosaiken aus hauchdünnen Gold- und Palandiumplättchen zwischen den Stämmen, die funkelten und flirrten. Bald durchschritten sie die Halle aus Bäumen und bewegten sich auf ein Runenmosaik zu, das ihnen mit seiner Pracht den Atem raubte.

»Ich kann die Spitzohren zwar noch immer nicht wirklich leiden, aber das«, meinte Balyndis und zeigte verstohlen auf die Arbeiten, »können sie wirklich gut.«

»Häuser aus Bäumen«, meinte Ingrimmsch zweifelnd. »Ich würde mich darin nicht wohl fühlen. Ein fester Fels über dem Kopf ist mir lieber, er übersteht einen Sturm sicher, und er brennt nicht.«

»Es sei denn, es wäre ein Vulkan«, meinte Rodario besserwisserisch.

»Ein Berg brennt dennoch nicht, es ist die Lava«, korrigierte ihn Tungdil leise.

»Aber was ist denn Lava anderes als ...« Der Mime sah den bösen Blick Narmoras und verstummte. »Ein Disput mit einem Zwerg ergibt sowieso keinen Sinn«, fügte er an.

Die Elben, an denen sie vorbeigingen, sahen ihnen staunend hinterher. Niemals begaben sich Zwerge in ihr Reich, und noch niemals hatten sie Zwerge gesehen.

»Sie sehen alle gleich aus«, sprach Boïndil seine Gedanken laut aus, wenn auch in der Sprache seines Volkes. »Lange Gesichter, kein bisschen Bart und diese Eingebildetheit, die ihnen angeboren zu sein scheint. Sie denken sicher, dass das Geborgene Land dankbar sein müsste, dass sie hier leben.« Er schüttelte sich, sein schwarzer Zopf hüpfte hin und her. »Auch wenn sie mit dem Verrat der Fünften nichts zu tun haben, es wird dauern, bis ich mich an sie gewöhnt habe.« Die Schmiedin nickte zustimmend.

Tungdil, die Hände an den Gürtel Giselbarts gelegt, war froh, dass Lot-Ionan ihn aufgezogen hatte; die grundsätzliche Ablehnung gegen die Elben schlummerte zwar in seinem Herzen, doch es fiel ihm weniger schwer, diese Hürde zu überwinden.

Liútasil erreichte seinen hölzernen Thron, der mit Intarsien aus Palandium reich verziert war; Bernstein und Halbedelsteine rundeten das Bild ab. Den Gästen wurden Hocker gebracht, nur Djer_n blieb stehen.

Rodario hörte gar nicht mehr auf zu schreiben, machte Skizzen und bewunderte das Gesehene mit immer neuerlichen Ausrufen. Furgas beschränkte sich auf stilles Staunen, während Narmora sich sichtlich unwohl fühlte; das dunkle Erbe ihrer Mutter machte ihr zu schaffen. Ihre Lippen waren zu dünnen Strichen geworden, sie klammerte sich an die Sitzfläche und wirkte fahrig.

Liútasil gab einige Anweisungen, die zögernd ausgeführt wurden. Schließlich brachte man den mehr als ungewöhnlichen Gästen Brot, Wasser und andere Dinge, die ohne Zweifel zum Essen gedacht waren. Misstrauisch kostete Ingrimmsch.

»Schluck es einfach, ganz egal, ob es dir schmeckt oder nicht«, riet ihm Tungdil scharf. »Wage es nicht, dein Gesicht zu verziehen oder den Bissen auszuspucken.«

In dem faltigen Zwergengesicht, das erste Ansätze von Abscheu gezeigt hatte, entstand ein schiefes Lächeln; Boïndil würgte das, was er im Mund hatte, lautstark hinunter und langte nach dem Wasser, um den Geschmack hinabzuspülen. »Nicht das Gelbe«, warnte er Balyndis leise und beschränkte sich auf das Brot.

Während sie sich stärkten, gesellten sich weitere Elben zu ihnen, die sich rechts und links von ihrem Herrscher auf geschnitzten Stühlen niederließen und sie unverhohlen musterten.

Rodario nahm etwas von dem Wasser, um seine kaum noch vorhandene Tinte zu verdünnen. »So hält sie länger«, zwinkerte er.

»Nun«, hob der Elbenfürst an, »lasst uns über das sprechen, was euch nach Âlandur führte. Wir wollen auch noch die letzte Kleinigkeit eurer Abenteuer erfahren, damit wir eine Entscheidung treffen können. Sprecht die Wahrheit, denn eine Lüge würden wir sofort erkennen.«

Ich muss es schaffen, sie zu überzeugen. Nach einem kurzen Blick in die Runde erhob sich Tungdil. Er schaute in die aufmerksamen Gesichter der Wesen, die bis vor wenigen Sonnenumläufen als ärgste Widersacher seines Volkes angesehen wurden, doch das Treffen mit Giselbart hatte die Lage verändert. Jetzt lag es in seinen Händen, jenes Bündnis zu schmieden, von welchem der Großkönig Gundrabur geträumt hatte. *Sei ein Gelehrter,* mahnte er sich selbst. Seine Aufregung wuchs, er musste erst einen Schluck Wasser nehmen, dann begann er seinen Bericht, eine Hand an den Gurt des Fünften gelegt.

Er redete und redete, sah die Sterne hinter dem Mosaikfenster wandern, sah, wie aus dem schwarzen Himmel ein dunkelblauer wurde, wie die Gestirne verblassten und der Morgenröte wichen, und als die Sonne sich vollends über dem Geborgenen Land erhob und durch die grauen Schneewolken schien, endete seine Erzählung.

Liútasil hatte seine dunkelblauen Augen nicht einen Moment abgewandt, sondern die ganze Zeit über aufmerksam zugehört. »So wurde aus dem Wettstreit um den Thron des Großkönigs ein viel bedeutenderes Unterfangen«, sagte er langsam. »Ihr habt viel erlebt, man sieht es euren Gesichtern an.«

»Das ist wahr gesprochen, wir haben sehr viel erlebt und überlebt.« Andôkai stand auf, ihre Augen blitzten, ihr stürmisches Temperament ertrug das Warten nicht länger. »Es bleibt uns keine Zeit mehr. Wir haben genug geredet, Fürst Liútasil. Entscheidungen sind zu fällen, um überhaupt noch etwas an den Geschicken unseres Landes verändern zu können.« Sie trat einen Schritt nach vorn und war sich ihrer Wirkung durchaus bewusst. »Wie entscheidest du dich, Liútasil?« Ihr Blick schweifte herausfordernd über sein feines Antlitz. »Wie entscheiden sich die Elben?«

IX

Das Geborgene Land, das Elbenreich Âlandur, im Winter des 6234sten Sonnenzyklus

Ich fasse es nicht!« Boïndil wollte gar nicht mehr aufhören, sich aufzuregen, und schwang sich in Lore. »Bedenkzeit! Die Spitzohren haben sich Bedenkzeit erbeten! Wenn ich das nur höre! Wie lange wollen sie denn denken? Wenn Nôd'onn gewonnen hat und die Albae ihren Wald niederbrennen, ist es zu spät.« Wütend hieb er gegen den Haltegriff. »Ich könnte vier El... Orks in der Mitte durchhauen!«

Der Großkönig wird enttäuscht sein. Tungdil begab sich ernüchtert neben ihn auf den Sitz. »Mir ergeht es ebenso wie dir«, gestand er. »Ich habe geglaubt, Liútasil setzt sich gegen die Stimmen der Zauderer mit einem Machtwort durch, aber da habe ich mich wohl geirrt.«

Furgas betrachtete derweil die Schienen und lief einige Schritte in den Tunnel, um den Zustand der Gleise zu prüfen. »Es sieht gut aus. Sie sind zwar verrostet, doch ihre Festigkeit haben sie nicht verloren. Die Holzbalken sind hart wie Eisen.« Zufrieden kehrte er zu ihnen zurück und setzte sich neben Narmora. »Unsere Fahrt kann beginnen.«

Sie hatten die Nacht bei den Elben verbracht und in den weichsten Betten geschlafen, die es im Geborgenen Land gab, was den Menschen zwar gefiel, aber den Zwergen bereitete das ungewohnte Lager Kreuzschmerzen. Nach einem einfachen Mahl suchten Tungdil und seine Gefährten den Einstieg zu den Tunneln und fanden ihn; der Öffnungsmechanismus am Felsen, der unter einem dicken Farn verborgen lag, funktionierte tadellos. Sie stiegen hinab und fanden eine einfache Gleisanlage mit vier Loren.

»So.« Rodario verstaute seine Schreibutensilien. »Ich habe den Elben keinen sehr rühmlichen Auftritt in dem Theaterstück verpasst«, verkündete er zufrieden und strahlte. »Das Geborgene Land soll ruhig wissen, dass sie sich aus dem Kampf um die Heimat herausgehalten haben.«

»Immerhin haben wir den Eingang zu dem Tunnel gefunden«, versuchte Balyndis die schlechte Stimmung zu heben.

Ingrimmsch prüfte die Schärfe seiner Beile. »Ja, immerhin. Wir werden sehen, ob wir mit dem Gefährt weit kommen oder ob wir in den Leibern von Schweineschnauzen stecken bleiben, die in den Stollen auf uns warten.« Ein bösartiges Grinsen entstand auf seinem Gesicht. »Das wird endlich wieder ein Schlachtfest nach meinem Geschmack. Ich schlage uns den Weg schon frei.« Wie immer blickte er in solchen Augenblicken zu Djer_n, um ihn wortlos daran zu erinnern, dass der Krieger im Kampf gefälligst die zweite Geige zu spielen habe.

Tungdil betrachtete Narmora, die viel ruhiger wirkte, seit sie Âlandurs Land verlassen hatten. »Geht es wieder?«

Sie lächelte. »Es war zu viel Elbisches um mich herum, das Erbe meiner Mutter machte es mir schwer, mich dort wohl zu fühlen.«

Er räusperte sich. »Bist du ... aufgeregt?«

»Weil meine große Stunde näher rückt?« Sie fasste Furgas' Hand. »Aufregung ist das falsche Wort, noch spüre ich nichts davon. Sie wird kommen, wenn ich dem Magus gegenüberstehe. Läuft alles so, wie wir es geplant haben, müsste es uns gelingen.«

»Genau! Wir preschen mitten durch die hinteren Linien, und ehe sich die Schweineschnauzen erklären können, was geschieht, hackst du dem Zauberer die Axt in den Leib«, meinte Ingrimmsch. »Das ist todsicher.«

»Um ehrlich zu sein, dachte ich an etwas Gewagteres«, offenbarte sie ihr Vorhaben. »Ich werde ich mich als Albin ausgeben, leichter kann es nicht gehen. Auf diese Weise gelange ich an seinen Leibwachen und seinen Famuli vorüber, ohne einen Verdacht zu wecken.«

»Verstehe das nicht falsch«, sagte Andôkai zweifelnd, »aber warum sollte er sich mit einer gewöhnlichen Albin abgeben?«

Narmora zurrte ihr Kopftuch fest. »Mir wird schon etwas einfallen.«

Natürlich! Tungdil grinste, er erinnerte sich an eine Geschichte, die er in Lot-Ionans Bibliothek gelesen hatte. Die Helden nutzten darin einen einfachen, aber wirkungsvollen Trick, der auch bei ihnen funktionieren könnte. »Weil sie ihm Gefangene bringt, auf die er sehnsüchtig wartet.«

»Und wer soll das sein?«, wunderte sich Boïndil, bis ihm der Einfall kam, dass er selbst gemeint sein könnte. »Was? Wir sollen uns in die Hand der Bestien begeben?«, protestierte er. »Bei meinem Bart, nein, wir schlagen uns zu Nôd'onn durch!«

»Ich erinnere dich ungern an das Erlebnis im Reich der Fünften«, schaltete sich Rodario zuckersüß ein, »doch da vermochten deine Beile nichts gegen die Übermacht auszurichten.«

»Eben«, nickte Tungdil. Sieh es ein, mein Freund. »Rodario, Furgas und Andôkai werden sich als Söldner ausgeben, mit deren Hilfe sie uns geschnappt hat. Djer_n wird in der Nähe warten, seine Gestalt würde uns sofort verraten.«

»Der Plan ist riskant, aber gut«, stimmte Andôkai ernst zu. »Ich bin dafür.«

Rodario tippte sich gegen die Unterlippe. »Ich könnte schwören, ich habe von diesem Einfall schon mal irgendwo gelesen.«

»Das Buch hieß *Der Tod Herengards* und handelte von einem Anschlag. Die Helden gingen genau so vor wie wir und hatten damit Erfolg«, lüftete Tungdil das Geheimnis.

»Du hast es aus einem Buch?«, begehrte Boïndil auf. »Ich ...«

»Ich sagte doch schon bei unserem ersten Zusammentreffen, dass Lesen wichtig ist, erinnerst du dich?«, feixte er und schlug ihm auf die Schulter. »Jetzt siehst du, was ich gemeint habe. Stimmen wir darüber ab?«

Die Abstimmung ergab nur eine Gegenstimme. Beleidigt, dass man nicht auf ihn hören wollte, schmollte Ingrimmsch und jauchzte anfangs nicht einmal, als die Lore die Gefälle hinabrauschte.

Tungdil aber behielt für sich, dass die Helden der Geschichte nach der Ermordung Herengards von seinen Leibwachen getötet wurden. *Doch die Idee war gut.*

*

Wieder rollten sie unter dem Geborgenen Land hindurch. Ihr Ziel war das Schwarzjoch, wo sich die Streitmacht aus Orks und sämtlichen Wesen sammelte, die Nôd'onn folgten.

Unterwegs machten sie eine seltsame Entdeckung.

Sie durchfuhren einen Abschnitt, in dem die Leichen von mindestens zweihundert Orks rechts und links neben der Trasse lagen; ihre Loren standen verteilt um sie herum. Da sie wegen des Schwungs nicht anhalten wollten, beschränkten sie sich darauf, im Vorbeihuschen nach den Bestien zu schauen.

»Das war die Arbeit von Äxten«, brummte Boïndil. »Die Schweineschnauzen sind von Zwergen niedergemäht worden. Es scheint nicht so schlecht um unsere Freunde bestellt zu sein.«

»Warum sollten sie in den Tunneln sein anstatt im Schwarzjoch?« Tungdil betrachtete die Kadaver, die fein säuberlich von der Schiene entfernt worden waren. *Jemand hat dafür gesorgt, dass sich uns niemand in den Weg stellt.* Er dachte sofort an die Geister der Ahnen, die ihnen schon zweimal begegnet waren. »Die Geister! Sie haben uns im Reich der Fünften geholfen und tun es wieder.«

Balyndis deutete auf eine Nische, in der eine zusammengekrümmte kleinere Gestalt lag. Ein Orkspeer ragte aus der Seite. »Das ist ein toter Zwerg, keine Spukgestalt!«, machte sie ihn auf ihre Entdeckung aufmerksam. »Einen Geist kann man nicht umbringen.«

»Was wäre, wenn Zwerge in den Stollen leben?«, schaltete sich Furgas ein. »Ich habe deutlich gesehen, dass die Gleise ab einem bestimmten Punkt unserer Reise ohne Rost waren, als würden sie öfter benützt.«

Andere Zwerge. Da kein Stamm seines Volkes die Loren in Anspruch genommen hatte, fand Tungdil nur eine vage Erklärung für das Geschehen. *Unbemerkt von den alten Stämmen haben sich Zwerge in den Röhren niedergelassen und eine eigene Gemeinschaft gebildet!*

Nun ergriff Aufregung jede Faser seines Körpers. Es konnte durchaus sein, dass in den hunderten von Zyklen die Verstoßenen der Zwergenstämme durch einen glücklichen Umstand auf die Röhren aufmerksam geworden waren und sich ihr eigenes Reich geschaffen hatten. *Ist es möglich, dass sie hier und unter ihresgleichen geblieben sind, anstatt nach Hause zurückzukehren?*

»Schnell, Papier und Feder«, verlangte er von Rodario, der ihm das Gewünschte überließ, woraufhin Tungdil hastig und mit furchtbarer Schrift, weil der Karren so sehr ruckte, eine Nachricht schrieb, in der er ihnen für die Hilfe dankte. Als sie an einem Stalagmiten vorübersausten, spießte er den Zettel darauf.

»Was sollte das?«, wollte Andôkai wissen. »Eine Botschaft an die Ahnen?«

»Keine Ahnen«, entgegnete er. »Wenn meine Annahme stimmt, sind es Zwerge, Ausgestoßene aus allen Zwergenreichen, die sich ihr eigenes Herrschaftsgebiet eingerichtet haben. Wir und die Orks sind darin eingedrungen.« In aller Kürze erklärte er ihnen, wie er auf diese Vermutung kam. »Sie haben uns mehrfach gewarnt, erinnert euch. Das Klopfen, der Einbruch des Stollens, ihr

Auftreten in der Steinhalle. Sie wollten, dass wir ihr Reich verlassen, denke ich.«

»Ha, ich verstehe! Als die Orks auftauchten, haben sie nicht länger gezögert und sind uns zu Hilfe gekommen, anstatt uns weiterhin verjagen zu wollen. Blut ist eben doch dicker als Wasser. Großartig, einfach großartig!« Rodario nahm seine Utensilien augenblicklich wieder an sich. »Gib her. Das muss ich notieren.«

»Die Reise brachte so viel Neues«, sagte Balyndis leise. »Wenn am Ende das Gute überwiegt, bin ich zufrieden.«

»Es wird«, beruhigte er sie. Als die Lore um die Ecke ratterte und der Stalagmit gerade aus dem Sichtfeld verschwand, glaubte er, eine Gestalt gesehen zu haben, die nach dem Zettel griff.

*

Als sie die Trasse durch das einstige Lios Nudin führte, nutzte Andôkai die Gelegenheit, um neue magische Kräfte zu schöpfen. Sie schloss die Augen, und nicht lange darauf begannen die Wände des Tunnels zu glühen, das Gestein erhellte sich, zeigte ihnen seine Einschlüsse und Maserungen. Andôkai atmete schneller, das Leuchten wurde stärker und wurde gleißend, bis es abrupt endete.

Zögernd öffnete sie die Lider, neigte ihren Kopf nach rechts und übergab sich mehrfach über den Rand der Lore.

»Was ist?« Tungdil wollte die Reise unterbrechen, aber sie winkte ihm zu, dass er weiterfahren solle.

»Nur zu, es ist nichts. Nôd'onn hat die Felder beinahe völlig unbrauchbar für mich gemacht.« Sie lehnte sich zurück, Balyndis reichte ihr einen Wasserschlauch. »Noch geht es, aber mehr Energie kann ich nicht aufnehmen, sonst wird es mich umbringen.« Ihre Lippen pressten sich aufeinander, sie rang mit einer neuen Übelkeitsattacke.

Nach zwei Sonnenumläufen, an einer Stelle, an der zwei Trassen kurz nach einer Weiche parallel nebeneinander her liefen, zischte plötzlich eine zweite Lore heran und schob sich auf gleiche Höhe mit der ihren. Das Dutzend Orks, das darin hockte, schaute genauso verdutzt auf die Zwerge und Menschen wie diese zu den Feinden.

Ingrimmsch überwand seine Überraschung als Erster und tat das, was man von ihm erwartete.

»Oink, oink! Schweinchen!«, schrie er voller Begeisterung, und die Beile flogen ihn seine Hände. »Sie gehören mir!«

Ehe ihn jemand zurückhalten konnte, machte er einen gewaltigen Satz in das Vehikel der Bestien, landete mitten unter ihnen und wütete mit seinen Waffen. Da er in seinem Kampfrausch zuerst den Bremser tötete und sich dann um die weiteren Gegner kümmerte, kam die Lore nicht zum Stehen, sondern rollte in voller Fahrt weiter die Schienen entlang.

Sie zischten unter einer Reihe von Stalaktiten hindurch, was Boïndil zu seinen Gunsten ausnutzte. Geschickt brachte er einen unvorsichtigen Ork dazu, dem zuckenden Beil so unglücklich auszuweichen, dass sein Gesicht mit einem der Kalkgesteine kollidierte. Eine Blutwolke sprühte auf, und das Ungeheuer wurde unter dem gehässigen Gelächter des Zwergs aus dem Karren gerissen.

Ingrimmsch mähte sich durch die Reihen der Grünhäute, die sich mehr schlecht als recht zur Wehr setzten; die Überraschung und die beengten Verhältnisse spielten dem Zwerg in die Hände. Sein freudiges Lachen, das Knurren und seine Schreie mischten sich ins Rattern der Lore. Endlich stand er vor dem letzten seiner Widersacher, einem kräftig gebauten Exemplar mit einer besseren Rüstung.

»Nein! Lass den Anführer leben!«, rief Tungdil. »Wir müssen ihn befragen.«

Aber der Zwilling war vollends in seinem Kriegsrausch versunken. Schon fuhren die Beile auf den Ork hernieder, der beide Angriffe nicht gleichzeitig abwehren konnte.

Andôkai gab Djer_n einen Befehl. Er reckte seinen gepanzerten Arm, packte die todgeweihte Bestie im Genick und hievte ihn wie ein Lastkran zu ihnen, wo er ihm das Schwert an die Kehle setzte. Der Wiederstand erstarb auf der Stelle.

»He! Das ist Betrug!« Boïndil hopste unerschrocken zurück auf seinen Platz wollte sich zum Heck des Karrens begeben, um dem Ork den Schädel zu spalten, doch Andôkai stellte sich ihm in den Weg.

»Nimm Vernunft an, Boïndil. Meine magischen Kräfte sind erholt genug, um dich gegen deinen Willen ruhig zu stellen«, warnte sie ihn mit eisigem Blick. »Erst müssen wir erfahren, was sich über unseren Köpfen tut.«

Deutlich erkannten sie, wie die Urteilskraft Ingrimmschs mit dem Wahn rang. Keuchend ließ er sich auf die Holzbank sinken, die Einsicht hatte gesiegt. »Von mir aus. Ich hatte meinen Spaß und werde bald noch mehr haben.«

Tungdil wandte sich dem Ork zu, seine Augen suchten ihren Gefangenen zu ergründen. »Was geschieht am Schwarzjoch?«, fragte er die Kreatur in der eigenen Sprache.

»Ich sage dir nichts, Unterirdischer«, ächzte er.

Der Zwerg langte nach Djer_ns Visier und öffnete es. Violettes Licht fiel in das hässliche Gesicht des Gefangenen, das sich nun zu einer Maske des Entsetzens und der puren Angst wandelte. »Möchtest du es ihm sagen?« Er vermied es, in das Antlitz des Kriegers zu blicken; der kurze Eindruck in der Oase würde ihm sein ganzes Leben lang reichen. »Oder soll er dir zuerst einen Arm abbeißen?«

Der Ork quiekte in den schrillsten Tönen eine Bezeichnung, die er nicht verstand. »Nein, halte ihn zurück!«

»Was wollt ihr am Schwarzjoch?«

»Wir belagern die Unterirdischen, die sich dort versteckt halten«, berichtete er mit sich überschlagender Stimme. »Nôd'onn will sie vernichtet sehen.«

»Warum?«

»Ich weiß es nicht. Er will es eben!«

»Ist er dort?«

Der Ork schwieg, wobei er Djer_n nicht aus den Augen ließ.

Tungdil konnte seine Angst riechen. »Ist er der Magus am Tafelberg?«, wiederholte er seine Frage. Da immer noch nichts geschah, übernahm der Krieger die Initiative. Sein Kopf schnellte vor, und es krachte laut.

Der Ork jaulte auf und starrte auf den blutenden Stumpf, wo eben noch sein Unteram gewesen war. »Er ist da! Er ist da!«, brüllte er die Antwort voller Schmerzen heraus.

»Wann wird der Angriff beginnen?«, verlangte Tungdil unbarmherzig zu wissen.

»Ich kann es nicht sagen. Ich soll mit meinen Soldaten in vier Umläufen dort sein«, stöhnte das Ungeheuer und versuchte, das hervorschießende grüne Blut mit seiner unverletzten Hand zu stoppen, aber der Druck war zu groß. »Mehr ...«

Djer_n schien ausgehungert zu sein, und die Aussicht auf ein frisches Mahl machte ihn gierig. Er wartete nicht auf die Erlaubnis von Andôkai oder Tungdil, sondern stürzte sich auf den Ork, um ihn zu töten und den zuckenden Leichnam aufzufressen. Da er es mit dem Rücken zu den anderen tat, sah wieder niemand sein Gesicht.

Die Maga gab ihm eine Anweisung. Augenblicklich ließ er von dem Kadaver ab, schloss sein Visier und hockte sich hin. Die Vorderseite und der Helm waren grün gefärbt, und es stank widerlich nach den Innereien des zerfetzten Orks.

»Wirf ihn hinaus«, befahl sie ihm. Djer_n schleuderte die Überreste der Grünhaut aus der Lore.

»Wenn wir ihn nicht brauchten ...«, sagte Ingrimmsch dumpf und beließ es bei seiner Andeutung. »Es ist ein dressiertes Raubtier, mehr nicht.« Er schaute zu Andôkai. »Hoffentlich ist dir dein Gott gewogen genug, dich immer die Macht über ihn haben zu lassen.« Der Zwerg verstaute seine Beile. »Falls nicht, sag mir Bescheid, und ich stehe dir bei.«

Sie verzichtete auf eine Antwort.

Der Sohn Samusins frisst die Schöpfungen seines Vaters. Tungdil betrachtete gebannt die eiserne Dämonenfratze, hinter der es immer noch blauviolett loderte, als brennte dort ein unlöschbares Feuer, dann warf er Narmora einen Blick zu. »Wenn die Orks innerhalb von vier Sonnenumläufen dort sein müssen, sollten wir es auch sein.« Er wandte sich wieder nach vorn. Der Fahrtwind wirbelte ihm frische Luft zu und trieb ihm den Gestank des toten Orks aus der Nase. *Bald schon entscheidet sich, ob das Geborgene Land vom Übel befreit wird oder ihm zum Opfer fällt.*

Das Geborgene Land, Königreich Gauragar, im Winter des 6234sten Sonnenzyklus

Unterwegs fanden sie einen Trupp von fünfzig Orks, der tot in den Röhren lag, abgeschlachtet von ihren unsichtbaren Schutzmächten, die sich ihnen weiterhin nicht zeigen wollten.

Unbehelligt verließen sie die Tunnel, um ganz in der Nähe des Schwarzjochs im ehemaligen Gauragar an die Oberfläche zu treten.

Tungdil erkannte die Gegend gleich wieder. »Wir müssen in diese Richtung.« Er führte sie den sanften Hügel hinauf, von dem aus er den Tafelberg zum ersten Mal erblickt hatte. Vorsichtig krochen sie auf die Spitze der Erhebung, um nicht von Wachen gesehen zu werden. Noch waren sie nicht für ihre Maskerade bereit.

»Bei Vraccas!«, raunte er. »Wir kommen gerade rechzeitig.«

Der finstere Tannenwald um den Tafelberg herum war verschwunden. Stattdessen erhoben sich hölzerne Konstrukte um das Schwarzjoch, auf deren Plattformen kleine Punkte hin und her liefen. Die

Orks bauten Schwindel erregende Rampen, um Einstiege in den Berg zu entdecken oder auf den flachen Gipfel zu gelangen und von oben in die Festung einzudringen. Vermutlich hatten sie sich zuvor an den Hängen die Köpfe eingerannt oder waren zu Dutzenden von dem wütenden Fels abgeschüttelt worden.

Der düstere Felsbrocken wirkt ohne die Tannen drum herum noch bedrohlicher.

Gelegentlich ergoss sich aus verborgenen Öffnungen schwarze, dampfende Flüssigkeit und schwappte über die anstürmenden Orks am Boden, die darin vergingen. An einer anderen Stelle schnellten glühende Kugeln aus den Rillen, die nach kurzem Flug mitten in den Pulks der Angreifer aufschlugen. Die Blasen zerbarsten und setzten das Petroleum frei, um in ihrem Umkreis alles in Feuer zu hüllen.

Sie haben die alten Verteidigungsvorrichtungen zum Leben erweckt.

Doch es mochten noch so viele Bestien ihr Leben lassen, nichts brachte die Truppen Nôd'onns zum Aufgeben. Wie die Ameisen schwärmten sie in dem flachen Land umher, immer auf der Suche nach etwas, was sich beim Bau von weiteren Belagerungsgeräten verwenden ließe.

Die Oger spalteten die Tannen in zwei Hälften, fügten sie aneinander und bildeten auf diese Weise Türme und Rampen, die von den Verteidigern bislang jedoch rechzeitig genug in Brand geschossen oder mit langen Eisenketten zum Einsturz gebracht wurden, ehe sie von den Orks zum Sturm gegen den Berg genutzt werden konnten.

Geduldig sammelten die gigantischen Wesen die Überreste ein und setzten daraus neue Rampen zusammen, während die Orks darauf drängten, endlich in die Festung zu gelangen.

»Welch eine Ironie«, sagte Tungdil zu Balyndis und Boïndil, ohne den Blick vom Tafelberg zu nehmen. »Die Dritten erbauten sie gegen die anderen Stämme, und ausgerechnet dieser Ort dient nun dazu, uns Zwerge vor dem Untergang zu bewahren.« Die alten Zeilen, die er in der Nische gefunden hatte, kamen ihm in den Sinn. *Einst erweckt von den Drei gegen den Willen der Drei. Erneut gefärbt vom Blut aller Kinder. Was sie wohl bedeuten?*

»Wie viele werden es sein?«, meinte die Schmiedin, die mit großen Augen auf das Gewimmel starrte.

In einer Meile Abstand zum Fuß des Schwarzjochs hatten die

Angreifer ringförmig ihr Lager errichtet. Schlecht aufgebaute Zelte schützten sie leidlich vor dem Schnee und dem Wind, und hier und da stiegen schwarze Wolken in den Himmel.

»Achtzigtausend, wenn es reicht«, schätzte Ingrimmsch besonnen, dann klopfte er Tungdil auf die Schulter. »Du hattest Recht. Dein Plan ist in diesem Fall der bessere, auch wenn er aus einem Buch ist. Ich könnte die Beile nicht so schnell aus den Wänsten der Schweineschnauzen ziehen, wie sie auf uns einstürmen.«

Rodario wies nach Westen. »Seht einmal dort drüben, das könnte Nôd'onns Unterkunft sein.« Sie entdeckten ein prunkvolles malachitfarbenes Zelt, das von den Ausmaßen alle anderen übertraf. »Als Magus würde ich darin wohnen wollen und nicht in den schäbigen Zelten des Pöbels.«

»Du hattest schon immer Dünkel«, meinte Furgas. »Wärst du als Adeliger zur Welt gekommen, hätten dich deine Untertanen längst aufgeknüpft.«

»Und du hättest ihnen eine Konstruktion ersonnen, damit es lange dauert, bis ich stürbe, ich weiß.« Sie grinsten sich verstehend an.

»Übrigens.« Furgas machte sie auf eine Stelle abseits des eigentlichen Kampfgeschehens aufmerksam, wo die Oger einen fahrbaren Turm errichteten, der weitaus stabiler aussah und beinahe zweihundert Schritt Höhe erreichte. »Damit werden sie ihr Ziel erreichen«, vermutete er. »Sie haben zum Schutz gegen die Brandgeschosse Ziegel vor den Streben befestigt.«

Hunderte Orks sprangen herbei und erklommen die verschiedenen Plattformen. Pfeil- und Speerkatapulte wurden geladen und feuerbereit gemacht. Die Oger vollendeten derweil ihre letzten Handgriffe und stemmten sich in die Speichen, um den Turm an den Berg zu rollen. Überall dröhnten schrille Hörner auf und gaben das Signal zu einem gemeinsamen Angriff.

»Es wird höchste Zeit«, beschloss Tungdil. »Bring Nôd'onn seine Gefangenen, Namora.«

Sie nickte entschlossen und legte ihre Albrüstung an.

Innerhalb von wenigen Lidschlägen wurde aus der Frau eines der gefürchtetsten Wesen des Geborgenen Landes. Sie veränderte nicht nur ihre Kleidung; mit jedem Stück Rüstung, das sie anlegte, wandelte sich ihr Antlitz, es verlor an Farbe, nahm härtere und vor allem grausamere Züge an. Sie zog das rote Kopftuch ab und fuhr sich durch die schwarzen Haare. Dann erhob sie sich. »Und nun das Wichtigste«, sagte sie mit dunkler Stimme. Ihre Augen trübten sich ein, das Weiß verschwand und wich der Schwärze, durch die sich die Albae tagsüber verrieten.

Wenn ich es nicht besser wüsste. Tungdil hätte sie von einem echten Alb nicht mehr unterscheiden können, und damit sollte es ihnen gelingen, ihren Plan in die Tat umzusetzen. »Vollkommen, Narmora.«

Andôkai legte ihr das schlichte dunkelblaue Kristallamulett um, das sie in der Oase einem Alb abgenommen hatte. »Es wird dich vor den magischen Angriffen Nôd'onns bewahren«, erklärte sie. »Nur zur Sicherheit, da ich nicht weiß, ob wir getrennt werden und du dich auf eigene Faust durchschlagen musst.«

Sie lächelte die Maga an. »Wartet hier. Ich gehe und besorge den Söldnern ihre Rüstungen.« Lautlos huschte sie davon und verschwand nach wenigen Schritten aus ihrem Sichtfeld.

Tungdil bemerkte, dass Balyndis die Hände um den Griff ihrer Axt gelegt hatte. »Sie ist ... unheimlich geworden«, verteidigte sie ihre unbewusste Geste. »Düster, drohend. Wie ein richtiger Alb.«

»Was machen wir, wenn ihre dunkle Seite es sich anders überlegt?«, sprach Ingrimmsch seine Bedenken offen aus. »Sie hat die Feuerklinge und die Macht, Nôd'onn zu vernichten. Mit dem Amulett ist sie auch gegen die Magie der Zauberin immun geworden. Wie sollen wir sie denn notfalls klein kriegen, wenn sie uns verrät?«

»Verrät? Niemals! Sie ist Narmora«, beruhigte Furgas sie, er klang energisch und verteidigend. »Und sie ist eine Schauspielerin. Ganz gleich, was sie unterwegs sagt und wie sie sich verhält, zweifelt nicht an ihr. Sie hätte längst genügend Möglichkeiten gehabt, uns zu ...«

Narmora kehrte zurück, blutverschmierte Rüstungen einer unvorsichtigen Patrouille mit sich tragend. Sie warf ihre Beute in den Schnee. »Ihr müsst sie ein wenig abreiben«, war alles, was sie sagte.

*

Nachdem Rodario noch »einige spezielle Vorbereitungen« getroffen hatte, wie er es nannte, traten sie den gefährlichsten Weg ihrer ganzen Reise an.

Tungdil, Balyndis und Boïndil liefen in der Mitte, umgeben von den scheinbaren Söldnern, die ihre Gesichter unter den stinkenden Helmen verbargen. Narmora bildete die Spitze, die mit Lumpen umhüllte Feuerklinge auf dem Rücken tragend. Djer_n wartete auf dem

Hügel und hielt sich bereit, auf ein Zeichen seiner Herrin hin zu ihnen zu stoßen und durch sein Erscheinen für Wirbel zu sorgen.

Vor allem Boïndil tat sich schwer, ohne seine geliebten Beile zu sein und dazu noch die Hände gefesselt zu haben, aber er sah ein, dass es keine andere Möglichkeit gab, an Nôd'onn heranzukommen. »Wie geht das Buch eigentlich aus?«, fiel ihm die ungemütliche Frage doch noch ein.

Rodario öffnete den Mund, aber Tungdil kam ihm zuvor. »Gut. Es geht gut aus«, behauptete er und schickte dem Schauspieler einen bittenden Blick. Der rollte mit den Augen, schwieg aber glücklicherweise.

»Umso besser«, brummte Ingrimmsch und beließ es dabei.

Ihre Waffen hatte Furgas in einem Sack verstaut und hielt ihn so, dass er ihn den Zwergen jederzeit zuwerfen konnte. Die Lederriemen um die Handgelenke der Gefangenen würden bei der geringsten Kraftaufwendung reißen und sie freigeben. Es ging einzig um den Schein.

Im Zwielicht des Nachmittags betraten sie das Lager.

Die Wachen, drei Orks und vier Bogglins, ließen sie passieren, nachdem Narmora sie einfach nur finster anblickte und ihnen sagte, dass sie zu Nôd'onn wollte, um die Gefangenen persönlich abzuliefern.

Einer der Bogglins eilte davon, um den Magus vom Kommen der heldenhaften Albin zu unterrichten. Zielstrebig eilten sie zwischen den Zelten entlang und steuerten genau dorthin, wo der Bote verschwunden war.

»Ich hatte Recht«, kam es dumpf unter Rodarios Helm hervor. »Das konnte nur die Feldunterkunft Nôd'onns sein.«

»Schweig«, herrschte ihn die Albin mit ihrer veränderten, dunklen Stimme an, und der Mime verstummte abrupt.

Näher und näher rückten die dunkelgrünen Leinwände, hinter denen sich das Böse befand, bis sie nur noch zwanzig Schritt vom Eingang entfernt waren. Da glitten die Stoffbahnen auseinander, und ein alter Bekannter trat ins Freie: spitze Ohren, ebenmäßige Gesichtszüge und lange blonde Haare. »Sinthoras«, entfuhr es Tungdil entsetzt.

Boïndil beugte sich zu ihm herüber. »Stand der auch im Buch?«, raunte er.

Der Alb lächelte falsch. Sein Oberkörper steckte in einer schweren, schwarzen Rüstung aus Tionium, seine Beine wurden durch einen knielangen Eisenrock aus Kettengliedern desselben Metalls geschützt. Er hatte sich zum harten Kampf gerüstet. »Es ist mir immer wieder eine Freude, wenn wir uns begegnen«, grüßte er den Zwerg und verneigte sich, danach betrachtete er Narmora. »Ich beglückwünsche dich zu deinem Fang ...«

»Morana«, half sie sich mit einem Albaenamen aus.

»Morana«, wiederholte Sinthoras. »Tion muss dich mehr mögen als mich oder Caphalor, denn wir hetzten die Unterirdischen quer durch das Geborgene Land, ohne sie zu erwischen.« Seine grausam kalten Augen wanderten über die Zahl der Gruppe, es war nicht auszumachen, wen genau er anblickte. »Immerhin haben wir ihnen Verluste zugefügt, wie ich sehe.«

»Es reichte aber nicht aus, sie zu fangen«, meinte sie verächtlich. Sie hatte sich dazu entschlossen, die unfreundliche Albin zu spielen und sich von ihm nicht einschüchtern zu lassen.

»Nein, leider«, seufzte Sinthoras gespielt leidend. »Geh und überlasse sie mir. Ich führe sie zu Nôd'onn.«

Narmora bewegte sich nicht. »Ich habe sie gefangen, und ich will mir das Lob des Magus abholen, wie du es getan hättest.«

Sinthoras umrundete sie einmal, lauernd. »Du bist mutig, junge Albin. Wie kommt es, dass ich deinen Namen noch nie hörte?«

»Dsôn Balsur ist groß genug, um einander nicht zu begegnen.«

»So, du kommst aus Dsôn Balsur? Ich kenne jede Ecke unseres Reiches, denn schließlich war ich es, der es schuf.« Er blieb vor ihr stehen. »Wie heißt deine Mutter? Wie heißt dein Vater? Wo lebst du, Morana?«

»Es geht dich nichts an«, antwortete sie unerschrocken. »Geh und melde mich Nôd'onn oder verschwinde.«

»Der Meister schläft.«

»Dann geh und wecke ihn.«

Tungdil saß der Schreck noch immer in den Gliedern. *Was sollen wir tun? An ihm vorbeilaufen? Um an ihm vorbeizukommen, werden einige von uns sterben*, fürchtete er und schaute zum Eingang des nahen Zeltes. Zu lange konnten sie nicht warten, sonst würden sie noch mehr Aufmerksamkeit wecken und den Anschlag auf Nôd'onn mehr als erschweren. *Wir müssen es riskieren.*

»Hörst du das, Caphalor?«, Sinthoras hob den Kopf und lachte. »Sie hat zu viel Mut. Es könnte eines Tages ihr Tod sein.«

»Ich hätte ihr schon lange Respekt beigebracht«, kam die Antwort in ihrem Rücken.

Erschrocken drehte sich Rodario um. Seine etwas zu groß geratene Rüstung schepperte, und die Lanzenspitze verfehlte Balyndis' Kopf um Haaresbreite.

Hinter ihnen stand ein Alb mit langen schwarzen Haaren, den Tungdil von seinem Erlebnis aus Gutenauen und aus dem Reich der Ersten kannte. Seine Gedanken überschlugen sich, er wusste nicht, was sie machen sollten.

»Ich kannte eine Morana, aber sie ist schon lange tot und sah zu Lebzeiten anders aus«, sagte Caphalor, und die schwarzen Augenlöcher hefteten sich auf die Albin. Er trug eine tioniumverstärkte Lederrüstung, die alles Licht absorbierte. »Du bist nicht aus Dsôn Balsur.« Er legte seine spindeldürren Finger an den Griff seiner Kurzschwerter. »Aber woher bist du dann, und warum hast du gelogen?«

Nun wurde auch Ingrimmsch unruhig, seine Augen huschten hin und her, er suchte Tungdils Blick und wartete auf einen Befehl.

Sollen wir angreifen? Aber sie sind zu stark. Tungdil war ratlos. Sie waren unversehens zwischen die Albae geraten, und wie es aussah, hatten weder Sinthoras noch Caphalor vor, Narmora mit ihren Gefangenen zu dem Magus zu führen.

»Euer Spiel ist langweilig. Wenn ihr mich nicht zu dem Magus bringt, rufe ich ihn eben«, sagte sie mit leichtem Zittern in der Stimme. Die Furcht hatte sie trotz aller Schauspielkunst gepackt. Sie rief laut nach Nôd'onn.

Die Albae lachten.

»Du hast einfach kein Glück, Morana«, sagte Sinthoras heiter. »Ich habe dich angelogen. Der Magus ist bei den Truppen, dort, wo der Turm ist. Wir wollten gerade zu ihm. Mein Speer trank zu lange kein Zwergenblut mehr.«

»Beim Turm?« Sie schaute zu den Zwergen und den Söldnern. »Dann werde ich sie eben hintreiben.« Sie machte Anstalten, an Sinthoras vorbeizugehen, als er blitzschnell sein Schwert zog, um es an ihre Kehle zu legen. Narmora parierte den Schlag jedoch mit ihrer Waffe. »Wenn du es noch einmal versuchst, stirbst du«, sagte sie drohend zu ihm.

Ein Messer schwirrte über die Köpfe der Zwerge hinweg, die geschliffene Spitze bohrte sich unter die Achsel der Halbalbin, und sie schrie auf.

»Die Morana, die ich kannte«, sagte Caphalor finster, »klang auch anders als du.«

Außer sich vor Wut stieß Furgas nach dem Angreifer. Der Alb wich dem Speer elegant aus, zog dabei seine Kurzschwerter und schlug zum Schein nach dem Kopf des Mannes. Furgas fiel auf die Finte herein, und noch während er versuchte, die erwartete Attacke oben abzuwehren, trafen ihn die Klingen des Schwarzhaarigen in den Leib. Ächzend sank er zusammen.

»Schnell!«, rief Tungdil zu Rodario, der seinen Schrecken erst überwinden musste und ihnen den Sack mit den Waffen zuwarf. Die Zwerge zerrissen ihre Fesseln, packten ihre Äxte und stürzten sich auf die verhassten Gegner.

*

Rodario wich vor dem lächelnden Sinthoras zurück, Boïndil sprang dazwischen, und seine Beile wirbelten hin und her.

»So, Schwarzauge, Zwergenblut wolltest du deinem Zahnstocher zu trinken geben?« Er attackierte ihn auf Hüfthöhe und zwang ihn damit von dem Schauspieler weg. Das gab Rodario die Zeit, die er benötigte. »Das trifft sich gut. Meine Beile dürstet es nach Spitzohrensaft.« Zwischen den beiden entbrannte ein heftiges Gefecht, Balyndis sprang ihm bei und achtete nicht auf sein Gezeter, dass er den Alb allein besiegen wolle.

Andôkai übernahm es zusammen mit Tungdil, Caphalor zu beschäftigen, während die verletzte Narmora nach ihrem Gefährten schaute.

Sie hatte Glück gehabt. Das Wurfgeschoss hatte sie neben der Ader getroffen, sodass sie nicht mehr davontrug als eine leicht blutende Fleischwunde. Aber um Furgas stand es schlimmer. Sein Atem ging flach, er hechelte und versuchte kraftlos, das Visier zu öffnen, um frische Luft zu bekommen.

»Liebster«, versuchte sie ihn zu beruhigen, während sie auf seine Wunde drückte, um die Blutung zu stillen. Ihre Augen verwandelten sich zurück und wurden menschlich. Doch es gelang ihr nicht, den Blutfluss zu bändigen. Mit einem wütenden Schrei schnellte sie in die Höhe, drängte Andôkai zur Seite und beharkte den Alb mit einer Reihe von Angriffen. »Überlass ihn mir! Kümmere dich um Furgas«, bat sie die Maga knapp. »Er stirbt sonst.« Und ihre Augen wurden wieder schwarz.

Andôkai nickte und zog sich zurück.

»Wie rührend«, sagte Caphalor mit beißendem Hohn. »Sorge dich nicht, denn ich sende dich zu deinem Gefährten. Doch zuerst«, er wich ihrem Angriff aus und trat Tungdil dabei elegant gegen die Brust, dass der sich auf den Hosenboden setzte, »möchte ich ein wenig Spaß mit dir haben.«

Wieder parierte er ihren Schlag und drosch ihr die Faust ins Gesicht. Sie taumelte rückwärts und schaffte es, unter seinen Stichen abzutauchen; dafür bekam sie sein Knie auf die Nase. Im Reflex zuckte sie zurück und bewegte sich geradewegs in die Reichweite seiner Klinge hinein.

Tungdil zögerte nicht. Er warf seine Axt, auch wenn er keine zweite dabeihatte und gegen den Ratschlag des Zwillings handelte.

Die Axt flog, ihr Pfeifen warnte Caphalor jedoch vor der Gefahr.

Ohne dass der Zwerg erkennen konnte, wie er es anstellte, fing er die Waffe am Stiel auf und schleuderte sie zurück. Aus dieser Bewegung heraus wirbelte er um Narmora herum und zog ihr die Beine weg, um ihr mit seinen Schwertern im Fallen den Tod zu bringen.

Dem Zwerg gelang es nicht mehr auszuweichen, doch die Axt prallte glücklicherweise mit der stumpfen Seite gegen seine Brust. Die Rippen knackten, und es schmerzte höllisch.

»Zurück, Caphalor! Sie ist mein«, dröhnte eine heisere Stimme. Der Alb hielt inne und starrte auf Nôd'onn, der wie aus dem Nichts erschienen war.

»Herr? Ihr ...«

Der Augenblick der Ablenkung genügte Narmora, ihrem über sie gebeugten Gegner die Spitzen ihrer Waffen von unten in den Hals zu rammen. Beinahe vollständig enthauptet stach er ein letztes Mal nach ihr und verletzte sie am Hals, dann kippte er vornüber und begrub sie unter sich.

Ein grässlicher Schrei ertönte. Sinthoras sah den Tod seines Freundes mit an und verstand, dass es sich nicht um den wahren Magus handelte, der für die fatale Ablenkung gesorgt hatte. Er überschlug seine Chancen, sie zu besiegen, und entschloss sich zu einem Rückzug. Gegen die Kräfte der Maga konnte er allein und ohne sein Schutzamulett nicht bestehen. »Wir sehen uns wieder. Euer Tod wird meinen Namen tragen!« Mit diesen Worten rannte er zurück in das Prunkzelt.

Tungdil und seine Gefährten verfolgten ihn und standen letztlich in einer leeren Unterkunft. *Verflucht, der Alb hat es geschafft, uns zu täuschen.*

Währenddessen blieb Rodario, der sich einmal mehr angemaßt

hatte, Nôd'onn zu sein, auf dem Platz zurück, sandte die herbeieilenden Ungeheuer zurück an die Front und wies sie an, jeden Feigling in der Truppe sofort niederzumetzeln. »Um die Verräterin kümmere ich mich selbst. Seht her!« Er reckte die Hand gegen Andôkai und murmelte unverständliche Silben. Andôkai spielte mit und ließ sich in den Staub sinken. Die Orks und Bogglins verneigten sich beeindruckt und kehrten um, um seinen Willen zu erfüllen.

»Einfaches Publikum ist ein Segen der Götter«, murmelte Rodario erleichtert unter der Kutte hervor. Sein Herz klopfte bis zum Hals. »Sie sind weg, es sieht keiner zu uns«, rief er ihr zu und stellte sich vor die verletzte Narmora, um sie mit seinem weiten Gewand zu verdecken. »Rasch, versorge sie.« Sie kroch zu der Halbalbin und wirkte heilende Magie, um ihre Wunden zu schließen. »Übrigens, Ihr habt durchaus Talent«, meinte der Mime, über die Schulter sprechend. »Ich habe selten auf der Bühne jemanden so schön umsinken sehen.«

»Sei still, Schwätzer«, zischte sie und konzentrierte sich.

In aller Eile und so unauffällig wie möglich trugen sie die Verletzten und den toten Alb ins Zelt und beratschlagten im Verborgenen. Ingrimmsch stand am Eingang und hielt Wache.

»Sinthoras ist geflüchtet, um den Magus vor uns zu warnen«, schätzte Tungdil und betrachtete den regungslosen Körper Furgas', den Andôkai in einen Heilschlaf versetzt hatte, ohne den er die schwere Verletzung nicht überleben würde. Narmora hielt seine Hand, dabei zitterte sie selbst am ganzen Leib. Ihr Hals glitzerte dunkelrot von ihrem eigenen Blut.

»Es wird unser Vorhaben nicht einfacher machen«, meinte Andôkai und sah sich im Zelt um. »Aber wir haben eine Albaerüstung.« Kurzerhand zog sie den toten Alb aus und legte sich die Rüstungsteile an. Sie saßen an manchen Stellen zu knapp, an anderen zu weit, aber mit einem geschlossenen Helm und in der Begleitung Narmoras sollte eine erste Täuschung gelingen. »Nôd'onn wird den Unterschied im Kampfgetümmel zu spät bemerken.«

»Rodario, du musst uns als falscher Nôd'onn dorthin bringen, wo sich der echte befindet. Schaffst du das?«, legte Tungdil seinen neuen Plan zurecht.

»Sicher. Es macht Spaß, ein gefürchteter Magus zu sein«, grinste er und zog die Riemen um die Helme zurecht, die ihn größer machten. Dann schob er die mit Luft gefüllten Ledersäcke in Position, um die Fettleibigkeit Nôd'onns nachzuahmen, und vergaß auch nicht, seinen Flammenwerfer zu überprüfen. »Der Tanz kann beginnen, die geschätzten und verachteten Spectatores warten.«

»Hüte dich davor, zu übertrieben zu sein, sonst werden sie dich schneller in Fetzen reißen, als wir es verhindern können. Wenn uns jemand aufhalten sollte: Wir«, Tungdil deutete auf Balyndis und Boïndil, »sind von dir magisch beherrschte Überläufer, die den Orks den Weg in den Berg zeigen wollen.«

Andôkai nahm den Helm von Furgas und setzte ihn auf. Er passte nicht recht zu der aufwändig gearbeiteten Rüstung, aber anders ging es nicht.

»Verdammt«, stieß Ingrimmsch aus und schaute durch eine Spalte im Stoff. »Sie haben den Turm in Stellung gebracht! Das wird dieses Mal böse enden.« Er kniff die Augen zusammen. »Ich glaube, ich sehe den Magus! Er steht auf der mittleren Plattform und ...« Betroffen schwieg er.

Sie eilten zum Durchgang, um mit eigenen Augen zu sehen, was Nôd'onn tat.

Der Tafelberg erbebte unter den Gewalten, mit denen der Magus an ihm rüttelte. Schwarze Blitze schossen aus dem Onyx und strichen über das Gestein. Das Knacken und Knistern hörten sie bis ins Lager.

Das Schwarzjoch leistete hartnäckig Widerstand, der Fels weigerte sich zu bersten, bis die Magie mit Macht in ihn hineinfuhr und ihn sprengte.

Gerölllawinen donnerten staubumtost nach unten, die schützenden Vorsprünge brachen weg und gaben die Stollen dahinter frei, die ins Innere des Tafelberges führten.

Die Mannschaften des Turmes fuhren sofort die Rampen aus; aus jeder Etage schoben sie die eilig zusammengezimmerten Brücken und legten sie an die entstandenen Löcher. Noch während die breiten Steg ausgefahren wurden, rannten die ersten Orks darauf entlang und sprangen in die Gänge, wo sie von den Äxten der Zwerge empfangen wurden.

Nôd'onn wartete, bis die Mehrzahl der ersten Angreifer von den Plattformen in die Festung gestürmt war, dann setzte er sich gemächlich in Bewegung, um ins Innere zu gelangen.

Jetzt wissen wir wenigstens, wo er ist. Tungdil atmete tief durch. »Wir lassen Furgas hier, einen sichereren Ort gibt es im weiten Umkreis wohl kaum«, entschied er. »Seid ihr beiden bereit?«

Narmora und Rodario nickten.

Als sie durch die Reihen der ehrfürchtig niederknienden Bestien schritten, die mit ihrem tumben Verstand auf ihre Maskerade hereinfielen, hatte Boïndil unvermittelt das Gefühl, dass sie in der Aufregung etwas Wichtiges vergessen hatten. Doch er konnte sich beim besten Willen nicht erinnern, worum es sich handeln mochte.

*

Sie blieben hoch wachsam, immer damit rechnend, dass Sinthoras auftauchte und sie aus dem Hinterhalt attackierte. Ihr Vorteil bestand darin, dass er in diesem Getümmel keinen sauberen Bogenschuss abgeben konnte, so musste er dicht an sie herankommen. Doch der Alb ließ sich nicht blicken.

Ungehindert erreichten sie den vordersten und größten der insgesamt fünf Belagerungstürme, erklommen die breiten Treppen, die zu den Plattformen führten, und benutzten die gleiche Rampe, über die Nôd'onn eben noch geschritten war.

Wie durch ein Wunder gelangten sie unversehrt durch den Stein- und Pfeilschauer, den die Verteidiger von oben gegen sie sandten, in das Innere des Schwarzjochs. Schon von weitem drang der Kampflärm zu ihnen, das Gebrüll der Orks mischte sich mit dem Krachen der Schwerter, Keulen und Äxte.

»Ich sorge dafür, dass sie keinen Nachschub erhalten«, sagte Andôkai und wandte sich dem gigantischen Turm zu, wo Oger an den Seitenwänden hinaufkletterten, um von der Spitze bis auf das Plateau des Tafelberges zu gelangen. Die Tunnel waren zu klein für sie, daher wollten sie den flachen Rücken der imposanten Erhebung erklimmen, um die Verteidiger anzugreifen und zu vernichten.

»Verausgabe dich nicht zu sehr«, warnte Tungdil sie, aufmerksam um sich spähend, ob ein Ork auftauchte. »Wir sind gegen Nôd'onn auf deine Kräfte sicherlich angewiesen.«

»Es braucht nicht viel.« Die blonde Maga zeichnete blau leuchtende Runen in die Luft, die sich zu einer Kugel verbanden. Das magische Gebilde flog fauchend in die unterste Etage des Turmes und barst auf einen Befehl Andôkais hin auseinander.

Es pfiff wie bei einem starken Sturm, die Böe zerriss die Halteseile und knickte die dicken Stämme, als wären es dürre Zweige. Die erste Plattform wurde durch die Kraft des Windes zerbrochen, woraufhin die Konstruktion ihre Stabilität verlor und sich ächzend nach links neigte.

Unter dem immensen Druck brachen weitere Streben, und die Oger fielen wie abgeschüttelte Käfer und mit den Armen rudernd hinab, mitten in das schwarze Gewimmel aus Orks, Bogglins und anderen Kreaturen. Schließlich stürzte der Belagerungsturm in sich zusammen und begrub hunderte von Ungeheuern unter sich. Das entsetzte Brüllen und Kreischen klang wie Musik in ihren Ohren. Die Trümmer lagen genau vor dem Zugang zum Berg, und die kleineren Belagerungstürme würden erst herangeschafft werden können, wenn die störenden Überreste weggeräumt wären.

»Das wird sie eine Weile beschäftigen«, sagte Andôkai zufrieden.

»Wir müssen uns einen Weg zu dem Verräter bahnen«, befahl Tungdil und gab sein Dasein als williger Sklave Nôd'onns auf. »Schluss mit dem Mummenschanz, ehe dich die Zwerge für den echten Magus halten und dich voller Freude zerteilen.«

Rodario stieg von seinen improvisierten Stelzen und legte die Robe ab, unter der er eine Rüstung trug. Eilig verstaute er die Utensilien in seinem Rucksack.

Balyndis hatte das Treiben vor den Hängen des Tafelberges beobachtet, wo nun eine dicke Staubwolke aufstieg. »Es kommen noch mehr«, alarmierte sie die Übrigen. »Wir müssen uns beeilen! Bei Vraccas, will es denn gar kein Ende nehmen?«

Tungdil beschäftigte angesichts der Vielzahl der Bestien eine ganz andere Frage. *Es müssten alle Zwergenstämme und Heere des Geborgenen Landes gegen sie antreten, um sie zu vernichten.* Er stellte sich neben die Schmiedin und fasste ihre Hand. Die Berührung gab ihm neue Zuversicht und Kraft. »Erst Nôd'onn, danach sehen wir weiter«, sagte er mehr zu sich selbst als zu ihr.

Sie drehten sich um, die Waffen schlagbereit erhoben, und bereiteten sich vor, die Orks vor ihnen im Tunnel von hinten anzugreifen, worauf sich vor allem Boïndil freute.

»Oink, oink, oink«, raunte er, die Augen glommen, und der Kriegswahn nahm von seinem Verstand Besitz. »So liebe ich es. Der Tunnel schmal, der Feinde viel. Ho, Vraccas, die ersten zehn sind für meinen Bruder, der Rest ist für dich.«

»Was auch geschieht, Narmora muss beschützt werden, bis wir zu Nôd'onn gelangen«, schwor ihr Anführer sie ein. »Alles Weitere muss sie erledigen.«

Gandogar packte seine Doppelklingenaxt. »Notfalls gebe ich mein Leben für sie. Der Tod des Magus ist das Wichtigste für das Geborgenen Land.«

Rodario hielt sich vornehm zurück und machte keinen Hehl daraus, dass er mehr in der hinteren Reihe zu finden sein würde. Eilends warf er einen Blick hinaus, während seine Gefährten auf die Orks zuliefen.

»Wartet mal!« Er betrachtete die Banner der aus Osten anrückenden Streitmacht. »Das sind die Farben von ... Ido?«, wunderte er sich laut. »Ist Prinz Mallen größenwahnsinnig geworden?« Er erkannte immer mehr Flaggen in dem eindrucksvollen Heer. *Das sind Streiter aller Königreiche des Geborgenen Landes!*

Voller Erstaunen beobachtete er, dass sich die ersten Reihen der anrückenden Streitmacht gegen die überrumpelten Nachschubtruppen Nôd'onns warfen und sie niedermachten.

Es dauerte, bis die Bestien begriffen, dass sich kein Freund näherte, sondern eine zweite Front entstanden war. Ganz in der Nähe verdunkelten Pfeilschauer den Himmel; zu hunderten stiegen die Geschosse in den Himmel, glitzerten in der Sonne und stürzten Tod bringend in die Reihen der Bestien. Noch mehr unerwartete Gegner stellten sich den Horden des Bösen entgegen. Brandbomben flogen surrend durch die Luft, barsten inmitten der Orks und hüllten sie in Feuer. Panik brach unter den Bestien aus.

»Die Elben! Hervorragend«, jubelte Rodario und rief seinen Kampfgefährten die Neuigkeit zu.

Gandogar grinste. »Die Menschen und die Spitzohren scheinen ihren Mut wieder gefunden zu haben.«

»Lasst uns endlich anfangen«, drängte es Boïndil, das Blut der Orks spritzen zu lassen. »Irgendwo vor uns wartet Nôd'onn darauf, von uns vernichtet zu werden.«

Zuversichtlich stürmten sie los.

*

Die Gegner zu besiegen stellte sich als sehr einfach heraus. Die Orks leisteten der plötzlich erfolgten Attacke kaum Widerstand, und ehe sie sich organisieren konnten, starben vierzig Ungeheuer. Die Freunde standen mitten auf einer Gangkreuzung, von Zwergen war nichts zu sehen.

»Ho, das war ein Spaß! Wohin müssen wir, Tungdil?«, keuchte Ingrimmsch glücklich. »Du kennst dich aus, wohin wird der Magus wohl gegangen sein?«

»Vermutlich wird er seine Truppen dort unterstützen, wo sie aus eigener Kraft nicht weiterkommen«, überlegte er fieberhaft und hoffte, dass die Wände des verfluchten Schwarzjochs wieder zu ihm sprächen, doch es tat sich nichts. »Mir will kein bestimmter Ort einfallen«, stieß er verzweifelt hervor. »Es ist ...«

Ein dumpfes Grollen brachte den Fels unter ihren Füßen zum Beben. Die Wände des linken Ganges erhellten sich und spiegelten das Feuer, das am Ende des Stollens auflöderte und wieder erlosch.

Wortlos rannten sie in den Tunnel. Der Geruch von verbranntem Fleisch lag in der Luft; der fette, schwarze Qualm brannte in ihren Augen und brachte sie zum Husten.

Sie gelangten in die erste von drei aufeinander folgenden Hallen. Die Räume wurden nur von grob geschliffenen, dünnen Steinwänden getrennt, die mit aneinander gereihten, neun Schritt hohen Bogendurchgängen versehen waren und es ihnen ermöglichten, von der ersten bis in die letzte Halle zu sehen.

Überall schlugen sich die Zwerge mit den Eindringlingen. Sie verteidigten ein breites Tor an der Stirnseite der letzten Halle, von wo das Klirren am lautesten ertönte. Die zahlreichen Clanbanner der Zweiten und Vierten wehten neben denen der Ersten.

Nachlässig gearbeitete schwarze Säulen trugen die fünfzig Schritt hohe Decke; brüchige Wendeltreppen ohne sicherndes Geländer wanden sich um die Stützen herum und führten nach oben. Etwa von der Mitte der Pfeiler spannten sich Brücken quer durch den Raum, auf denen ebenfalls hart gekämpft wurde.

»Weiter. Er muss hier sein«, meinte Tungdil entschlossen.

Zunächst fielen sie in dem Getümmel nicht besonders auf, doch das änderte sich, als sie die hintere Halle erreichten und Nôd'onn entdeckten. Er lief hoch oben auf einer Brücke entlang und schaute auf die Verteidiger herab, die sich immer weiter zum Tor zurückzogen.

»Da! Er will sie sicherlich mit seiner Magie angreifen.« Boïndil setzte sich an die Spitze und stürmte auf die Säule zu, deren Treppen sie auf die Brücke brachten. Doch das Schicksal hatte für sie eine andere Auseinandersetzung vorgesehen.

Ein schwarzer Pfeil sirrte von rechts heran. Die Spitze bohrte sich in Tungdils Oberschenkel, das nachfolgende Brennen ließ ihn stöhnen.

»Euer aller Tod heißt Sinthoras«, spie der Alb ihnen entgegen. Er führte eine Horde von fünfzig kräftigen Orks an, und seine Finger legten bereits das nächste Geschoss auf die Sehne. »Ich werde euere Leben nehmen, und das Land raubt euch die Seelen.«

Mir raubt es sie gewiss nicht. Der zweite Pfeil flog heran. Tungdil blieb gerade noch Zeit, seinen Schild hochzureißen, der dem gefiederten Tod den Großteil seiner Wucht nahm.

Fluchend stürmte Sinthoras auf sie zu und befahl den Angriff.

»Rasch, Narmora und Boïndil, die Treppe hinauf«, befahl Tungdil. »Vernichtet Nôd'onn, so lange er uns noch nicht bemerkt hat. Wir halten euch den Rücken frei.« Gepresst stöhnend brach er den Schaft des Pfeils, der in seinem Bein steckte, entzwei und bereitete sich auf den Zusammenprall mit den Gegnern vor. *Vraccas, lass es ein gutes Ende nehmen,* sandte er ein Stoßgebet an seinen Gott und holte aus, auf die Knie des ersten Orks zielend.

*

Teile der Steintritte platzten ab. Die Dritten hatten das Material nicht gut gewählt, es war im Lauf der Zyklen rissig geworden und machte den Aufstieg des Zwergs und der Halbalbin zu einem gefährlichen Unterfangen.

Sie umrundeten den Pfeiler und schraubten sich höher und höher, ohne nach den Kämpfenden zu schauen. Ihre ganze Aufmerksamkeit galt der kolossalen Gestalt in der malachitfarbenen Robe, die gelegentlich in ihrem Blickfeld erschien. Die Luft wurde wärmer, der Geruch von Blut und Orkinnereien schwebte allgegenwärtig in der Halle.

Als sie den Absatz erreichten, der sie auf die Brücke führte, wuchs ein Famulus wie aus dem Nichts vor ihnen in die Höhe. Er hatte unbemerkt im Schatten des Pfeilers gestanden.

»Was willst du hier?«, fragte er Narmora schroff, die er offenbar für eine Albin hielt. »Du sollst die Orks anführen und nicht ...«

Boïndil sprang um die Ecke und schlug ihm zuerst das linke Beil ins Gemächt, danach hackte er dem Magieschüler in die rechte Seite, sodass er gegen die Säule stürzte und zusammensackte.

»Die Überraschung ist der Feind der Zauberer«, grinste er seine Begleiterin an. Er lugte um den Vorsprung. »Nôd'onn ist allein. Ich bleibe hier, damit er keinen Verdacht schöpft.« Sein Blick suchte den ihren. Narmoras Augen hatten sich wegen der Dunkelheit und dem schützenden Berg zurückverwandelt. »Ich werde zur Stelle sein, wenn du in Schwierigkeiten gerätst.« Ingrimmsch zögerte. »Fühlst du dich stark genug?«

Narmora entfernte die Lumpen von der Feuerklinge und lockerte sie in der Halterung, damit sie die Waffe sofort greifen konnte. »Du hast Sorgen, dass meine dunkle Seite mich zur Verräterin macht?« Er nickte. »Ja.«

»Nun, Boïndil Zweiklinge, du bist ehrlich zu mir«, sie beugte sich vor und legte ihm eine Hand auf die Schulter, »aber sollte ich tatsächlich eine Überläuferin sein, kämen deine Bedenken ein wenig spät.« Ihr Gesicht hatte die Härte und die Grausamkeit ihrer albischen Natur nicht verloren, sie wirkte Furcht einflößender denn je zuvor.

Nervös rieb er die Beilköpfe aneinander, ihr Gerede und ihr Gehabe bescherten ihm Unruhe. »Tu was, damit ich weiß, wie es weitergeht«, verlangte er mürrisch.

Sie lächelte und trat aus der Deckung der Säule. »So soll es geschehen. Ich gehe und tue etwas.« Ihre Züge blieben ausdruckslos.

*

Nôd'onn stand in der Mitte der Brücke. Er streckte seinen rechten Arm aus und beschrieb erste Runen, um einen vernichtenden Zauber gegen die beharrlich kämpfenden Zwerge des ersten und zweiten Stammes zu schleudern. Die aufgequollene Linke hielt den Zauberstab aus weißem Ahorn, der silbrig schwarze Onyx am oberen Ende glomm Unheil verkündend.

Sich anzuschleichen wäre auf der Brücke nicht geglückt, ein offener Angriff fruchtete ebenso wenig. Also blieb Narmora nur die List, um in die Reichweite des gefährlichsten und mächtigsten Magus des Geborgenen Landes zu kommen.

Sie presste sich eine Hand an die Halswunde, wo ihr getrocknetes Blut noch haftete, und tat so, als wäre sie verwundet. Sie gab sich Mühe, so echt wie möglich zu spielen, und setzte taumelnd und wankend einen Fuß vor den anderen.

»Meister«, ächzte sie. »Sie haben den Belagerungsturm zerstört ... Andôkai ...«

Er hielt inne, und sein Kopf wandte sich ihr zu. Durch die schnelle Bewegung schwabbelte das aufgedunsene Gesicht, als befände sich unter der wächsernen Haut Wasser und kein Fleisch. »Andôkai?«, krächzte er. »Wo hast du sie gesehen?«

»Sie ist draußen, Meister, vor dem Berg, und setzt unseren Truppen mit ihren Zaubern zu«, sprach sie angestrengt und wankte weiterhin auf den fetten Mann zu. Zehn Schritte trennten sie noch von ihm. Zehn unendlich weite Schritte. »Was sollen wir gegen sie tun?«

Nôd'onn wandte sich ihr nun vollends zu. Sie sah seinen feisten Leib, die aufgeschwemmten Züge, die nichts mehr mit dem Gesicht Nudins gemein hatten, und das Blut, das aus seinen Poren trat, wo es sich in dünnen Rinnsalen sammelte und in die Robe sickerte. Der Stoff starrte vor Schmutz, überall zeichneten sich braune Flecken ab, mal glitzerten sie feucht, mal waren sie eingetrocknet. Der Magus stank Übelkeit erregend.

»Ihr könnt nichts gegen sie ausrichten«, sagte er zu ihr mit seiner zweifachen Stimme. »Bring mich an den Ort, wo sie euch zuletzt angegriffen hat, ich kümmere mich selbst um sie. Ihrer Magie seid ihr nicht gewachsen. Geh voraus.«

Fünf Schritte.

Ich muss näher an ihn herankommen. Narmora blieb stehen und brach in die Knie. »Meister, ich bin schwer verletzt. Könntet Ihr mir zuerst die Gnade erweisen, mich von den Wunden zu heilen, damit ich Euch mit ganzer Kraft dienen kann?«

»Dazu ist später Zeit«, schmetterte er ihr Gesuch ab. »Steh auf und ...« Sein Blick fiel auf die Gruppe um Tungdil und Gandogar, die sich erbittert gegen die Orks und Sinthoras zur Wehr setzten. »Sie? Wie ist das möglich? Ich dachte, die Artefakte ...« Er verstummte und sammelte seine Konzentration. »Umso besser.«

Als er die Augen schloss, handelte die Halbalbin, denn eine bessere Gelegenheit würde sich wahrscheinlich nicht mehr ergeben.

Langsam und lautlos erhob sie sich, um ihn nicht auf sich aufmerksam zu machen, dann setzte sie vorsichtig einen Fuß vor den nächsten.

Vier Schritte, drei Schritte, zwei Schritte, ihre Hand legte sich an den Griff der Feuerklinge. *Noch einen Schritt ...*

»Meister, Obacht!«, hallte ein warnender Ruf über die Brücke.

Narmora riss die Axt aus der Halterung und schlug zu. Da lenkte Nôd'onn den gegen Tungdil gedachten Zauber auf sie.

*

Narmora hatte das Gefühl, sie blicke unmittelbar in die Sonne, so grell leuchtete es vor ihren Augen auf. Die Helligkeit blendete sie schmerzhaft, sie wurde von den Füßen gehoben und in gerade Linie nach hinten geschleudert. Blind landete sie auf der Brücke, doch ihre Finger gaben die Feuerklinge trotz der Härte des Aufschlags nicht frei.

Sie wusste, dass es ihr nicht gelungen war, Nôd'onn zu treffen, dazu musste sie nichts sehen. *Aber wieso lebe ich noch?* Sie tastete sich vorsichtig ab und berührte das Schutzamulett, dass Andôkai ihr gegeben hatte. *Deshalb!*

»Erledige das«, hörte sie den Magus sagen, »und bring mir die Axt.« Das scharfe Klacken, das vom Zauberstab herrührte, wenn das Ende auf den Steinboden traf, entfernte sich.

Ihre Sicht kehrte zurück, verschwommen erkannte sie die malachitfarbene Robe am anderen Ende der Brücke. Stöhnend stemmte sie sich auf, um hinter dem Feind herzurennen, ihn einzuholen und zu stellen. Das Amulett gab ihr Sicherheit.

Ein dunkler Schatten sprang unvermittelt über sie hinweg und kam drei Schritte elegant vor ihr auf. Die Spitzen zweier Kurzschwerter reckten sich ihr entgegen.

»Das Tote Land gab mir eine Gelegenheit, mich an dir zu rächen«, begrüßte sie Caphalor; die schwere Verletzung, die sie ihm am Hals zugefügt hatte, war deutlich sichtbar.

»Wir haben dir vorhin nicht den Kopf von den Schultern geschlagen«, erwiderte Narmora kalt, »um dir zu zeigen, wie wenig wir uns vor dir fürchten. Du bist leicht zu schlagen.« Sie hob die Feuerklinge. Wenn er ihre Angst spürte, hätte er gewonnen. »Dieses Mal wirst du nicht noch einmal aufstehen.«

Caphalor fletschte die Zähne und begann seine Attacken. Narmora spürte bald, dass sie mit der Geschwindigkeit des untoten Kriegers nicht lange mithalten könnte. Daher erwiderte sie die Angriffe mit einem Ausfall und traf ihn sogar. Die Axt grub sich in die linke Schulter. Mehr geschah nicht.

Der Alb sprang zurück und hob die Waffen. »Ich werde dich verzehren, und mit deinem Blut male ich ein Bild von deinem zerstückelten Körper«, versprach er ihr und setzte ihr nach. Dabei drängte er sie so geschickt zurück, dass sie gefährlich nahe an den Brückenrand geriet. Im letzten Augenblick bemerkte sie, dass sie nur mehr eine Handbreit Stein von der Tiefe trennte.

Caphalor tauchte blitzartig ab und schlug nach ihrem Unterschenkel. Sie sprang über ihn, wirbelte einmal um die eigene Achse und schlug dabei nach seinem Hals, um ihn dieses Mal endgültig zu vernichten.

Er ließ sich fallen, rollte sich auf den Rücken und stieß mit den

Kurzschwertern senkrecht nach oben, als sie sich vorbeugte, den Streich mit der Feuerklinge führend.

Die Schneide der Axt schrammte Funken stiebend über den Steinboden der Brücke, ehe sie seitlich in den Hals des Albs eindrang und das Vernichtungswerk vollendete. Caphalors Augen weiteten sich überrascht.

Aber auch er hatte getroffen.

Narmora hing aufgespießt auf seinen Kurzschwertern, die sich durch die Rüstung unterhalb der Schultergelenke in ihre Brust gebohrt hatten. Die Schmerzen raubten ihr schier den Verstand. Durch einen dunklen Schleier sah sie, wie das Schutzamulett von ihrem Hals fiel; das durchschnittene Bändchen und der Kristall prallten auf den Alb und trudelten in die Tiefe.

Ich muss ... Sie versuchte zu rufen und auf sich aufmerksam zu machen, aber es gelang ihr nicht. Sie war zu schwach und die beiden neuerlichen Verwundungen zu schwer. Narmora spürte genau, wie die Ohnmacht in sie hineinkroch, und konnte doch nichts dagegen unternehmen.

Sie verlor das Bewusstsein, ihre Knie gaben nach, und sie sackte auf den Kadaver Caphalors, dessen Kurzschwerter und steife Arme sie immer noch gefangen hielten. Ihr wurde eisig kalt. Unfähig, irgendeine Bewegung zu machen, kauerte sie über ihrem Angreifer.

Furgas ... Ihre Kraft schwand, die Finger, die sich um den Griff der Feuerklinge klammerten, öffneten sich gegen ihren Willen. Die Axt fiel klirrend auf die Brücke, prallte ab und rutschte über die Kante in die Tiefe.

X

**Das Geborgene Land, das Königreich Gauragar,
Schwarzjoch, im Winter des 6234sten Sonnenzyklus**

Tungdil hatte den Kampf Narmoras mitverfolgt, ohne von unten eingreifen zu können. Ihr Ende zu sehen versetzte ihn in rasende Wut.

Nôd'onn umrundete unterdessen die weiter von ihnen entfernte Säule nach unten und würde in wenigen Augenblicken bei ihnen sein. *Ohne die Feuerklinge ist jeder Widerstand gegen den Magus sinnlos.*

»Ich hole die Axt«, rief er Balyndis zu. »Haltet mir die Orks vom Leib und gebt auf Nôd'onn Acht! Andôkai muss ihn beschäftigen, bis ich zurückkehre.«

Sie nickte grimmig und fällte die Bestie, die sich gerade auf ihn stürzen wollte, mit einem einzigen Schlag. »Geh!«

Tungdil löste sich aus dem Scharmützel und gab den Kriegern der Ersten, Zweiten und Vierten mit seinem Horn auf der anderen Seite der Halle das Signal, dass er ihre Unterstützung benötigte. Vereinzelt schmetterten sie ihre Antworten, und an manchen Stellen nahm das Klirren der Waffen an Intensität zu. Die Ablenkung würde hoffentlich dazu führen, dass sich die Orks weniger um ihn scherten.

»Vraccas, wenn du willst, dass im Geborgenen Land weiterhin dein Name verehrt wird, steh mir bei«, betete er knapp und stürzte sich in das Dickicht aus stinkenden Rüstungen und Beinen.

Er verzichtete darauf, den Wald mit seiner Axt zu lichten und auf sich aufmerksam zu machen, sondern bemühte sich, in gebeugter Haltung möglichst ohne Widerstand zwischen den Bestien hindurchzugelangen. Einem Gnom wie Swerd wäre das leicht gefallen, einem gedrungenen Zwerg aber bereitete es Schwierigkeiten.

Gelegentlich bemerkten sie ihn, doch ehe sie ihn greifen konnten, hatte er sich wieder davongemacht. Zweimal musste er seine Waffe einsetzen, um eine grünhäutige Hand zu kappen, die ihn festhalten wollte.

So gelangte er zu der Stelle, wo er die Feuerklinge nach ihrem Fall von der Brücke hatte verschwinden sehen. Seine Augen suchten aufmerksam den Boden ab, doch sie war verschwunden.

»Ho, Tungdil! Ich habe etwas für dich«, rief ihm jemand von hinten zu. Er wandte sich um, sah gerade noch einen Zwergenkörper verschwinden und die Intarsien am Kopf der Feuerklinge aufblinken. »Komm und hol es dir.«

Ein schlechter Zeitpunkt für einen Scherz. Mit seinem schmerzenden Bein machte er sich an die Verfolgung und verließ im Schutz einer Säule die Horde Orks, die weiterhin gegen die Zwergenkrieger anrannten und sich kaum um das scherten, was in ihren Rücken vorging.

Zu seiner Überraschung stand er jenem Zwerg gegenüber, mit dem er am wenigsten gerechnet hatte und der ihm nun die Axt entgegenhielt. »Du?«

»Möchtest du sie?«, fragte Bislipur lauernd, den ein Sturz aus großer Höhe grässlich entstellt hatte. Sein ganzer Körper war deformiert, und den Anblick seines zerschmetterten Gesichts mit der klaffenden Wunde im Schädel konnte Tungdil kaum ertragen.

»Du bist für deine Machenschaften bestraft worden, wie ich sehe«, erwiderte er finster und hielt seine eigene Axt angriffsbereit. *Das Tote Land hat ihn.* »Gandogar ...«

»Gandogar ist mir gleichgültig.«

»Dein Herr, für den du auf hinterlistige Weise den Thron des Großkönigs erringen wolltest, ist dir unversehens gleichgültig?«

»Nicht unversehens, sondern schon immer. Mein Bestreben war es, denjenigen auf den Thron zu setzen, den ich lenken und leiten kann, wie es mir gefällt«, sagte er und ließ die Axt spielerisch kreisen. »Der Krieg gegen die Elben, das war mein Ziel. Dafür habe ich Gandogars Vater und seinen Bruder getötet und es den Elben in die Schuhe geschoben, um seinen Hass zu schüren.« Er lachte und deutete auf die Kämpfe um sie herum. »Die Spitzohren benötige ich nicht mehr. Und es läuft sogar besser, als ich erwartet habe.« Bislipur erkannte den Unglauben in den Augen seines Gegenübers. »Ich bin ein Dritter, Tungdil. Genau wie du.«

»Nein«, wisperte er. Die Gefechte und das Geschrei verblassten, er sah einzig das überlegene Lächeln des Zwergs vor sich, mit dem er sich anfangs auf unerklärliche Weise verbunden gefühlt hatte. »Ich bin kein Dritter ... Ich bin ein Vierter.«

»Wie ich?!«, lachte er ihn aus. »Wir sind dazu bestimmt, uns an den anderen zu rächen, Tungdil. Sie haben Lorimbur und uns nichts gelehrt, sie haben uns verspottet, weil sie sich für etwas Besseres hielten. Ihr Können machte sie überheblich wie die Elben. Erinnere dich, was sie mit dir anstellten.« Er kam näher. »Der feine Balendilín und der edle Gundrabur, sie haben dich benutzt, weil es ihnen in den Kram passte! Meinst du, sie hätten sich um dich gesorgt, wenn sie dich nicht für ihre Posse benötigt hätten? Du säßest noch immer bei Lot-Ionan und wärst ihnen gleichgültig, sie hätten den Brief einfach weggeworfen.« Sein Blick wirkte hypnotisch, die Worte fraßen sich in Tungdils Verstand fest. »Verabscheuungswürdig, so sind sie alle. Deshalb müssen sie sterben.«

»Nein«, wagte er zögernd Widerspruch. »Balyndis ...«

Bislipur lachte meckernd. »Ein Weib, das du magst? Was wird sie tun, wenn sie erfährt, dass du ein Zwergentöter und Verräter bist wie ich? Deine Zukunft ist bei den Dritten, nicht hier. Hier ist nur der Tod.«

»Ein Verräter ...« Fassungslos starrte er auf das Gemetzel in der Halle. Erst jetzt erkannte er die Tragweite der Worte. »Du warst es! Du hast die Bestien in die Zwergenreiche geführt ...«

»Ich habe in Nôd'onn jemanden gefunden, der ein viel größerer Verbündeter ist. Ich versprach ihm, dass sich die Dritten ihm nicht in den Weg stellen würden, wenn er die anderen Stämme dafür vernichtete. Die Gelegenheit musste ich einfach nutzen.«

Tungdil schluckte, seine Hände umfassten den Stiel fester. »Du bist wahnsinnig. Du hast das Geborgene Land in die Hand des Bösen gegeben, nur um ...«

»Nein!«, schrie Bislipur unvermittelt. »Nicht ›nur‹, sondern um unsere Bestimmung zu erfüllen, um endlich das zu vollenden, was unser Stamm seit tausenden von Zyklen versucht. Ein größeres Ziel gibt es für uns beide nicht! Uns gehören alle Gebirge, wenn sie nicht mehr sind.«

»Rede nicht, als beträfe es mich. Ich bin ausgezogen, um Nôd'onn aufzuhalten und die Zwergenstämme zu retten. Ich *kann* kein Dritter sein!«, schrie er verzweifelt.

»Doch, du bist einer von uns«, blieb Bislipur überzeugt. »Ich sah es sofort, als du in die Halle tratest, aber du verleugnest den Hass in deinem Herzen. Lausche in dich hinein, und du wirst die Wahrheit meiner Worte erkennen.«

»Die Wahrheit aus dem Mund eines Verräters?« Tungdil blickte ihn verächtlich an und holte tief Luft. »Gib mir die Feuerklinge.«

Er blickte lauernd. »Um was damit zu tun?«

»Nôd'onn zu vernichten. Gandogar und die anderen werden entscheiden, was mit dir geschieht.«

»Dann wirst du sie mir abnehmen müssen. Du hast den Tod gewählt, Tungdil. Sehr schade«, meinte Bislipur bedauernd und klopfte auf die Axt. »Wenn man bedenkt, dass du so viele Entbehrungen auf dich genommen hast, nur um deine eigene Hinrichtungswaffe zu schmieden ...«

Ohne Vorwarnung attackierte Tungdil den Verräter, aber sein Angriff wurde abgeblockt. Bald entspann sich ein heftiges Gefecht zwischen den Zwergen, doch keiner gewann die Oberhand.

»Du willst deine Abstammung immer noch verleugnen?«, meinte der Hinkende höhnisch. »Wie sonst hättest du in der kurzen Zeit so gut zu kämpfen gelernt, wenn es dir nicht vererbt worden wäre?«

»Nein!«, schrie Tungdil wütend und schlug zu. »Ich *will* kein Dritter sein!«

Bislipur hielt dagegen und zertrümmerte Tungdils Waffe. Der Holzschaft brach ab, der schwere Kopf trudelte gegen den Nasenschutz seines Helms und ließ ihn Sternchen sehen.

Sofort setzte sein Gegner nach. Tungdil wich aus und stürzte dabei, im Fallen streckte er die Hände aus und riss ihn mit sich.

Sie wälzten sich am Boden, und Bislipur verlor schließlich die Feuerklinge. Stattdessen zückte er einen Dolch und rammte ihn tief in den Oberarm seines Widersachers. Tungdil keuchte auf und antwortete mit einem Stich seines Messers in Bislipurs Hals.

»Du kannst mich nicht mehr töten«, lachte er ihn aus. »Das hat Balendilín schon vor dir versucht und ist an dem Toten Land gescheitert, wie du siehst.« Er schlug ihm wuchtig ins Gesicht, dass der Helm davonflog, und wand sich unter ihm hervor. Ein harter Tritt, und Tungdil verlor sein Messer. »Es ist ein ungleicher Kampf, den du dazu noch verlieren wirst.«

Seine Finger griffen in Tungdils Haare und rissen ihn in die Höhe.

»Weil du einer von uns bist, frage ich dich ein letztes Mal«, schnarrte er. »Möchtest du mit dem Abschaum zu Grunde gehen, oder kehrst du mit mir ins Reich der Dritten zurück, um unseren Triumph zu feiern?«

Waffenlos wie Tungdil nun war, blieb ihm nur ein letzter Versuch. Er ertastete das Halsband Swerds in seinem kleinen Lederbeutel, riss er heraus und legte es dem verblüfften Bislipur um.

»Das Band des Gnoms? Was soll das? Nur zu, versuche, mich zu erwürgen! Denkst du, ich brauche noch Luft zum Atmen?«

»Was du brauchst, ist dein Kopf.« Tungdil stieß ihn zurück und verlor dabei ein gutes Büschel Haare. Dabei schnappte er sich den Silberdraht vom Gürtel. »Und genau den nehme ich dir.«

Ruckartig zog er die Schlinge zusammen. Die Lasche verkleinerte sich, und gleichzeitig schnürte sich der Hals immer tiefer ein. Nun verstand Bislipur, was er beabsichtigte.

Er krächzte unverständlich, weil sein Kehlkopf bereits zerdrückt war, und wollte den Dolch in Tungdil rammen, da verengte dieser den Draht mit einem Ruck. Das silberne Kropfband glitt durch die Haut, durchschnitt Bislipurs Wirbel, und als der Draht ganz durch die Öse lief und die Lasche sich auflöste, fiel der Kopf des Verräters abgetrennt zu Boden. Der Verschluss des widerlichen Halsbands öffnete sich und zersprang, der Zauber war gebrochen.

Zum Triumphieren blieb Tungdil keine Zeit. Er hob die Feuerklinge auf und rannte, so schnell es ihm seine Verletzungen erlaubten, zurück zu seinen Freunden, um ihnen gegen Nôd'onn beizustehen.

Nun fehlte ihnen nur noch ein Feind der Zwerge, der die Waffe gegen den Magus führen würde.

*

Die Orks wichen zur Seite und machten Nôd'onn Platz, der Kampf wurde unterbrochen.

»Andôkai«, sagte er krächzend und neigte seinen aufgedunsenen Kopf. »Es wäre besser gewesen, du hättest mich unterstützt, anstatt dich in nutzlosem Widerstand aufzureiben. Wenn die Gefahr aus dem Westen kommt, brauchen wir alle Kräfte.«

»Du bist die Gefahr, Nudin«, erwiderte sie, den Abwehrzauber mit ihren letzten Kräften aufrecht haltend, weil sie nichts riskieren wollte. »In dir lebt ein dämonisches Wesen, das dich diese verworrenen Dinge denken lässt, das dich lenkt und benutzt.«

»Es ist mein Freund, es ist der Freund des Geborgenen Landes«, widersprach er verzweifelt. »Ihr versteht es nicht! *Warum*?«

Sie nickte. »Da stimme ich dir zu, wir verstehen es nicht. Tod und Verderben über die Menschen, Zwerge und Elben zu bringen erscheint mir ein zu großer Preis für einen angeblichen Schutz vor einem Feind, der nur in deinem verblendeten Verstand existiert, Nudin.«

»Ich bin *Nôd'onn!*«, schrie er sie mit schriller Stimme an. »Ihr werdet erkennen, dass mein Freund und ich Recht hatten, wenn wir euch alle vor dem bewahren, was aus dem Westen kommt. Legt die Waffen nieder, und ich schone euch.« Seine zweifache Stimme nahm einen beschwörenden Tonfall an, er schien von dem, was er sagte, vollkommen überzeugt. »Ich tue das alles doch nur, weil ihr mich dazu zwingt. Hättet ihr eure Macht freiwillig abgetreten, wäre es nicht zu diesen Kriegen gekommen.«

Andôkai hob ihr Schwert, die Schneide blitzte auf. »Du hast zu viel Leid über uns gebracht, als dass wir dir Glauben schenken könnten.«

»Dann«, sagte er bekümmert, »müssen wir es zu Ende bringen. Ihr hattet die Wahl.« Eine einzige Geste genügte, und ihre Schutzwand barst mit einem hellen Geräusch.

Sinthoras sprang augenblicklich nach vorn und stach mit seinem Speer nach ihr. Sie parierte den Angriff und wurde daraufhin von drei Orks gleichzeitig attackiert, die sie von den Zwergen abdrängten.

Plötzlich ragte der Alb wie aus dem Nichts neben ihr in die Höhe, sein Speer stieß genau auf ihre Körpermitte zu ... und prallte von einem polierten Schild ab.

Violettes Licht flammte über Sinthoras auf, ein grollendes Knurren erklang, dann hackte Djer_ns Schwert nach dem Alb, der es gerade noch schaffte, den Schaft seiner Waffe in die Höhe zu reißen.

Kein Holz der Welt, vermutlich nicht einmal das einer Sigurdazie, hätte diesem Schlag standgehalten, und so zerteilte die Klinge des riesigen Schwertes zuerst den Speer und danach den entgeisterten Sinthoras, um ihm mit einer bogenförmigen Bewegung den Kopf von den Schultern zu schlagen. Tot, gespalten und geköpft stürzte er auf den Stein.

Die Orks wichen ängstlich quiekend vor dem König der Bestien zurück, der sich brüllend aufrichtete, das Visier geöffnet und sein wahres Antlitz in dem grellen Licht verbergend. Die Furcht vor ihm verschaffte den Freunden die dringend benötigte Atempause.

Tungdil tauchte humpelnd an Andôkais Seite auf, in den Händen die Feuerklinge haltend. »Hier ist sie.« Er deutete auf Djer_n. »Ist er eine Bestie und ein Feind der Zwerge?«, wollte er schnaufend wissen.

»Ich weiß es nicht«, sagte sie. »Möchtest du ihm die Feuerklinge anvertrauen?«

»Haben wir denn eine Wahl?« Er warf sie ihm zu.

Djer_n rammte sein Schwert kurzerhand durch zwei Orks und ließ es stecken, um die Hand freizuhaben und die Axt zu fangen.

Bringen wir es zu einer Entscheidung. Tungdil nahm sein Horn und blies laut hinein; die Zwerge des Ersten, Zweiten und Vierten Stammes antworteten ihm mit Hörnerklang und Jubelrufen. »Für das Geborgene Land, im Namen von Vraccas!«, rief er und stürmte gegen den Magus; seine Freunde folgten ihm, Balyndis und Gandogar befanden sich unmittelbar an seiner Seite.

Sie hieben sich durch die Orks und Bogglins, dass es nur so spritzte, und endlich war Djer_n so nahe heran, dass er nach einem knappen Befehl der Maga einen Angriff gegen Nôd'onn wagte. Andôkai schuf einen grellen Blitz, der zu nichts anderem diente, als den Magus zu blenden.

Unvermittelt stand der Krieger vor dem irritierten Nôd'onn und schlug mit solcher Wucht zu, dass die Feuerklinge von hinten in den ungepanzerten Körper eindrang und vorn wieder austrat. Ein Schwall stinkender schwarzer Flüssigkeit ergoss sich über die Umstehenden.

Der Magus brüllte laut, und noch während sein Schrei durch die Hallen gellte, schlossen sich seine Wunden bereits wieder.

»Nein«, raunte Tungdil entsetzt. »Das ... sie hätte ihn töten müssen!«

Nôd'onn sprach einen Zauber gegen den gigantischen Kämpfer, der von schwarzen Blitzen getroffen in die Orks stürzte und sich nicht mehr regte. »Selbst das wollte euch nicht gelingen!«, rief ihnen der Mann entgegen, an dem nur noch die zerfetzte Robe von der Verletzung zeugte.

Es soll nicht umsonst gewesen sein! Wütend führte Tungdil seinen Angriff fort, und während seine Freude alles unternahmen, um den Magus zu beschäftigen, was ihnen zusehends schwerer fiel, suchte er zum zweiten Mal nach der Feuerklinge.

Hastig entwand er sie den steifen, eisernen Fingern Djer_ns. Ein eigenartiges Kribbeln lief durch seine Finger. *Was ...?*

Die Intarsien glommen auf, die Diamanten strahlten und funkelten wie tausend Sonnen. Zuerst glaubte er, er sei ein Opfer von Nôd'onns Zaubersprüchen geworden, doch dann begriff er, dass die Wirkung einzig von der Axt ausging, die zu spüren schien, dass ihre einzigartigen Kräfte gegen den Dämon gefordert waren.

Bei Vraccas, ich bin ein Dritter, verstand er die Bedeutung des

Geschehens und erkannte seine Herkunft. *Aber meine Abstammung wird zu Gutem führen, das schwöre ich.*

Er packte den Stiel und rannte mit leicht eingezogenem Kopf auf den Magus zu. Die Orks, die sich ihm in den Weg stellten und die er mit der schimmernden Schneide traf, vergingen in einem aufflammenden weißen Feuer. Bei jedem Schlag zog die Waffe einen gleißenden Schweif hinter sich her, und Tungdil spürte die Hitze, die von ihm ausging. Es war die gleiche, die er von der Esse im Reich der Fünften kannte.

Nôd'onn bemerkte die Gefahr sofort. Seine bislang so selbstsichere Miene veränderte sich und nahm einen Ausdruck immenser Furcht an. Die Zaubersprüche, die er gegen den anstürmenden Zwerg sandte, vergingen; die Runen der Feuerklinge beschützten ihren Träger und ließen nicht zu, dass ihm etwas geschah.

»Wenn du mich tötest, wirst du das Geborgene Land vernichten! Die Gefahr, die ihr nicht aufzuhalten vermögt, macht sich bereit, um uns aus dem Westen anzugreifen«, prophezeite er und stieß mit der Spitze des Ahornstabes nach ihm. Tungdil wehrte den Angriff ab und sprang ganz nah an den Mann heran. »Du wirst seinen Untergang verschulden. Du musst mich leben lassen!«

Tungdil zerschlug den Ahornstab; der Onyx auf dem oberen Ende barst, und die dunklen Edelsteinsplitter regneten zu Boden.

»Nein. Wir beschützen das Geborgene Land selbst, so wie wir es vor dir beschützen«, entgegnete Tungdil grimmig und schlug zu. *Für Lot-Ionan, Frala und ihre Töchter.*

Die Ausweichbewegung des feisten Mannes erfolgte zu spät, und selbst hastig gewirkte Magie konnte den Hieb nicht mehr aufhalten. Die Schutzsymbole flirrten in der Luft und wurden von der Feuerklinge vernichtet. Dann fuhr die diamantenbesetzte Schneide in Nôd'onns Wanst.

*

Der Bauch platzte wie eine überreife Frucht. Innereien, Magen, Darm, die Lunge, alles Menschliche ergoss sich als halb zersetzter Brei mit ungeheurem Druck auf den Boden. Ein fingergroßer Malachitsplitter wurde von der widerlichen Flut davongespült.

Aus dem sprühenden Blut löste sich ein schimmernder Nebel, in dem es schwarz, silbern und rot flackerte. Er dehnte sich rasch aus, wuchs fünf Schritt in die Höhe und nahm allmählich Konturen an.

Zwei schwarze Augenhöhlen entstanden, aus denen faustgroße leuchtende Sterne voller Bosheit und Hass rot glühend auf den Zwerg hinabstarrten. Dann wandten sie sich blitzschnell zu Andôkai.

Der Dämon hat sich ein neues Opfer gesucht!

Der wirbelnde Dunst flog zielstrebig auf die Maga zu, die vor ihm zurückwich. Ihr Schwert glitt wirkungslos durch ihn hindurch. Jetzt verkleinerte er sich wieder, einzelne durchsichtige Arme entstanden und umschlossen die blonde Frau.

»Tungdil!« Sie ächzte auf, schwankte und brach in die Knie, während die ersten tastenden Nebelfinger ihre Kiefer auseinander drückten. Das Wesen machte sich bereit, in eine neue Trägerin zu fahren, dieses Mal ohne deren Einverständnis.

Tungdil sprang an ihre Seite, und als der flirrende, lebendige Nebel in ihre Mundhöhle sickern wollte, schlug der Zwerg zu.

Die Runen der Klinge schimmerten auf, und die Feuerklinge zerteilte das Gespinst. Ein lautes Zischen ertönte, der Nebel zog sich wie ein verletztes Tier zurück, aber Tungdil setzte ihm nach. Die Hiebe der Feuerklinge trennten kleinere Schwaden ab, die verblassend durch die Halle trudelten und sich auflösten, doch der Rest des Dämons blieb bestehen und schien zur Decke ausweichen zu wollen.

Dann eben auf andere Weise. Tungdil stieg auf eine umgestürzte Säule, ignorierte seine schmerzenden Wunden im Bein und am Arm, rannte auf ihr entlang und drückte sich mit viel Schwung ab, die Waffe zum Schlag erhoben. »Vraccas!«

Sein gut gezielter Sprung brachte ihn ins Zentrum des Nebels, die Schneide traf. Sämtliche Runen erstrahlten in hellem Schimmer und schufen einen gleißenden Schweif hinter dem Axtkopf. Die Diamanten flammten grell auf.

Einen Augenblick hing Tungdil im Innern des Dämons und hatte das Gefühl, bei seinem Flug langsamer zu werden, dann erklang ein Geräusch wie von reißendem Leinen, und ein lautes Stöhnen folgte.

Tungdil landete auf der anderen Seite des Nebels und stürzte, doch das Kettenhemd bewahrte ihn vor Schrammen. *Habe ich es geschafft?* Er blickte über die Schulter und sah das Loch, das er in den Nebel geschlagen hatte. Der Dunst sank zu Boden und verfärbte sich, er wurde grau, dann schwarz und löste sich schließlich ganz auf. Nichts erinnerte mehr an ihn.

Niemand im Schwarzjoch regte sich. Freund und Feind standen da und starrten. Sie alle hatten beobachtet, wie Nôd'onn durch seine Hand getötet und der Dämon vernichtet worden war. Es war grabesstill.

Einer der Albae, der die Horden eben noch gegen die Zwerge getrieben hatte, griff aufschreiend nach seinem Schutzkristall. Im nächsten Augenblick verging das Amulett in einer gewaltigen Explosion und zerriss den Krieger. Die Geschenke des Magus vernichteten sich selbst, ein Alb starb nach dem anderen, und auch einige Orkanführer verloren ihr Leben.

Ein lautes Horn erklang und schmetterte das Signal zum Angriff, die Zwergenkrieger der drei Stämme wollten nicht länger warten.

Die Bogglins wandten sich als Erste zur heillosen Flucht, die Orks folgten ihnen, doch die Zwerge hetzten sie vor sich her und holten sie spätestens bei den engen Tunneln wieder ein. Schonung und Mitleid gab es nicht. Das Krachen und Scheppern der wütenden Äxte schallte hinauf bis zur Decke der Halle.

Tungdil stemmte sich in die Höhe. Balyndis stand neben ihm und half ihm beim Aufstehen. »Du hast es geschafft!«, freute sie sich und drückte ihm einen langen Kuss auf den Mund.

Dies hatte er sich sehr lange herbeigesehnt, und doch empfand er nur wenig Freude dabei. Die Gewissheit plagte ihn. »Weil ich ein Dritter bin«, fügte er bitter hinzu. *Ein Lorimbur, ein Zwergentöter.*

Sie nickte. »Vraccas sei Dank, dass es so ist. Wie hätten wir den Nôd'onn sonst besiegen können?«, lächelte sie. »Du bist ein echter Zwerg, durch und durch, deine Abstammung spielt für mich keine Rolle. Mein Herz sagt mir, dass ich dir vertrauen kann. Nur darauf kommt es mir an.«

Dankbar drückte er ihre Hand. *Ich hoffe, dass die anderen es genauso sehen.*

Andôkai befand sich oben auf der Brücke und kümmerte sich um die verletzte Narmora und den verwundeten Boïndil, der gegen Caphalor nicht bestanden hatte; mehrere Zwerge halfen ihr dabei. Djer_n stand schon wieder, das Visier seines Helmes hatte er geschlossen und machte immer noch ein Geheimnis aus seinem Gesicht.

Die ersten zwergischen Heilkundigen näherten sich ihnen mit Wasser, Salben und Verbänden, um nach ihren Wunden zu schauen. Nachdem die Anspannung des Kampfes von ihm abgefallen war, spürte Tungdil, wo es überall wehtat. Dankbar ließ er die Prozeduren über sich ergehen, die Feuerklinge unter den Gürtel Giselbart Eisenauges gehakt.

Zeit zum Ausruhen blieb ihm keine. Rodario lief mit sorgenvollem Gesicht zu ihm.

»Ich weiß, der Zeitpunkt kommt ungünstig, tapferer und verwundeter Held des Geborgenen Landes, aber wir müssen nach Furgas sehen«, bat er. »Er liegt immer noch im Zelt und ...«

»Ein Held?« Tungdil grinste. *Was aus einem Gelehrten nicht alles werden kann. Ich hoffe, dass Frala und Lot-Ionan mich sehen können.* Er stand auf, prüfte den Sitz seiner Verbände. »Wenn ich ein Held bin, muss ich wohl weiterkämpfen, wie es in den Büchern steht.«

»Verdammte Albae, sie sind wie die Schatten. Ich habe das Spitzohr nicht kommen hören. Er hat mich hinterrücks niedergestochen.« Boïndil, einen breiten weißen Verband über der Brust, hinkte die Stufen hinab und feixte. »Genau. Wie es in den Büchern steht, Gelehrter. Mein Bruder wäre stolz auf dich.«

»Gut, dass du da bist.« Tungdil klopfte ihm vorsichtig auf die Schulter und fühlte eine enorme Erleichterung. Ein weiterer toter Gefährte hätte ihm noch gefehlt. »Dann sehen wir nach Furgas.«

Tungdil, Rodario, Balyndis, Boïndil und Djer_n eilten die Stufen hinab, Andôkai holte sie nach einigen Schritten ein. Sie hatten es gemeinsam als Fremde begonnen, und sie wollten es gemeinsam als Freunde zu Ende bringen.

Das Geborgene Land, das Königreich Gauragar, Schwarzjoch, im Winter des 6234sten Sonnenzyklus

Ein kühler Wind wehte über das Plateau, doch die Sonnenstrahlen, die durch die Wolkendecke brachen, wärmten und gaben einen Vorgeschmack auf den bevorstehenden Frühling.

»Aus dem Berg, der einst das Verhängnis für die Zwerge werden sollte, entsteht an diesem Tag ein Ort der Hoffnung und der Zuversicht, dass das Geborgene Land in neuer Gemeinsamkeit erblühen und erstarken wird.« Gandogar ließ den Blick über den Rücken des Tafelberges schweifen und betrachtete die bunt gemischte Versammlung, die sich eingefunden hatte.

Vor einem halben Zyklus hätte er jeden für verrückt erklären lassen, der ihm vorausgesagt hätte, dass die Elben, Menschen und Zwerge auf dem stumpfen Gipfel des Schwarzjochs zusammenfanden, wohlgemerkt nach einer Schlacht, an der alle drei Völker teilgenommen hatten, doch nicht als Gegner.

Prinz Mallen von Ido saß neben Elbenfürst Liútasil von Âlandur, es folgten Balendilín Einarm vom Clan der Starkfinger aus dem Stamm der Zweiten und Xamyts II. Trotzstirn aus dem Clan der Trotzstirne vom Stamm der Ersten. Dahinter hatten sich die Menschenkönige der verbliebenen sechs Reiche eingefunden, und nicht zuletzt befand sich auch Andôkai die Stürmische unter ihnen.

In gebührendem Abstand zu den Herrschern standen die besten Krieger der Schlacht, Menschen, Zwerge und Elben, nebeneinander auf dem Plateau und lauschten, was ihre Führer besprachen. Gandogar erkannte auch Tungdil und Balyndis unter ihnen. Djer_n ragte wie ein Fels aus der Masse heraus.

»Nôd'onn, die Kreatur, die aus Nudin dem Wissbegierigen und einem Wesen entstand, das aus dem Norden kam, ist besiegt und vernichtet. Die Macht des Toten Landes ist gebrochen, und die Natur kehrt zu ihren alten Gesetzen zurück«, fuhr er fort. »Das gelang uns nur, weil die Menschen, die Elben und die Zwergenstämme zueinander standen und im Augenblick der Bedrohung nach langer Zeit ihre althergebrachten Abneigungen und ihren Hass vergaßen, um das Böse zu besiegen.« Er hob die Arme. »Und es gelang! Kann es ein besseres Zeichen dafür geben, unsere Feindschaften zu begraben?«

Er schwieg eine Weile, um seine Worte wirken zu lassen.

»Ihr, Prinz Mallen von Ido, habt die Streiter der Königreiche nach der Niederlage in Porista zusammengeführt und ein Heer gebildet, um zum Schwarzjoch aufzubrechen und den Versuch zu wagen, Nôd'onn niederzuwerfen«, sagte er zu dem blonden Mann, dann wandte er sich Liútasil zu. »Ihr, Liútasil, Fürst der Elben Âlandurs, vernahmt unsere Worte, als wir Euch um Hilfe baten, und kamt trotz der Bedenken, die Ihr in Eurem Herzen trugt.« Er schaute zu den Zwergen. »Und ihr, meine Stammesbrüder und -schwestern, habt euch an unsere Gemeinschaft und die Aufgabe erinnert, die uns Vraccas einst gab.« Er ballte die Faust. »Wir haben das Geborgene Land beschützt.«

Die Krieger aller Völker trommelten gegen ihre Schilde und schlugen ihre Waffen aneinander.

»Der Hass muss aus unseren Herzen verschwinden, die Kriege gehören der Vergangenheit an und sollen vergessen werden. Und wisset, dass von heute an die Chroniken des Friedens, der Anteilnahme und der Freundschaft in unserem Land geschrieben werden.« Er reckte seine Axt in die Höhe, die Herrscher und Fürsten erhoben sich, und gemeinsam schworen sich die Königreiche Freundschaft.

Dieses Mal brandete lauter Jubel auf, Balyndis küsste Tungdil in ihrem Überschwang, froh und glücklich über den Ausgang des Abenteuers, dessen Verlauf sie bis zum Schluss nicht hätte vorhersagen können. »Du kannst stolz auf dich sein«, sagte sie zu ihm.

»Dass ich ein Dritter bin?«, meinte er halb verächtlich, halb belustigt.

»Nein. Dass du der erste Dritte bist, der es sich zur Aufgabe gemacht hatte, die anderen Zwergenstämme zu retten, anstatt sie zu vernichten«, lächelte sie ihn an. »Hör auf mit diesen Gedanken, sondern freue dich, dass wir mit dem Leben davongekommen sind.«

Er dachte an Narmora und Furgas, die im Schwarzjoch den heilenden Händen der Wundheiler überlassen worden waren. Beinahe wären sie im Tode wieder zu einem Paar vereint worden, nur der letzte Rest der Gabe Andôkais und die Heilkräuter bewahrten sie vor dem Einzug ins Jenseits. Und er gedachte ihrer Toten. *Ich grüße euch, Bavragor und Goïmgar! Ihr werdet in der Schmiede von Vraccas stehen.*

Gandogar streckte die Hand nach ihm aus, und der Schreck fuhr ihm in die Glieder. »Da steht der Zwerg, dem wir alle wohl am meisten zu danken haben. Tungdil Goldhand, trete vor.«

Unsicher kam er der Aufforderung nach.

»Seht! Ohne ihn, seine Schläue, seine Hartnäckigkeit und seinen Glauben an das Gelingen unseres Unterfangens stünden wir alle nicht hier, sondern wären tot oder Diener Nôd'onns.«

Tungdil glaubte zu fühlen, wie ihn sämtliche Augenpaare auf dem Plateau anstarrten; er wurde rot und unglaublich verlegen. So klammerte er sich an den Axtkopf der Feuerklinge, die ihm Sicherheit gab.

»Wir können die Schuld, in der wir alle bei dir stehen, niemals begleichen«, sprach der König der Vierten mit fester Stimme. »Ich verspreche dir, Tungdil, dass ich dir bis an dein Lebensende jeden Wunsch erfüllen werde, den ich zu erfüllen imstande bin.«

Das schmale, anmutige Gesicht Liútasils wandte sich ihm zu. »Wir Elben zählen nicht zu den innigsten Freunden deines Volkes, Tungdil Goldhand, aber wir wissen, was Dankbarkeit ist. Was immer du begehrst, wir geben es dir.«

Der Reihe nach leisteten die Menschenkönige ähnliche Gelöbnisse, und die Verlegenheit des Zwergs stieg ins Grenzenlose.

»Nein, wartet, ihr Herrscher, Fürsten und Könige«, hob er abwehrend die Hände.

Boïndil verdrehte die Augen. »Da, seine Gelehrtenzunge redet gleich wieder los, hört ihr?«

Tungdil atmete tief ein. »Ich will nichts von euch. Was ich von euch verlangen könnte, habt ihr mir bereits gegeben: Ihr schwort, dass die Völker des Geborgenen Landes sich nur noch zu gemeinsamen Festen und nicht mehr zu gegenseitigen Kriegen sehen. Mehr möchte ich nicht. Was nützt mir alles Gold, wenn die Feindschaft in unserer Heimat fortbestehen würde? Ich nehme Euren Dank auch im Namen von Bavragor Hammerfaust aus dem Clan der Hammerfäuste vom Stamm der Zweiten und Goïmgar Schimmerbart vom Clan der Schimmerbärte aus dem Stamm der Vierten entgegen, die wie ich ihr Leben einsetzten, aber es verloren. Ohne sie wäre die Feuerklinge niemals entstanden.«

Der Elb neigte seinen dunkelroten Schopf vor dem Zwerg. »Du sprichst wie ein weiser Herrscher, Tungdil Goldhand. Sobald du denkst, wir seien dabei, wieder in die alten Gewohnheiten zu verfallen, was den Umgang miteinander angeht, komm zu uns und erinnere uns an diesen Tag. Der Ewige Wald steht dir jederzeit offen.«

Wieder donnerten die Krieger gegen die Schilde, Hörner wurden geblasen, die Jubelrufe wollten nicht enden, und schnell kehrte Tungdil an die Seite von Balyndis zurück.

»Zeig deine Zunge«, verlangte Boïndil gespielt mürrisch. »Sie hat doch einen Knoten bekommen, oder?«

Tungdil grinste. Es hatte ihm Spaß gemacht, seine Redekunst zu zeigen, die Lot-Ionan ihm beigebracht hatte.

Die Versammlung wurde aufgelöst, die Truppen der Menschen, Zwerge und Elben gingen ins Innere des Berges, feierten zusammen ihren Sieg und begannen mit der ersten vorsichtigen Annäherung.

Balendilín und Gandogar gesellten sich zu ihnen. »Welch ein Glückstag«, meinte der Einarmige fröhlich. »Wer hätte gedacht, dass es für uns alle so gut endet?« Er schlug Tungdil auf die Schulter. »Vraccas hat seinen besten Zwerg geschickt, und wenn einer das Gegenteil behauptet, werde ich ihn zu einem Wettlauf herausfordern.« Er lachte, und die anderen stimmten mit ein. Tungdils Lachen gelang nicht ganz, was von Gandogar sofort bemerkt wurde.

»Was hast du?«

»Es ist nichts.«

»Doch, es ist etwas. Ist es der Umstand, dass du denkst, ein Dritter zu sein?«

»Ich bin ein Dritter, wie sonst hätte die Feuerklinge ihre Macht entwickelt?«

»So sei ein Dritter und diene uns als Beweis, dass nicht alle aus diesem Stamm Ausgeburten an Hinterhältigkeit sein müssen, wie es Bislipur und Glamdolin waren«, sprach Balendilín feierlich. »Wirst du zu uns zurückkehren, oder folgst du dem Herzen?«, blinzelte er verschmitzt.

»Ich gehe mit Balyndis, ja, aber nicht zu den Ersten«, bestätigte er die Vermutung feixend. »Unsere Vorliebe für die Esse und die Erfahrungen der Reise haben uns aneinander geschmiedet. Wir reisen ins Reich der Fünften. Boïndil begleitet uns, und unterwegs wird Boëndal zu uns stoßen. Ich habe Giselbart Eisenauge ein Versprechen gegeben, und ich werde es halten.«

Der aufsteigende Wind trug ihnen den Geruch von Fäule herüber. Er stammte vom Schlachtfeld rings um das Schwarzjoch, wo die toten Orks, Oger, Bogglins und Albae lagen. Sie waren von den vereinten Streitmächten der Elben und Menschen vernichtet worden, und die wenigen Orks, die ihnen entkommen waren, bedeuteten keine Gefahr mehr. Ohne die Macht des Toten Landes waren sie zu Kadavern geworden. Die Sonne taute ihre gefrorenen Leichen auf, die Zersetzung begann, ehe der Frost sie die Nacht über konservierte.

»Es wird lange dauern, bis wir alle bestattet haben«, sagte Gandogar betrübt. »Ich hoffe, dass der Boden so viel Tod verträgt.«

Rodario näherte sich ihnen, einmal mehr notierte er sich, was er sah und hörte. »Ein sehr schöner Schluss für ein Theaterstück, nur die vielen Leichen, die lassen wir weg. Das ist auf der Bühne ohnehin nicht umsetzbar.« Er reichte Tungdil die Hand. »Es war mir eine Ehre, mit dir gereist zu sein. Wenn du nach Mifurdania kommen solltest, schau ins Curiosum, das es bald wieder geben wird.« Er zwinkerte ihm zu. »Du hast als Hauptfigur natürlich freien Eintritt. Und Balyndis auch.«

»Wann brecht ihr auf?«

»Sobald mein Technicus und meine Albin wieder auf einem Pferd sitzen können. Das wird in zwei Wochen sein. Man hat uns Unterkunft gewährt.«

Andôkai gesellte sich zu ihnen. »Djer_n und ich verabschieden uns ebenso«, sagte sie in die Runde. »Ich muss in meinem Reich nach dem Rechten sehen und so schnell wie möglich eine neue Schule aufbauen.«

»Weshalb die Eile, meine Schöne?«, neckte sie Rodario.

Sie blieb ernst. »Ich möchte die Freude ungern trüben.«

»Nur zu. Bei diesem grandiosen Erfolg ist es kaum möglich«, sagte er übertrieben heiter und gelöst.

»Darauf würde ich nicht wetten.« Ihre Lippen wurden schmal. »Was ist, wenn in Nôd'onns Worten ein Funken Wahrheit steckte?«

»Die Gefahr aus dem Westen?«, lachte der Mime ungläubig. »Seid Ihr auf den Trick hereingefallen, geschätzte Maga? Ihr enttäuscht mich.«

»Sagen wir einfach, dass ich wachsam bleiben werde.« Sie legte eine Hand auf Tungdils Oberarm. »Der wichtigste Mann mit der passenden Waffe sitzt jedenfalls in der Nähe des Tores, an dem das Übel klopfen wird, sollte Nudin sich nicht getäuscht haben.« Jetzt lächelte Andôkai doch. »Du schaffst es notfalls auch allein, bei deinem Dickschädel, Tungdil.«

Sie verabschiedeten sich mit einer langen Umarmung voneinander, nur Rodario ging leer aus. Er zog eine Schnute und stakste davon, nur um sich auf halbem Weg umzudrehen und ihnen zuzuwinken. »Geht nur, bezaubernde Maga. Wie Ihr sagtet, ich suche mir Frauen, die mich schätzen. Ha, und *wie* die mich schätzen!«

Andôkai ging, Djer_n folgte ihr wie immer. Die anderen blickten dem seltsamen Paar hinterher und hingen ihren Gedanken nach, bis sich Balendilín räusperte.

»Ich gehe ebenfalls, liebe Freunde. Ich muss die nächste Versammlung der Zwergenstämme vorbereiten, die bald stattfinden wird.« Er nickte Gandogar zu. »Es gibt keinen Zweifel daran, wer zum Großkönig gewählt werden wird, nachdem du aus dem Schatten Bislipurs getreten bist. Du hast dich bewährt und wirst Gundrabur ein guter Nachfolger sein.«

»Selbst ich würde ihn wählen«, grinste Tungdil. Der König der Vierten schlug in die dargebotene Hand ein und schüttelte sie fest. Die Ergriffenheit stand in seinem Gesicht. »Denkt daran, dass jeder Stamm einhundert seiner besten Krieger und Handwerker ins Reich der Fünften entsendet, damit Balyndis und ich nicht so einsam sind und wir den Steinernen Torweg schließen. Das Graue Gebirge soll mit neuem Leben erfüllt werden«, erinnerte er sie und hatte dabei Giselbarts Bitte an ihn genau im Gedächtnis. »Die Hallen dürfen nicht länger verwaist sein. Ich werde sehen, ob die Zwerge in den

Schnelltunneln mit sich reden lassen. Vielleicht möchten sie ein neues, besseres Zuhause als die zugigen Stollen.«

»Auf jeden Fall werden wir sie fragen«, stimmte ihm Gandogar zu.

»So bilden sich neue Stämme, ohne dass Vraccas sie schaffen muss. Und was machen wir mit dem Stamm der Dritten?«, wollte Balendilín wissen.

Tungdil schaute vom Schwarzjoch in Richtung Osten zum Schwarzen Gebirge, wo sich das Reich der Nachfahren Lorimburs befand.

»Ich bin sicherlich nicht der Einzige von ihnen, der keinen Hass im Herzen trägt«, antwortete er leise. »Wenn wir im Reich der Fünften Ordnung geschaffen haben, gehe ich zu ihnen und rede mit ihnen.« Er schaute in die Gesichter der Könige. »Es war mir ernst, als ich mir von euch allen Frieden wünschte. Davon möchte ich die Dritten nicht ausschließen.«

Balyndis lächelte und fasste seine Hand, er drückte sie.

Nach und nach verschwanden die Menschen, Elben und Zwerge vom Plateau. Balyndis und Tungdil blieben, bis die Sonne sank, die Nachtgestirne über dem Geborgenen Land aufgingen und die Luft klirrend kalt wurde, denn noch regierte der Winter.

Ihre Finger hatten sich noch immer nicht voneinander gelöst, und er dachte nicht im Traum daran, die Schmiedin herzugeben.

Eine Sternschnuppe zog ihre leuchtende Spur von Osten nach Westen, ihr Schweif wandelte sich von weiß zu rot, je näher sie nach Westen kam, dann leuchtete sie grell und löste sich auf. Zurück blieben dunkelrote Pünktchen, die langsam verglühten und Tungdil an Bluttropfen erinnerten.

»War das ein gutes oder ein schlechtes Omen?«, fragte ihn Balyndis verunsichert.

Er zuckte mit den Achseln, trat hinter sie und schlang seine Arme um sie. »Ein gutes«, antwortete er nach einer Weile und streichelte ihren Bartflaum.

»Woher weißt du das?«

Seine Augen wanderten durch die Dunkelheit und sahen vereinzelte Lichtflecke der Siedlungen aufleuchten. Er freute sich über die Stille, die ihnen der Frieden gebracht hatte. Der Zwerg war auf den Frühling gespannt, wenn das Geborgene Land zum ersten Mal wieder überall grünen und blühen würde. *Zum ersten Mal seit mehr als eintausend Zyklen.*

»Wir haben so viel Schlechtes erlebt, da kann es nur etwas Gutes bedeuten«, raunte er in ihr Ohr. »Der Schweif war rot, wie die Farbe der Liebe, also mach dir keine Sorgen. Komm, wir gehen zu den anderen. Mir ist nach langer Zeit wieder nach feiern zumute.«

Hand in Hand liefen sie über das Schwarzjoch, das seinen Schrecken für die Zwergenstämme verloren hatte.

Während sie die Stiegen ins Innere hinabgingen, tauchte von ihnen unbemerkt ein zweiter, stürzender Himmelskörper auf.

Zischend schoss auch er in Richtung Westen. Ohne zu verglühen, sank er weiter in Richtung Boden, durchstieß die Wolkendecke, einen tiefroten Schweif hinter sich her ziehend, und verschwand am Horizont hinter dem Gebirge der Ersten. Als er mit einem dumpfen Grollen einschlug, erbebte das Geborgene Land ganz sanft, und auch der Tafelberg schüttelte sich.

Dann war es vorüber ...

ENDE

LESEPROBE

*Möchten Sie mehr von
Markus Heitz lesen?*

Hier ein Auszug aus dem Roman
Schatten über Ulldart,
dem Auftakt zum
großen Fantasy-Zyklus
DIE DUNKLE ZEIT

Ulsar, Hauptstadt des Königreichs Tarpol,
Spätherbst 441 n. S.

Wie immer ging der Trompeter bei Sonnenaufgang auf den Kasernenhof, setzte die Fanfare an die Lippen und schmetterte das morgendliche Wecksignal.

Laut und deutlich drangen die Töne durch die Räume und ließen die Kaserne mit ihren fünfhundert Soldaten zum Leben erwachen.

Die Sergeanten brüllten kurz darauf auch die letzten verschlafenen Mannschaftsdienstgrade aus den harten Betten.

Die Schornsteine der Küche spien dicke Rauchwolken in den zartrosafarbenen Himmel, der unbeliebte Brei aus Hafer, getrockneten Früchten, Milch und viel Wasser köchelte bereits seit einer halben Stunde in den riesigen Kesseln.

Das übliche geschäftige Treiben setzte ein. Überall rasselten Wehrgehänge, schwere Stiefel trampelten über den Hof, denn keiner der Soldaten wollte zu spät zum Antreten erscheinen.

Einzig in einem Zimmer der Kaserne blieb alles still.

Unter einem Berg aus Kissen, Decken und Federbetten drangen gleichmäßige Schnarcher hervor, ein Schmatzen ertönte hin und wieder, wenn der Lärm auf dem Hof vor dem Fenster zu laut wurde und der Schläfer sich gestört fühlte.

Auch das sanfte Klopfen an der Tür bewirkte nichts, und selbst als das leise Pochen zu einem trommelwirbelgleichen Hämmern wurde, bewegte sich der Kissenberg kaum merklich.

Stoiko stand vor der Tür seines Herrn, in der einen Hand das überladene Tablett mit Brot, Keksen, Käse, Wurst, Honig und vielem mehr, die andere schmerzte inzwischen vom unentwegten Anklopfen.

Schließlich betrat er das Schlafzimmer, wobei er darauf achtete, dass die Tür sehr laut ins Schloss fiel.

Sachte wehten die schweren, dunklen Gardinen hin und her, die jeden Sonnenstrahl mühelos schluckten, aber der Kissenberg schnarchte weiter.

Der Diener, zugleich Vertrauter und Erzieher, stellte das Tablett vorsichtig auf den Nachttisch, riss die Vorhänge zur Seite, ließ Licht und kühle Morgenluft in den Raum.

Der unsichtbare Schläfer grummelte etwas und kroch tiefer unter die Decken.

»Guten Morgen, Herr«, sagte Stoiko honigsüß und lupfte einen Zipfel des Federbettes, »Ihr müsst aufstehen.«

»Ich bin der Tadc, niemand befiehlt mir«, kam es undeutlich aus dem weichen Berg. »Ich kann schlafen so lange ich will und wie ich will.«

»Sicher, Herr.« Der langjährige Diener und Vertraute des Thronfolgers seufzte leise, zu bekannt waren ihm die morgendlichen Rituale. »Aber Ihr habt um zehn Uhr ein Treffen mit den Obersteuerbeamten, dann müsst Ihr mit Eurer Leibgarde exerzieren. Nach dem Mittagessen stehen Fechtunterricht und Reitstunden an.«

Die Decken zitterten, der Unsichtbare darunter rutschte noch ein Stück tiefer in Richtung Fußende. »Ich will nicht. Geh weg. Sag ihnen, ich sei krank oder sonst was.«

»Das geht nicht, Herr.« Stoiko grinste und goss heiße Milch in den Silberbecher. »Außerdem will Euch Euer Vater sehen. Ihr wisst doch hoffentlich noch, dass er der Kabcar von Tarpol ist und sehr gereizt reagiert, wenn man seinen Aufforderungen nicht nachkommt?«

Der Diener strich sich die schulterlangen, braunen Haare aus dem Gesicht und klemmte aufsässige Strähnen hinter dem Ohr fest. Der Schalk glänzte wie immer in seinen Augen. »Herr, die Kekse sind noch warm, und die Milch schmeckt mit einem Löffel Honig besonders gut. Ich habe sie mit einer Prise Zimt verfeinert, mmh.« Er schnupperte geräuschvoll, wobei der mächtige Schnauzer ein bisschen vibrierte, und ahmte ein lautes Schlürfen nach.

Der Kissenberg explodierte förmlich. Der Tadc von Tarpol, ein Jüngling mit reichlich Übergewicht, blassblondem, dünnem Haar und einem breiten Pfannkuchengesicht, tauchte aus seinem Lager auf wie ein Wal aus dem Meer.

»Finger weg von meinem Frühstück, Stoiko!« Die unsympathisch hohe Stimme des Thronfolgers schnitt schmerzhaft in das Gehör des Dieners, der den Mund verzog. »Du hast bestimmt schon gegessen.«

»Vor drei Stunden, Herr«, sagte der Mann mit dem mächtigen Schnauzbart, zufrieden, dass seine List funktioniert hatte.

»Wie kannst du nur so früh aufstehen. Da ist die Welt draußen doch noch dunkel.« Gierig stopfte er sich zwei Kekse in den Mund und kippte einen Schluck Milch hinterher.

»Ich lasse Euch dann in Ruhe frühstücken«, Stoiko verneigte sich, »klingelt, wenn Ihr fertig seid und angezogen werden wollt.« Der Tadc winkte huldvoll und verbiss sich in einem Stück Dauerwurst.

»Irgendjemand sollte dem kleinen Prinzen den Hintern versohlen«, murmelte der Vertraute zwischen den Zähnen hindurch, als er draußen vor der Tür stand.

Seit der Geburt des Tadc vor fünfzehn Jahren, der mehr oder weniger gut auf den Namen Lodrik hörte, musste er sich mit dem Thronfolger auseinander setzen. Er hatte ihm die Windeln gewechselt, ihm Gehen und Sprechen beigebracht, aber niemand wusste so genau, warum der Junge aus der Art schlug.

Seine Vorfahren entstammten einer stolzen Reihe von Soldaten und Heerführern, was ihn offensichtlich überhaupt nicht interessierte.

Auf dem Pferd machte er eine so gute Figur wie ein Hund auf dem Eis, der Säbel war ihm zu schwer, und das Rechnen verstand er nur mit Mühe.

Vorsichtshalber hielt man ihn auch von Banketten, Bällen und Empfängen fern, und wenn er aus irgendeinem Grund anwesend war, dann wurde er weitab auf Logen oder Emporen untergebracht, um seinen Vater nicht zu blamieren.

Der Kabcar von Tarpol, ein alternder Haudegen und Kämpfer, war enttäuscht von seinem einzigen Sprössling und er machte aus diesem Umstand gewiss keinen Hehl. Das Volk nannte den dicken Jungen spöttisch »Tras Tadc« – Keksprinz.

Neulich wäre Lodrik sogar beinahe an einem seiner geliebten Lebkuchen erstickt, als er die Dekormandel unachtsamerweise ohne zu kauen mitgeschluckt hatte. Seitdem wurde auf Nüsse, Mandeln und ähnliche Verzierungen, die eine Gefahr für den prinzlichen Hals darstellen konnten, verzichtet.

Die letzte Hoffnung des Kabcars war die Unterbringung seines Sohnes in der Kaserne der Hauptstadt, um ihn entweder doch für das Militär zu begeistern oder ihm wenigstens so Disziplin beizubringen. Ein eher erfolgloses Unterfangen, wie Stoiko fürchtete.

Eine Viertelstunde später läutete die Klingel im Dienstbotenzimmer Sturm.

»Hörst du nicht? Der gnädige Herr ist fertig mit dem Essen«, sagte Drunja besorgt, die eigens zum Beköstigen des Thronfolgers eingestellt worden war, als sich Stoiko keinen Finger weit bewegte.

»Hoffentlich hat er das Tablett nicht für einen großen Kuchen gehalten und sich die Zähne ausgebissen«, hetzte Stallknecht Kalinin und rollte mit den Augen. »Wenn er noch mehr zunimmt, muss ich ihm einen Ackergaul kaufen, oder den Pferden bricht das Kreuz durch.«

»Halt dein Maul, oder ich lasse dich als Gaul satteln. Mal sehen, was du dann sagst.« Stoiko erhob sich langsam und fühlte sich bleischwer. »Ich denke, dass aus dem Jungen doch noch etwas werden kann, wenn nicht alle auf ihm herumhacken würden. Bereite ihm heute Mittag sein Lieblingsessen, Drunja. Nach dem Treffen mit den Obersteuerbeamten ist er immer gereizt, und das machen weder meine Nerven noch die des Reit- oder Fechtlehrers mit.« Die Köchin nickte und überprüfte die Vorratsregale.

»Was dem Jungen fehlt, ist eine ordentliche Tracht Prügel, wenn du mich fragst.« Kalinin schlug mit der flachen Hand auf den Tisch, dass ein paar Brotkrümel hoch in die Luft flogen. »Zack, zack, ein paar rechts, ein paar links, und er würde spuren.«

Stoiko ging zur Tür. »Das habe ich auch schon vorgeschlagen, aber der Kabcar hat es mir verboten. Und jetzt bedauert mich, ich muss ihm in die Kleider helfen.«

»Die gehen doch ohnehin nicht mehr zu«, feixte der Stallknecht und imitierte den watschelnden Gang des Thronfolgers. »Der Stoff ist eingelaufen, ruft den Schneider!«

Drunja prustete los, der Diener verschwand kopfschüttelnd.

Lodrik hatte bereits mit dem Ankleiden begonnen, als Stoiko das Zimmer betrat. Sein rechter Strumpf fehlte, das Hemd war schief zugeknöpft, und die Perücke rutschte auf dem Kopf hin und her.

»Wo warst du? Ich kann meinen anderen Strumpf nicht finden!«, jammerte der Tadc mit unglücklichem Gesicht, die blassblauen Schweinsäuglein blinzelten Mitleid erregend.

»Ach, Herr«, der Diener zog mit geübtem Griff das fehlende Stück unter dem unordentlichen Kleiderstapel hervor, »nehmt einfach den so lange.«

Bis der Rock, das Hemd, die Schuhe, das Gewand und der Mantel korrekt auf den Leibesmassen Lodriks saßen, vergingen etliche Minuten.

Die Obersteuerbeamten empfingen die beiden Spätankömmlinge äußerst indigniert, als wären sie die Richter und hätten zwei abgehalfterte Landstreicher vor sich.

Ihre hohen, gepuderten Perücken rochen durchdringend nach Parfüm und Lavendel, um die Motten abzuwehren.

Stoiko entschuldigte wortreich die Verspätung und machte sich aus dem Staub, während sich der Thronfolger in sein mathematisches Schicksal ergab und die folgenden Stunden mit dem Versuch verbrachte, Zinsberechnungen anzustellen.

Nachdem Lodrik die Beamten zur Verzweiflung gebracht hatte, verwirrte er später mithilfe undeutlicher Befehle und unmöglicher Kommandos die fünfzig Mann seiner Leibgarde, die wie kopflose Hühner über den Exerzierplatz stolperten, weil sie versuchten, den Anordnungen ernsthaft nachzukommen.

Oberst Soltoi Mansk, der Kommandant der Hoheitlichen Leibwache und der Kaserne, stand am Fenster seiner Amtsstube und beobachtete die peinliche Szenerie mit wachsendem Entsetzen. Dem Jungen konnte er aber auch nicht in die Parade fahren, eine solche Demütigung des Tadc vor aller Augen hätte seine Degradierung bedeutet.

Als gleich drei Soldaten der Leibgarde zusammenstießen und einer dabei seine Hellebarde fallen ließ, über die ein Vierter stürzte, musste er handeln. Er pfiff auf die möglichen Konsequenzen.

»Sergeant, blase Er Alarm. Ich möchte eine Übung ansetzen, um die Schnelligkeit der Truppe zu überprüfen«, rief er dem grinsenden Fanfarenträger im Hof zu.

Der musikalische, vor unterdrückter Heiterkeit etwas zittrig geblasene Befehl unterbrach die zirkusreife Vorstellung auf dem Exerzierplatz. Die Leibgarde rannte als schnellste von allen Einheiten auf ihren Posten.

Lodrik sah den vorbeihastenden Männern hinterher, ließ den Säbel sinken, zuckte mit den Achseln und ging in das Gebäude.

»Es wird Zeit, dass der Thronfolger von hier verschwindet.« Der Oberst besah sich die strahlenden Gesichter seiner Leute, die froh waren, den Fängen des Jünglings entkommen zu sein. »Bevor die Ersten an Desertion denken.«

»Mein Sohn ist ein Versager.« Unheilvoll schwebte der Satz im Teezimmer des Kabcar.

Es roch nach Gewürzen und starkem Tabak, im Aschenbecher glühte die Pfeife des Regenten auf und erlosch.

Oberst Mansk rührte in seinem Getränk und zog es vor, auf den Boden der goldbemalten Tasse zu starren.

»Er ist zu nichts nütze, außer als keksfressende Spottfigur, über die sich nicht nur die Tarpoler amüsieren.« Grengor Bardri¢, Herrscher über Tarpol, Verwalter von neun Provinzen, Sieger in unzähligen Bauernerhebungen und Ausbilder von erfolgreichen Scharmützeleinheiten, ließ die Schultern sinken. »Die anderen Königshäuser lachen sich hinter vorgehaltener Hand schief, wenn er auf festlichen

Banketts erscheint und sich die Backen voll stopft, anstatt Konversation zu betreiben.«

»Er hat bestimmt auch seine guten Seiten, Hoheit«, meinte der Oberst schwach und ohne den Blick zu heben.

»Nach allem, was ich gehört habe, hat er die vortrefflich verborgen«. Der Kabcar verschränkte die Arme hinter dem Rücken und sah aus dem Fenster.

Dunkle Regenwolken ballten sich am Horizont zusammen, ein kühler Wind pfiff durch die Ritzen der Fenster und brachte die Flammen der aufgestellten Leuchter zum Flackern. Das Land schien verschlafen, fast lethargisch auf den Wintereinbruch zu warten.

»Irgendwie muss ich den Bengel doch zu einem Mann erziehen. Wie, bei Ulldrael, soll er das Reich führen, wenn sein einziges Interesse beim Essen liegt? Ich fürchte, das tarpolische Reich wird mit mir sterben, Mansk.«

Der Offizier räusperte sich. »Nicht doch, Hoheit. Die Einheiten sind stark wie nie zuvor, die Provinzen einigermaßen ruhig, die Bevölkerung scheint zufrieden.« Der Oberst stellte die Tasse ab und sah den Herrscher an. »Gebt ihm noch etwas Zeit ...«

»Aber nicht in Eurer Kaserne, wie?!« Grengor riss sich vom Anblick der Wolken los und drehte sich auf den Absätzen herum. »Keiner erträgt ihn länger als einen Monat. Wo er ist, bringt er nur Ärger, die Beschwerden und Gerüchte häufen sich. Ich weiß ehrlich gesagt nicht, was ich noch mit ihm tun soll.«

Der Kabcar goss sich einen weiteren Tee ein und verfolgte den aufsteigenden Dampf mit den Augen. »Dazu kommt noch, dass irgendwelche Verrückte versuchen, ihn umzubringen, seit die Nachricht über die Vision dieses Mönchs aus den Mauern des Palastes gedrungen ist. Erst neulich erwischten die Wachen einen Tzulani, der sich mit einem Dolch einschleichen wollte. Vor drei Tagen gab ein Unbekannter einen vergifteten Kuchen für Lodrik ab, der einem Vorkoster das Leben nahm. Es ist zum Verzweifeln.«

Mansk hob die Tasse wieder an die Lippen und nahm einen Schluck von dem starken Schwarztee, in den er einen Löffel Kirschmarmelade versenkt hatte.

»Vielleicht fehlt ihm nur der Umgang mit der Verantwortung, Hoheit. Was tut er denn schon großartig hier? Er bekommt Hilfe bei allem, was er macht, selbst beim Ankleiden hilft Stoiko ihm. Wie soll er da jemals lernen? Es heißt, ein Mann wächst mit seinen Aufgaben.«

»Papperlapapp. Höchstens sein Bauch würde wachsen, weil er vor lauter Kummer noch mehr Kekse, Kuchen und Torten in sich hineinstopfte.« Grengor nahm eine Glaskaraffe aus dem kleinen Regal über dem Kamin und kippte sich einen Schnaps in den Tee. Nach kurzem Zögern schenkte er einen großzügigen Schluck nach. Dann schlürfte er andächtig. »Vielleicht käme es aber auf einen Versuch an.«

Außer dem Prasseln des Kaminfeuers war nun nichts zu hören, die dicken, dunkelblauen Teppiche an den Wänden dämpften alle störenden Geräusche ab – der Hauptgrund, weshalb der Kabcar den Raum so sehr liebte. Hier vergaß er für ein paar Stunden den Druck seiner Verantwortung, die Menschen und den Umstand, dass er der Herrscher Tarpols war. Ohne seinen stark mit Alkohol versetzten Tee konnte und wollte er nicht mehr arbeiten, geschweige denn Beschlüsse fassen.

Ein Jammer, dass seine Frau bei der Geburt Lodriks gestorben war, sie hatte die Geborgenheit des Zimmers immer sehr gemocht. Welche Ironie, dass sein nichtsnutziger Sohn ausgerechnet hier gezeugt worden war.

Leise klopfte es an die Tür, und sowohl Mansk als auch Grengor empfanden den Laut als Ungeheuerlichkeit.

»Was?!«, bellte der Kabcar, und ein Livrierter steckte vorsichtig den Kopf herein.

»Euer Sohn erwartet Euch im Audienzzimmer, Hoheit.«

»Sag ihm, ich komme gleich.« Der Bedienstete verschwand.

Grengor zog die dunkelgraue Uniform zurecht, entfernte ein paar Fussel von den Goldstickereien, nahm seinen Säbel, den er als Stock benutzte, und schritt zum Ausgang. »Ihr kommt mit mir, Oberst. Ich benötige unter Umständen Eure Hilfe.«

In einem Zug leerte Mansk die Tasse und sprang auf. »Wie Ihr befehlt, Hoheit.« Er eilte zur Tür und öffnete sie für den Kabcar. »Was habt Ihr vor? Sollte Euch vielleicht eine Idee gekommen sein?«

»Seid nicht so neugierig, Mann.« Grengor lächelte plötzlich und legte dem Offizier die Hand auf die Schulter. »Aber Ihr wart es, der mich auf die richtige Spur gebracht habt. Schlimmer als es ist, kann es ohnehin nicht mehr werden.«

»Es sei denn, dem Tadc würde ein Leid geschehen«, warf der Oberst ein, ließ Tarpols Herrscher den Vortritt und zog die Tür des Teezimmers zu.

»An manchen Tagen wäre für mich der Tausch, die Rückkehr der

Dunklen Zeit gegen diesen Sohn, fast schon eine gewisse Erlösung, das könnt Ihr mir glauben, Mansk.«

Federnden Schrittes schlug Grengor den Weg zu den Audienzräumlichkeiten ein, während ein besorgter Oberst Mansk über die Worte des unvermittelt gut gelaunten Kabcar nachgrübelte.

Das Audienzzimmer, ein großer, heller Saal mit vielen goldenen Verzierungen, riesigen Bildern ehemaliger Herrscher und martialischen Säulen, war wie immer gefüllt mit Kanzlern, Beamten und Schreibern, und vor den Türen stand eine Schlange von Bittstellern.

Egal ob Kaufleute, Bürger, Bettler oder Bauern, jeden Tag kamen sie in Scharen zum Palast und wollten ihre Anliegen vorbringen, am besten dem Kabcar persönlich.

Als Oberst Mansk und Grengor die Leute passierten, sprachen einige Mutige den Herrscher an, verlangten weniger Steuern, beschwerten sich über ihren Großbauer oder »hätten eine gute Idee zur Aufbesserung der Staatskasse« – dubiose Lotterie-Ideen oder Pfandverschreibungen und dergleichen mehr.

Grengor Bardri¢ winkte ihnen allen majestätisch zu, schritt, den Säbel schwenkend, zügig aus und verschwand im Audienzzimmer, während Mansk mit ein paar Dienern die aufdringlichsten Schreihälse an die frische Luft beförderte.

Nach ein paar Minuten herrschte wieder Ruhe im Gang, der Offizier ordnete seine Kleidung und betrat den Raum.

Der Kabcar thronte erhöht auf dem riesigen, mit Schnitzereien verzierten Holzsessel, der mit Pelzen und weichen Stoffen ausgeschlagen war; um ihn herum wieselten Hofschranzen und Schreiber.

Der Ausrufer an der Tür stieß mit dem Meldestab dreimal auf den Boden. »Oberst Mansk, Befehlshaber des Ersten Regiments, Kommandant der Hoheitlichen Leibwache und ...«

»Ja, ja. Das weiß ich, ich habe eben noch mit ihm Tee getrunken«, meinte Grengor unwirsch und bedeutete dem Offizier herzukommen. »Ihr stellt Euch hinter mich, damit ich den Rücken frei habe.« Ein Diener brachte dem Kabcar einen Becher, der verdächtig nach Grog roch. »Und jetzt schickt den Tadc herein. Ich sehne mich nach meinem Sohn.« Leises Gelächter quittierte die ironische Bemerkung des Herrschers.

Der Offizier biss sich auf die Unterlippe, um nicht laut loszulachen, als der Thronfolger das Audienzzimmer betrat. Eine zu offensichtliche Verletzung des Protokolls war nie gut, aber das Bild, das sich bot, war einfach zum Schreien.

Auf der Stirn des dicken Jünglings prangte eine stattliche Beule, den rechten Arm trug er in der Schlinge, die Hand war verbunden, und die Augen waren rot vom Weinen.

Einige der Beamten zückten blitzartig ihre Taschentücher, andere wandten sich mit bebenden Schultern ab. Ein heiteres Raunen ging durch den Raum, das sich verstärkte, als der Tadc, gestützt von seinem Vertrauten Stoiko, auf seinen Vater zuhinkte.

»Reitunterricht?«, fragte Grengor scheinbar belustigt, sein Sohn nickte stumm, um Fassung ringend.

»Ihr hättet ihn sehen sollen, wie er mit dem halbwilden Rappen umgesprungen ist, hoheitlicher Kabcar.« Stoiko verneigte sich und versuchte einmal mehr die Situation zu retten. »Wir haben ihm alle abgeraten, aber der Tadc war so mutig und hat ihn ohne Hilfe bestiegen. Das Biest hat sich gewehrt und ihn fünfmal abgeworfen, doch letztendlich hat der Tadc ihn besänftigt.«

Die Riege aus Kanzlern und Beamten klatschte höflich, die Schreiber senkten die Köpfe und kritzelten, um ein weiteres Abenteuer des Thronfolgers aufzunotieren.

Lodrik schniefte und lächelte unsicher. »Ja, so war es.«

»Es freut mich, dass mein Herr Sohn über Nacht zu einem tapferen Mann geworden ist.« Der Kabcar prostete ihm zu. »Vielleicht besteht noch Hoffnung für Ihn. Eines Tages.« Er deutete auf die verbundene Hand. »Gebrochen?«

Stoiko verneinte. »Ein kleiner Schnitt mit dem Säbel, als er ein besonders waghalsiges Manöver versuchen wollte und die Klinge des Lehrers mit der bloßen Hand abfing. Er ist recht geschickt, Hoheitlicher Kabcar.«

Wieder Applaus des Hofes, wieder tunkten die Schreiber die Federn in ihre Tintenfässer und kritzelten.

»Er reift von Tag zu Tag mehr, findet Ihr nicht auch, Oberst?« Lächelnd wandte sich Grengor zu dem Offizier, der seine Handschuhe vor den Mund hielt, um das breite Grinsen zu verbergen.

»O ja, gewiss, Hoheitlicher Kabcar.« Mansk hüstelte. »Das Kommandieren beherrscht er beinahe perfekt. Meine Männer sind ganz ..., wie soll ich sagen, ... aus dem Häuschen.«

Lodrik strahlte und reckte sich ein bisschen, nur um mit einem Schmerzenslaut wieder zusammenzusinken.

Der Kabcar stellte den Grog ab und klatschte in die Hände. »Nun lasst uns alleine. Mein Sohn und ich haben etwas Familiäres zu bereden. Die Audienz ist für heute beendet.«

Grengor nickte dem Ausrufer zu, der die Botschaft nach draußen verkündete. Die Hofgesellschaft zog sich schnell aus dem Saal zurück.

Nach einer Weile waren der Offizier, Stoiko, Lodrik und der Herrscher Tarpols allein.

»Jetzt die Wahrheit, Stoiko. Die Schreiber und das neugierige Volk sind weg.« Die Miene des Kabcar vereiste. Langsam lehnte er sich in seinen Thron zurück und schlürfte am Becher.

Mansk wurde unwohl, weil er mit einem Wutausbruch des Regenten rechnete. Passenderweise kündigte fernes Grollen ein Gewitter an.

»Und trag das nächste Mal bei deinen Berichten nicht so dick auf. Dass du lügst, weiß jeder, aber muss es derart übertrieben sein?«

Der Vertraute des Tadc verzog die Mundwinkel und verneigte sich. »Entschuldigt, Hoheit, aber ich dachte mir, dass es ein besseres Licht auf den Thronfolger werfen würde. Immerhin wird es ja auch für die Nachwelt festgehalten. Und wenn Lodrik dann erwachsen und ein kräftiger Mann geworden ist, der Euer Reich wunderbar regiert, wie würde es klingen, wenn es hieße: Der Tadc fiel mit fünfzehn Jahren vom zahmsten Pferd im königlichen Stall, weil er den Steigbügel mit dem Fuß nicht richtig zu fassen bekam?«

»Nicht sehr gut«, pflichtete Grengor ihm bei, »keineswegs gut. Ich danke dir für deine große Zuversicht, was meinen Sohn angeht. Und was ist mit seiner Hand passiert? Wirklich ein waghalsiges Manöver?«

»Ich wollte ...«, sagte Lodrik, aber der Kabcar schnitt ihm das Wort ab.

»Halte Er den Mund. Mit Ihm rede ich später. Und du, sprich.«

»Der Fechtmeister ist ganz aufgelöst, Hoheit.« Stoiko verneigte sich erneut, dem Tadc liefen die Tränen über die Wangen. »Lodrik sollte einen Ausfallschritt machen und dabei einen Schlag gegen seinen Kopf führen. Dabei geriet er ins Ungleichgewicht, als sein rechter Reitsporn den linken Zeh durchbohrte. Vor lauter Schreck ließ er den Säbel fallen, und als er ihn aufheben wollte, griff er wohl aus Versehen in die Klinge, Hoheit.«

»Es ist nicht die Schuld des Fechtmeisters, Herr Vater, bitte bestrafe Er ihn nicht«, Lodrik hatte seine Stimme erhoben.

Grengor sah ihn kühl an. »Wenn ich alle die mit dem Tode bestrafen lassen würde, bei deren Unterricht Er sich verletzt hat, wäre ich der letzte Mensch in Tarpol.« Der Herrscher wurde gegen Ende des Satzes immer lauter. »Vermutlich gäbe es dann auch keine Pferde mehr, keine Hunde, Raubvögel oder andere Tiere. Er lässt die Reitsporen zum Fechten an? Er humpelt, weil der Sporn Ihm den Zeh durchbohrt hat?«

Grengor beugte sich vor, die Hände umklammerten die Sessellehnen. Weiß traten die Knöchel hervor, die Arme zitterten, und die Halsadern des Regenten standen dick hervor. Mansk machte vorsichtshalber einen Schritt zurück.

»Wie soll mein Herr Sohn denn ein Reich regieren? Wie, frage ich Ihn?« Lodrik starrte seinen Vater an, das Kinn bewegte sich, und immer mehr Tränen quollen aus den Augenwinkeln. »Schau Er sich einmal an, mit dem Mondgesicht, dem Wampen und der Geschicklichkeit eines Fingerlosen. Er kann nicht reiten, nicht kämpfen oder kommandieren.« Grengor hämmerte mit der Faust auf den Sessel. »Und das Schlimmste ist, dass von einem solchen unförmigen Klotz die Zukunft Ulldarts abhängt! Ich habe Angst um den Kontinent, wenn Er nur aus dem Zimmer geht!« Der hohe Raum verstärkte die Lautstärke der Schreierei Grengors, der letzte Satz hallte noch immer zwischen den Wänden und Säulen hin und her.

Der Tadc weinte und wimmerte nun ungehemmt, was den Regenten aber nur zu neuen Tiraden anstachelte.

Der Offizier sah das Mitleid in den Augen Stoikos, und auch er fühlte so etwas wie Verständnis für den Jungen. Die anfängliche Schadenfreude war verschwunden.

»Er ist eine Blamage für uns, für Tarpol und vielleicht sogar für ganz Ulldart. Was hat Ulldrael der Weise sich dabei gedacht, als er diese Prophezeiung schickte?« Der Kabcar beruhigte sich allmählich wieder, suchte eine gemütliche Sitzposition und nahm den Grogbecher wieder in die Hand.

»Aber ich werde Ihm beibringen lassen, wie ein zukünftiger Regent zu sein hat. Und Oberst Mansk hat mich auf die Idee gebracht.« Der Offizier warf dem Herrscher einen erstaunten Blick zu. »Ihr sagtet zu mir, dass ein Mann an seinen Aufgaben wüchse, oder?«

Mansk nickte langsam und überlegte insgeheim, welches Schicksal er dem jungen Tadc mit seinen Worten eingehandelt hatte. Auch Stoiko machte ein fragendes Gesicht.

Lodrik schnüffelte bloß und zog ein Taschentuch aus dem Uniformärmel. Laut dröhnte das Schneuzen durch den Saal. Alle Ahnen und verblichenen Regenten schauten beinahe vorwurfsvoll aus ihren Gemälden auf den dicken Jungen herab.

»Ich habe in der Tat eine Aufgabe für meinen Herrn Sohn, die Ihn auf das Regieren und Herrschen vorbereiten wird.«

»Ich will nicht«, kam es bockig vom Tadc, der sich noch mal schnäuzte und seinen Vater anfunkelte.

»Doch, Er wird. Zuerst wollte ich Ihn zum Wohle Tarpols im tiefsten Keller des Palastes unterbringen, aber ich habe eine bessere Idee.« Grengor stand auf. »Niemand wird einmal sagen sollen, die Linie der Bardri¢s hätte nach mir einen unfähigen Kabcar auf den Thron gesetzt.« Er schritt die Stufen hinab und stellte sich vor seinen übergewichtigen Sprössling. »Er reist morgen ab.«

Die Augen des Tadc weiteten sich. »Aber wohin? Ich will nicht weg. Der Winter kommt, und da ist das Reisen furchtbar anstrengend.«

»Höre Er auf zu jammern, oder ich schlage Ihm hier und jetzt eins mit dem Grogbecher aufs Dach, dass Seine Schindeln wackeln, Herr Sohn«, schrie der Kabcar unvermittelt und stieß mit dem Säbel auf den Marmorboden. Der Oberst und Stoiko bewegten sich keinen Finger breit, aber der Tadc zuckte zusammen, als ob der Blitz eingeschlagen hätte. »Er wird zusammen mit Stoiko, Seiner Leibwache und einem Berater in aller Frühe und Stille von hier verschwinden.«

Mansk verhielt sich mucksmäuschenstill, um nicht die Aufmerksamkeit des Regenten auf sich zu ziehen. Hatte er da etwas von einem Berater gesagt?

»Er wird in die Provinz Granburg reisen und dort den Gouverneur ablösen. Wasilji Jukolenko ist mir schon zu lange ein Dorn im Fleisch.«

Mansk fielen bei dieser Verfügung die Handschuhe zu Boden, der Diener zog beide Augenbrauen ungläubig nach oben, und Lodrik glotzte seinen Vater mit offenem Mund blöde an.

»Ja, aber wie ... ich meine ...«, stotterte der Tadc, doch die gebieterisch erhobene Hand Grengors ließ ihn verstummen.

»Ich bin noch nicht fertig mit meinen Ausführungen, Herr Sohn. Er wird nicht als Tadc dort eintreffen, vielmehr wird Er sich als Sohn eines Hara¢ ausgeben, der sich das Amt erkauft hat. Niemand kennt meinen Herrn Sohn so hoch im Nordosten und abseits des Lebens, also braucht Er auch keine Angst vor möglichen Attentätern zu haben.« Der Regent stellte den leeren Becher ab und fixierte die blinzelnden Schweinsäuglein seines Thronfolgers. »Wenn ich Ihn zurückbeordere, erwarte ich, dass aus Ihm ein Mann geworden ist, der alles das kann, was ein zukünftiger Kabcar beherrschen muss. Stoiko sorgt mir dafür, dass es so geschieht.«

Grengor setzte sich wieder, Lodrik starrte auf seine Füße. Weit weg von den köstlichen Keksen, von warmer Milch und warmen Betten waren schlechte Aussichten.

»Hoheit, mit Verlaub, die Idee ist großartig.« Der Diener lächelte wieder. »Aber meint Ihr nicht auch, dass es vielleicht ein bisschen zu viel Verantwortung für den Anfang ist?«

»Wenn ich morgen stürbe, säße er auf dem Thron. Das wäre in meinen Augen zu viel Verantwortung für den Anfang«, antwortete Grengor. »Besteht Er den Probelauf in Granburg, schafft Er es auch, Tarpol würdig zu regieren. Gelingt es Ihm nicht, ist der Keller des Palastes immer noch frei, und ich setzte einen anderen ein, den ich mir notfalls von der Straße hole. Hat mein Herr Sohn das verstanden?«

Der Tadc schluckte geräuschvoll und nickte hastig.

»Wen geben wir ihm als persönlichen Leibwächter und Waffenlehrer mit, Oberst Mansk?«

Am Tonfall erkannte der Offizier, dass er nun an der Reihe war. Aber er hatte überhaupt keine Lust auf die kalten Winter im Nordosten, die einem den Atem zu Eis gefrieren ließen. Er beschloss, sich geschickt und mit Fingerspitzengefühl aus der Affäre zu ziehen.

»Hoheit, ich bin untröstlich, aber ich habe Verpflichtungen in der Hauptstadt.« Der Kabcar drehte bei den Worten verwundert den Kopf in seine Richtung. »Ich weiß jedoch jemanden, der bestens dafür geeignet ist«, beeilte sich Mansk zu sagen. »Da gibt es einen erfahrenen Recken aus einer Scharmützeleinheit, der bisher jeden Gegner vom Pferderücken geholt oder mit dem Säbel ins Jenseits befördert hat. Er wäre genau der richtige Mann für diesen vertrauensvollen Posten.«

Stoiko schickte dem Offizier, der sich gerade um die Reise und den Aufenthalt von unbestimmter Dauer drückte, einen unverhohlenen Blick der Missgunst hinüber.

Grengor überlegte kurz. »Ihr verbürgt Euch für ihn?«

Mansk nickte. »Keiner könnte geeigneter sein, Hoheit.«

»Gut, ich verlasse mich auf Euch.« Der Kabcar erhob sich und ging zur Tür. »Sollte meinem Herrn Sohn etwas zustoßen, bedenkt das, bricht wahrscheinlich die Dunkle Zeit wieder an. Aber Euer

Kopf wird, ganz egal was mit Ulldart geschieht, auf jeden Fall rollen. Ich hoffe für Euch, dass der Soldat etwas taugt.« Der Diener grinste den Offizier breit an und zwinkerte fröhlich. »Bis denn. Morgen möchte ich die Visage meines Herrn Sohnes nicht mehr in der Stadt sehen.« Ohne einen weiteren Gruß verschwand der Regent.

»Ihr seid ein Glückspilz«, sagte Stoiko zu dem Oberst, dessen Gesicht eine weißliche Färbung angenommen hatte. »Ihr sitzt hier im gemütlichen Zuhause, während der Tadc und ich uns in Granburg den Hintern abfrieren. Wer weiß, was dort oben alles passieren kann. Man hört viel über wilde Tiere.« Der Offizier wurde eine Spur weißer und griff gedankenverloren nach seinem Hals.

»Ist es wirklich so kalt in Granburg?«, fragte Lodrik und betastete seine verbundene Hand. »Dann will ich nicht. Außerdem tut mir bestimmt alles weh, wenn wir mit der Kutsche fahren.« Der Tadc berührte vorsichtig seinen Arm und verzog das Gesicht. »Wie weit ist es nach Granburg, Oberst?«

»Schätzungsweise vierhundert Warst.« Mansk überlegte, ob er nicht vielleicht doch selbst mitkommen sollte, dann könnte er sich wenigstens an Ort und Stelle umbringen, wenn der dicke, ungeschickte Junge vom Pferd fiel und sich den Hals brach. Andererseits schreckten ihn die Reise und die Gedanken an die Wintermonate ab. Er würde doch lieber Waljakov mitschicken.

»Was? So weit? Dann will ich nicht.« Lodrik zog eine Schnute und setzte in seinem runden Gesicht wenigstens so einen Akzent. »Wir könnten doch so tun, als ob wir abreisen und schleichen uns wieder her, Stoiko, oder?!«

Der Vertraute schüttelte den Kopf. »Ich will Euren Vater nicht verärgern. Er wird sicher Späher aussenden, um zu sehen, ob wir wirklich in Granburg ankommen. Er ist da ein sehr vorsichtiger Mann.«

»So ein Mist.« Der Thronfolger suchte mit seiner unverletzten Hand in seiner Bauchbinde und förderte einen verdrückten Keks hervor, den er sich mit einer schnellen Bewegung in den Mund schob.

Stoiko und der Oberst seufzten gleichzeitig, als sie dem hinauswatschelnden Lodrik nachschauten.

»Ich sehe meinen Kopf schon rollen«, murmelte der Offizier ahnungsvoll.

»Wer hatte denn die Idee, dass Aufgaben einen Mann ausmachen?«, warf der Diener des Tadc ein.

»Ich hatte es doch nicht so gemeint, wie es der Kabcar verstanden hat.« Mansk zog die Handschuhe über und wünschte sich, ein unbekannter Aspirant in einem Ulldraelkloster zu sein.

»Ihr bleibt hier, seht es so. Während ich erfriere. Auch kein schöner Tod, erzählt man sich.« Stoiko klapperte mit den Zähnen und schüttelte sich.

»Was tust du? Es ist nicht kalt hier drin.«

»Ich übe, Oberst. Ich übe.«

Lesen Sie weiter in:

Markus Heitz:
Schatten über Ulldart – Die Dunkle Zeit 1
Heyne Fantasy 06/9174

Von

MARKUS HEITZ

erschien in der Reihe
HEYNE SCIENCE FICTION & FANTASY:

Die Zwerge · 06/9372

Die Dunkle Zeit:

1. Schatten über Ulldart · 06/9174
2. Der Orden der Schwerter · 06/9175
3. Das Zeichen des Dunklen Gottes · 06/9176
4. Unter den Augen Tzulans · 06/9177
5. Die Stimme der Magie · 06/9178

Shadowrun:

TAKC 3000 · 06/6145
Gottes Engel · 06/6147
Aeternitas · 06/6148